吳楚材 選注
王文濡 評校

古文觀止

臺灣學生書局印行

序

余束髮就學時、輒喜讀古人書傳。每縱觀大意、於源流得失之故、亦嘗探其要領。若乃析義理於精微之蘊、辨字句於毫髮之間、此衷蓋闕如也。歲戊午、奉天子命撫八閩、會稽章子、習子、以古文課余子於三山之凌雲處。維時從子楚材、實左右之。楚材天性孝友、潛心力學、工舉業、尤好讀經史、於尋常講貫之外、別有會心。與從孫調侯、日以古學相砥礪。調侯奇偉倜儻、敦尚氣誼。本其家學、每思繼序前人而光大之。二子才器過人、下筆洒洒數千言無懈漫、蓋其得力於古者深矣。今年春、余統師雲中、寄身絶塞、不勝今昔聚散之感。二子寄余古文觀止一編、閲其選、簡而該、評註詳而不繁、其審音辨字、無不精切而確當。披閲數過、覺向時之所闕如者、今則靦然以喜矣。以此正蒙養而裨後學、厥功豈淺鮮哉。亟命付諸梨棗、而爲數語、以弁其首。

康熙三十四年五月端陽日愚伯與祚題

序

古文宜選乎？曰：無庸也。琳琅觸目，美不勝收，則選尚已。古文至今日，操選政者代有其人，駸駸乎有積薪之嘆矣，尚宜選乎？曰：無庸也。詳略互見，醇疵錯陳，則選又尚已。且余兩人非敢言選也，集焉云耳。集之奈何？集古人之文，集古今人之選，而略者詳之，繁者簡之，散者合之，舛錯者釐定之，差訛者校正之云爾。蓋諸選家各有精思深義以抉古人之奧，讀之者取此置彼則美者或遺，一概觀覽則勞于睹記，此余兩人所以匯而集之也。

至於考訂之下偶有所得，則亦謹附之以備參究，不敢雷同附和以取譏于大雅。若夫聲音之間、點畫之際，諸家或以為無益于至義而忽之，而不知童子之所肄習于終身勿能忘。況棘闈之中，字畫一有不合即遭擯斥，可不慎歟？余兩人之從事于茲也有年矣，兢兢焉一義之未合于古勿敢登也，一理之未慊於心勿敢載也，一段落、一鉤勒之不軌於法度勿敢襲也，一聲音、一點畫之不協于正韻勿敢書也。

山居寂寥，日點一藝以課子弟，而非敢以此問世也。間有好事者，有所許可輒手錄數則以去，鄉先生見之者必曰：「諸選之美者畢集，其缺者無不備，而訛者無不正，是集古文之成者也，觀止矣！宜付之剞劂，以公之于世。」余兩人默然相視良久曰：「唯唯，勿敢當，勿敢當。誠若先生言，抑亦何敢自私？」退而輯平日之所課業者若干首，付諸梓人，以請政于海內君子云。

康熙戊寅仲冬山陰吳乘權（楚材）、吳大職（調侯）氏題于尺木堂

例言

一、古文選本如林，而所選之文若出一轍，蓋較學相傳既為輕車熟路，欲別加選錄，雖蹊徑一新，反多扞格。故是編所登者，亦仍諸選之舊。

二、古文須評注兼有方能豁然。若有注無評，或有評無注，譬若一人之身，知其有面目而不知其有血脈，知其有血脈而不知其有面目，可乎？是編字義典故逐次注明，復另加評語，庶讀之者明若觀火。

三、諸選各有妙解，頗多闕略，是當取其所長以補其不足，便成全璧。是編遍採名家舊注，參以己私，毫無遺漏。

四、雜選古文，原為初學設也。是編於艱奧須解者固細加闡發，即目前便語亦未嘗率意忽過，庶于初學有補。

五、諸選本圈點外或加角，或加小畫，雖各有取義，然初讀不能即曉，徒以眩目。是編但加圈點，蓋評注既詳，信口讀去，奥旨自明。又于圈下加一小圓點，以便句讀。

六、是編注解字義典故畢，加一小圈，再下評語。又本文評語外欲下總評，復加一小圈以別之，庶一覽便省。

七、字音，今人頗多忽略。是編音聲無一字不注，且即注于本字之下，便於誦讀。

八、字畫，今人亦多不講究，余痛恨此病。是編樣本皆經手錄，不間晝夜寒暑，剞劂告峻，復嚴加校讎，誓不留一畫之訛貽誤後人。

吳乘權謹識

小傳

左丘明、周魯太史，孔子修春秋為素王，丘明為素臣，述夫子之志而作傳，是為左氏春秋，又作國語；司馬遷云：左丘失明，厥有國語是也。又按左氏，丘明名，相傳為左史倚相之後，亦有以左丘為複姓者。

公羊高、周齊人，子夏弟子。作春秋傳四傳至其玄孫壽，與弟子胡母子都錄為書，漢何休作解詁，其書遂大傳，凡言春秋者，公羊與穀梁合稱二傳，為公穀派。

穀梁赤、周魯人，子夏弟子，傳春秋，按唐楊士勛穀梁傳疏云：穀梁子名淑，字元始；一名赤，孝經序正義引七錄作名俶。

檀弓、周魯人，姓檀名弓，以其譏仲子舍適孫而立庶，為善於禮者，故以名篇。

李斯，楚上蔡人，從荀卿學；西仕於秦始皇既定天下，斯為丞相；定郡縣制，下禁書令，變籀文為小篆；二世時，為趙高所誣，腰斬咸陽市。

劉向、字子政，漢楚元王之四世孫；初為諫大夫；宣帝招選名儒材俊，向以通達能屬文與焉。嘗哀合戰國諸人所記時事併為一編，名戰國策；又輯屈原、宋玉、景差諸賦，附以賈誼、淮南、小山、東方朔、嚴忌，王褒諸作，及向自作九歌為楚詞十六篇。

司馬遷、字子長，漢夏陽人；官至太史令，作史記百三十篇，序事辨而不華，質而不俚，劉向、揚雄皆稱之為良史之才。

漢高帝、姓劉名邦，字季，豐人，秦二世立，起兵於沛，自立為沛公。入咸陽，破項羽於垓下，五年即帝位，在位十二年崩。

漢文帝、名恆，高帝之中子，初立為代王，及呂后崩，大臣誅諸呂，迎立為帝。在位二十三年崩，諡文。

漢景帝、名啓，文帝長子節儉愛民，有文帝之風，故史以文景並稱。在位十六年崩，諡景。

漢武帝、名徹，景帝中子，承文景之業，興學崇儒，開邊拓土，稱為雄主。在位五十四年崩，諡武。

賈誼、漢洛陽人，文帝召為博士，累遷至大中大夫，為大臣所忌，出為長沙王太傅；又拜梁王太傅而卒，年三十三，著有新書。

鼂錯、漢潁川人，學申韓刑名，以文學為太常掌故；文帝時，為太子家令，景帝時，遷御史大夫；請削諸侯封地，以尊京師。吳楚七國反，藉口誅錯，帝卒用爰盎策，殺之。

鄒陽、漢臨淄人，景帝時，與枚乘、嚴忌仕吳，以文辨知名；吳王有邪謀，上書諫，不聽，去之梁；從孝王游，介於羊勝、公孫詭之間，勝等譖之，下獄，上書自陳，王出之，待為上客。

司馬相如、字長卿，漢成都人。景帝時，為武騎常侍，以病免；武帝時，召為郎，通西南夷有功，尋拜孝文園令，病免。工文詞，有子虛、上林、大人等賦，漢魏六朝人多倣之。

李陵、字少卿，漢成紀人，廣之孫也；武帝時為侍中，善騎射，愛人下士，帝以為有廣之風，拜騎都尉，使擊匈奴，以五千衆自當一隊；兵敗力竭而降，事聞，上怒，族其家。

路溫舒、字長君，漢鉅鹿人，初為獄小吏，因學法令，轉為獄史；昭帝時守廷尉史；宣帝時，上書言尚德緩刑，帝嘉納之，累遷臨淮太守。

楊惲、字子幼，漢華陰人。宣帝時，官至中郎將，後以事失爵，家居治產業，起室宅，以財自娛；友人孫會宗以書戒之，惲報書，辭語怨懟。宣帝見而惡之，當惲大逆無道，坐腰斬。

漢光武帝、名秀，字文叔，蔡陽人，高祖九世孫。王莽篡立，帝起兵春陵，大破之於昆陽及莽誅，即帝位定都洛陽。在位三十三年崩，諡光武。

馬援、字文淵，後漢茂陵人；建武中，拜伏波將軍，後以征交阯功，封新息侯；卒於軍；建初中諡忠成。

諸葛亮、字孔明蜀漢陽都人，隱於隆中，先主三顧乃出。先主即位，策為丞相，建興初封武鄉侯；屢出師北伐，後以疾卒於軍，謚忠武；有諸葛武侯集。

李密、字令伯晉武陽人，事祖母以孝謹聞，武帝時，徵為洗馬，及遷漢中太守，自以失分懷怨，免官卒。

王羲之、字逸少，晉會稽人，仕為右軍將軍會稽內史；善草隸，為古今冠，卒年五十有九。

陶潛、一名淵明，字元亮，晉鄱陽人；嘗為彭澤令，旋棄之；好飲酒游觀山水，元嘉四年卒；世號靖節先生，有陶集十卷。

孔稚珪、字德璋，南齊山陰人，少有美譽，高帝召為記室參軍。永元元年，為都官尚書。

魏徵、字玄成，唐曲城人初事太子建成；太宗時，拜諫議太夫，轉秘書監，進知門下省事；犯顏敢諫，凡上二百餘奏，皆極愷切，封鄭國公，卒諡文貞。

駱賓王、唐義烏人。七歲能賦詩；工文章，為初唐四傑之一。武后時，數上書言事，除臨海丞，棄官去。徐敬業起兵，為草檄討武后，敬業敗，亡命不知所之；中宗時，詔求其文，得數百篇，有駱丞集。

王勃、字子安，唐龍門人。六歲善文詞，與盧照鄰、駱賓王、楊炯齊名，號四傑。後渡海溺死，年二十九，有集三十卷行於世。

李白、字太白，唐人，生於蜀之青蓮鄉，號青蓮居士；天才英特，賀知章見其文，歎為謫仙，言於玄宗，供奉翰林，甚見愛重。代宗立，以左拾遺召，而白已卒。所為詩高妙清逸，與杜甫並稱，有李太白集。

李華、字遐叔唐贊皇人。擢進士弘辭科，天寶間官監察御史，為權倖所嫉，後去官隱山陽，晚事浮圖法，不甚著書，文辭綿麗，少宏傑氣，時謂不及蕭穎士，有李遐叔文集。

劉禹錫、字夢得，唐中山人，以進士登博學弘詞科，累官至集賢殿學士。出為蘇州刺史，遷太子賓客。元和初、以黨王叔文被貶；工詩文，有劉賓客集四十卷。

杜牧、字牧之，唐萬年人。善屬文，第進士，歷殿中侍御史，會昌中，遷中書舍人。詩情致豪邁，人號為小杜，以別於杜甫，有樊川集二十二卷。

韓愈、字退之，唐昌黎人。由進士累官刑部侍郎，憲宗迎佛骨，上表極諫，貶潮州刺史，尋改袁州。召拜國子祭酒，轉吏部侍郎；卒贈禮部尚書，諡文；宋元豐中追封為昌黎伯。

柳宗元、字子厚，唐河東人。少精敏絶倫，為文卓偉精緻，第進士，中博學弘詞，拜監察御史，坐王叔文黨，貶永州司馬，徙柳州刺史，為文益進，世號柳柳州。有柳先生文集、外集、龍城錄。

王禹偁、字元之，宋鉅野人。九歲能文，太平興國進士，為右拾遺，累遷翰林學士，遇事敢言以直躬行道為己任。著有小畜集、集議、五代史闕文、詩集。

李格非、字文叔，宋濟南人，第進士，累官禮部員外郎；工詞章，嘗言文不可苟作，誠不著，則文不能工；又矯時弊留意經學，著禮記說數十萬言。

范仲淹、字希文，宋吳縣人。舉祥符進士，嘗言士當先天下之憂而憂，後天下之樂而樂。仁宗時，與富弼同率兵拒西夏，旋召拜樞密副使，進參知政事，卒諡文正。

司馬光、字君實，宋夏縣人、熙豐間，官端明殿大學士，極言安石新政之不便，哲宗立，擢為左僕射，卒諡文正，贈溫國公。著有資治通鑑二百九十四卷，及傳家集、家範、稽古傳、涑水紀聞等書。

錢公輔、字君倚，宋武進人。第進士，為集賢校理；英宗即位，陳治平十議，旋以事坐謫；神宗立，拜天章閣待制，以忤王安石，出知江寧府，徙揚州，改提舉崇福觀卒。

李覯、字泰伯，宋南城人。博識能文，舉茂才異等；皇祐初，范仲淹薦為試太學助教；嘉祐中，歷太學說書卒，學者稱盱江先生，著有退居類稿、皇祐續稿等書。

歐陽修、字永叔，宋盧陵人。舉進士甲科，出知滁州，旋拜翰林學士，參知政事，以太子少師致仕，卒謚文忠；著有唐書、五代史、歸田錄、集古錄，及詩文集、詩話等書。

蘇洵、字明允，號老泉，宋眉州眉山人。年二十七，始發憤為學；與二子軾轍俱擅文名，時稱三蘇；有嘉祐集十六卷，謚法四卷行世。

蘇軾、字子瞻，號東坡居士，洵長子。弱冠試禮部，歐陽修擢置第二，累官翰林學士，兵部尚書，卒謚文忠。為文渾涵光芒，雄視百世，有集一百五十卷。

蘇轍、字子由，號潁濱，又號欒城，洵次子，軾弟，與軾同登進士科，王安石行青苗法，力陳不可，出為河南推官；徽宗朝，以大中大夫致仕，卒諡文定，有欒城集。

曾鞏、字子固，宋南豐人。嘉祐間舉進士，歷知齊、襄、洪、福、明、亳、滄等州，後為中書舍人，文章與歐陽修齊名，世稱南豐先生，著有元豐類稿。

王安石、字介甫，號半山，宋臨川人。少好讀書，工為文，擢進士上第，神宗朝，拜同平章事，封荊國公，卒諡文，有臨川集一百卷。

宋濂、字景濂，明浦江人。元末入龍門山著書踰十年，太祖召見，除江南儒學提舉，詔修元史，充總裁官。學者悉稱為太史公，有宋學士全集三十六卷。

劉基、字伯溫，明青田人，元末進士。明初、召至金陵，陳時務十八策，屢從征伐有功，授太史令，累遷御史中丞，兼弘文館學士，封誠意伯，著有文集二十卷。

方孝孺、字希直，一字希古，明寧海人。洪武間授漢中教授；建文即位，召為文學博士；靖難兵起，文皇欲令草詔，哭罵不屈，磔之於市；福王時，追謚文正。

王鏊、字濟之，明吳縣人。成化間鄉會試皆第一；弘治時，歷侍講學士；正德初進戶部尚書，文淵閣大學士，卒謚文恪，著有姑蘇志、震澤集、震澤長說、春秋詞命、史餘。

王守仁、字伯安，明餘姚人。弘治間進士，正德時，巡撫南贛討平宸濠卒謚文成，有王文成全集。

唐順之、字應德，明武進人。嘉靖中會試第一，以郎中視師浙江，屢破倭寇，擢右僉都御史，於學無所不窺，為文汪洋紆折；著有荆川集，學者稱荆川先生。

宗臣、字子相，明揚州人。嘉靖進士，由吏部考功郎，歷稽勳員外郎，文章與王世貞、李攀龍相切磨為嘉靖七子之一，卒年三十六有宗子相集。

歸有光、字熙甫，明崑山人。九歲能文，弱冠盡通五經三史諸書，累試不第，授徒安亭江上，稱震川先生。晚成進士，授長興縣，大學士高拱，引為南京太僕丞，留掌內閣制敕房修世宗實錄，著有震川文集行世。

茅坤、字順甫，號鹿門，明歸安人，嘉靖進士；善古文，又好談兵，官廣西兵備僉事，遷大名副使，旋落職歸。著白華樓藏稿、續稿、玉芝山房稿、耄年稿、史記鈔、浙省分署紀事本末等書。

王世貞、字元美，明太倉人。嘉靖進士，官至南京刑部尚書，號弇州山人著有弇山別集四部稿、讀書後、觚不觚等錄共數百卷。

袁宏道、字中郎，明公安人萬曆進士，官至稽勳郎中；詩文多主妙悟，著有瓶花齋雜錄、袁中郎集及瀟碧堂、破研齋諸集。

張溥、字天如，明太倉人。崇禎進士，以葬親乞假歸，遂不復出；曾倡復社，以繼東林，聲勢大盛執政惡之，幾得禍著有史論等書。

古文觀止目錄

卷之一 周文

卷之二　周文

卷之四　秦文

卷之六　漢文

卷之八 唐文

卷之九　唐宋文

卷之十　宋文

卷之十一　宋文

古文觀止卷之一

鄭伯克段于鄢 隱公元年

左傳

初、鄭武公娶于申、曰武姜。初者、敘其始也。鄭、姬姓國。武公、名掘突。申、姜姓國。武姜者、姓姜而謚武也。生莊公、及共恭、叔段。共、國名。段奔共國、故名共叔。莊公寤生、寤、猶蘇也。寤生、言生之難、絕而復蘇也。驚姜氏、故名曰寤生。命名奇。遂惡烏故切、之。一遂字、寫盡婦人任性情況。愛共叔段、欲立之。亟器、請于武公、公弗許。惡莊公而因愛段、欲立爲太子。亟請者、不一請也。莊公蓄怨、非一日矣。○以上敘武姜愛惡之偏、以基骨肉相殘之禍。及莊公卽位、爲去聲、之請制。制邑最險、姜請封段。公曰、制、巖邑也、虢叔死焉、他邑唯命。言制乃巖險之邑、昔虢叔居此、恃險滅亡、他邑則唯命是聽。○莊公似爲愛段之言、實恐段居制邑、太險難除。他邑雖極大、諒不若制邑之險、適可以養其驕而滅除之。他邑唯命、四字毒甚。請京、京邑最大、姜請封段。使居之、謂之京城大泰、叔。邑大可以養驕、而不除亦必易制、故使居之。大叔者、張大其名、所以張大其心也。○莊公處心積慮、主於殺弟。封邑之始、已早計之矣。祭債、仲鄭大夫。曰、都城過百雉、國之害也。邑有先君之廟曰都。城方丈曰堵。三堵曰雉。雉、長三丈、高一丈。言都城不可過三百丈也。先王之制、大都不過參同三、國之一、侯伯之國、其城長三百雉。大都、三分其國之一、不過百雉也。中省都字、五省國字、之一、中都、五分其國之一、不過六十雉也。小九之一。小都、九分其國之一、不過三十三雉也。今京不度、非制也、京城過於百雉、不合法度、非先王之制。君將不堪。叔段據有大邑、將爲鄭害、莊公必不堪也。○祭仲一夢中人。公曰、姜氏欲之、焉煙、辟同避、害。直稱母姜氏而故作無可奈何語、毒聲。對曰、姜氏何厭平聲、之有、厭、足也。不如早爲之所。或裁抑、或變置。無使滋蔓、萬、○滋蔓、滋長而蔓延。蔓、難圖也。蔓草猶不可除、先出蔓字、後出草字、頓挫。況君之寵弟乎。言向後卽欲爲之所而不能。○夢中。公曰、多行不義必自斃、備、子姑待之。斃、敗也。滋蔓自多行不義、則必自敗。待之云者、唯恐其不行不義、而欲待其行也。莊公之心愈毒矣、而祭仲終未之知也。既而大叔命西鄙北鄙貳于己。鄙、邊邑。貳、兩屬也。段命西北二邊之邑、兩屬於己、果行不義也。公子呂鄭大夫、字子封。曰、國不堪貳、君將若之何。國不堪使人有攜貳、兩屬之心、君將何以處段。欲與大叔、臣請事之。先拗一筆。若弗與、則請除之、無生民心。無使鄭國之民、生他心也。○子封又一夢中人。公曰、無庸、將自及。言無用除之、將自及於禍。○莊公實欲殺弟、而曰自斃、曰自及、故爲段自作自受之語、毒甚。大叔又收貳以爲己邑、至于廩延。廩延、鄭邑。前兩屬者、今皆取以爲己邑、直至廩延、所侵愈多也。子封曰、可矣、可正段罪。厚將得衆。厚、地廣也。前猶貳己、故云生心。今直收貳、故云得衆。○夢中。公曰、不義不暱、銀入聲、厚將崩。暱、親近也。不義於君、不親於兄、非衆所附、雖厚必崩。崩者、勢如土崩、民逃身竄、直至滅亡。較自斃自及、更加慘毒矣、而子封終未之知也。大叔完聚、完城郭、聚人民。繕甲兵、繕、治也。具卒乘、乘、去聲。○步曰卒、車曰乘。將襲鄭。掩其不備曰襲。○段至此不義甚矣、然莊公平日處段、能小懲而大戒之、段必不至此。段之將襲鄭、莊公養之也。夫人將啓之。啓、開也、言欲爲內應。○婦人姑息之愛、不曉大義、故欲啓段。使莊公平日在母前能開陳大義、動之以至情、惕之以利害、夫人必不至此。夫人之啓段、莊公陷之也。公聞其期、聞其襲鄭之期也。○祭仲不聞、子封不聞、何獨公聞。蓋公含毒已久、刻刻留心、時時偵探、故獨聞之也。曰、可矣。三字寫莊公得計聲口、與上可矣句緊照、言這遭纔好伐了。鄭莊公蓄怨一生、到此盡然發露、不覺一句說出來。命子封帥率、車二百乘以伐京。京叛大叔段。段入于鄢。煙、○鄢、鄭邑名。公伐諸鄢。既命子封伐諸京、公又自伐諸鄢。兩路夾攻、期在必殺。五月辛丑、大叔出奔共。敍段事止此。書曰、鄭伯克段于鄢。經文、下釋經也。段不弟、故不言弟。如二君、故曰克。稱鄭伯、譏失教也。謂之鄭志。莊公養成弟惡、故曰失教。鄭志者、鄭伯之志、在于殺弟也。○鄭志二字、是一篇斷案。不言出奔、難之也。段實出奔、而以克爲文、明鄭伯志在殺段、難言其奔也。○釋經止此。下遙接前文再敍。遂寘寘同置、姜氏于城潁、寘、棄也。潁、鄭地。城而誓之曰、不及黃泉、無相見也。黃泉、地中之泉也。立誓永不見母、將前日惡己愛段之忿、一總發洩、忍哉。既而悔之。悔誓之過、是天性萌動。○無相見也、以上純是殺機。潁考叔以下、純是太和元氣。既而悔之一句、是轉殺機爲太和的緊關。潁考叔鄭大夫。爲潁谷封人、時爲潁谷典封疆之官。聞之、聞其悔也。有獻于公。或獻謀、或獻物。公賜之食、食舍捨、肉。食而舍肉、挑其問也。公問之。公問何故舍肉不食。對曰、小人有母、只四字、妙甚、直刺入心。皆嘗小人之食矣、未嘗君之羹、請以遺去聲、之。善于誘君、使之自然、心動情發。公曰、爾有母遺、緊衣、我獨無。緊、語助也。○哀哀之音、宛然孺子失乳而啼、非復前日含毒惡聲。潁考叔曰、敢問何謂也。佯爲不知、妙。公語去聲、之故、公語以誓母之故。且告之悔。且告以追悔無及之意。對曰、君何患焉、黃泉之誓、何足患焉。若闕掘、地及泉、隧而相見、其誰曰不然。隧、地道也。掘地使及黃泉、爲地道以見母、便是相見于黃泉、誰以此說爲背誓也。○天大難事、輕輕便解。公從之。公入而賦、大隧之中、其樂洛、也融融。賦、賦詩也。大隧二句、公所賦詩辭。融融、和樂也。則知其前之陰毒矣。姜出而賦、大隧之外、其樂也洩洩。異、○大隧二句、姜所賦詩辭。洩洩、舒散也。則知其前之隱忍矣。○從前一路刻毒慘傷之心、俱于融融洩洩四字中消盡、摹寫生色。遂爲母子如初。敘姜氏止此。○初字起、初字結。君子曰、左氏設君子之言、以爲論斷也。潁考叔、純孝也。愛其母、施（去聲）及莊公。（拈愛字妙。親之偏愛、足以召禍。子之真愛、可以回天。）詩曰、孝子不匱、永錫爾類、其是之謂乎。（詩、大雅、既醉篇、言孝子之心無窮、又能以己孝感君之孝、而錫及其儔類也、其潁考叔純孝之謂乎。○引詩咏歎作結、意致冷然。）

鄭莊志欲殺弟、祭仲、子封諸臣、皆不得而知。姜氏欲之、焉辟害、必自斃、子姑待之、將自及、厚將崩等語、分明是逆料其必至于此。故雖婉言直諫、一切不聽。迨後乘時迅發、幷及于母。是以兵機施于骨肉、真殘忍之尤。幸良心忽現、又被考叔一番救正、得母子如初。左氏以純孝贊考叔作結、寓慨殊深。

周鄭交質 隱公三年　　左傳

鄭武公、莊公、爲平王卿士。（父子俱秉周政。）王貳于虢。（王病鄭之專、欲分政于虢公。）鄭伯（莊公。）怨王。（貳與怨、俱根心上來、伏下信不由中。）王曰、無之。（只用無之二字支吾、全是小兒畏撲光景。）故周鄭交質。（互、○質、物相質當也。君權替、臣紀廢、自此極矣。）王子狐爲質於鄭、鄭公子忽爲質於周。（平王子名狐、鄭公子名忽。○先言王出質、而後言鄭出質者、明鄭伯偪王立質畢、而後聊以公子塞責、是惡平王先與人質也。）王崩。周人將畀虢公政。（畀、與也。將者、未決之辭。卻爲鄭莊窺破。故王以三月崩、而祭足以四月寇、言其疾也。）四月、鄭祭（債）足（卽祭仲。）帥（率、）師取温之麥。秋、又取成周之禾。温、周邑名。成周、今洛陽縣。○書温、又書成周者、四月猶温、秋則徑入成周。寫鄭莊之惡、不唯無君、直是異樣慘毒。周鄭交惡。如字、○敘事止此。下皆左氏斷辭。君子曰、信不由中、質無益也。一句喝倒交質之非。明恕而行、要平聲、之以禮、雖無有質、誰能間去聲、之。明則不欺、恕則不忌、所謂由中之信也。言本明恕而行、又以禮文、彼此要結、雖不以子交質、誰能離間之也。苟有明信、推開一步說。澗溪沼沚之毛、山夾水曰澗。水注川曰溪。方池曰沼。小渚曰沚。毛、草也。即下文所謂菜也。蘋蘩薀藻之菜、蘋、大萍也。蘩、白蒿也。薀藻、聚藻也。皆生于澗溪沼沚、可以爲菜者。筐筥舉、錡奇、釜之器、方曰筐、圓曰筥、皆竹器。有足曰錡、無足曰釜、皆鼎屬。潢黃、汙行潦之水、潢汙、停水也。行潦、流水也。可薦於鬼神、可羞於王公。薦、祭也。羞、進也。○以上七句、言至薄之物、猶可藉明信以爲祭祀燕享。而況君子結二國之信、行之以禮、又焉煙、用質。此通言凡結信者、不得用質、非專指周鄭也。○上言要之以禮、此又言行之以禮、全是惡周鄭交質之非禮也。風有采蘩采蘋、雅有行葦泂迥、酌、采蘩、采蘋、國風二篇名。義取于不嫌薄物。行葦、泂酌、大雅二篇名。行葦篇、義明忠厚。泂酌篇、義取雖行潦可以供祭。昭忠信也。此四詩者、明有忠信之行、雖薄物皆可用也。○引詩作結。以蘩蘋葦酌等字、與澗溪沼沚十六字相映照。而仍以忠信字關應信不由中、風韻悠然。

通篇以信禮二字作眼。平王欲退鄭伯而不能退、欲進虢公而不敢進、乃用虛詞欺飾、致行敵國質子之事、是不能處己以信、而馭下以禮矣。鄭莊之不臣、平王致之也。

曰周鄭、曰交質、曰二國、寓譏刺于不言之中矣。

石碏諫寵州吁 隱公三年

左傳

衛莊公娶于齊東宮得臣之妹、曰莊姜。東宮、太子宮也。得臣、齊太子名。○敘莊姜與太子同母、表其所生之貴也。與下嬖人緊照。美而無子。美于色、賢于德而不見答。終以無子。○四字深妙。衛人所爲去聲、賦碩人也。碩人、國風篇名。國人以莊姜美而不見答、作碩人之詩以閔之。○引證冷雋。又娶於陳、曰厲嬀。規、生孝伯、蚤死。其娣弟、戴嬀生桓公、莊姜以爲己子。嬀、陳姓。厲、戴、皆謚也。妻之妹從妻來者曰娣。桓公雖非正出、然爲正嫡所子、自然當立。○莊姜以爲己子、應無子句。公子州吁、嬖人之子也。莊公嬖妾、生子名曰州吁。賤而得幸曰嬖。有寵而好去聲、兵、母嬖故有寵。寵字是一篇主腦。伏下六逆禍根。公弗禁。以寵故弗禁。莊姜惡烏故反、之。縱其好兵、必致禍、故惡之。○以上敘莊姜賢美而不見答。所寵者乃嬖人之子州吁、衛國之禍、自此始矣、以起下文。石碏鵲、大夫。○衛諫曰、臣聞愛子、教之以義方、弗納於邪。方、矩則也。易曰、義以方外。納、使之入也。邪者、義之反。指好兵言。驕奢淫佚、所自邪也。四者之來、寵祿過也。驕奢淫佚、乃邪之所自起。而所以有此四者、由寵祿之過。祿者、寵之實也。○以上推言寵之流弊、適所以納子於邪、實非愛子也。將立州吁、乃定之矣。先拗一筆。

若猶未也、階之爲禍。不定其位、勢必緣寵而爲禍。○四句、與欲與大叔數句、筆法相同。夫扶、寵而不驕、驕而能降、降而不憾、憾而能眕軫、者、鮮去聲、矣。眕、安重貌。言寵愛而不驕肆、驕肆而能降心、降心而不怨恨、怨恨而能安重、如此者少也。○此就人常情上、申言所自邪之義、以明州吁之必爲禍也。且夫以下推開一步、就莊姜、桓公與嬖人州吁、兩兩相對說。賤妨貴、以爵言。少去聲、陵長、掌、齒言。○以遠間去聲、親、以地言。新間舊、以情言。小加大、以勢言。淫破義、以德言。所謂六逆也。此六者、皆逆理之事。君義、臣行、以在國言。父慈、子孝、兄愛、弟敬、以在家言。所謂六順也。此六者、皆順理之事。去順效逆、今寵州吁、其于六逆、則賤妨貴、少陵長。其于六順、則弟不敬。是去順而效逆矣。所以速禍也。君人者、將禍是務去。而速之、無乃不可乎。兩禍字、應前階之爲禍。君人以下十六字、一氣三轉。詞意愷切。弗聽。莊公不聽。其子厚與州吁遊。禁之、應弗禁。不可。石厚不聽。桓公立、乃老。謂告老致仕。○夫以石碏之賢、諫既不行于君、令復不行于子、命也。夫其見幾而作、不俟終日、智矣哉。

寵字、乃此篇始終關鍵。自古寵子未有不驕、驕子未有不敗。石碏有見于此、故以教之義方爲愛子之法。是拔本塞源、而預絕其禍根也。莊公愎而弗圖、辨之不早、貽禍後嗣、嗚呼慘哉。

臧僖伯諫觀魚隱公五年

左傳

春、公將如棠觀魚同漁、者。如、往也。棠、魯之遠地。隱公將往棠地陳魚而觀之。臧僖伯公子彄。諫曰、凡物不足以講大事、其材不足以備器用、則君不舉焉。物、鳥獸之屬。講、習也。大事、謂祀與戎也。材、謂皮革齒牙、骨角毛羽也。器用、軍國之資。舉、行也。此言君人之道、以軍國祀戎爲重、以遊觀宴樂爲輕。○提出君字作主。三句、是一篇之綱領。君將納民於軌物者也。一定者、爲軌。當然者、爲物。○承上君字轉下、見得君之所舉、關係甚大。軌字承凡物句。物字承其材句。觀下文自見。故講事以度鐸、軌量謂之軌。軌有差等曰量。取材以章物采謂之物。物有華飾曰采。不軌不物、謂之亂政。亂政亟器、行、所以敗也。反收四句、以明則君不舉之故。故春蒐搜、夏苗、秋獮先上聲、冬狩、蒐、苗、獮、狩、皆獵名。蒐、搜索、擇取不孕者。苗、爲苗除害也。獮、殺也。以殺爲名、順秋氣也。狩、圍守也。冬物畢成、獲則取之、無所擇也。皆於農隙以講事也。四時講武、因農力之閒。各三年而治兵、入而振旅、雖四時講武、猶復三年而大習。出曰治兵、入曰振旅。振、整也。旅、衆也。謂整衆而還也。歸而飲至、歸乃告至於廟而飲。以數上聲、軍實。以計軍徒器械及所獲之數。昭文章、昭、著也。君、大夫、士、車服旌旗、各有文章。明貴賤、田獵之制、貴者先殺。所以明君、大夫、士、庶人之貴賤。辨等列、辨上下之等第行列。坐作進退皆是也。順少去聲、長、掌、○出則少者在前、趨敵之義。還則少者在後、殿師之義。所謂順也。習威儀也。皆所以講習上下之威儀也。○此一段、應講大事句。鳥獸之肉、不登於俎、謂不足登於俎、以供祭祀。皮革齒牙、骨角毛羽、不登於器、謂不足登於法度之器、以爲采飾。則君不射、石、古之制也。君不親射。此古先王之法制。○此一段、應備器用句。若夫山林川澤之實、器用之資、皁隸之事、官司之守、非君所及也。山林、謂材木樵薪之類。川澤、謂菱芡魚鼈之類。所資取以爲器用者、是賤臣皁隸之事、小臣有司之職、非君之所親也。○此一段、應君不舉句。公曰、吾將略地焉。言欲按行邊境、不專爲觀魚也。○飾說。遂往。陳魚而觀之。陳、設張也。捕魚之具而觀之。公大設僖伯稱疾不從。書曰、公矢魚于棠、矢、亦陳也。非禮也、且言遠地也。非禮便是亂政。棠實他境、故曰遠地。

隱公以觀魚爲無害于民。不知人君舉動、關係甚大。僖伯開口便提出君字、說得十分鄭重。中間歷陳典故、俱與觀魚映照。蓋觀魚正與納民軌物相反。末以非禮斥之。隱然見觀魚即爲亂政、不得視爲小節、而可以縱欲逸遊也。

鄭莊公戒飭守臣 隱公十一年　　左傳

秋七月、公會齊侯、鄭伯、伐許。庚辰、傅附、于許。三國之師、俱附于許之城下。潁考叔取鄭伯之旗蝥謀、弧胡、以先登。蝥弧、旗名。子都鄭大夫、公孫閼。自下射食、之、恨考叔奪其車、故射之。顛。顛、墜也。考叔墜而死。瑕叔盈鄭大夫。又以蝥弧登。周麾而呼曰、君登矣。周、徧也。麾、招也。蝥弧、鄭伯旗、故呼曰君登。鄭師畢登。鄭師見君之旗、故盡登城。壬午、遂入許。許莊公奔衛。齊侯以許讓公。齊不取。公曰、君謂許不共、同供。○謂許不供職貢。故從君討之。許既伏其罪矣。雖君有命、寡人弗敢與預、聞。魯不取。乃與鄭人。鄭莊始以三國之師、同克許。難自專功、而佯讓齊遜魯。及齊魯交讓、而鄭莊因受焉。是齊魯墮鄭術中也。蓋鄭與許爲鄰、莊公眈眈虎視已久、一日得許、心滿意足、欲掩飾其貪許狡謀、故下文逐層商量、逐步打算、遂成曲曲折折、裊裊亭亭之筆。又鄭伯使許大夫百里、奉許叔許莊之弟。以居許東偏。偏、邊鄙也。○已弟叔段何在、而愛及他人之弟。特借此布置一番、是奸雄手段。曰、天禍許國、鬼神實不逞於許君、而假手於我寡人。逞、快也。言許禍降自天、非我欲伐許也。寡人唯是一二父兄同姓羣臣。不能共同供、億、其敢以許自爲功乎。共、給也。億、安也。○就處常推出一層。寡人有弟、叔段。不能和協、而使餬其口於四方、其況能久有許乎。餬口、寄食也。段出奔共國、故云寄食于四方。是怕人說、自開口先說。○就處變推出一層。吾子其奉許叔以撫柔此民也。以上追前、以下料後、只此句點題。吾將使獲鄭大夫、公孫獲。也佐吾子。伏下。若寡人得沒於地、天其以禮悔禍于許。以禮、如人以恩禮相遇。悔禍、悔前日之禍許、而轉而佑之。根上天禍許國來。○十五字作一句讀。若者、逆料之詞。是說在自己身後者、明明自己在時、天未必其悔禍于許也。下乃緊承悔禍意、作兩層寫。無寧茲許公復奉其社稷。唯我鄭國之有請謁焉、如舊昏同婚、媾、其能降以相從也。無寧、猶寧無也。茲、此也。言寧無此許公復奉許之社稷。唯我鄭國之有所請告于許、如舊昏姻、許其能降心以從鄭也。○三十字作一氣讀。就有益于鄭處、推出一層。無滋他族、實偪處此、以與我鄭國爭此土也。吾子孫其覆福、亡之不暇、而況能禋因、祀許乎。言無長他族類、逼近居此、以與我鄭國爭此許地。吾子孫將顛覆危亡、救之不暇、而況能禋祀許之山川乎。精意以享曰禋。或謂他族、是暗指齊魯、似極有照應。但此是說在自己身後者、恐非專指齊魯也、玩子孫二字可見。○三十三字作一氣讀。就有害于鄭處、推出一層。寡人之使吾子處此、居許東偏。不惟許國之爲、去聲、○應許公復奉其社稷。亦聊以固吾圉語、也。圉、邊陲也。應無滋他族、實偪處此。○三句總收上文。乃使公孫獲處許西偏。曰、凡而器用財賄、無置于許。而、汝也。我死、應前得沒于地。乃亟去之。乃、亦汝也。以無財物之累、可以速於去許。○亦說在自己身後者、明明自己在時、汝一日不可去許也。吾先君新邑于此。新邑、河南新鄭也。舊鄭在京兆。莊公之父武公、始遷邑于河南。王室而既卑矣。周自東遷之後、日見衰微。周之子孫、

校勘記：

①"人民"，《左傳》作"民人"。

日失其序。序、班列也。周序先同姓、後異姓。王室既卑、故子孫日失其序。夫許、大泰、岳之胤印、也。大岳、神農之後。堯、四岳也。胤、嗣也。見許非周子孫、後未可量。天而既厭周德矣、吾其能與許爭乎。王室既卑、是天厭周德。子孫失序、而鄭亦周之子孫、豈能與許爭此地乎。此明公孫獲不可久居許之意。○已上兩邊戒飭之詞。滿口假仁假義、只爲自家掩飾。絶不厭其詞之煩。快筆英鋒、文中僅有。君子謂鄭莊公於是乎有禮。于是乎有禮者、見鄭莊一生無禮、唯此若有禮耳。禮、經國家、定社稷、序人民①、利後嗣者也。四句、是禮之用。許無刑而伐之、刑、法也。服而舍捨、之、度鐸、德而處之、量力而行之、相去聲、時而動、無累後人、六句、是説鄭莊用禮。可謂知禮矣。又斷一句。言從外面看去、真可謂知禮矣。

鄭莊戒飭之詞、委婉紆曲。忽爲許計、忽爲鄭計、語語放寬、字字放活。篇中三提天字、見事之成敗、一聽于天、己未嘗容心于其際。曰得沒于地、曰我死亟去、俱從身後著想。可見生前、斷不容許吐氣。更妙在用四個乎字、是心口相商、吞吞吐吐、無從捉摸、真奸雄之尤。但辭令妙品、洵不多得。謂之有禮、亦止論其事、未暇誅其心也。

臧哀伯諫納郜鼎 桓公二年　左傳

校勘記：

①《左傳》于"納"字上有"戊申"兩字。

夏四月、取郜告、大鼎于宋、納于大泰、廟①。宋華督弑殤公、恐諸侯討己、故以郜國所造之鼎賂魯。桓公至是取所賂之鼎于宋、納于大廟。○曰取、曰納、書法凜然。非禮也。受弒逆者之賂器、以汙宗廟、非禮之甚也。○斷一句。臧哀伯魯大夫、僖伯之子。諫曰、君人者、將昭德塞違、以臨照百官、猶懼或失之。故昭令德、以示子孫。言人君者、將昭明善德、閉塞邪違、以顯示百官、如日月之臨照焉、猶恐不能世守而弗失。故復以其德之最善者、昭著于物、以垂示子孫。○昭德塞違並提、是一篇主意。然昭德正所以塞違也、故下歷言昭德之實。是以清廟茅屋、清廟、肅然清淨之廟也。茅屋、以茅飾屋也。大路越活、席、大路、祀天車、朴素無飾。越席、結草爲席也。大泰、羹不致、大羹、大古之羹、肉汁也。不致、謂無鹽梅之和也。粢食嗣、不鑿、作、○黍稷曰粢。鑿、精米也。一石舂爲八斗。昭其儉也。儉約不敢奢侈。○昭令德以示子孫者一。袞冕黻珽、挺、○袞、畫衣。冕、冠也。黻、蔽膝也。珽、玉笏也。帶裳幅壁、舄、昔、○帶、革帶。裳、下衣。幅、今之行縢、即裹脚也。舄、複履也。衡紞耽上聲、紘宏、綖、延、○衡、維持冠者。紞、冠之垂者。紘、纓從下而上者。綖、冠上覆者。昭其度也。尊卑各有制度。○昭令德以示子孫者二。藻率律、鞞丙、鞛、卜上聲、○藻率、以韋爲之、所以藉玉也。佩刀之鞘、上飾曰鞞、下飾曰鞛。鞶盤、厲游留、纓、鞶、大帶。厲、大帶之垂者。游、旌之末垂者。纓、馬飾。昭其數也。尊卑各有等數。○昭令德以示子孫者三。火龍黼黻、火、畫火也。龍、畫龍也。黑與白謂之黼、黑與青謂之黻。龍、畫于衣。火黼黻、繡于裳。昭其文也。上下各有文章。○昭令德以示子孫者四。]五色比象、[車服器械之有五色、皆以比象天地四方。]昭其物也。[大小各有物色。○昭令德以示子孫者五。]錫[揚、]鸞和鈴、[四者皆鈴類、錫在馬額、鸞在鑣、和在衡、鈴在旂。]昭其聲也。[四者齊聲、自然節奏。昭令德以示子孫者六。]○三辰旂旗、[三辰、日月星也。畫于旂旗。交龍為旂、熊虎為旗。]昭其明也。[旌旗燦爛、象天之明。昭令德以示子孫者七。]○夫德、儉而有度、登降有數、文物以紀之、聲明以發之、以臨照百官、百官於是乎戒懼、而不敢易紀律。[登降、謂有損益。紀、維也。發、揚也。紀律、紀綱、法律也。○總昭德作一收。戒懼而不敢易紀律、即所以塞違也。]今滅德立違、[今受賂立督、是不昭德而滅德、不塞違而立違。]而寘[同置、]其賂器於大廟、[寘、猶納也。]以明示百官。百官象之、其又何誅焉。[象、效尤也。誅、責也。○不可納者一。]國家之敗、由官邪也。[由百官之違邪。]官之失德、寵賂章也。[謂寵臣之受賄賂、章明而無所忌憚也。]郜鼎在廟、章孰甚焉。[大廟、百官助祭之所。章明昭著、莫過于此。○不可納者二。]武王克商、遷九鼎於雒[同洛]邑、[九鼎、夏禹所鑄。三代相傳、以為有國之寶。武王克商、遷九鼎于成周之雒邑。]義士猶或非之。[義士、伯夷之屬。]而況將昭違亂之賂器于大廟、其若之何。[其見非于義士必甚。○不可納者三。○歷言滅德立違之失、以見賂鼎當速出之于廟也。]公不聽。[仍寘大廟。]周內史[大夫]官。聞之曰、臧孫達[即哀伯。]其有後於魯乎。僖伯諫隱觀魚。其子哀伯諫桓納鼎。積善之家、必有餘慶、故曰有後于魯。君違、不忘諫之以德。桓公雖滅德立違、哀伯惓惓不忘諫之以昭德。○昭德塞違總結。劈頭將昭德塞違四字提綱、而塞違全在昭德處見。故中間節節將昭字分疏、見廟堂中何一非令德所在、則大廟容不得違亂賂鼎可知。後復將塞違意、分作三樣寫法、以冀君之一寤而出鼎、故曰不忘。

季梁諫追楚師　桓公六年

左傳

楚武王侵隨、隨、漢東姬姓國。使薳委、章楚大夫。求成焉。使之求平于隨、詐也。軍於瑕以待之。瑕、地名。楚軍于此、以待隨之報。隨人使少去聲、師董成。少師、隨大夫。董成、主行成之事。鬬伯比楚大夫。言於楚子曰、吾不得志於漢東也、我則使然。言不得志于漢東、是我失策使然。我張吾三軍、而被吾甲兵、以武臨之、彼則懼而協以謀我、故難閒去聲、也。張、侈大也。楚之失策、正坐此患、故不能得志。下乃爲楚畫策。漢東之國隨爲大。隨張、必棄小國。小國離、楚之利也。張則不懼、離則不協、楚然後可以得志、故曰利。少師侈。隨之少師、素自侈大。請羸雷、師以張之。請藏其精兵、示以羸弱之卒、使少師忽楚、而愈自侈大。○三張字、呼應緊峭。

熊率律、且疽、比楚大夫。曰、季梁隨賢臣。在、何益。言季梁在彼必諫、雖羸師無益于楚。鬭伯比曰、以爲後圖。少師得其君。言不徒爲今日計。且隨君寵少師、未必聽季梁之言。王毀軍而納少師。毀軍、羸師也。王從伯比之計。

少師歸、請追楚師。隨侯將許之、季梁止之曰、天方授楚、楚之羸、其誘我也、君何急焉。一句喝破毀軍之詐。臣聞小之能敵大也、小道大淫。小有道、大淫亂、然後小能敵大。所謂道、忠於民而信於神也。忠民信神、是一篇主意。○承道。上思利民、忠也。祝史正辭、信也。祝史正辭、謂祝官史官、實其言辭、而不欺誑鬼神。○又承忠信。今民餒而君逞欲、是無利民之忠。祝史矯舉以祭、矯舉、謂詐稱功德以告鬼神。○是無正辭之信。臣不知其可也。臣不知其小之可以敵大也。此斷言楚不可追之意。公曰、吾牲牷全、肥腯、突、粢盛成、豐備、何則不信。牲、牛羊豕也。牷、純色完全也。腯、肥貌。黍稷曰粢。在器曰盛。○上兼舉忠民信神。隨侯單說信神、一邊已忘卻忠民了。故下歸重民爲神之主上。對曰、夫民、神之主也、是以聖王先成民而後致力於神。信神只在忠民上看出。故下三告、皆關民上。成民、指養與教言。故奉牲以告祝史奉牲以告神、下倣此。曰、博碩肥腯、博、廣也。碩、大也。言是牲廣大而肥充。○告神只一句。下倣此。謂民力之普存也。告神以博碩肥腯者、謂民力之普徧安存、

所以能如此也。謂其畜休去聲之碩大蕃滋也。謂其不疾瘯促、蠡裸、也。謂其備腯咸有
也。瘯蠡、疥癬也。三句俱承民力普存說。唯民力之普存、故其所養之畜、蕃大而無疥癬、咸備而不闕失。○答上牲牷肥腯句。奉盛以告曰、潔粢豐
盛、謂其三時不害、而民和年豐也。奉酒醴以告曰、嘉栗旨酒、以善敬之心、將其旨酒。
謂其上下皆有嘉德、而無違心也。答上粢盛豐備句。酒醴一段是補筆。所謂馨香、無讒慝也。
犧牲粢盛酒醴、所以謂之馨香者、乃民德之馨香、無讒諛邪慝故也。○總一筆、答上何則不信句。○內用七個謂字、七個也字、頓挫生姿。末所謂馨香一句、直與上所謂道一句呼應。故
務其三時、養以成民。修其五教、親其九族、九族、上至高祖、下及玄孫。○教以成民。以致其禋因、
祀、精意以享曰禋。○致力於神。於是乎民和而神降之福。故動則有成。謂祭則受福、戰則必克也。今民各
有心、而鬼神乏主。應夫民神之主句。君雖獨豐、其何福之有。收完上文。君姑修政而親
兄弟之國、庶免於難。去聲。○修政、指忠信而言。兄弟之國、謂漢東姬姓小國。言當與之親而協、不可與之棄而離、庶免于楚國之難也。○又找一筆。
與鬬伯比之意暗合、妙。隨侯懼而修政。楚不敢伐。應懼字結。

起手將忠民信神並提、轉到民爲神主。先民後神、乃千古不易之論。篇中偏從致力于神處、看出成民作用來。故足以破隨侯之惑、而起其懼心。至其行文、如流雲織

錦、天花亂墜、令人應接不暇。

曹劌論戰 莊公十年

左傳

齊師伐我。公將戰。曹劌（貴、魯人。○）請見。（現、○請見莊公。）其鄉人曰、肉食者謀之、又何間（去聲、）焉。（肉食、謂在位有祿者。間、猶與也。在位者自能謀之、汝又何與其謀焉。）言劌曰、肉食者鄙、未能遠謀。（肉食者所見鄙陋、其謀未能遠大也。○遠謀二字、是一篇關眼。）遂入見。問何以戰。（問何恃以與齊戰。○問得峭。）公曰、衣食所安、弗敢專也、必以分人。（衣食二者、必分之凍餒之人、或者感吾之德、而可以戰乎。）對曰、小惠未徧、民弗從也。（分惠未能徧及、民心不肯從上所使、未可恃以爲戰。）公曰、犧牲玉帛、弗敢加也、必以信。（犧牲、祭牲也。玉、蒼璧黃琮之類。帛、幣也、此皆禮神之物。言祭祀之禮、不敢有加于舊、而祝史告神、必以誠信、或者感格神明、而可以戰乎。）對曰、小信未孚、神弗福也。（一時之小信、未能感孚于神。而神亦弗肯降之以福、未可恃以爲戰。）公曰、小大之獄、雖不能察、必以情。（小獄、爭訟也。大獄、殺傷也。情、實也。言小大之獄、雖不能明察、然必盡己之心以求其實、或者獄無冤枉、而可以戰乎。）對曰、忠之屬也、可以一戰。（察獄以情、不使有枉、是能盡己之心、亦忠之一端也。君能盡心于民、則民宜盡心于君、庶可以一戰。○可以一戰、緊照問何以戰。一可字、又與下四可字相應。）戰則請從。去聲、○若與齊戰、則請從行。○請從、與上請見相應。公與之乘。去聲、○乘、兵車也。戰于長勺。酌、○長勺、地名。公將鼓之、公欲鳴鼓以進兵。劌曰未可。齊人三鼓、劌曰可矣。齊師敗績。大崩曰敗績。公將馳之、公欲馳車而逐齊兵。○將鼓將馳、與上將戰相應。劌曰未可。下視其轍、登軾而望之、轍、車跡也。軾、車前橫木。曰可矣。遂逐齊師。兩未可、兩可矣、突兀相應。既克。公問其故。公問劌不鼓、及下視登望之故。○又與問何以戰相應。對曰、夫戰、勇氣也。一鼓作氣、再而衰、三而竭。彼竭我盈、故克之。言所以必待齊人三鼓之故。○未戰論忠、將戰論氣、肉食人見不到此。夫大國、難測也、懼有伏焉。吾視其轍亂、望其旗靡、故逐之。言所以下視登望之故。○克之逐之、作兩樣寫法。筆墨精采。

肉食者鄙、未能遠謀、罵盡謀國僨事一流人。真千古笑柄。未戰考君德、方戰養士氣、既戰察敵情、步步精詳、著著奇妙、此乃所謂遠謀也。左氏推論始末、復備參差錯綜之觀。

齊桓公伐楚盟屈完 僖公四年

左傳

春、齊侯以諸侯之師侵蔡。蔡潰。會、遂伐楚。無鐘鼓曰侵。有鐘鼓曰伐。民逃其上曰潰。○看齊來楚踪跡、便不正大。楚子使與師言曰、君處北海、寡人處南海、唯是風馬牛不相及也。

牛走順風、馬走逆風、兩不相及、喻齊楚不相干也。不虞君之涉吾地也、何故。問得冷雋。絕不以齊爲意。妙。管仲對曰、昔召邵、康公命我先君太公曰、召康公、周太保召公奭也。太公呂望、齊始封之君也。五侯九伯、女汝、實征之、以夾輔周室。五侯、五等諸侯。九伯、九州伯長。○一援王命、破不相及句。賜我先君履、東至於海、西至於河、南至於穆陵、北至於無棣。第、○履、所踐履之地。穆陵、無棣、皆齊境。言其所賜之履、不限地界也。○二宣賜履、破涉吾地句。爾貢包茅不入、王祭不共、供、無以縮酒、寡人是徵。昭王南征而不復、寡人是問。包、裹束也。茅、菁茅也。禹貢、荊州貢菁茅。縮酒、束茅立之祭前、而灌鬯酒其上、象神歆之也。徵、問也。昭王、成王孫也。南巡狩、渡漢水、船壞而溺死。三擧楚罪、破何故句。○對曰、貢之不入、寡君之罪也、敢不共給。昭王之不復、君其問諸水濱。昭王時、漢水非楚境、故不受罪。○管仲問罪之詞、原開一條生路。故對使一認一推、恰好。問諸水濱一語、近謔。師進、次於陘。刑、○陘、楚地。穎州召陵縣南有陘亭。夏、楚子使屈完楚大夫。如師。如、往也。使往齊師觀兵勢。師退、次於召陵。屈完請盟故也。楚不服罪、故師進。楚既請盟、故師退。齊侯陳諸侯之師、與屈完乘去聲、而觀之。乘、共載也。○寫齊總不正大。齊侯曰、豈不穀是爲、去聲、先君之好去聲、是繼。與不穀同好、何如。不穀、諸侯謙稱。言諸侯之附從、非爲我一人、乃是尋我先君之好。未知汝楚君肯與我同好否。○此處一番和緩、後復一番恐喝、霸術往往如是。對曰、君惠徼驕、福於敝邑之社稷、辱收寡君、寡君之願也。徼、求也。言我以君之惠、而得徼社稷之福、使寡君見收于君。雖爲君辱、實寡君之願也。齊侯曰、以此衆戰、誰能禦之。以此攻城、何城不克。前猶是挾天子以令諸侯、此直是挾諸侯以令諸侯矣。宜乎其窮于屈完之對也。對曰、君若以德綏諸侯、誰敢不服。君若以力、楚國方城以爲城、方城之山、可用爲城。漢水以爲池、江漢之水、可用爲池。雖衆、無所用之。齊桓說攻說戰、何等矜張。屈完只閒閒將以德以力兩路合來、一揚一抑、又何等安雅。屈完及諸侯盟。及諸侯盟、則非專與齊盟也、與篇首關應。

齊桓合八國之師以伐楚、不責楚以僭王猾夏之罪、而顧責以包茅不入、昭王不復、一則爲罪甚細、一則與楚無干。何哉、蓋齊之內失德、而外失義者多矣。我以大惡責之、彼必斥吾之惡以對、其何以服楚而對諸侯乎。故舍其所當責、而及其不必責。霸者舉動、極有收放、類如此也。篇中寫齊處、一味是權謀籠絡之態。寫楚處、忽而巽順、忽而詼諧、忽而嚴厲、節節生峯。真辭令妙品。

宮之奇諫假道　僖公五年　　左傳

晉侯獻公。復扶又切、假道於虞以伐虢。二年、虞師晉師伐虢、滅下陽。至是又假道以伐虢。○下一復字、便伏下一甚可再意。宮之奇虞賢大夫。諫曰、虢、虞之表也。表、外護也。言虢爲虞之外護。虢亡、虞必從之。虞失外護、則必與之俱滅。○事急故陡作險語。通篇著眼在此。晉不可啓、寇不可翫、玩、一之爲甚、其可再乎。翫、狎也。在昔爲晉、在今爲寇。在昔爲啓、在今爲翫。晉不可啓、故一爲甚。寇不可翫、故不可再也。諺所謂輔車昌遮切、相依、脣亡齒寒者、其虞、虢之謂也。輔、頰輔。車、牙車。言虞如牙車、如齒在裏。虢如頰輔、如脣在表。虢存、則輔車相依。虢滅、則脣亡齒寒。○此言滅虢正所以自滅。應虢亡虞必從之句。公曰、晉、吾宗也、豈害我哉。晉、虞、皆姬姓、故曰吾宗。對曰、大泰、伯虞仲、大王之昭也。虞仲、卽仲雍、二人皆太王之子、王季之兄也。太王于周爲穆、穆生昭、故太王之子爲昭。大伯不從、是以不嗣。大伯不從太王翦商、與虞仲俱遜國而奔吳、是以不嗣于周。而虞仲支子、別封西吳、是爲虞之始祖。○此段只說虞國出于太王。虢仲虢叔、王季之穆也。二人皆王季之子、文王之弟也。王季于周爲昭、昭生穆、故王季之子爲穆。仲封東虢、爲鄭所滅。叔封西虢、爲今虢公始祖。爲文王卿士、勳在王室、藏於盟府。王功曰勳。盟府、司盟之官。二人皆有功于王室、文王與爲盟誓之書、而藏于盟府。○此段乃說虢更親于虞仲。將虢是滅、何愛於虞。虢比虞于晉、又近一世。晉既滅虢、何愛于虞、而反不滅乎。○破晉吾宗句。且進一層說。虞能親於桓莊乎、其愛之也。桓叔、始封于曲沃、莊伯其子也。獻公乃桓叔曾孫、莊伯之孫、言晉虞不過同宗。而桓莊之族、爲獻公同祖兄弟、實至親也。○倒句妙。若順寫、則將云且晉愛虞、能過于桓莊乎。桓莊之族何罪、而以爲戮、不唯偪乎。偪、貴近也。獻公盡殺之。桓叔莊伯之族無罪、而是惡其族大勢偪也。親以寵偪、猶尚害之。況以國乎。至親而以寵勢相偪、猶尚殺害之。況虞國之利、獻公肯相容乎。○破豈害我句。公曰、吾享祀豐潔、神必據我。據、猶依也。言虞有神祐、晉雖欲害而不能。○寫癡人如畫。對曰、臣聞之、鬼神非人實親、惟德是依。鬼神非實親近乎人、惟有德者、乃依據之。故周書曰、皇天無親、惟德是輔。蔡仲之命篇辭。○德字引書一。又曰、黍稷非馨、明德惟馨。君陳篇辭。○德字引書二。又曰、民不易物、惟德繄物。旅獒篇辭。言祭者不改易其物、而神惟享有德者之物。繄、語助也。○德字引書三。如是、總三書。則非德、民不和、神不享矣。民爲神之主、神享要從民和看出。故帶說此句。神所馮、憑。依、將在德矣。冷語、妙。若晉取虞、而明德以薦馨香、神其吐之乎。吐、不食其所祭也。言虞國社稷山川之神、亦享晉明德之祀、所謂非人實親、惟德是依也。○破享祀豐潔、神必據我二句。弗聽。許晉使。去聲。宮之奇以其族行。恐懼晉禍、挈其妻子以奔曹。曰、虞不臘矣、在此行也、臘、歲終合祭諸神之名。言虞不能及歲終臘祭、卽在吾族既行、而遂滅也。○臘字根上享祀來。晉不更舉矣。

即以滅虢之兵滅虞、不再舉兵也。○說虢亡虞必從之、何等斬截。冬、晉滅虢。師還、館於虞。遂襲虞、滅之。執虞公。宮之奇三番諫諍、前段論勢、中段論情、後段論理。層次井井。激昂盡致。奈君聽不聽、終尋覆轍。讀竟爲之掩卷三歎。

齊桓下拜受胙 僖公九年

左傳

會于葵丘。尋盟、且修好、去聲 禮也。修睦以尊周室、故以爲禮。王使宰孔賜齊侯胙。宰、官。孔、名。胙、祭肉。異姓諸侯、非夏商之後、不賜胙。襄王使宰孔賜齊桓胙、蓋尊之比于二王也。曰、天子有事于文武、使孔賜伯舅胙。有事于文武、謂有祭祀之事于文武之廟。天子稱異姓諸侯、皆曰伯舅。○本與下以伯舅耋老句連文、只因齊侯欲下拜歇住。王命遂分兩番說、錯落入妙。齊侯將下拜。將下階拜、受天子之賜。○插入一句、妙。孔曰、且有後命。緊接。天子使孔曰、以伯舅耋迭、老、加勞、如字。賜一級、無下拜。七十曰耋。勞、功勞也。級、等也。言天子以伯舅年老、且有功勞于王室、故進一等、不令下階而拜。對曰、天威不違顏咫止、尺。言君尊如天、其威嚴常在顏面之前。八寸曰咫。小白、余敢貪天子之命無下拜、恐隕越于下、以遺去聲、天子羞、敢不下拜。小白、桓公名。隕越、顛墜也。公自稱名、言我豈

敢貪天子之寵命、不下階而拜。恐得罪于天、而顛墜于下、適足以昭天子之辱、敢不下階而拜乎。下、句、拜。句、登、句、受。句、

看他一連寫五箇下拜、兩無下拜、與敢不下拜應。將下拜、與下、拜、登、受、應。

陰飴甥對秦伯 僖公十五年　　左傳

十月、晉陰飴甥即呂甥。會秦伯、穆公。盟于王城。王城、秦地。秦許晉平之後、晉惠使卻乞召呂甥迎己。故會秦伯盟于此。秦伯曰、晉國和乎。對曰、不和。不和二字、對得駭人。小人恥失其君、而悼喪去聲其親、不憚征繕、以立圉語、也。曰必報讎、寧事戎狄。小人、在下之人也。君、指惠公。親、謂死于戰者。征繕、征賦治兵也。圉、惠公太子名。言小人恥其君爲秦所執、痛其親爲秦所殺、不憚征賦治兵以立太子。曰、必報秦之讎、寧事戎狄、而與之共圖也。君子愛其君而知其罪、不憚征繕、以待秦命。曰必報德、有死無二。君子、在上之人也。言君子愛其君、而知晉國之有罪、不憚征賦治兵、以待秦歸晉君之命。曰、必報秦之德、惟有死而無二心也。○初讀不和二字、只謂盡露其短。今說出不和之故來、始知正炫其長。兩邊一樣、加不憚征繕四字、是制縛秦伯要著。以此不和。又用不和二字作一束。筆法嚴整。秦伯曰、國謂君何。或死、或歸。對曰、小人

感、謂之不免。君子恕、以爲必歸。（小人不知事理、徒爲憂慼、以爲秦必害其君。君子以己之心、度人之心、以爲秦必歸其君也。）小人曰、我毒秦、秦豈歸君。（毒秦、謂晉背施閉糴、毒害秦國也。○所以可感。）君子曰、我知罪矣、秦必歸君。（所以爲恕。○即承上君子小人說來。雙開雙合、章法極整、又極變。）貳而執之、服而舍捨之、（晉有貳心、而秦執之。晉既知罪、而秦舍之。）德莫厚焉、刑莫威焉。（舍之、則秦之德莫厚于此。執之、則秦之刑莫威于此。）服者懷德、貳者畏刑。（服秦者、懷秦之德。貳秦者、畏秦之刑。）此一役也、秦可以霸。（秦歸晉君之役、使諸侯懷德畏刑、可以成霸業也。）納而不定、（若秦初納晉君、而不安定其位。）廢而不立、（秦既執晉君、今不歸而使之復立爲君。）以德爲怨、秦不其然。（是秦始有德于晉、而今則變德爲怨、秦豈肯爲此。○前兩段、並述君子小人意中事。貳而執之以下單就君子意中、一反一正說動他。）秦伯曰、是吾心也。（入其彀中。）改館晉侯。饋七牢焉。（牛、羊、豕各一、爲一牢。將歸之故加其禮焉。）

（通篇作整對格、而反正開合、又復變幻無端。尤妙在借君子小人之言、說我之意、到底自己不曾下一語。奇絕。）

子魚論戰　僖公二十二年　左傳

楚人伐宋以救鄭。（以宋襄公伐鄭故。）宋公將戰。大司馬（即子魚。）固諫曰、天之棄商久矣。

宋、商之後。君將興之、公將圖霸興復。弗可赦也已。獲罪于天、不可赦宥。○言不可與楚戰。弗聽。及楚人戰于泓。弘、○泓、水名。○總一句。宋人既成列、宋兵列陣已定。楚人未既濟。楚人尚未盡渡泓水。○是絕好機會。司馬曰、彼衆我寡、及其未既濟也、請擊之。公曰不可。何意。既濟而未成列、機會猶未失。又以告。省句法。公曰未可。又何意。既陳陣、而後擊之。宋師敗績。大崩曰敗績。公傷股、門官殲尖、焉。門官、守門之官、師行則從。殲、盡殺也。○二句、寫敗績不甚。國人皆咎公。歸咎襄公不用子魚之言。

公曰、君子不重去聲、傷、不禽同擒、二毛。重、再也。二毛、頭黑白色者。言君子于敵人被傷者、不忍再傷。頭黑白色者、不忍擒之。○二句引起。古之爲軍也、不以阻隘也。阻、迫也。隘、險也。言不迫人于險。○釋上不可意。寡人雖亡國之餘、不鼓不成列。亡國之餘、根棄商句來。鼓、鳴鼓進兵也。言不進兵以擊未成陣者。○釋上未可意。○寡固不可以敵衆。宋公既不量力以致喪師、又爲迂腐之說以自解、可發一笑。子魚曰、君未知戰。一句斷盡。勍擎、敵之人、隘而不列、天贊我也。勍、彊也。彊敵厄于險隘、而不成陣、是天助我以取勝機會。阻而鼓之、不亦可乎。迫而鼓進之、何不可之有。猶有懼焉。猶恐未必能勝也。○加一句、更透。○辨不以阻隘、不鼓不成列。且今之勍者、皆吾敵也。雖及胡耇、苟、獲則取之、何有於二毛。胡耇、元老之稱。言與我爭彊者、皆吾之讎敵。雖及元老、猶將擒之、何有于二毛之人。○辨不禽二毛。明恥教戰、求殺敵也。傷未及死、如何勿重。明設刑戮之恥、以教戰鬬、原求其殺人至死。傷而未死、何可不再傷以死之。○辨不重傷。若愛重傷、則如勿傷。愛其二毛、則如服焉。若不忍再傷人、則不如不傷之。不忍禽二毛、則不如早服從之。○再辨不重傷、不禽二毛、更加痛快。三軍以利用也、凡行三軍、以利而動。金鼓以聲氣也、兵以金退、以鼓進、以聲佐士衆之氣。利而用之、阻隘可也。若以利而動、則雖迫敵于險、無不可也。聲盛致志、鼓儳讒、可也。儳、參錯不齊之貌。指未整陣而言。聲士氣之盛、以致其志、則鼓敵之儳、勇氣百倍、無不可也。○再辨不以阻隘、不鼓不成列、更加痛快。○篇中幾箇可字、相呼應妙。

宋襄欲以假仁假義、籠絡諸侯以繼霸、而不知適成其愚。篇中只重阻險鼓進意、重傷二毛帶說。子魚之論、從不阻不鼓、說到不重不禽。復從不重不禽、說到不阻不鼓。層層辨駁、句句斬截、殊爲痛快。

寺人披見文公 僖公二十四年

左傳

呂、郤隙、畏偪、將焚公宮而弒晉侯。呂甥、郤芮、皆惠公舊臣。恐爲文公所偪害、欲焚公宮而弒之。寺人披請見。現、○寺人、內官也、名披。請見文公、欲以難告。公使讓之。且辭焉。讓、責也。公使人數其罪而責之、且辭不相見。○總二句。曰、蒲城之役、（五年、獻公使寺人披伐公于蒲城。）君命一宿、女（汝、）卽至。（獻公命汝經宿乃至、不待宿、而卽日至。）汝其後余從狄君以田渭濱、（其後我奔狄國、從狄君田獵于渭水之濱。）女爲（去聲、）惠公來求殺余。命女三宿、女中宿至。（惠公命汝三宿乃至、汝不待三宿、而次宿卽至。○就文公口中說出伐狄一事、補傳所未及。）雖有君命、何其速也。（二者雖奉獻公、惠公之命、何其至之太速也。○已上皆讓之之詞。）夫袪（區、）猶在、女其行乎。（袪、衣袂也。披伐蒲、斬公袪。言所斬之袪尚在、汝其去乎。○二句、是辭之之詞。）對曰、臣謂君之入也、其知之矣。若猶未也、又將及難。（去聲、○臣謂君之入晉也、庶幾知君人之道矣。若猶未也、又將及于禍難。○含譏帶誚、小人輕薄口吻。又將及難句、已微露其意。下就文公之言、作兩層辯駁。）君命無二、古之制也。（奉君命無二心、古之法制如此。）除君之惡、唯力是視。（前此伐公、乃爲君除惡、當盡吾力爲之。）蒲人狄人、余何有焉。（公在獻公時、則爲蒲人。在惠公時、則爲狄人。于我何關、而不速殺之。○竟斥之爲惡、復等之蒲狄人、快語。）今君卽位、其無蒲狄乎。（今安知無有如蒲狄而能爲公害者乎、當亦有人奉命速至、如披者也。意在含吐間、雋甚。○已上答雖有君命何其速也之意。）齊桓公置射（石、）鉤而使管仲相。（去聲、○莊公九年、魯納子糾、與齊戰于乾時。管仲射中齊桓公帶鉤、後桓公用管仲爲相。○射鉤對斬袪、恰好。）君若易之、何辱命焉。（君若反其所爲、則我將自去、無所辱于君命。）行者甚衆、豈唯刑臣。（披、閹人、故稱刑臣。言但恐懼罪而行者甚多、寧獨我刑餘之人。）

校勘記：①《左傳》于"晉"字上有"三月"兩字。

言外見舊臣畏偪不安、必有禍難、意在含吐間、讎甚。○已上答夫袪猶在女其行乎之意。公見之。以難告。公乃召見寺人披。以呂、郤之謀告。披晉侯潛會秦伯于王城①。避難也。己丑晦、公宮火。瑕甥、即呂甥。郤芮瑞、不獲公、乃如河上。秦伯誘而殺之。呂郤之才、不亞狐趙、因事失計、自取戮辱、惜哉。

寺人披傾險反覆、誠無足道。然持機事告人、危言迫脅、說得毛骨俱悚、人自不得不從之、可謂閹人之雄。

介之推不言祿 僖公二十四年　左傳

晉侯賞從亡者。文公反國、賞從亡之臣。介之推不言祿、祿亦弗及。介、姓。之、語助。推、名。介推亦在從亡中。未嘗言祿、而文公頒祿、亦不及介推。○先正多責推借正言以洩私怨。看此敘事、先書不言祿三字、便知推本自過人一等。推曰、獻公之子九人、唯君在矣。八人皆死、唯文公獨存。○一非人力。惠、懷無親、外內棄之。惠公、懷公、皆忮害無親。外而諸侯、內而臣民、無不棄之。○二非人力。天未絕晉、必將有主。三非人力。主晉祀者、非君而誰。四非人力。天實置之、而二三子以爲己力、不亦誣乎。置、立也。○總斷一筆。二三子更有何說。竊人之財、猶謂之盜。況貪天之功、以爲己力乎。再痛罵之、快極。下義其罪、上賞其奸。上下相蒙、難與處矣。貪天之功、在人爲罪、在國爲奸。而下反以爲義、上反以推賞、是上下相欺、難與一日並處于朝矣。○此卽是歸隱意、乃不言祿之由也。其母曰、盍亦求之、以死誰懟。兌、○言何不自去求賞、卽不求以死、將誰怨耶。○母特試之、故作相商語。對曰、尤而效之、罪又甚焉。尤、過也。我以貪天者爲過、今復效之、則我之罪、又甚于彼矣。且出怨言、不食其食。看推自亦認有怨言、何勞後人又責其怨。其母曰、亦使知之、若何。母特再試之、故再作相商語。上是試以求利、此是試以求名。○對曰、言、身之文也。身將隱、焉用文之、是求顯也。人之有言、所以文飾其身。吾身將隱于山林、何用假言辭以文飾之。若自言之、是非隱而求顯也。○上是不欲享其利、此是不欲享其名。其母曰、能如是乎、細玩此四字、乃知其母上二番特試之也。與汝偕隱。有此賢母、故能成子之高。遂隱而死。不言祿、結案。晉侯求之不獲、以緜上爲之田。緜上、西河地名。以此爲介推供祭之田。曰、以志吾過、且旌善人。志、記也。旌、表也。言以此田記吾祿不及推之過、且表推不言祿之善也。○祿亦弗及、結案。

晉文反國之初、從行諸臣、駢首爭功、有市人之所不忍爲者。而介推獨超然衆紛之外、孰謂此時而有此人乎。是宜百世之後、聞其風者、猶咨嗟歎息不能已也。篇中三提其母、作三樣寫法。介推之高、其母成之歟。

展喜犒師 僖公二十六年、

左傳

齊孝公伐我北鄙。公使展喜犒(考去聲)師。(展喜、魯大夫展禽之弟。犒、勞也。○人來伐我、卻往迎勞之、便妙。)使受命於展禽。(受命、受犒師之辭命也。展禽、即柳下惠、名獲、字禽。食采于柳邑、謚曰惠。)齊侯未入竟、(境同)展喜從之。(伏後乃還二字、妙。)曰、寡君聞君親舉玉趾、將辱於敝邑、使下臣犒執事。(不敢斥尊、託言來犒執事之臣。○辭令婉轉。)齊侯曰、魯人恐乎。對曰、小人恐矣、君子則否。(小人君子、以無識有識言。○說恐不得、說不恐又不得、分作君子小人說、奇妙。)齊侯曰、室如縣(同懸)罄、野無青草、何恃而不恐。(縣、繫也。罄、國語作磬。謂府藏空虛、如懸磬然。青草、蔬食也。特夏四月、今之二月、百物未成。故言在內而府藏空虛、在野而蔬食不備、魯之所恃者何在、而不恐乎。)對曰、恃先王之命。(先王、成王也。○一句喝出、辭氣正大。)昔周公、(魯祖)大(泰)公、(齊祖)股肱周室、夾輔成王。成王勞(去聲)之、而賜之盟。(提出二國之祖、轉到王命。論有根據。)曰、世世子孫、無相害也。(此句是先王之命。)載在盟府、太師職之。(太師、司盟之官。職、主也。加此二句、見王命凜凜至今。)○桓公是以糾合諸侯、而謀其不協。彌縫其闕、而匡救其災。昭舊職也。(闕、失也。災、難也。彌縫匡救、所以謀其不協。若此者、蓋欲昭明太公夾輔之舊職也。○是以字、緊承上王命來。二其字、皆指魯而言。及君卽位。先之以桓公、疾接及君卽位、妙。諸侯之望曰、其率桓之功。諸侯之望君、咸曰、其能率循桓公、彌縫匡救之功。○不獨寫魯、通寫諸侯、妙。我敝邑用不敢保聚。曰豈其嗣世九年、而棄命廢職、其若先君何。我敝邑用是不敢聚衆保守。咸曰、豈其嗣桓公世方及九年、而遽棄王命、廢舊職、其若先君太公、桓公何。○二十五字、作一氣讀。曰者、心口相商之詞。蓋用反語收上王命舊職二層、宕逸。君必不然。正轉一句、緊精。恃此以不恐。直收到君子則否句。○三恃字、呼應。齊侯乃還。齊侯更不下一語、妙。

篇首受命于展禽一語、包括到底。蓋展喜應對之詞、雖取給于臨時、而其援王命、稱祖宗大旨、總是受命于展禽者。大義凜然之中、亦復委婉動聽。齊侯無從措口、乘興而來、敗興而返。所謂子猷山陰之棹、何必見戴也。眞奇妙之文。

燭之武退秦師 僖公三十年　　左傳

晉侯、文公。秦伯穆公。圍鄭。晉文主兵、秦穆會之。以其無禮於晉、文公出亡過鄭、鄭不禮之。且貳于楚也。鄭伯雖受盟、猶有二心于楚。○二句、言致伐之由。晉軍函陵、秦軍氾南。函陵、氾南、皆鄭地。○二句、寫秦晉分軍次舍。可以乘閒私說、伏下燭之武夜縋見秦君。佚之狐鄭大夫。言於鄭伯曰、國危矣。若使燭之武鄭大夫。見秦君、師必退。佚之狐已有定算。公從之。遣燭之武。辭曰、臣之壯也、猶不如人。今老矣、無能爲也已。隱示不早見用意。雖近怨、然辭亦婉曲。公曰、吾不能早用子、今急而求子、是寡人之過也。公先自責。然鄭亡、子亦有不利焉。轉語急切、自然感動。許之。乃許出見秦君。夜縋墜、而出。縋、懸索也。至夜乃懸城而下、恐晉覺也。見秦伯曰、秦晉圍鄭、鄭既知亡矣。提過鄭事一邊、妙絕。若亡鄭而有益于君①、敢以煩執事。反跌一句。下乃歷言亡鄭之無益而有害、極爲透快。越國以鄙遠、君知其難也。秦在西、鄭在東、晉居其間。設若得鄭、而秦欲越晉國、以爲邊鄙、相隔甚遠。君亦當知其難也。〇亡鄭無益。焉煙、用亡鄭以陪鄰。鄰之厚、君之薄也。陪、益也。鄰、謂晉也。言秦得鄭。必爲晉所有、是益鄰矣。鄰之地厚、則秦之地相形而薄也。〇亡鄭又有害。若舍捨、鄭以爲東道主、行李之往來、共同供、其乏困、君亦無所害。鄭在秦東、故曰東道。行李、使人也。言秦能舍鄭以爲東道主人、秦之使者、往來過此、或資糧乏困、鄭能供給之、于秦又何所害焉。〇舍鄭有益無害。且君嘗爲晉君賜矣。許君焦瑕、朝濟而夕設版焉。君之所知也。晉君、謂惠公。賜、猶德也。焦、瑕、晉河外二邑。言穆公曾納惠公、亦云有德矣。惠公許秦以河外焦瑕二邑、乃朝濟河、而夕即設版築、以守二城。其背秦之速、君之所知也。〇此借舊事以見晉慣背秦德。與之共事、斷無有益。絕好一證。夫晉何厭平聲、

校勘記：

①“亡鄭”，原誤作“鄭亡”，今據《左傳》改。

之有。宕筆妙。進一層說。既東封鄭、又欲肆其西封。若不闕秦、將焉取之。封、疆也。肆、大也。闕、削也。言既滅鄭、以闕其東方之封疆、勢必又欲大其西方之封疆。若不削小秦地、將何所取之、以肆其西封也。○此言晉不獨得鄭、後必將欲得秦、爲害甚大。闕秦以利晉、唯君圖之。上言亡鄭以陪鄰、此直言闕秦以利晉、何等透快。秦伯說。悅、與鄭人盟。使杞子、逢孫、楊孫戍恕、之、三子皆秦大夫。戍、屯兵以守也。乃還。秦師退矣。子犯晉文公舅。請擊之。請擊秦師。公曰、不可。微夫人之力不及此。微、無也。夫人、指秦伯。文公亦秦所納、故言微秦伯之力、何緣得爲晉君。因人之力而敝之、不仁。賴秦力得國、而反害秦、是不仁也。失其所與、不知。智、○謨與同事、是不知也。以亂易整、不武。二國整師而來、而乃自相攻擊、易之以亂、是不武也。吾其還也。亦去之。晉師亦退矣。鄭近于晉、而遠于秦。秦得鄭而晉收之、勢必至者。越國鄙遠、亡鄭陪鄰、闕秦利晉、俱爲至理。古今破同事之國、多用此說。篇中前段寫亡鄭、乃以陪晉。後段寫亡鄭、即以亡秦。中間引晉背秦一證、思之毛骨俱竦。宜乎秦伯之不但去鄭、而且戍鄭也。

蹇叔哭師　僖公三十二年　　左傳

杞子秦大夫。三十年、秦伯與鄭人盟、使杞子等戍鄭。自鄭使告于秦曰、鄭人使我掌其北門之管。管、鎖鑰也。

若潛師以來、國可得也。穆公訪諸蹇叔。秦大夫。蹇叔曰、勞師以襲遠、非所聞也。輕行而掩之曰襲。○總斷一句。破潛師得國之非、下作兩層寫。師勞力竭、遠主備之、兵師勞苦、其力必盡。遠方之主、易爲之備。無乃不可乎。一層言鄭不可得。師之所爲、鄭必知之。勤而無所、必有悖心。鄭既知之、則秦兵勤勞而無所得、必生悖逆之心而妄爲。且行千里、其誰不知。不但鄭知、他國無不盡知、伏下晉人禦師。○一層言師不可潛。公辭焉。不受其訐。召孟明、西乞、白乙、使出師于東門之外。孟明、姓百里、名視。西乞名術。白乙名丙。

蹇叔哭之曰、孟子、呼孟明也。吾見師之出、而不見其入也。十二字、作哭聲讀。要。公使謂之曰、爾何知。中壽、爾墓之木拱矣。合手曰拱。言爾何有知識、設當中壽而死、爾之墓木已拱矣。極詆其衰老失智也。

蹇叔之子與去聲師、哭而送之。曰、晉人禦師必於殽。殽地險阻、可以邀擊。晉有宿怨、禦師必在于此。殽有二陵焉、大阜曰陵。其南陵、夏后皐之墓也、桀之祖。其北陵、文王之所辟同避。風雨也。殽之北陵、兩山相嶔、故可以避風雨。○點綴情景、慘淡淒其、不堪再誦。必死是閒、余收爾骨焉。四十一字、作哭聲讀。要

秦師遂東。爲明年晉敗秦于殽張本。

談覆軍之所、如在目前。後果中之。蹇叔可謂老成先見、一哭再哭、出軍時誠惡聞此。然蹇叔不得不哭、若穆公之旣敗而哭、晚矣。

古文觀止卷之二

鄭子家告趙宣子 文公十七年

左傳

晉侯靈公。合諸侯于扈、鄭地。○扈、戶。平宋也。平宋亂、以立文公。於是晉侯不見鄭伯、穆公。以為貳于楚也。以其有二心于楚、故不與相見。鄭子家公子歸生。使執訊而與之書、執訊、通訊問之官。以告趙宣子。晉卿趙盾。曰、下皆書辭。寡君即位三年、召蔡侯莊公。而與之事君。君、晉襄公。九月、蔡侯入于敝邑以行。敝邑以侯宣多鄭大夫。之難、去聲。之故、○侯宣多以援立穆公恃寵專權而作亂。寡君是以不得與蔡侯偕。十一月、克減侯宣多、克減、少除其難也。而隨蔡侯以朝潮、於執事①。踵蔡莊公朝晉之後、即來朝也。○朝襄一。十二年六月、歸生子家自稱名。佐寡君之嫡夷、鄭太子名夷。以請陳侯共公。於楚、而朝諸君。陳共公將朝晉而畏楚、故歸生輔太子夷、先為請命于楚君、晉靈公。○朝靈二。十四年七月、寡君又朝、以蕆陳事。蕆、成也。鄭穆又親朝、以成往年陳共之好。○朝靈三。十五年五月、陳侯靈公。

校勘記：

①《左傳》于"朝"字下有"事"字。

自敝邑往朝於君。陳靈新即位、自鄭入朝。○朝靈四。往年正月、燭之武鄭大夫。往朝夷也。燭之武又輔太子夷往朝于晉。往朝夷三字、是倒語。○朝靈五。八月、寡君又往朝。鄭穆又親朝。○朝靈六。○已上敘朝晉之數、敘朝晉之年、敘朝晉之月、敘朝晉之人。真是帳簿、皆成妙文。下復結算一通、妙、妙。以陳蔡之密邇於楚、而不敢貳焉、則敝邑之故也。陳蔡之朝、皆鄭之功。○結上召蔡侯、請陳侯、往朝君二事。雖敝邑之事君、何以不免。無論陳蔡。雖以鄭自己事晉而言、何以不免于罪。○百忙中復作此二語。以起下二層意、何等委婉。在位之中、一朝于襄、而再見現、於君。結上隨蔡侯蕆陳事・又往朝二事。夷與孤之二三臣、相及于絳。夷、鄭太子。孤、謂君也。二三臣、謂燭之武及子家自謂。絳、晉都邑。相及于絳、謂朝晉不絕也。○結上歸生佐夷燭之武往朝夷二事。雖我小國、則蔑以過之矣。鄭雖小國、其事晉無以過之矣。○又總結一筆、遒緊。今大國曰、爾未逞吾志。逞、快也。只一句點題。○敝邑有亡、無以加焉。鄭國唯有滅亡而已、不能復加其事晉之禮也。○八字激切而沉痛。下乃引古人成語、曲曲轉出、不能復事晉意。古人有言曰、畏首畏尾、身其餘幾。上聲。○既畏首、又畏尾、則身之不畏者、有幾何哉。又曰、鹿死不擇音。同蔭。○鹿將死、不暇擇庇蔭之所。小國之事大國也、德、則其人也。不德、則其鹿也。德、恩恤也。言以人視我、我還是人。以鹿視我、我便是鹿。○奇思創解。鋌挺、而走險、急何能擇。

歟、疾走貌。鹿知死而走險、何暇擇蔭。國知危而事大、何暇擇鄰。皆由急則生變也。命之罔極、亦知亡矣。晉命過苛、無有窮極。事之亦亡、敝之亦亡、鄭已知之矣。○亡字呼應。將悉敝賦、以待於儵、酬、唯執事命之。賦、兵也。儵、晉鄭之境。言將盡起鄭兵、以待于儵地、唯聽晉執事之命令也。○收緊敵晉意。文公二年、朝於齊。四年、爲齊侵蔡、亦獲成於楚。鄭文公二年、朝于齊桓公。後復從齊侵蔡、蔡屬楚而鄭爲齊侵之。宜罪于楚、而反獲成。○晉責鄭貳于楚、忽反寫楚之寬大以諷晉。奇妙。居大國之間、而從於強令、豈其罪也。鄭居晉楚之間、而從于大國之強令、未可執以爲罪。言貳楚出于不得已也。○開胸放喉、索性承認、妙妙。大國若弗圖、無所逃命。晉若弗圖恤鄭國、則唯晉所命、不敢逃避也。○結語、多少激烈憤懣。晉鞏拱朔晉大夫。行成於鄭。趙穿、晉卿。公壻池晉侯女壻。爲質至、焉。晉見鄭之詞強、故使鞏朔行成。而趙穿、公壻池爲質于鄭以示信。此以見晉之失政、而霸業之衰也。

前幅寫事晉唯謹、逐年逐月算之、猶爲兢兢畏大國之言。後幅寫到晉之不知恤小、鄭亦不能復耐、竟說出貳楚亦勢之不得不然。晉必欲見罪、我亦顧忌不得許多。一團憤懣之氣、令人難犯、所以晉人竟爲之屈。

王孫滿對楚子 宣公三年　左傳

楚子莊王。伐陸渾之戎。陸渾之戎、秦晉所遷于伊川者。遂至于雒。同洛、觀去聲、兵于周疆。雒、水名。周
所都也。觀、示兵威以脅周也。○一遂字、便見楚莊無禮。定王使王孫滿周大夫。勞去聲、楚子。楚強周弱、定王無如之何、故使大夫勞之。楚
子問鼎之大小輕重焉。禹之九鼎、三代相傳、猶後世傳國璽也。楚莊問大小輕重、有圖周天下意。對曰、在德不在鼎。
有天下者、在有德不在有鼎。○一語喝破。昔夏之方有德也、緊承德字。遠方圖物、遠方圖畫山川物怪獻之。貢金九
牧、九州牧守、皆貢其金。鑄鼎象物、以九州之金、鑄爲九鼎、而著圖物之形于其上。百物而爲之備、百樣物怪、各爲備禦之具。使
民知神姦。使民盡知鬼神姦邪形狀。故民入川澤山林、不逢不若。若、順也。民知神姦、故不逢不順。螭魑、
魅妹、罔兩、莫能逢之。螭、山神。魅、怪物。罔、兩、水神。既爲之備、故莫能逢人爲害。用能協於上下、以承
天休。民無災害、則上下和以受天之祜。○已上言有德方有鼎。桀有昏德、鼎遷於商、載祀六百。伏下三十、七百。
商紂暴虐、鼎遷於周。已上言無德則鼎遷。德之休明、雖小、重也。鼎非加大、而不可遷移、若增重然。其
姦回昏亂、雖大、輕也。鼎非加小、而湯武遷之、若遂輕然。○總括四語、正繳在德不在鼎意。大小輕重四字、錯落有致。天祚明德、
有所底止。言有盡頭處。○二句起下、方入本意。成王定鼎於郟夾、鄏、辱、○郟鄏、東周王城、今河南也。卜世三

十、卜年七百、天所命也。（此天有所底止之定命也。）周德雖衰、天命未改。（未滿卜鼎之數。）輕重、未可問也。（結語冷雋。）

（提出德字、已足以破癡人之夢。揭出天字、尤足以寒奸雄之膽。）

齊國佐不辱命 成公二年

左傳

晉師從齊師。（齊師敗走、晉師追之。）入自丘輿、擊馬陘。（刑、○丘輿、馬陘、皆齊邑。）齊侯使賓媚人（賓姓、媚人族、即國佐也。）賂以紀甗、（演、）玉磬與地。（甗、玉甑也。玉甑、玉磬、皆滅紀所得者。地、魯衛之侵地。）不可、則聽客之所爲。（言晉人不許、則聽其所爲。欲戰則更戰也。客、指晉人。此句幷頃公語意夾入、妙。伏下寡君之命使臣則有辭一段。）○賓媚人致賂、晉人不可。（晉人果不許。）曰、必以蕭同叔子爲質。（至、）而使齊之封內、盡（津上聲、）東其畝。（蕭、國名。同叔、蕭君字、其女嫁于齊、即頃公之母。晉人欲質其母、而不便直言、故稱蕭同叔子。言必以蕭同叔子爲質于晉、而使齊國境內田畝皆從東西而行、則我師舍去矣。○重上句、下句帶說、故用而字轉下。蓋前此晉郤克與臧孫許同時而聘于齊、頃公之母、踊于棓而窺客、則客或跛、或眇。于是使跛者迓跛者、使眇者迓眇者。夫婦人窺客、已是失體、矧侮客以取快乎。出爾反爾、無足怪也。）對曰、蕭同叔子非他、寡君之母也。（只非他二字、少鄭重。妙。）（多、）若以匹敵、則亦晉君之母也。若以齊晉比並言之、則齊之母、猶晉之母。爲國君之母、則一也。○陪一句、更凜然。其吾子布大命於諸侯、而曰必質其母以爲信、其若王命何。其若先王孝治天下之命何。○上不便。且是以不孝令也。且欲令人皆蹈不孝之行。○下不便。詩曰、孝子不匱、永錫爾類、詩、大雅、旣醉篇。言孝子愛親之心、無有窮匱、又以孝道長賜汝之族類。若以不孝令於諸侯、其無乃非德類也乎。晉旣以不孝號令諸侯、是非以孝德賜及同類矣。○已上破爲質句。先王疆理天下、物土之宜、而布其利。疆者、爲之大界也。理者、定其溝塗也。物、相也。相土之宜、而分布其利。故詩曰、我疆我理、南東其畝。詩、小雅、南山篇。或東西其畝、或南北其畝。皆相土宜、而布其利也。言東南則西北在其中。今吾子疆理諸侯、而曰盡東其畝而已。唯吾子戎車是利、無顧土宜、其無乃非先王之命也乎。井田之制、溝洫縱橫、兵車難過。今欲盡東其畝、則晉之伐齊、循壟東行、其勢甚易、是唯晉兵車是利、而不顧地勢東西南北所宜、非先王疆理土宜之命矣。○已上破東畝句。○兩其無乃非句應。反先王則不義、何以爲盟主。其晉實有闕。上分兩層辨駁。此總括數語。下復暢言之。四王之王去聲也、樹德而濟同欲焉。四王、禹、湯、文、武也。皆樹立德教、而濟人心之所同欲。○樹德、照上德類。濟同欲、照上土宜布利。五伯如字之霸也、勤而撫之、以役王命。伯、長也。夏昆吾、商大彭、豕

校勘記：

①"布"《左傳》、文富堂本、映雪堂原刻本均作"布"，《詩集傳》作"敷"。

韋、周齊桓、晉文、皆勤勞而懷撫諸侯。以服事樹德濟同欲之王命。今吾子求合諸侯。以逞無疆之欲。指質母、東畝而言。詩曰、布政優優①、百祿是遒。詩、商頌、長發篇。優優、寬和也。遒、聚也。子實不優、而棄百祿、諸侯何害焉。晉質母、東畝二令、實不寬和、而先自棄其福祿、又何能爲諸侯之害乎。○晉人所命、本欲害齊、而國佐卻以爲何害。妙絕。○已上言晉實有闕、不得爲盟主、以足上二段之意。不然、若終不見許。寡君之命使去聲、臣、則有辭矣。寡君之命我使臣、已有辭說、意如下文所云。○上分責二段、又總責一段。此忽如鐵鷹、撇然一轉。曰、下皆齊侯命辭。子以君師辱于敝邑、不腆忝、敝賦、以犒從去聲、者。腆、厚也。賦、兵也。言齊有不厚頹敝之兵、以犒晉師。○戰而曰犒、婉辭。畏君之震、師徒撓敗。畏君師之震動、以故齊兵撓曲而致敗衂。吾子惠徼驕、齊國之福、言我以吾子之惠、而得徼齊國之福。不泯其社稷、使繼舊好。去聲、唯是先君之敝器土地不敢愛。敝器、謂甗磬也。子又不許。應上晉人不可。請收合餘燼、盡、背佩、城借一。燼、火餘木也。以喻齊戰敗之餘意、欲以已敗之兵、背齊城而更借一戰。言敝邑之幸、亦云從也。況其不幸、敢不唯命是聽。言齊幸而得勝、亦當唯晉命是從。況其不幸、而又戰敗、敢不唯晉命之是聽乎。曰從曰聽、即聽從質母、東畝之命。○已上言齊既以賂求不免、勢必決戰、勝與不勝、雖未可知。總在既戰後再聽從晉命也。極痛快語、而卻出以婉順。

先駁晉人質母、東畝二語、屢稱王命以折之、如山壓卵、已令氣沮。後總結之、又再翻起。將寡君之命、從使臣口中婉轉發揮。旣不欲唐突、復不肯乞哀。卽無魯衞之請、晉能悍然不應乎。

楚歸晉知罃　成公三年

左傳

晉人歸楚公子穀臣與連尹襄老之尸於楚、以求知罃。知去聲、罃、英。○宣公十二年、晉楚戰于邲、楚囚知罃。知莊子射楚連尹襄老、載其尸、射公子穀臣、囚之、以二者還。莊子、知罃父也。至是晉歸二者于楚、以贖知罃。於是荀首佐中軍矣、故楚人許之。荀首、卽知莊子、是時爲晉中軍佐、楚人畏其權要、故許歸其子。王送知罃曰、子其怨我乎。指久留于楚言。對曰、二國治戎、臣不才、不勝升、其任、以爲俘孚、馘。國、○俘馘、軍所虜獲者。係其人曰俘、截左耳曰馘。執事不以釁欣去聲、鼓、使歸卽戮、君之惠也。以血塗鼓曰釁鼓、言楚不殺我而以其血塗鼓。卽、就也。臣實不才、又誰敢怨。作自責語、撇開怨字、妙。王曰、然則德我乎。指許歸于晉言。對曰、二國圖其社稷、而求紓其民。晉楚皆爲社稷之謀、而欲紓緩其民。各懲其忿、以相宥也。各懲戒前日戰爭之忿、以相宥赦。兩釋纍囚、以成其好。去聲、○纍、係也。晉釋穀臣之囚、楚釋知罃之囚、以成其和好。二國有好、臣不與去聲、及、其誰敢德。作與己不相干語、撇開德字。妙。王曰、子歸、何以報我。問得有意。對曰、臣不任平聲、受怨、君亦不任受德、無怨無德、不知所報。言我未嘗有怨于君、君亦未嘗有德于我、有怨則報怨、有德則報德、我無怨而君無德、故不知所報也。○臣怨君德、分貼得好。不知二字、更妙。王曰、雖然、必告不穀。不穀、諸侯謙稱。言雖是如此、必告我以相報之事。○共王一團興致、被知罃說得雪淡、無可奈何、又作此問。對曰、以君之靈、纍臣得歸骨於晉、寡君之以爲戮、死且不朽。身雖死、而楚君之私恩、不朽腐也。○客意、一層。若從君惠而免之、以賜君之外臣首、首其請于寡君、而以戮於宗、亦死且不朽。稱于異國曰外臣。首、荀首也。宗、荀氏之宗也。○客意、二層。○此雖二客意、然顯見晉之國法森然、家法森然。若不獲命、若君不許戮。○轉入正意。而使嗣宗職、使繼祖宗之職。次及於事、以次及於軍旅之事。而帥率、偏師以修封疆、其父爲上軍佐、故曰帥偏師。修、治也。雖遇執事、其弗敢違。雖遇楚之將帥、亦不敢違避。○一敢字、應上二敢字。其竭力致死、無有二心、以盡臣禮、所以報也。忠晉即以報楚。妙。王曰、晉未可與爭。重爲之禮而歸之。收煞得好。

玩篇首于是荀首佐中軍矣、故楚人許之二語、便見楚有不得不許之意。德我報我、全是捉官路、當私情也。楚王句句逼入、知罃句句撇開。末一段所對非所問、尤匪夷所思。

呂相絕秦　成公十三年　　左傳

晉侯厲公。使呂相去聲、魏錡之子。○絕秦。成十一年、秦晉盟于令狐、秦桓公歸而叛盟、故厲公使呂相數其罪而絕之。曰、下皆呂相口宣君命。昔逮我晉。獻公及秦。穆公相好、去聲、戮力同心、申之以盟誓、重之以昏同婚、姻。從秦晉相好說起。天禍晉國、驪姬之難。文公重耳。如齊、惠公夷吾。如秦。重耳奔狄及齊、齊桓公妻之。夷吾奔梁、賂秦以求納。無祿、獻公卽世。晉無福祿、而獻公卒。穆公不忘舊德、應相好。俾我惠公用能奉祀於晉。僖十年、穆公納夷吾于晉、爲惠公。○說秦德輕。又不能成大勳而爲韓之師。僖十五年、秦伐晉、戰于韓原、獲惠公。○說秦爲德不終。是秦第一罪案。亦悔於厥心、用集我文公。是穆之成也。惠公卒、懷公立、穆公納重耳于晉爲文公。是穆成安晉之功也。作一頓、說秦德輕。○文公躬擐患甲冑、跋履山川、踰越險阻、征東之諸侯、虞夏商周之胤、印、而朝諸秦、擐、貫也。胤、嗣也。文公備歷艱難、以率東方之諸侯、皆四代帝王之嗣、而西向朝秦。○二十九字作一句讀。則亦既報舊德矣。應舊德、又作一頓。說晉有報、卽宕下以敘晉德。鄭人怒君之疆埸、亦、我文公帥率、諸侯及秦圍鄭。怒、猶犯也。○誣秦。僖三十年、鄭貳于楚、文公與秦圍之。鄭未嘗犯秦、亦無諸侯之師。○說晉德重。秦大夫不詢於我寡君、擅及鄭盟。鄭使燭之武見秦穆公、穆公背晉而私與鄭盟。不敢斥言、故托言秦大夫。○是言秦第二罪案。諸侯疾之、將致命於秦。皆欲致死命以討秦。○誣秦。無諸侯致命之事。文公恐懼、綏靖諸侯。秦師克還旋、無害、不敢怨秦背己、反保全其師。則是我有大造於西也。又作一頓、說晉大有德于秦、能自占地步。無祿、文公即世。穆爲不弔、蔑死我君、以文公死爲無知而輕蔑之。寡我襄公、以襄公新立爲寡弱、而陵忽之。迭我殽地、迭、侵突也。穆公從杞子之謀、潛師以襲鄭、道過晉之殽地。奸干、絕我好、奸犯斷絕、不復與我和好。伐我保城、誣秦。襲鄭時、無伐晉保城之事。殄滅我費如字、滑、還入聲。○滑、姬姓國、都于費。秦襲鄭無功、乃滅滑還。散離我兄弟、滑與晉爲同姓兄弟。撓亂我同盟、滑鄭皆從晉、是爲晉同盟之國。傾覆福、我國家。秦伐滑圖鄭、是欲傾危覆滅晉之國家。○疊寫九箇我字。○是秦第三罪案。我襄公未忘君之舊勳、未忘穆公納文公之勳。○折一筆。而懼社稷之隕、實恐晉爲秦滅。是以有殽之師。僖三十三年、晉敗秦于殽。○我是以有一、言殽師出于萬不得已也。猶願赦罪于穆公、晉雖有殽師之失、猶願求解于秦。○猶願二字、緊接無痕、妙。穆公弗聽、不肯釋憾。而即楚謀我。文十四年、楚鬭克囚于秦。是秦使歸楚、求成以謀晉。至天誘其衷、成王隕命、幸天默誘人心、商臣弒楚成王。而穆公是以不克逞志於我。楚有簒弒之禍、穆公是以不能快意于晉。設使成王未隕、而卽楚謀我之志成矣。○是秦
第四罪案。○自獻公卽世、至此作一截、是歷數秦穆之罪。穆秦。襄晉。卽世、康秦。靈晉。卽位。康公晉之外甥。我之
自出、又欲闕掘、翦我公室、傾覆我社稷、闕、猶掘也。翦、截斷也。帥我蝥謀、賊、以來
蕩搖我邊疆、蝥賊、皆食禾蟲、以喩公子雍。謂秦納雍以蕩搖晉之邊鄙。○誣秦。雍之來、晉實召之。○疊寫四箇我字。○是秦第五罪案。我是以有
令平聲、狐之役。文七年、晉敗秦于令狐。○我是以有二、言令狐之役、出于萬不得已也。康猶不悛、悛、改也。○悛、入我河曲、
河曲、晉地。事在文十二年。伐我涑速、川、涑川、水名。俘我王官、俘、虜也。王官、地名。涑川、俘王官、經傳無見。○伐翦我
羈馬、羈馬、地名、其時秦取其地。○疊寫四箇我字。○是秦第六罪案。我是以有河曲之戰。晉與秦戰于河曲、秦兵夜遁。○我是以有三、
言河曲之戰、出于萬不得已也。東道之不通、則是康公絕我好也。晉在秦東、故曰東道。康公絕晉之好、故不東通于晉。○此段獨
拖一句、妙。○自穆襄卽世至此、作一截、是歷數秦康之罪。及君之嗣也、君、指秦桓公。我君景公、引領西望曰、庶
撫我乎。景公望秦撫卹晉國。此處獨作一波、妙。○君亦不惠稱去聲、盟、桓公不肯惠然稱晉望而共盟。利吾有狄難、
去聲、○謂宣十五年、晉滅赤狄潞氏時。入我河縣、焚我箕郜、告、○河縣、箕郜、晉二邑名。入河縣、焚箕郜、經傳無見。芟刪、夷

我農功、芟、刈也。夷、傷也。害我禾稼、如去草然。 損 虔劉我邊陲、垂、○虔劉、皆殺也。殺戮我邊境之人民。○疊寫四箇我字。○是秦第七罪案。

我是以有輔氏之聚。晉聚衆于輔氏以拒秦。○我是以有四。言輔氏之聚、出于萬不得已也。○之師、之役、之戰、之聚、句法變幻。 君亦悔禍之延、而欲徼驕、福於先君獻穆、桓公亦悔二國結禍之長、欲我求福于晉獻、秦穆。 而 使伯車秦桓公子。來命我景公曰、吾與女汝、同好棄惡、復修舊德、以追念前勳。言我與晉同結所好、共棄前惡、再修舊日之德、以追念前人獻、穆之功勳。○此段迴應篇首獻、穆相好。關鎖甚緊。 言誓未就、約誓之言、未及成就。 景公卽世、我寡君厲公。

是以有令狐之會。成十一年、晉厲公與秦桓公盟于令狐。○入題。又與上四我是以有句相呼應。 君又不祥、背佩、棄盟誓。桓公又萌不善之心、歸而背晉成。○此下方入當時正事。 白狄及君同州、及、與也。白狄與秦、皆屬雍州。 君之仇讎、白狄與秦世爲仇讎。 而我之昏姻也。赤狄之女季隗、白狄伐而獲之、納諸文公。故云婚姻。○疏句無限烟波。 君來賜命曰、吾與女伐狄。

寡君不敢顧昏姻、畏君之威、而受命於使①。去聲、深文。 ○君有二心於狄、曰晉將伐女。狄應且憎、是用告我。狄雖口應秦命、心實憎其無信、以秦之二心來告晉。○一告我。 而 楚人惡君之二三其德也、惡秦反覆不常。 亦來告我曰、秦背令狐之盟、而來求盟於我、下述秦桓盟楚之詞。

校勘記：

①"使"《左傳》作"吏"。

昭告昊天上帝、秦三公、穆、康、共。楚三王、成、穆、莊。曰、余雖與晉出入、我雖與晉往來。余唯利是視。我唯利之是從、不誠心與晉也。○二十四字、一氣說下。不穀惡其無成德、是用宣之、以懲不一。不穀、楚共王告晉自稱。言我惡秦之無成德、是用宣布其言、以懲戒用心不一之人。○二告我。○兩引告我、俱是實證。是秦反覆真正罪案。○自及君之嗣、至此作一截、是歷數秦桓之罪。爲絕秦正旨。諸侯備聞此言、狄與楚告晉之言、諸侯無不聞之。○牽引諸侯妙、使秦無所逃罪。斯是用痛心疾首、暱銀入聲、就寡人。諸侯由是惡秦之甚、皆來親近于晉。○一路備說秦惡、歸到此句。寡人帥以聽命、唯好是求。我今帥諸侯以來聽命于秦、唯與秦結好是望耳。○終是求好、妙。君若惠顧諸侯、矜哀寡人而賜之盟、則寡人之願也。其承寧諸侯以退、豈敢徼亂。是客。君若不施大惠、寡人不佞、其不能以諸侯退矣。是主。○句句牽引諸侯、妙。敢盡布之執事、俾執事實圖利之。或和或戰、當圖謀其有利于秦者而爲之。

秦晉權詐相傾、本無專直。但此文飾辭駕罪、不肯一句放鬆、不使一字置辨、深文曲筆、變化縱橫、讀千遍不厭也。

駒支不屈于晉　襄公十四年　左傳

會于向。晉會諸侯于向、爲吳謀楚。將執戎子駒支。戎、四嶽之後、姜姓。駒支、戎子名。范宣子晉士匄。親數上聲、諸朝。執之何名、乃于未會前一日、數其罪而責之。朝、會向之朝位也。曰、來、姜戎氏。先呼來、次呼姜戎氏、便是相陵口角。昔秦人迫逐乃祖吾離於瓜州、乃、汝也。吾離、戎祖名。昔爲秦穆公迫而逐之。瓜州、今燉煌地。乃祖吾離被披、苫閃平聲、蓋、合、蒙荆棘、以來歸我先君。苫蓋、白茅也。先君、謂惠公。無衣、故被苫蓋、無居、故蒙荆棘。○極寫其流離困苦之狀、以出戎醜。我先君惠公有不腆忝之田、與女汝、剖分而食之。腆、厚也。中分爲剖。○寫加恩于戎、非復尋常、宜後世報答不已。今諸侯之事我寡君、不如昔者、諸侯事晉、不比昔日。蓋言語漏洩、則職女之由。職、主也。戎與晉同壤、盡知晉政闕失。是言語漏洩于諸侯、由汝戎實主之。不然、今日諸侯之事晉、何遂不如昔日乎。○懸空坐他罪名。詰乞、朝之事、詰朝、明日也。事、謂會事。爾無與去聲、焉。與、將執女。寫得聲色俱厲、令人難受。對曰、昔秦人負恃其衆、貪於土地、逐我諸戎。秦恃強而欲得土地、所以逐我。戎祖被逐、則秦人實惡、非戎之醜。○此辨惠公蠲涓、其大德、謂我諸戎、是四嶽之裔異、胄也、毋是翦棄。蠲、明也。四嶽、堯時方伯。裔胄、後嗣也。翦棄、滅絕也。○此辨惠公加德于戎、乃因戎本聖裔、禮應存恤、不爲特惠。賜我南鄙之田、狐狸所居、豺狼所嗥、豪、我諸戎除翦其荊棘、驅其狐狸豺狼、以爲先君不侵不叛之臣、至於今不貳。賜我之田、荒穢僻野、非人所止。我力爲驅除而處之、以臣事晉之先君。不內侵、亦不外叛、至于今日、不敢攜貳。○此辨晉剖分之田、至爲敝惡、戎自開墾、非受實惠。昔文公與秦伐鄭、秦人竊與鄭盟而舍戍怒、焉、舍、留也。僖三十年、秦晉圍鄭、鄭使燭之武見秦君、秦私與鄭盟、而留杞子等戍鄭而還。於是乎有殽之師。僖三十三年、晉敗秦師於殽。晉禦其上、戎亢其下、秦師不復、我諸戎實然。當殽之戰、晉禦秦兵于上、戎當秦兵于下。秦師無隻輪返、我諸戎勠力攻秦、實使之然。○此辨戎大有功于晉、亦足云報。譬如捕鹿、晉人角之、諸戎掎雞上聲、之、與晉踣同仆、之、譬如逐鹿、晉執其角以禦上、戎戾其足以亢下、是戎與晉同斃此鹿也。○一喻入情。戎何以不免。戎有功如此、何故尚不免于罪乎。○問得妙。自是以來、晉之百役、與我諸戎相繼於時、以從執政、猶殽志也、豈敢離逷。剔、○自敗秦以來、晉凡百征討之役、戎皆相繼以從執政之使令。猶從戰于殽、無變志也。豈敢有離貳逷遠之心。○此辨戎之報晉、不止殽師一役、至于百役、不可勝數。以足上至于今不貳意。今官之師旅、無乃實有所闕、以攜諸侯、而罪我諸戎。今晉之將帥、或自有闕失、以攜貳諸侯之心、而乃罪及我諸戎。○此辨諸侯事晉不如昔者、乃晉實有闕、與我諸戎無干。我諸戎飲食衣服、不與華同、贄幣不通、言語不達、何惡之能爲。惡、指漏洩言語以害晉。○此辨言語洩漏、職汝之由。言戎與華不相習、非但不敢爲惡、亦不能爲惡。不與於會、亦無瞢孟、焉。瞢、悶也。我不與會、亦無所悶。○此辨詰朝之事、爾無與焉。言我亦不顧與會也。說得雪淡、妙。賦青蠅而退。青蠅、詩小雅篇名。賦是詩者、取愷悌君子無信讒言之意。蓋譏宣子信讒言也。退、去、不與會也。宣子辭焉。使即事於會、辭、謝也。宣子自知失責、故謝戎子、而使就諸侯之會。成愷悌也。欲成愷悌君子之名。○結出宣子心內事、妙。

宣子責駒支之言、怒氣相陵、驟不可犯。駒支逐句辨駁、辭婉理直。宣子一團輿致、爲之索然。真詞令能品。

祁奚請免叔向 襄公二十一年　　左傳

欒盈晉大夫。出奔楚。范宣子逐之、故出奔。宣子殺羊舌虎、因叔向。虎、盈黨。叔向、虎之兄。人謂叔向曰、子離罹同、於罪。其爲不知智、乎。譏叔向無保身之哲。叔向曰、與其死亡若何。雖被囚、猶勝于死亡。詩曰、優哉游哉、聊以卒歲、詩言君子優游于亂世、聊以卒吾之年歲。註疏以爲小雅采菽之詩。按采菽無聊以卒歲之文、恐是逸詩。知也。此乃所以爲知也。○叔向已算到可以不死。不知者、焉能有此定見。樂王鮒附、晉大夫。見叔向曰、吾爲子請。爲子請于君而免之。叔向弗應、出不拜。大是駭人。其人皆咎叔向。自然見咎。叔向曰、必祁大夫。謂祁奚也。能免我者、必由此人。胸中涇渭、介然分明、是爲眞智。○室老家臣之長。聞之曰、樂王鮒言於君無不行、求赦吾子、吾子不許、祁大夫所不能也、而曰必由之、何也。常人只是常見。叔向曰、樂王鮒從君者也、何能行。惟阿意順君、何能行此救人之事。○提過樂王鮒一邊。祁大夫外舉不棄讎、舉其讎、解狐。內舉不失親、舉其子、祁午。其獨遺我乎。其獨遺我一人而不救乎。詩曰、有覺德行、去聲、四國順之。詩、大雅、抑之篇、言有正直之德行、則天下順之。夫子、覺者也。祁大夫、覺然正直者也。○收句冷雋。晉侯平公。問叔向之罪於樂王鮒。問其果與弟虎有謀否。對曰。不棄其親、其有焉。言叔向篤于親親、其殆與弟有謀焉。○譎語、故作猜疑、妙。於是祁奚老矣、告老致仕。聞之、聞叔向被囚。乘馹日、而見宣子、馹、傳車也。乘馹、恐不及也。曰、詩曰、惠我無疆、子孫保之。詩、周頌、烈文篇、言文武有惠訓之德、及于百姓、無有疆域、故周之子孫、皆保賴之。書曰、聖有謨勳、明徵定保。書、夏書、胤征篇。言聖哲之有謨謀功勳者、當明證其謨勳而定安之。夫謀而鮮上聲、過、惠訓不倦者、叔向有焉。謀少過失、聖有謨勳也。惠訓不倦、惠我無疆也。社稷之固也。此社稷所賴以安固也。社稷二字、是立言之旨。○猶將十世宥之、以勸能者。今壹不免其身、以棄社稷、不亦惑乎。（假使其十世之後、子孫有罪、猶當寬宥之、以勸有能之人。今壹以弟故不免其身、以棄社稷之所倚賴、不亦惑之甚乎。○此言叔向之能、尚可庇子孫之有罪、豈可及身見殺。）鯀殛而禹興、（不以父罪廢其子。）伊尹放大甲而相（去聲、）之、卒無怨色。（不以一怨妨大德。）管蔡爲戮、周公右王。（兄弟罪不相及。）若之何其以虎也棄社稷。（此言不當以弟虎罪及叔向。○兩提棄社稷、叔向之身、何等關係。）子爲善、誰敢不勉、多殺何爲。（子若力行善事、誰敢不勉于爲善。何必多殺、然後人不敢爲惡乎。○歸到宣子身上、亦復善于勸解。）宣子說、（悅、）與之乘、（去聲、○與祁奚共載。）以言諸公而免之。不見叔向而歸。（祁奚不見叔向而歸、以見爲社稷、非私叔向也。）叔向亦不告免焉而朝。（叔向亦不告免于祁奚、而即往朝君。以明祁奚之非爲己也。○兩不相見、徑地俱高。）

（樂王鮒見叔向、而自請免之。祁奚免叔向、而竟不見之。君子小人、相去霄壤。不應不拜、所以絕小人。不告免、所以待君子。）

子產告范宣子輕幣　襄公二十四年　　左傳

范宣子（晉士匄。）爲政、（將中軍、執國政。）諸侯之幣重。（諸侯朝貢于晉者、其幣增重。幣、禮儀也。）鄭人病之。（病、患也。）二月、鄭伯（簡公。）如晉。子產寓書於子西、以告宣子。（寓、寄也。子西相鄭伯如晉、故子產寄書與子西、）

以勸告宣子。曰、子爲晉國、爲晉執政。○只此四字、落筆便妙。四鄰諸侯、牽引四鄰、妙。不聞令德、而聞重幣、不聞有善德、但聞增重諸侯之幣。○先提令德、引起令名。僑子產名。也惑之。僑聞君子長掌、國家者、非無賄毀、之患、而無令名之難。賄、財也。令名、善譽也。○賄字、從重幣推出。令名、從令德推出。○二句、是一篇主意。夫諸侯之賄、聚於公室、則諸侯貳。斂諸國之財、而積聚于晉之公室、則諸侯離心于晉。若吾子賴之、則晉國貳。若汝自利賴其財、而私入于己、則晉人離心于汝。諸侯貳則晉國壞、晉不能保國。晉國貳則子之家壞、汝不能保家。何沒沒也。何其沉溺而不反也。將焉用賄。賄之爲禍如此、將安用之。○此段申非無賄之患句。夫令名、德之輿也。有德者、必以令名爲輿、始能遠及。德、國家之基也。有國者、必以令德爲基、始能自立。有基無壞、有德以爲基、故國家不壞。○一壞字、應上兩壞字。無亦是務乎。無亦以是令名爲先務乎。○從名轉德、從德轉國家、從國家轉無壞、筆筆轉、筆筆應。有德則樂、洛。樂則能久。務令名在有德、有德則樂與人同、而能久居其位。詩云、樂只君子、邦家之基。有令德也夫。小雅之詩。言君子有德可樂、則能立國之基、使之長久。有令德之謂也夫。○引詩證德爲國家之基。上帝臨女、汝。無貳爾心。有令名也夫。大雅之詩。言上帝鑒臨武王之德、則下民無敢有離貳之心。有令名之謂也夫。○引詩證名爲德之輿。一貳字、應上四貳字。○此段申無令名之難句。恕思以明德、則令名載而行之、是以遠至邇安。以恕存心、而自明其德、則自然有令名以爲之輿。而載是德以行于世、所以遠者聞風而至、近者賴德而安、爲國家之基也。○又合德與名、雙收一筆、遒緊。毋寧使人謂子、子實生我、而謂子浚我以生乎。毋寧、寧也。寧可使人議論吾子、以爲子實能生養我民。而可謂子取民以自養乎。○以賄與令名二者、比並言之、語絕波陗、又疊用三子字、尤有態。象有齒以焚其身、賄也。焚、斃也。象因有齒以殺身、以齒之有賄故耳。重幣上。見有賄非但國壞家壞、而且身亦壞也。○指賄字作結、仍收到是危語、亦是冷語。宣子說、悅、乃輕幣。

劈起將令德令名與重幣對較、持論正大。其寫德名處、作贊歎語。寫重幣處、作危激語。迴環往復、剴切詳明。宜乎宣子之傾心而受諫也。

晏子不死君難 襄公二十五年

左傳

崔武子崔杼。見棠姜而美之、棠姜、齊棠公之妻也。崔杼往弔、見而美之。遂取娶同。之。棠公死、遂娶之。莊公通焉。齊莊公與之私通。崔子弒之。死于淫亂。晏子立於崔氏之門外。莊公死于崔杼之家。故晏子立于其門外。其門未啓。其人晏子左右。曰、死乎。爲君死難。曰、獨吾君也乎哉、吾死也。君不獨我之君、我何爲獨死。曰、行乎。棄國而奔。曰、吾罪也乎哉、吾亡也。君死非我之罪、我何爲逃亡。曰、歸乎。既不死難、又不出奔、則當歸家。何必立于此地。曰、君死安歸。臣以君爲天、君死將安歸。○死亡既不必、歸又不可、于此可覘賢者立身。君民者、豈以陵民、社稷是主。臣君者、豈爲去聲、其口實、社稷是養。陵、居其上也。口實、祿也。養、奉也。君不徒居民上、臣不徒求祿、皆爲社稷。○社稷與己字對看。是立言之旨。故君爲社稷死、則死之。爲社稷亡、則亡之。若爲己死、而爲己亡、非其私暱、銀入聲、誰敢任平聲、之。己、指淫亂之事。私暱、嬖幸之臣、同君爲惡者。敢字妙。言雖欲死亡、限于義也。從社稷立論、案斷如山、不可移易。○且人有君而弒之、人、謂崔子。人有君、便見非社稷主也、妙。吾焉得死之、而焉得亡之。將庸何歸。收上死、亡、歸、三段。門啓而入、崔子啓門、而晏子入。枕尸股而哭。以公尸枕己股而哭之。興、既哭而興。三踴勇、而出。踴、跳也。哀痛之至、故三踴乃出。○寫晏子盡禮。人謂崔子、必殺之。崔子曰、民之望也、舍捨、之得民。狡甚。

起手死亡歸、三層疊下、無數烟波、只欲逼出社稷兩字也。注眼看著社稷兩字、君臣死生之際、乃有定案。

季札觀周樂 襄公二十九年　左傳

吳公子札來聘。札、吳壽夢之子、季札也。吳子夷昧新立、使來聘魯。請觀於周樂。成王賜魯以天子之樂、故周樂盡在魯。○請觀二字伏案。

使工（使我樂工也。○二字直貫到底。）爲（去聲、）之歌周南、召（邵、）南。（爲之、爲季札也。以下段段著爲之、見當時重季札。）曰、美哉、（美其聲也。）始基之矣、猶未也、然勤而不怨矣。（文王之化、基于二南。猶有商紂之虐政、其化未洽于天下。然民賴其德、雖勞于王室、而亦不怨。○一句一折。）爲之歌邶、（佩、）鄘、（容、）衛。（三國、乃管、蔡、武庚三監之地、康叔封衛、兼而有之。今三國之詩、皆衛詩也、而必別而三之者、豈非以疆土不同、故音調亦從而異歟。）曰、美哉、淵乎、憂而不困者也。（淵、深也。亡國之音哀以思、其民困、衛遭宣公淫亂、懿公滅亡、賴有先世之德、雖憂思之深、而不至于窮困。）吾聞衛康叔武公之德如是、是其衛風乎。（康叔、衛始封之君。武公、其九世孫。言吾聞二公德化入人之深如是。是得非衛國風之詩乎。○穆然神遇。）爲之歌王。（王、周平王也。平王東遷、王室下同于列國、故其詩不得入雅、而黍離降爲國風。）曰、美哉、思而不懼、其周之東乎。（思文武而不畏播遷、其東遷以後之詩乎。）爲之歌鄭。曰、美哉、其細已甚、民弗堪也、是其先亡乎。（美有治政、而譏其煩瑣。民既不支、國何能久。）爲之歌齊。曰、美哉、泱泱（央、）乎、大風也哉、（泱泱、弘大之聲。大風、大國之風也。○變調。）表東海者、其大公乎。國未可量也。（太公爲東海之表式、國祚不可限量。）爲之歌豳。（按今豳風列于國風之終、與此次序不同者、蓋此時未經夫子刪定故也。）曰、美哉、蕩乎、樂（洛、）而不淫、其周公之東乎。（蕩、廣大之貌。周公遭流言之變、東征三年、爲成王陳后稷先公樂于農事而不敢荒淫、以成王業、故曰周公之東。爲之歌秦。曰、此之謂夏聲。秦起自西戎、至秦仲始有車馬禮樂、去戎狄而有諸夏之聲。○變調。夫能夏則大、大之至也、其周之舊乎。夏有大義、西戎而有夏聲、則大之至。秦襄公佐平王東遷、盡有西周之地、故云周之舊。爲之歌魏。曰、美哉、渢渢凡、乎、大而婉、險而易行、以德輔此、則明主也。渢渢、中庸之聲。高大而又婉順、險阻而又易行、所以爲中庸也。惜其無德以輔之爾。○變調。爲之歌唐。此晉詩也、而謂之唐者、唐本叔虞始封之地也。曰、思深哉、歎其憂深思遠。其有陶唐氏之遺民乎、晉本唐堯故地、故其遺俗猶存。不然、何憂之遠也。何其憂深思遠、情發乎聲。非令德之後、誰能若是。非承繼陶唐盛德之後、安能如此。○一句一折。爲之歌陳。曰、國無主、其能久乎。淫聲放蕩、無復畏忌、故曰無主。其滅亡將不久。○全是貶詞。自鄶貴、以下無譏焉。鄶、曹之詩。不復議論。微之也。爲之歌小雅。曰、美哉、思而不貳、思文武之德、而無反叛之心。怨而不言、怨商紂之政①而能忍而不言。其周德之衰乎。其周德未盛之時乎②。猶有先王之遺民焉。猶有殷先王之遺民、故周未能盛大③。爲之歌大雅。曰、廣哉、熙熙乎、廣、大也。熙熙、和樂聲。○變調。曲而有直體、其聲委曲、而有正直之體。其文王之德乎。得非文王之盛德乎。爲之歌頌。曰、至矣哉、獨贊其至、與

校勘記：

①”商紂“，懷涇堂本作”幽厲“。

②”其周德未盛之時乎“，懷涇堂本作”衰，小也。謂幽厲之時。“

③”猶有殷先王之遺民，故周未能盛大“，懷涇堂本作”猶有周初之遺民，故不至攜叛誹謗。“

贊他歌不同。直而不倨、直而不失于倨傲。曲而不屈、曲而不失于屈撓。邇而不偪、近而不至于偪害。遠而不攜、遠而不至于攜貳。遷而不淫、遷動而不至于淫蕩。復而不厭、反覆而不爲人厭棄。哀而不愁、雖遇凶災、不至憂愁。樂而不荒、雖當逸樂、不至荒淫。用而不匱、用之不已、不至窮匱。廣而不宣、志雖廣大、不自宣揚。施而不費、雖好施與、無所費損。取而不貪、或有所取、不至貪求。處而不底、旨、○雖復止處、而不底滯。行而不流、雖常運行、而不流放。○總贊其德之無偏勝。一氣連用十四句、何等筆力。五聲和、五聲、宮、商、角、徵、羽。八風平、八風、八方之氣。節有度、八音克諧。守有序、無相奪倫。○再襯四句、更有力。盛德之所同也。周、魯、商三頌、盛德皆同。○以上是歌、以下是舞。上俱以爲之二字引起、下俱以見字引起。上皆是反覆想像、下語多著實、蓋聞虛而見實也。見舞象箾宵、南籥者。箾籥、皆舞者所執。象箾、武舞也。南籥、文舞也。皆文王之樂。曰、美哉、美其容也。猶有憾。文王恨不及已致太平。見舞大武者。大武、武王之樂。曰、美哉、周之盛也、武王興周之盛。其若此乎。四字、形容不出、是贊詞、亦是徵詞。見舞韶濩獲、者。韶濩、湯樂。曰、聖人之弘也、湯德寬弘。而猶有慙德。猶有可慙之德、謂始以征伐而得天下。聖人之難也。以見聖人處世變之難。○一句一折。見舞大夏者。大夏、禹樂。曰、美哉、勤而不德、勤能治水、而不自矜其德。非禹其誰能修之。非禹之聖、誰能修舉其功。

見舞韶箾（同簫）者。（書曰、簫韶九成、蓋舜樂之總名。）曰、德至矣哉、大矣、（贊其至、復贊其大、與贊他舞不同。）如天之無不幬也、如地之無不載也。（所以爲大。）雖甚盛德、其蔑以加於此矣。（所以爲至。）觀止矣。（應觀字。○三字、收住全篇。）若有他樂、吾不敢請已。（應請字。）

（季札賢公子、其神智器識、乃是春秋第一流人物、故聞歌見舞、便能盡察其所以然。讀之者、細玩其逐層摹寫、逐節推敲、必有得于聲容之外者。如此奇文、非左氏其孰能傳之。）

子產壞晉館垣　襄公三十一年　左傳

子產相（去聲）鄭伯（簡公。）以如晉。晉侯（平公。）以我喪故、（以魯襄公喪故。）未之見也。（見則有宴好、雖以吉凶不並行爲辭、實輕鄭也。）子產使盡壞（怪）其館之垣、而納車馬焉。（盡毀館舍之垣牆、而納己之車馬。○駭人。蓋見得透、故行得出。）士文伯（名匄、字伯瑕。）讓之（責子產。）曰、敝邑以政刑之不修、寇盜充斥、（晉國不能修舉政刑、致使盜賊之多。）無若諸侯之屬、辱在寡君者何。（諸侯卿大夫、辱來見晉君者、無如之何。○十二字句。）是以令吏人完客所館、高其閈（翰）閎、厚其牆垣、以無憂客使。（去聲。○閈閎、館門也。高其門、厚其牆、則館舍完固、而

（客使可無寇盜之憂。○已上敍設垣之由、以見晉待客一段盛意。）今吾子壞之、雖從（去聲）者能戒、其若異客何。（雖汝從者自能防寇、他國賓客來、將若之何。○一詰、意甚婉。）以敝邑之爲盟主、繕完葺（緝）牆、以待賓客。若皆毀之、其何以共（供、同）命。（晉爲諸侯盟主、而繕治完固、以覆蓋牆垣、所以待諸侯之賓客。若來者皆毀之、將何以供給賓客之命乎。○再詰、詞甚嚴。）寡君使匄（蓋）請命。（請問毀牆之命。○明是問罪聲口。）對曰、以敝邑褊小、介於大國、誅求無時、是以不敢寧居、悉索敝賦、以來會時事。（褊、狹也。介、間也。誅、責也。大國責求無常時、我盡求敝邑之財賦、以隨時而朝會。○此責晉重幣、以敍鄭來晉之由。）逢執事之不閒（閑）、而未得見（現）、又不獲聞命、未知見時。（適遇晉君以魯喪無暇、遂不得見。又不獲聞召見之命、未知得見的在何時。○此責晉慢客。）不敢輸幣、亦不敢暴（僕）露。（既不敢以幣帛輸納于庫、又不敢以幣帛暴露于外。○此言鄭左難右難、下復雙承暢言之。）其輸之、則君之府實也、非薦陳之、不敢輸也。（輸之。則幣帛乃晉府庫之物。非見君而進陳之、則不敢專輒以物輸庫也。）其暴露之、則恐燥溼之不時、而朽蠹、以重敝邑之罪。（若暴露之、又恐晴雨不常、致使幣帛朽蠹、適以增重鄭國之罪。○左難右難如此。○輸幣暴露、雖並提、然側重暴露一邊、已說盡壞垣之故。）僑（子產名。）聞文公之爲盟主也、（只因敝邑爲盟主句、提出晉文公來壓倒他。下乃歷敍文公之敬客、以反擊今日之慢客、妙。）宮室卑庳（陛）、無觀貫、臺榭、謝。○庳、小也。闕門曰觀。築土曰臺。有屋曰榭。○文公自處儉約如此。以崇大諸侯之館。待客又極其隆也。○總一句、下乃細列之。館如公寢、館如晉君之寢室。○一。庫廐繕修、館中藏幣之庫、養馬之廐、皆繕治修葺。○二。司空以時平易道路、司空、掌邦土。易、治也。○三。圬烏人以時塓覓館宮室。圬人、泥匠也。塓、塗也。○四。○諸侯未至之先如此。○諸侯賓至、甸設庭燎、甸人設照庭大燭。○五。僕人巡宮、至夜巡警于宮中。○六。車馬有所、車馬皆有地以安處。○七。賓從去聲有代、賓之僕從、有人代役。○八。巾車脂轄、巾車、主車官。以脂膏塗客之車轄。轄、車軸頭鐵。○九。隸人牧圉、語、各瞻其事、徒隸之人、與夫牛之牧、馬之圉、各瞻視其所當供客之事。○十。百官之屬、各展其物。官屬各陳其待客之物。○十一。○諸侯既至之後、又如此。公不留賓、而亦無廢事、憂樂同之、事則巡之、教其不知、而恤其不足。不久留賓、賓得速去、則事不廢。國有憂樂、與賓同之。事有廢闕、爲賓察之。賓有不知、則訓教之。賓有不足、則體恤之。○上十一句、是館中事。此六句、是文公心上事。賓至如歸、無寧菑同災患、不畏寇盜、而亦不患燥溼。總承上文言文公待諸侯如此、以故賓至晉國、不異歸家、寧復有菑患乎。縱有寇盜、無所畏懼。雖有燥溼、不至朽蠹。○此文公之爲盟主然也。今銅鞮低之宮數里、銅鞮、晉離宮名。○與宮室卑庳二句相反。而諸侯舍於隸人、門不容車、而不可踰越、諸侯館舍、僅如徒隸之居、門庭狹小、車馬難容。又有牆垣之限、不可越而過之。○與崇大諸侯之館五句相反。幷破高其閈閎二句。盜賊公行、而天厲不戒①。天厲、疾疫也。○指挽車之人馬言。與甸設庭燎九句相反。幷破無憂客使一句。賓見無時、命不可知。賓之進見、未有時日。召見之命、不得而知。○與公不留賓一段相反。又挽逢執事之不閒四句。若又勿壞、是無所藏幣、以重罪也。若不毀壞牆垣、是使我暴露其幣帛、以致朽蠹、是增重其罪也。○挽不敢輸幣、又不敢暴露二句。敢請執事、將何所命之。反詰之、妙。正對寡君使匄請命句。雖君之有魯喪、亦敝邑之憂也。晉鄭皆與魯同姓、晉之憂、亦鄭之憂也。○使晉無所藉口。若獲薦幣、修垣而行、君之惠也。敢憚勤勞。若得見晉君而進幣、鄭當修築牆垣而歸、則拜晉君之賜。敢畏修垣之勞乎。結出修垣細事、明是鄙薄晉人。○已上句句與文公相反、且語語應前、妙。○文伯復命。趙文子曰、信。信如子產所言。一字、寫心服妙。○只我實不德、而以隸人之垣、以嬴諸侯、嬴、受也。是吾罪也。注信字。使士文伯謝不敏焉。極寫子產。晉侯見鄭伯有加禮、厚其宴好去聲、而歸之。極寫子產。乃築諸侯之館。改築館舍、所謂諸侯賴之也。○收完正文。叔向曰、辭之不可以已也如是夫。如是夫三字、沉吟歎賞、信服之至。子產有辭、諸侯賴之。不止鄭是賴。若之何其釋辭也。釋、廢也。詩曰、辭之輯矣、民之協矣、辭之懌矣、民之莫矣。其

校勘記：

①"天"，原誤作"夭"，今據《左傳》改。

知之矣。詩、大雅。言辭輯睦、則民協同、辭悅懌、則民安定、詩人其知辭之有益矣。○以叔向贊不容口作結、妙。

晉爲盟主、而子產以蕞爾鄭朝晉、盡壞館垣、大是奇事。只是胸中早有成算、故說來句句針鋒相對、義正而不阿、詞強而不激。文伯不措一語、文子輸心帖服、叔向歎息不已、子產之有辭、洵非小補也。

子產論尹何爲邑 襄公三十一年　　左傳

子皮名罕虎、鄭上卿。欲使尹何爲邑。子產曰、少、去聲、未知可否。尹何年少、未知可使治邑否。子皮曰、愿、吾愛之、不吾叛也。愿、謹厚也。叛、背也。言吾愛其謹厚、必不吾背。○平日可信。使夫扶、往而學焉、夫亦愈知治矣。兩夫字、指尹何。言謹厚之人、使往治邑而學爲政、當愈知治邑之道矣。○後日又可望。故雖年少、亦可使之爲邑。子產曰、不可。總斷一句。人之愛人、求利之也、必求有以利益之。今吾子愛人則以政。今汝愛尹何、則使之爲政。猶未能操刀而使割也、其傷實多。譬如未能執刀、而使之宰割、其自傷必多。子之愛人、傷之而已、其誰敢求愛於子。非以愛之、實以害之、誰敢求汝之見愛。○一喻、破吾愛之句。子於鄭國、棟也。棟折榱催、崩、僑子產名。將厭壓、焉、敢不盡言。鄭國有汝、猶屋之有棟、榱、椽也、棟以架椽、設使汝誤事而致敗、譬如棟折而榱崩、則我亦處屋下、將爲其所壓、敢不盡情言之。○二喻、言如此用愛、不但傷尹何、僑亦且不免。敢不盡言句、鎖上起下。子有美錦、不使人學製焉。譬如汝有美錦、必不使不能裁者學裁之、惟恐傷錦。大官大邑、身之所庇也、而使學者製焉。身之所庇以安者、而使學爲政者、往裁治焉、不恐傷身。其爲美錦、不亦多乎。亦思官邑之爲美錦、不較多乎。○三喻、破使夫往而學句。僑聞學而後入政、未聞以政學者也。二句是立言大旨。若果行此、必有所害。非自害、害于治。則譬如田獵、射御貫、慣、則能獲禽。若未嘗登車射御、則敗績厭壓、覆福、是懼、何暇思獲。敗績、壞車也。言求免自害且不能、何暇求其無害于治。○四喻、破夫亦愈知治句。○一喻尹何、二喻自己、三喻子皮、四又喻尹何、隨手出喻。絕無痕跡。子皮曰、善哉。虎不敏。吾聞君子務知大者遠者、小人務知小者近者。君子小人以識言。我、小人也、衣服附在吾身、此其小者近者。我知而愼之。美錦不使學製。大官大邑、所以庇身也、此其大者遠者。我遠而慢之。官邑欲使學製。微子之言、吾不知也。無子之言、吾終不自知其失、所以爲無識之小人。○仍援前喻、更覺入情。○論尹何至此已畢。他日我曰、子爲鄭國、我爲吾家以庇焉、其可也。他日、前日也。前日我嘗有云、子治鄭國、我治吾家、以庇身焉、其或可也。今而後知不足。自今請、雖吾家、聽子而行。前日我猶自以爲能治家、今而後知謀慮不足、雖吾家亦須聽子而行。○此子皮自謂才不及子產、字字纏綿委婉。子產曰、人心之不同、如其面焉。人面無同者、其心亦然。吾豈敢謂子面如吾面乎。即面觀心、則汝之心、未必盡如吾之心。豈敢使子之家事、皆從我之所爲乎。○此五喻也、通篇是喻、結處仍用喻、快筆靈思、出人意表。抑心所謂危、亦以告也。但于我心有所不安、如使尹何爲邑者、亦必盡言以告也。○仍繳正意、一筆作收。子皮以爲忠、故委政焉。以子產盡心于己、故以國政委之。子產是以能爲鄭國。結出子產治政之由。

學而後入政、未聞以政學二語、是通體結穴、前後總是發明此意。子產傾心吐露、子皮從善若流、相知之深、無過于此。全篇純以譬喻作態、故文勢宕逸不羣。

子產卻楚逆女以兵　昭公元年

左　傳

楚公子圍楚令尹。聘于鄭、且娶于公孫段氏。段、鄭大夫、子石也。圍娶其女。○圍將會諸侯之大夫于虢、以虢係鄭地、故行此聘娶二事。伍舉椒舉也。爲介。副使曰介。○補敘椒舉者、伏後垂橐之請也。將入館、將入鄭而館。鄭人惡之。以其徒衆之多、恐懷詐以襲己也。使行人子羽與之言、子羽之言不載。乃館于外。楚乃舍于城外。圍不置對者、有逆女一著、可以逞也。○以上是聘時事、以下是娶時事、敍二事一略一詳。蓋以上一段、引起下一段也。既聘、將以衆逆。去聲。○楚欲以兵衆入鄭逆婦。子產患之。

親迎何待以衆、其懷詐可知。使子羽辭曰、以敝邑褊小、不足以容從去聲者、請墠然去聲聽命。請于城外、除地爲墠、以行昏禮。○按昏禮、主人筵几于廟、壻執鴈而入、以墠爲請、非禮也。令尹使太宰伯州犂對曰、君辱貺寡大夫圍、謂圍將使豐氏撫有而室。貺、賜也。豐氏、子石女也。公孫段食邑于豐、故稱豐氏。而、汝也。將使豐氏八字、是鄭君謂圍之詞。○說鄭命圍鄭重。圍布几筵、告於莊共恭之廟而來。莊王、圍之祖。共王、圍之父。○說圍受命鄭重。若野賜之、若于城外爲墠、我在野以受賜。是委君貺於草莽也。輕鄭君之賜、而棄之草莽。○一是字。是寡大夫不得列於諸卿也。逆女不得成禮、何顏復置身諸卿之列。○二是字。○兩句、應首段喚起下段。不寧唯是、疾撤上二是字。又使圍蒙其先君、將不得爲寡君老、其蔑以復矣。蒙、欺也。大臣曰老。言告先君而來、不得成禮于女氏之廟、是使我欺其先君、而辱寡君之命、不得爲楚大臣。其無以歸國矣。○三句應二段。唯大夫圖之。子羽曰、小國無罪、恃實其罪。小國有何罪、恃大國而不設備、實其罪也。○二句是立言主腦。將恃大國之安靖己、而無乃包藏禍心以圖之。鄭之婚楚、本欲恃楚以安靖其國家、今楚以兵入逆、汝無乃包藏禍心以圖襲鄭。而、汝也。○一句喝破楚之本謀、妙。小國失恃、而懲諸侯、使莫不憾者。鄭爲楚圖而失所恃、致使諸侯信楚者、皆以鄭爲戒、使無不恨楚之行詐者。○不說鄭憾楚、說諸侯莫不憾楚、妙。距違君命、而有所壅塞不行是懼。

距、亦違也。自此諸侯舉不信楚、而楚君之令有所壅塞而不行、此鄭恃楚以取滅亡所致、實鄭之罪也。所懼者唯此。不然、敝邑館人之屬也、其敢愛豐氏之祧。挑、○若楚國無他意、則鄭之在楚、與守舍之人相類、豈敢愛惜豐氏之遠祖廟、而不以成禮乎。○以上直說出請墠聽命之故。伍舉知其有備也、請垂櫜高、而入。許之。櫜、弓衣也。垂櫜、示無弓也。篇首著惡之患之四字、已伏後一段議論。州犂之對、詞婉而理直、鄭似無可措辭。子產索性喝出他本謀、使無從置辯。若稍婉轉、則楚必不聽。此小國所以待強敵、不得不爾。

子革對靈王 昭公十二年

左傳

楚子靈王。狩於州來、次于潁尾。冬獵曰狩。州來、潁尾、二地皆近吳。使蕩侯、潘子、司馬督、囂尹午、陵尹喜、五子、皆楚大夫。帥師圍徐、以懼吳。徐、吳與國。楚子次于乾谿、以爲之援。乾谿、水名。自潁尾遣五大夫訖、即自次乾谿、以爲兵援。雨去聲、雪、王皮冠、秦復陶、秦所遺羽衣。翠被、被、披也。以翠羽飾之。豹舄、以豹皮爲履。執鞭以出、執鞭出以教令。僕析父甫、○楚大夫。從。去聲、○此等閒敘、若無緊要、然妝點濃色、正在此。右尹官名。子革鄭丹也。夕、暮見曰夕。王見之、去冠被、舍捨、鞭。妝點。與之語曰、昔我先王熊繹、楚始封君。與呂伋、齊太公之子丁公。王孫牟、衛康叔子康伯。燮父、晉唐叔之子。禽父、周公子伯禽。並事康王、成王子。四國皆有分、問、○齊、衛、晉、魯、王皆賜之珍寶、以爲分器。我獨無有、楚獨無所賜。今吾使人于周、求鼎以爲分、王其與我乎。禹鑄九鼎、三代相傳、猶後世傳國璽也。靈王欲求周鼎以爲分器、意欲何爲。對曰、與君王哉。四字冷妙。昔我先王熊繹、辟同僻。在荊山、篳路藍縷、篳路、柴車。藍縷、敝衣。以處草莽、跋涉山林、以事天子、唯是桃弧棘矢、以共供。禦王事。以桃爲弓、以棘爲矢、爲天子共禦不祥之事。○寫楚與周疏遠。齊、王舅也。成王之母姜氏、齊太公之女。晉及魯衛、王母弟也。唐叔、成王母弟。周公、康叔、武王母弟。○寫四國是周親貴。楚是以無分、而彼皆有。寶器所以展親、不得頒及疏遠。今周與四國、服事君王、將唯命是從、豈其愛鼎。今周與齊晉魯衛、皆服事楚、將唯楚命是聽、豈惜此鼎、而不以與楚。○故爲張大、隱見楚子之無君、冷妙。王曰、昔我皇祖伯父昆吾、舊許是宅。陸終氏生六子、長曰昆吾、少曰季連、季連、楚之遠祖、故謂昆吾爲伯父、昆吾嘗居許地、許既南遷、故曰舊許是宅。今鄭人貪賴其田、而不我與、此時舊許之地屬鄭。我若求之、其與我乎。求至遠祖之兄所居之地、更屬可笑。對曰、與君王哉。冷妙。周不愛鼎、鄭敢愛田。不有天子、何

有于鄭。妙論解頤。王曰、昔諸侯遠去聲我而畏晉、今我大城陳蔡不羹、即賦皆千
乘、去聲、○陳、蔡、二國名。不羹、地名。其地有二邑。言我大築四國之城、其田之賦、皆出兵車千乘。子與預、有勞焉、汝子革亦與有功焉。○帶句生姿。
諸侯其畏我乎。又欲使天下諸侯、無不畏我、其心益肆矣。對曰、畏君王哉。冷妙。是四國者、專足
畏也、又加之以楚、敢不畏君王哉。複一句、妙。加敢不二字、尤妙。○三段寫楚子何等矜滿、寫子革何等滑稽、對矜滿人、自
不得不用滑稽也。工尹路工尹、名路。請曰、君王命剝圭以爲鏚戚、柲、秘、敢請命。鏚、斧也。柲、柄也。
言王命破圭玉。以飾斧柄、敢請制度之命。王入視之。王入內、視工尹所爲。○連處忽一斷、妝點前後照耀、妙絕。析父謂子革、吾
子、楚國之望也、今與王言如響、如響應聲。國其若之何。子革曰、摩厲以須、
王出、吾刃將斬矣。子革以鋒刃自喩。言我自摩厲以待王出、將此利刃斬王之淫慝。○又生一問答作波、始知前僕析父從一句、非浪筆。王出、
復扶又切語。左史倚相去聲、趨過。倚相、史名。楚王曰、是良史也、子善視之。是能
讀三墳、五典、八索、九丘。三墳、三皇之書。五典、五帝之典。八索、八卦之說。九丘、九州之志。倚相能盡讀之、所以爲良史。○恰湊
入摩厲以須吾刃下。對曰、臣嘗問焉、昔穆王欲肆其心、周行天下、將皆必有車轍

馬跡焉、周穆王乘八駿馬、造父爲御、以徧行天下。欲使車轍馬跡、無所不到。祭公謀父、作祈招韶、之詩以止王心、謀父、周卿士。祈父、周司馬之官。招、其名也。祭公力諫遊行、故借司馬作詩、以止遏穆王之欲心。此詩逸。王是以獲沒於祗支、宮、祗宮、離宮名。穆王聞諫而改、故得善終于祗宮、而免篡弒之禍。臣問其詩而不知也、若問遠焉、其焉煙、能知之。祈招之詩、是穆王近事。遠、謂墳典諸書。○俱是引動楚子之問。可謂長于諷諭。王曰、子能乎。對曰、能。其詩曰、祈招之愔愔、陰、式昭德音、愔愔、安和貌。式、用也。言祈父之性安和、用能自著令聞矣。思我王度、式如玉、式如金、亦當思我王之常度、出入起居、用如玉之堅、用如金之重。形民之力、而無醉飽之心。若用民力、當隨其所能。如冶金制玉、隨器象形、而不可存醉飽過度之心。○着意在此句。利刃已斬。王揖而入。執鞭以出、至王揖而入、兩出兩入、遙對作章法。饋不食、寢不寐、數日。不能自克。以及於難。去聲、○靈王被子革一斬、寢食不安者數日。卻未曾斬斷、不能遷善改過。明年、爲棄疾所逼、縊于乾谿。○又妝點作結、前後照耀。仲尼曰、古也有志、古書有云。克己復禮、仁也。應不能自克。信善哉。楚靈王若能如是、豈其辱于乾谿。前敘次于乾谿、此以辱字結之、何等意氣、最有味。楚子一番矜張語、子革絕不置辨、一味將順、固有深意。至後閒閒喚醒、若不相蒙者。既不忤聽、又得易入、此其所以爲善諫歟。惜哉靈王能聽而不能克、以終及于難也。

子產論政寬猛 昭公二十年

左傳

鄭子產有疾、謂子大叔游吉也。曰、我死、子必爲政。唯有德者能以寬服民、其次莫如猛。兩語、是子產治鄭心訣。夫火烈、民望而畏之、故鮮上聲、死焉。以火喩猛。水懦弱、民狎而翫之、則多死焉。以水喩寬。故寬難。非有德者不能。○玩其次字、寬難字、便見寬爲上、不得已而用猛。而用猛正是保民之惠處、此自大經濟人語。疾數月而卒。大叔爲政、不忍猛而寬。著不忍二字、便見是婦人之仁、非真能寬也。鄭國多盜、取人于萑桓、苻蒲、之澤。取人、劫其財也。萑苻、澤名。大叔悔之、曰、吾早從夫子、不及此。夫子、謂子產。興徒兵以攻萑苻之盜、盡殺之。盜少止。著盡殺二字、便見是酷吏之虐、非善用猛也。仲尼曰、善哉。歎美子產爲政。政寬則民慢、慢則糾之以猛、猛則民殘、殘則施之以寬。寬猛各有弊、當有以相濟。寬以濟猛、猛以濟寬、政是以和。和字、從濟字看出。詩曰、大雅、民勞篇。民亦勞止、汔肸、可小康、惠此中國、以綏四方。止、語辭。汔、其也。

康、綏、皆安也。言今民亦勞甚矣、其可以小安之乎。當加惠于京師、以綏安夫諸夏之人。施之以寬也。引詩釋寬。毋從去聲、詭隨、以謹無良、式遏寇虐、憯不畏明。詭隨、謂詭人隨人、心不正者。謹、勅也。式、用也。憯、曾也。言詭隨者不可從、以謹勅不善之人、用遏止此寇虐、而曾不畏明法者。糾之以猛也。引詩釋猛。柔遠能邇、以定我王。柔安遠人、使之懷附、而近者各以能進、以安定我王室。平之以和也。平字、是寬猛相濟處。○引詩釋和。○一詩分引釋之、便見政和。是寬猛一時並到、不可偏勝也。又曰、商頌、長發篇。不競不絿、求、不剛不柔、布政優優、百祿是遒。競、強也。絿、急也。優優、和也。遒、聚也。言湯之爲政不太強、不太急、不太剛、不太柔、優優然而甚和、故百種福祿皆遒聚也。和之至也。引詩歎和之至、見得和到極處、而寬猛之跡俱化、進一層說。及子產卒、仲尼聞之出涕曰、古之遺愛也。以子產之猛爲遺愛、闡微之論。子產不是一味任猛。蓋立法嚴則民不犯、正所以全其生。此中大有作用。太叔始寬而繼猛、殊失子產授政之意。觀孔子歎美子產、而以寬猛相濟立論、則政和、諒非用猛所能致。末以遺愛結之、便有分曉。

吳許越成 哀公元年

左傳

吳王夫扶、差、敗越于夫椒、報檇醉、李也。夫椒、吳縣西南太湖中椒山。檇李、今嘉興檇李城。定公十四年、越敗吳于檇李、闔廬傷足而死。至是夫差所謂三年乃報越也。遂入越。越子句踐。以甲楯閏上聲、五千、保于會膾、稽。會稽、越山名。使大夫種因吳太宰嚭、痞、○種、越大夫名。嚭、故楚臣、奔吳爲太宰。寵幸于夫差、故種因之。以行成。求成于吳。吳子將許之、伍員云、○子胥也。曰、不可。二字斷。臣聞之、樹德莫如滋、去上聲、疾莫如盡。人之植德、如植木焉、欲其滋長。人之去惡、如治病然、欲其淨盡。○先儆之格言、重下句。昔有過歌、澆、堯去聲、殺斟灌以伐斟鄩、尋、滅夏后相。去聲、○過、國名。澆、寒浞子。二斟、夏同姓諸侯。相、啓之孫。羿逐帝相依二斟。寒浞篡羿、因其室、生澆及豷、封澆于過、封豷于戈。浞使澆滅二斟、殺帝相。后緡民、方娠、震、○后緡相妻、有仍國之女。娠、懷身也。逃出自竇、歸于有仍、自穴逃出、而歸于父母家。生少去聲、康焉。生遺腹子、是爲少康。爲仍牧正、惎忌、澆能戒之、及壯爲有仍牧官之長。惎、毒也。以澆爲毒害、能戒備之。澆使椒求之、椒、澆臣。求少康欲殺之。逃奔有虞、舜後封國。爲之庖正、以除其害。庖正、掌膳羞之官。除、免也。賴此以得免其害。虞思于是妻去聲、之以二姚、而邑諸綸、思、虞君名。以二女妻少康。姚、虞姓。綸、虞邑。有田一成、有衆一旅、方十里爲成、五百人爲旅。能布其德、而兆其謀、兆、始也。以收夏衆、撫其官職。收拾夏之遺民、撫循夏之官職。使女艾諜牒、澆、使季杼誘豷。戲、○女艾、少康臣。諜、候也。諜候澆之間隙。季杼、少康子。豷、澆弟、以計引誘之。遂滅過、戈、滅澆于過、滅豷于戈。復禹之績。祀夏配天、不失舊物。恢復禹之功績、祀夏祖宗、以配上帝、不失禹之天下。○次證之往事、以申明去疾莫如盡之故。今吳不如過、而越大於少康。兩兩相較、警醒剴切。或將豐之、不亦難去聲、乎。言與越成、必爲吳難。是使越豐大、○不可者一。勾踐能親而務施、一層。施不失人、親不棄勞、二層。與我同壤、三層。而世爲仇讎、四層。於是乎克而弗取、將又存之、違天而長掌、寇讎。天與不取、故曰違天。後雖悔之、不可食已。食、猶食言之食。言欲食此悔、亦無及已。○不可者二。姬之衰也、日可俟也。吳與周同姓。而姬姓之衰、可計日而待。○泛一句。介在蠻夷、而長寇讎、以是求伯、霸、必不行矣。況吳介居蠻夷、而滋長寇讎、自保且不能、安能圖霸。以吳子喜遠功、又以求伯動之。○不可者三。弗聽。惑于宰嚭、而使越成。退而告人曰、越十年生聚、而十年教訓、二十年之外、吳其爲沼乎。生民聚財、富而後教、吳必爲越所滅。而宮室廢壞、當爲汙池。○直是目見、非爲懸斷。

寫少康詳、寫句踐略、而寫少康、正是寫句踐處。此古文以賓作主法也。後分三段、發明不可二字之義、最爲曲折詳盡。曾不覺悟、卒許越成、不得已退而告人、說到吳其爲沼、真感憤無聊、聲斷氣絕矣。

古文觀止卷之三

祭公諫征犬戎 周語上　　國語

穆王將征犬戎、西戎也。欲征其不享之罪。祭債、公謀父甫、○祭、畿內之國、父所封、時爲王卿士。謀諫曰、不可、先王耀德不觀貫、兵。耀、明也。觀、示也。○一句領起全篇。夫兵戢而時動、動則威。戢、聚也。時動、如三時務農、一時講武之謂。威、可畏也。觀則玩、玩則無震。玩、黷也。震、懼也。○四句、一正一反。以申明不可觀兵之意。是故周文公之頌曰、文、周公之謚。頌、時邁之詩、周公所作。載戢干戈、載櫜高、弓矢、載、用也。櫜、韜也。言武王既定天下、則收斂其干戈、韜藏其弓矢、示不復用也。○引證不觀兵。我求懿德、肆於時夏、允王保之。肆、陳也。時、是也。中國曰夏。允、信也。言武王常求懿美之德、以布陳于中國、信乎王之能保天命也。○引證耀德。先王之于民也、茂正其德、而厚其性、茂、勉也。正德者、父慈子孝、兄愛弟恭、夫義婦順、所以正民之德也。如此而民之情性、未有不歸于厚者。阜其財求、阜、大也。大其財求、使之衣帛食肉、不飢不寒、所以厚民之生也。而利其器用。如工作什器、商通貨財之類。所以利民之用也。○三句、兼教養在內。明利害之鄉、如字、○得教養爲利、失教養爲害。鄉、猶言所在也。明利害之所在、是耀德之實。以文修之、一句、包下修意五句。是不觀兵之實。使務利而避害、懷德而畏威、故能保世以滋大。滋、益也。此言耀德不觀兵之效。作一頓。下乃轉入周世。昔我先世后稷①、后稷、舜時農官。父子相繼曰世。謂棄與不窋。以服事虞夏。謂棄爲舜后稷、不窋繼之于夏啓也。及夏之衰也、謂啓子太康。棄稷弗務、棄、廢也。廢稷之官、不復務農。我先王不窋、質、○棄之子。周禘祫文武、必先不窋、故通謂之王。用失其官、而自竄於戎翟之間。堯封棄于邰、至不窋失官、去夏而遷于豳。豳西接戎、北近翟。不敢怠業、業、農業也。時序其德、纂同纘修其緒、修其訓典、序、布也。纂、繼也。緒、事也。訓、教也。典、法也。三其字、指棄而言。朝夕恪勤、守以惇篤、奉以忠信、三句、承上三句、極寫其不敢怠業。奕世載德、不忝前人。奕世、累世也。載、承也。忝、辱也。自不窋以後至文王、皆繼其德而弗墜。○巳上言周家累世耀德。至于武王、昭前之光明、而加之以慈和。事神保民、莫不欣喜。武王亦只是耀德。商王帝辛、大惡烏故切於民、辛、紂名也。大惡、大爲民所惡。庶民弗忍、欣戴武王、以致戎于商牧。商牧、商郊牧野。○著庶民弗忍四字、便見武王不得已而用兵。是先王非務武也、勤恤民隱、而除其害也。恤、憂也。隱、痛也。非務武即不觀兵之謂。勤恤民隱、即耀德之謂。○巳上言武王並不觀兵、下乃述邦制、以轉入征犬戎之非。夫先王之制、

校勘記：

①《國語》于"先"字下有"王"字。

一句直貫到底。邦內甸服、邦內、天子畿內。甸、田也。服、事也。以皆田賦之事、故謂之甸服。王城之外、四面皆五百里也。邦外侯服、邦外、邦畿之外。侯服者、侯國之服。甸服外四面、又各五百里也。侯衛賓服、侯、侯圻。衛、衛圻。中國之界也。謂之賓者、漸遠王畿、而取賓見之義。侯服外四面、又各五百里也。夷蠻要平聲服、夷蠻去王畿已遠。謂之要者、取要約之義、特羈縻之而已。賓服外四面、又各五百里也。戎翟荒服。戎翟去王畿益遠。以其荒野、故謂之荒服。要服外四面、又各五百里也。○一層詳五服之地。甸服者祭、祭于祖考。侯服者祀、祀于高曾。賓服者享、享于二祧。要服者貢、貢于壇墠。荒服者王。王、入朝也。世一見。各以其所貴者爲贄。○此言五服佐天子宗廟之供者不同。○二層、詳五服之職。日祭、祭以日至。月祀、祀以月至。時享、享以時至。歲貢、貢以歲至。終王、王以終世至。謂朝嗣王、及即位而來見。○三層、言五服之地有遠近、故其供職有疏密。先王之訓也。鎖一句、前後照應、妙。有不祭、則修意、最近者知王意也。有不祀、則修言、稍近者聽王言也。有不享、則修文、漸近者申以號令。有不貢、則修名、已遠者播以仁聲。有不王、則修德、極遠者誕敷文德。○看五修字、便見耀德、不是一味表暴、有反躬自治意。序成而有不至、則修刑。序、謂上五者次序。成、既修也。刑、法也、見下文。於是乎有刑不祭、士師。伐不祀、司馬。征不享、諸侯承王命往征。讓不貢、告不王。行使讓者責其過、告者諭以理。○此修刑之序。於是乎有刑罰之辟、辟、法也。有攻伐之兵、有征討之備、有威讓之令、有文告之辭。此修刑之具。○一意寫作兩層、却不嫌其重複、故妙。布令陳辭、而又不至、則又增修于德、無勤民于遠。單承要荒二服。言遠國非近者可比、唯有益自修德、不可加兵、致勞吾民也。是以近無不聽、甸侯賓無不至。遠無不服。要荒無不至。○已上結完先王無觀兵于遠國之事、下方說到穆王身上。今自大畢伯仕之終也、犬戎氏以其職來王、大畢伯仕、犬戎氏之二君。世終來王、荒服之職也。天子曰、予必以不享征之、且觀之兵。享、賓服之禮。以責犬戎、且示之以兵威。其無乃廢先王之訓、而王幾頓乎。頓、壞也。既廢先王待荒服之訓、恐終王之禮、亦自此壞矣。吾聞夫犬戎樹惇、能帥舊德、而守終純固、其有以禦我矣。樹、立也。惇、厚也。帥、循也。純、專也。固、一也。言犬戎立心惇厚、能率循其先人之德而守國、終于專一、有拒我之備矣。○廢先王之訓、則不可伐。有以禦我、則不能伐。是極諫意。王不聽、遂征之、得四白狼、四白鹿以歸。所獲止此、果有以禦我矣。自是荒服者不至。終王之禮、果自此壞。

耀德不觀兵、是一篇主腦、迴環往復、不出此意。穆王車轍馬跡徧天下、其中侈然有自大之心、不過觀兵犬戎以示雄武耳、乃僅得狼鹿以歸。不但不能耀德、并不成觀兵矣。結出荒服不至一語、煞有深意。

校勘記：

①"道路以目"句下注中"眄"字，原誤作"盼"，文富堂本及映雪堂原刻本誤作"盻"，今據《國語》韋昭注改。

召公諫厲王止謗 周語上　　國語

厲王虐、國人謗王。謗、誹也。召邵、公召康公之後、穆公虎也、爲王卿士。告曰、民不堪命矣。命虐、不堪。○故危言悚激。王怒、怒謗者。得衛巫、使監平聲、謗者。巫、祝也。衛巫、衛國之巫。監、察也。以巫有神靈、有謗輒知之。以告、則殺之。以謗者告、即殺之。○寫虐命尤不堪。國人莫敢言、非但不敢謗也、深一層說。道路以目①。以目相眄而已。○四字妙甚、極寫莫敢言之狀、不堪命之極也。王喜、喜字、與上怒字相對。告召公曰、吾能弭米、謗矣、弭、止也。○監謗弭謗、寫盡昏主作用。乃不敢言。如此四字、極寫能弭謗伎倆、痴人聲口如畫。召公曰、是鄣之也。鄣、防也。非民無言、是鄣之、使不得宣也。○斷一句、便注定川字。防民之口、甚於防川。川不可防、而口尤甚。○以民比川。川壅而潰、會、傷人必多。壅、鄣也。潰、水勢橫暴而四出也。○寫防川。民亦如之。寫防民。是故爲川者決之使導、爲民者宣之使言。爲、治也。導、通也。宣、猶放也。○合寫川民。○宣之使言一句、是一篇主意。下俱是宣之使言。故天子聽政、一句領起。使使字直貫到底、根上兩使字來。公卿至于列士獻詩、陳其美刺。瞽獻典、瞽、樂師也。典、樂典。陳其邪正。史獻書、史、外史。書、三皇五帝之書。有關治體。師箴、鍼、○師、小師也。箴刺王闕、以正得失。瞍同瞍、賦、無眸子曰瞍。賦、所獻之詩。矇誦、有眸子而無見曰矇。誦、典書箴刺之語。百工諫、工、執藝事以諫。庶人傳語、庶人卑賤、見政事之得失、不能自達、相傳語以聞于王。近臣盡規、左右近臣、各盡規諫。親戚補察、父兄子弟、補過察政。瞽史教誨、瞽、太師、掌樂。史、太史、掌禮。相與教誨。耆艾修之、耆艾、師傅也。合衆職而修治之。而後王斟酌焉、斟、取也。酌、行也。是以事行而不悖。所行之事、皆合于理。○歷舉古天子聽言求治、句句與弭謗使不敢言相反。民之有口也、猶土之有山川也、財用於是乎出、猶其有原隰習②衍沃也、衣食於是乎生。土、地也。其、指土而言。廣平曰原。下溼曰隰。下平曰衍。有溉曰沃。山川原隰衍沃、所以宣地氣而出財用、生衣食。○一喻寫作兩層、妙。上以防川喻止謗、此以山川原隰衍沃喻宣言。口之宣言也、善敗於是乎興。跌出正意。行善而備敗、所以阜財用衣食者也。民所善者行之、其所惡者改之。阜、厚也。厚財用衣食、與山川原隰衍沃一般。○正意喻意、又夾寫一筆、錯落入妙。夫民、慮之于心、而宣之于口、成而行之、胡可壅也。若壅其口、其與能幾何。民素籌之于心、而後發之于言。當成其美而見之施行、豈可壅塞。若壅塞焉、其與我者能有幾何哉。言敗亡即至也。○三壅字、呼應。王弗聽、于是國人莫敢出言。三莫敢言、章法。作三年、乃流王於彘。流、放也。彘、晉地。

文只是中間一段正講、前後俱是設喻。前喻防民口有大害、後喻宣民言有大利。妙在將正意喻意、夾和成文、筆意縱橫、不可端倪。

②"有原隰"，《國語》作"原隰之有"。

襄王不許請隧 周語中　國語

晉文公既定襄王于郟、夾、○襄王後母惠后生叔帶、因翟人立爲王、襄王出奔鄭。晉文公納王、誅叔帶。郟、洛邑、王城之地。王勞去聲、之以地、王賞之以陽樊溫原欑茅之田。辭、不受。請隧焉。掘地通路曰隧。天子葬禮。王弗許、曰、昔我先王之有天下也、開口便正大。規方千里、以爲甸服、規、畫也。甸服、畿內之地。以皆田賦之事、故謂之甸服。王城之外、四面皆五百里也。以供上帝山川百神之祀、以備百姓兆民之用、以待不庭不虞之患。百姓、百官有世功者。不庭、不來朝之國也。不虞、意外之變也。○著以供、以備、以待等字、見先王有此許多費用。其餘甸服之外。以均分公侯伯子男、使各有寧宇、以順及天地、無逢其災害。寧、安也。宇、居也。亦使有供祭備用待患之資、所以能順天地、而無災害也。○著均分二字、見先王之土地亦有限。先王豈有賴焉。賴、利也。○一句結上起下。內官不過九御、外官不過九品、足以供給神祇而已、豈敢厭縱其耳目心腹、以亂百度。九御、卿九嬪。九品、卿九卿。嬪與卿主祭祀。厭、安也。縱、肆也。度、法也。○著不過足以而已豈敢等字、見先王並無一點奢用。亦唯是死生之服物采章、以臨長掌、百姓、而輕重布之。隧爲死之服物、生字帶說。采章、采色文章也。輕重布、言貴賤有等。○亦唯是妙、始入正題也。上文許多說話、只要逼出亦唯是三字。王何異之有。葬禮外、王鮮有異。○只數語、說得隧字十分鄭重。下乃反覆寫其不許之意。今天降禍災于周室、謂叔帶之亂。余一人僅亦守府、僅守故府遺文、不能有爲。又不佞以勤叔父、不佞、不才也。勤、勞也。天子稱同姓諸侯、曰叔父。而班先王之大物、以賞私德、班、分也。大物、隧也。私德、指納王而言。其叔父實應平聲、且憎、以非余一人、余一人豈敢有愛也。應、受也。憎、惡也。愛、吝也。言汝雖受私賞、心中未嘗不憎惡之、以非余行賞之不當、余豈敢吝而弗與也。○反如此說轉來、婉妙。下則純是刀砍斧截之語。先民有言曰、先民、前人也。改玉改行。玉、佩玉。所以飾行步。君臣尊卑、各有其節、故曰改。○直貫至大物未可改句。叔父若能光裕大德、更平聲、姓改物、以創制天下自顯庸也、而縮取備物、以鎮撫百姓、余一人其流辟闢、於裔異、土、何辭之有與、①更姓、易姓也。改物、改正朔、易服色也。創、造也。庸、用也。謂爲天子創造制度、自顯用于天下。縮、收也。備物、謂死生之服物采章。流、放也。辟、戮也。裔、遠也。○逆振一段、緊陗。若猶是姬姓也、未更姓。尚將列爲公侯、以復先王之職、未改物。大物其未可改也。不曰不可改、而曰未可改、冷雋。○直說出晉文請隧之非。叔父其茂昭明德、物將自至。物、隧也。○又逆振一筆、緊陗。余敢以私勞變前之大章、以忝天下、其若先王與百姓何。何政令之爲也。

校勘記：

①"有與"，原誤倒作"與有"，今據《國語》改。

私勞、卽私德。在襄王爲德、在晉文爲勞。大章、卽服物采章。忝、辱也。先王唯是服物采章、以臨長百姓、而余變易之、其如先王百姓何哉。既無以對先王百姓、何政令之爲也。○直說出不許行隧之意。若不然、叔父有地而隧焉、余安能知之。若晉文自制爲隧、余安能禁止、不待請也。○仍用逆筆作收、章法愈緊。文公遂不敢請、受地而還。

通篇只是不爲天子、不得用隧意。卻妙在俱用逆筆振入、無一筆實寫不許。而不許之意、一步緊一步。自使重耳神色俱沮。

單子知陳必亡 周語中

國語

定王使單善、襄公名朝、定王卿士。聘于宋。聘、問也。諸侯之于天子、天子之于諸侯、諸侯之于鄰國、皆有聘。遂假道于陳、以聘于楚。自宋適楚、道經陳國。是時天子微弱、故以諸侯相聘之禮假道也。火朝覿矣、道茀拂、不可行也、火、心星也。覿、見也。朝覿、謂夏正十月、心星早見于辰。道茀、草穢塞路也。○一。侯不在疆、候、候人也。掌迎送賓客者。疆、境也。○二。司空不視塗、司空、掌道路之官。○三。澤不陂、卑、○陂、澤障也。古不竇澤、故障之。○四。川不梁、梁、橋梁也。古不防川、故梁之。○五。野有庾與、積、恣、○庾、露。積、聚也。謂以穀米露聚于外也。○六。場功未畢、場、收禾圃也。築場未完。○七。○伏辰角見一段案。道無列樹、古者列樹以表道。○八。墾田若蓺、卽、○蓺、茅芽也。言其稀少也。○九。○既墾之田、猶若茅芽、○伏周制有之一段案。膳宰不致餼、 戲、○膳宰、膳夫也。掌賓客之牢禮。生者曰餼。○十。 司里不授館、 司里、里宰也。掌授客館。○十一。 國無寄寓、 寄寓、旅次也。○十二。 縣無旅舍、 去聲、○四甸爲縣。縣方六十里。旅舍、休息居止之處、以庇賓客負擔之勞。○十三。伏周之秩官一段案。 民將築臺于夏氏。 民、陳民。臺、觀臺也。夏氏、陳大夫夏徵舒之家。爲淫其母、欲藉以爲樂。○十四。 及陳、陳靈公與孔寧、儀行父、 甫、○孔、儀、皆陳大夫。 南冠以如夏氏、留賓弗見。 南冠、楚冠也。如、往也。賓、謂單襄公。○十五。○伏先王之令一段案。○從單子入陳、至及陳所閱歷者、錯綜先敍、後從單子口中、分疏作斷、章法井然。 單子歸、告王曰、陳侯不有大咎、國必亡。 總斷二句、直是目見。 王曰、何故。對曰、夫辰角見 現、 而雨畢、 辰角、大辰倉龍之角。角、星名。朝見東方、九月初、寒露節也。雨畢者、殺氣日盛、雨氣日盡也。 天根見而水涸、 天根、亢氐之間也。涸、竭也。寒露後五日、天根朝見、水潦盡竭也。 本見而草木節解、 本、氐星也。寒露後十日、氐星朝見、草木之枝節、皆脫落也。 駟見而隕霜、 駟、天駟、房星也。九月中、房星朝見、霜始降。 火見而清風戒寒。 火、心星也。霜降後、心星朝見、清風先至、所以戒人爲寒備也。○五句以星見定時至、起下文。 故先王之教曰、 引古。 雨畢而除道、水涸而成梁、草木節解而備藏、隕霜而冬裘具、清風至而修城郭宮室。 除、修治也。備藏具、備收藏也。 故夏令曰、 夏后氏之令。○再引古。 九月除道、十月成梁。

校勘記：

①"挶"，《國語》作"梮"，亦通。

水涸係九月、而此言十月成梁者、謂輿梁也。其時儆曰、至期儆告其民。收而場功、偫雉、而畚本、挶①菊、○季秋農事畢、使人輿築作也。而、汝也。偫、具也。畚、土籠也。挶、土轝也。營室之中、土功其始、營室、定星也。此星昏而正中、夏正十月也。于是時可以營制宮室、故謂之營室。火之初見、期于司里、期、會也。致其築作之具、會于司里之官。此先王之所以不用財賄、而廣施去聲、德於天下者也。惠而不費。○總一句。今陳國、徵今。火朝覿矣、而道路若塞、野場若棄、澤不陂障、川無舟梁、以舟爲梁、即今浮橋也。是廢先王之教也。結火朝覿六句。

周制有之曰、引古。列樹以表道、表道、謂識其遠近。立鄙食以守路、鄙、四鄙。十里有廬、廬有飲食。國有郊牧、國外曰郊。牧、放牧之地。畺同疆、有寓望、境界之上、有寄寓之舍、候望之人。藪有圃草、澤無水曰藪。圃草、茂草也。囿有林池、囿、苑也。林、積木。池、積水也。所以禦災也。禦、備也。災、兵饑也。其餘無非穀土、種穀之土。民無懸耜、言常用之、不懸挂也。野無奧草、奧、深也。野皆墾闢、無深草也。不奪農時、不蔑民功、蔑、棄也。有優無匱、優、裕也。匱、乏也。○從民無懸耜二句來。有逸無罷、同疲、○逸、安也。罷、勞也。○從不奪農時二句來。國有班事、國、城邑也。土功井然有條理。縣有序民。四甸爲縣。力役更番有次第。今陳國、徵今。道路不可知、指道無列樹而言。田在草間、未墾者多。功成而不收、卽野場若棄。民罷于逸樂、疲于爲君作逸樂之事。是棄先王之法制也。結野有庾積四句。周之秩官有之曰、秩官、周常官篇名。○引古。敵國賓至、敵國、相等之國也。關尹以告、關尹、司關者。告、告君也。行理以節逆之、行理、小行人也。逆、迎也。執瑞節爲信、而迎之也。候人爲導、導賓至于朝也。卿出郊勞、去聲。○賓至近郊、君使卿朝服、用束帛勞之。門尹除門、門尹、司門者。掃除門庭。宗祝執祀、宗、宗伯。祝、大祝。賓有事于廟、則宗祝執祭祀之禮。司里授館、授客館舍。司徒具徒、具徒役、修道路之委積。司空視塗、視道塗之險易。司寇詰姦、禁詰姦盜、防剽掠也。虞人入材、虞人、掌山澤之官。甸人積薪、甸人、掌薪蒸之官。火師監燎、火師、司火者。燎、照庭大燭。水師監濯、水師、掌水者。監滌濯之事。膳宰致饔、孫、○熟食曰餐。廩人獻餼、生曰餼、禾米也。司馬陳芻、初、○司馬、掌圉人養馬。芻、茭草。工人展車、展、省客車、補傷敗也。百官各以物至、物、如供應之物。賓入如歸。是故小大莫不懷愛。小大、謂賓介也。非一頓、文勢不平。○其貴國之賓至、則以班加一等益虔、貴國、大國也、不比敵國。司事之官、皆用尊一級者、而更加敬。至于王使②、去聲、則皆官正涖事、官正、官長也。用官長司事、班又加矣。上卿監之。監、察也。察其勤惰、尤致其虔。若王巡守、則君親監之。仍用官長司事、但自察之。班無

②"使"，《國語》作"吏"。

（可加、而虐極矣。○王使是主、說得十分鄭重。又帶廵守句、更凜然。）今雖朝也不才、（徵今。）有分問、族于周、（分族、王之親族也。）承王命以爲過賓于陳。（過賓、謂假道。）而司事莫至、（不但失班加益虐之制、且無以下同于敵國之賓矣。）是蔑先王之官也。（結膳宰不致餼四句。）先王之令有之曰、（引古。）天道賞善而罰淫、故凡我造國、無從匪彝、無即慆滔、淫、（造、爲也。彝、常也。即、就也。慆、慢也。）各守爾典、以承天休。（典、常也。休、慶也。）今陳侯、（徵今、）不念胤印、續之常、棄其伉儷妃嬪、（胤續、繼嗣也。伉儷、配偶也。）而帥其卿佐、以淫于夏氏、不亦瀆姓矣乎③。（卿佐、孔儀也。夏徵舒之父御叔、即陳公子夏之子、靈公之從祖父、嬀姓也、故曰瀆姓。○即慆淫矣。）陳、我大姬之後也、（大姬、武王之女、虞胡公之妃、陳之祖妣也。）棄袞冕而南冠以出、不亦簡彝乎。（簡彝、簡略常服也。○從匪彝矣。）是又犯先王之令也。（結民將築臺五句。）昔先王之教、茂帥同率、其德也、猶恐隕越。（茂、勉也。率、循也。隕越、墜落也。）若廢其教而棄其制、蔑其官而犯其令、將何以守國。居大國之間、而無此四者、其能久乎。（大國、謂晉、楚。○總收一段、直結出不有大咎國必亡之故。）六年、單子如楚。八年、陳侯殺于夏氏。（靈公與孔寧儀行父飲酒于夏氏、公謂行父曰、徵舒似汝、對曰、亦似君、徵舒病之、公出、自其廐射

③"瀆"，《國語》作"嬻"。

而殺之。九年、楚子入陳。楚莊王討夏徵舒、遂縣陳。○單子之言俱驗。

先敍事起、中分四段辨駁、引古徵今、句修字削。而分斷中、又復錯綜變化、讀之不覺其排對之迹。自是至文。

展禽論祀爰居 魯語上　國語

海鳥曰爰居、疏句起法。止於魯東門之外二日①。臧文仲魯大夫、臧孫氏。使國人祭之。直是居蔡故智。展禽即柳下惠、名獲、字禽。曰、越哉、臧孫之爲政也。越、謂越于禮。○不責其祀、而直責其政、立論最大。夫祀、國之大節也、而節、政之所成也、節、制也。祀之節制、于國爲最大、乃政之所由以成、所關甚重。故愼制祀以爲國典。愼者、不輕之謂。制、立也。典、常也。○祀有關國政如此、故愼立祭祀之法、以爲國之常經、不得有所加也。○此句極重、後俱根此立論。今無故而加典、非政之宜也。兩語斷畢。夫聖王之制祀也、總冒一句。法施于民則祀之、以死勤事則祀之、以勞定國則祀之、能禦大災則祀之、能捍大患則祀之。非是族也、不在祀典。族、類也。○先將制祀之意、虛論一番、下乃歷引以實之。昔烈山氏之有天下也、其子曰柱、能植百穀百蔬。夏之興也、周棄繼之、烈山氏、神農號。其後世子孫有名柱者、能植穀蔬、作農官。夏興、

校勘記：

①"二"，《國語》作"三"。

謂禹也。棄能繼柱之業。故祀以爲稷。稷、穀神也。共恭、工氏之伯霸、九有也、其子曰后土、能平九土、共工霸者在羲農之間。有、域也。共工之裔子句龍、佐黃帝爲土官。九土、九州之土。故祀以爲社。社、土神也。○柱、棄、句龍、以勞定國。○以上社稷之祀、以下宗廟之祀。黃帝能成命百物、以明民共同供、財、黃帝、軒轅也。命、名也。成命、定百物之名也。明民、使民不惑也。共財、供給公上之賦斂也。顓頊旭、能修之、顓頊、黃帝之孫、帝高陽也。能修黃帝之功。帝嚳哭、能序三辰以固民、帝嚳、黃帝之曾孫、帝高辛也。三辰、日月星也。序之使民知休作之候。固、安也。堯能單均刑法以儀民、單、盡也。均、平也。儀、善也。○四句、皆法施于民者。舜勤民事而野死、征有苗、崩于蒼梧之野。鯀障洪水而殛死、鯀障防百川、績用不成、堯殛之于羽山。○舜、鯀、皆以死勤事。禹能以德修鯀之功、修者、繼其事而改正之。○能禦大災。契爲司徒而民輯、司徒、教官之長。輯、和也。○法施于民。冥勤其官而水死、冥、契六世孫、爲夏水官。勤于其職、而死于水。○以死勤事。湯以寬治民而除其邪、除邪、謂放桀。○能捍大患。稷勤百穀而山死、稷、周棄也、死于黑水之山。○以死勤事。文王以文昭、文王演易、以文德著。○法施于民。武王去民之穢。去穢、謂伐紂。○能捍大患。故有虞氏禘黃帝而祖顓頊、郊堯而宗舜、有虞氏、舜後。禘、大祭也。郊、祭天以配食也。祖其有功者、宗其有德者、百世不遷之廟也。有虞氏出自黃帝顓頊、故禘黃帝而祖顓頊。舜受禪于堯、故郊堯。祭法作郊嚳而宗堯。與此異者、舜在時則宗堯、舜崩則子孫宗舜、故郊堯。夏后氏禘黃帝而祖顓頊、郊鯀而宗禹、夏后氏亦黃帝顓頊之後。故禘祖之禮同。虞以上尚德、夏以下親親、故夏郊鯀也。商人禘舜當作嚳。而祖契、郊冥而宗湯、嚳、契之父。契、商之始祖也。周人禘嚳而郊稷、祖文王而宗武王。嚳、稷之父。稷、周之始祖也。商人祖契。周人初時亦祖稷而宗文王、顧武王定天下、其廟不可以毀、故更郊稷、祖文王而宗武王。○已上先總敘功德、後總出祀典。幕能帥帥同率、顓頊者也、有虞氏報焉。幕、舜之後虞思也、爲夏諸侯。帥、循也。報、報德之祭。杼能帥禹者也、夏后氏報焉。杼、禹七世孫、少康子季杼也。能與夏道。上甲微能帥契者也、商人報焉。上甲微、契八世孫、湯之先也。高圉太王能帥稷者也、周人報焉。高圉、稷十世孫。太王、高圉之曾孫。○四代子孫、能帥循其祖德、皆爲以勞定國。○已上逐句出祀典、法變。凡禘郊祖宗報、此五者、國之典祀也。總鎖一句、結住上文。以下又于五祀典外、兼舉諸祀。加之以社稷山川之神、皆有功烈于民者也。社稷應前。山川、謂五嶽四瀆。及前哲令德之人、所以爲明質也②。質、信也。民皆明而信之、故曰明質。及天之三辰、民所以瞻仰也。藉其光以見物。及地之五行、所以生殖也。五行、水火木金土、民皆賴之以生活。及九州名山川澤、所以出財用也。財用、如財木、魚鼈之類。○疊寫五句、是帶敘法。非

②”明“，原誤作”民“，今據《國語》、文富堂本及映雪堂原刻本改。注文中”明“字同。

③"己"，原誤作"已"，今據《國語》改。注文中"己"字同。

是、不在祀典。禘郊祖宗報之外、必須有功于民者、方祀及之。皆非無故而加也。○收完制祀以爲國典句。今海鳥至、己不知而祀之③、以爲國典。入題。三字、妙。已不知難以爲仁且知智、矣。再斷。夫仁者講功、愛人必講及人之功。而知者處物。格物必審處物之法。又與仁知作注釋、妙。○無功而祀之、非仁也。結上。不知而不問、非知也。起下。今茲海其有災乎。夫廣川之鳥獸、恆知而避其災也。廣川、猶言大流。言避災而來、祀之絕不相涉、說出、一笑。是歲也、海多大風、冬煖。煖、有災。○果 文仲聞柳下季之言曰、信吾過也。季子之言、不可不法也。使書以爲三筴。筴、簡也。三書簡者、恐有遺亡故也。

一祀爰居耳、發出如許大議論。然亦只是無故加典一句斷盡。前云非是族也、不在祀典、後云非是不在祀典、總是不得無故加典也。文仲之失、在不能講功、而先在不能處物、是不智乃以成其不仁也。結出海鳥之智來、最有味。

里革斷罟匡君 魯語上　　國語

宣公夏濫於泗淵、濫、漬也。漬罟于泗水之淵、以取魚也。里革魯大夫。斷其罟古、而棄之。罟、網也。陡然驚人。曰、一面斷一面說、所以下有公聞之字。古者大寒降、土蟄發、大寒以後、蟄蟲始振、孟春也。水虞于是乎講罛姑、罶、柳、取名魚、登川禽、而嘗之寢廟、行諸國人、助宣氣也。水虞、掌川澤之禁令。講、習也。罛、大網也。罶、笱也。名魚、大魚也。川禽、鼈蜃之屬。是時陽氣起、魚陟負冰、故既取以祭。復令民各取以薦、所以佐陽氣之升也。○第一段、言魚取之有時。鳥獸孕、卵、水蟲成、春時。獸虞於是乎禁罝嗟、羅、矠錯、魚鼈、以爲夏犒、考、助生阜也。獸虞、掌鳥獸之禁令。罝、兔罟。羅、鳥罟。矠、刺取也。魚乾曰犒。阜、長也。禁取鳥獸之具、所以佐其生長也。○第二段、獸虞却矠魚鼈是賓。鳥獸成、水蟲孕、夏時。水虞於是乎禁罝作罜、音主。麗、六①。設穽鄂、以實廟庖、畜功用也。罝麗、小網也。鄂、柞格。所以誤獸也。廟、享祖宗。庖、燕賓客。畜、儲也。魚鼈爲民日用之需、非鳥獸比、故曰畜功用、不但助生阜已也。○第三段、水虞却設穽鄂是主。且夫山不槎、茶、蘖、岸入聲、澤不伐夭、魚禁鯤鮞、而、獸長、掌、麑麌、迷、鳥翼鷇、寇、卵、蟲舍蚳、池、蝝、延、蕃庶物也。槎、斫也。蘖、斫過樹根傍復生嫩條也。草木未成曰夭。鯤鮞、魚子也。麑、鹿子。麌、麋子。翼、成也。生哺曰鷇、未乳曰卵。蚳蝝、螘子、可爲醢。蕃、息也。○第四段、草木鳥獸魚蟲、連類並擧、是賓主夾寫。古之訓也。總一句、與古者應。下緊入今字。今魚方別孕、別于雄而懷子。不教魚長、生者又未大。又行網罟、貪無藝也。藝、極也。○第五段、入題。見夏濫有違于古、不得不斷其罟而棄之。○每段末、下一斷語、最宜玩。公聞之曰、吾過而里革匡我、不亦善乎。美里革。是良罟也、

校勘記：

①《國語》于"罝"字下有"罜"字。

爲去聲、我得法。言此斷罟最善、乃代我得古人之法。○兼美斷罟、慭變爲喜、妙。使有司藏之、使吾無忘諗。審、諗、告○也。言是罟不可棄、使我見罟不忘里革之言。○斷罟藏罟、涉想俱佳。師存侍、師、樂師、名存。曰、藏罟、不如寘里革于側之不忘也。結語深雋有味、使好名之主意消。

述古訓處、寫得賓主雜然、具有錯綜變化之妙。入今事、只貪無藝也四字、是極諫意。宣公聞諫、私心頓釋。師存進言、意味深長、正堪並美。

敬姜論勞逸 魯語下

國語

公父甫、文伯魯大夫、季悼子之孫、公父穆伯之子、公父歜也。退朝、朝其母、母、穆伯之妻、敬姜也。其母方績。績、緝麻也。文伯曰、以歜觸、之家、只四字、便寫盡淫心。而主猶績、懼干季孫之怒也。主、謂主母。干、犯也。季孫、康子也、時爲魯正卿。其以歜爲不能事主乎。注一句。其母歎曰、魯其亡乎。使僮子備官而未之聞邪。僮、頑癡也。備官、居官也。聞、謂聞大道。○子言家、母卻數國、所見者大。居、吾語去聲、女。汝、昔聖王之處民也、擇瘠土而處之、勞其民而用之、故長王去聲、天下。瘠、瘦薄也。○勞字、是一篇之綱。夫民勞則思、思則善心生。逸則淫、淫則忘善、忘善則惡心生。承勞民說、又從勞字、

校勘記：
①"淫"，《國語》作"逸"。

承瘠土說、却從沃土反證瘠土、妙。○巳看出逸字、妙。沃土之民不材、淫也①。瘠土之民莫不嚮義、勞也。上泛論道理、下乃實敍。是故天子大采朝潮、日、與三公九卿、祖識地德、大采、五采也。天子春朝朝日、服五采。祖、習也。識、知也。地德廣生、修陽政也。日中考政、與百官之政事、師尹惟旅牧相、去聲、宣序民事、考字直貫下十七字。師尹、大夫官也。惟旅、衆士也。牧、州牧。相、國相也。宣、布。序、次也。少去聲、采夕月、與太史司載、糾虔天刑、少采、三采也。秋暮夕月、服三采。司載、謂馮相氏、保章氏、與太史相偶。糾、恭。虔、敬也。刑、法也。天刑、肅殺、治陰教也。日入監平聲、九御、使潔奉禘郊之粢盛、成、而後即安。監、視也。九御、九嬪之官、主祭祀者。即、就也。○著而後二字、可見勞多安少。以下段段著而後字。○此言天子之勞。諸侯朝修天子之業命、晝考其國職、夕省其典刑、夜儆百工、使無慆淫、而後即安。業、事也。命、令也。典刑、常法也。工、官也。慆、慢也。○此言諸侯之勞。卿大夫朝考其職、晝講其庶政、夕序其業、夜庀拔上聲、其家事、而後即安。庀、治也。○此言卿大夫之勞。士朝受業、晝而講貫、夕而習復、夜而計過、無憾而後即安。受業、受事于朝也。貫、事也。復、覆也。憾、恨也。○此言士之勞。自庶人以下、明而動、晦而休、無日以怠。句法變。○此言庶人之勞。○以上敍男事之勞、所以教文伯。以下敍女工之勞、所以自治也。王后親織玄紞、耽、上聲。○紞、冠之垂者、用雜綵線織之。○王后勞。公侯之夫人、加之以紘宏、綖、延、○紘、纓從下而上者。綖、冠上覆。○公侯夫人勞。卿之內子爲大帶、卿之嫡妻曰內子。大帶、緇帶也。○卿內子勞。命婦成祭服、命婦、大夫妻也。○命婦勞。列士之妻、加之以朝服。列士、元士也。○士妻勞。自庶士以下、皆衣去聲其夫、庶士、下士也。以下謂庶人。○庶民妻勞。社而賦事、烝而獻功、男女效績、愆則有辟、闢、古之制也。社、春分社日也。賦、布也。事、農桑之業。冬祭曰烝。獻功、告事之成也。績、功也。愆、失也。辟、罪也。○單就庶人男女作束、便括盡上文、妙。君子勞心、小人勞力、先王之訓也。自上以下、誰敢淫心舍力。又以心力二字、總結勞字、以起下文。今我寡也、爾又在下位、寡、孀婦也。下位、下大夫之位。○兩句合來、便見勞當加倍、正破以歜之家句。朝夕處事、猶恐忘先人之業。處事、處身于作事也。先人、謂穆伯。○一折。況有怠惰、其何以避辟。應愆則有辟句。吾冀而朝夕修我、曰必無廢先人。冀、望也。而、汝也。修、儆也。○又一折。爾今曰胡不自安、點起、以是承君之官、勸毋自安、則己之喜于自安可知。○應備官句。余懼穆伯之絕祀也。起言魯其亡乎、結言穆伯絕祀、俱作危詞、以儆文伯。妙。仲尼聞之曰、弟子志之、志、記也。季氏之婦不淫矣。不淫、是能勞。結贊更奇。

通篇只以勞字爲主。自天子至諸侯、自卿大夫至士庶人、自王后至夫人、自內子士妻至庶士以下、無一人之不勞、無一日之不勞、無一時之不勞。讀此、如讀豳風七月詩。

叔向賀貧 晉語八　國語

叔向羊舌肸。見韓宣子、韓起、晉卿。宣子憂貧、叔向賀之。賀其貧、非賀其憂也。宣子曰、吾有卿之名、而無其實、實、財也。無以從二三子、不足以供賓客往來之費、難以置身于卿大夫之列。吾是以憂、子賀我何故。問得好。對曰、昔欒武子欒書、晉卿。無一卒之田、百人爲卒。一卒之田、蓋十二井。其官不備其宗器①、其掌祭祀之官、不能備其祭器。○猶貧。宣其德行、去聲、德字、是一篇之綱。○宣、布也。○順其憲則、使越於諸侯。諸侯親之、戎狄懷之、以正晉國。行刑不疚、憲、則、皆法也。越、發聞也。刑、卽憲則。疚、病也。○此其德之宣于外內者。以免於難。去聲、○當身免于禍難。○貧而有德者可賀。及桓子、欒書之子、欒黶也。驕泰奢侈、貪欲無藝、藝、極也。略則行志、假貸居賄、貸、貸貨、賄、取利、○忽略憲則、而行貪欲之志、而蓄之于家。○不貧又無德。宜

校勘記：
①"官"，《國語》作"宮"。

及於難、（本屬可憂。）而賴武之德以沒其身。（賴武之貽德以善終。○武子不但能保身、且足以庇後、益見貧而有德者可賀。）及懷子、（欒黶之子、盈也。）改桓之行、而修武之德、（改桓是貧、修武是德。）可以免于難、（本屬可賀。）而離（同罹、）桓之罪、以亡于楚。（離、遭也。亡、奔也。○桓子雖及身幸免、亦必貽禍于後、可見不貧而無德者可憂。○一舉欒氏爲證、以見貧之可賀。）夫郤昭子、（郤至、晉卿。）其富半公室、其家半三軍、（三軍、與上一卒相對。○富。）恃其富寵、以泰于國、（寵、尊榮也。泰、驕慢也。○無德。）其身尸于朝、其宗滅于絳。（尸、既刑陳其尸也。絳、晉舊都。陳尸滅族、較之貽禍于後者尤甚。○富而無德者可憂。）不然、夫八郤五大夫三卿、（三卿、郤錡、郤至、郤犨。又有五人爲大夫。○忽作頓宕、文勢曲折。）其寵大矣、一朝而滅、莫之哀也、惟無德也。（倒找德字、陡健。○一舉郤氏爲證、以見貧之不必憂。）今吾子有欒武子之貧、吾以爲能其德矣、（有其貧、必能行其德也。○吾以爲三字、妙甚。）是以賀。（正答何故二字。）若不憂德之不建、而患貨之不足、（亦欒桓郤昭之續耳、小則貽禍後嗣、大則殃及同宗。）將弔不暇、何賀之有。（貧可賀、憂貧又可弔、妙絕。）

宣子拜稽首焉。曰、起也將亡、賴子存之。（以其言可以保身、結欒武子一段。）非起也敢專承之、其自桓叔以下、（韓氏之祖。）嘉吾子之賜。（以其言可以全族、結郤昭子一段。）

不先說所以賀之之意、直舉欒郤作一榜樣、以見貧之可賀、與不貧之可憂。貧之可賀、全在有德、有德自不憂貧。後竟說出憂貧之可弔來、可見徒貧原不足賀也。言下、宣子自應汗流浹背。

王孫圉論楚寶（楚語下）　國語

王孫圉（楚大夫。）聘於晉、定公饗之。趙簡子（晉大夫、趙鞅。）鳴玉以相。（去聲、○鳴其佩玉以相禮。）問於王孫圉曰、楚之白珩（恒、）猶在乎。（白珩、楚之美佩玉也。○開口問白珩、則鳴玉以相、分明有意炫耀。）對曰、然。簡子曰、其爲寶也幾何矣。（言白珩之爲寶、所值幾何。）曰、未嘗爲寶。（一句抹倒。）楚之所寶者、（頓一句鄭重。與下楚國之寶句緊照。）曰觀（貫、）射（亦、）父、（甫、大夫。○楚）能作訓辭、以行事于諸侯、使無以寡君爲口實。（口實、猶言話柄。善于辭命以交鄰、使無以不文爲話柄。○是爲可寶。）又有左史倚相、（左史、名倚相。）能道訓典、以敘百物、（敘、次也。物、事也。）以朝夕獻善敗于寡君、使寡君無忘先王之業。（○明則有以正主志。）又能上下說（悅、）乎鬼神、順道其欲惡、使神無有怨痛于楚國。（上天神、下地祇、順道鬼神之情、所以悅之也。○幽則有以格神明。○是爲可寶。）又有藪曰雲連徒洲、（藪、澤也。雲、卽雲夢。連、屬也。徒、洲名。蓋雲夢連屬徒洲。金木竹箭之所生也、龜珠角齒、皮革羽毛、竹之小者曰箭。○十六字要連看、猶言金木竹箭、龜珠角齒、皮革羽毛之所生也。所以備賦、以戒不虞者也。賦、兵賦也。不虞、意外之患。○治本國所資。所以共同供、幣帛以賓享於諸侯者也。享、獻也。○交鄰國所資。○是爲可寶。○觀射父、倚相、曰能、曰使。雲連徒洲、曰生、曰所以。字法。左史若諸侯之好、去聲、幣具、雲連徒洲。而導之以訓辭、觀射父。有不虞之備、雲連徒洲。而皇神相之、皇、大也。○左史倚相。○又將三段、串作一片。寡君其可以免罪於諸侯、鄰國有益。而國民保焉。本國有此益。楚國之寶也。正應一句收。若夫白珩、先王之玩也、玩則非有用之物。何寶焉。應未嘗爲寶句。○以上答白珩已畢、下乃重起奇文、以刺鳴玉、與白珩無干。圉聞國之寶、六而已。凡爲國者所寶唯六。聖能制議百物、以輔相國家、則寶之。聖、通明也。玉足以庇廕嘉穀、使無水旱之災、則寶之。玉、祭祀之玉。龜足以憲臧否、則寶之。憲、法也。珠足以禦火災、則寶之。金足以禦兵亂、則寶之。山林藪澤、足以備財用、則寶之。聖曰能、物曰足以、字法。○此雖是推開一層說、仍句句與上三段相映照、妙。若夫譁囂之美、鳴玉聲也。楚雖蠻夷、不能寶也。問甚矜張、答甚閒淡、機鋒射人。

所寶唯賢、自是主論。却著眼在雲連徒洲一段。蓋藪澤錘美、皆堪有用、自當爲寶、正與玩好無用之白珩緊照。後一段于聖能制議之下、復接龜珠金玉。山林藪澤、皆可資之爲用者。跌到不寶譁囂之美、處處針鋒相對。

國語

諸稽郢行成于吳 吳語

吳王夫扶、差起師伐越、魯定十四年、吳伐越、越敗之于檇李、闔廬傷足而死。後三年、夫差敗越于夫椒、報檇李也。大夫種求成于吳、吳許越成。至是吳又起師伐越。越王勾踐起師逆之江①。逆、迎戰也。大夫種乃獻謀曰、夫吳之與越、唯天所授、王其無庸戰。言唯天所命、不用戰也。○先頓一句。夫申胥、伍子胥奔吳、吳子與之申地、故曰申胥。華登、宋司馬華費遂之子、奔吳爲大夫。簡服吳國之士於甲兵、而未嘗有所挫也。簡服、練習也。挫、毁折也。言二子善于用兵。夫一人善射、百夫決拾、決、以象骨爲之、著于右手大指、所以鉤弦開體。拾、以皮爲之、著于左臂以遂弦。言二子善用兵、衆心化之、猶一人善射、而百夫競著決拾以效之也。勝未可成。越之勝吳、殆未可必。夫謀必素見成事焉而後履之、不可以授命。素、豫也。履、行也。授命、猶言致命。言當謀定後戰、不可輕出喪師。王不如設戎、約辭行成、以喜其民、以廣侈吳王之心。不如設兵自守、卑約其辭、以求平于吳、吳民必喜。所以驕夫差之心也。○廣侈吳王之心、是獻謀主意。乃吾以卜之於天。

校勘記：

①《國語》無"江"字。

天若棄吳、必許吾成、而不吾足也、不以吾爲足慮。將必寬然有伯霸、諸侯之心焉。所謂廣後之也。既罷疲、弊其民、而天奪之食、心既廣後、則民必罷弊、而天祿盡。安受其燼、盡、乃無有命矣。燼、餘也。天之所棄、吾取者乃天之餘也。乃無有命、言吳更無天命也。○大夫種布算已定。越王許諾。乃命諸稽郢越大夫。行成于吳曰、下皆約辭。寡君句踐、使下臣郢、不敢顯然布幣行禮、敢私告于下執事曰、開口辭便約。昔者越國見禍、得罪于天王、指檇李傷闔廬事。天王親趨玉趾、謂敗越于夫椒。以心孤句踐、而又宥赦之。孤、棄也。破越不取、是心棄句踐而宥赦之也。君王之于越也、繄起死人而肉白骨也。繄、是也。○感德語、所以侈其心。孤不敢忘天災、指上見禍言。○頓挫。其敢忘君王之大賜乎。加此二句、見誠心感德。○已上述吳昔日之恩。今句踐申禍無良、申禍、重見禍也。無良、言己之不善。○無作自責語。草鄙之人、敢忘天王之大德、而思邊陲之小怨、以重得罪於下執事。存國爲德之大、侵疆爲怨之小、重得罪、謂報見侵也。○作一振、逼入起師逆江意。句踐用帥二三之老、親委重罪、頓顙于邊。委、任也。言起師逆之江者、乃帥二三臣、自任大罪、叩頭請服于境、非敢得罪于吳也。今君王不察、盛怒屬兵、將殘伐越國。越國固貢獻之邑也、頓挫。君王不以鞭箠使之、而辱軍士、使寇令焉。若禦寇之號令。○越辭愈卑、其心愈後。句踐請盟。以吳不察、故請盟。一介嫡女、執箕帚以晐同該、姓於王宮。晐、備也。曲禮、納女于天子曰備百姓。一介嫡男、奉槃同盤、匜移、以隨諸御。匜、洗手器。御、近臣宦豎之屬。春秋貢獻、不解同懈、於王府。應貢獻之邑句。○此言既盟之後如此。天王豈辱裁之、亦征諸侯之禮也。天王豈能辱意裁制之、此亦天子征稅諸侯之禮也。○已上望吳今日之澤。夫諺曰、狐埋之而狐搰骨、之、是以無成功。搰、發也。○喻甚奇。今天王既封殖越國、以明聞去聲、于天下、而又刈亡之、是天王之無成勞也。封殖刈亡、以草木自比。言吳今日之刈亡、徒勞昔日之封殖也。○忽作責吳語、妙。雖四方之諸侯、則何實以事吳。實、信也。○牽引諸侯、正以自爲、妙。敢使下臣盡辭、唯天王秉利度義焉。越服吳爲利、吳舍越爲義。諸稽郢行成之詞、雖只是廣後吳王之心、其中可罪者不少。如不敢忘天災、自強之心露。狐搰無成功、藐吳之意見矣。縱多巧辭、皆玩弄也。使非天欲棄吳、其說能終行乎。

申胥諫許越成 吳語

國語

吳王夫差乃告諸大夫曰、孤將有大志于齊、欲伐齊。吾將許越成、而無拂吾慮。已先拒諫。若越既改、吾又何求、若其不改、反行、吾振旅焉。改、謂誠心改事吳也。反行、伐齊而反也。振旅、加兵也。○全不以越爲意。申胥諫曰、不可許也。斷一句。夫越非實忠心好吳也、既非愛吳。又非懾畏吾甲兵之彊也。亦非懼吳。大夫種勇而善謀、將還旋、玩吳國於股掌之上、以得其志。還玩、轉弄也。○直破其奸。夫固知君王之蓋威以好勝也、蓋、猶尚也。病根被人看破。故婉約其辭、以從同縱、逸王志、婉約、卑遜也。縱逸、即上篇廣侈之意。使淫樂于諸夏之國、以自傷也。自傷、猶言自害。使吾甲兵鈍弊、民人離落、而日以憔悴、此言自傷之實。○兩使字、是還玩吳國作用。然後安受吾燼。燼、餘也。安受吳國未滅之餘、所謂得其志也。○句句與種言暗合、英雄所見略同。○已上論大夫種。夫越王好信以愛民、不好勝、而好信、不尚威、而愛民。四方歸之、得人心。年穀時熟、得天意。日長掌、炎炎、炎炎、進貌。○論越王。及吾猶可以戰也、及字、承上日以憔悴、日長炎炎兩句來、言過此吳日益衰、越日益盛、吾雖欲戰無及已。是危急語。爲虺毀、弗摧、爲蛇將若何。虺、小蛇也。摧、滅也。○一喻尤入情。吳王曰、大夫奚隆於越、越曾層、足以爲大虞乎。隆、尊也。虞、慮也。○後心頓起。若無越、則吾何以春秋曜吾軍士。存越則時可加兵、以張吾軍勢。○寫盡威好勝如畫。乃許之成。將盟、越王又使諸稽郢辭曰、既使諸稽郢請盟、又使諸稽郢辭盟、真是還玩吳國于股掌之上。以盟爲有益乎、前盟口血未乾、干、足以結信矣。以盟爲無益乎、君王舍甲兵之威以臨使之、而胡重于鬼神而自輕也。不復如前之乞哀態矣、還玩吳國已極。吳王乃許之。荒成不盟。荒、空也。總是不以越爲意。

夫差廣後已極、只越曾足爲大虞一語、雖有百諫諍、亦莫之入矣。胥、種謀國之智、若出一轍。而吳由以亡、越由以霸、用與不用異耳。

春王正月　隱公元年　公羊傳

元年者何、君之始年也。人君即位之始年。春者何、歲之始也。歲功之始。王者孰謂、謂文王也。文王、周始受命之王。曷爲先言王而後言正月、王正月也。王者受命改正朔。何言乎王正月、大一統也。王者受命改正朔、自甸侯以至要荒咸奉之、故曰大一統。○起數語、是一部春秋中元年春王正月總注。公何以不言即位、成公意也。從無文字處生文。何成乎公之意、公將平國而反之桓。桓、隱異母弟。平、治也。反、歸也。

曷爲反之桓、桓幼而貴、隱長而卑、其爲尊卑也微、國人莫知。微、謂母俱媵也。國人無從分別。○先言可掩之勢、以見隱不負心、語絕含蘊。隱長又賢、諸大夫扳攀隱而立之、扳、引也。隱于是焉而辭立、則未知桓之將必得立也。是時公子非一。○一轉。且如桓立、則恐諸大夫之不能相幼君也。既欲立隱、必不能誠心相桓。○二轉。○虛作二轉、字字寫出隱深心微慮、以申平國意。故凡隱之立、爲去聲桓立也。申欲反之桓意。隱長又賢、何以不宜立。立適、嫡以長不以賢、立子、以貴不以長。適、謂適夫人之子。子、謂左右媵及姪娣之子。○二句表明大義。桓何以貴、母貴也。右媵秩次貴。母貴則子何以貴、子以母貴、母以子貴。子以母秩次得立、母以子立得爲夫人。○住語、法峻意圓。

透發將平國而反之桓句、推見至隱。末一段、又因隱桓而表揭立子之義。其下字運句、又跌宕、又閒靜、又直截、又虛活、不但以簡勁擅長也。

宋人及楚人平 宣公十五年　公羊傳

外平不書、前楚鄭平不書。此何以書、大其平乎己也。己、指華元子反、對君而言也。○提出主意。何大其平乎己。莊王圍宋、軍有七日之糧爾、盡此不勝、將去而歸爾。先插子反語作敍事、文

情妙絕。於是使司馬子反乘堙、而闚宋城、宋華元亦乘堙而出見之。堙、距堙。上城具。○
相見便奇。司馬子反曰、子之國何如。華元曰、憊矣。憊、疲極也。曰、何如。問憊狀。
曰、易子而食之、析骸而炊之。竟以實告。司馬子反曰、嘻、甚矣憊。倒句妙。若言憊甚
矣、便無味。雖然、雖如子言。吾聞之也、圍者見圍者。柑鉗、馬而秣之、以粟飲馬曰秣。柑者、以木銜馬口、使不得食、
示有蓄積。使肥者應客、肥、謂肥馬。示飽足也。是何子之情也。情、實也。○怪其以實告。子反之心已動。華元曰、
吾聞之、君子見人之厄則矜之、小人見人之厄則幸之、吾見子之君子也、
是以告情於子也。說出實告之故、尤足動人。司馬子反曰、諾、勉之矣。令勉力堅守。○已心許之、而語絕不
露、妙。吾軍亦有七日之糧爾、盡此不勝、將去而歸爾。亦以實告。揖而去之、反
于莊王。反報于莊王。莊王曰、何如。司馬子反曰、憊矣。曰、何如。曰、易子
而食之、析骸而炊之。莊王曰、嘻、甚矣憊。覆前語、不變一字、文法最紆徐有韻。雖然、雖然憊極。
吾今取此、然後而歸爾。本將去而歸、轉欲乘其憊。司馬子反曰、不可、臣已告之矣、軍

有七日之糧爾。亦以實告。莊王怒曰、吾使子往視之、子曷爲告之。司馬子反曰、以區區之宋、猶有不欺人之臣、可以楚而無乎、是以告之也。華元全以君子二字感動子反、子反全以不欺二字感動莊王。莊王曰、諾、舍而止。命子反築舍處此、以示不去。雖然、雖我糧盡。吾猶取此、然後歸爾。莊王被子反感動、欲取不可、欲去不甘、意實無聊、故復作此語。覷下臣請歸爾、吾亦從子而歸爾、便見。司馬子反曰、然則君請處于此、臣請歸爾。譎語正極得力。莊王曰、子去我而歸、吾孰與處于此、吾亦從子而歸爾。譎語得力如此。引師而去之。故君子大其平乎己也。結出主意。此皆大夫也、其稱人何、貶。曷爲貶、平者在下也。罪其專也。既大之、復貶之、洗發經文無漏義。

通篇純用複筆、曰憊矣、曰甚矣憊、曰諾、曰雖然、愈複愈變、愈複愈韻。末段曰吾猶取此而歸、曰臣請歸爾、曰吾亦從子而歸爾、尤妙絕解頤。

吳子使札來聘 襄公二十九年　公羊傳

吳無君無大夫、據向之會稱國。此何以有君有大夫、吳始君臣並見。賢季子也。何賢乎季子、讓國也。讓國二字、括盡全篇。其讓國奈何。謁也、餘祭債也、夷昧也、與季子同母者四。與、并也。季子弱而才、兄弟皆愛之、同欲立之以爲君。父壽夢欲立之而不受、可見前已至是兄弟又同欲立之。○以國讓謁。謁曰、今若是迮讓、而與季子國、迮、驟也。季子猶不受也。不受、從謁口中補出、妙。請無與子而與弟、弟兄迭爲君、而致國乎季子。曲爲季子受地。皆曰、諾。三字、寫同欲立之如見、妙。故諸爲君者、皆輕死爲勇、飲食必祝曰、天苟有吳國、尚速有悔於予身。悔、咎也。急欲致國于季子意。自是發于至誠、不愧句吳後裔。○故謁也死、餘祭也立。餘祭也死、夷昧也立。夷昧也死、則國宜之季子者也。頓句生姿。季子使去聲、而亡焉。因出使而不歸。僚者、夷昧子。長庶也、于三君之子爲長。卽之。就位也。季子使而反、至而君之爾。聞僚既立乃歸。○以國讓僚。闔廬謁之子。曰、先君之所以不與子國而與弟者、凡爲去聲、季子故也。先提一句。將從先君之命與、平聲、則國宜之季子者也。如不從先君之命與、則我宜立者也。兩意一正一反、闔廬之言亦是。僚惡烏、得爲君乎。後斷一句。於是使專諸刺僚、專諸、膳宰。僚嗜炙魚、因進魚而刺之。○讓變爲爭、奇。而致國乎季子。季子不受曰、爭矣復讓、更奇。

爾弑吾君、吾受爾國、是吾與爾爲篡也。以分言、伏下義字。爾殺吾兄、殺兄之子、亦猶殺兄。吾又殺爾、是父子兄弟相殺、終身無已也。以情言、伏下仁字。去之延陵、終身不入吳國。延陵、吳下邑。禮、公子無去國之義、故不越境。國謂國都、既不忍討闔廬、義不可留事、故不入。○超然物外。故君子以其不受爲義、以其不殺爲仁。千古定論。○以國讓闔廬。○收完讓國事。賢季子、則吳何以有君有大夫。以季子爲臣、則宜有君者也。以季子賢、許有大夫、則宜使有君。○又繳有君有大夫完密、下復洗發稱名作結、經義一字不漏。札者何、吳季子之名也。春秋賢者不名、或書字、或書子。此何以名。許夷狄者、不壹而足也。不以一事之美而遽足、以待之者嚴也。季子者、所賢也、曷爲不足乎季子。許人臣者必使臣、許人子者必使子也。臣子尊榮、莫不欲與君父共之。故許之者、必使其可爲臣子。賢季子而稱名、所以使其爲吳臣子也。○奇思創解。

泰伯讓周、此則兄弟讓國、可謂無忝厥祖矣。然不可以爲訓也。迨于僚、光、骨肉相殘、非季子賢明、則流禍不止、此春秋所以重予之歟。

鄭伯克段于鄢 隱公元年

穀梁傳

克者何、能也。何能也、能殺也。一字誅心。何以不言殺、見段之有徒衆也。段有徒衆、不易殺也。不易殺而卒殺之、故曰能殺。段、鄭伯弟也。何以知其爲弟也、殺世子母弟目君、母弟、同母弟也。目君、謂稱鄭伯。以其目君、知其爲弟也。段、弟也而弗謂弟、公子也而弗謂公子、貶之也。段失子弟之道矣。所以貶。賤段而甚鄭伯也。賤段、謂不稱公子及弟。甚鄭伯、謂目君也。○一語縮前後、有力。何甚乎鄭伯、甚鄭伯之處心積慮、成于殺也。段恃寵驕恣、彊足當國、鄭伯不能防閑以禮、教訓以道、縱成其惡、終致大辟。處心積慮、志欲殺弟。○一句斷盡。于鄢、遠也、猶曰取之其母之懷中而殺之云爾、甚之也。鄭伯之殺段、蓋追恨姜氏愛段惡己也。讀之使人墮淚。然則爲鄭伯者宜奈何。緩追逸賊、親親之道也。說處得甚妙。

鄭伯以惡養天倫、使陷于罪、因以剪之。春秋推見至隱、首誅其意、以正人心。穀梁只處心積慮四字、已發透經義、核于他傳。

虞師晉師滅夏陽　僖公二年　穀梁傳

非國而曰滅、重夏陽也。夏陽、虢邑。虞無師、晉滅夏陽、虞何嘗有師。其曰師、何也。以其先晉、不可以不言師也。人不得居師上、故言師。其先晉何也、據小不先大。不爲主乎滅夏陽也。卽公羊首惡意。夏陽者、虞、虢之塞賽、邑也、塞、邊界。滅夏陽而虞、虢舉矣。舉、拔也。○此夏陽之所爲重也。句極宕逸。虞之爲主乎滅夏陽、何也。晉獻公欲伐虢、荀息晉大夫。曰、君何不以屈橘、產之乘、垂棘之璧、而借道乎虞也。屈地產良馬、垂棘出美玉、故以爲名。自晉適虢、途出于虞、故借道。公曰、此晉國之寶也、如受吾幣、而不借吾道、則如之何。晉君先愛戀馬璧。荀息曰、此小國之所以事大國也。提清一句。彼不借吾道、必不敢受吾幣、如受吾幣、而借吾道、斯朝取虢而暮取虞矣。則是我取之中府而藏之外府、取之中廐而置之外廐也。君何喪焉。○看得明、拏得定、快語斬截、是能成功。公曰、宮之奇存焉、虞賢大夫。必不使受之也。伏後兩諫。荀息曰、宮之奇之爲人也、達心而懦、又少去聲、長掌、於君。達之心而懦于事。又自少至長、與君同處。達心則其言略、明達之人、言則舉綱領要。懦則不能彊諫、少長於君、則君輕之。先識透宮之奇。且夫進一層說。玩好去聲、在耳目之前、指馬璧。而患在一國之後、虢在先。近而害遠。○利此中知智、以上乃能慮之、臣料虞君、中知以下也。又識透虞君、借道之許必行矣。公遂借道而伐虢。宮之奇諫曰、晉國之使者、其辭卑而幣重、必不便于虞。言果略。虞公弗聽。遂受其幣而借之道。君果輕之。宮之奇又諫曰、語曰、脣亡則齒寒。其斯之謂與。果不能彊諫。挈其妻子以奔曹。獻公亡虢五年、而後舉虞。應滅夏陽而虞虢舉矣句。荀息牽馬操璧而前曰、璧則猶是也、而馬齒加長矣。以戲作收、韻絕。

全篇總是寫虞師主滅夏陽、筆端淸婉、迅快無比。中間玩好在耳目之前一段、尤異樣出色、禍患之成、往往墮此、古今所同慨也。

晉獻公殺世子申生 檀弓上

禮記

晉獻公將殺其世子申生、因驪姬毒胙之讒也。公子重耳申生異母弟。謂之曰、子蓋同盍、言子之志於公乎。勸其明讒。世子曰、不可、君安驪姬、是我傷公之心也。明其讒、則姬必誅、是使君失所安、而傷其心也。○省句、與左國不同。曰、然則蓋行乎。勸其出奔他國。世子曰、不可、君謂我欲弑君也、天下豈有無父之國哉。吾何行如之。言行將何往也。○兩答、想見孝子深心。使人辭於狐突傳申生之曰、（與之永訣。）申生有罪、不念伯氏之言也、以至於死。（伯、狐突字。初申生伐東山時、狐突勸其出奔。）申生不敢愛其死。（提過自己一邊。）雖然、（轉入正意。）吾君老矣、（一轉。）子少、（指驪姬子奚齊。二轉。）○國家多難。（將來必至有爭。○三轉。○十字三轉、一轉一淚。）伯氏不出而圖吾君、（不出而爲君圖安國之計、則已。）伯氏苟出而圖吾君、申生受賜而死。（國安、則我雖死、亦受惠矣。○屬望深切、愈見慘惻。）再拜稽首乃卒。（無君命而自縊。）是以爲恭世子也。（昭親不義、不得爲純孝、但得諡恭而已。○結寓責備申生意、文情宕逸。）

（短篇中寫得如許婉折、語語不忘君國、真覺一字一淚。合左、國、公、穀觀之、方見是文之神。）

曾子易簀 檀弓上　　禮記

曾子寢疾、病。（病者、疾之甚也。）樂正子春（曾子弟子。）坐於牀下、曾元、曾申（俱曾子子。）坐於足、童子隅坐而執燭。（點次錯落有致。）童子曰、華而睆、（綴。）大夫之簀（責）與。（華者、畫飾之美好。睆者、節目之平瑩。簀、簟也。）子春曰、止。（使童子勿言也。）曾子聞之、瞿（據）、然曰、呼。（呵去聲。○瞿然、驚貌。呼、發聲欲問也。）（○止字呼字、相應甚警。）曰、（童子又言。）華而睆、大夫之簀與。（若爲不解、語足會心。）曾子曰、然。（曾子識童子之意、故然之。斯季孫之賜也、我未之能易也。元起易簀。以病不能自起而易、命元扶易。曾元曰、夫子之病革戟、矣、不可以變。革、亟也。變、動也。幸而至於旦、請敬易之。玩幸而至于旦句、始知前執燭二字、非浪筆。曾子曰、爾之愛我也不如彼。彼、謂童子。君子之愛人也以德、所見者大。細人之愛人也以姑息。姑息、苟安也。○所見者小。吾何求哉、吾得正而斃焉、斯已矣。垂沒而精神不亂、足徵守身之學。舉扶而易之、反席未安而沒。可謂斃於正矣。

宋朱子云、季孫之賜、曾子之受、皆爲非禮。或者因仍習俗、嘗有是事、而未能正耳。但及其疾病不可以變之時、一聞人言、而必舉扶以易之、則非大賢不能矣。此事切要處、正在此毫釐頃刻之間。

有子之言似夫子 檀弓上

禮記

有子問于曾子曰、問聞作聞、喪去聲、於夫子乎。仕而失位曰喪。曰、聞之矣。喪欲速貧、死欲速朽。上只問喪、此又帶出死字來、遂成一篇對待文字。有子曰、是非君子之言也。一辨。曾子曰、參也聞諸夫子也。一證。有子又曰、是非君子之言也。又一辨。曾子曰、參也與子游聞之。叙一證。有子曰、然。信有是言。然則夫子有爲去聲、言之也。開一解、伏末二段。曾子以斯言告於子游。子游曰、甚哉有子之言似夫子也。平日門人皆以有子之言爲似夫子、故子游歎其甚。昔者夫子居于宋、見桓司馬卽桓魋。自爲石槨、三年而不成、夫子曰、若是其靡也、死不如速朽之愈也。靡、侈也。死之欲速朽、爲桓司馬言之也。速朽之言有爲。南宮敬叔魯大夫、孟僖子之子仲孫閱。反、失位去魯而反國。必載寶而朝、欲行賂以求復位。夫子曰、若是其貨也、喪不如速貧之愈也。喪之欲速貧、爲敬叔言之也。速貧之言有爲。曾子以子游之言告於有子。有子曰、然。言果有爲。吾固曰非夫子之言也。複一句、結上生下。曾子曰、子何以知之。有子曰、夫子制于中都、四寸之棺、五寸之槨。定公九年、孔子爲中都宰、制棺槨之法制。以斯知不欲速朽也。以有棺槨之制、知速朽非夫子之言。昔者夫子失魯司寇、將之荊、蓋先之以子夏、又申之以冉有。荊、楚本號。將適楚、而先使二子繼往者、蓋欲觀楚之可仕與否、而謀其可處之位。以斯知不欲速貧也。以有行使之資、知速貧非夫子之言。

前二段、子游解欲速朽速貧之故。後二段、有子自言所以知其不欲速朽速貧之故。章法極整鍊、又極玲瓏。

公子重耳對秦客 檀弓下　　禮記

晉獻公之喪、秦穆公使人弔公子重耳。時重耳避難在狄、穆公使公子縶往弔之。且曰、弔爲正禮、故以且曰起下辭。寡人聞之、亡國恆于斯、得國恆於斯。斯、指此時而言。雖吾子儼然在憂服之中、喪去聲、亦不可久也、時亦不可失也、孺子其圖之。儼然、端靜持守之貌。喪、失位也。時、謂死生交代之際。勉其奔喪反國、以謀襲位。○是弔、是慰、亦是勸、情文婉切。以告舅犯。入而告舅子犯。舅犯曰、孺子其辭焉。辭其相勉反國謀襲之命。喪人無寶、仁親以爲寶。失位去國之人、無以爲寶、惟仁愛思親、乃其寶也。父死之謂何、又因以爲利、而天下其孰能說如字之。父死謂是何事、若乘此而謀得國、是以父死爲利。天下之人、孰能解說我爲無罪乎。○一片假仁假義、妝飾得好。孺子其辭焉。複一句、丁寧無限。公子重耳對客曰、出而答秦使者。君惠弔亡臣重耳、身喪父死、不得與預於哭泣之哀、以爲君憂。謝其來弔。父死之謂何、或敢有他志、以辱君義。他志、謂求位之志。辱君義者、辱君惠弔之意也。○意與上同、而文法更變。稽顙而不拜、哭而起、起而不私。不私、不再與使者私言也、舉動饒有經濟。○子顯子作縶。子縶字。○公以致命於穆公。穆公曰、仁夫公子重耳。仁夫二字、沉吟歎賞、心服之至。夫稽顙而不拜、則未爲後也、故不成拜。哭而起、則愛父也。起而不私、則遠去聲、利也。喪禮、先稽顙後拜、謂之成拜。乃爲後者所以謝弔禮之重。愛父、哀痛其父也。遠利、不以得國爲利、而遠之也。○從穆公口中解上三句、筆甚奇幻。

秦穆之言、雖若有納重耳之意、然亦安知不以此言試之。晉君臣險阻備歷、智深勇沉、故所對純是一團大道理、使秦伯不覺心折。英雄欺人、大率如此。

杜蕢揚觶 左傳作屠蒯。 檀弓下 禮記

知智、悼子晉大夫知罃。卒、未葬。平公飲酒、師曠、李調侍。與君同飲。鼓鐘。杜蕢快、自外來、聞鐘聲。曰、安在。驚怪之辭。曰、在寢。杜蕢入寢、歷階而升。入字、對下出字。升字、對下降字。酌曰、曠飲斯。又酌曰、調飲斯。又酌、堂上北面坐飲之。坐。跪也。○凡三酌者、既罰二子、又自罰也。降、趨而出。布成疑陣、妙人妙用。平公呼而進之、曰、蕢、曩者爾心或開予、是以不與爾言。爾之初入、我意爾必有所開發于我、是以不先與爾言。爾飲去聲、曠、何也。曰、子卯

不樂。桀以乙卯日死、紂以甲子日死、謂之疾日。故君不舉樂。知悼子在堂、在殯也。斯其爲子卯也大矣。君于卿大夫、比葬不食肉、比卒哭不舉樂。悼子在殯、而可作樂燕飲乎。桀紂異代之君、悼子同體之臣、故以爲大于子卯也。○句法婉而多風。曠也、太師也、不以詔、是以飲之也。詔、告也。責其曠職。○爾飲調、何也。曰、調也、君之褻臣也、爲一飲一食忘君之疾、是以飲之也。調爲近習之臣、貪于飲食、而忘君之疾日。○責其徇君。爾飲、何也。曰、蕢也、宰夫也、非刀匕比、是共、供、又敢與預、知防、是以飲之也。匕、匙也。宰夫不專供刀匕之職、而敢與知諫爭防閑之事、是侵官矣。責其越分。○三對、已注意晉君、特口未道破耳。○自平公曰、寡人亦有過焉、酌而飲寡人。頓地開悟。杜蕢洗而揚觶。志、○揚、舉也。觶、罰爵。盥洗而後舉、致其潔敬也。○杜蕢至此、快心極矣。公謂侍者曰、如我死、則必毋廢斯爵也。欲以此爵、爲後世戒。至於今、既畢獻、斯揚觶、謂之杜舉。謂之杜舉者、言至今晉國行燕禮之終、必舉此觶。此觶乃昔日杜蕢所舉也。○住句、閒情點綴、妙。

平公失禮燕飲、使杜蕢入寢而直斥其非、未必即能任過。乃三酌之後、竟不言而出、先令猜疑、不知爲何故。及一一說出、乃不覺爽然自失矣。此易所謂納約自牖、終無咎者也。文甚奇幻。

晉獻文子成室 檀弓下

禮記

晉獻文子成室、獻文二字、皆趙武謚、如貞惠文子之類。晉大夫發焉。發禮往賀。張老曰、美哉輪焉、美哉奐焉。輪、輪囷高大也。奐、奐爛衆多也。○二句、美其今。歌於斯、哭於斯、聚國族於斯。歌、祭祀作樂也。哭、死喪哭泣也。聚國族、燕集國賓、聚會宗族也。○三句、祝其後。文子曰、武也、得歌於斯哭於斯聚國族於斯、是全要腰、領以從先大夫於九京原同、也。古者、罪重腰斬、罪輕頸刑。先大夫、文子父祖也。九原、晉卿大夫之墓地。○就其贊詞、添接一解、有無窮之味。北面再拜稽首。謝其祝。君子謂之善頌善禱。頌者、美其事而祝其福。禱者、祈以免禍也。張老之言善于頌、文子所答善于禱。

張老頌祝之辭、固迥然超于俗見。文子又添全要領句、見免刑戮、乃爲無窮之福、尤加于人一等。善頌善禱四字、爲兩人標名不朽。

古文觀止卷之四

蘇秦以連橫說秦

國策

蘇秦[洛陽人。]始將連橫[宏、]說[稅、]秦惠王[關東地長爲從、六國居之。關西地廣爲橫、秦獨居之。○楚燕趙魏韓齊以六攻一爲從、以一離六爲橫。故從曰合、橫曰連。○開頭著始將連橫四字、便見合從非秦本心。]曰、大王之國、西有巴蜀漢中之利、[巴、蜀、漢中三郡、並屬益州。]北有胡貉[涸、]代馬之用、[胡、樓煩林胡之類。出貉、可爲裘。代、幽州郡、出馬。]南有巫山黔中之限、[巫山、屬夔州。黔、故楚地。秦地距此二郡、故曰限。]東有殽函之固、[殽、山名。函、函谷關名、在黽池縣。]田肥美、民殷富、[殷、盛也。]戰車萬乘、奮擊百萬、[士之能奮起以擊者。]沃野千里、[沃、肥潤也。]蓄積饒多、地勢形便、[地勢與形便攻守。]此所謂天府、天下之雄國也。[以上言其勢。]以大王之賢、士民之衆、車騎之用、兵法之教、[教、習也。]可以幷諸侯、吞天下、稱帝而治。[以上言其威。]願大王少留意、臣請奏其効。[大概說以用戰。]秦王曰、寡人聞之、毛羽不豐滿者、不可以高飛、此句是喻、起下三句。文章不成者、不可以誅罰、道德不厚者、不可以使民、政教不順者、不可以煩大臣。文章、法令也。使民、驅之出戰也。煩大臣、勞大將于外也。○秦王數語、大有智略。今先生儼然不遠千里而庭教之、願以異日。是時秦方誅商鞅、疾辨士、故弗用。蘇秦曰、臣固疑大王之不能用也。虛喝一句。昔者神農伐補遂、國名。黃帝伐涿鹿而禽蚩鴟、尤、蚩尤誅殺無道、黃帝與大戰于涿鹿、殺之。堯伐驩兜、舜伐三苗、禹伐共恭、工、湯伐有夏、文王伐崇、崇侯虎、紂卿士、道之為惡。武王伐紂、齊桓任戰而霸天下、任、用也。歷引證佐。○由此觀之、惡烏、有不戰者乎。作一小束、點出主意。古者使車轂擊馳、相擊而馳、行使之多。言語相結、結親也。天下為一、約從宗、連橫、兵革不藏、從橫、皆需兵革。不藏、猶言不蓄。○八字句。文士並飭、所用者盡文學之士。諸侯亂惑、萬端俱起、不可勝升、理、尚文則事煩。科條既備、民多偽態、書策稠濁、稠、多也。書策多、則閱者昏亂。百姓不足、上下相愁、民無所聊、聊、賴也。尚文則弊起。○明言章理、明、著之言。章、顯之理。兵甲愈起、辯言偉服、偉服、儒者盛服。戰攻不息、尚文徒足以致亂。繁稱文辭、天下不治、舌敝耳聾、不見成功、行義約信、天下不親。尚文必不能見功。○已上排列二十五句。分四段看。極詆用文士之失。

於是乃廢文任武、厚養死士、綴拙、甲厲兵、綴、縫也。効勝于戰場。再結戰字。陡健。

夫徒處而致利、安坐而廣地、徒、空也。言無所爲。雖古五帝三王五霸、明主賢君、常欲坐而致之、其勢不能、反掉神農伐補遂一段。故以戰續之。寬則兩軍相攻、迫則杖戟相撞、然後可建大功。是故兵勝于外、義強於內、威立于上、民服于下。戰之有利于國如此。今欲幷天下、淩萬乘、淩、侵也。詘敵國、詘、服也。制海內、子元元、元元、善也。民類皆善、故稱元元。臣諸侯、非兵不可。此句是連橫本領。今之嗣主、忽於至道、至道、暗指用兵。皆惛於教、亂於治、迷於言、惑於語、沉於辯、溺於辭、直口相詆、氣淩萬乘。以此論之、王固不能行也。複一句、欲以激動秦王。○全段總是要秦王用戰意、只因平日不曾揣摩、絕不知其辭之煩而意之複、宜其終不見聽于秦王也。

說秦王書十上、而說不行、著此一句、以明在秦之久、爲下裘敝金盡之由。黑貂之裘敝、黃金百斤盡。蘇秦初見李兌、贈以黑貂之裘、黃金百鎰、因得入秦。資用乏絕、去秦而歸。羸縢履蹻、腳、○羸、纏也。縢、束脛邪幅、自足至膝、便于行也。蹻、草履。負書擔囊、形容枯槁、面目黧（離）、黑、狀有愧色。將至家、著狀有愧色四字、極力摹寫。歸至家、妻不下紝、不下機縷、而織自若。嫂（嫂）、不爲（去聲）炊、父母不與言。極寫其困憊失意、人情冷落、正爲下受印拜相、除道郊迎等字映襯。蘇秦喟（魁去聲）然歎曰、妻不以我爲夫、嫂不以我爲叔、父母不以我爲子、是皆秦之罪也。作自責語、憤甚。乃夜發書、陳篋（怯）數十、篋、械藏也。得太公陰符之謀、陰符、太公兵法。伏而誦之、簡練以爲揣摩。簡、擇。練、熟。揣、量。摩、研也。言以我之簡練者、揣摩時勢而用之。○六字是蘇秦苦功得力處。讀書欲睡、引錐自刺其股、血流至足、曰、安有說人主不能出其金玉錦繡、取卿相之尊者乎。倦而自勵、感憤痛切。期年、揣摩成、曰、此真可以說當世之君矣。可見前番尚難自信、妙。於是乃摩燕烏集闕、摩、切近過之也。燕烏集闕、地名。見說趙王（肅侯）於華屋之下。見說、見而說也。華、高麗也。○與前上書而說先不同。抵掌而談、抵掌、側擊手掌也。○說趙王語、只四字括盡、其爲簡練可知。趙王大說、悅。○一見說而便大說、則揣摩有以中之矣。封爲武安君、受相印、取卿相之尊矣。革車百乘、革車、兵車。錦繡千純、豚。○純、束也。白璧百雙、黃金萬鎰、白璧、玉環也。○二十四兩曰鎰。以隨其

校勘記：

①"在"，原作"任"，今據《戰國策》、文富堂本、懷涇堂本、鴻文堂本及映雪堂原刻本改。

後。（出其金玉錦繡矣。）約從散橫、以抑強秦、（約六國之從、以離散秦之橫。○戰國時橫易而從難、蘇秦能于其所難者、激之使然也。）故蘇秦相于趙而關不通。（六國之關、不通秦也。○作一頓、下純以議論代敘事、奇妙。）當此之時、天下之大、萬民之衆、王侯之威、謀臣之權、皆欲決於蘇秦之策。（寫得有聲勢。）不費斗糧、未煩一兵、未戰一士、未絕一弦、未折一矢、諸侯相親、賢於兄弟。（賢、勝也。○合從則不用戰、從揣摩中得來。）夫賢人在而天下服①、一人用而天下從、故曰式于政、不式于勇、式于廊廟之內、不式于四境之外。（式、用也。○承上不費斗糧五句、而極寫之。）當秦之隆、（秦國強甚之時。○頓宕。）○黃金萬鎰爲用、轉轂連騎、炫熿（同煌）於道、（炫熿、光輝也。）山東之國、從風而服、使趙大重。（趙爲從主、諸侯尊之。此言其變弱爲強之難。）○且夫蘇秦、特窮巷掘（同窟）門、桑戶棬（圈）樞之士耳、（掘門、鑿垣爲門也。桑戶、以桑木爲戶。樞、門牝也、揉木爲之如棬。○頓宕。）伏軾撙銜、（撙、猶頓也。銜、勒也。停轡之意。）橫歷天下、庭說諸侯之主、杜左右之口、天下莫之伉。（同抗。○伉、當也。此言其化賤爲貴之難。）○將說楚王、（威王。○忽入敘事作收煞。）路過洛陽、（尚未至家。）父母聞之、清宮除道、（清、洒掃也。）張樂設飲、郊迎三十里、妻側目而視、側耳而聽、不敢正視聽也。嫂蛇行匍伏、同匍、○蛇不直行。匍伏、伏地也。四拜自跪而謝。摹寫勢利惡態、而嫂尤不堪。蘇秦曰、嫂、叫一聲、冷妙。何前倨而後卑也。嫂曰、以季子蘇秦字。位尊而多金。位尊、應前卿相。多金、應前金玉錦繡。○蘇秦問意、重在前倨、嫂只答以後卑、妙絕。蘇秦曰、嗟乎、貧窮則父母不子、富貴則親戚畏懼、人生世上、勢位富厚②、蓋可以忽乎哉。就蘇秦自鳴得意語、收結全篇。異樣出色。

前幅寫蘇秦之困頓、後幅寫蘇秦之通顯。正爲後幅欲寫其通顯、故前幅先寫其困頓。天道之倚伏如此、文章之抑揚亦如此。至其習俗人品、則世所共知、自不必多爲之說。

司馬錯論伐蜀　　國策

司馬錯措、秦人。○與張儀魏人。爭論於秦惠王前。此句是一篇總綱、下乃更敍起也。司馬錯欲伐蜀、張儀曰、不如伐韓。王曰、請聞其說。對曰、親魏善楚、結好魏楚、謀共伐韓。下兵三川、三川、河洛伊、韓地也。塞轘還轅、緱鉤氏之口、轘轅、緱氏、險道、屬河南。當屯留之道、屯留、潞州縣道、即太行羊腸坂。

②"厚"，《戰國策》作"貴"。

魏絶南陽、（韓地。）楚臨南鄭、（河南鄭地。）秦攻新城宜陽、（新城、宜陽、屬河南。韓邑。）以臨二周之郊、（西、東二周。）誅周主之罪、（周無韓爲蔽、可以兵劫之。）侵楚魏之地、（楚魏無韓、益近秦、可以兵剪之。）周自知不救、九鼎寶器必出、據九鼎、按圖籍、（土地之圖、人民金穀之籍。）挾天子以令天下、（既得周鼎、乃借輔周爲名、號召天下。）天下莫敢不聽、此王業也。（取三川得利、挾天子得名、所以爲王業。○一段伐韓之利。）今夫蜀、西辟之國、而戎狄之長也、敝兵勞衆①、不足以成名、得其地、不足以爲利。（一段伐蜀之不利。）臣聞爭名者于朝、爭利者于市。今三川周室、天下之市朝也、而王不爭焉、顧爭於戎狄、去王業遠矣。（總言伐韓伐蜀、相去之遠、雙結。）司馬錯曰、不然。（只二字、推倒張儀。）臣聞之、欲富國者、務廣其地、欲強兵者、務富其民、欲王者、務博其德、三資者備、而王隨之矣。（先發正大之論。下乃入今事。○三資止重富強、王字陪說、故後竟不提起。）今王之地小民貧、故臣願從事于易。（提清伐蜀主腦。）夫蜀、西辟之國也、而戎狄之長也、（句有抑揚。）而有桀紂之亂。以秦攻之、譬如使豺狼逐羣羊也。（忽設一喻、爲下未必利作反照。）

校勘記：

①"兵"，原爲"名作兵"。《戰國策》鮑彪本作"兵"，黃丕烈《戰國策札記》："《史記》、《新序》皆作'兵'。"今據改。

取其地、足以廣國也、〔頂強。〕得其財、足以富民。〔頂富。○此二句說實。〕繕兵不傷衆、而彼已服矣。〔繕、治也。〕故拔一國、而天下不以爲暴、利盡西海②、諸侯不以爲貪、〔此二句說名。〕是我一舉而名實兩附、〔其利如此。〕而又有禁暴止亂之名。〔加一句、應上桀紂句也。○一段伐蜀之利。〕今攻韓劫天子。〔名雖攻韓、實劫天子。〕劫天子、惡名也、〔擒定大題目立論。〕而未必利也、又有不義之名、〔既未必利、徒有不義之名。〕而攻天下之所不欲、〔句、〕危。〔天下皆欲尊周、而我攻之、亦危甚矣。不但名利兩失已也。〕臣請謁其故。〔謁、白也。〕周、天下之宗室也、〔周室爲天下之所宗。〕韓③、周之與國也。〔二句是攻韓劫天子註腳。〕周自知失九鼎、韓自知亡三川、〔兩自知應上一自知。〕則必將二國幷力合謀、以因乎齊趙、而求解乎楚魏。〔秦既親魏善楚、難以離間、故必因乎齊趙而求解之。〕以鼎與楚、以地與魏、王不能禁。〔將魏楚與國、勢必轉而爲秦敵矣。〕此臣所謂危、〔一段伐韓之不利。〕不如伐蜀之完也。〔完、猶言萬全。繳一句、意足。〕○惠王曰、善、寡人聽子。卒起兵伐蜀、十月取之、遂定蜀。蜀主更號爲侯、而使陳莊相蜀。蜀既屬、秦益強富厚、輕諸侯。〔結完富強本旨。〕

②"西"，原爲"四作西"。《戰國策》姚宏本作"西"，黃丕烈《戰國策札記》："《史記》亦作'西'，'四'字誤"，今據改。

③《戰國策》于"韓"字上有"齊"字。

校勘記：

①"雎"，《戰國策》作"睢"。

周雖衰弱、名器猶存、張儀首倡破周之說、實是喪心。司馬錯建議伐蜀、句句駁倒張儀。生當戰國、而能顧惜大義、誠超于人一等。秦王平日信任張儀、而此策獨從錯、可謂識時務之要。

范雎說秦王①

國策

范雎（魏人。）至、秦王（昭王。）庭迎范雎、敬執賓主之禮、范雎辭讓。是日見范雎、見者無不變色易容者。（就旁人形容一筆。）秦王屏（丙、）左右、（屏、除也。）宮中虛無人。秦王跪而進曰、先生何以幸教寡人。范雎曰、唯唯。（委、○唯唯、連諾也。）有間、（諫、○間、猶頃也。）秦王復請。范雎曰、唯唯。若是者三。（省筆、○三唯而終不言、故緩之、以固其心也。）秦王跽（其上聲、）曰、（跽、長跪也。）先生不幸教寡人乎。范雎謝曰、非敢然也。臣聞昔者呂尚（太公望。）之遇文王也、身爲漁父、而釣于渭陽之濱耳、若是者交疏也。已一說（稅、）而立爲太師、載與俱歸者、其言深也。（交疏言深、作反正兩對。）故文王果收功于呂尚、卒擅天下、而身立爲帝王。（一轉。）卽使文王疏呂望、而弗與深言、是周無天子之德、而文武無與成其王也。（二轉。）今臣羈旅之臣也、交疏于王、而所願陳者、皆匡君臣之事、處人骨肉之閒。（處、猶在也。謂欲言太后及穰侯等。）願以陳臣之陋忠、而未知王心也、所以王三問而不對者、是也。（三轉方說明。）臣非有所畏而不敢言也。（又撇然一轉、爲下患憂恥之綱。）知今日言之於前、而明日伏誅於後、然臣弗敢畏也。（加三句。）大王信行臣之言、死不足以爲臣患、亡不足以爲臣憂、漆身而爲厲、（同癩。）被（披。）髮而爲狂、不足以爲臣恥。（三句又爲下三段之綱。）五帝之聖而死、三王之仁而死、五霸之賢而死、烏獲（武王力士。）之力而死、奔育之勇而死。（孟奔、夏育、皆衛人。）死者、人之所必不免、處必然之勢、（必然、必至于死也。）可以少有補於秦、此臣之所大願也、臣何患乎。（一段應死不足以爲臣患。）伍子胥橐載而出昭關、（伍子胥自楚奔吳、藏身于橐、載而出楚關。）夜行而晝伏、至於蔆水②、（即溧水。）無以餬其口、膝行蒲伏、（同匍匐。）乞食於吳市、卒興吳國、闔閭爲霸。使臣得進謀如伍子胥、加之以幽囚不復見、是臣說之行也、

②"蔆水"，原誤作"菱夫"，今據《戰國策》姚宏本改。

臣何憂乎。一段應亡不足以爲臣憂。箕子、接輿、楚人陸通、字接輿。漆身而爲厲、被髮而爲狂、無益于殷楚。使臣得同行于箕子接輿、可以補所賢之主、是臣之大榮也、二子無補于時、猶爲之、爲而有補、故特以爲榮。今臣又何恥乎。一段應不足以爲臣恥。臣之所恐者、獨恐臣死之後、天下見臣盡忠而身蹷也、蹷、僵也。因以杜口裹足、莫肯即秦耳。忽掉轉作危語、最足聳聽。足下上畏太后之嚴、下惑姦臣之態、忽點出太后姦臣二句、隱隱逼人。居深宮之中、不離保傅之手、女保、女傅。終身闇惑、無與照奸、大者宗廟滅覆、小者身以孤危、此臣之所恐耳。所云危如累卵、得臣則安也。若夫窮辱之事、死亡之患、臣弗敢畏也。臣死而秦治、賢于生也。又掉轉一筆、全篇俱動。秦王跪曰、先生是何言也。夫秦國僻遠、寡人愚不肖、先生乃幸至此、此天以寡人慁慁、去聲。先生、慁、汙辱也。而存先王之廟也。應宗廟滅覆句。寡人得受命于先生、此天所以幸先王③、而不棄其孤也。應身以孤危句。先生奈何而言若此。呼應緊甚。事無大小、上及太后、下至大臣、交疏之臣、言人骨肉之間、

③"王"，原誤作"生"。今據《戰國策》改。

（本難啓齒。故一路聳動、一路要挾、直逼出此二句、秦王已受我羈靮、便可深言矣。）願先生悉以教寡人、無疑寡人也。范睢再拜、秦王亦再拜。（又閒寫一筆、見秦王已被范睢籠定。）

（范睢自魏至秦、欲去穰侯而奪之位。穰侯以太后弟、又有大功于秦、去之豈是容易。始言交疏言深、再言盡忠不避死亡、翻來覆去、只是不敢言。必欲吾之說、千穩萬穩、秦王之心、千肯萬肯、而後一便入、吾畏其人。）

鄒忌諷齊王納諫　　國策

鄒忌（齊人。）脩八尺有餘、而形䫉（同貌、）昳（迭、）麗。（脩、長也。昳、日側也。言有光艷。）朝服衣冠、（朝、晨也。服、著也。）窺鏡謂其妻曰、我孰與城北徐公美。（問法一。）其妻曰、君美甚、徐公何能及君也。（答法一。）城北徐公、齊國之美麗者也。（插注一筆。妙。）忌不自信、而復問其妾曰、吾孰與徐公美。（問法二。）妾曰、徐公何能及君也。（答法二。）旦日、客從外來、與坐談、問之、吾與徐公孰美。（問法三。）客曰、徐公不若君之美也。（答法三。）明日、徐公來。孰視之、自以爲不如。窺鏡而自視、又弗如遠甚。（作兩番寫。妙。）暮、寢而思之、思妻、妾、客所以美我之故。○曰朝、曰旦日、曰明日、曰暮、敍次井然。曰、吾妻之美我者、私我也、妾之美我者、畏我也、客之美我者、欲有求於我也。看破人情、便可因小悟大。於是入朝見威王曰、臣誠知不如徐公美、臣之妻私臣、臣之妾畏臣、臣之客欲有求於臣、皆以美於徐公。現身說法、下卽說到齊王身上、入情入理。今齊地方千里、百二十城、宮婦左右、莫不私王、朝廷之臣、莫不畏王、四境之內、莫不有求于王、由此觀之、王之蔽甚矣。情理固然、耐人深省。王曰、善。乃下令、羣臣吏民能面刺寡人之過者、受上賞、上書諫寡人者、受中賞、能謗議於市朝、聞寡人之耳者、受下賞。下令之辭、三疊應上。令初下、羣臣進諫、門庭若市、數月之後、時時而閒諫、進、進諫者有暇隙。期年之後、雖欲言無可進者。文亦三變。○齊王固自虛心、敍處似形容太過。燕趙韓魏聞之、皆朝于齊。此所謂戰勝于朝廷。不待兵也。結斷斬截。○

鄒忌將己之美、徐公之美、細細詳勘、正欲于此參出微理。千古臣諂君蔽、興亡關頭、從閨房小語破之、快哉。

顏斶說齊王　國策

齊宣王見顏斶、（齊人。）曰、斶前。（前者、使之就己也。○寫驕倨、妙。）斶亦曰、王前。（寫高貴、妙。）宣王不說。左右曰、王、人君也、斶、人臣也、王曰斶前、斶亦曰王前、可乎。斶對曰、夫斶前爲慕勢、王前爲趨士。與使斶爲慕勢、不如使王爲趨士。（分解出來、持論正大。○斶前王前、連寫三番、錯映成趣。）王忿然作色（不悅之甚。）曰、王者貴乎、士貴乎。對曰、士貴耳、（奇快。）王者不貴。（添寫一句、更妙。）王曰、有說乎。斶曰、有。昔者秦攻齊、令曰①、有敢去柳下季壟五十步而樵採者、（魯展禽、字季、食采柳下、壟、其冢也。秦伐齊、先經魯、故云。）死不赦。令曰、有能得齊王頭者、封萬戶侯、賜金千鎰。由是觀之、生王之頭、曾不若死士之壟也。（快語。讀之失驚。○生王字奇、之頭字更奇。○此下尚有一大段文字刪去。）宣王曰、嗟乎、（歎服。）君子焉可侮哉、寡人自取病耳。（此下刪去二句。）願請受爲弟子。（結前半篇。）且顏先生與寡人遊、食必太牢、（牛、羊、豕、具爲太牢。）出必乘車、妻子衣服麗都。（麗都、美稱。○皆

校勘記

①《戰國策》鮑彪本、《古文觀止》文富堂本、懷涇堂本、鴻文堂本及映雪堂原刻本均無"曰"字。"曰"字爲一九五六年排印本據《戰國策》姚宏本增。

仍是富貴驕人習態。○起後半篇。顏斶辭去、曰、夫玉生于山、制則破焉、制、裁斷也。琢其璞而取之。謂非弗寶貴矣、然太璞不完。失玉之本眞。士生乎鄙野、推選則祿焉、非不尊遂也、遂、猶達也。然而形神不全。失士之本眞。斶願得歸、晚食以當肉、晚食、飢而後食。○不羨食太牢。安步以當車、安步、緩行也。○不羨出乘車。無罪以當貴、尊遂極矣。清淨貞正以自虞。虞、娛也。○形神全矣。○仍是貧賤驕人氣度。○此下删去五句。則再拜而辭去。君子曰②、斶知足矣、歸眞反璞、則終身不辱。結贊是蘇張一流反照。

起得唐突、收得超忽。後段形神不全四字、說盡富貴利達人、良可悲也。戰國士氣、卑汙極矣、得此可以一迴狂瀾。

馮煖客孟嘗君 史記作馮驩

國策

齊人有馮煖諼者、貧乏不能自存、使人屬祝、孟嘗君、田嬰子田文、齊相、封于薛。願寄食門下。孟嘗君曰、客何好。曰、客無好也。曰、客何能。曰、客無能也。三千人中、如此者卻少。與能雖並黜、重能字一邊。○好孟嘗君笑而受之、曰諾。以爲眞無能人。左右以君賤之也、食寺、以草具。草、菜也。以客待之。不居有頃、倚柱彈其劍歌曰、長鋏劫、歸來叶釐、乎、

②"君子曰"三字爲吳楚材、吳調候選注時所加。

鋏、劍把。欲與俱去。食無魚。左右以告。孟嘗君曰、食之比門下之客。待以客禮。居有頃、復彈其鋏歌曰、長鋏歸來乎、出無車。左右皆笑之、以告。孟嘗君曰、爲之駕、比門下之車客。待以上客之禮。於是乘其車、揭挈、其劍、過其友、曰、孟嘗君客我。至此一斷、點綴生趣。後有頃、復彈其劍鋏、彈劍、彈鋏、彈劍鋏、三樣寫法。歌曰、長鋏歸來乎、無以爲家。叶孤、○三歌、亦寒酸、豪邁、便知不是無能人。亦左右皆惡之、以爲貪而不知足。處處夾寫左右、正爲馮諼反襯。孟嘗君問馮公有親乎。聞其歌、問左右。而對曰、有老母。孟嘗君使人給其食用、無使乏。此上客反加厚。於是馮諼不復歌。歌又妙、不復歌又妙。○馮諼既曰無好無能、所責望于人者、較有好有能者更倍之、大是奇事、孟嘗亦以爲奇、卽姑應之、實非有意加厚馮諼也。後孟嘗君出記、記、疏也。問門下諸客、誰習計會、膾、○月計曰要、歲計曰會。能爲去聲、文收責同債、於薛者乎。馮諼署曰能。署書姓名于疏也。○突地出頭。孟嘗君怪之、曰、此誰也。記不起馮諼姓名。左右曰、乃歌夫長鋏歸來者也。笑談輕薄、盡含句中。孟嘗君笑曰、客果有能也。有能無能、照耀前後。吾負之、未嘗見也。馮諼在門下已久、孟嘗未熟其名、未識其

校勘記：

①"赴"《戰國策》姚宏本作"起"，鮑彪本作"赴"。《古文觀止》各本（文富堂本、懷涇堂本、鴻文堂本、映雪堂本）均從鮑本作"赴"，今仍之。

面、可見前番待馮煖、並非有意加厚也。請而見之、謝曰、文倦於是、是、指相齊。憒、於憂、憒、心亂也。而性懧作懦。愚、沉于國家之事、沉、沒溺也。開罪於先生、先生不羞、乃有意欲爲收責於薛乎。馮煖曰、願之。臨時猶不露圭角、勝毛遂自薦一倍。於是約車治裝、載券契而行。辭曰、責畢收、以何市而反。孟嘗君曰、視吾家所寡有者。問則有意、答則無心、幻出絕妙文字。

驅而之薛、使吏召諸民當償者、悉來合券、券徧合赴①。凡券、取者與者各收一、責則合驗之、徧合矣、乃來聽令。○亦粗完收債事、下乃出奇。矯命、矯、託也。託言孟嘗之命。以責賜諸民、因燒其券。民稱萬歲。馮煖大有作用、蓋已料有後日事也。長驅到齊、晨而求見。寫其迅速。孟嘗君怪其疾也、衣冠而見之、曰、責畢收乎、來何疾也。曰、收畢矣。奇。以何市而反。馮煖曰、君云視吾家所寡有者、挈定此言。臣竊計君、宮中積珍寶、狗馬實外廄、美人充下陳、陳、猶列也。○三句、言無所不有。君家所寡有者以義耳、此物人家最少。竊以爲君市義。更奇。孟嘗君曰、市義奈何。曰、今君有區區之薛、不拊愛子其民、因而賈古、利之。賈利、與市義對。臣竊矯君命、以責賜諸民、因燒其券、民稱萬歲、乃臣所以爲君市義也。說出市義、一笑。孟嘗君不說、曰諾、先生休矣。休、猶言歇息、無可如何之辭也。○敍馮煖收責於薛畢。後朞年、齊王謂孟嘗君曰、寡人不敢以先王之臣爲臣。遣其就國、而爲之辭孟嘗君就國於薛、未至百里、民扶老攜幼、迎君道中、終日。孟嘗君顧謂馮煖、先生所爲文市義者、乃今日見之。市義之爲利如此、若取必目前、便失此利也。○了市義一案。馮煖曰、狡兔有三窟、坤入聲、窟、穴也。○僅得免其死耳。忽設一喻、更進一籌。今有一窟、市義結上。○未得高枕而臥也。請爲君復鑿二窟。起下。孟嘗君予車五十乘、金五百斤、西遊於梁。謂梁王曰、齊放其大臣孟嘗君于諸侯、先迎之者、富而兵強。於是梁王虛上位、以故相爲上將軍、徙故相爲上將軍、虛相位以待孟嘗也。遣使者、黃金千斤、車百乘、往聘孟嘗君。馮煖先驅、先馳歸薛。作用更妙。○誡孟嘗君曰、千金、重幣也、百乘、顯使也、齊其聞之矣。意盡爲此、而語却不盡、妙。梁使三反、孟嘗君固辭不往也。只是要使齊聞之、妙。

齊王聞之、君臣恐懼、遣太傅大臣。齎黃金千斤、文車二駟、文車、彩繪之車。服劍一、王自佩之劍。封書謝孟嘗君曰、寡人不祥、被於宗廟之祟、歲、○祟、神禍也。沉於諂諛之臣、開罪於君、寡人不足爲也、願君顧先王之宗廟、姑反國統萬人乎。復留相齊。是第二窟。○馮煖誡孟嘗君曰、願請先王之祭器、立宗廟於薛。請祭器、立宗廟、則薛爲重地、難以動搖也。○絕大見識。廟成、是第三窟。還報孟嘗君曰、三窟已就、君姑高枕爲樂矣。

總結上文。孟嘗君爲相數十年、無纖介之禍者、馮煖之計也。纖介、細微也。○結出孟嘗一生得力、全在馮煖、直與篇首無好無能相映照。

三番彈鋏、想見豪士一時淪落、胸中磈礧、勃不自禁。通篇寫來、波瀾層出、姿態橫生、能使馮公鬚眉、浮動紙上。淪落之士、遂爾頓增氣色。

趙威后問齊使　國策

齊王齊王建、時君王后在。使使者問趙威后。惠文后、孝威太后。書未發。未開封。○三字便作勢。威后問使者曰、歲亦無恙耶、民亦無恙耶、王亦無恙耶。恙、憂也。○連問三語、大奇。使者不說曰、臣奉使使威后、（言奉王命來問太后、則太后亦當先問王。）今不問王、而先問歲與民、豈先賤而後尊貴者乎。（以貴賤之說、辨其失問。）威后曰、不然。苟無歲何有民、苟無民何有君、（連互說。乃見發問妙旨。）故有問、（故、舊例也。）舍本而問末者耶。（探出本末、絕去貴賤之見。答語仍作問語聲口、有致。）○乃進而問之曰、齊有處士曰鍾離子、（鍾離、複姓。）無恙耶。是其爲人也、有糧者亦食、（寺、）無糧者亦食、有衣者亦衣、（去聲、）無衣者亦衣、是助王養其民者也、何以至今不業也。（人情大率食有糧衣有衣者多、乃無糧無衣者亦食衣之、所以謂之養民。業、謂使之在位、成其職業也。）葉（攝、）陽子（亦齊處士。葉陽、縣名。）無恙乎。是其爲人、哀鰥寡、卹孤獨、振困窮、補不足、是助王息其民者也、何以至今不業也。（息、生全也。○養民、就民之處常者言。息民、就民之處變者言。）北宮之女嬰兒子（齊孝女。北宮、複姓。嬰兒子、女名也。）無恙耶。撤其環瑱、（天去聲、）至老不嫁、以養（去聲、）父母、是皆率民而出於孝情者也、胡爲至今不朝（潮、）也。（環、耳環。瑱、以玉繫于紞而充耳。撤之不以爲飾。朝、謂使之爲命婦而入朝。撤、去。）此二士弗業、一女不朝、何以王齊國、子萬民乎。（總三問作一頓。）於陵子仲（非陳仲子、若孟子所稱、已是七八十年矣。尚存乎。（六無恙後、變出一尚存、奇絕。）是其爲人也、上不臣於王、下不治其家、中不索交諸侯、此率民而出於無用者、何爲至今不殺乎。（竟住、奇絕妙絕。）

（通篇以民爲主、直問到底、而文法各變、全于用虛字處著神。問固奇、而心亦熱。末一問、膽識尤自過人。）

莊辛論幸臣　國策

臣聞鄙語曰、見兔而顧犬、未爲晚也、亡羊而補牢、未爲遲也。（便引喻起。）臣聞昔湯武以百里昌、桀紂以天下亡。今楚國雖小、絕長續短、猶以數千里、豈特百里哉。（楚襄王寵信幸臣、而不受莊辛之言。及爲秦所破、乃徵莊辛與計事。莊辛起手極言未遲未晚是正文、以下一路層層遞接而去、俱寫遲晚也。）王獨不見夫蜻（精）蛉（陵）乎。（蟲名、一名桑根。）六足四翼、飛翔乎天地之閒、俛（同俯）啄蚉虻（萌）而食之、仰承甘露而飲之、自以爲無患與人無爭也、不知夫五尺童子、方將調飴膠絲、（飴、米糵所煎。調之使膠于絲。）加己乎四仞之上、（八尺曰仞。）而下爲螻蟻食也。（遲矣晚矣。）夫蜻蛉其小者也。黃雀（小鳥。）因是以俯噣（同啄）白粒、仰栖茂樹、鼓翅奮翼、自以爲無患與人無爭也、不知夫公子王孫、左挾彈、右攝丸、將加己乎十仞之上、以其類爲招、以其類而招誘之。晝游乎茂樹、夕調乎酸鹹、倏忽之閒、墜于公子之手。遲矣晚矣。夫雀其小者也。黃鵠鴻也、水鳥。因是以游乎江海、淹乎大沼、俯噣鱔鯉、仰嚙蔆孽、衡、蔆同菱、衡作蘅。衡、香草。○奮其六翮、翮、羽。勁而凌清風、飄搖乎高翔、自以爲無患與人無爭也、不知夫射者方將脩其碆波、盧、碆石爲弋鏃。盧、黑弓。治其矰繳、酌、○矰、弋射矢。繳、生絲縷。將加己乎百仞之上、四仞、十仞、百仞、逐漸增加、逼起後段。亦見處地愈高、其勢愈危之意。被礛監、磻、同碆、○被、著也。礛、利也。引微繳、折清風而抎同隕、矣。故晝游乎江湖、夕調乎鼎鼐。奈、○遲矣晚矣。夫黃鵠其小者也。蔡靈侯之事①、因是以南游乎高陂、披、○陂、阪也。北陵乎巫山、陵、登也。飲茹溪流、茹、飲馬也。食湘波之魚、湘水、出零陵、屬長沙。左抱幼妾、右擁嬖女、與之馳騁乎高蔡之中、卽上蔡。而不以國家爲事、不知夫子發方受命乎靈王②、繫己以朱絲而見之也。魯昭十一年、楚子誘蔡侯般殺之于申、蓋使子發召之。○遲矣晚矣。

校勘記：

①"靈"《戰國策》姚宏本作"聖"。

②"靈"《戰國策》姚宏本作"宣"。

③"靈"《戰國策》姚宏本作"聖"。

蔡靈侯之事其小者也③。層注而下、至此已到。君王之事、因是以左州侯、右夏侯、輦連上聲、從鄢陵君與壽陵君、四人皆楚幸臣。州侯、夏侯、常在左右。鄢陵、壽陵、輦出則從。飯反、封祿之粟、封祿、所封之祿。而載方府之金、方、四方。其所貢也。金與之馳騁乎雲夢之中、雲夢、澤名。而不以天下國家爲事、而不知夫穰侯秦相魏冉。方受命乎秦王、昭王。塡黽萌、塞之內、塡者、取其地而塞之。黽塞、江夏鄳縣。而投己乎黽塞之外。至此則遲矣晚矣、今則未爲遲也、未爲晚也。妙在說到此竟住、若加一語、便無餘味。

只起結點綴正意、中間純用引喻、自小至大、從物及人、寬寬說來、漸漸逼入、及一點破題面、令人毛骨俱竦。國策多以比喻動君、而此篇辭旨更危、格韻尤雋。

觸讋說趙太后　國策

趙太后惠文后、即威后。新用事、秦急攻之。趙氏求救於齊、齊曰、必以長安君太后少子、孝成王弟、封之長安。爲質、至、兵乃出。許多事情、三四語敘完、此妙于用簡。下只一事、連篇說不盡、又妙于用繁。以太后不肯、大臣強諫。太后明謂左右、有復言令長安君爲質者、老婦必唾其面。明謂字妙。

左師官名。觸讋讋音詹入聲、○讋、史記作龍。願見、太后盛氣而揖之。恐其言及長安君、作色以拒之。入而徐趨、蹣跚之狀、已自動人。至而自謝。曰、老臣病足、曾不能疾走、先謝足病。不得見久矣、次謝久不來見太后。竊自恕。雖久不得見、竊以病足、故自恕其罪。恐太后玉體之有所郄隙。也、故願望見。郄、病苦也。○閒將老態說起。太后曰、老婦恃輦連上聲。而行。言亦病足。曰、日食飲得無衰乎。只說老態。曰、恃鬻粥同。耳。曰、老臣今者殊不欲食、先說不欲食。乃自強步、日三四里。繞室中行、可三四里也。○次說調身。少益耆食、和于身。次說能食。○自入見至此、敘了許多寒溫、絕不提起長安君、妙。曰、老婦不能。不能強步。太后之色少解。老婦已入老臣彀中。左師公曰、老臣賤息舒祺、息、子。舒其祺、名也。最少、不肖、而臣衰、竊愛憐之、又少、又不肖、又自衰、不得不愛而憐之。○先寫出一長安君影子。願令補黑衣之數、以衛王宮、沒死以聞。黑衣、戎服。沒、猶昧也。太后曰、敬諾、年幾何矣。對曰、十五歲矣、雖少、願及未填溝壑而託之。諱言死曰填溝壑。託、謂託太后也。○再囑一語、引出太后心事。太后曰、丈夫亦愛憐其少子乎。無數紆折、只要餂得此一句。對曰、甚於婦人。又逼一句。太后曰、婦人異甚。心事畢露。對曰、老臣竊以為媼襖、之愛燕后、賢于長安君。

曰、君過矣、不若長安君之甚。媼、女老稱。燕后、太后女、嫁于燕。賢、勝也。○直說出長安君矣。却又說太后愛之不如燕后。若不爲長安君者、妙想。

左師公曰、父母之愛子、則爲之計深遠。至此便可暢言。此句是進說主意。媼之送燕后也、持其踵爲之泣、念悲其遠也、亦哀之矣。頓挫。已行、非弗思也、頓挫。祭祀必祝之、祝曰、必勿使反。或被廢、或國滅、方反本國。豈非計久長有子孫相繼爲王也哉。舍却長安君、單就燕后提醒太后。

太后曰、然。左師公曰、今三世以前、至於趙之爲趙、只就趙論。趙王之子孫侯者、其繼有在者乎。繼、相繼爲侯也。曰、無有。曰、微獨趙、諸侯有在者乎。他國子孫、三世相繼爲侯。○兩問、仍用傍擊法。曰、老婦不聞也。亦無有。○此下左師對。此其近者禍及身、遠者及其子孫、豈人主之子孫則必不善哉、位尊而無功、奉俸、厚而無勞、而挾重器多也。重器、金玉重寶。○所以無有相繼爲侯者。○前俱用緩、此則用急、一步緊一步。今媼尊長安之位、而封以膏腴之地、多予之重器、而不及今令有功於國、一旦山陵崩、太后沒。長安君何以自託於趙。苦口之言。直捷痛快。老臣以媼爲長安君計短也、短字、與深遠久長對。故以爲其愛不若燕后。仍找到愛長安君不如燕后、終若不爲長安君者、妙想。太后曰、諾、只一諾字、見左師之言未畢、太后早已心許之。而恣君之所使之。亦不說出長安君爲質、妙。於是爲長安君約車百乘、質於齊、齊兵乃出。子義趙賢士。聞之曰、人主之子也、骨肉之親也、猶不能恃無功之尊、無勞之奉、以守金玉之重也、而況人臣乎。通篇瑣碎之筆、臨了忽作曼聲、讀之無限感慨。

左師悟太后、句句閒語、步步閒情、又妙在從婦人情性體貼出來。便借燕后反襯長安君、危詞聳動、便爾易入。老臣一片苦心、誠則生巧、至今讀之、猶覺大花滿目、又何怪當日太后之欣然聽受也。

魯仲連義不帝秦　國策

秦圍趙之邯寒鄲、邯鄲、趙都。魏安釐禧王使將軍晉鄙救趙。畏秦、止於蕩陰、河內地。不進。魏王使客將軍辛垣衍稱客、則衍他國人仕魏也。閒入邯鄲、閒、謂微行。因平原君趙公子勝。謂趙王曰、秦所以急圍趙者、前與齊閔王爭強爲帝、已而復歸帝、以齊故。齊不稱帝、故秦亦止。今齊閔王益弱、今之齊比閔王時益弱。方今唯秦雄天下、此非必貪邯鄲、其意欲求爲帝。趙誠發使尊秦昭王爲帝、秦必喜、罷兵去。（一段敍平原君趙事。）猶豫未有所決。（猶豫、獸名、性多疑、故人不決曰猶豫。○敍趙事、爲仲連也。然難于插入、故借平原君作一頓、便可插入仲連矣。）此時魯仲連適游趙。（出仲連、鄭重。）會秦圍趙、聞魏將欲令趙尊秦爲帝、（前一段文歸至此處入。）乃見平原君曰、事將奈何矣。平原君曰、勝也何敢言事、百萬之衆折于外、（長平之敗。）今又內圍邯鄲而不去、魏王使客將軍辛垣衍令趙帝秦、今其人在是、勝也何敢言事。（兩何敢言事、非謙詞也、正寫猶豫未決、莫可如何、以爲仲連之地耳。）魯連曰、始吾以君爲天下之賢公子也、吾乃今然後知君非天下之賢公子也。（一跌就轉、一轉就住、文法佳甚。）梁客辛垣衍安在、（應其人在是。）吾請爲君責而歸之。（絶有膽識。）平原君曰、勝請爲召而見之於先生。平原君遂見辛垣衍曰、東國有魯連先生、其人在此、勝請爲紹介、（禮、賓至、必因介以傳辭。紹、繼也、謂上介、次介、末介、其位相承繼也。）而見之於將軍。辛垣衍曰、吾聞魯連先生、齊國之高士也、衍人臣也、使事有職、吾不願見魯連先生也。（衍不願見魯連、亦知帝秦之說、

（不足入高士之耳。）平原君曰、勝已泄（同洩）之矣。辛垣衍許諾。魯連見辛垣衍而無言。（先無言、反待辛垣衍開口、妙。）辛垣衍曰、吾視居此圍城之中者、皆有求於平原君者也、今吾視先生之玉貌、非有求于平原君者、（亦自識人。）曷爲久居此圍城之中而不去也。魯連曰、世以鮑焦無從容而死者、皆非也。今衆人不知、則爲一身。（鮑焦、周時隱者、抱木而死、以非當世。今世以鮑焦不能從容自愛而死者、固非、即以爲其自爲一身者、亦非。正對其在圍城之中、不爲身謀也。）彼秦、棄禮義上首功之國也、（戰獲首級者、計功受爵。）權使其士、虜（魯）使其民、（虜、掠也。）彼則肆然而爲帝、過而遂正於天下、（過、猶甚也。正天下、即易大臣、奪憎予愛諸事。）則連有赴東海而死耳、吾不忍爲之民也。（欲同鮑焦之死。）所爲見將軍者、欲以助趙也。（直破其謀。）辛垣衍曰、先生助之奈何。魯連曰、吾將使梁及燕助之、齊楚固助之矣。（故爲硬語、以生下論。）辛垣衍曰、燕則吾請以從矣、若乃梁、則吾乃梁人也、先生惡能使梁助之耶。魯連曰、梁未睹秦稱帝之害故也、使梁睹秦稱帝之害、則必助趙矣。（一反一覆、語最激昂。）辛垣衍曰、秦稱帝之害將奈何。魯仲連曰、昔齊威王嘗爲仁義矣、率天下諸侯而朝周。周貧且微、諸侯莫朝、而齊獨朝之。居歲餘、周烈王崩、諸侯皆弔、齊後往、周怒、赴於齊曰、天崩地坼、策、天子下席、赴、告也。天子、謂烈王子安王驕也。下席、言其寢苫居廬。東藩之臣田嬰齊、斥其姓名。後至、則斮捉、之。斮、斬也。威王勃然怒曰、叱嗟、怒斥聲。而母婢也。而、汝也。罵其母爲婢。賤之之詞。卒爲天下笑。故生則朝周、死則叱之、誠不忍其求也。彼天子固然、其無足怪。不忍其求、直貫下變易大臣、奪憎與愛諸事。且曰其爲天子、理應如此、以見權之不可假人也。然不說出、不說盡。辛垣衍曰、先生獨未見夫僕乎、十人而從一人者、甯力不勝、智不若邪、畏之也。衍口中脫出一畏字、本懷巳露、故使仲連得入。魯仲連曰、然、梁之比於秦若僕邪。詰問得妙。辛垣衍曰、然。魯仲連曰、然則吾將使秦王烹醢梁王。醢、肉醬。○既爲僕、則不難烹醢、突然指出、可驚可詫。辛垣衍怏然不說、曰、嘻、亦太甚矣、先生之言也。倒句。先生又惡能使秦王烹醢梁王。魯仲連曰、固也、待吾言之。昔者鬼侯、（鬼、史記作九。鄴縣有九侯城。）鄂侯、（鄂、屬江夏。）文王、紂之三公也。鬼侯有子而好、故入之於紂。紂以爲惡、醢鬼侯。鄂侯爭之急、辨之疾、故脯鄂侯。文王聞之、喟（魁去聲、）然而歎、故拘之於牖（史記作羑。）里之庫百日、而欲令之死。曷爲與人俱稱帝王、卒就脯醢之地也。（言與人俱稱帝王、曷爲卒就脯醢之地。若事尊秦爲帝、則足以脯醢之矣。○引紂事一證、詞意含吐、可耐尋味。）齊閔王將之魯、夷維子（夷維、地名。）執策而從、（策、馬箠也。）謂魯人曰、子將何以待吾君、魯人曰、吾將以十太牢待子之君。夷維子曰、子安取禮而來待吾君。彼吾君者、天子也、天子巡狩、諸侯避舍、納筦（同管、）鍵、（件、○筦、鑰也。鍵、其牡。避納者、示不敢有其國。）攝衽抱几、（几、所據也。）視膳於堂下、天子已食、退而聽朝也①。（退而聽朝。）魯人投其籥、（同鑰、閉關也。）○不果納。不得入于魯、（此言魯不肯帝齊。）將之薛、假涂（同塗、）於鄒。當是時、鄒君死、閔王欲入弔、夷維子謂鄒之孤曰、天子弔、主人必將倍殯柩、（倍、背也。主人背其殯棺、北面哭也。）設北面於南方、然後天子南面弔也。鄒

校勘記：

①"退而聽"，原作"而聽退"，今據《戰國策》姚宏本改。

之羣臣曰、必若此、吾將伏劍而死。故不敢入於鄒。此言鄒不肯帝齊。鄒魯之臣、生則不得事養、死則不得飯返、含、去聲、○齊強、而二國拒之、必見伐、則生死皆不能盡其禮也。以米及貝實尸之口中曰飯、以珠玉實尸之口中曰含。然且欲行天子之禮於鄒魯之臣、不果納。承上起下。今秦萬乘之國、梁亦萬乘之國、俱據萬乘之國②、交有稱王之名、應俱稱帝王。睹其一戰而勝、欲從而帝之、是使三晉魏、趙、韓爲三晉。之大臣、不如鄒魯之僕妾也。辛垣衍自認梁比秦如僕、此特言僕妾之不如、痛罵盡情。且秦無已而帝、無已、必欲爲也。則且變易諸侯之大臣、彼將奪其所謂不肖、而予其所謂賢、奪其所憎、而予其所愛、彼又將使其子女讒妾、爲諸侯妃姬、處梁之宮、梁王安得晏然而已乎。而將軍又何以得故寵乎。帝秦之害如此。切膚之災、可懼可駭。於是辛垣衍起再拜、謝曰、責以大義則不動、言及利害切身、則遽起拜謝。策士每爲身謀、而不顧大義如此。始以先生爲庸人、吾乃今日而知先生爲天下之士也。與前魯連對平原君語、同調。吾請去、不敢復言帝秦。秦將聞之、爲却軍五十里。適會公子無忌信陵君。奪晉鄙軍以救趙擊秦、

②"俱據萬乘之國"六字原脫，今據《戰國策》姚宏本補。

秦軍引而去。（秦軍聞之而卻五十里、不必然也、無忌擊之而去、此其實也。故並序之、初爲仲連後有故實也。）於是平原君欲封魯仲連、魯仲連辭讓者三、終不肯受。（高人。）平原君乃置酒、酒酣、起前以千金爲魯連壽。魯連笑曰、所貴於天下之士者、爲人排患釋難、解紛亂而無所取也、卽有所取者、是商賈之人也、仲連不忍爲也。（數語卓犖自命、描盡心事。）遂辭平原君而去、終身不復見。（更高。）

（帝秦之說、不過欲紓目前之急。不知秦稱帝之害、其勢不如魯連所言不止、特人未之見耳。人知連之高義、不知連之遠識也。至于辭封爵、揮千金、超然遠引、終身不見、正如祥麟威鳳、可以偶覩、而不可常親也。自是戰國第一人。）

魯共公擇言　　國策

梁王魏嬰（史作罃。）觴諸侯於范臺、（是時魏惠王方強、魯、衞、宋、鄭君來朝。）酒酣、請魯君舉觴。魯君興、避席擇言（擇善而言。）曰、昔者（領下四事。）帝女令儀狄作酒而美、進之禹、禹飲而甘之、遂疏儀狄、絕旨酒、曰、後世必有以酒亡其國者。（當戒者一。○是正文。下連類及之。）齊桓公夜半不嗛、歉、○不喜食也。易牙乃煎熬燔炙、有汁而乾曰煎、乾煎曰熬、肉爇之曰燔、近火曰炙。和調五味而進之、桓公食之而飽、至旦不覺、曰、後世必有以味亡其國者。當戒者二。晉文公得南之威、美人。三日不聽朝、遂推南之威而遠之、曰、後世必有以色亡其國者。當戒者三。楚王莊王。登強臺即章華臺。而望崩山、左江而右湖、以臨彷徨、臨、從上視下。徬徨、徘徊也。其樂忘死、遂盟強臺而弗登、盟、誓也。曰、後世必有以高臺陂卑、池澤障曰陂、停水曰池。亡其國者。當戒者四。今領下四句。主君之尊、尊、酒器。儀狄之酒也。主君之味、易牙之調也。左白台而右閭須、白台、閭須、皆美人。南威之美也。前夾林而後蘭臺、強臺之樂也。上隨舉四事、不意歷歷皆應、章法奇妙。有一於此、足以亡其國。今主君兼此四者、可無戒與。危語動人。梁王稱善相屬。祝、○謂稱善不置也。

整鍊而有扶疎之致、嚴重而饒點染之姿。古人作文、不嫌排偶者、正在此也。不善學者、即失之板實矣。

唐雎說信陵君　　國策

信陵君殺晉鄙、救邯寒鄲、破秦人、存趙國、秦圍趙之邯鄲、魏使晉鄙將兵救趙。畏秦止于蕩陰。公子無忌椎殺晉鄙、將其軍進擊秦、秦軍遂引去。○我有德。趙王自郊迎。人德我。唐雎魏人。謂信陵君曰、臣聞之曰、事有不可知者、有不可不知者、有不可忘者、有不可不忘者。陡下四語、無頭無尾、奇絕。信陵君曰、何謂也。對曰、人之憎我也、不可不知也、我憎人也①、不可得而知也。人不能知。人之有德於我也、不可忘也、吾有德於人也、不可不忘也。上二段、上一段是賓、下一段是主。下段、上一句是賓、下一句是主。今君殺晉鄙、救邯鄲、破秦人、存趙國、此大德也。今趙王自郊迎、卒同猝。然見趙王、願君之忘之也。上二段是虛、此一段是實。信陵君曰、無忌謹受教。

謂信陵君、只須說不可不忘、卻先說不可忘。亦只須說不可忘。不可不忘、卻又先說不可不知不可得而知。文有寬而不迫者、其勢急也。詞有複而不板者、其氣逸也。

唐雎不辱使命　國策

秦王始皇。使人謂安陵君安陵、小國、屬魏。曰、寡人欲以五百里之地易安陵、安陵君

校勘記：

①"我"，《戰國策》作"吾"。

其許寡人。（設言易之、實則奪之、秦人常套。）安陵君曰、大王加惠、以大易小、甚善。（一折。）雖然、受地於先王、願終守之、弗敢易。（一正。）秦王不說。安陵君因使唐雎使於秦。（修好也。）秦王謂唐雎曰、寡人以五百里之地易安陵、安陵君不聽寡人、何也。且秦滅韓亡魏、（滅韓、二十八年。魏、二十一年。）亡而君以五十里之地存者、以君爲長者、故不錯（措、）意也。（錯、置也。言非不能取安陵。）今吾以十倍之地、請廣於君、（廣其地。）而君逆寡人者、輕寡人與。（言以秦爲不能取安陵而輕之。）唐雎對曰、否、（秦王之言不然。）非若是也。（安陵君之意不如是也。）安陵君受地於先王而守之、雖千里不敢易也、豈直五百里哉。（較安陵君答秦語、尤直捷。）秦王怫然怒、謂唐雎曰、公亦嘗聞天子之怒乎。（陡來。）唐雎對曰、臣未嘗聞也。（緩接。）秦王曰、天子之怒、伏屍百萬、流血千里。（寫天子之怒、雄甚。）唐雎曰、大王嘗聞布衣之怒乎。（撇過天子之怒、以布衣之怒反詰之、突兀。）秦王曰、布衣之怒、亦免冠徒跣、（先上聲、）以頭搶（鎗上聲、）地耳。（搶、突也。○寫布衣之怒、醜甚。）唐雎曰、此庸夫之怒也、非士之怒也。（毆去免冠八字。）夫專諸之刺王僚也、彗星襲月。聶政之刺韓傀（規）也、白虹貫日。要離之刺慶忌也、蒼鷹擊於殿上。（專諸爲公子光刺吳王僚。聶政爲嚴仲子刺韓相俠累。要離吳人、吳王闔閭欲殺王子慶忌、慶忌吳王僚子、要離詐以罪亡、令吳王焚其妻子、走見慶忌、以劍刺之。）此三子皆布衣之士也、懷怒未發、休祲（侵）降于天、（休、吉徵。祲、戾氣。重祲字、休字帶說。○總承上三句作一頓。）與臣而將四矣。（現前一懷怒之士。）若士必怒、（必怒、怒已發也。對懷怒說。）伏屍二人、流血五步、（伏屍流血、秦王說得極大、唐雎說得極小、妙絶。）天下縞素、（二人勝于百萬、五步甚于千里。）今日是也。（今日卽行怒之期。）挺劍而起。（手中卽行怒之具。○此段一步緊一步、句句駭殺人。）秦王色撓、（撓、屈也。）長跪而謝之曰、先生坐、何至於此、寡人諭矣。（諭、曉也。）夫韓魏滅亡、而安陵以五十里之地存者、徒以有先生也。（秦王亦善出場、真英雄也。）

（博浪之椎、唐雎荊卿之劍、雖未亡秦、皆不可少。）

樂毅報燕王書

國策

昌國君樂毅、爲燕昭王合五國之兵（趙、楚、韓、魏、燕。）而攻齊、下七十餘城、盡郡

校勘記：

①"復收七十餘城以復齊"句下注文之"此"字，原作"一"，今據文富堂本改。

縣之以屬燕。三城未下、（三城、聊、莒、卽墨。唯莒、卽墨未下。云三城者、蓋因燕將守聊城不下之事而誤。）而燕昭王死。惠王卽位、用齊人反閒疑樂毅、而使騎劫代之將。樂毅奔趙、趙封以爲望諸君。（趙封毅以觀津、號望諸君。）齊田單詐騎劫、卒敗燕軍、復收七十餘城以復齊①。（此段、敘事簡括。）燕王悔、懼趙用樂毅、乘燕之敝以伐燕。（補寫燕王心事一筆。）燕王乃使人讓樂毅、（讓、責也。）且謝之曰、先王擧國而委將軍、將軍爲燕破齊、報先王之讎、天下莫不振動、寡人豈敢一日而忘將軍之功哉。會先王棄羣臣、寡人新卽位、左右誤寡人、寡人之使騎劫代將軍、爲將軍久暴（僕）露於外、故召將軍、且休計事。（善語周旋、巧于文飾。○以上是謝之之詞。）將軍過聽、以與寡人有隙、遂捐燕而歸趙。將軍自爲計則可矣、而亦何以報先王之所以遇將軍之意乎。（以上是讓之之詞。○先謝後讓、重稱先王、欲以感動樂毅。詞令委折有致。）望諸君乃使人獻書報燕王曰、臣不佞、不能奉承先王之教、以順左右之心、恐抵斧質之罪、（質、斬人椹也。）以傷先王之明、而又害於足下之義、無罪而殺殺、非義也。故遁逃奔趙。先敍不歸燕而降趙之故。○前書有先王左右寡人、故應還先王左右足下。自負以不肖之罪、故不敢爲辭說。今王使使者數上聲、之罪、臣恐侍御者之不察先王之所以畜幸臣之理、不敢斥言惠王、故稱侍御。畜、養也。幸、親愛之。○應遇將軍之意。而又不白於臣之所以事先王之心、應自爲計。故敢以書對。一起、已括盡一篇大旨。臣聞賢聖之君、不以祿私其親、功多者授之、不以官隨其愛、能當者處之。故察能而授官者、成功之君也、論行而結交者、立名之士也。功名二字、一篇柱。臣以所學者觀之、自見本領。先王之舉錯、有高世之心、故假節於魏王、而以身得察於燕。時諸侯不通、出關則以節傳之。毅爲魏昭王使燕、遂爲臣。察、至也。○事先王之心。先王過舉、擢之乎賓客之中、而立之乎羣臣之上、不謀於父兄、正對左右句。而使臣爲亞卿。畜幸臣之理。臣自以爲奉令承教、可以幸無罪矣、故受命而不辭。事先王之心。先王命之曰、我有積怨深怒於齊、不量輕弱、而欲以齊爲事。畜幸臣之理。臣對曰、夫齊、霸國之餘教、而驟勝之遺事也、驟、數也。齊嘗霸天下、而數勝于他國、餘教遺事猶存。其閑於甲兵、習於戰攻、王若欲伐之、則必舉天下而圖之、舉天下而圖之、莫徑於結趙矣。且又淮北宋地、楚魏之所同願也、楚欲得淮北、魏欲得宋、皆屬齊。時趙若許約、楚趙宋盡力②、魏欲得宋而盡力。四國攻之、併燕爲四國。齊可大破也。事先王之心。先王曰、善。臣乃口受令、具符節、南使臣於趙、顧反命、回顧而反、言其速也。起兵隨而攻齊。毅令趙、楚、韓、魏、燕之兵伐齊。○畜幸臣之理。以天之道、先王之靈、河北之地、隨先王舉而有之於濟上。濟上、濟水之西、齊界也。濟上之軍、奉令擊齊、大勝之、輕卒銳兵、長驅至國、攻入臨淄。齊王、閔王。逃遁走莒、僅以身免。珠玉財寶、車甲珍器、盡收入燕、事先王之心。大呂陳於元英、故鼎反乎磿室、齊器設於甯臺、大呂、齊鐘名。元英、磿室、燕二宮名。故鼎、齊所得燕鼎。甯臺、燕臺也。薊邱之植、植於汶篁、薊邱、燕都。植、旗幟之屬。汶、水名。竹田曰篁。○上三句、言薊邱之所植、植于齊汶上之竹田。自齊入燕。薊邱句、自燕及齊。自五伯以來、功未有及先王者也。一頓、贊先王、正自贊也。先王以爲順於其志③、慊于心。以臣爲不頓命、頓、猶墜也。故裂地而封之、

②"趙"，《戰國策》姚宏本作"魏"。又"宋"，黃丕烈《戰國策札記》："《史記》與《策》文不同，考《新序》校此字，但無'宋'，此當衍'宋'也。"

③"順於"二字，《戰國策》姚宏本作"慊"。

使之得比乎小國諸侯。封毅爲昌國君。○畜幸臣之理。臣不佞、自以爲奉令承教、可以幸無罪矣、故受命而弗辭。事先王之心。○遙應前文、筆情婉宕。臣聞賢明之君、功立而不廢、故著於春秋、蚤知之士、蚤知、先見也。名成而不毀、故稱於後世。應前功名二字。文從不廢不毀四字、生出後半篇。若先王之報怨雪恥、夷萬乘之強國、收八百歲之蓄積、通太公數之。及至棄羣臣之日、遺令詔後嗣之餘義、執政任事之臣、所以能循法令順庶孽者、新立之君、皆患庶孽之亂、昭王能預順之。施及萌隸、萌同氓。皆可以教於後世。敘完先王事、下始入議論。臣聞善作者不必善成、善始者不必善終。虛冒二句。昔者伍子胥說聽乎闔閭、吳王、名闔閭。故吳王遠迹至於郢。郢、楚都。吳破楚、長驅至郢。○善作善始。夫差闔閭子。弗是也、不然子胥之說。賜之鴟夷而浮之江。鴟夷、革囊也。夫差殺子胥、盛以鴟夷革、投之江。○不必善成善終。故吳王夫差不悟先論之可以立功、故沉子胥而弗悔、燕王有之也。子胥不蚤見主之不同量、故入江而不改。蚤見、應上蚤知。不改、言子胥投江而神不化、猶爲波濤之神。○自言幾不免也。夫免身全功、以明先王之迹者、臣之上計也。

免身于罪、而全取齊之功、明昭王之舊烈、是臣之本意。以離同罹、毀辱之非、墮先王之名者、臣之所大恐也。離、遭也。遭誹謗而被誅、則壞先王知人之名、故恐懼而奔趙。臨不測之罪、以幸爲利者、義之所不敢出也。被不可測之重罪以去燕、又幸趙伐燕以爲利、揆之于義、寧敢出此。○剖明心事、激揚磊落、長歌可以當泣。臣聞古之君子、交絕不出惡聲、忠臣之去也、不潔其名。毀其君而自潔。○復轉二語、結出通書之意、以應起。臣雖不佞、數奉教于君子矣。應以臣所學句。恐侍御者之親左右之說、而不察疏遠之行也、應前侍御不察二句。故敢以書報、唯君之留意焉。

察能論行、則始進必嚴。善成善終、則末路必審。樂毅可謂明哲之士矣。至其書辭、情致委曲、猶存忠厚之遺。其品望固在戰國以上。

李斯諫逐客書　秦文

秦宗室大臣皆言秦王曰、諸侯人來事秦者、大抵爲其主游閒於秦耳、請一切逐客。一切者、無所不逐也。李斯議亦在逐中。李斯、秦客卿、楚上蔡人。○所謂一切也。斯乃上書曰、臣聞吏議逐客、竊以爲過矣。一句揭開題面、通篇純用反法。昔穆公求士、西取由余於戎、由余、戎人。西

東得百里奚於宛、百里奚、楚宛人。迎蹇叔於宋、蹇叔、岐州人、時游宋、故迎之。求丕豹、公孫支於晉、
丕豹、自晉奔秦。公孫支、游晉歸秦。此五子者、不產于秦、而穆公用之、幷國二十、遂霸西
戎。一段穆公用客。孝公用商鞅之法、商鞅、衞人、姓公孫氏。移風易俗、民以殷盛、國以富
強、百姓樂用、諸侯親服、獲楚魏之師、舉地千里、至今治強。二段孝公用客。
惠王用張儀之計、張儀、魏人。拔三川之地、西幷巴蜀、惠王時、司馬錯請伐蜀、滅之。後武王欲通車三川、令甘茂拔宜
陽。今並云儀者、以儀爲秦相、雖錯滅蜀、甘茂通三川、皆歸功于相歟。北收上郡、魏納上郡十五縣。南取漢中、攻楚漢中、取地六百里。包
九夷、制鄢郢、屬楚之夷有九種。鄢、郢、楚二邑。東據城皐之險、割膏腴之壤、成皐、屬河南、周之東境。遂
散六國之從、宗、使之西面事秦、功施到今。三段惠王用客。昭王得范雎、范雎、魏人。廢
穰侯、逐華陽、穰侯、華陽、俱太后弟。彊公室、杜私門、蠶食諸侯、使秦成帝業。四段昭王用客。○
四段不引前代他國事、只以秦之先爲言、妙。此四君者、皆以客之功、一句總收、下卽轉入。由此觀之、客何負於
秦哉。又一轉、下反振、語氣乃足。向使四君却客而不內、同納、疏士而不用、是使國無富

利之寶、而秦無強大之名也。（結完上文、乃入時事、必以爲說正意矣、偏又發許多譬喻、滾滾不窮、奇絕妙絕。）今陛下致崐山之玉、（崐山、在闐國、其岡出玉。）有隨和之寶、（隨侯珠。卞和璧。）垂明月之珠、（珠光如明月。）服太阿之劍、（干將歐冶二人作劍、一曰龍淵、一曰太阿。）乘纖離之馬、（纖離、駿馬名。）建翠鳳之旗、（以翠羽爲鳳形而飾旗。）樹靈鼉之鼓、（鼉、皮可以冒鼓。）此數寶者、秦不生一焉、而陛下說之、何也。（一頓。○秦王性好後大、故歷以紛華聲色之美動其心、此會說之術也。）必秦國之所生然後可、（一折。上是順說、下是倒說。）則是夜光之璧、不飾朝廷、犀象之器、不爲玩好、鄭魏之女、不充後宮、而駿馬駃（決、）騠（提、）不實外廄、（駃騠、良馬名。）江南金錫不爲用、西蜀丹青不爲采。（句法不排偶、氣勢已極宕折、可以止矣。偏作兩節寫、但見其妙、不見其煩。）所以飾後宮、充下陳、（下陳、猶後列也。）娛心意、說耳目者、必出於秦然後可、則是宛珠之簪、（宛地之珠飾簪。）傅（附、）璣之珥、（二、○璣、珠之不圓者。珥、瑱也。謂以璣傅著于珥。）阿縞之衣、（齊東阿縣所出繒帛爲衣。）錦繡之飾、（飾、領緣也。）不進於前、而隨俗雅化、（謂閑雅變化、而能隨俗也。）佳冶窈窕、趙女不立於側也。（語氣肆宕、采色爛然、可以止矣、又偏再衍出下節。彊弩穿甲、勁勢未已。）夫擊甕叩缶、彈箏搏髀、（彼、○甕、汲瓶也。缶、瓦器。箏、以竹爲之。髀、股骨。擊叩彈搏、皆所以節歌。）而歌呼嗚嗚、快耳目者、眞秦之聲也。鄭衞桑閒、（樂記、桑閒濮上之音、謂濮水之上、桑林之閒、衞地也。）韶虞武象者、（韶虞、舜樂。武象、周樂。）異國之樂也。（以韶虞與鄭衞並說、此戰國之習。）今棄擊甕而就鄭衞①、退彈箏而取韶虞、若是者何也、快意當前、適觀而已矣。（與前何也遙應。）今取人則不然、（上邊事已多、文已脹、不知如何收拾。他只用一句折轉、盡數包羅、妙甚。）不問可否、不論曲直、非秦者去、爲客者逐。（取人正意只四句。）然則是所重者、在乎色樂珠玉、而所輕者、在乎人民也。此非所以跨（去聲）海內、制諸侯之術也。（收拾前文、又一句拓開。不粘逐客上、妙。）臣聞地廣者粟多、國大者人衆、兵強則士勇、（此下卽完上意、而更起一峯。）是以泰山不讓土壤、故能成其大、河海不擇細流、故能就其深、王者不卻衆庶、故能明其德。（讓、辭也。就、成也。○又下二喻。）是以地無四方、民無異國、四時充美、鬼神降福、此五帝三王之所以無敵也。（纔是跨海內、制諸侯之術。）今乃棄黔首以資敵國、（黔、黑也。秦謂民爲黔首、以其頭黑也。）卻賓客以業諸侯、（謂與諸侯立功業。）使天下之

校勘記：

①《史記·李斯列傳》在"擊甕"下有"叩缶"二字。

士、退而不敢西向、裹足不入秦、此所謂藉寇兵而齎盜糧者也。一段始正言逐客事。夫物不產於秦、可寶者多、收完崐山之玉二段。士不產於秦、而願忠者衆。收完昔穆公四段。○一篇大文字、只此二語收盡、更無餘蘊。今逐客以資敵國、損民以益讎、無補于民、而增許多讎我之人。內自虛而外樹怨於諸侯、內旣無賢、皆往事他國、而樹怨于外也。求國之無危、不可得也。又收地廣者一段、完棄黔首資敵國等語、而正意俱足。秦王乃除逐客之令、復李斯官。

此先秦古書也。中閒兩三節、一反一覆、一起一伏、略加轉換數箇字、而精神愈出、意思愈明、無限曲折變態、誰謂文章之妙、不在虛字助辭乎。

卜居　　楚辭

屈原旣放、屈原、名平、爲楚懷王左徒、王甚任之。上官大夫心害其能、因讒之、遂被放。三年不得復見。竭智盡忠、而蔽障於讒。心煩慮亂、不知所從。先敍卜居之由。乃往見太卜鄭詹尹曰、余有所疑、願因先生決之。詹尹乃端筴策、拂龜端、正也。筴、蓍莖。端筴、將以筮也。拂龜、將以卜也。曰、君將何以教之。寫肯卜、妙。屈原曰、吾寧悃悃款款朴以忠乎、將送往勞去聲、來斯無窮乎。悃款、誠實傾盡貌。送往勞來、謂隨俗高下。無窮、不困窮也。○不知所從一。寧誅鋤草茆卯、以力耕乎、將遊大人以成名乎。遊、徧謁也。大人、謂嬖幸者。○不知所從二。寧正言不諱以危身乎、將從俗富貴以媮偷同、生乎。媮、樂也。不知所從三。○寧超然高舉以保真乎、將哫足、訾資、慄斯、喔握、咿伊、嚅如、唲、而、以事婦人乎。保真、謂保守其天真。哫訾、以言求媚也。慄、詭隨也。斯、語辭。喔咿嚅唲、強言笑貌。婦人、暗指懷王寵姬鄭袖。○不知所從四。寧廉潔正直以自清乎、將突梯滑骨、稽、如脂如韋、以絜楹乎。突梯、滑遾貌。滑稽、圓轉貌。脂、肥澤。韋、柔輭。楹、屋柱圓物。絜、比絜。本方而求圓也。○不知所從五。寧昂昂若千里之駒乎、將氾氾若水中之鳧乎、駒、馬之小者。鳧、野鴨。與波上下偷以全吾軀乎。拖一句、參差入妙。○不知所從六。寧與騏驥亢軛乎、將隨駑馬之迹乎。騏驥、千里馬。亢、當也。軛、轅端橫木、駕馬領者。駑、下乘也。○不知所從七。寧與黃鵠比翼乎、將與鷄鶩務、爭食乎。黃鵠、大鳥、一舉千里。鶩、鴨也。○不知所從八。○以上八條、只一意、而無一句重沓、所以爲妙。此孰吉孰凶、何去何從。祝辭畢。下是訴詹尹、乃心煩慮亂之由也。世溷魂聲、濁而不清、無限感慨。蟬翼爲重、千鈞爲輕。黃鐘毀棄、瓦釜雷鳴。二句起下一句。讒人高張、賢士無名。溷濁不清如此。

吁嗟默默兮、誰知吾之廉貞。（無限感慨。○寫得又似要卜、又似不要卜、心煩慮亂、不知所從。）詹尹乃釋策而謝曰、（寫不肯卜、又妙。）夫尺有所短、寸有所長、（爲尺而不足、則有所短。爲寸而有餘、則有所長。○引鄙語起下文。）物有所不足、智有所不明、（物、指龜而言。）數有所不逮、神有所不通。（數、指策而言。）用君之心、行君之意、（六有所字、本接末句、橫插此八字、奇險。）龜策誠不能知此事。

屈原疾邪曲之害公、方正之不容、故設爲不知所從、而假龜策以決之。非實有所疑、而求之于卜也。中間請卜之詞、以一寧字、將字到底、語意低昂、隱隱自見。

宋玉對楚王問　　楚詞

楚襄王問於宋玉（屈原弟子、爲楚大夫。）曰、先生其有遺行與、何士民眾庶不譽之甚也。（遺、缺失也。問得有風致。）○宋玉對曰、唯、（一應。）然、（再應。）有之。（三應。○連下三應、極力摹神。）願大王寬其罪、使得畢其辭。（入三語、委婉。）客有歌於郢（郢、楚都。）中者、其始曰下里巴人、（最下曲名。）國中屬（祝。）而和者數千人。（屬、聚也。和者甚眾。）○其爲陽阿薤（械。）露、（次下曲名。）國中屬而和者數百人。（和者亦眾。）其爲陽春白雪、（高曲名。）國中屬而和者、不過數十人。（和者已寡。○

數十人、加不過字、妙。引商刻羽、雜以流徵、紙、○五音協律、最高之曲。國中屬而和者、不過數人而已。和者甚寡。○數人、又加而已字、妙。是其曲彌高、其和彌寡。總上四段。故鳥有鳳、而魚有鯤。總下二段。○已上先開後總、此先總後開、法變。鳳凰上擊九千里、絕雲霓、負蒼天、足亂浮雲①、翱翔乎杳冥之上。杳冥、絕遠也。寫鳳凰下如許語。○夫藩籬之鷃、晏、豈能與之料天地之高哉。鷃、鵪鶉也。○寫鷃只下藩籬二字。鯤魚朝發崐崘之墟、暴僕、鬐奇、於碣傑、石、暮宿於孟諸。崐崘山、在西北、去嵩山五萬里。暴、露也。魚之鬚鬣曰鬐。碣石、近海山名、在冀北。孟諸、藪澤名、在梁國睢陽縣東北。○寫鯤魚下如許語。夫尺澤之鯢、倪、豈能與之量江海之大哉。寫鯢只下尺澤二字。○先喻之以歌、言行高不合于俗。又喻之以物、言品高俗不能知。唯俗不能知、所以不合于俗也。下撇然轉入正意作結、緊隋。故非獨鳥有鳳而魚有鯤也、上用一故字轉、此又用一故字轉、章法奇妙。士亦有之。夫聖人瑰規、意琦行、超然獨處、世俗之民、又安知臣之所爲哉。瑰、偉也。琦、美也。與上一樣、寫法佳妙。○意想平空而來、絕不下一實筆、而騷情雅思、絡繹奔赴、固軼羣之才也。夫聖人一段、單筆短掉、不說盡、不說明、尤妙。

校勘記：

①《昭明文選》無"足亂浮雲"四字。

古文観止卷之五

五帝本紀贊　史記

太史公（司馬遷自謂也。遷爲太史公官。）曰、學者多稱五帝、尚矣。（五帝、黃帝、顓頊、帝嚳、堯、舜。尚、久遠也。學者多稱五帝、已久遠矣。○鎖一句、下即捷轉。）然尚書獨載堯以來、（其可徵而信者、莫如尚書。然其所載、獨有堯以來、而不載黃帝、顓頊、帝嚳。則所徵者、猶有藉于他書也。二轉。）○而百家言黃帝、其文不雅馴、薦（同搢）紳先生難言之。（馴、訓也。百家雖言黃帝、又涉于神怪、皆非典雅之訓。故當世士大夫皆不敢道、則不可取以爲徵也。○三轉。）孔子所傳、宰予問五帝德、及帝繫姓、儒者或不傳。（五帝德、帝繫姓二篇、見大戴禮及家語、雖稱孔子傳于宰我、而儒者疑非聖人之言、故不傳以爲實。則似未可全徵而信也。○四轉。）余嘗西至空峒、（空峒、山名。黃帝問道廣成子處。）北過涿鹿、（涿鹿、亦山名、在嬀州。山側有涿鹿城、即黃帝堯舜之都。）東漸於海、南浮江淮矣。（點東南西北、與篇中作映帶。）至長老皆各往往稱黃帝堯舜之處、風教固殊焉。（余身所涉歷、見所在長老、往往稱黃帝堯舜舊蹟、與其風俗教化、固有不同。則他書之言黃帝者、亦或可徵也。○五轉。）總之、不離古文者近是。（古文、尚書也。大要以不背尚書所載者、爲近于是。然太拘泥、則不載者豈無可徵者乎、故曰近是也。○六轉。予觀春秋國語、其發明五帝德、帝繫姓、章矣。備載則有五帝德等篇。我觀國語、其間發明二篇之說、爲甚章著。顧弟第同、弗深考、其所表見皆不虛。顧儒者但不深考、而或不傳耳。其二篇所發明、章著而表見、驗之風教固殊者、皆實而不虛、則亦或可徵矣。○七轉。書缺有閒矣、其軼乃時時見於他說。況尚書缺亡、其閒多矣、豈可以其缺亡而遂已乎。其尚遺佚、若黃帝以下之事、乃時時見于他說。如百家五帝德之類、皆他說也。又豈可以搢紳難言、儒者不傳、而不擇取乎。○八轉。將尚書國語等一總。非好學深思、心知其意、固難爲淺見寡聞道也。事在疑信閒、則當會其意。非好學深思、心知其意、不能擇取。而淺見寡聞者、固難爲之言也。○九轉。余幷論次、擇其言尤雅者、應文不雅馴。故著爲本紀書首。余非止據尚書論次堯以下、且幷黃帝、顓頊、帝嚳而論次之。于五帝德等書、擇其言之尤雅者取之。則其不雅者、在所不取也。○結出一生作史之意。

此爲贊語之首、古質奧雅、文簡意多。轉折層曲、往復回環。其傳疑不敢自信之意、絕不作一了結語。乃贊語中之尤超絕者。

項羽本紀贊　史記

太史公曰、吾聞之周生漢時儒者。曰、舜目蓋重瞳子。又聞項羽亦重瞳子。羽豈其苗裔異、邪、何與之暴也。重瞳、兩眸子。苗裔、後嗣也。暴、驟也。○從與之暴、想到舜。然舜羽非倫、故又想到重瞳子。○史公論贊、往往從閒處寫、極有丰神。夫秦失其政、陳涉首難、去聲、豪傑蠭起、相與並爭、不可勝升、數。上聲、○秦二世元年七月、陳涉等起大澤中。蠭起、言多也。斯時相與爭天下者、不可勝數、而欲崛起定霸、蓋亦甚難。○振數語、逼入項羽、有勢。然羽非有尺寸乘勢、起隴畝之中、三年、遂將五諸侯滅秦、分裂天下而封王侯、政由羽出、號爲霸王、位雖不終、近古以來、未嘗有也。乘勢、乘豪傑之勢也。五諸侯、齊、趙、韓、魏、燕。○一段正寫其與之暴。極贊項羽。及羽背關懷楚、放逐義帝而自立、怨王侯叛己、難矣。背關、背約、不王高祖于關中。懷楚、謂思東歸而都彭城。義帝、楚懷王孫心、項梁立以爲楚懷王、項羽尊之爲義帝、後徙之長沙、陰令人擊殺之江中。○一貶駁。自矜功伐、奮其私智而不師古、謂霸王之業、欲以力征經營天下、五年、卒亡其國、身死東城、尚不覺寤、而不自責、過矣。二貶駁。乃引天亡我非用兵之罪也、豈不謬哉。三貶駁。○前後興亡二字相照、三年五年、並見興亡之速、俱關鍵。過矣謬哉、喚應絕韻。

一贊中、五層轉折、唱歎不窮、而一紀之神情已盡。

秦楚之際月表

史記

太史公讀秦二世。楚項氏。之際時天下未定、參錯變化、不可以年紀、故列其月。曰、初作難、發於陳涉、一段。虐戾滅秦自項氏。二段。撥亂誅暴、平定海內、卒踐帝祚、同阼。成於漢家。祚、位也。○三段。樣寫法。三五年之閒、號令三嬗、同禪。自生民以來、未始有受命若斯之亟也。三嬗、謂陳涉、項氏、漢高祖。○總承上三段作結。昔虞夏之興、積善累功數十年、德洽百姓、攝行政事、考之於天、然後在位。考之于天、即孟子所謂人歸天與也。○一段。湯武之王、乃由契后稷、修仁行義十餘世、不期而會孟津八百諸侯、猶以為未可、其後乃放弒。會孟津二句、單言武王、舉武以見湯耳。○二段。秦起襄公、章於文繆、獻孝之後、稍以蠶食六國、百有餘載、至始皇乃能并冠帶之倫。章、顯大也。○二段。○俱反上三段。數十年、十餘世、百有餘載、句中有眼。以德若彼、指四代。用力如此、指秦。蓋一統若斯之難也。總承上三段作結。秦既稱帝、患兵革不休、以有諸侯也、倒句。於是無尺土之封、墮壞怪、名城、銷鋒鏑、的、鉏徂、豪傑、維萬世之安。鉏、誅也。維、計度也。○另起一峯、下即捷轉。單寫高祖、慨歎作致。然王跡之興、起於閭巷、高祖起于亭長。合從宗、討伐、軼於三代、與豪傑幷力攻秦、過于湯武之放弒。鄉嚮同、秦之禁、適足以資賢者為去聲驅除難如字耳。前言一統之難、高祖獨五年而成帝業。蓋由秦無尺土之封、敗壞既極、適足以資助賢者、而為之驅除其所難耳。○一層。故憤發其所為天下雄、安在無土不王。無土不王、蓋古語也。高祖憤發閭巷而成帝業、安在其為無土不王也。○二層。此乃傳之所謂大聖乎、豈非天哉、豈非天哉。高祖或乃傳之所謂大聖、故不可以常理拘、蓋有天意存乎其間矣。○三層。非大聖孰能當此受命而帝者乎。若非大聖、孰能當此豪傑並爭之日、獨受天命而帝者乎。○四層。應受命二字作結。

前三段一正、後三段一反、而歸功于漢。以四層咏歎、無限委蛇、如黃河之水、百折百迴、究未嘗著一實筆、使讀者自得之。最為深妙。

高祖功臣侯年表　史記

太史公曰、古者人臣功有五品、以德立宗廟定社稷曰勳、以言曰勞、用力曰功、明其等曰伐、同閥、積日曰閱。明其等、謂明其功之差等。伐、積功也。積日、計其任事之久。閱、經歷也。○先立一案。封爵之誓曰、使河如帶、泰山若厲、同礪、國以永寧、爰及苗裔。異、○帶、衣帶也。厲、砥石也。苗裔、遠嗣也。言使河山至若帶厲、國猶未絕、蓋欲使功臣傳祚無窮也。始未嘗不欲固其根本、而枝葉稍陵夷衰微也。所謂靡不有初、鮮克有終也、自古已然。先爲一歎。○始未嘗不欲固其根本、承上封爵之誓意、枝葉稍陵夷衰微、起下子孫驕溢亡國意。余讀高祖侯功臣、察其首封、所以失之者、察其始封、與所以失侯者。串由其根本枝葉陵夷二句。○曰異哉所聞。異哉所聞、正反上一段。言根本不固、不待枝葉已陵夷衰微也。又爲一歎。書曰、協和萬國、遷于夏商、或數千歲。萬國、乃堯以前所封者。蓋周封八百、幽厲之後、見於春秋。尙書有唐虞之侯伯、歷三代千有餘載、自全以蕃同藩、衛天子、豈非篤于仁義奉上法哉。篤仁義、奉上法、是自全要著。○又引一案。自古皆然、而漢獨不然、異哉所聞也。三歎。頂漢興、功臣受封者百有餘人、天下初定、故大城名都、散亡戶口、可得而數者十二三、纔有十分之二三。是以大侯不過萬家、小者五六百戶。昔日之衰。後數世、民咸歸鄉里、戶益息、息、蕃庶也。蕭何。曹參。絳勃。灌嬰。之屬、或至四萬、小侯自倍、富厚如之。今日之盛。子孫驕溢、忘其先、淫嬖、作辟。至太初、太初、武帝年號。百年之間、見現、侯五、見在爲侯者、僅五人。餘皆坐法、隕命亡國、耗毛、矣。耗、盡也。因盛而衰。○罔同網、亦少密焉、罔、禁網也。○冷句帶諷。然皆身無兢兢於當世之禁云。仍歸到不能自全上。○兩句、與上篤于仁義奉上法句相對。上篤仁義則無罔少密之苛、下篤仁義而奉上法、則能兢兢當世之禁、而不坐法亡國。兩句兩轉、作兩層疊。四歎。居今之世漢。志古之道、夏、商、周。所以自鏡也、未必盡同。鏡、鑑也。居今志古、所以自鑑得失、而時勢變遷、亦不必今人盡同乎古。○一總、便推開、爲本朝誅滅功臣回護一番。帝王者、各殊禮而異務、要以成功爲統紀、豈可緄魂、乎。緄、縫而合之也。豈可合而強同之乎。言從來帝王原各不同、要以成一代之功爲綱紀、○此正是居今志古、以漢與前代相提而論也。觀所以得尊寵、及所以廢辱、應察其首封、所以失之二句。亦當世得失之林也、何必舊聞。應異哉所聞句。○此則單指漢諸侯也。五歎。於是謹其終始、表見其文、頗有所不盡本末、著其明、疑者闕之。後有君子、欲推而列之、得以覽焉。結出所以作表之意。表者、表明其事也。

通篇全以慨歎作致、而層層回互、步步照顧、節節頓挫。如龍之一體、鱗鬣爪甲而已、而其中多少屈伸變化、卽龍亦有不能自知者。此所以爲神物也。

孔子世家贊　史記

太史公曰、詩有之、高山仰止、景行行止。雖不能至、然心鄉向、往之。

景行、大道也。借詩虛虛籠起。○余讀孔氏書、遺書一。想見其爲人。心鄉往之。適魯觀仲尼廟堂、車服禮器、遺器二。諸生以時習禮其家、遺教三。余低回留之、不能去云。心鄉往之。聖無能名。又○何容論贊。史公只就其遺書、遺器、遺教、以自言其鄉往之誠、虛神宕漾、最爲得體。天下君王、至於賢人、衆矣、當時則榮、沒則已焉。又借他人、反形一筆。更透。孔子布衣、傳十餘世、學者宗之。自天子王侯、中國言六藝者、折中於夫子、折、斷也。中、當也。謂斷其至當之理。可謂至聖矣。定贊。

起手忽憑空極贊、而後入孔氏。既入事、而又極贊以終之。一若想之不盡、說之不盡也者、所謂觀海難言也。

外戚世家序　史記

自古受命帝王、及繼體守文之君、繼體、謂繼先帝之正體。守文、謂守先帝之法度。非獨內德茂也、蓋亦有外戚之助焉。外戚、紀后妃也。后族亦代有封爵、故曰外戚。○總提一句。夏之興也以塗山、塗山、國名。禹娶塗山氏之女。○受命。而桀之放也以妹喜。桀伐有施、有施氏以妹喜女焉。○繼體。殷之興也以有娀、有娀、國名。帝嚳娶其女簡狄爲次妃、生契、爲殷始祖。○受命。紂之殺也嬖妲己。紂伐有蘇、有蘇氏以妲己女焉。○繼體。周之興也以姜原及大任、壬、○帝嚳元妃、有邰氏之女曰姜原、生后稷、爲周始祖。太任、文王之母。○受命。而幽王之禽擒同、也。淫於褒包、姒。褒姒、褒國之女。姒、姓也。○繼體。○序三段。頂受命繼體之君。而一正一反、句法變化。故易基乾坤、詩始關雎、書美釐離、降、虞書、釐降二女于嬀汭。釐、理也。降、下嫁也。嬀汭、嬀水之北、舜所居也。言先料理下嫁二女于嬀水之汭也。春秋譏不親迎。去聲、○春秋隱二年、紀履繻來逆女。公羊曰、外逆女不書。此何以書、譏也。何譏爾、譏始不親迎也。夫婦之際、人道之大倫也。禮之用、唯婚姻爲兢兢。卽五經。點五段。夫樂調而四時和。陰陽之變、萬物之統也、可不愼與。又補出樂。以完六經。人能弘道、根上六經。無如命何。起下妃匹。甚哉妃配同、匹之愛、君不能得之於臣、父不能得之於子、況卑下乎。因命字、起下兩段。旣驩歡同、合矣、或不能成子姓、子姓、子孫也。○指惠帝后、薄皇后、陳皇后、愼夫人、尹姬。能成子姓矣、或不能要平聲、其終、指戚夫人、王皇后、栗姬、王夫人、李夫人。豈非命也哉。結住命字。下卽轉。孔子罕稱命、蓋難言之也。非通幽明之變、惡能識乎性命哉。又以性命並言、卽孟子命也有性焉之意。

齊家治國、王道大端、故陳三代之得失、歸本于六經、而反覆感歎、以天命終焉。全篇大旨、已盡于此。孔子罕稱命一轉、恐人盡委之于命、而不知所勸戒、故特結出性命之難知、蓋欲人弘道以立命也。此史公言外深意、不可不曉。

伯夷列傳

史記

夫學者載籍極博、猶考信於六藝、六藝不載、則不可信以爲實。詩書雖缺、然虞夏之文可知也。孔子刪詩三百五篇、今亡五篇、刪書一百篇、今亡四十二篇。詩書雖有缺亡、然尚書有堯典、舜典、大禹謨、則虞夏之文。可考而知也。○伯夷有傳、有詩、所志在神農虞夏、故先閒閒引起。堯將遜位、讓於虞舜、伯夷所重在讓國一節、故先以堯讓天下引起。擬人于其倫、是極重伯夷處。舜禹之閒、岳牧咸薦、岳、四岳、官名。一人而總四岳諸侯之事。牧、九州之牧。又十二牧。乃試之於位、典職數十年、舜禹皆典職事數十年。功用既興、然後授政、授以攝政。示天下重器、王者大統、傳天下若斯之難也。即虞夏之文、知堯舜禪讓之難。以見堯讓許由、湯讓隨光之妄。而說者曰、說者、謂諸子雜記也。堯讓天下於許由、許由不受、恥之逃隱。許由、字武仲、堯欲致天下而讓焉、乃逃隱于潁水之陽、箕山之上。及夏之時、有卞隨、務光者、卞隨、務光、殷湯讓之天下、並不受而逃。此何以稱焉。堯舜讓位、若斯之難、則許由、隨、光之讓、或說者之妄稱、未必實有其人。太史公曰、凡篇中忽插太史公曰四字、皆遷述其父談之言。余登箕山、其上蓋有許由冢云。又似實有其人。○又引許由、隨光、先爲伯夷襯貼、幾令人不辨實主、無比。神妙孔子序列古之仁聖賢人、孔子、是一篇之主。如吳太伯、伯夷之倫詳矣、又請一吳太伯、帶出伯夷、若不專爲伯夷者。是另一法。余以所聞、由、光義至高、其文辭不少概見、何哉。以由、光義至高、而詩書之文辭不少略見、則其人終屬有無之間、未可據以爲實。○又回映由光一筆、繚繞襯貼、文辭正照下伯夷有傳有詩。孔子曰、伯夷、叔齊、不念舊惡、怨是用希。求仁得仁、又何怨乎。卽以孔子接下。叔齊附傳。余悲伯夷之意、悲其兄弟相讓、義不食周粟而餓死。睹軼詩可異焉。軼詩、卽下采薇之詩也。不入三百篇、故云軼。其詩有涉于怨、與孔子之言不合、故可異。○倒提一筆、妙。其傳曰、始正序伯夷事、蓋伯夷先已有傳也。伯夷、叔齊、孤竹君之二子也。孤竹、國名、姓墨胎氏。父欲立叔齊、及父卒、叔齊讓伯夷、伯夷曰、父命也、遂逃去、叔齊亦不肯立而逃之、國人立其中子。於是伯夷、叔齊聞西伯昌善養老、盍往歸焉。及至、西伯卒、武王載木主、號爲文王、東伐紂。伯夷、叔齊叩馬而諫曰、父死不葬、爰及干戈、可謂孝乎、以臣弑君、可謂仁乎。左右欲兵之、太公曰、此義人也、扶而去之。武王已平殷亂、天下宗周、而伯夷、叔齊恥之、義不食周粟、隱於首陽山、采薇而食之。序伯夷實事、平實簡淨、蓋前後多跌蕩、此不得不平實章法也。及餓且死、作歌。其辭曰、應前軼詩。登彼西山兮、采其薇矣、以暴易暴兮、不知其非矣、神農虞夏、忽焉沒兮、我安適歸矣、于同吁、嗟徂同殂、兮、命之衰矣。悲憤歷落、流利抑揚、此歌騷之祖也。遂餓死于首陽山。詩與傳畢。由此觀之、怨邪非邪。應前睹軼詩可異句。上下千古、無限感慨。以下或曰、天道無親、常與善人、若伯夷、叔齊、可謂善人者非邪、積仁絜同潔、行、如此而餓死。就夷、齊餓死上、翻出議論。且七十子之徒、仲尼獨薦顏淵爲好學、然回也屢空、糟糠不厭、而卒蚤夭、天之報施善人、其何如哉。盜跖日殺不辜、肝人之肉、膾人肝而餔之。暴戾恣睢、○恣睢、謂恣行爲睢怒之貌。聚黨數千人、橫行天下、竟以壽終、是遵何德哉。此其尤大彰明較著者也。反借夷、齊一宕、引出顏淵、盜跖、一反一正、以極咏歎。有堯、舜、由、光諸人、故又引顏淵、盜跖二人照應作章法。○若至近世、操行不軌、專犯忌諱、而終身逸樂、富厚累世不絕、或擇地而蹈之、時然後出言、行不由徑、非公正不發憤、而遇禍災者、不可勝升、數上聲、也。又卽近世人、一反一正、以足上意、作兩層寫。妙。余甚惑焉、儻所謂天道、是邪非邪。又雙結一句、以極咏歎。三非邪、呼應。子曰、道不同、不相爲謀。上設兩端開說、此又引孔子言合說。亦各從其志也。裝一句、作道不同註脚。故曰。富貴如可求、雖執鞭之士、吾亦爲之、如不可求、從吾所好。歲寒然後知松柏之後凋。兩節正應各從其志。舉世混濁、清士乃見、又裝一句、作松柏後凋註脚、挽上伯夷。豈以其重若彼、其輕若此哉。彼指操行不軌以下、此指擇地而蹈以下。○又以咏嘆作一結。君子疾沒世而名不稱焉。又引孔子之言。以名字反覆到底。賈子賈誼。曰、貪夫徇財、烈士徇名、以身從物曰徇。夸者死權、貪權勢以矜夸者、至死不休、故云死權也。衆庶馮平、生。馮恃其生。○引賈子四句、烈士一句是主、指伯夷。同明相照、同類相求。雲從龍、風從虎、龍興致雲。虎嘯風烈。聖人作而萬物覩。聖人、人類之首也、故興起于時、而人民皆爭先快覩。○引易經五句、聖人一句是主、指孔子。○此兩節、將伯夷、孔子合說、直貫至篇末。伯夷、叔齊雖賢、得夫子而名益彰、顏淵雖篤學、附驥尾而行益顯。索隱曰、蒼蠅附驥尾而致千里、以喻顏回因孔子而名彰。○卽所謂同類相求、聖作而物覩也。又點顏回以陪伯夷、正在有意無意之間、妙。巖穴之士、趨舍有時、若此類名堙因、滅而不稱、悲夫。一反。應沒世而名不稱。結篇首悲弔由光案。閭巷之人、欲砥行立名者、非附青雲之士、惡能施於後世哉。青雲上、聖賢立言傳世者。○承上二段推開一層說、言夷、齊得孔子之言、而名顯于後世。由、光未經孔子序列、故後世無聞。所以砥行立名者、必附青雲之士也。寓慨無窮。

傳體、先敘後贊、此以議論代敘事、篇末不用贊語、此變體也。通篇以孔子作主、由、光、顏淵作陪客、雜引經傳、層間疊發、縱橫變化、不可端倪、真文章絕唱。

管晏列傳

史記

管仲夷吾者、潁上人也。潁水、出陽城。今有潁上縣。少時常與鮑叔牙齊大夫。游、鮑叔知其賢。一篇以鮑叔事作主、故先點鮑叔。管仲貧困、常欺鮑叔、即下分財多自與之類也。鮑叔終善遇之、不以爲言。千古良友。已而鮑叔事齊公子小白、管仲事公子糾、及小白立爲桓公、公子糾死、管仲囚焉、鮑叔遂進管仲。齊襄公無道、鮑叔牙奉公子小白奔莒。及無知弒襄公、管夷吾召忽奉公子糾奔魯。魯人納之。未克而小白入、是爲桓公。使魯殺子糾而請管召、召忽死之、管仲請囚、鮑叔牙言于桓公、以爲相。管仲既用、任政于齊、齊桓公以霸、九合諸侯、一匡天下、管仲之謀也。（管仲一生事業、只數語略寫。）管仲曰、（即述仲語作敍事。）吾始困時、嘗與鮑叔賈、分財利、多自與、鮑叔不以我爲貪、知我貧也。（此一事最易知、然知者絕少。）吾嘗爲鮑叔謀事、而更窮困、鮑叔不以我爲愚、知時有利不利也。吾嘗三仕三見逐于君、鮑叔不以我爲不肖、知我不遭時也。（即時之不利。）吾嘗三戰三走、鮑叔不以我爲怯、知我有老母也。公子糾敗、召忽死之、吾幽囚受辱、鮑叔不以我爲無恥、知我不羞小節、而恥功名不顯于天下也。（此四事最難知、唯良友深知之。○忽排五段、前實事既略、此虛事獨詳、前以緊節勝、此以排語佳、相間成文。）生我者父母、知我者鮑子也。（總收知我字。句中有淚。）鮑叔既進管仲、（閒接。）以身下之、子孫世祿于齊、有封邑者十餘世、（十餘世是言鮑叔、索隱指管仲。）常爲名大夫、天下不多管仲之賢、而多鮑叔能知人也。（以贊語作結、了鮑叔案。）管仲既任政相齊、（閒接。一匡九合、前已總序、此又另出一頭。重提再序、局法縱橫、無所不可。）以區區之齊、在海濱、通貨積財、富國彊兵、與俗同好惡。（此句是管仲治齊之綱。一同字、生下六個因字。）

故其稱曰、（是夷吾著書所稱管子者、今舉其大略也。）倉廩實而知禮節、衣食足而知榮辱、上服度則六親固、（上服度、上之服御物有制度。六親、父母兄弟妻子也。固、安也。）四維不張、國乃滅亡。（四維、禮、義、廉、恥也。）下令如流水之源、令順民心、故論卑而易行。俗之所欲、因而予之、俗之所否、因而去之。其爲政也、善因禍而爲福、轉敗而爲功、（二句、得管仲之骨髓。）貴輕重、愼權衡。（輕重、謂錢也。管子有輕重篇。○一部管子、收盡數行。因禍爲福二句、又生下三段。）桓公實怒少姬、南襲蔡、（桓公與蔡姬戲船中、蔡姬習水蕩公、公怒、歸蔡姬而弗絕、蔡人嫁之、因伐蔡。）管仲因而伐楚、責包茅不入貢於周室。桓公實北征山戎、（山戎伐燕、桓公救燕、遂伐山戎。）而管仲因而令燕修召公之政。於柯之會、桓公欲背曹沫（妹）之約、管仲因而信之、（桓公與魯會柯而盟、曹沫以匕首劫桓公于壇上、曰、反魯之侵地、桓公許之。已而欲無與魯地、而殺曹沫、管仲以爲倍信、遂與曹沫三敗所亡地于魯。）諸侯由是歸齊。（此皆一匡九合中事、又提三段另序、俱不實寫。）故曰、知與之爲取、政之寶也。（又即以管子語結之、繳完上節。）管仲富擬於公室、有三歸反坫、齊人不以爲侈。管仲卒、齊國遵其政、常彊於諸侯。（收完任政相齊一段、即帶下作晏子過文。）後百餘年而有晏子焉。由上接下、蟬聯蛇蜿。晏平仲嬰者、萊之夷維人也。萊、今東萊地。事齊靈公、莊公、景公、以節儉力行重于齊。節儉力行四字、括盡晏子。既相齊、食不重肉、妾不衣帛。與管仲三歸反坫對。其在朝、君語及之、卽危言、語不及之、卽危行。國有道、卽順命、謂直道行也。無道、卽衡命。謂權衡量度而行也。○二十五字、作八句、四節、兩對、雋永包括。以此三世顯名於諸侯。晏子一生事業、亦只數語、約略虛寫、與管仲一樣。越石父賢、在縲紲中、晏子出、遭之途、解左驂贖之、載歸、弗謝、入閨久之、越石父請絕。賢者固不可測。晏子懼然攝衣冠謝曰、嬰雖不仁、免子於厄、何子求絕之速也。石父曰、不然、吾聞君子詘於不知己、而信伸同於知己者、一句案。方吾在縲紲中、彼不知我也、夫子既已感寤而贖我、是知己、知己而無禮、固不如在縲紲之中。前以知己論管仲、此以知己論晏子、是史公著意點綴聯合處。晏子於是延入爲上客。晏子爲齊相、出、其御之妻、從門閒而闚其夫。其夫爲相御、擁大蓋、策駟馬、意氣揚揚、甚自得也。描盡情狀、呼之欲出。既而歸、其妻請去。奇婦人。○亦先作一縱、石父請絶、御妻請去、作一樣寫。夫問其故。妻曰、晏子長不滿六尺、身相齊國、名顯諸侯、今者妾觀其出、志念深矣、常有以自下者。看人入細。今子長八尺、乃爲人僕御、然子之意、自以爲足、妾是以求去也。其後夫自抑損。亦奇。晏子怪而問之、寫出有心人。御以實對、晏子薦以爲大夫。

太史公曰、吾讀管氏牧民、山高、乘馬、輕重、九府皆管仲著書篇名。及晏子春秋、晏子春秋七篇。詳哉其言之也。因二子書已詳言、故史公傳以略勝。既見其著書、欲觀其行事、故次其傳。至其書、世多有之、是以不論、論其軼事。表明作兩傳之旨。先總說、下乃分。管仲世所謂賢臣、然孔子小之。豈以爲周道衰微、桓公既賢、而不勉之至王、乃稱霸哉。貶駁處、意渾融。語曰、將順其美、匡救其惡、故上下能相親也。三句出孝經事君章。言君有美惡、臣將順而匡救之、故君臣能相親協、即傳中所謂因而伐楚、因而令燕修召公之政、因而信之之類是也。豈管仲之謂乎。極抑揚之致。方晏子伏莊公尸哭之、成禮然後去、崔杼弒莊公、晏嬰入、枕莊公尸股而哭之、成禮而出。○補傳所未及。豈所謂見義不爲無勇者邪。晏子之不討崔氏、權不足也、然亦非克亂之才、故史公以無勇責之。至其諫說、犯君之顏、即傳中所謂危言危行順命衡命是也。此所謂進思盡忠、退思補過者哉。進思盡忠八字、亦出孝經事君章。○極贊晏子。假令晏子而在、余雖爲之執鞭、所忻慕焉。執鞭暗用御者事。史公以李陵故被刑、漢法腐刑許贖、而生平交遊故舊、無能如晏子解左驂贖石父者、自傷不遇斯人、故作此憤激之詞耳。

伯夷傳、忠孝兄弟之倫備矣。管晏傳、于朋友三致意焉。管仲用齊、由叔牙以進、所重在叔牙、故傳中深美叔牙。越石與其御、皆非晏子之友、而延爲上客、薦爲大夫、所難在晏子、故贊中忻慕晏子、通篇無一實筆、純以清空一氣運旋。覺伯夷傳猶有意爲文、不若此篇天然成妙。

屈原列傳　史記

屈原者、名平、楚之同姓也。爲楚懷王左徒、左徒、即今左右拾遺之徒。博聞彊志、明於治亂、嫻于辭令、嫻、習也。入則與王圖議國事、以出號令、出則接遇賓客、應對諸侯、王甚任之。起敘任用之事、後段節節敘其疏而見放、妙得原委。上官大夫靳尚。與之同列、爭

校勘記：

①"怕人"原誤作"拍入"，今據文富堂本、懷涇堂本、鴻文堂本改。

②《史記·屈原賈生列傳》（點校本）"曰"字用圓括號括起，表示爲衍文。

寵而心害其能。（此句怕人①。）懷王使屈原造爲憲令、屈平屬（燭）、草稾未定、上官大夫見而欲奪之、屈平不與、因讒之（讒屈原作兩節寫、害其能一節虛、奪草稾一節實。）曰、王使屈平爲令、衆莫不知、每一令出、平伐其功曰②、以爲非我莫能爲也。（語中庸主之忌。）王怒而疏屈平。（以下並史公變調序離騷、即用騷體。）屈平疾王聽之不聰也、讒諂之蔽明也、邪曲之害公也、方正之不容也、故憂愁幽思而作離騷。（先寫作離騷之由。）離騷者、猶離憂也。（離、遭也。○註一句。下忽入議論、奇妙。）夫天者、人之始也、父母者、人之本也、人窮則反本、（提窮字。）故勞苦倦極、未嘗不呼天也、疾痛慘怛、未嘗不呼父母也。（道出人情、真而切。）屈平正道直行、竭忠盡智、以事其君、讒人閒之、可謂窮矣。（應窮字。）信而見疑、忠而被謗、能無怨乎。（提怨字。）屈平之作離騷、蓋自怨生也。（應怨字。○回環曲折、多永言之致。）國風好色而不淫、小雅怨誹而不亂、若離騷者、可謂兼之矣。（謂好色云者、以離騷有宓妃等事。然原特假借以思君耳、非如國風之思也。而史公亦假借用之。○比騷于詩、深得旨趣。）上稱帝嚳、下道齊

③"淅"原誤作"浙"，今據《史記・屈原賈生列傳》、文富堂本改。

桓、中述湯武、以刺世事、明道德之廣崇、治亂之條貫、靡不畢見。其文約、其辭微、其志潔、其行廉、其稱文小、而其指極大、舉類邇而見義遠。其志潔、故其稱物芳、其行廉、故死而不容自疏、濯淖（閙、）汙泥之中、（淖、溺也。）蟬蛻（退、）於濁穢、（蟬蛻、如蟬之去皮也。）以浮游塵埃之外、不獲世之滋垢、皭（嚼、）然泥而不滓（子、）者也。（皭、疎靜之貌。滓、濁也。）推此志也、雖與日月爭光可也。（極贊屈原。）○（以上離騷、只虛寫。）屈原既絀。（閒接。又入敘事。）其後秦欲伐齊、齊與楚從親、惠王患之、乃令張儀詳（佯同、）去秦、厚幣委質事楚、曰、秦甚憎齊、齊與楚從親、楚誠能絕齊、秦願獻商於之地六百里。楚懷王貪而信張儀、遂絕齊、使使如秦受地、張儀詐之曰、儀與王約六里、不聞六百里、（詳張儀始終事、爲屈原諫楚王張本。）楚使怒去、歸告懷王、懷王怒、大興師伐秦。秦發兵擊之、大破楚師于丹淅③、（丹、淅、皆縣名、在弘農。）斬首八萬、虜楚將屈匄、（蓋、）遂取楚之漢中地。懷王乃悉發國中兵、以深入擊秦、戰於藍田、魏聞之、襲楚至鄧、楚兵懼、自秦歸、而齊竟怒、不救楚、楚大困。一段。明年、秦割漢中地與楚以和、即割楚地、以與楚和。楚王曰、不願得地、願得張儀而甘心焉。張儀聞、乃曰、以一儀而當漢中地、臣請往如楚。又算定懷王。如楚、又因厚幣用事者臣靳僅、尚、而設詭辨於懷王之寵姬鄭袖、長句正是省句。懷王竟聽鄭袖、復釋去張儀。二段。○兩段詞簡而情備。是時屈原既疏、忽接入本傳。不復在位、使于齊、顧反、諫懷王曰、何不殺張儀。懷王悔、追張儀不及。只爲何不殺張儀一句、乃倒裝楚願得張儀一段、又倒裝張儀許楚一段、意思在此、而序事在彼。其後、諸侯共擊楚、大破之、殺其將唐昧④。張儀詐楚、客也、于此一結。時秦昭王與楚婚、欲與懷王會。又起一難。懷王欲行、屈平曰、秦虎狼之國、不可信、不如無行。懷王稚子子蘭勸王行、奈何絕秦歡。伏再用之根。懷王卒行、入武關、秦伏兵絕其後、因留懷王以求割地。懷王怒、不聽、亡走趙、趙不內、納。復之秦、竟死於秦而

④"昧"，《史記·屈原賈生列傳》作"眛"。

歸葬。懷王一敗于秦而國削、再敗于秦而身死。爲屈原作證、亦爲楚辭作序也。長子頃襄王立、以其弟子蘭爲令尹。再用子蘭、深著楚王之不明也。楚人既咎子蘭以勸懷王入秦而不反也、屈平既嫉之、嫉子蘭、先從楚人說起、見非屈原之私怨。雖放流、睠顧楚國、繫心懷王、不忘欲反、冀幸君之一悟、俗之一改也。推屈平本意作議論。其存君興國、而欲反覆之、一篇之中、三致意焉。忽又轉倒離騷上。然終無可奈何、故不可以反、應不忘欲反。卒以此見懷王之終不悟也。應冀君之一悟。人君無愚智賢不肖、又寬一步。莫不欲求忠以自爲、舉賢以自佐、然亡國破家相隨屬、而聖君治國、累世而不見者、其所謂忠者不忠、而所謂賢者不賢也。泛泛感論。包羅古今無窮事。懷王以不知忠臣之分、故內惑於鄭袖、外欺於張儀、疏屈平而信上官大夫、令尹子蘭、兵挫地削、亡其六郡、身客死於秦、爲天下笑、將前事總作一收。此不知人之禍也。繳斷一句。易曰、井渫屑、不食、爲我心惻、可以汲、王明、並受其福。渫、不停污也。井渫而不食、使我心惻然、以其可用汲而不汲也。如有王之明者、汲而用之、則上下並受其福矣。王之不明、豈足福哉。憤切語。令尹子蘭聞之、接上屈平既嫉之、妙。大怒、卒使上官大夫短屈原於頃襄王、回應上官大夫。頃襄王怒而遷之。屈原至於江濱、被披、髮行吟澤畔、顏色憔悴、形容枯槁。極寫落魄悲憤之狀。○以下漁父辭。漁父見而問之曰、子非三閭大夫歟、三閭、掌王族昭屈景三姓之官。何故而至此。屈原曰、舉世混濁而我獨清、衆人皆醉而我獨醒、是以見放。漁父曰、夫聖人者、不凝滯於物、而能與世推移。似老氏之言。舉世混濁、何不隨其流而揚其波、衆人皆醉、何不餔其糟而啜其釃。釃、薄酒。何故懷瑾握瑜、瑾、瑜、皆美玉。而自令見放為。只就漁父口中、翻出一段至理可參、有情有態、可咏可歌、詞家風度。屈原曰、吾聞之、新沐者必彈冠、新浴者必振衣。彈而振之、去其塵也。人又誰能以身之察察、受物之汶汶問、者乎。察察、淨潔也。汶汶、垢蔽也。寧赴常流而葬乎江魚腹中耳、常流、猶長流也。○汨羅之志已決。又安能以皓皓之白、而蒙世之溫蠖枉入聲、乎。溫蠖、猶惽憒、楚詞作塵埃。○一氣流轉、機神跌宕。乃作懷沙之賦。懷沙賦刪去。於是懷石遂自投汨覓、羅以死。

（汨水在羅、故曰汨羅、今長沙屈潭是也。）屈原既死之後、楚有宋玉、唐勒、景差（瑳）之徒者、皆好辭而以賦見稱。然皆祖屈原之從容辭令、終莫敢直諫。（借宋玉等、前襯屈原、後引賈誼。）其後楚日以削、數十年竟爲秦所滅。（人之云亡、邦國殄瘁。）自屈原沉汨羅後、百有餘年、漢有賈生、爲長沙王太傅、過湘水、投書以弔屈原。（借投書事、接下賈誼傳。）

太史公曰、余讀離騷天問招魂哀郢、（皆離騷篇名。）悲其志。（讀其文而悲其志。）適長沙、觀屈原所自沉淵⑤、未嘗不垂涕想見其爲人。（遊其地而想其人。）及見賈生弔之、又怪屈原以彼其材游諸侯、何國不容、而自令若是。（即用他弔屈原之意、以歎賈生。）讀服鳥賦、（楚人命鴞曰服、賈生作服賦。）同生死⑥、輕去就、又爽然自失矣。（自悲自弔。○此屈賈合贊、凡四折、繚繞無際。）

（史公作屈原傳、其文便似離騷、婉雅悽愴、使人讀之、不禁歔欷欲絕。要之窮愁著書、史公與屈子、實有同心。宜其憂思唱歎、低回不置云。）

酷吏列傳序

史記

孔子曰、道之以政、齊之以刑、民免而無恥、道之以德、齊之以禮、有

⑤"觀"，原誤作"過"，今據《史記·屈原賈生列傳》、文富堂本、懷涇堂本改。

⑥"同生死"，《史記·屈原賈生列傳》作"同死生"。

恥且格。引孔子之言。老氏稱上德不德、是以有德、下德不失德、是以無德、法令滋章、盜賊多有。不德、不有其德也。不失德、其德可見也。滋、益。章、明也。○引老子之言。太史公曰、信哉是言也。總斷一句。引孔子老子、是立言主意、以見酷吏之不可崇尚也。法令者、治之具、而非制治清濁之源也。立論醒徹。

昔天下之網嘗密矣、謂秦法。然姦僞萌起、其極也、上下相遁、至於不振。相遁、謂借法爲奸、無情實、故至于不振。當是之時、吏治若救火揚沸、費、○言本弊不除、則其末難止。非武健嚴酷、惡能勝升、其任而愉同偷、快乎。此時非酷吏救止、安能偷少頃之快、言勢不得不然、非與酷吏也。言道德者、溺其職矣。溺、謂沉溺不舉也。○此言酷吏所由始。故曰、聽訟吾猶人也、必也使無訟乎。無藉于嚴酷。又引孔子之言。○下士聞道大笑之。何知有道德。又引老子之言。○非虛言也。又總斷一句、應前。漢興、漢之初。破觚而爲圜、觚、八稜有隅者。破觚爲圜、謂除去嚴法。斲雕而爲朴、斲、削也。雕、刻鏤。斲雕爲朴、謂使反質素。網漏於吞舟之魚、網極其疏、應上網密。而吏治烝烝、不至於姦、黎民艾同乂、安。烝烝、盛也。艾、治也。○一段慨想高文之治。由是觀之、在彼不在此。彼、指道德。此、指嚴酷。○一束用全力。

意只是當任德而不當任刑、兩引孔、老之言便見。又以秦法苛刻、漢治寬仁、兩兩相較、明示去取。歎昔日漢德之盛、則今日漢德之衰、隱然自見于言外。語不多而意深厚也。

游俠列傳序

史記

韓子（韓非。）曰、儒以文亂法、而俠以武犯禁。（二句以儒俠相提而論、借客形主。）二者皆譏、而學士多稱於世云。（側重儒一句、起下文。）至如以術取宰相卿大夫、輔翼其世主、功名俱著於春秋、（術、巧詐也。春秋、國史。）固無可言者。（儒之僞者、誠不足言、起下文憲。）及若季次、原憲、（公皙哀、字季次、孔子弟子。亦）閭巷人也、（閭巷之儒、照閭巷之俠。）讀書懷獨行君子之德、義不苟合當世、當世亦笑之。故季次、原憲終身空室蓬戶、褐衣疏食不厭、死而已四百餘年、而弟子志之不倦。（次、憲功名未著、而後世學者稱之。儒固自有真也、俠亦從可知矣。）今游俠、（立氣勢作威福、結私交以立彊于世者、謂之游俠。）其行雖不軌于正義、然其言必信、其行必果、已諾必誠、不愛其軀、赴士之阸困、既已存亡死生矣、（亡者存之、死者生之。○句法。）而不矜其能、羞伐其德、二句、俠士本領。蓋亦有足多者焉。（稱游俠一。）且緩急人之所時有也。（見游俠不可無、接上生下、無限波瀾。）太史公曰、昔者虞舜窘于井廩、伊尹負於鼎俎、傅說匿於傅險、（同巖、）呂尚困於棘津、（太公望、行年七十、賣食棘津。）夷吾桎梏、百里飯牛、仲尼畏匡、菜色陳蔡、（饑而食菜、則色病、故云菜也。）此皆學士所謂有道仁人也、猶然遭此菑、（同災、）況以中材而涉亂世之末流乎、其遇害何可勝（升、）道哉。（正見游俠之不可無也。感歎處、史公自道、故曲折悲憤。）鄙人有言曰、何知仁義、已（同以、）饗（同享、）其利者爲有德①。（享、受也。以受其利者爲有德、何知有仁義也。○正應遭菑涉亂、接下。）故伯夷醜周、餓死首陽山、而文武不以其故貶王。（伯夷未嘗許周以仁義、然享文武之利者、不以伯夷醜周之故、而貶損其王號。）跖蹻（強入聲、）暴戾、其徒誦義無窮。（柳跖、莊蹻、皆大盜、其徒享其利、而誦義無窮。）由此觀之、竊鉤者誅、竊國者侯、侯之門、仁義存、（三句出莊子胠篋篇。竊鉤之小、則爲盜而受誅、竊國之大、則爲侯而人享其利。故仁義存。）非虛言也。（正對何知仁義二句。○此段言世俗止知有利、而不知俠士之義、極其感歎。）今拘學或抱咫尺之義、久孤於世、（暗指季次輩。）豈若卑論儕（柴、）俗、與世浮沉而取榮名哉。（忽又歎儒、皆有激之言也。）而布衣之徒、（指游俠。）設

校勘記：

①"饗"原誤作"嚮"，今據《史記·游俠列傳》改。

取予然諾、千里誦義、爲死不顧世、此亦有所長、非苟而已也。稱游俠二。故
士窮窘而得委命、此豈非人之所謂賢豪閒者邪。士之窮窘、無所解免、皆得託命、而望俠士之存亡死生、此誠人之
所謂賢豪閒者、而未可謂不得與儒齒也。○稱游俠三。是史公爲游俠立傳本意。誠使鄉曲之俠、予同與、季次原憲比權量力、
効功於當世、不同日而論矣。俠以權力、儒以道德、不可同日而論。○縮合次憲、略抑游俠一筆、下卽轉。要以功見言
信、俠客之義、又曷可少哉。稱游俠四。○以上儒俠夾寫、至此方歸本題。古布衣之俠、靡得而聞
已。布衣閭巷是主意、一有憑藉、便不足重。故下詳言之。近世延陵、吳季札也。季札豈游俠耶。然史公作傳、既重游俠矣、必援名人以尊之、若貨殖傳之援子貢也。
孟嘗、齊田文。春申、楚黃歇。平原、趙勝。信陵魏無忌。之徒、又借五人引起。皆因王者親屬、藉於
有土卿相之富厚、招天下賢者、顯名諸侯、不可謂不賢者矣。比如順風
而呼、聲非加疾、其勢激也。前有多少層折、方入本題。以爲止矣、偏又翻出一層、落下匹夫之俠。至如閭巷之俠、
修行砥名、聲施於天下、莫不稱賢、是爲難耳。其義誠高、其事誠難。○稱游俠五。然儒墨皆
排擯不載、儒與墨皆輕俠士、故不載。○又挽定儒字。自秦以前、匹夫之俠、湮滅不見、余甚恨

之。遙接布衣之俠、靡得而聞。○閭巷布衣匹夫之俠、是著意處。以余所聞、漢與有朱家、田仲、王公、劇孟、郭解之徒、緊照延陵、孟嘗、春申、平原、信陵之徒、五賓五主。雖時扞翰、當世之文罔、同網。○謂犯當世之法禁。○應以武犯禁。然其私義、廉潔退讓、有足稱者。名不虛立、士不虛附、名實相副、而不虛立。士阨必濟、而不虛附。○稱游俠六。至如朋黨宗彊比周、設財役貧、豪暴侵淩孤弱、恣欲自快、游俠亦醜之。至若引朋爲黨、以彊爲宗、互相比周、施財以役乎貧民、恃其豪暴、侵淩孤弱、恣欲以自快者、不特不可語游俠、而游俠亦醜之。○此言游俠自有真僞、不可不辨。余悲世俗不察其意、而猥委以朱家、郭解等、令與豪暴之徒、同類而共笑之也。一往情深。

世俗止知重儒而輕俠、以致俠士之義、湮沒無聞。不知俠之真者、儒亦賴之、故史公特爲作傳。此一傳之冒也。凡六贊游俠、多少抑揚、多少往復。胸中犖落、筆底攄寫、極文心之妙。

滑稽列傳

史記

孔子曰、六藝於治一也、禮以節人、樂以發和、書以導事、詩以達意、

校勘記：

①《史記·滑稽列傳》無"道"字。

易以神化、春秋以道義①。滑稽傳、乃從六藝莊語說來、此卽史公之滑稽也。太史公曰、天道恢恢、豈不大哉。天道恢弘、不必盡出于六藝。談言微中、亦可以解紛。二句爲滑稽之要領。淳于髡者、齊之贅壻也、長不滿七尺、滑骨、稽多辨、滑稽、詼諧也。數朔、使諸侯、未嘗屈辱。一總虛序。齊威王之時、喜隱、好隱語。好爲淫樂長夜之飲、沉湎勉、不治、沉湎、溺于酒也。委政卿大夫、百官荒亂、諸侯並侵、國且危亡、在於旦暮、左右莫敢諫。淳于髡說之以隱曰、國中有大鳥、止王之庭、三年不蜚、蜚同飛。又不鳴、王知此鳥何也。話頭奇絕。王曰、此鳥不蜚則已、一蜚沖天、不鳴則已、一鳴驚人。亦以隱語應、亦奇。於是乃朝諸縣令長七十二人、賞一人、誅一人、封卽墨大夫。烹阿大夫。奮兵而出、諸侯振驚、皆還齊侵地、威行三十六年。語在田完田敬仲。世家中。一段以大鳥喻、以朝諸縣令數句結之。威王八年、楚大發兵加齊、齊王使淳于髡之趙、請救兵、齎金百斤、車馬十駟、淳于髡仰天大笑、冠纓索絕。索、盡也。○加四字、無關于王大笑、而大笑之神情俱現。

曰、先生少之乎。髡曰、何敢。王曰、笑豈有說乎。髡曰、今者臣從東方來、見道旁有禳田者②、〔禳田、爲田求豐禳也。○又作隱語。〕操一豚蹄、酒一盂、而祝曰、甌窶〔摟、〕滿篝、〔溝、○甌窶、高地狹小之區。篝、籠也。〕汙邪〔爺、〕滿車、〔昌遮切、○汙邪、下地田也。〕五穀蕃熟、禳禳滿家。〔禳禳、多也。〕臣見其所持者狹、而所欲者奢、故笑之。〔一語兩關、滑稽之極。〕於是齊威王乃益齎黃金千鎰、白璧十雙、車馬百駟。髡辭而行、至趙、趙王與之精兵十萬、革車千乘。楚聞之、夜引兵而去。〔二段以禳田喻、以益黃金數句結之。〕威王大說、置酒後宮、召髡賜之酒。問曰、先生能飲幾何而醉。對曰、臣飲一斗亦醉、一石亦醉。〔一路皆以劈空奇論成文。〕威王曰、先生飲一斗而醉、惡能飲一石哉、其說可得聞乎。髡曰、賜酒大王之前、執法在傍、御史在後、髡恐懼俯伏而飲、不過一斗徑醉矣。若親有嚴客、髡帣〔絹、〕韝〔溝、〕鞠䠊、〔同跽、○帣、臂收也。韝、捍也③。鞠、曲也。䠊、小跪也。謂收袖而曲跪也。〕侍酒於前、時賜餘瀝、奉觴上壽、數起、飲不過二斗

②"禳"，《史記·滑稽列傳》作"禳"。

③"捍"原誤作"桿"，今據文富堂本、懷涇堂本改。

徑醉矣。若朋友交遊、久不相見、卒（猝、）然相覩、歡然道故、私情相語、飲可五六斗徑醉矣。（三徑字、對下二參字。）若乃州閭之會、男女雜坐、行酒稽留、六博投壺、相引爲曹、（曹、輩也。）握手無罰、目貽（熾、）不禁、（貽、視不移也。）前有墮珥、後有遺簪、（極意摹寫。）髡竊樂此、飲可八斗而醉二參。（同三、○句法變而趣。○上云一斗一石、此又添出二斗、五六斗、八斗、參差錯落。）日暮酒闌、（飲酒半罷半在日闌。）合尊促坐、男女同席、履舄交錯、杯盤狼藉、（籍、）堂上燭滅、主人留髡而送客、羅襦（如、）襟解、（襦、衣也。汗）微聞薌（香同、）澤、當此之時、髡心最歡、能飲一石。（句法又變。○逐節遞入、如落花流水、溶溶漾漾、而中間有用韻者、有不用韻者、字句之妙、情事之妙、清新俊逸、賦手賦心。）故曰、酒極則亂、樂極則悲、萬事盡然、言不可極、極之而衰。（又忽作莊語。）以諷諫焉。齊王曰善、乃罷長夜之飲。以髡爲諸侯主客、宗室置酒、髡嘗在側。（三段以飲酒喻、以罷長夜之飲一句結之。總是談言微中可以解紛之意。○下有優孟、優旃二傳、弁合贊。）

史公一書、上下千古、無所不有。乃忽而撰出一調笑嬉戲之文、但見其齒牙伶俐、口角香豔、另用一種筆意。

貨殖列傳序　史記

老子曰、至治之極、鄰國相望、雞狗之聲相聞、民各甘其食、美其服、安其俗、樂其業、至老死不相往來。（至治之世。不知有貨殖。）必用此爲務、輓（同晚）、近世塗民耳目、則幾無行矣。（言必用老子所說以爲務、而輓近之世、止知塗飾民之耳目、必不可行矣。○史公將伸己說、而先引老子之言破之。）太史公曰、夫神農以前、吾不知已。（頂至治之極。）至若詩書所述、虞夏以來、耳目欲極聲色之好、口欲窮芻豢（宦）之味、身安逸樂、而心誇矜勢能之榮、（謂勢所能至之榮也。○此欲富之根。）使俗之漸（尖）、民久矣、雖戶說以眇論、（微妙之論。）終不能化。（民多嗜欲、則不能至治矣。）故善者因之、其次利道之、其次教誨之、其次整齊之、最下者與之爭。（善者因之、是神農以前人。利道、是太公一流。教誨、整齊、是管仲一流。最下與爭、則武帝之鹽鐵平準矣。史公其多感慨乎。）夫山西饒材竹穀纑（盧）、旄玉石①、（穀、楮也、皮可爲紙。纑、紵屬、可以爲布。旄、牛尾也。）山東多魚鹽漆絲聲色、江南出枏（南）、梓薑桂金錫連丹沙、犀、瑇（代）②瑁、（妹）、珠璣齒革、（連、鉛之未鍊者。璣、珠之不圓者。）龍門碣（傑）、石北多馬

校勘記：

①"穀"，原誤作"穀"，今據《史記．貨殖列傳》改。注文中"穀"字同。

②"代"字，原脫，今據文富堂本、懷涇堂本補。

牛羊旃裘筋角、（龍門、山名、在馮翊夏陽縣。碣石、近海山名、在冀北。）銅鐵則千里往往山出棊置、（棊置、如圍棊之置、言處處皆有也。○忽變一倒句、妙。）此其大較也。（方論貨殖之理、忽雜敘四方土產、筆勢奇矯。）皆中國人民所喜好謠俗被服飲食奉生送死之具也。（長句。）故待農而食之、虞而出之、工而成之、商而通之、（農虞工商、是貨殖之人、前後脈絡。）此寧有政教發徵期會哉。（宕句有致。）人各任其能、竭其力、以得所欲、故物賤之徵貴、貴之徵賤、（物賤極必貴、而貴極必賤、故賤者貴之徵、貴者賤之徵。○貨殖盡此二語、是一篇主意。）各勸其業、樂其事、若水之趨下、日夜無休時、不召而自來、不求而民出之、豈非道之所符而自然之驗邪。（正見俗之漸民、而貨殖之不可已也。）周書曰、農不出、則乏其食、工不出、則乏其事、商不出、則三寶絕、（三寶、謂珠玉金。）虞不出、則財匱少、財匱少、而山澤不辟（同闢）矣、（農、工、虞、商、復點。）此四者、民所衣食之原也。原大則饒、原小則鮮、上則富國、下則富家、（富國、富家、是通篇眼目。）貧富之道、莫之奪予、而巧者有餘、拙者不足。（此段就上文一反、言貨殖亦非易事、存乎其人、以引起太公管仲等。）故太公望封于營邱、（齊地。）地潟（昔）、鹵、（魯、○潟鹵、鹹地也。）人民寡、於是太公勸其女功、極技巧、通魚鹽、則人物歸之、繈（同襁）至而輻湊、故齊冠帶衣履天下、海岱之間、斂袂而往朝焉。其後齊中衰、管子修之、（引太公管仲、以爲貨殖之祖。）設輕重九府、（九府、蓋錢之府藏、論鑄錢之輕重、故云輕重九府。）則桓公以霸、九合諸侯、一匡天下、而管氏亦有三歸、位在陪臣、富於列國之君、是以齊富彊至于威宣也。（太公管仲是富國。）故曰、倉廩實而知禮節、衣食足而知榮辱。禮生於有而廢於無、故君子富、好行其德、小人富、以適其力、淵深而魚生之、山深而獸往之、人富而仁義附焉。富者得勢益彰、失勢則客無所之、以（同已）而不樂③。（言失其富厚之勢、則客無所附而不樂。）諺曰、千金之子、不死於市。此非空言也。（豔富羞貧、雖有激之語、然亦確論。）故曰、天下熙熙、皆爲利來、（叶釐）天下壤壤、皆爲利往。（四句用韻、蓋古歌謠也。熙熙、和樂也。壤壤、和緩貌。）夫千乘之主、萬家之侯、百室之君、尚猶患貧、而況匹夫編戶之民乎。（暗刺時事、語多感慨。）

③《史記·貨殖列傳》于"以而不樂"下有"夷狄益甚"四字。

（天地之利、本是有餘、何至于貧。貧始于患之一念、而弊極于爭之一途。故起處全寄想夫至治之風也。史公豈真豔貨殖者哉。千乘數句、蓋見天子之榷貨、列侯之酎金、而爲之一歎乎。）

太史公自序　　史記

太史公曰、先人有言、自周公卒、五百歲而生孔子、（先人、謂先代賢人。）孔子卒後、至於今五百歲、（適當五百歲之期。）有能紹明世、正易傳、繼春秋、本詩書禮樂之際、（點出六經。）意在斯乎、意在斯乎、小子何敢讓焉。（何敢自嫌值五百歲而讓之也。明明欲以史記繼春秋意。）上大夫壺（胡）遂曰、昔孔子何爲而作春秋哉。（設爲問答、單提春秋、見史記源流。）太史公曰、余聞董生（仲舒。）曰、周道衰廢、孔子爲魯司寇、諸侯害之、大夫壅之、孔子知言之不用、道之不行也、是非二百四十二年之中、以爲天下儀表、貶天子、退諸侯、討大夫、以達王事而已矣。（王事、即王道。○一句斷盡春秋。已下乃極歎春秋一書之大。）子曰、我欲載之空言、不如見之於行事之深切著明也。（春秋原實著當時行事、非空言垂訓。）夫春秋、上明三王之道、下辨人事之紀、別嫌疑、明是非、定猶豫、人不決曰猶豫。善善惡惡、賢賢賤不肖、存亡國、繼絶世、補敝起廢、王道之大者也。此段專贊春秋、下復以諸經陪說。易著天地陰陽四時五行、故長於變。禮經紀人倫、故長於行。書記先王之事、故長於政。詩記山川谿谷禽獸草木牝牡雌雄、故長於風。樂樂洛、所以立、故長於和。春秋辨是非、故長於治人。又從易禮書詩樂說到春秋、以應起。是故禮以節人、樂以發和、書以道事、詩以達意、易以道化、春秋以道義。再將諸經與春秋結束一通。撥亂世反之正、莫近於春秋。莫切近于春秋、應上深切著明。○以下獨詳論春秋。春秋文成數萬、春秋萬八千字。其指數千、萬物之散聚、皆在春秋。檃括春秋全部文字。春秋之中、弒君三十六、亡國五十二、諸侯奔走不得保其社稷者、不可勝升數、察其所以、皆失其本已。所以弒君亡國及奔走、皆是失仁義之本。故易曰、失之毫釐、差以千里。今易無此語、易緯有之。故曰、臣弒君、子弒父、非一旦一夕之故也、其漸久矣。此易坤卦之詞、文亦稍異。○兩引易詞、以明本之不可失也。○檃括春秋全部事跡。故有國者、不可以不知春秋、前有讒而弗見、後有賊而不知。爲人臣者、不可以不知春秋、守經事而不知其宜、遭變事而不知其權。爲人君父、而不通於春秋之義者、必蒙首惡之名。爲人臣子、而不通於春秋之義者、必陷簒弒之誅、死罪之名。春秋所該甚廣、而君臣父子之分、尤有獨嚴、故提出言之。其實皆以爲善爲之、不知其義、被之空言而不敢辭。總上文而言、其實、心本欲爲善、但爲之而不知其義理、憑空加以罪名、而不敢辭。○春秋實有此等事、特爲揭出、甚言春秋之義、不可不知也。夫不通禮義之旨、禮緣義起、故並言之。又即春秋生出禮義二字。至於君不君、臣不臣、父不父、子不子。君不君則犯、爲臣下所干犯。臣不臣則誅、父不父則無道、子不子則不孝。此四行者、天下之大過也、以天下之大過予之、則受而弗敢辭、應被之空言而不敢辭句。故春秋者、禮義之大宗也。一句極贊春秋、收括前意。夫禮禁未然之前、法施已然之後、法之所爲用者易見、而禮之所爲禁者難知。四句引治安策語、見春秋所以作、幷史記所以作之意。壺遂曰、孔子之時、上無明君、下不得任用、故作春秋、垂空文以斷禮義、當一王之法。今夫子上遇明天子、武帝。下得守職、萬事既具、咸各序其宜、夫子所論、欲以何明。再借壺遂語辨難、一番回護自家、妙。太史公曰、唯唯、委、否否、不然。疊用唯唯否否不然、妙。唯唯、姑應之也。否否、略折之也。不然、特申明之也。余聞之先人曰、又是先人。伏羲至純厚、作易八卦。堯舜之盛、尚書載之、禮樂作焉。湯武之隆、詩人歌之。春秋采善貶惡、推三代之德、褒周室、非獨刺譏而已也。又言春秋與諸經同義、皆純厚隆盛之書、非刺譏之文。極得宣尼作春秋微意。漢興以來、至明天子、應上遇明天子。獲符瑞、指獲麟。建封禪、封、泰山上築土為壇、以祭天。禪、泰山下小山上除地為墠、以祭山川。改正朔、易服色、受命於穆清、受天命清和之氣。澤流罔極、海外殊俗、重平聲、譯亦、款塞、傳夷夏之言者曰譯、俗謂之通士。款塞、叩塞門也。請來獻見者、不可勝道、臣下百官、力誦聖德、猶不能宣盡其意。言口不能悉誦、不可不載之書。故且士賢能而不用、有國者之恥、此句賓。主上明聖而德不布聞、有司之過也。此句主。且余嘗掌其官、應下得守職。廢明聖盛德不載、一、滅功臣世家賢大夫之業不述、二、墮先人所言、三、罪莫大焉。余所謂述故事、整齊其世傳、非所謂作也、作字呼應。而君比之於春秋、謬矣。正對欲以何明句。壺遂問答一篇完。○於是論次其文七年、太初元年、天漢三年。至而太史公遭李陵之禍、幽於縲紲。詳後報任安書中。○可見史公未遭禍前、已作史記、特未卒業耳。乃喟然而歎曰、是余之罪也夫、是余之罪也夫、身毀不用矣。受腐刑。退而深惟曰、夫詩書隱約者、隱、憂也。約、猶屈也。欲遂其志之思也。史公欲卒成史記、故以此句喚起。昔西伯拘羑有。里、演周易。孔子戹陳蔡、作春秋。屈原放逐、著離騷。左邱失明、厥有國語。孫子臏頻上聲、腳、腳、○臏、刖刑、去膝蓋骨。而論兵法。不韋遷蜀、世傳呂覽。即呂氏春秋。韓非囚秦、說稅、難孤憤。非作孤憤說難等篇、十餘萬言。○又組織六經作餘波、而添出離騷、國語等作陪、妙更。詩三百篇、大抵賢聖發憤之所爲作也。此人皆意有所鬱結、不得通其道也。又借詩作結、文法更變化。故述往事、思來者、於是卒述陶唐以來、至於麟止、自黃帝始。武帝至雍、獲白麟、遷以爲述事之端、上紀黃帝、下至麟止、猶孔子絕筆於獲麟也。史公雖欲不比春秋之作、又不可得矣。

史公生平學力、在史記一書、上接周孔、何等擔荷、原本六經、何等識力、表章先人、何等淵源。然非發憤鬱結、則雖有文章、可以無作。哀公獲麟而春秋作、武帝獲麟而史記作、史記豈真能繼春秋者哉。

報任安書

司馬遷

太史公牛馬走司馬遷（太史公、遷父談也。走、猶僕也。言己爲太史公掌牛馬之僕、自謙之辭也。）再拜言、少卿（任安字。）足下、曩者辱賜書、教以慎於接物、推賢進士爲務。（遷既被刑之後、爲中書令、尊寵任職、故任安責以推賢進士。○二句任安來書。）意氣懃懃懇懇、若望僕不相師、而用流俗人之言①、（望、怨也。○二句任安書中意。）僕非敢如此也。（一句辨過、下更詳辨。）僕雖罷（疲、）駑、亦嘗側聞長者之遺風矣。顧自以爲身殘處穢、（殘、被刑。穢、惡名。）動而見尤、欲益反損、是以獨抑鬱而誰與語。（言無知心之人、誰可告語。起下文。）諺曰、誰爲（去聲、）爲之、孰令（平聲、）聽之。（言無知己者、設欲爲善、當爲誰爲之、復欲誰聽之。）蓋鍾子期死、伯牙終身不復鼓琴。（呂氏春秋曰、伯牙鼓琴、意在泰山、鍾子期曰、善哉巍巍若泰山、俄而志在流水、子期曰、善哉湯湯乎若流水。子期死、伯牙破琴絕絃、終身不復鼓琴、以爲世無賞音者。）何則、士爲知己者用、女爲說己者容。若僕大質已虧

校勘記：

①"而用"，《漢書・司馬遷傳》作"用而"。

缺矣、（大質、身也。）雖才懷隨和、（隨侯珠、和氏璧。）行若由夷、（許由、伯夷。）終不可以爲榮、適足以見笑而自點耳。（點、辱也。○一段先作如許曲折、漸引入情。）書辭宜答、會東從上來、（從武帝還。）又迫賤事、（卑賤之事。苦煩務也。）相見日淺、（少卿相見時近。）卒卒（猝、）無須臾之閒、得竭志意。（卒卒、促遽貌。閒、隙也。○說前所以不答之故。）今少卿抱不測之罪、涉旬月、迫季冬、（安爲戾太子事囚獄、更旬月後、便當就刑。季冬、刑日也。）僕又薄（搏、）從上雍、（薄、迫也。又迫從天子將祭祀於雍。）恐卒然不可爲諱、（難言其死、故云不可諱。）是僕終已不得舒憤懣（滿、）以曉左右、（懣、悶也。）則長逝者魂魄、私恨無窮、（謂任安恨不見報。說今所以答之故。）○請略陳固陋、（今乃答。）闕然久不報、（前不卽答。）幸勿爲過。（一段又作如許曲折、看他一片心事、更無處明、而欲明向將死之友、可以想見故人交情。）僕聞之、修身者、智之符也、愛施者、仁之端也、取予者、義之表也、恥辱者、勇之決也、立名者、行之極也、士有此五者、然後可以託於世、而列於君子之林矣。（特標五者、言有此始得列于士林、見己之無復有此、以起下意。）故禍莫憯（同慘、）於欲利、（須利贖罪、而家貧、最憯也。）悲莫痛於傷心、（盡心事君、而見誣、最痛也。）行莫醜於辱先、（辱先人之職業、行莫醜焉。）

詬構、莫大於宮刑。陷割勢之極刑、恥莫大焉。詬、恥也。宮、腐刑也。男子割勢、女子幽閉、次死之刑。○緊承四句、正與上五者相反。刑餘之人、無所比數、非一世也、所從來遠矣。接上起下。昔衞靈公與雍渠同載、孔子適陳、孔子居衞、靈公與夫人同車、令宦者雍渠參乘、孔子去衞適陳。商鞅因景監見、趙良寒心、趙良說商君曰、今君之見秦王也、因嬖人景監以爲主、非所以爲名也。寒心、懼其禍必至。同子參乘、袁絲變色、同子、武帝朝宦官趙談也。與遷父同名、故諱曰同子。袁盎字絲。趙談參乘、袁盎伏車前曰、陛下奈何與刀鋸餘同載。自古而恥之。應所從來遠。夫中材之人、事有關於宦豎、莫不傷氣、而況於慷慨之士乎。言士羞與宦豎爲伍。如今朝廷雖乏人、奈何令刀鋸之餘、薦天下之豪俊哉。以上敍己虧體辱親、不足薦士。答任安書中推賢進士語。僕賴先人緒業、緒、餘也。得待罪輦轂下二十餘年矣、所以自惟、上之不能納忠效信、有奇策材力之譽、自結明主、不能一。次之又不能拾遺補闕、招賢進能、顯巖穴之士、不能二。外之不能備行伍、攻城野戰、有斬將搴牽、旗之功、搴、拔取也。○不能三。下之不能積日累勞、取尊官厚祿、以爲宗族交游光寵、不能四。四者無一、遂苟合取容、無所

②"才"《昭明文選》作"行"。

短長之效、可見於此矣。以上敘己平日不能致功名。引咎自責、文勢雄拔。鄉者僕亦嘗廁下大夫之列、廁、閒也。太史令千石、故比下大夫。陪奉外廷末議、外廷、朝堂也。不以此時引綱維、盡思慮、如恨如悔、胸中鬱勃不堪之況、盡情傾露。今已虧形爲埽除之隸、在闒塔、茸戎上聲、之中、闒茸、猥賤也。乃欲仰首伸眉、論列是非、不亦輕朝廷羞當世之士邪。此段申言不足薦士、再答安意。嗟乎嗟乎、如僕尚何言哉、尚何言哉。加一筆、更悲惋。且事本末未易明也。以下敘己所以被禍之由。此一句管到受辱著書、且與下文未易一二爲俗人言難爲俗人言相呼應。僕少負不羈之才②、負、猶無也。不羈、言才質高遠、不可羈縶也。長無鄉曲之譽、主上幸以先人之故、使得奏薄伎、出入周衛之中。言襲先人太史舊職。周衛、宿衛周密也。僕以爲戴盆何以望天、頭戴盆則不得望天、望天則不得戴盆、事不可兼施、言己方一心于史職、不暇修人事也。故絶賓客之知、亡室家之業、日夜思竭其不肖之才力、務一心營職、以求親媚於主上、初意本如此。而事乃有大謬不然者。捷轉。夫僕與李陵、俱居門下、同爲侍中。素非能相善也、趨舍異路、未嘗銜杯酒、接殷勤之餘歡。先明與陵無舊好。然僕觀其爲人、自守奇士、

（自守奇節之士。）事親孝、與士信、臨財廉、取與義、分別有讓、恭儉下人、常思奮不顧身、以殉國家之急、（以身從事曰殉。）其素所蓄積也、僕以爲有國士之風。（文明于陵有獨賞。）夫人臣出萬死不顧一生之計、赴公家之難、斯已奇矣。（一振。）今舉事一不當、而全軀保妻子之臣、隨而媒（同酶、）糵（孽、）其短、（媒、酒酵也。糵、麴也。謂釀成其禍也。）僕誠私心痛之。（一落。）且李陵（此下言李陵之勝敗、曲折周悉。）提步卒不滿五千、深踐戎馬之地、足歷王庭、（匈奴庭。）垂餌虎口、橫挑彊胡、仰億萬之師、與單（蟬、）于（匈奴號。）連戰十有餘日、所殺過當、（陵軍士少、殺匈奴倍多、故曰過當。）虜救死扶傷不給、旃（同氈、）裘之君長咸震怖、（旃裘、匈奴所服。）乃悉徵其左右賢王、（左賢王、右賢王、並匈奴侯王之號。）舉引弓之人、一國共攻而圍之、轉鬬千里、矢盡道窮、救兵不至、士卒死傷如積。（恣、〇積、露積也。）然陵一呼勞（去聲、）軍、士無不起、躬自流涕、沬（靧。）血飲泣、（血沾面曰沬。淚入口曰飲。）更張空弮、（宦、〇弮、弩弓也。陵時矢盡、故張空弮。）冒白刃、北嚮爭死敵者。（一段極力描寫。）陵未沒時、使有來報、（陵麾下騎陳步樂、）

報陵戰克捷。漢公卿王侯、皆奉觴上壽。故意寫出公卿王侯醜狀。後數日、陵敗書聞、主上爲之食不甘味、聽朝不怡、大臣憂懼、不知所出。故意寫出。上詳敘李陵。○已僕竊不自料其卑賤、見主上慘愴怛悼、誠欲效其款款之愚。款款、忠實貌。以爲李陵素與士大夫絕甘分少、味之甘者自絕、食之少者分之。○上素所蓄積句、與此素與士大夫絕甘分少句、兩素字遙關。能得人之死力、雖古之名將、不能過也、身雖陷敗、敗降匈奴。彼觀其意、彼觀、猶觀彼也。且欲得其當而報於漢、欲立功于匈奴以當罪、乃所以報漢也。事已無可奈何、事既無可如何、計不得不出此。○此句正推原陵意、妙。其所摧敗、功亦足以暴僕、於天下矣。況其摧破匈奴之兵、已足以表白于天下矣。○此段以以爲二字貫、是遷意中語。僕懷欲陳之而未有路、未得其便。適會召問、即以此指推言陵之功、上段意中之旨。欲以廣主上之意、對上慘愴怛悼。塞睚厓、眦恣、之辭。睚眦、忤目相視貌。○對上媒孽其短。未能盡明、明主不曉、以爲僕沮貳師、而爲李陵游說、說稅、遂下於理。初上遣貳師將軍李廣利征匈奴、令陵爲助。及陵與單于相值、而貳師無功、聞遷言、謂遷欲沮止貳師、以成李陵、而爲其游說、遂下獄。理、治獄官。拳拳之忠、終不能自列。拳拳、忠謹貌。列、陳也。因爲誣上、卒從吏議。(吏議以爲誣上、天子終從其議、定爲宮刑。)家貧貨賂不足以自贖、(法可以金贖罪、而遷無金可以自贖。)交游莫救視、左右親近、不爲一言。(觀家貧貨賂三句、則知史遷作貨殖游俠二傳、非無爲也。)身非木石、獨與法吏爲伍、(伍、對也。)深幽囹(陵、)圄(語、)之中、(囹圄、獄也。)誰可告愬者。此真少卿所親見、僕行事豈不然乎。(已上詳敍自己。)李陵既生降、頹其家聲、而僕又佴(是、)之蠶室③、(佴、次也。養蠶之室溫而密、腐刑患風、須入密室乃得全、因呼爲蠶室。)重爲天下觀笑、悲夫悲夫、事未易一二爲俗人言也。(一二、謂委曲也。言陵與己事、俱不能委曲向俗人說、謂俗人不知也。○此段總結上兩段、下乃專敍己所以不自引決之意。)僕之先、非有剖符丹書之功、(漢初功臣剖符世爵、又論功定封、申以丹書之信。)文史星歷、近乎卜祝之閒、(遷父爲太史、掌知天文、律曆、卜筮、祠祝之事。)固主上所戲弄、倡優所畜、流俗之所輕也。(不爲天子所重、故爲流俗所輕。)假令僕伏法受誅、(自引決。)若九牛亡一毛、與螻蟻何以異、而世俗又不能與死節者次比④、特以爲智窮罪極、不能自免、卒就死耳、何也、素所自樹立使然也。(挽一句指僕之先以下言。)人固有一死、死或重於泰山、或輕於鴻毛、用之所趣(同趨、)

③"佴之"，《漢書・司馬遷傳》作"茸以"。

④"而世俗又不能與死節者次比"《漢書・司馬遷傳》作，"而世又不與能死節者比"，《昭明文選》作"而世又不與能死節者"。

異也。彼此村量、輕重較然、結上生下。太上不辱先、其次不辱身、其次不辱理色、義理、顏色。其次不辱辭令、言辭、教令。其次詘體受辱、詘體、長跪也。其次易服受辱、易服、著赭衣。其次關木索被箠楚受辱、關木、杻械也。索、繩也。箠、杖也。楚、荊也。其次剔毛髮嬰金鐵受辱、剔毛髮、髡也。嬰、繞也。嬰金鐵、鉗也。其次毀肌膚斷短、肢體受辱、黥刖、劓刵。最下腐刑極矣。宮刑腐臭、故曰腐刑。○歷借不辱受辱者、以上大夫有罪、則賜自殺、不致加刑以形己之極辱、文字奇麗而瓌瑋。傳曰、刑不上大夫。此言士節不可不勉勵也。辱之、所以勵士節。○曲一筆、言此是太始之言、非今日之謂。猛虎在深山、百獸震恐、及在檻穽之中、檻、圈也。穿地爲坑曰穽。搖尾而求食、積威約之漸也。其威爲人所制約、故漸積至此。○引起。故士有畫地爲牢、勢不可入、削木爲吏、議不可對、定計於鮮也。鮮、明也。未遇刑自殺爲鮮明。士之勵節如此。今交手足、受木索、暴肌膚、受榜邦、箠、榜、擊也。幽於圜還、牆之中、圜、牆獄也。當此之時、見獄吏則頭搶地、搶、突也。視徒隸則心惕息、驚惕而喘息。何者、積威約之勢也。及以至是言不辱者、所謂彊顏耳、勉彊厚顏。曷足貴乎。以上敍己受辱。且西伯、玟。

伯也、拘於羑里、羑里、殷獄名。李斯、相也、秦始皇相。具於五刑、先行墨劓剕宮、而後大辟、故曰具五刑。淮陰、王也、受械於陳、韓信爲楚王、人有告信欲反、高祖用陳平謀、僞遊雲夢、信謁上于陳、高祖令武士縛信、載後車。至洛陽、赦爲淮陰侯。彭越張敖、南面稱孤、繫獄抵罪、彭越、梁王。高祖誅陳豨、徵兵于梁、越稱病、上捕之、囚于洛陽。張敖嗣父耳爲王、人告其反、捕繫之。絳侯誅諸呂、權傾五伯、囚於請室、絳侯周勃。誅諸呂、立孝文、權盛于五伯。後有告勃謀反者、遂囚于請罪之室。魏其、大將也、衣去聲赭者衣、關三木、魏其侯竇嬰。坐灌夫罵丞相田蚡不敬、論棄市。赭、赤色。罪人之服。關、穿也。三木在頸及手足、杻枷械也。季布爲朱家鉗奴、布爲楚將、數窘漢王、楚滅、高祖購求布千金、敢舍匿者、罪三族、布乃髡鉗之魯、朱家賣之。灌夫受辱於居室、丞相田蚡娶燕王女爲夫人、太后詔列侯宗室皆往賀、潁陰侯灌夫怒罵之、坐不敬、乃繫于田蚡所居之室。此人皆身至王侯將相、聲聞鄰國、及罪至罔同網加、罔、猶法也。不能引決自裁、在塵埃之中、古今一體、安在其不辱也。歷引被辱古人自證。由此言之、勇怯、勢也、彊弱、形也、審矣、何足怪乎。言勇怯強弱、皆緣形勢頓殊、原無定體、自古以然、何足怪乎。夫人不能早自裁繩墨之外、以稍陵遲、至於鞭箠之閒、乃欲引節、斯不亦遠乎。言人不能早自裁決、以出獄吏繩墨之外、而稍遲疑、則至鞭箠、欲引節自決、不亦遠于知幾乎。古人所以重施刑於大夫者、殆爲此也。找轉刑不上大夫句。○以上言不必引決、以下言己之不引決、乃更有所欲爲。夫人情莫不貪生惡死、念父母⑤、顧妻子、至激於義理者不然、乃有所不得已也。言激于義理者、則不貪生念顧、義不得已也。今僕不幸早失父母、無兄弟之親、獨身孤立、少卿視僕於妻子何如哉。言父母兄弟已喪、無可念矣。我于妻子何如哉、言何足顧也。視且勇者不必死節、怯夫慕義、何處不勉焉。死節要歸于義、何嘗論勇怯。僕雖怯懦欲苟活、亦頗識去就之分矣、何至自沉溺縲紲之辱哉。跌宕。且夫臧獲婢妾、荆揚淮海之閒、呼奴爲臧、呼婢爲獲。猶能引決、況僕之不得已乎。應上不得已。○再跌宕。所以隱忍苟活、幽於糞土之中而不辭者⑥、恨私心有所不盡、鄙陋沒世、而文采不表於後世也。凡作無數跌宕、方說出作史記本意。筆勢何等紆迴、何等鬱勃。古者富貴而名磨滅、不可勝升記、唯倜惕儻、非常之人稱焉。倜儻、卓異也。○先虛提一筆。蓋文王拘而演周易、崇侯譖西伯于紂、紂乃囚之于羑里。西伯演易之八卦爲六十四。仲尼戹而作春秋、孔子戹于陳蔡、還作春秋。屈原放逐、乃賦離騷、屈原爲楚懷王左徒、上官大夫讒之、被放逐、乃作離騷經。左丘失明、厥有國語、失明、謂無目也。

⑤"父母"，《漢書·司馬遷傳》作"親戚"。

⑥"幽於"，《漢書·司馬遷傳》作"函"。

孫子臏頻上聲、腳、兵法修列、孫臏與龐涓俱學兵法、涓自以為能不及臏、乃陰使人召臏、至則刑斷其兩足而黥之。臏、刖刑、去膝蓋骨。人因呼為孫臏。不韋遷蜀、世傳呂覽、秦始皇遷呂不韋于蜀、于是著書、以為八覽六論十二紀、名呂氏春秋。韓非囚秦、說稅、難孤憤、韓非、韓之公子也、入秦為李斯所毀、下獄。非先曾著孤憤說難十餘萬言。詩三百篇、大底賢聖發憤之所為作也。倒句。此人皆意有所鬱結、不得通其道、故述往事、思來者。述往古興亡賢愚之事、思來者以作戒也。○三句總承上八句說、此廣引被辱著書之人、以發作史之意。乃如左丘無目、孫子斷足、終不可用、退而論書策以舒其憤、思垂空文以自見。獨複引左氏孫子者、以其廢疾與己同、因遂言著書、宜與之一例也。僕竊不遜、近自託於無能之辭、網羅天下放失舊聞、略考其事、綜其終始、稽其成敗興壞之紀、上計軒轅、黃帝。下至于茲、漢武。為十表、本紀十二、書八章、世家三十、列傳七十⑦、凡百三十篇、亦欲以究天地之際⑧、通古今之變、成一家之言。草創未就、會遭此禍、惜其不成、是以就極刑而無慍色。忍一時之辱、而垂萬世之名⑨。立志誠卓。僕誠已著此書、藏之名山、藏于山者、備亡失也。傳之其人、通邑大都、

⑦《漢書・司馬遷傳》無"上計軒轅下至于茲為十表本紀十二書八章世家三十列傳七十"二十六字。

⑧"地"，《漢書・司馬遷傳》作"人"。

⑨"垂"，原誤作"重"，今據文富堂本、懷涇堂本改。

傳之同志、廣之邑都。則僕償前辱之責、雖萬被戮、豈有悔哉。史遷深以刑餘爲辱、故通篇不脫一辱字。此結言著書償前辱、聊以自解。然此可爲智者道、難爲俗人言也。回應前文、關鎖緊密。且負下未易居、負累之下、未易可居。下流多謗議、下流、賤也。至僕以口語、遇遭此禍、重爲鄉黨所戮笑、以汚辱先人、亦何面目復上父母之丘墓乎。雖累百世、垢彌甚耳。是以腸一日而九迴、居則忽忽若有所亡、出則不知其所往。每念斯恥、汗未嘗不發背霑衣也。言如此便應逃遁遠去。身直爲閨閤蛤、之臣、寧得自引深藏巖穴邪、故且從俗浮沉、與時俯仰、以通其狂惑。閨閤臣、閹官。引、出也。狂惑謂小人。言所以不得逃遁遠去、只因久係閨閤之臣、故不得自主耳。豈真得位行道哉。今少卿乃教以推賢進士、無乃與僕私心剌辣、謬乎。剌、戾也。○此書大旨、總是卻少卿推賢進士之教。故四字爲一篇綱領、始終亦自相應。今雖欲自彫琢曼萬、辭以自飾、曼、美也。無益於俗不信、恐益爲俗人所不信。適足取辱耳。要之死日然後是非乃定。言死後名譽流于千載也。○直應上本末未易明句。書不能悉意、略陳固陋。謹再拜。

此書反覆曲折、首尾相續、敘事明白、豪氣逼人。其感慨嘯歌、大有燕趙烈士之風。憂愁幽思、則又直與離騷對壘。文情至此極矣。

古文觀止卷之六

高帝求賢詔　　西漢文

蓋聞王者莫高於周文、伯（霸）者莫高於齊桓、皆待賢人而成名。今天下賢者智能、豈特古之人乎、（以王伯自期、以古人期士。）患在人主不交故也、士奚由進。（歸咎人主、頓挫極醒。）今吾以天之靈、賢士大夫、定有天下、以爲一家、（歸功賢士、得體。）欲其長久、世世奉宗廟亡（無）絶也。（是求賢正旨。）賢人已與我共平之矣、而不與吾共安利之、可乎。（二句、見帝制作雄略。）賢士大夫有肯從我遊者、吾能尊顯之。（上言交、此言游、真有天子友匹夫氣象。）布告天下、使明知朕意。御史大夫昌（周昌。）下相國、相國酇（贊）侯（蕭何。）下諸侯王、御史中執法下郡守。（中執法、中丞也。此詔令頒行次第。）○其有意稱明德者、（意實可稱明德、非僞士也。）必身勸爲之駕、（郡守身自往勸、爲之駕車。）遣詣相國府、（詣、至也。）署行義（作儀、）年。（書其行狀、儀容、年紀。）有而弗言、郡守不舉。覺免。（發覺則免其官。）年老癃病、勿遣。

（高帝平日慢侮諸生、及天下既定、乃屈意求賢、如恐不及、蓋知創業與守成異也。漢室得人、其風動固爲有本。）

文帝議佐百姓詔　西漢文

閒（如字）者數年比（去聲）不登、（閒、近也。比、頻也。）又有水旱疾疫之災、朕甚憂之。愚而不明、未達其咎。（虛喝二句。）意者、朕之政有所失、而行有過與、乃天道有不順、地利或不得、人事多失和、鬼神廢不享與、何以致此。（一詰。）將百官之奉養或費、無用之事或多與、何其民食之寡乏也。（再詰。）夫度（鐸）、田非益寡、而計民未加益、以口量地、其於古猶有餘、（地多于民。）而食之甚不足者、其咎安在。（三詰、咎字呼應。）無乃百姓之從事於末、（謂工商之業。）以害農者蕃、（蕃、多也。）爲酒醪（牢）、以靡（糜）穀者多、（醪、汁滓酒也。靡、散也。）六畜（休去聲）之食焉者衆與。（六畜、牛馬羊犬豕雞也。）細大之義、吾未能得其中。（又繳一筆、仍作推究語。）其與丞相列侯吏二千石博士議之、有可以佐百姓者、率意遠思、無有所隱。求得其中、愛民之誠如見。

帝在位日久、佐民未嘗不至。至是復議佐之之策、可見其愛民之心、愈久而不忘也。

景帝令二千石修職詔　西漢文

雕文刻鏤、漏。傷農事者也、錦繡纂組、纂、赤組也。組、印綬。害女紅工、者也。一層。農事傷、則飢之本也、女紅害、則寒之原也。二層。夫飢寒並至、而能無爲非者寡矣。三層。○起數語作三層寫、意甚婉至。朕親耕、后親桑、以奉宗廟粢盛成、祭服、爲天下先。以務農蠶爲倡。不受獻、減太官、省繇同徭、賦、太官、主膳食。不傷害農事女紅。○欲天下務農蠶、素有畜同蓄、積、以備災害。欲絕飢寒本原。彊毋攘弱、衆毋暴寡、老耆以壽終、幼孤得遂長。攘、取也。六十曰耆。遂、成也。○欲民免于爲非。今歲或不登、民食頗寡、其咎安在。未稱朕意、必有咎者。或詐僞爲吏、以詐僞人爲吏。吏以貨賂爲市、行同商賈。漁奪百姓、侵牟萬民。漁、言若漁獵之爲也。牟、食苗根蟲。侵牟、食民比之牟賊也。○咎不在民而在吏。縣丞、長吏也、縣丞爲吏之長。姦法與盜盜、甚無謂也。姦法、因法作姦也。與、助也。漁奪侵牟、吏即爲盜。長吏知情而不執法、是助盜爲盜矣。殊非設長吏之意也。○咎不在吏、而在長吏。其令二千石、各修其職。修察長吏之職。不事官職、耗帽、亂者、耗亂、不明也。指二千石言。丞相以聞、請其罪。請其不修職之罪。○咎不在長吏、而在二千石。布告天下、使明知朕意。

一念奢侈、飢寒立至、起手數言、窮極原委。姦法與盜盜一語、透盡千古利弊。國家最患在吏飽、府庫空虛、百姓窮困、而奸吏自富、此大害也。二千石修職、誠足民本務。

武帝求茂材異等詔

西漢文

蓋有非常之功、必待非常之人、武帝雄心、露于非常二字。故馬或奔踶題、而致千里、奔、馳也。踶、蹋也。奔踶者、乘之即奔、立則踶人也。士或有負俗之累而立功名。負俗、謂被世譏論也。○二或字活看。夫泛同覂、音捧。駕之馬、泛、覆也。覆駕者、言馬有逸氣、不循軌轍也。○頂奔踶說。跅託、弛之士、跅者、跅落無檢局也。弛者、廢不遵禮度也。○頂負俗說。亦在御之而已。只一御字、想見英主作用。其令州郡察吏民、有茂材異等、舊言秀才、避光武諱稱茂材。異等者、超等軼羣、不與凡同也。○應非常之人。○可爲將相、及使絕國者。絕遠之國、謂聲教之外。○應非常之功。

求材不拘資格、務期適用、漢世得人之盛、當自此詔開之。至以可使絕國者、與將相並舉、蓋其窮兵好大。一片雄心、言下不覺畢露。與高帝大風歌、同一氣概。

賈誼過秦論上　西漢文

秦孝公據殽函之固、擁雍州之地、君臣固守、以窺周室、（殽、山名、謂二殽。函、函谷關也。擁、亦據也。雍州今陝西。固守、堅守其地也。周室、天子之國。秦欲窺而取之。）有席卷（捲）、天下包舉宇內囊括四海之意、并吞八荒之心。（括、結囊也。八荒、八方也。○四句只一意、而必疊寫之者、蓋極言秦先虎狼之心、非一辭而足也。）當是時也、商君（衞鞅。）佐之、內立法度、務耕織、修守戰之具、外連衡（橫）、而鬭諸侯、（連六國以事秦、使之自相攻鬭。）而於是秦人拱手而取西河之外。（拱手而取、言易也。西河、魏地名。○秦之始強如此。）孝公既沒、惠文武昭、（孝公卒、子惠文王立、卒、子武王立、卒、立異母弟、是昭襄王也。）蒙故業、因遺策、南取漢中、西舉巴蜀、東割膏腴之地、收要害之郡。（漢中巴蜀三郡、並屬益州。膏腴、土田良沃也。要害、山川險阻也。○秦之又強如此。）諸侯恐懼、會盟而謀弱秦、不愛珍器重寶肥饒之地、以致天下之士、合從（宗）、締交、相

校勘記：

①《史記·秦始皇本紀》"燕"字下有"楚齊"二字。

與爲一。以一離六爲衡、以六攻一爲從、故衡曰連、從曰合。締、結也。○正欲寫秦之強、忽寫諸侯作反襯。當此之時、齊有孟嘗、田文。趙有平原、趙勝。楚有春申、黃歇。魏有信陵、無忌。此四君者、皆明智而忠信、寬厚而愛人、尊賢而重士。極贊四君。反襯秦之強。以約從離橫、兼韓、魏、燕、趙、宋、衛、中山之衆①、於是六國之士、有寧越趙人。徐尚未詳。蘇秦洛陽人。杜赫周人。之屬爲之謀、齊明東周臣。周最周君子。陳軫秦臣。召邵、滑依、楚臣。○樓緩魏相。翟景未詳。蘇厲蘇秦弟。樂毅燕臣。之徒通其意、吳起魏將。孫臏頻上聲、孫武之後。○帶佗駝、未詳。○兒倪、良王廖留、貴先、○呂氏春秋曰、王廖貴先、兒良貴後、此二人者、皆天下之豪士也。田忌齊將。廉頗趙奢皆趙將。之倫制其兵。此段申明以致天下之士一句、極寫諸侯得人之盛、以反襯秦之強。嘗以什倍之地、百萬之衆、叩關而攻秦。叩、擊也。關、函谷關。○此正接前合從締交、相與爲一句、作一逼、緊陪。秦人開關而延敵、九國之師、逡逃而不敢進。秦無亡矢遺鏃族。之費、而天下諸侯已困矣。九國、謂齊楚韓魏燕趙宋衛中山也。鏃、箭鏑也。○上寫諸侯謀弱秦、何等忙、此寫秦人困諸侯、何等閒。於是從散約解、爭割地而賂秦、初點連衡、次點合從、三敘約從離橫、四敘從散約解、段落井然。秦有餘力而制其弊、追亡逐北、伏尸百萬、流血漂櫓、軍敗曰北。櫓、大楯也。因利乘便、宰割天下、分裂河山、彊國請服、弱國入朝。極言秦之強、是反跌下文。總施及孝文王、莊襄王、昭襄王卒、子孝文王立、卒、子莊襄王立。享國之日淺、國家無事。虛敘帶過。及至始皇、方說到始皇。奮六世之餘烈、六世、孝公惠文王武王昭王孝文王莊襄王。振長策而御宇內、吞二周而亡諸侯、履至尊而制六合、執敲扑以鞭笞天下。振、舉也。策、馬箠也。振長策、以馬喻也。二周、東西周也。履至尊、踐帝位也。六合、天地四方也。敲扑、皆杖也。短曰敲、長曰扑。○四句亦只一意、極言始皇之強、非一辭而足也。威振四海、南取百越之地、以爲桂林象郡、百越、非一種也。桂林、今鬱林。象郡、今日南。百越之君、俛同俯。首係頸、委命下吏。言任性命于獄官也。○極寫始皇之強。乃使蒙恬、秦將。北築長城、而守藩籬、卻匈奴七百餘里、胡人不敢南下而牧馬、士不敢彎弓而報怨。極寫始皇之強。○前歷言秦之強、以其善攻、以下言始皇不善守。於是廢先王之道、燔百家之言、以愚黔首。燔、燒也。百家言、經史之類。黔、黑也。秦謂民爲黔首、以其頭黑也。隳灰、名城、殺豪俊、收天下之兵聚之咸陽、銷鋒鍉、的、鑄以爲金人十二、以弱天下之民。隳、毀也。咸陽、秦都。兵、戎器也。鋒鍉、兵刃也。始皇銷鋒鍉、爲金人十二、重各千石、置宮庭中。○始皇愚民弱民、適所以自愚自弱、伏末仁義不施而攻守之勢異一句。然後踐華爲城、因河爲池、斷華山爲城、因河水爲池。據億丈之城、臨不測之谿以爲固。疊上兩句。良將勁弩、守要害之處、信臣精卒、陳利兵而誰何。何、問也。誰何、言誰敢問。○極形容始皇之強盛、比從前更自不同。天下已定、始皇之心、自以爲關中之固、金城千里、子孫帝王萬世之業也。秦東有函谷關、南有嶢關武關、西有散關、北有蕭關、居四關之中、故曰關中。金城、言堅也。秦始皇曰、朕爲始皇帝、後世以計數、二世三世、至于萬世、傳之無窮。○自廢先王之道至此、正說秦皇之過、看來秦過、亦只是自愚自弱。始皇既沒、餘威震於殊俗。殊俗、遠方也。○臨說盡、又一振、筆愈緩、勢愈緊。然而二字一篇大轉關。陳涉甕牖繩樞之子、甿隸之人、而遷徙之徒也。陳勝、字涉、陽城人。秦二世元年秋、陳涉等起。甕牖、以敗甕口爲牖也。繩樞、以繩繫戶樞也。甿隸、賤稱。遷徙之徒、謂涉爲戍漁陽之徒也。材能不及中庸、不及中等庸人。非有仲尼墨翟之賢、陶朱猗頓之富。范蠡之陶、自謂陶朱公、治產積十九年之閒、三致千金。猗頓聞朱公富、往問術、十年閒貲擬王公。故富稱陶朱、猗頓。○陳涉既非其人、又無其資。躡足行伍之間、俛同勉、起阡陌之中、率罷同疲、弊之卒、將數百之衆、俛起、不得已而舉事也。阡陌、道路也。○不成軍旅。轉而攻秦、斬木爲兵、揭傑、竿爲旗、揭、高舉也。斬木爲兵、而無鋒刃、揭竿爲旗、舉竿爲旗、而無旌旛。○不成器仗。天下雲集而響應、贏糧而景同影從、山東豪俊、遂並起而亡秦族矣。雲集響應、如雲之集、如響之應也。贏、擔也。景從、如影之隨形也。○前寫諸侯如彼難、此寫陳涉如此易、反照作章法。且夫轉筆會全神。天下非小弱也、雍州之地、殽函之固、自若也、陳涉之位、不尊於齊、楚、燕、趙、韓、魏、宋、衞、中山之君也、鉏耰棘同戟。矜、同穫、音芹。不銛仙、於鉤戟長鎩曬、也、耰、鉏柄。矜、矛柄。銛、利也。鎩、長矛。謫戍之衆、非抗於九國之師也、涉謫戍漁陽。抗、敵也。深謀遠慮、行軍用兵之道、非及曩時之士也、曩時、六國之士。○總承前文、兩兩比較、句法變換、最耐尋味。然而成敗異變、功業相反。略作一頓。試使山東之國、與陳涉度長絜大、比權量力、則不可同年而語矣。疊上意又作一飜、文勢愈緊。然秦以區區之地、致萬乘之權、招八州而朝同列、百有餘年矣。招、舉也。九州之數、秦有雍州、餘八州、皆諸侯之地。○收前半篇。然後以六合爲家、殽函爲宮。一夫作難、陳涉爲首倡。而七廟隳、身死人手、爲天下笑者、死人手、謂秦王子嬰爲項羽所殺。收後半篇。○何也、仁義不施、而攻守之勢異也。結出一篇主意、筆力千鈞。

過秦論者、論秦之過也。秦過只是末仁義不施一句便斷盡、從前竟不說出。層次敲擊、筆筆放鬆、正筆筆鞭緊、波瀾層折、姿態橫生、使讀者有一唱三歎之致。

賈誼治安策一　西漢文

夫樹國固、必相疑之勢、立國險固、諸侯強大、則必與天子有相疑之勢。○開口便吸盡全篇。下數被其殃、上數爽其憂、甚非所以安上而全下也。爽、忒也。上疑下必討、則下被其殃而不能全。下疑上必反、則上爽其憂而不能安。○是立言大旨。今或親弟謀爲東帝、謂淮南厲王長。文帝六年、謀反、廢死。親兄之子、西鄉而擊、向。謂齊悼惠王子興居爲濟北王、聞文帝幸太原、發兵反、欲擊取滎陽、伏誅。今吳又見告矣。吳王濞、高帝兄劉仲之子、不循漢法、有告之者。天子春秋鼎盛、鼎、方也。○一。行義未過、二。德澤有加焉、三。猶尚如是、況莫大諸侯、權力且十此者乎。因三國之反、乃知他國未有不思反者。然而天下少安、何也、一轉振入、事情喫緊處。大國之王、幼弱未壯、漢之所置傅相、方握其事。所以一時暫安。數年之後、諸侯之王、大抵皆冠、貫。血氣方剛、漢之傅相、稱病而賜罷、彼自丞尉以上、偏置私人、如此、有異淮南濟北之爲邪。逆推將來、指陳利害、誠遠謀切慮。此時而欲爲治安、雖堯舜不治。（反剔治安、下語斬截。）黃帝曰、日中必熭、（衞、）操刀必割。（熭、曬也。喻時不可失。）○今令此道順而全安甚易、（全安、謂全下安上。）不肯早爲、已迺（同乃、）墮骨肉之屬而抗剄（景、）之、（墮、毀也。抗剄、謂舉其頭而割之也。）豈有異秦之季世乎。（季世、末世也。○此言欲全骨肉之屬、當及今早圖、語帶痛哭之聲。）夫以天子之位、乘今之時、因天之助、尙憚以危爲安、以亂爲治。（尙憚二句、指不肯早爲。）假設陛下居齊桓之處、（無位、無時、無助。）將不合諸侯而匡天下乎、（設一難。）臣又知陛下有所必不能矣。（一不能。）假設天下如曩時、（高帝之時。）淮陰侯尙王楚、（韓信爲楚王、人告信欲反、遂械信、赦爲淮陰侯。）黥布王淮南、（英布爲淮南王反、高帝自往擊之。）彭越王梁、（梁王彭越謀反、夷三族。）韓信王韓、（故韓王孽孫信、與匈奴反太原、高帝自往擊之。）張敖王趙、貫高爲相、（張敖嗣父耳爲趙王、趙相貫高等謀弒高帝、事覺夷三族。赦趙王敖爲宣平侯。）盧綰王燕、陳豨在代、（陳豨以趙相國守代地反、人言豨反、時燕王盧綰使人之豨所、與陰謀、綰遂亡入匈奴。）令此六七公者皆亡恙、當是時而陛下卽天子位、能自安乎、（又設一難。）臣有以知陛下之不能也。（二不能。）天下殽亂、高皇帝與諸公倂（同竝、）起、（殽、雜也。怨論高帝。）○非有仄（同側、）室之勢。以豫席之也、（禮、卿大夫之

（支子爲側室。席、藉也。言非有側室之勢、爲之資藉也。）諸公幸者迺爲中涓、其次廑（同僅）得舍人、（中涓、舍人、皆官名。）材之不逮至遠也、（角材臣之。）高皇帝以明聖威武、卽天子位、割膏腴之地、以王諸公、多者百餘城、少者迺三四十縣、惪（同德）至渥也、（渥、厚也。○身封王之。）然其後七年之間、①反者九起、（七年、高帝五年至十一年。九反、韓王信、貫高、淮陰、彭越、英布、陳豨、盧綰并利幾五年秋反爲八、其一人蓋燕王臧荼、五年十月反。）（○引高帝畢。）陛下之與諸公、非親角材而臣之也、（角、校也、競也。○無材以制其力。）又非身封王之也、（無德以服其心。）自高皇帝不能以是一歲爲安、故臣知陛下之不能也。（繳應上段。○三不能。）然尚有可諉者曰疏、臣請試言其親者。（諉、託也。尚可諉言信越等以疏故反、故請試言其親者。親者亦恃彊爲亂、明信等不以疏也。）假令悼惠王王齊、（高帝子肥。）元王王楚、（高帝弟交。）中子王趙、（高帝子如意。）幽王王淮陽、（高帝子友。）共（恭）王王梁、（高帝子恢。）靈王王燕、（高帝子建。）厲王王淮南、（高帝子長。）六七貴人皆亡恙、當是時陛下卽位、能爲治乎、（又設一難。）臣又知陛下之不能也。（四不能。）若此諸王、雖名爲臣、實皆有布衣昆弟之心、慮亡不帝制而天子自爲者、（言諸王皆謂與天子爲昆弟、）

校勘記：

①"七"《漢書·賈誼傳》作"十"。

而不論君臣之分、無不欲同皇帝之制度、而爲天子之事。意見下文。擅爵人、赦死辠、同罪、甚者或戴黃屋、黃屋、天子車蓋之制。漢法令非行也、雖行不軌如厲王者、不軌、不修法制也。令之不肯聽、召之安可致乎。致、至也。幸而來至、法安可得加、動一親戚、天下圜圓、視而起、圜、視也。驚陛下之臣、雖有悍如馮敬者、適啓其口、七比、首已陷其胸矣。悍、勇也。馮敬、馮無擇子、奏淮南厲王反、始欲發言節制諸侯王、爲刺客所殺。○細寫慮無不帝制而天子自爲一句。陛下雖賢、誰與領此。領、理也。○亦繳應上段不能之意。故疏者必危、親者必亂、已然之效也。三句總收上文親疏二段。其異姓負彊而動者、漢已幸勝之矣、指韓、彭、陳豨言。又不易其所以然、同姓襲是跡而動、既有徵矣、指淮南、濟北言。其勢盡又復然、殃旤同禍、之變、未知所移、明帝處之、尚不能以安、後世將如之何。再總收一筆、下入喻。屠牛坦屠牛者、名坦。一朝解十二牛、而芒刃不頓同鈍、者、所排擊剝割、皆衆理解械、也。理解、支節也。至於髖寬、髀彼、之所、非斤則斧。髀上曰髖、兩股閒也。髀、股骨也。言其骨大、故須斤斧也。夫仁義恩厚、人主之芒刃也、權勢法制、人主之斤斧也。絕好分剖。今諸侯王、皆衆髖髀也、釋斤斧之用、而欲嬰以芒刃、嬰、觸也。臣以爲不缺則折。因喻入議、筆甚陗勁。胡不用之淮南濟北、勢不可也。二國皆反誅、何不終用仁厚、勢不可故也。○自難自解、妙。臣竊跡前事、大抵彊者先反、淮陰王楚、最彊、則最先反、韓信倚胡、則又反、貫高因趙資、則又反、陳豨兵精、則又反、彭越用梁、則又反、黥布用淮南、則又反、盧綰最弱、最後反、連用則又反三字、有致。長沙迺在二萬五千戸耳、秦時鄱陽令吳芮、漢爲長沙王。功少而最完、勢疏而最忠、非獨性異人也、亦形勢然也。形勢弱、故不反。○細數反國、忽帶寫一不反者、反覆乃益明。曩令樊酈力、絳灌、樊噲、封舞陽侯。酈商、封曲周侯。周勃、封絳侯。灌嬰、封潁陰侯。據數十城而王、今雖已殘亡可也。承上七國。令信、越之倫、韓信、彭越。列爲徹侯而居、徹侯即通侯。雖至今存可也。承上長沙。○用反言洗發正意、筆情逸冷。然則天下之大計可知已。接句爽捷。欲諸王之皆忠附、則莫若令如長沙王。欲臣子之勿菹醢、海、○菹醢、肉醬。則莫若令如樊、酈等。將兩層作結、一層入正意。下欲天下之治安、莫若衆建諸侯而少其力。此句爲一篇綱領、從前許多議論、皆是此意。此下天下咸知陛下之明、之廉、之仁、之義、正衆建諸侯之效。力少則易使以義、國小則亡邪心、令海內之勢、如身之使臂、臂之使指、莫不制從、諸侯之君、不敢有異心、輻湊並進、而歸命天子。雖在細民、且知其安、故天下咸知陛下之明。一業。割地定制、令齊趙楚各爲若干國、若干、豫設數也。使悼惠王幽王元王之子孫、畢以次各受祖之分地、地盡而止、及燕梁他國皆然、正所謂衆建諸侯而少其力也。其分地衆而子孫少者、建以爲國、空而置之、須其子孫生者、舉使君之、須、待也。○子孫少者、有以處之。諸侯之地、其削頗入漢者、爲徙其侯國、及封其子孫也、所以數償之、諸侯之地、有罪見削而入於漢者、爲遷徙其國都、及改封其子孫、亦以衆建之數償還之。○國既滅者、有以處之。一寸之地、一人之衆、天子亡所利焉、誠以定治而已、故天下咸知陛下之廉。二業。地制一定、宗室子孫、莫慮不王、下無倍同背、畔同叛、之心、上無誅伐之志、故天下咸知陛下之仁。三業。法立而不犯、令行而不逆、貫高利幾之謀不生、利幾、項氏將、降漢、侯之穎川。高帝至洛陽、舉通侯籍召之、利幾恐、遂反。柴奇開章之計不萌、柴奇、開章、皆與淮南王謀反者。細民鄉善、大臣致順、故天下咸知陛下之義。四業。臥赤子天下之上而安、植遺腹、朝委裘、而天下不亂、赤子、幼君也。植、直也。遺腹、君未生者。朝委裘、以君所常服之裘、委之于位、受羣臣之朝也。當時大治、後世誦聖。五業。一動而五業附、陛下誰憚而久不為此。總收一句、下又入喻、申言當及今早圖意、作收煞。天下之勢、方病大瘇、腫、○腫足曰瘇。一脛形去聲、之大幾如要、同腰、一指之大幾如股、平居不可屈信、同伸、一二指搐、觸、身慮無聊、搐、動而病也。聊、賴也。失今不治、必為錮疾、後雖有扁辨、鵲、不能為已。扁鵲、良醫。○不能為、與上不肯早為、久不為此、兩為字相應。病非徒瘇也、又苦𨂂職、盭。同戾、○足掌曰𨂂。𨂂盭、言足𨂂反戾不可行也。○又從病瘇上、推進一層。元王之子、帝之從弟也、王郢。今之王者、從弟之子也、王戊。惠王之子、親兄子也、王襄。今之王者、兄子之子也、王僩。親者或亡分地以安天下、謂親子弟。疏者或制大權以偪天子、謂從弟之子、兄子之子。○親疏二字、應前作結。臣故曰、非徒病瘇也、又苦𨂂盭。

（病瘇、喻疏者制大權。蹠盭、喻親者無分地。）可痛哭者、此病是也。

（是篇正對當時諸侯王僭儗地過古制發論、主意在衆建諸侯而少其力一句。此句以前、言不若此而治安之難。此句以後、言能若此而治安之易。起結總是勉以及時速爲之意。雖只重少同姓之力、卻將異姓層層較量、尤妙于賓主之法。）

鼂錯論貴粟疏（鼂音潮）

西漢文

聖王在上、而民不凍饑者、非能耕而食（寺）之、織而衣（去聲）之也、爲（去聲）開其資財之道也。（此句是一篇主意。）故堯禹有九年之水、湯有七年之旱、而國無捐瘠者、（捐、相棄也。瘠、瘦病也。）以畜積多而備先具也。（聖王爲民開資財之道、故有備無患。）今海內爲一、土地人民之衆、不避禹湯、（避、讓也。）加以亡天災數年之水旱、而畜積未及者、何也。地有餘利、民有餘力、（說出實病。）生穀之土未盡墾、山澤之利未盡出也。（故地有餘利。）游食之民、未盡歸農也。（故民有餘力。○後世不能開資財之道、故患在無備。以聖王形當時、謂當時畜積未及、弊在不農、下因言不農之害。○）民貧則姦邪生、貧生於不足、不足生於不農、（逆寫不農之害。）不農則不地著、文入聲、○安土謂之地著。不地著則離鄉輕家、民如鳥獸、謂輕去其鄉。雖有高城深池、嚴法重刑、猶不能禁也。順寫不農之害。夫寒之於衣、不待輕煖、饑之於食、不待甘旨、饑寒至身、不顧廉恥。申言民貧則姦邪生數句。人情一日不再食則饑、終歲不製衣則寒。夫腹饑不得食、膚寒不得衣、雖慈母不能保其子、君安能以有其民哉。申言不農則不地著數句。明主知其然也、捷轉。故務民於農桑、所謂開其資財之道者以此。薄賦斂、廣畜積、以實倉廩、備水旱、承務民農桑說。故民可得而有也。應安能有其民句。民者在上所以牧之、趨利如水走下、四方無擇也。三句承上起下。夫珠玉金銀、意在重粟、卻從金玉折入、大有波致。饑不可食、寒不可衣、然而衆貴之者、以上用之故也。其爲物輕微易藏、在於把握、可以周海內、而亡饑寒之患、此令臣輕背其主、而民易去其鄉、盜賊有所勸、亡逃者得輕資也。最便處、卻是害處。粟米布帛、生於地、長於時、聚於力、非可一日成也、數石之重、中人弗勝、升。不爲姦邪所利、一日弗得、而饑寒至。最不便處、卻是利處。是故明君貴五穀而賤金玉。一句點出正意。今農夫五口之家、其服役者、不下二人、服役、謂服公家之役。其能耕者、不過百畝、二句言民之力有盡。百畝之收、不過百石、二句言民之財有盡。春耕夏耘、秋穫冬藏、伐薪樵、樵、亦薪也。治官府、給徭役、春不得避風塵、夏不得避暑熱、秋不得避陰雨、冬不得避寒凍、四時之閒、無日休息。承服役能耕二句、言勤于作事之苦。又私自送往迎來、弔死問疾、養孤長幼在其中。承百畝之收一句、言勤于應用之苦。勤苦如此、尚復被水旱之災、急政暴虐、賦斂不時、朝令而暮改。水旱頻仍、賦斂愈急、平常勤苦之中、又有意外之勤苦。當其有者半賈價同、而賣①、亡者取倍稱之息、有穀者、賤賣以應急用、無穀者、稱貸於人、而聽取加倍之息。於是有賣田宅、鬻子孫、以償債者矣。細陳田家辛苦顛連之狀、如在目前。下復將商賈相形一番、情事愈透。而商賈、轉接輕妙。大者積貯倍息、小者坐列販賣、操其奇贏、贏、獲利也。日游都市、乘上之急、所賣必倍。故其男不耕耘、女不蠶織、衣必文采、食必粱肉。亡農夫之苦、有

校勘記：

①"其"，《漢書・食貨志》作"具"。

阡陌之得②、因其富厚、交通王侯、力過吏勢、以利相傾、千里游敖、同遨、冠蓋相望、乘堅策肥、堅、好車。肥、好馬。履絲曳異、縞。極寫商人之逸樂、與農人之勤苦相反。句句此商人所以兼并農人、農人所以流亡者也。總收一筆、以見當尊農賤商意。今法律賤商人、商人已富貴矣、尊農夫、農夫已貧賤矣、故俗之所貴、主之所賤也、商、吏之所卑、法之所尊也。農、上下相反、好惡乖迕、誤、而欲國富法立、不可得也。棄本逐末、法律皆爲其文、可爲三歎。方今之務、莫若使民務農而已矣。欲民務農、在於貴粟、貴粟之道、在於使民以粟爲賞罰。正意作三層跌出。今募天下入粟縣官、得以拜爵、得以除罪、如此富人有爵、農民有錢、粟有所渫。屑、○渫、散也。夫能入粟以受爵、皆有餘者也、一折更醒。取於有餘、以供上用、則貧民之賦可損、所謂損有餘補不足、令出而民利者也。入粟拜爵除罪、固非正論、然實一時備荒良策。順於民心、所補者三、一曰主用足、二曰民賦少、三曰勸農功。貴粟中、又剔出三項。今令民有車騎馬一匹者、

②"阡陌"，《漢書·食貨志》作"仟伯"。

復卒三人、（車騎馬、可以備車騎之馬也。復、免也。謂免其爲卒者三人。此當日現行事例。）車騎者、天下武備也、故爲復卒。（既有武備、尤賴粟以爲守、起下文。）神農之教曰、有石城十仞、湯池百步、帶甲百萬、而亡粟、弗能守也。以是觀之、粟者、王者大用、政之本務。（見粟之當重如此。）令民入粟受爵、至五大夫以上、迺復一人耳。（五大夫、五等之爵也。言入粟多而復卒少。）此其與騎馬之功、相去遠矣。（與納馬少而復卒多者、相去甚遠。○此正見以粟爲賞罰、最是良法。）爵者、上之所擅、出於口而無窮。粟者、民之所種、生於地而不乏。（所以爲法之良。）夫得高爵與免罪、人之所甚欲也。（應上順于民心句。）使天下人入粟於邊、以受爵免罪、不過三歲、塞下之粟必多矣。（結出貴粟正旨。）

（此篇大意、只在入粟于邊、以富強其國。故必使民務農、務農在貴粟、貴粟在以粟爲賞罰。一意相承、似開後世賣鬻之漸。然錯爲足邊儲計、因發此論、固非泛談。）

鄒陽獄中上梁王書　西漢文

鄒陽（齊人。）從梁孝王（景帝少弟。）游。陽爲人有智略、忼慨不苟合、介於羊勝公孫詭之間。介、閒廁也。勝、詭、皆孝王客。勝等疾陽、惡之孝王。惡、謂讒毀也。孝王怒、下陽吏、將殺之。陽迺從獄中上書曰、臣聞忠無不報、信不見疑、忠信二字、一篇關鍵。臣常以爲然、徒虛語耳。起便跌宕。昔荊軻慕燕丹之義、白虹貫日、太子畏之。荊軻爲燕太子丹西刺秦王、精誠格天、白虹爲之貫日。白虹、兵象、日爲君、爲荊軻表可克之兆。太子尚畏而不信也。衞先生爲秦畫長平之事、太白食昴、昭王疑之。白起爲秦伐趙、破長平軍、欲遂滅趙、遣衞先生說昭王益兵糧。其精誠上達于天、太白爲之食昴。太白、天之將軍、昴、趙分也、將有兵、故太白食昴。昭王尚疑而不信也。夫精變天地、而信不諭兩主、豈不哀哉。變、動也。諭、曉也。今臣盡忠竭誠、畢議願知、盡其計議、願王知之。左右不明、卒從吏訊、爲世所疑、言左右不明、不欲斥王也。訊、鞫問也。是使荊軻衞先生復起、而燕秦不寤也、願大王熟察之。昔玉人獻寶、楚王誅之、楚卞和得玉璞、獻之武王、王示玉人、曰石也、刖其右足。武王沒、復獻文王、玉人復曰、石也、刖其左足。至成王時、抱其璞哭于郊。乃使玉人攻之、果得寶玉。李斯竭忠、胡亥極刑、秦始皇以李斯爲丞相、始皇崩、二世胡亥立、殺李斯、具五刑。是以箕子陽狂、接輿避世、紂淫亂不止、箕子陽狂爲奴。接輿、楚賢人、陽狂避世。恐遭此患也、願大王察玉人李斯之意、而後楚王胡亥之聽、毋使臣爲箕子接輿所笑。臣聞比干剖心、子胥鴟夷、比干强諫、紂怒曰、吾聞聖人心有七竅、遂剖比干觀其心。子胥自刎、吳王夫差取馬革爲鴟夷形、盛子胥尸、投之江。臣始不信、迺今知之、願大王熟察、少加憐焉。以上自謂忠而獲罪、信而見疑、故引荊軻、衞先生之事明之、又引玉人、李斯、比干、子胥足其意、是爲第一段。語曰、有白頭如新、傾蓋如故。白頭、初相識至頭白也。傾蓋者、道行相遇、駐車對語、兩蓋相交、小敧之義也。何則、知與不知也。提出知字、開下文之論端。

故樊於期逃秦之燕、藉荊軻首以奉丹事。於期爲秦將、被讒、走之燕、始皇滅其家、又重購之。會燕太子丹遣荊軻欲刺秦王、無以爲藉、於期自刎、首、令荊軻齎往。王奢去齊之魏、臨城自剄、以卻齊而存魏。王奢、齊臣也、亡至魏、其後齊伐魏、奢登城謂齊將曰、今君之來、不過以奢故也、義不苟生、以爲魏累、遂自剄。夫王奢樊於期、非新於齊秦而故於燕魏也、所以去二國死兩君者、行合於志、慕義無窮也。是爲真知。是以蘇秦不信於天下、爲燕尾生、蘇秦說齊宣王、使還燕十城、又令閔王厚葬以弊齊、終死於燕、是蘇秦不出其信于天下、于燕則爲尾生之信也。尾生、古之信士、守志亡軀、故以爲喻。白圭戰亡六城、爲魏取中山、白圭爲中山將、亡六城、君欲殺之、亡入魏、文侯厚遇之、還拔中山。何則、誠有以相知也。應醒知字。蘇秦相燕、人惡之燕王、燕王按劍而怒、食寺、以駃決、

騠。題、○反食蘇秦以異味。駃騠、駿馬名。白圭顯於中山、拔中山而尊顯。人惡之於魏文侯、文侯賜以
夜光之璧。反賜白圭以奇珍。○又申說一遍。何則、兩主二臣、剖心析肝相信、豈移於浮辭
哉。以上思其見疑獲罪之由、皆因于知與不知、故歷引王奢、樊於期、蘇秦、白圭證之。是爲第二段。故女無美惡、入宮見妒、士
無賢不肖、入朝見嫉。承上起下。昔司馬喜臏頻上聲。腳於宋、卒相中山、司馬喜、六國時人。臏、
刖刑、去膝蓋骨。范雎拉蠟、脅折齒於魏、卒爲應侯、范雎、魏人、魏相魏齊疑其以國陰事告齊、乃掠笞數百、拉脅折齒。後入秦爲
相、封爲應侯。拉、亦折也。此二人者、皆信必然之畫、畫、計也。捐朋黨之私、挾孤獨之交、
故不能自免於嫉妒之人也。以之自況。是以申徒狄蹈雍之河、申徒狄、殷末人、自沉于雍州之河。徐
衍負石入海、徐衍、周末人、負石自投于海。不容於世、義不苟取比周於朝、以移主上之心。
雖不見容、終不苟且朋黨于朝、以感動主上之心。故百里奚乞食於道路、繆公委之以政、百里奚聞秦繆公賢、欲往干之、
乏資、乞食以自致。寧戚飯牛車下、桓公任之以國。寧戚爲人飯牛車下、扣牛角而歌、齊桓公聞之、舉以爲相。此二人
者、豈素宦於朝、借譽於左右、然後二主用之哉。感於心、合於行、堅

校勘記：

①"胡"，原誤作"吳"，今據《漢書·賈鄒枚路傳》、《昭明文選》、文富堂本、懷涇堂本改。

如膠漆、昆弟不能離、豈惑於衆口哉。又將相知意結、就嫉妒深一層說。下復故偏聽生姦、獨任成亂。昔魯聽季孫之說逐孔子、齊人歸女樂、季桓子受之、三日不朝、孔子行。宋任子冉之計囚墨翟、子冉、子罕也。夫以孔墨之辯、不能自免於讒諛、而二國以危、何則、衆口鑠金、積毀銷骨也。美金見毀、衆共疑之、數被燒煉、以致銷鑠。讒佞之人、肆其詐巧、離散骨肉、而不覺知。○偏聽獨任、痛心千古。秦用戎人由余而伯中國、秦穆公求士、西取由余于戎。齊用越人子臧而彊威宣、齊任子臧、威宣二王所以彊盛。此二國豈係於俗、牽於世、繫奇偏之浮辭哉、公聽並觀、垂明當世。公聽並觀、與上偏聽獨任相反。故意合、則胡越爲兄弟①、由余子臧是矣。不合、則骨肉爲讎敵、朱象管蔡是矣。朱、丹朱、堯子。象、舜弟。管蔡、管叔蔡叔。上無朱象管蔡、忽然插入、古文奇恣不拘如此。○今人主誠能用齊秦之明、後宋魯之聽、則五伯不足侔、而三王易爲也。以上思其不見知之由、在于無朋黨之私、被讒佞之口、故引司馬喜范雎申徒狄徐衍四人、爲無朋黨之證、引齊秦宋魯四君、爲信讒不信讒之證。是爲第二段。是以聖王覺寤、捐子之之心、而不說田常之賢、燕王噲、欲禪國于其相子之、國乃大亂。田常、陳恆也、齊簡公悅之、而被弑。封比干之後、修孕婦之

②"荆"字原脫，今據《漢書·賈鄒枚路傳》、《昭明文選》、文富堂本、懷涇堂本補。

墓、武王克商、反其故政、乃封修之。孕婦、紂刳妊者、觀其胎。故功業覆於天下、何則、欲善無厭也。夫晉文親其讎、彊伯諸侯、齊桓用其仇、而一匡天下、寺人披爲晉獻公逐文公、斬其袪、後文公卽位、用其言以免呂郤之難。管仲射中桓公帶鉤、而用爲相。何則、慈仁殷勤、誠加於心、不可以虛辭借也。桓文欲善無厭。至夫秦用商鞅之法、東弱韓魏、立彊天下、卒車裂之。越用大夫種之謀、禽同擒、勁吳而伯中國、遂誅其身。秦孝公用衞鞅、封爲商君、後犯罪以車裂之。越王句踐用文種、敗吳王夫差、後被讒賜死。○秦越待士、有始無終、不能欲善無厭也。是以孫叔敖三去相而不悔、於烏、陵子仲辭三公、爲人灌園。孫叔敖三爲楚相、三去之而不怨悔。楚王聞陳仲子賢、欲以爲相、仲子夫妻相與逃而爲人灌園。○恐始榮而終敗也。今人主誠能去驕傲之心、懷可報之意、士有功可報者思必報。披心腹、披、開也。見情素、墮肝膽、墮、落也。施德厚、終與之窮達、無愛於士、待士有終、與之窮達如一、無所吝惜于士也。則桀之犬可使吠堯、跖之客可使刺由、跖、盜跖。由、許由。此言被之以恩、則用命也。何況因萬乘之權、假聖王之資乎。然則荆軻湛同沉、七族②、要腰、離燔妻子、荆軻爲燕刺秦王、不成而死、其族坐之。湛、沒也。吳王闔閭欲殺王子慶忌、要離詐以罪亡、令吳王燔其妻子、要離走見慶忌、以劍刺之。豈足爲大王道哉。言士皆樂爲之用也。○以上恐其朋黨得援、讒佞得行。是皆因于人主之不能欲善無厭、故歷引桓文秦越反覆明之。爲第四段。臣聞明月之珠、夜光之璧、以闇同暗、投人於道、衆莫不按劍相眄勉、者、眄、目偏合也。何則、無因而至前也。蟠盤、木根柢、底、輪囷屈平聲。離奇、蟠木、屈曲之木也。柢、根下本也。輪囷離奇、委曲盤戾也。而爲萬乘器者、輪萬乘器、天子車輿之屬。以左右先爲之容也。容、謂雕刻加飾。○突出奇喩、振起一篇精神。故無因而至前、雖出隨珠和璧、隨侯珠、和氏璧。秖祇同、怨結而不見德。有人先游、游、謂進納之也。則枯木朽株、樹功而不忘。復說一遍、更有味。今夫天下布衣窮居之士、身在貧羸、貧羸、衣食不充而羸瘦也。雖蒙堯舜之術、挾伊管之辯、伊尹、管仲。懷龍逢旁、比干之意、龍逢、亦紂忠臣。○激昂自負語。而素無根柢之容、雖竭精神③、欲開忠於當世之君、則人主必襲按劍相眄之迹矣。是使布衣之士、不得爲枯木朽株之資也。懷才不遇、宜有此憤激。是以聖王制世御俗、獨化於陶遙、鈞之上、陶家名模下圓轉者爲鈞、蓋云周回調鈞耳。言聖王制馭天下、亦猶陶人轉鈞也。而不牽乎卑亂之語、不奪乎衆多之口、故秦皇帝任

③"竭"，原誤作"極"，今據《漢書·賈鄒枚路傳》、《昭明文選》、文富堂本、懷涇堂本改。

中庶子蒙嘉之言以信荆軻、而七（匕）首竊發、（荆軻至秦、厚遺秦王寵臣中庶子蒙嘉、爲先言于秦王、秦王見之、獻督亢之地圖、圖窮而匕首見。）周文王獵涇渭、載呂尚歸、以王天下、（西伯出、遇呂尚于渭之陽、與語、大悅、因載歸。）秦信左右而亡、周用烏集而王。（太公非舊人、若烏鳥之暴集。）何則、以其能越攣拘之語、馳域外之議、獨觀乎昭曠之道也。（單頂用烏集而王說。）今人主沉諂諛之辭、牽帷廧（同牆）之制、（言爲臣妾侍帷牆者所牽制。）使不羈之士、與牛驥同皁。（不羈、言才識高遠、不可羈係也。皁、食牛馬器。）此鮑焦所以憤於世也。（鮑焦、周之介士、怨時之不用己、采蔬于道、抱木而死。○此段言人君待士、不可信左右之人。）臣聞盛飾入朝者、不以私汙義、底（同砥）厲（同礪）名號者、不以利傷行、故里名勝母、曾子不入、（勝母、不孝。）邑號朝歌、墨子回車。（朝歌、不時。）今欲使天下寥廓之士、（寥廓、大也。）（空）籠於威重之權、脅於位勢之貴、回面汙行、以事諂諛之人、而求親近於左右、則士有伏死堀（同窟）穴巖藪之中耳、安有盡忠信而趨闕下者哉。（應起忠信二字。此段言士之自處。○不肯附左右之人。○以上言世主必欲左右先容、而賢者寧有伏死巖穴、以自明其志。是爲第五段。）

(此書詞多偶儷、意多重複、蓋情至窘迫、嗚咽涕洟、故反覆引喻、不能自已耳。其間段落雖多、其實不過五大段文字。每一援引一結束、即以是以字故字接下。斷而不斷、一氣呵成。)

司馬相如上書諫獵

西漢文

相如從上至長楊獵、(長楊宮也。)是時天子(武帝。)方好自擊熊豕、馳逐壄(同野、)獸。相如因上疏諫曰、臣聞物有同類而殊能者、(兼人獸說。)故力稱烏獲、捷言慶忌、勇期賁育、(烏獲、秦武王力士。慶忌、吳王僚子、闔閭嘗以馬逐之江上、而不能及。賁、孟賁、古之勇士、水行不避蛟龍、陸行不避狼虎。育、夏育、亦勇士。)臣之愚、竊以爲人誠有之、獸亦宜然。(從猛士引出猛獸。)今陛下好陵阻險、射(石、)猛獸、卒(猝、)然遇逸材之獸、駭不存之地、犯屬車之清塵、(逸材、過于衆也。不存、不可得而安存也。屬車、從車。言犯清塵、不敢指斥之也。○卒然二字、伏下不及、不暇、不得用等字。)輿不及還(旋、)轅、人不暇施巧、雖有烏獲逢(旁、)蒙之技不得用、枯木朽株、盡爲難矣。(枯木朽株、阻險中塞道之物。○危言悚聽。)是胡越起於轂下、而羌夷接軫也、豈不殆哉。(軫、車後橫木。起轂接軫、有如寇敵、喻禍之不遠。○此段以禍恐之。)雖萬全而無

校勘記：

①"亦"字原脫，今據《史記・司馬相如列傳》、《漢書・司馬相如傳》《昭明文選》補。

患、然本非天子之所宜近也。（一折落下。）且夫清道而後行、中路而馳、猶時有銜橛之變。（銜、馬勒銜也。橛、車鉤心也。銜橛之變、言馬銜或斷、鉤心或出、則致傾敗以傷人也。）況乎涉豐草、騁邱墟、（豐、茂也。騁、馳也。）前有利獸之樂、而內無存變之意、（利、猶貪也。變、即銜橛之變。）其爲害也不亦難矣①。（此段以理論之。）夫輕萬乘之重、不以爲安樂、出萬有一危之塗以爲娛、（魚、）臣竊爲陛下不取。（結清道後行一段。）蓋明者遠見於未萌、而知者避危於無形、旤（同禍、）固多藏於隱微、而發於人之所忽者也。（結卒然遇獸一段。）故鄙諺曰、家絫（同累、）千金、坐不垂堂。（懼瓦墮而傷之。言富人之子、則自愛深也。）此言雖小、可以喻大、（一喻更醒。）臣願陛下留意幸察。

（卒然遇獸一段、寫獸之駭發。清道後行一段、寫人之不意。末復反覆申明之、悚然可畏之中、復委婉易聽。武帝所以善之也。）

李陵答蘇武書　西漢文

子卿足下、（蘇武字。）勤宣令德、策名清時、榮問（同聞、）休暢、幸甚幸甚。（策、立也。榮問、令聞也。休、美。暢、通也。○先勞子卿。）遠託異國、昔人所悲、望風懷想、能不依依。（望風、遠望也。依依、愁思也。）

昔者不遺、遠辱還答、（遺、忘也。陵前與武書、武有還答。）慰誨勤勤、有踰骨肉、陵雖不敏、能不慨然。（文謝遺書。）自從初降、以至今日、身之窮困、獨坐愁苦。終日無覩、但見異類、韋韝（鉤）毳（吹去聲）幕（莫）、以禦風雨、（韋、皮也。韝、衣袖。毳、氈也。幕、帳也。）羶（扇平聲）肉酪（洛）、漿、以充飢渴、（羶、羊臭。酪、乳漿。）擧目言笑、誰與爲歡。胡地玄冰、邊土慘裂、（玄冰、冰厚色玄也。慘裂、寒之甚也。）但聞悲風蕭條之聲、涼秋九月、塞外草衰、夜不能寐、側耳遠聽、胡笳（佳）互動、（笳、笛類、胡人吹之爲曲。）牧馬悲鳴、吟嘯成羣、邊聲四起、（邊聲、卽笳曲馬鳴之屬。）晨坐聽之、不覺淚下。嗟乎子卿、陵獨何心、能不悲哉。（文寫自初降至今日、景況之甚慘。）與子別後、益復無聊、上念老母、臨年被戮、妻子無辜、並爲鯨鯢、（武帝以陵降匈奴、殺其母妻。臨年、臨老之年也。鯨鯢、魚名、左傳、取其鯨鯢而封之、以爲大戮。）身負國恩、爲世所悲、子歸受榮、我留受辱、命也何如。（頓挫。）身出禮義之鄉、而入無知之俗、違棄君親之恩、長爲蠻夷之域、傷已、令先君之嗣、（先君、謂其父當戶、卽廣之子。）更成戎狄之族、又自悲矣。文寫無數冤毒在心。功大罪小、不蒙明察、孤負陵心區區之意、功、謂戰功。罪、謂降虜。不蒙明察、謂誅及全家。陵心區區之意、即下所云、欲報恩于國主是也。每一念至、忽然忘生。陵不難刺戚、心以自明、刎頸以見志、不難自殺、以表昔日之降非畏死。顧國家於我已矣、顧、念也。全家被誅、國家與我恩義已絕。殺身無益、適足增羞、故每攘臂忍辱、攘、奮也。輒復苟活。文明不自引決之故。左右之人、陵之左右。見陵如此、以爲不入耳之歡、來相勸勉、異方之樂、洛、秖祇同、令人悲、增忉刀、怛耳。不入耳之歡、謂富貴之樂。忉怛、內悲也。○文寫忽忽之狀、非人所能解勸。嗟乎子卿、人之相知、貴相知心、前書倉卒、猝、未盡所懷、故復略而言之。自此以下、重述戰敗降胡之事。昔先帝授陵步卒五千、出征絕域、先帝、謂武帝也、作書是昭帝時。絕域、遠國也。五將失道、陵獨遇戰、五將、謂軍將有五。與陵相期不至、故稱失道。陵獨遇匈奴、與之合戰。而裹萬里之糧、帥徒步之師、出天漢之外、天漢、武帝年號。言師出正朔所加之外、遠耳。見其入彊胡之域、以五千之衆、對十萬之軍、策疲乏之兵、當新羈之馬、羈、馬絡頭也。然猶斬將搴牽、旗、追奔逐北、搴、拔取也。師敗曰北。滅跡掃塵、斬其梟帥、殺敵之易、如滅行跡、掃塵埃。梟帥、勇將也。使三軍之士、視死如歸、陵也不才、希當大任、意謂此時、功難堪矣。堪、勝也。言此時功大、不可勝比。此段敍戰勝之功、下段敍敗北之故。○匈奴既敗、舉國與師、更練精兵、彊踰十萬、單蟬、于臨陣、親自合圍、單于、匈奴號。客主之形、既不相如、陵爲客、匈奴爲主。步馬之勢、又甚懸絕。陵步卒、匈奴馬騎。疲兵再戰、一以當千、然猶扶乘創昌、痛、決命爭首、創、傷也。以少敵衆、見傷者多、然士卒用命、皆扶其創、乘其痛、爭爲先首而戰也。死傷積恣、野、餘不滿百、而皆扶病、不任干戈。然陵振臂一呼、創病皆起、舉刃指虜、胡馬奔走、兵盡矢窮、人無尺鐵、猶復徒首奮呼、爭爲先登。徒、空也。○忠勇之氣凜凜。當此時也、天地爲陵震怒、戰士爲陵飲血。血、淚也。○精誠有以格天人。單于謂陵不可復得、便欲引還、恐漢有伏兵。而賊臣教之、遂使復戰、賊臣、管敢也。先亡入匈奴、至是告匈奴以漢無伏兵。故陵不免耳。只一句說敗降、極蘊藉。○以上兩段、極力鋪敍、以見功大罪小。昔高皇帝以三十萬衆、困於平城、當此之時、猛將如雲、謀臣如雨、然猶七日不食、僅乃得免。

況當陵者、豈易爲力哉。高祖自將擊韓王信、遂至平城、爲匈奴所圍、七日不得食、用陳平密計、始得免。○引高帝、正是自寫處。而執事者云云、苟怨陵以不死。執事、漢朝執事之人也。云云、謂多言也、言皆責陵以不死而降。然陵不死、罪也、頓挫、子卿視陵、豈偷生之士、而惜死之人哉、寧有背君親、捐妻子、而反爲利者乎。慷慨悲歌、如聞變徵之聲。然陵不死、有所爲也、故欲如前書之言、報恩於國主耳、陵前與蘇子卿書云、若將不死、功成事立、則將上報厚恩、下顯祖考。誠以虛死不如立節、滅名不如報德也。昔范蠡不殉會稽之恥、曹沫昧不死三敗之辱、卒復句踐之讎、報魯國之羞、區區之心、竊慕此耳。范蠡、越之賢也。殉、死也。吳敗越、越王句踐走于會稽、後七年、用范蠡計、遂破吳、是復句踐之讎也。曹沫、魯將、與齊三戰三敗、失其境土、後魯與齊盟、曹沫以匕首劫桓公于壇上、曰、反所侵地、桓公許之、是報魯國之羞也。陵遂心慕此、欲爲漢報功。何圖志未立而怨已成、計未從而骨肉受刑、此陵所以仰天椎心而泣血也。以上申不蒙明察孤負陵心區區之意二句。足下又云、漢與功臣不薄。子爲漢臣、安得不云爾乎。武爲漢臣、何得不云如此、其實薄也。○跌一句、妙。昔蕭樊囚縶、蕭何爲民請上林苑、高祖怒、下廷尉、械繫之。高祖病、有人惡樊噲黨于呂氏、欲盡誅戚氏趙王如意之屬、高祖大怒、乃使陳平載絳侯代將、執噲諸長安。韓彭菹醢、陳豨反、韓信在長安、欲應之、事覺、呂氏使武士縛信、斬于長樂鍾室。彭越反、高祖赦之、遷處蜀道、呂后白上曰、徙蜀自遺患、不如誅之、遂夷三族。菹醢、肉醬。鼂錯受戮、鼂錯患諸侯強大、請削其地、七國反、遂誅錯。周魏見辜、周勃免相就國、人有上書告勃欲反、下廷尉捕治之。魏其侯竇嬰、坐灌夫罵丞相田蚡不敬、論棄市。其餘佐命立功之士、賈誼亞夫之徒、皆信命世之才、抱將相之具、而受小人之讒、並受禍敗之辱、卒使懷才受謗、能不得展、彼二子之遐舉、誰不爲之痛心哉。文帝欲以賈誼任公卿之位、絳灌馮敬之屬盡害之、于是天子疏之不用、後出爲長沙王太傅。梁孝王與周亞夫有隙、孝王每朝、常言其短、後謝病免相、以事下獄、嘔血而死。是不展周賈二子遠舉之才、誰不爲之痛心哉。○講薄字第一層。陵先將軍、功略蓋天地、義勇冠三軍、徒失貴臣之意、剄身絕域之表、此功臣義士、所以負戟而長歎者也、何謂不薄哉。先將軍、謂李廣也。貴臣、謂衛青也。大將軍衛青擊匈奴、廣爲前將軍。青自部精兵、而令廣出東道、東道迴遠、迷惑失道、大將軍因問失道狀、廣遂引刀自剄。○講薄字第二層。且足下昔以單車之使、適萬乘之虜、遭時不遇、至于伏劍不顧、流離辛苦、幾死朔北之野。武奉使入匈奴、衛律欲武降、武謂屈節辱命、雖生何面目以歸漢、引佩刀以自刺、衛律驚、自抱持武、氣絕半日復息、乃徙武北海上無人處。武丁年奉使、皓首而歸、丁年、謂丁壯之年也。武留匈奴凡十九歲、始以強壯出、及還、鬚髮盡白。老母終堂、生妻去帷、武奉使既久、母死妻嫁也。此天下所希聞、古今所未有也。一折。蠻貊之人、尚猶嘉子之節、況為天下之主乎。二折。陵謂足下當享茅土之薦、受千乘之賞、茅土、千乘、皆謂封諸侯之事。○三折。聞子之歸、賜不過二百萬、位不過典屬國、武自匈奴還、賜錢二百萬、今之二千貫、拜為典屬國、秩中二千石。無尺土之封、加子之勤、勤、勞也。而妨功害能之臣、盡為萬戶侯、親戚貪佞之類、悉為廊廟宰、子尚如此、陵復何望哉。

且漢厚誅陵以不死、薄賞子以守節、欲使遠聽之臣、聽、聞也。望風馳命、謂歸于漢。此實難矣、所以每顧而不悔者也。講薄字第三層。陵雖孤恩、漢亦負德。孤、負也。力屈而降、則孤恩。漢誅陵家、亦負德。○二句、收上起下。昔人有言、雖忠不烈、視死如歸。忠于君者、雖不激烈、亦不愛死。陵誠能安、而主豈復能眷眷乎。陵誠能安于死而不孤恩、漢豈能眷眷念陵而不負德。男兒生以不成名、死則葬蠻夷中、誰復能屈身稽顙、還向北闕、使刀筆之吏、弄其文墨耶、刀筆之吏、獄吏也。願足下勿復望陵。勿復望陵歸于漢。嗟乎子卿、夫復何言、相去萬里、人絕路殊、生爲別世之人、死爲異域之鬼、長與足下、生死辭矣。傷心悲絕。幸謝故人、勉事聖君。指霍光、上官桀。足下胤子無恙、勿以爲念。武在匈奴、娶胡婦、生子名通國。努力自愛、時因北風、復惠德音。望後書也。李陵頓首。

天漢二年、陵率步卒五千人出塞、與單于戰、力屈乃降。匈奴中與蘇武相見。武得歸、爲書與陵、令歸漢。陵作此書答之、一以自白心事、一以咎漢負功。文情感憤壯烈、幾于動風雨而泣鬼神、除子卿自己、更無餘人可以代作。蘇子瞻謂齊梁小兒爲之、未免大言欺人。

路溫舒尚德緩刑書　西漢文

昭帝崩、昌邑王賀廢、宣帝初卽位。昭帝崩、無嗣、迎昌邑王賀爲嗣。既至卽位、行淫亂、大將軍霍光率羣臣白太后廢之。迎武帝曾孫病已、嗣昭帝後、是爲宣帝。路溫舒鉅鹿人、守廷尉史。上書、言宜尚德緩刑。其辭曰、臣聞齊有無知之禍、而桓公以興、齊襄公無道、公子小白奔莒、子糾奔魯。及公孫無知弒襄公、小白自莒先入、得立、是爲桓公。晉有驪姬之難、而文公用伯、晉獻公伐驪戎、得驪姬、愛幸之。姬譖三公子、申生自殺、重耳夷吾出奔。後重耳入晉爲文公。近世趙王不終、諸呂作亂、而孝文爲太宗、高祖寵戚姬、生如意、封爲趙王、帝崩、惠帝立、呂太后酖殺趙王。及惠帝崩、呂太后臨朝、諸呂專權、欲危劉氏。諸大臣謀共誅之、迎立代王、是爲孝文帝、廟號太宗。由是觀之、禍亂之作、將以開聖人也。此句爲下昭天命、開至聖張本。故桓文扶微興壞、尊文武之業、澤加百姓、功潤諸侯、雖不及三王、天下歸仁焉。承上說桓文。文帝永思至德、以承天心、崇仁義、省刑罰、通關梁、一遠近、敬賢如大賓、愛民如赤子、內恕情之所安、而施之於海內、恕情、謂推己之心。是以囹陵、圄語、空虛、囹圄、獄名。天下太平。承上說文帝。夫繼變化之後、必有異舊之恩、此賢聖所以昭天命也。再下一斷、虛引尚德緩刑之旨。往者昭帝即世而無嗣、大臣憂戚、焦心合謀、皆以昌邑尊親、援而立之、然天不授命、淫亂其心、遂以自亡、深察禍變之故、迺皇天之所以開至聖也。應上將以開聖人意。故大將軍霍光。受命武帝、股肱漢國、披肝膽、披、開也。決大計、黜亡義、廢昌邑。立有德、立宣帝。輔天而行、然後宗廟以安、天下咸寧。臣聞春秋正即位、大一統而慎始也、立宣帝。陛下初登至尊、與天合符、宜改前世之失、正始受命之統、滌煩文、

校勘記：

①"生"字原誤作"王"，今據《漢書・賈鄒枚路傳》改。

除民疾、存亡繼絕、以應天意。主意要宣帝緩刑、緩刑即尚德也。以上却不直說、只反覆極寫興廢之際。以深動之。臣聞秦有十失、其一尚存、治獄之吏是也。此句方入正意。秦之時、羞文學、一失。好武勇、二失。賤仁義之士、三失。貴治獄之吏、四失。正言者謂之誹謗、五失。遏過者謂之妖言、六失。故盛服先生①、不用於世、盛服、竭力以佩服也。○七失。忠良切言、皆鬱於胸、八失。譽諛之聲、日滿於耳、九失。虛美熏心、實禍蔽塞、十失。此乃秦之所以亡天下也。結過秦。方今天下、賴陛下恩厚、亡金革之危、飢寒之患、父子夫妻、勠六、力安家、勠力、并力也。然太平未洽者、獄亂之也。一闔。夫獄者、天下之大命也、一開。死者不可復生、㡭者不可復屬、古絕字、祝、書曰、與其殺不辜、寧失不經。辜、罪也。經、常也。謂法可以殺、可以無殺、殺之則恐陷于非辜、不殺之、恐失于輕縱、然與其殺之而害彼之生、寧姑全之而自受失刑之責。今治獄吏則不然、上下相毆、毆、逐也。以刻爲明、深者獲公名、平者多後患、故治獄之吏、皆欲人死、非憎人也、自安之道、在人之死、慘痛之音。是以死人之血、流離於市、被刑之徒、比肩而立、大辟闢、之計、歲以萬數、此仁聖之所以傷也、太平之未洽、凡以此也。又束應前。夫人情安則樂生、痛則思死、棰楚之下、何求而不得、棰楚、以杖鞭扑也。故因人不勝升、痛、則飾辭以視示同、之、飾、假也。視、告也。吏治者利其然、則指道以明之、獄吏利其假辭以相告、爲指引道理、以明其罪之實。上奏畏卻、則鍛練而周內納同、之、卻、退也。畏爲上所卻退、則精熟周悉、致之法中。○三句盡酷吏折獄之情。蓋奏當去聲、之成、奏當、謂處當其罪、而上奏也。雖咎繇同皋陶、聽之、猶以爲死有餘辜、何則、成練者衆、文致之罪明也。成練、謂成其鍛練之辭。文致、文飾而致人罪也。○可見酷吏爰書、不可爲據。是以獄吏專爲深刻、殘賊而亡極、愉偷、爲一切、愉、苟且也。一切、權時也。不顧國患、此世之大賊也。故俗語曰、畫地爲獄議不入、刻木爲吏期不對、畫獄木吏、尚不入對、況真實乎。議、擬也。期、必也。此皆疾吏之風、悲痛之辭也。故天下之患、莫深於獄、敗法亂正、離親塞道、莫甚乎治獄之吏、此所謂一尚存者也。應前文作一大束。下更推開一步、是上書主意。臣聞烏鳶之卵不毀、而後鳳皇集、誹謗之罪不誅、而後良言進、故古人有言、山藪藏疾、川澤納汚、瑾瑜匿惡、國君含詬。垢、○四句出左傳、晉大夫伯宗之言。藪、大澤也。疾、毒害之物。瑾、瑜、美玉也。惡、玉瑕。垢、恥病也。唯陛下除誹謗以招切言、開天下之口、廣箴諫之路、掃亡秦之失、尊文武之德、省法制、寬刑罰、以廢治獄、則太平之風、可興於世、永履和樂、與天亡極。首尾以天字應。天下幸甚。上善其言。

論者謂宣帝好刑名之學、溫舒此疏、切中其病、非也。是時宣帝初立、未有施行。蓋自武帝後、法益煩苛、宣帝即位、溫舒冀一掃除之、故發此論。其言深切悲痛、宣帝亦爲之感悟。

楊惲報孫會宗書　西漢文

惲蘊、既失爵位家居、楊惲、華陰人。與太僕戴長樂相忤、坐事、免爲庶人。治產業、起室宅、以財自娛。魚、歲餘、其友人安定太守西河孫會宗、知略士也、與惲書諫戒之。爲言大臣廢退、當闔門惶懼、爲可憐之意、不當治產業、通賓客、有稱譽。惲宰相子、（父敞爲丞相。）少顯朝廷、一朝晻（闇）昧、語言見廢、內懷不服。報會宗書曰、惲材朽行穢、文質無所底、（底、致也。）幸賴先人（父敞。）餘業、得備宿衛、（宿衛、常侍散騎官。）遭遇時變、以獲爵位、（霍氏謀反、惲先聞知。霍氏伏誅、惲封爲平通侯。）終非其任、卒與禍會。（謂見廢也。）足下哀其愚、蒙賜書教督以所不及、殷勤甚厚。（先謝賜書。）然竊恨足下不深惟其終始①、而猥隨俗之毀譽也、（猥、猶曲也。）言鄙陋之愚心、若逆指而文過、（逆會宗之指、而自文飾其過。）默而息乎、恐違孔氏各言爾志之義、故敢略陳其愚、唯君子察焉。（入報書意。）惲家方隆盛時、乘朱輪者十人、（朱輪、以丹漆塗車轂。二千石、皆得乘朱輪。）位在列卿、爵爲通侯、總領從官、與聞政事、曾不能以此時有所建明、以宣德化、又不能與羣僚同心幷力、陪輔朝廷之遺忘、（遺忘、缺失也。）已負竊位素餐之責久矣。（一頓宕。）懷祿貪勢、不能自退、遭遇變故、橫被口語、（口語、卽戴長樂所告也。）身幽北闕、妻子滿獄。（惲禁在北闕、不在常禁之所。○自敘始末、俱含牢騷之意。）當此之時、自以夷滅不足以塞責、（又頓宕。）

校勘記：

①"惟"，原誤作"推"，今據《漢書·楊惲傳》、《昭明文選》、文富堂本、懷涇堂本改。

豈意得全首領、復奉先人之丘墓乎。此非幸語、正自恨語。伏惟聖主之恩、不可勝升、量、良、君子游道、樂以忘憂、賓。小人全軀、說以忘罪。主。竊自私念、過已大矣、行已虧矣、長爲農夫、以沒世矣。連用三矣字、情詞慷慨。是故身率妻子、戮力耕桑、灌園治產、以給公上、給君上之賦稅、以免官爲庶人故也。不意當復用此爲譏議也。不意會宗以此爲譏謗之議。○一束。夫人情所不能止者、聖人弗禁、轉筆會全神。故君父至尊親、送其終也、有時而既。終、沒也。既、盡也。臣子送君父之終、喪不過三年、其哀有時而盡。○起下句。臣之得罪、已三年矣、今我得罪已三年、惶懼之懷、亦可以少殺也。田家作苦、歲時伏臘、亨羊炰羔、斗酒自勞。去聲、家本秦也、能爲秦聲、婦趙女也、雅善鼓瑟、奴婢歌者數人、酒後耳熱、仰天拊缶、而呼烏烏。缶、瓦器也、秦人擊之以節歌。李斯上書曰、擊甕叩缶、而呼烏烏快耳者、真秦聲也。○激騷之音、短歌促節。其詩曰、田彼南山、蕪穢不治、喻朝廷荒亂也。種一頃豆、落而爲萁。其、○喻賢人放棄也。其、豆莖。人生行樂耳、須富貴何時。須、待也。言國既無道、但當行樂、欲待富貴職位、亦何時也。○含譏帶誚、惲之得禍在此。是日也、拂衣而喜、奮褎袖同、低昂、頓足起舞、誠淫荒無度、不知其不可也。滿紙不可人意。惲幸有餘祿、方糴賤販貴、逐什一之利、此賈豎之事、汙辱之處、惲親行之、下流之人、衆毀所歸、不寒而栗。栗、竦縮也。雖雅知惲者、猶隨風而靡、尚何稱譽之有。明明譏刺會宗。董生不云乎、明明求仁義、常恐不能化民者、卿大夫意也、明明求財利、尚恐困乏者、庶人之事也。此董仲舒對策文。故道不同、不相爲謀、大夫庶人、道不同也、我亦與子殊矣。今子尚安得以卿大夫之制而責僕哉。純是怨望。夫西河魏土、西河、會宗所居。文侯所興、有段干木、田子方俱魏賢人。之遺風、漂飄、然皆有節概、知去就之分。漂然、遠意。高頃者、足下離舊土、臨安定、安定山谷之間、昆戎舊壤、子弟貪鄙、豈習俗之移人哉、於今迺睹子之志矣。言子豈隨安定貪鄙之俗而易其操乎。今乃見子之志與我不同也。○何謾罵至此。方當盛漢之隆、願勉旃、毋多談。旃、之也。○結語憤絕。○後有日蝕之變、人告惲驕奢、不悔過、日蝕之咎、此人所致。下廷尉按驗、又得與會宗書、宣帝惡之、廷尉議惲大逆無道、腰斬。

憚、太史公外孫、其報會宗書、宛然外祖答任安書風致。辭氣怨激、竟遭慘禍。宣帝處憚、不以戴長樂所告事、而以報會宗一書、異哉帝之失刑也。

光武帝臨淄勞耿弇　東漢文

車駕至臨淄、自勞軍、羣臣大會。是時張步屯祝阿、弇擊拔之。進攻臨淄、又拔之。帝謂弇曰、昔韓信破歷下以開基、齊田廣也。今將軍攻祝阿以發迹、此皆齊之西界、功足相方。歷下、今歷城縣。祝阿故城在長清縣、俱屬濟南府。○天然脗合。而韓信襲擊已降、將軍獨拔勍敵、其功乃難於信也。田橫立兄子廣爲齊王、而橫相之。漢王使酈食其說下齊王廣、及其相國橫、橫以爲然、解其歷下軍。韓信用蒯徹計襲破之。○特爲表章。又田橫亨酈生、及田橫降、高帝詔衞尉不聽爲仇、田橫以酈生賣己亨之、高帝詔之曰、齊王田橫即至、人馬從者敢動搖者、致族夷。衞尉酈生弟商也、張步前亦殺伏隆、若步來歸命、吾當詔大司徒釋其怨、帝使伏隆拜步爲東海太守、劉永亦遣使立步爲齊王。步欲留隆、隆不聽、求得反命、步遂殺之。大司徒、伏隆父湛也。又事尤相類也。其功乃難于信也下、可直接將軍前在南陽建此大策句矣、偏又橫插入此一段、妙絕。將軍前在南陽、建此大策、常以爲落落難合、有志者事竟成也。先是弇從帝幸舂陵、自請北收上谷兵、定彭寵于漁陽、取張豐于涿郡、還收富平獲索、東攻張步、以平齊地、帝壯其意、許之。落落難合、謂疏闊而不易副也。○天下無難成之事、特悲人之無志耳。有志竟成一語、大堪砥礪英雄。前一段、表弇之功。末一段、佳弇之志。中間將自己處張步、與高帝處田橫、比方一番、以動步歸誠之意。英主作用、全在此數語。

馬援誡兄子嚴敦書　東漢文

援兄子嚴敦、並喜譏議、而通輕俠客。援前在交阯、(帝拜援伏波將軍、南擊交阯。)還書誡之曰、吾欲汝曹聞人過失、(曹、輩也。)如聞父母之名、耳可得聞、口不可得言也。(名論、未經人道破。)好議論人長短、妄是非正法、此吾所大惡也、甯死不願聞子孫有此行也。(申明上意。)汝曹知吾惡之甚矣、(平日常以此相戒。)所以復言者、施衿結縭、(離、)申父母之戒、欲使汝曹不忘之耳。(今又復言之者、猶父母送女、親爲施衿結縭、申其訓戒、不憚再三、蓋欲使汝曹不遺忘耳。衿、佩帶也。縭、佩巾也。以上誡其喜譏議。)○龍伯高(名述、京兆人、時爲山都長。)敦厚周慎、(四字總。)口無擇言、謙約節儉、廉公有威、(敦厚周慎如此。)吾愛之重之、願汝曹效之。杜季良(名保、京兆人、時爲越騎司馬。)豪俠好義、(四字總。)憂人之憂、樂人之樂、清濁無所失、(善惡皆與爲交。)父喪致客、數郡畢至、（豪俠好義如此。）吾愛之重之、不願汝曹效也。（龍杜之行、並堪愛重、而當效與不當效、則有別。）效伯高不得、猶爲謹勅之士、所謂刻鵠不成、尙類鶩（務）者也。效季良不得、陷爲天下輕薄子、所謂畫虎不成、反類狗者也。（申明上意、喻更新奇。）訖（同迄）今季良尙未可知、郡將下車輒切齒、州郡以爲言、吾常爲寒心、是以不願子孫效也。（又單言季良取禍之道、以重警之。以上誡其通輕俠客。）○

（戒兄子書、諄諄以黜浮返朴爲計、其關係世教不淺。）

諸葛亮前出師表

後漢文

臣亮言、先帝創業未半、而中道崩殂。（先帝、漢昭烈帝劉備也。卽位纔三年而沒。○萬難心事、已傾瀉此二語。）今天下三分、（蜀、吳、魏。）益州疲敝、（益州、蜀也。蜀小兵弱、敵大國、故云疲敝。）此誠危急存亡之秋也。（先提明事勢。）然侍衞之臣、不懈於內、忠志之士、忘身於外者、蓋追先帝之殊遇、欲報之於陛下也。（次敍羣情、起下用人。）誠宜開張聖聽、以光先帝遺德、恢宏志士之氣、不宜妄自菲薄、引喻失義、以塞忠諫之路也。菲、輕也。言必上法堯舜、高自期許、不當妄自輕薄、引喻淺近、以失大義。○連說宜與不宜、發起一篇告戒之意。宮中府中、俱爲一體、陟罰臧否、比、不宜異同。宮中、禁中也。府中、大將軍幕府也。陟、升也。臧否、善惡也。若有作姦犯科、作姦僞、犯科條。○否。及爲忠善者、臧。宜付有司、論其刑賞、陟罰。以昭陛下平明之治、平明、無異同也。不宜偏私、使內外異法也。內外、謂宮府。○宮中親近、府中疏遠、出師進表、著意全在此一段。侍中侍郎郭攸之、費禕、衣、董允等、郭攸之、費禕、俱爲侍中。董允、爲黃門侍郎。此皆良實、志慮忠純、是以先帝簡拔以遺陛下、愚以爲宮中之事、事無大小、悉以咨之、然後施行、必能裨悲、補闕漏、有所廣益。此段言宮中之事、宜開張聖聽。將軍向寵、向寵爲中部督、典宿衛兵、遷中領軍。性行淑均、曉暢軍事、試用於昔日、先帝稱之曰能、是以衆議舉寵以爲督、愚以爲營中之事、事無大小①、悉以咨之、必能使行陣和穆、優劣得所也。此段言府中之事、宜開張聖聽。○時宵人伺伏、必有乘孔明遠出、而蠱惑其君者、故亟亟薦引賢才、布列庶位以防之。親賢臣、遠小人、此先漢所以興隆也。親小人、遠賢臣、此後漢所

校勘記：

①《三國志・諸葛亮傳》、《昭明文選》無"事無大小"四字。

以傾頹也。〔六句承上、作一關鎖。〕先帝在時、每與臣論此事、〔論與隆傾頹之事。〕未嘗不歎息痛恨於桓靈也。〔東漢桓帝靈帝、用閹豎敗亡。○後主寵任黃皓、復蹈覆轍、尤可歎恨。〕侍中尚書〔陳震。〕長史〔張裔。〕參軍、〔蔣琬。〕此悉貞亮死節之臣也、願陛下親之信之、則漢室之隆、可計日而待也。〔三人、皆孔明所進、恐出師後未必用、故又另囑。應親賢臣六句、下乃自敍出處本末。〕

〔繳〕臣本布衣、躬耕於南陽、〔南陽、郡名。〕苟全性命於亂世、不求聞達於諸侯、〔孔明學問過人處在此。〕先帝不以臣卑鄙、猥自枉屈、三顧臣於草廬之中、諮臣以當世之事、由是感激、遂許先帝以驅馳。〔猥、曲也。南陽鄧縣西南、有諸葛亮宅、是劉備三顧處。觀其出處不苟、真伊傅一流人。○〕後值傾覆、〔獻帝建安十三年、曹操敗備于當陽長坂。〕受任於敗軍之際、奉命於危難之間、爾來二十有一年矣。〔劉備以建安十三年敗、遣亮使吳、求救于孫權。亮以建興五年抗表北伐、自傾覆至此、整二十年。然則備始與亮相遇、在軍敗前一年也。〕先帝知臣謹慎、〔孔明一生、盡此謹慎二字。〕故臨崩寄臣以大事也。〔先主于永安病篤、召亮囑以後事曰、君才十倍曹丕、必能安國、終建大業。又勅後主曰、汝與丞相從事、事之如父。○伏後遺詔句。〕受命以來、夙夜憂歎、恐託付不效、以傷先帝之明、故五月渡瀘、〔盧、〕深入不毛、〔建興元年、南中諸部、並皆叛亂。三年春、亮率衆征之、其秋悉平。瀘、水名、出牂牁郡、中有瘴氣、三四月渡必死。不毛、謂不生草木也。今南方已定、兵甲已足、當獎帥三軍、北定中原、中原、魏也。向之不卽伐魏者、以南方未定、有内顧之憂耳。今畢南征、當興北伐。庶竭駑鈍、攘除姦凶、興復漢室、還於舊都。姦凶、謂曹丕也。舊都、謂雍洛二州、兩漢所都也。此臣之所以報先帝、而忠陛下之職分也。心事光明宏偉。至於斟酌損益、進盡忠言、則攸之、禕、允之任也。收到攸之、禕、允處、極有關應。

願陛下託臣以討賊興復之效、不效則治臣之罪、以告先帝之靈。若無興德之言、則責攸之、禕、允之咎②、以彰其慢③。二層、引起下一層。陛下亦宜自謀、以咨諏善道、察納雅言④、深追先帝遺詔。責重後主。應前開張聖聽數語。臣不勝升、受恩感激、今當遠離、臨表涕泣⑤、不知所云⑥。

後主建興五年、諸葛孔明率軍北駐漢中、以圖中原、臨發上此疏。大意只重親賢遠佞、而親賢尤爲遠佞之本。故始以開張聖聽起、末以咨諏察納收。篇中十三引先帝、勤勤懇懇、皆根極至誠之言、自是至文。

諸葛亮後出師表　後漢文

②《三國志・諸葛亮傳》于"允"字下有"等"字。又，"咎"作"慢"。
③"慢"《三國志・諸葛亮傳》作"咎"。
④"雅"原作"人"，今據《三國志・諸葛亮傳》、《昭明文選》改。
⑤"泣"《三國志・諸葛亮傳》作"零"。
⑥"云"《三國志・諸葛亮傳》作"言"。

先帝慮漢賊不兩立、王業不偏安、故託臣以討賊也。漢、自謂。賊、謂曹。○偏安、謂漢僻處于蜀。伸大義當討。以先帝之明、量臣之才、固知臣伐賊、才弱敵彊也、然不伐賊、王業亦亡、惟坐而待亡、孰與伐之、是故託臣而弗疑也。審大勢當討。臣受命之日、寢不安席、食不甘味、思惟北征、宜先入南、故五月渡瀘、深入不毛、幷日而食、北征四句、解見前表。幷日而食、謂兩日惟食一日之供。臣非不自惜也、頓挫。顧王業不可偏安於蜀都、故冒危難以奉先帝之遺意、應上兩託臣句。而議者謂爲非計。時議者多以伐魏爲疑、故有下六段未解之論。今賊適疲於西、後主五年、亮攻祁山、南安、天水、安定三郡、皆叛魏應漢、關中響振。又務於東、曹休東與吳陸遜戰于石亭、大敗。兵法乘勞、此進趨之時也、賊固當討、又不可失。時謹陳其事如左。以上作一冒。高帝明並日月、謀臣淵深、然涉險被創、昌、○創、傷也。危然後安、今陛下未及高帝、謀臣不如良平、張良、陳平。而欲以長策取勝、坐定天下、此臣之未解一也。此段言不可以坐定取勝。劉繇、王朗、各據州郡、劉繇、據河曲。王朗、守魏郡。論安言計、動引聖人、論安危、言計策、動引古之聖人。

羣疑滿腹、衆難塞胸、用人、則妬能嫉賢、羣疑滿于腹內。臨事、則畏首畏尾、衆難塞于胸中。今歲不戰、明年不征、使孫策孫權兄。坐大、遂幷江東、不務戰征、使孫策坐以致大、江東遂爲其所幷。繇朗皆守一隅、以致破敗者。引證蜀事、最切。○此臣之未解二也。此段言不可以不戰資敵。曹操智計、殊絕於人、其用兵也、髣髴孫吳、孫臏、吳起。然困於南陽、操與張繡戰于宛、爲流矢所中。險於烏巢、袁紹拒操于官渡、輜重萬餘、在故市烏巢。時操糧少、走許避之。危於祁連、操征西域、幾危於祁連。偪於黎陽、袁譚據黎陽、操用兵吳蜀、譚兵逼迫其後。幾敗北山、夏侯淵敗、操爭漢中、運糧北山下數千萬囊、趙雲遇之、乃入營閉門、操引去、雲擂鼓震天、以大弩射之、操軍驚駭、蹂踐墮漢水中。殆死潼關、操討馬超韓遂于潼關、操將北渡、與許褚留南岸斷後、超將步騎萬餘人、來奔操軍、矢下如雨、褚白操、乃扶上船。然後僞定一時爾。僞定、非真。一時、未久。況臣才弱、而欲以不危而定之、此臣之未解三也。此段言難以不危而定。曹操五攻昌霸不下、東海昌霸反、操遣劉岱、王忠擊之、不克。四越巢湖不成、魏以合肥爲重鎮、其東南巢湖在焉、孫權圍合肥、魏自湖入淮、軍合肥者數矣。任用李服而李服圖之、圖、謂轉謀操也。其事未詳。委任夏侯而夏侯敗亡、操留夏侯淵守北邊、爲先主所殺。先帝每稱操爲能、猶有此失、況臣駑下、何能必勝、此臣之未解四也。此段言難以庸才取勝。自臣到漢中、時亮率軍北駐漢山。中閒朞年耳、然喪喪字、貫至一千餘人。趙雲陽羣馬玉閻芝丁立白壽劉郃合、鄧銅等及曲長屯將七十餘人、曲、部曲也。突將無前、衝突之將、無有敵者。賨叢、叟青羌、皆亮南征所得渠率。散騎武騎、皆騎兵。一千餘人、以上乃計其士卒物故也。此皆數十年之內、所糾合四方之精銳、非一州之所有、若復數年、則損三分之二也、當何以圖敵、此臣之未解五也。此段言緩之則無人、難以圖敵。今民窮兵疲、而事不可息、事不可息、則住與行、謂守與戰。勞費正等、而不及早圖之、欲以一州之地、與賊持久、此臣之未解六也。此段言不早圖則兵疲、難以持久。○六未解俱用反說、毆倒羣議、獨伸己見。文勢層疊、意思慷慨。夫難平者事也、頓一句。起下。昔先帝敗軍於楚、先主十二年、劉璋降、先主跨有荊益、操恐先主據襄陽、將精兵五千追之、及于當陽之長坂、先主乃棄妻子走。當此時、曹操拊手、謂天下已定、操當與。然後先帝東連吳越、赤壁破曹。西取巴蜀、進兵圍成都、取劉璋。舉兵北征、夏侯授首、斬夏侯淵。此操之失計、而漢事將成也。漢又當與、是操之事難料。然後吳更違盟、關羽毀敗、孫權遣呂蒙襲關、定荊州。秭歸蹉跌、秭歸、地名。先主痛關之亡、奮力復仇、又爲陸遜所敗。曹丕稱帝、操子丕廢獻帝爲山陽公、自稱帝。○漢又忽敗、是漢之事難料。凡事如是、難可逆料。兩舉先主曹操難料之事、見今事亦難料、正與上六未解相照。臣鞠躬盡力、死而後已、至於成敗利鈍、非臣之明所能逆覩也。一篇意思、全在此處收結。忠肝義膽、照耀簡編。

時曹休爲吳所敗、魏兵東下、關中虛弱、孔明欲出兵擊魏、羣臣多以爲疑、乃上此疏、伸討賊之義、盡託孤之責、以教萬世之爲人臣者。鞠躬盡力、死而後已之言、凜然與日月爭光。前表開導昏庸、後表審量形勢、非抱忠貞者不欲言、非懷經濟者不能言也。

古文觀止卷之七

陳情表

李密

臣密言、李密、字令伯、犍為武陽人。父早亡、母何氏更適人、密見養于祖母劉氏、以孝聞。侍疾、日夜未嘗解帶。蜀亡、晉武帝徵為太子洗馬。詔書累下、郡縣逼迫、密上此疏。臣以險釁、夙遭閔凶。險釁、艱難禍罪也。夙、早也。閔、憂也。○二句總下。生孩六月、慈父見背。父死。行年四歲、舅奪母志。舅嫁其母、不得守節。祖母劉、愍臣孤弱、躬親撫養。臣少多疾病、九歲不行。零丁孤苦、至於成立。一段、所謂臣無祖母無以至今日。既無叔伯、終鮮上聲兄弟。門衰祚薄、門戶衰微、福祚淺薄。晚有兒息。兒息得之甚晚。外無朞功強上聲近之親、內無應門五尺之童。朞、周年服也。功、大功小功也。強近、強為親近也。童、僕也。煢煢孑立、形影相弔。煢煢、孤獨貌。孑、單也。弔、問也。唯形與影、自相弔問也。而劉夙嬰疾病、嬰、加也。常在牀蓐。褥。臣侍湯藥、未嘗廢離。一段、所謂祖母無臣無以終餘年。逮奉聖朝、晉朝。沐浴清化。前太守臣逵、察臣孝廉。後刺史臣榮、舉臣秀才。臣以供養去聲無主、無人主供養之事。辭不赴命。一次陳情在前。詔書特下、拜臣郎中。尋蒙國恩、除臣洗馬。尋、俄也。拜官曰除。洗馬、太子屬官。猥委以微賤、當侍東宮、非臣隕首所能上報、猥、頓也。東宮、太子宮也。隕、落也。臣具以表聞、辭不就職。兩次陳情在前。詔書切峻、責臣逋慢。郡縣逼迫、催臣上道。州司臨門、急於星火。切峻、急切而嚴峻也。逋、緩也。慢、倨也。○連用察臣、舉臣、拜臣、除臣、責臣、催臣、文法錯落。臣欲奉詔奔馳、則以劉病日篤。欲苟順私情、則告訴不許。州縣不從。臣之進退、實爲狼狽。狼、前二足長、後二足短。狽、前二足短、後二足長。狼無狽不立、狽無狼不行。若相離、則進退不得。寫出進退兩難之狀、以示不得不再具表陳情之意。○伏惟聖朝以孝治天下、凡在故老、猶蒙矜育。矜憐、養育。況臣孤苦、特爲尤甚。且臣少事僞朝、僞朝、謂蜀漢也。對晉而稱、不得不爾。歷職郎署。官至尚書郎。本圖宦達、不矜名節。言我本謀爲官職、非隱逸以名節自矜也。○密以蜀臣而堅辭晉命、恐晉疑其以名節自矜、故作此語。今臣亡國賤俘、孚。○軍所虜獲曰俘。至微至陋。過蒙拔擢、寵命優渥①、豈敢盤桓、有所希冀。盤桓、不進貌。希冀、謂希望立名節也。○此段言己非不欲就職、振起下意。但以劉日薄博西山、氣息奄奄、人

校勘記：

①"寵命優渥"四字原脫，今據《三國志·鄧張宗楊傳》裴注引文及《昭明文選》補。

命危淺、朝不慮夕。薄、迫也。日迫西山、喻劉老暮也。奄奄、將絕也。危易落、淺易拔。慮、謀也。言朝不謀至夕之生也。臣無祖母、無以至今日。祖母無臣、無以終餘年。母孫二人、更平聲、相爲命、是以區區不能廢遠。更、迭也。言二人迭相依以爲命。區區、猶勤勤也。廢遠、謂廢養而遠離祖母。○此段寫盡慈孝、使人讀之欲涕。臣密今年四十有四、祖母劉今年九十有六、是臣盡節於陛下之日長、報養劉之日短也②。烏鳥私情、願乞終養。烏鳥反哺其母、言我有此烏鳥之私情、乞畢祖母之養也。○數語尤婉曲動人。○又連用況臣、且臣、今臣、是臣、文法更圓轉。臣之辛苦、非獨蜀之人士、及二州牧伯、所見明知。皇天后土、實所共鑒。二州、謂梁州、益州。牧伯、謂榮、逵。言非但人知我辛苦、天地亦知也。願陛下矜愍愚誠、聽臣微志。庶劉僥倖、卒保餘年。臣生當隕首、死當結草。魏武子有嬖妾、無子、武子疾、命子顆曰、吾死、嫁之。及困、又曰、殺以殉。顆乃從初言嫁之。後與秦將杜回戰、顆見老人結草、以亢杜回。回躓、爲顆所獲。中夜夢結草老人曰、予妾父也、報君不殺之心。臣不勝升、犬馬怖懼之情、謹拜表以聞。

歷敘情事、俱從天真寫出、無一字虛言駕飾。晉武覽表、嘉其誠款、賜奴婢二人、使郡縣供祖母奉膳。至性之言、自爾悲惻動人。

②"養"字原脫，今據《三國志·鄧張宗楊傳》裴注引文及《昭明文選》補。

蘭亭集序

王羲之

永和九年、永和、晉穆帝年號。歲在癸丑、暮春之初、會於會膾、稽山陰之蘭亭、時當暮春、王羲之與謝安、孫綽、郗曇、魏滂及凝之、渙之、元之、獻之等、以上巳日、會于蘭亭。會稽、今紹興府。山陰、縣名。○總敘一筆。修禊係、事也。禊、祓除不祥也。三月上巳日、臨水洗濯、除去宿垢謂之禊。○此句點出所以會之故。羣賢畢至、少長咸集。敘人。此地有崇山峻嶺、茂林脩竹。又有清流激湍、脫平聲、映帶左右、脩、長也。湍、波流瀠洄之貌。○敘地。引以爲流觴曲水。因曲水以泛觴。列坐其次、雖無絲竹管絃之盛、折一句、跌入賦詩。一觴一詠、亦足以暢敘幽情。敘事。是日也、天朗氣清、惠風和暢。敘日。仰觀宇宙之大、俯察品類之盛。所以遊目騁懷、足以極視聽之娛、魚、信可樂也。敘樂。○敘會事至此已畢、下乃發胸中之感。夫人之相與、俯仰一世、承上俯仰二字、推開一步說。或取諸懷抱、晤言一室之內。一種人、是倦于涉獵者。或因寄所託、放浪形骸之外。又一種人、是曠達不拘者。雖取舍萬殊、靜躁不同、此兩種人、或取或舍、或靜或躁。當其欣於所遇、暫得於己、快然自足、曾不知老之將至。總是一樣得意。及

其所之既倦、之、往也。情隨事遷、感慨係之矣。却又一樣興盡。只就一時一事論。○此向之所欣、

俛同俯仰之間、已爲陳迹、猶不能不以之興懷。俛仰之頃、爲時甚近。而向之所樂者、已成往事、猶尚感慨係之。○

申足上文、即逼入死生正意、何等靈快。況脩短隨化、終期於盡。人命長短、總歸于盡。古人云、死生亦大矣、

豈不痛哉。莊子德充符、仲尼曰、死生亦大矣。○至此方入作序正旨。每覽昔人興感之由、若合一契、古人皆興感于

死生之際。未嘗不臨文嗟悼、不能喻之於懷。我未嘗不臨此興感之文、而爲之嗟悼、亦不能自解其所以然。固知一

死生爲虛誕、齊彭殤爲妄作。莊子齊物論、死生之說也。予惡乎知夫死者不悔其始之蘄生乎、此一死生之說。莫壽乎殤子、而彭祖爲夭、此齊彭殤之說

也。言人莫不興感于死生壽天、固知是兩說爲虛誕妄作。後之視今、亦猶今之視昔、悲夫。言曾見吾已杳無踪影、猶如今日之古人杳無踪

影也、能不悲乎。○一齊收捲、眼疾手快。故列敘時人、敘在會之人。錄其所述、錄所賦之詩。○二句應前羣賢少長、賦詩等事。雖世

殊事異、所以興懷、其致一也。古今同一興感。後之覽者、亦將有感於斯文。後人亦重

死生、覽我斯文、亦當同我之感。○覽字、應前每覽之覽字。文字、應前臨文之文字。

通篇著眼在死生二字。只爲當時士大夫、務清談、鮮實效、一死生而齊彭殤、無經濟大略、故觸景興懷、俯仰若有餘痛。但逸少曠達人、故雖蒼涼感歎之中、自有無

窮逸趣。

歸去來辭

陶淵明

歸去來兮、淵明爲彭澤令、是時郡遣督郵至、吏白當束帶見之。淵明歎曰、我不能爲五斗米折腰向鄉里小兒、乃自解印綬。將歸田園、作此辭以明志。因而命篇曰歸去來、言去彭澤而來至家也。田園將蕪無、胡不歸。蕪、謂草也。胡、猶何也。○自歎之詞。既自以心爲形役、奚惆悵而獨悲。心在求祿、則不能自主、反爲形體所役。此我自爲之、何所惆悵而獨爲悲乎。○自責之詞。悟已往之不諫、知來者之可追。實迷途其未遠、覺今是而昨非。前此求祿之事、固不可諫。今乃辭官而歸、猶可追改。如人行迷路、猶尚未遠、可以早回。方知今日辭官之是、而昨日求祿之非也。○自悔之詞。一起已寫盡歸去來之旨。下乃從歸至家、逐段細寫之。○舟搖搖以輕颺、風飄飄而吹衣。行舟而歸。問征夫以前路、恨晨光之熹熙微。熹微、光未明也。問前途之遠近、而恨晨光之未明、無由見路也。○一段離彼。乃瞻衡宇、載欣載奔。衡宇、謂其所居衡門屋宇也。載、則也。欣奔、喜至家而速奔也。僮僕歡迎、稚子候門。稚、小也。一段到此。○三徑就荒、松菊猶存。攜幼入室、有酒盈樽。蔣詡、幽居開三徑、潛亦慕之。言久不行、已就荒蕪也。○一段有松、有菊、有幼、有室、有酒、有樽、所需裕如。引壺觴以自酌、眄庭柯以怡顏。倚南牕以寄傲、審容膝之易安。柯、樹枝也。一段室中樂事。○園日涉以成趣、門雖設而常關。策扶老以流憩、契、時矯首而遐觀。田園之中、日日遊涉、自成佳趣。流憩、周流而憩息也。矯、舉也。○一段園中之樂。雲無心以出岫、就、鳥倦飛而知還。景同影、翳翳以將入、撫孤松而盤桓。山有穴曰岫。翳翳、漸陰也。盤桓、不進也。○一段園中暮景。歸去來兮、請息交以絕游。世與我而相遺①、復駕言兮焉煙、求。交游、指當路貴人。駕言、用詩駕言出遊句。○一段與世永絕。再言歸去來者、既歸矣又不絕交遊、即不如不歸之愈也。悅親戚之情話、樂琴書以消憂。農人告余以春及②、將有事於西疇。親戚、指鄉里故人。有事、謂耕作也。疇、田也。○一段插入田事。或命巾車、或棹孤舟。既窈窕以尋壑、亦崎嶇而經邱。巾車、有幕之車。窈窕、長深貌。壑、澗水也。謂行船以尋之也。崎嶇、險也。駕車以涉之也。○一段遊行所歷。木欣欣以向榮、泉涓涓而始流。羨萬物之得時、感吾生之行休。欣欣、春色貌。涓涓、泉流貌。行休、謂昔行而今休也。○一段觸物興感。已矣乎、寓形宇內復幾時、曷不委心任去留、胡爲遑遑欲何之。寓、寄也。委、棄也。言何不委棄常俗之心、任性去留也。遑遑、如有求而不得之意。○一段收盡歸去來一篇之旨。富貴非吾願、帝鄉不可期。帝鄉、仙都也。○二句言不欲爲官、亦不能爲仙、唯能如下文所云、得日過日、快然自足也。

校勘記:

①"遺"，《陶淵明集》作"違"。

②"及"，《昭明文選》作"兮"。

懷良辰以孤往、或植杖而耘耔。登東皋以舒嘯、臨清流而賦詩。聊乘化以歸盡、樂夫天命復奚疑。（東皋、營田之所。春事起東、故云東也。皋、田也。聊、且也。乘陰陽之化、以同歸于盡。樂天知命、夫復何疑。○樂夫天命一句、乃歸去來辭之根據。）

（公罷彭澤令、歸賦此辭、高風逸調、晉宋罕有其比。蓋心無一累、萬象俱空、田園足樂、真有實地受用處、非深于道者不能。）

桃花源記　陶淵明

晉太元中①、（太原、孝武帝年號。）武陵人捕魚爲業。（武陵、屬湖廣常德府、旁有桃源縣。）緣溪行、忘路之遠近。（便奇。）忽逢桃花林。（妙在以無意得之。）夾岸數百步、中無雜樹、芳草鮮美、落英繽（品平聲、）紛。（繽紛、雜亂貌。○寫出異境。）漁人甚異之。復前行、欲窮其林。（漁人亦不凡。）林盡水源、便得一山。（亦是無意中得。）山有小口、髣髴若有光。（善于點景。）便捨船從口入。初極狹、纔通人。（俗人至此便反矣。）復行數十步、豁然開朗。（別有一天。）土地平曠、屋舍儼然。有良田、美池、桑竹之屬。阡陌交通、雞犬相聞。其中往來種作、男女

校勘記：

①"元"，原誤作"原"，今據《陶淵明集》，懷涇堂本改。

衣著、酌、悉如外人。敘山中人物。黃髮垂髫、調、並怡然自樂。黃髮、老人髮白轉黃也。髫、小兒垂髮。○純然古風。見漁人、乃大驚。問所從來、具答之。便要平聲、還家、設酒殺雞作食。村中聞有此人、咸來問訊。妙在漁人全無驚怪。自云先世避秦時亂、率妻子邑人、來此絕境、不復出焉、遂與外人間隔。到山來由。問今是何世、乃不知有漢、無論魏晉。真是目空今古。此人一一爲具言、所聞皆歎惋。歎惋者、悲外人屢遭世亂也。○敘兩邊問答簡括。餘人各復延至其家、皆出酒食。停數日、辭去。避世人多情如此。此中人語去聲、云、不足爲外人道也。叮嚀一句、逸韻悠然。既出、得其船、便扶向路、處處誌之。漁人、亦大有心人。及郡下、詣太守說如此。詣、至也。太守卽遣人隨其往、尋向所誌、遂迷不復得路。太守欲問津而不得。南陽劉子驥、高尚士也、聞之、欣然規往②、未果、尋病終。尋、俄也。○高士欲問津而不果。後遂無問津者。悠然而往。

桃源人要自與塵俗相去萬里、不必問其爲仙爲隱。靖節當晉衰亂時、超然有高舉之思、故作記以寓志、亦歸去來辭之意也。

②"規"，原誤作"親"，今據《陶淵明集》改。

五柳先生傳

陶淵明

先生不知何許人也、（不以地傳。）亦不詳其姓字。（不以名傳。）宅邊有五柳樹、因以爲號焉。（取號大奇。）閑靜少言、不慕榮利。（一似無所嗜好者、却又好書嗜酒。）好讀書、不求甚解。（是爲善于讀書者。）每有會意、便欣然忘食。（盡別有會心處。）性嗜酒。家貧、不能常得。親舊知其如此、或置酒而招之。造飲輒盡、期在必醉。（是爲深得酒趣者。）既醉而退、曾不𠫟（吝、）情去留。（適得本來面目。）環堵蕭然、不蔽風日。短褐穿結、簞瓢屢空、晏如也。（領得孔顏樂處。）常著文章自娛、頗示己志。忘懷得失、以此自終。（超然世外。）

贊曰、黔婁（古高士。）有言①、不戚戚於貧賤、不汲汲於富貴。其言茲若人之儔乎。（爲若人之傳而言。）銜觴賦詩、以樂其志、無懷氏之民歟、葛天氏之民歟。（想見太古風味。）

淵明以彭澤令辭歸。後劉裕移晉祚、恥不復仕、號五柳先生。此傳乃自述其生平之行也。瀟灑澹逸、一片神行之文。

校勘記：

①《陶淵明集》于"黔婁"下有"之妻"二字。

北山移文

孔稚珪

鍾山之英、草堂之靈。馳煙驛路、勒移山庭。鍾山、卽北山也、其南有草堂寺。英靈、皆言其神也。驛、傳也。勒、
刻也。謂山之英靈、驅馳煙霧、刻移文于山庭也。○起便點出北山移文四字大意。蕭子顯齊書云、孔稚珪、字德璋、會稽人也。鍾山、在北郡、其先周彥倫隱于此。後應詔出爲海鹽令。秩
滿入京、復經此山。孔生乃借山靈之意移之、使不許再至、故云北山移文。夫以耿介拔俗之標、瀟灑出塵之想。志超塵俗。
度鐸、白雪以方潔、干青雲而直上、度、比也。干、觸也。○行極清高。吾方知之矣。此等隱者、吾正知爲必
不可得矣。若其亭亭物表、皎皎霞外、芥千金而不盼、屣萬乘其如脫。亭亭、高聳貌。皎
皎、潔白貌。芥、草也。盼、顧也。屣、草履。言視千金萬乘、如草芥脫屣也。聞鳳吹於洛浦、周靈王太子晉、吹笙作鳳鳴、遊于伊洛之閒。值薪歌
於延瀨、賴、○蘇門先生、游于延瀨、見一人採薪。謂之曰、子以此終乎。採薪人曰、吾聞聖人無懷、以道德爲心、何怪乎而爲哀也。遂爲歌二章而去。固亦有
焉。此等隱者、世亦有之。豈期終始參差、蒼黃反覆。淚翟子之悲、慟朱公之哭。參差、不一也。反
覆、不定也。翟、墨翟。朱、楊朱。墨子見素絲而泣之、爲其可以黃可以黑。楊子見歧路而哭之、爲其可以南可以北。士無一定之志、不能免二人之悲哭。乍迴跡以心
染、或先貞而後黷、乍、暫也。迴、避也。暫避跡山林、而心猶染于俗也。黷、垢也。何其謬哉。謬、詐也。此等隱者、何其欺詐人世、一至此

哉。○已上泛論夫隱者、有此三等、尚未說到周顒。嗚呼、尚生不存、仲氏既往。山阿寂寥、千載誰賞。尚生、尚子平也。仲氏、仲長統也。范曄後漢書曰、尚子平隱居不仕、性尚中和、好通老易。仲長統性俶儻、默語無常。每州郡命召、輒稱疾不就。言無此二人、使山阿空虛、千載已來、無人賞樂。○承上起下、感慨情深。世有周子、周顒、字彥倫、汝南人。○入題。儁俗之士。儁俗、俗中之儁士也。既文既博、亦玄亦史。玄、謂莊老之道。史、謂文多質少。然而學遁東魯、習隱南郭。東魯、謂顏闔也。魯君聞顏闔得道人也、使人以幣先焉。顏闔對曰、恐聽謬而遺使者罪、不若審之。使者反、審之、復來求之、則不得矣。南郭、謂南郭子綦也。隱几而坐、仰天嗒然、似喪其偶。言顒無本性、但學習此二人之隱遁也。竊吹草堂、濫巾北岳。竊、盜也。吹、借用吹竽之吹。齊宣王好竽、必三百齊吹。南郭先生不竽者、而次三百人之中①以吹竽食祿。齊王薨、後王曰、寡人好竽、欲一一吹之、南郭乃逃。濫、僭也。巾、隱者之服。北岳、即北山也。言顒盜居草堂、僭服幅巾。誘我松桂、欺我雲壑。雖假容於江皐、乃纓情於好爵。皐、澤也。纓、繫也。好爵、謂人爵也。○以上總寫、以下分作兩截寫。其始至也、顒始至北山時。將欲排巢父、甫拉蠟許由、傲百氏、蔑王侯。排、推也。拉、折也。巢父許由、隱者之最也。百氏、百家諸子也。風情張去聲、日、霜氣橫秋。或歎幽人長往、或怨王孫不游。張、大也。橫、蓋也。幽人王孫、隱者之稱。慕其長往故歎之、疾其不游故怨之。談空空於釋部、覈劾、玄玄於道流。顒汎涉百家、長于佛理、著三宗論、兼善老易。空空、以空明空

校勘記：

①"次"，原誤作"吹"，今據鴻文堂本改。

也。釋部、佛經也。覈、考也。玄玄、玄之又玄也。道流、謂老子也。務光何足比、涓子不能儔。務光、夏時人。湯得天下、已而讓光。光不受而逃。涓子、齊人也。好餌朮、隱于宕山。○以上寫顒初志如此。是前一截人。及其鳴騶入谷、鶴書赴隴。鳴騶、載詔書車馬也。鶴書、即詔書。在漢謂之尺一簡。髣髴鶴頭、故有其稱。形馳魄散、志變神動。爾乃眉軒席次、袂聳筵上。焚芰(忌)製而裂荷衣、抗塵容而走俗狀。軒、舉也。舉眉、謂喜也。次、側也。袂、衣袖也。袂聳、謂舉臂也。芰製荷衣、隱者之服。言製芰荷以爲衣、互文也。今皆焚裂之。抗、舉也。走、騁也。風雲悽其帶憤、石泉咽(煙入聲)而下愴。望林巒而有失、顧草木而如喪。悽愴憤咽、皆怨怒貌。言此等雖無情、見山人去、亦如有喪失而怨怒也。至其紐金章、綰墨綬、跨屬城之雄、冠(去聲)百里之首。張英風於海甸、馳妙譽於浙右。紐、繫也。綰、貫也。金章、銅章也。銅章墨綬、縣令之章飾也。跨、越也。管州之城爲屬城縣、大率百里、言越衆城而爲縣宰之稱首也。英風妙譽、皆美聲也。海甸、浙右、所理邑近海、而在浙江之右也。道帙長擯、法筵久埋。帙、書衣也。擯、棄也。法筵、講席也。埋、藏也。敲扑諠囂犯其慮、牒訴倥(孔)傯(總)裝其懷。敲扑、謂打人聲也。牒、文牒也。訴、訴告也。倥傯、繁偪貌。言道書講席、永棄埋而聽訟也。琴歌既斷、酒賦無續。琴歌酒賦、皆逸人之務。今已斷絕無續也。常綢繆於結課、每紛綸於折獄。綢繆、親近也。結課、考第也。紛綸、衆多貌。籠張趙於往圖、架卓魯於前錄。希蹤三輔豪、馳聲九州牧。漢張敞趙廣漢俱爲京兆尹、有名望。魯恭卓茂、咸善爲令。籠、架、謂包舉也。三輔、謂京兆尹、左馮翊右扶風。希蹤、希倣賢豪蹤跡也。牧、九州牧長。馳聲、謂皆得聞其聲名也。○以上寫顒繼志如此。是後一截人。使其高霞孤映、明月獨舉。青松落蔭、白雲誰侶。磵澗、戶摧絕無與歸、石逕荒涼徒延佇。言霞月徒舉映、無人賞玩、松蔭零落、白雲無與爲偶。磵、水磵也。摧絕、破壞也。荒涼、蕪穢也。延佇、遠望也。言不復更歸、徒爲延望也。至於還飆標、入幕、寫霧出楹。蕙帳空兮夜鶴怨、山人去兮曉猿驚。飆、風也。寫、吐也。楹、柱也。蕙、香草、山人葺以爲帳。因山言之、故託猿鶴以寄驚怨也。昔聞投簪逸海岸、今見解蘭縛塵纓。投簪、謂疏廣也。投、棄也。漢疏廣、棄官而歸東海。幽人佩蘭、故云解蘭。縛、繫也。塵纓、世事也。於是南嶽獻嘲、爪平聲、北隴騰笑。列壑爭譏、攢峯竦誚。南嶽、謂南山也。嘲、調也。隴、亦山也。騰、起也。攢、蔟聚也。竦、上也。誚、譏也。言皆譏笑此山、初容此人也。慨遊子之我欺、悲無人以赴弔。遊子、謂顒也。弔、問也。言山爲顒所欺、而無人來問也。故其林慚無盡、澗愧不歇。秋桂遺風②、春蘿擺月。騁西山之逸議、馳東皋之素謁。蘿、女蘿也。施于松柏。風月所以滋松桂之美、今既無人、故遺擺之。西山、謂首陽山。逸議、隱逸之議也。皋、澤也。素謁、謂以情素相告也。馳騁、宣布也。謂宣布于人、使盡知之也。○以上言其遺羞山靈、所以醜之也。今又

②"遺"，《昭明文選》文富堂本均作"遺"。

促裝下邑、浪栧（異）、上京。雖情投於魏闕、或假步於山扃。駉、○下邑、謂海鹽也。浪、鼓也。栧、楫也。上京、建康也。言海鹽秩滿、催促行裝、駕舟赴京、以遷官也。魏闕、朝廷也。扃、山門也。言顒情實在朝廷、而又欲假跡再遊北山也。豈可使芳杜厚顏、薜（備、）荔（例、）蒙恥。碧嶺再辱、丹崖重滓。（子、）塵游躅（逐、）於蕙路、汙淥（六、）池以洗耳。芳、杜、薜、荔、皆香草。躅、蹤跡也。淥、水清也。言豈可使芳草懷愧恥以相見、崖嶺再被滓穢。更以俗塵點我蕙草之路、汙濁我洗耳之池乎。宜扃岫幌（恍、）掩雲關、斂輕霧、藏鳴湍。（脫、平聲、）截來轅於谷口、杜妄轡於郊端。扃、閉也。岫幌、山窗也。雲關、謂以雲爲關鍵也。斂藏霧湍、使無見聞也。來轅妄轡、謂顒之車乘也。谷口郊端、山之外也。恐其親近、故截斷杜絕之。於是叢條瞋（嗔、）膽、疊穎怒魄。或飛柯以折輪、乍低枝而掃迹。請迴俗士駕、爲君謝逋客。條、木枝也。穎、草穗也。言條穗瞋怒、而擊折顒之車輪、掃去其迹也。俗士逋客、謂顒也。謝、絕。逋、逃也。○以上言其不許再至、所以絕之也。

假山靈作檄、設想已奇。而篇中無語不新、有字必雋。層層敲入、愈入愈精。真覺泉石蒙羞、林巒增穢。讀之令人賞心留盼、不能已也。

諫太宗十思疏

魏徵

臣聞求木之長（掌、）者、必固其根本。欲流之遠者、必浚其泉源。浚、深也。○三句起下一句。

校勘記：

①《貞觀政要》、《舊唐書·魏徵傳》于"居域中之大"下有"將崇極天之峻永保無疆之休"十二字。

思國之安者、必積其德義。伏一思字、此句是一篇主意。源不深而望流之遠、根不固而求木之長、德不厚而思國之安、又伏一思字。臣雖下愚、知其不可、而況於明哲乎。便作跌宕、文極有致。人君當神器之重、居域中之大①、神器、帝位也。不念居安思危、又伏一思字。戒奢以儉②、斯亦伐根以求木茂、塞源而欲流長也。反繳足上文。凡昔元首、承天景命③、元首、君也。景、明也。善始者實繁、克終者蓋寡。上疏本意專爲此。豈取之易、守之難乎④。頓挫。蓋在殷憂、始。必竭誠以待下。既得志、終。則縱情以傲物。人情大抵如此。竭誠、則胡越爲一體。傲物、則骨肉爲行路。雖董之以嚴刑、振之以威怒。董、督也。○正與德義相反。終苟免而不懷仁、貌恭而不心服。苟免、謂苟免刑罰。威而不懷德、國何以安。○畏怨不在大、可畏惟人。載舟覆舟、所宜深愼⑤。民猶水也、水可載舟、亦可覆舟、可畏之甚也。○從上居安思危句、反覆開論、逼出十思。誠能見可欲、則思知足以自戒。將有作、則思知止以安人。念高危、則思謙沖而自牧。牧、養也。易曰、謙謙君子、卑以自牧也。懼滿盈、則思江海下百川。老子曰、江海所以爲百谷王者、百以其善下

②《貞觀政要》、《舊唐書・魏徵傳》于“戒奢以儉”下有“德不處其厚情不勝其欲”十字。

③《貞觀政要》、《舊唐書・魏徵傳》于“承天景命”下有“莫不殷憂而道著功成而德衰”十二字。

④《貞觀政要》、《舊唐書・魏徵傳》于“豈取之易守之難乎”下有“昔取之而有餘今守之而不足何也”十四字。

校勘記

⑤《貞觀政要》、《舊唐書·魏徵傳》于"所宜深慎"下有"奔車朽索其可忽乎君人者"十一字。

⑥《貞觀政要》、《舊唐書·魏徵傳》自"文武並用"至"代百司之職役哉"作"文武爭馳君臣無事可以盡豫游之樂可以養松喬之壽鳴琴垂拱不言而化何必勞神苦思代下司職役聰明之耳目虧無爲之大道哉"。

之、則滿而不溢。樂盤遊、則思三驅以爲度。易曰、王用三驅、謂天子不合圍、開一面之網也。憂懈怠、則思愼始而敬終。慮壅蔽、則思虛心以納下。懼讒邪、則思正身以黜惡。恩所加、則思無因喜以謬賞。罰所及、則思無以怒而濫刑。以上十思、所謂積其德義者以此。總此十思、宏茲九得。思則十有九得。簡能而任之、擇善而從之。思盡于己、力因乎人。則智者盡其謀、勇者竭其力、仁者播其惠、信者效其忠。懷仁必服。文武並用、垂拱而治。何必勞神苦思、代百司之職役哉⑥。善于用思、然後可以無思、妙。

通篇只重一思字、却要從德義上看出。世主何嘗不勞神苦思、但所思不在德義、則反不如不用思者之爲得也。魏公十思之論、剴切深厚、可與三代謨誥並傳。

爲徐敬業討武曌檄 曌音照

駱賓王

僞臨朝武氏者、武則天、名曌。太宗時、召入爲才人。高宗爲太子、入侍、悅之。太宗崩、高宗即位。武氏爲尼、引納後宮、拜爲昭儀。尋廢王皇后、立武氏爲皇后。政事皆決焉。高宗崩、中宗即位。武氏臨朝、廢中宗爲廬陵王。性非和順①、本性不良。地實寒微。出身微賤。昔充太宗下陳、下陳、下列也。謂爲才人。曾以更耕、衣入侍。嘗以更衣之便得幸。洎忌、乎晚節、穢亂春宮。洎、及也。晚節、晚年也。穢亂、言其淫也。潛隱先帝之私、陰圖後房之嬖。削髮爲尼、掩其爲太宗才人之跡、以圖高宗後宮之嬖幸。入門見嫉、蛾眉不肯讓人。掩袖工讒、狐媚偏能惑主。入宮便懷嫉妒、而舒展蛾眉、不肯讓人。巧于用讒、王皇后爲其所害。是其狐媚之才、偏能惑高宗之聽。踐元后於翬揮、翟、翬翟、雉羽也。雉之交有時、守死而不犯分、婦德所宜。故后之車服、皆畫翬翟之形。王皇后廢、武氏踐元后之位。陷吾君於聚麀。攸、○吾君、謂高宗也。聚、猶共也。獸之牝者曰麀。曲禮、夫惟禽獸無禮、故父子聚麀。加以虺毀、蜴亦、爲心、豺狼成性。虺蜴、毒蟲也。近狎邪僻、殘害忠良。邪僻、指李義府、許敬宗等。忠良、指褚遂良、長孫無忌等。殺姊屠兄、弒君鴆朕去聲、母。姊、韓國夫人。兄、惟良。君母未聞。鴆、毒鳥、以其毛瀝酒、飲之則殺人。人神之所同嫉、天地之所不容。猶復包藏禍心、窺竊神器。神器、帝位也。君之愛子、幽之於別宮。賊之宗盟、委之以重任。中宗、君之愛子、廢爲廬陵王、而幽之于別所。諸武用事、悉委之以重任。○以上數武氏之罪。嗚呼、霍子孟之不作、朱虛侯之已亡。霍子孟、霍光也、輔幼主以存漢。朱虛侯、劉章也、誅諸呂以安劉。○二句隱然譏責朝臣。鷰同燕、啄皇孫、知漢祚之將盡。漢成帝后趙飛燕、于後宮有子者皆殺之。故有鷰啄皇孫之謠。龍漦時、帝后、識夏庭之遽衰。漦、龍所吐涎沫、龍之精氣也。夏后藏龍漦于庭、傳及殷周、莫之發。厲王之末、發而觀之。漦流于庭、入于王府。府之童女遭之、而生女、怪棄于市、因入于褒。周幽

①"性非和順"，《駱賓王文集》作"人非溫潤"，《駱臨海集箋注》作"人非溫順"。

敬業皇唐舊臣、公侯冢子。王伐褒、褒人獻之、卽褒姒也。幽王嬖之、遂至亡國。是周之衰亂、于夏庭而已伏之矣。○四句言唐不久將滅。奉先君之成業、荷本朝之厚恩。敬業、唐大臣徐世勣之孫也。勣、賜姓李。宋微子之興悲、良有以也。微子過殷故墟、悲之、作麥秀之歌。一云箕子所作。袁君山之流涕、豈徒然哉。漢袁安、以外戚專權、言及國事、每喑嗚流涕。是用氣憤風雲、志安社稷。因天下之失望、順宇內之推心。爰舉義旗、以清妖孽。以上述興師之故。南連百越、北盡三河②、鐵騎成羣、玉軸相接。以言乎馬、則鐵騎萬千以成羣。以言乎車、則玉軸遠近以相接。海陵紅粟、倉儲之積靡窮。粟多。江浦黃旗、匡復之功何遠。兵衆。班聲動而北風起、劍氣沖而南斗平。班馬之聲動、而凜然若北風起。懸劍之氣沖、而煥然若南斗平。喑蔭、嗚去聲、則山岳崩頹、叱咤嗏去聲。則風雲變色。喑嗚、懷怒氣。叱咤、發怒聲。以此制敵、何敵不摧。以此圖功、何功不克。以上寫兵威之盛。公等或居漢地、異姓。或叶同協、周親。同姓。或膺重寄於話言、分封于外。或受顧命於宣室。受託于朝。○二句合同異姓。言猶在耳、忠豈忘心。一抔裒、之土未乾、干、六尺之孤何託。一掬曰抔。土、指墳墓也。土未乾、謂高宗葬未久也。六尺孤、指中宗言。倘能

②"三"，原誤作"山"。《駱賓王文集》、《駱臨海集箋注》均作"三"。按：當作"三"。"三河"指河南、河東、河內。今據改。

轉禍爲福、轉武氏之禍而爲福。送往事居。往、謂高宗。居、謂中宗。共立勤王之勳、事居。無廢大君之命。送往。凡諸爵賞、同指山河。爵賞有功、共指山河以爲信。若其眷戀窮城、徘徊歧路。謂進退不果、徘徊于兩途之閒。坐昧先幾之兆、必貽後至之誅。禹致羣臣于會稽、防風氏後至、禹戮之。○以上勵共事之人。請看今日之域中、竟是誰家之天下。試觀今日之域中、畢竟是誰家之天下、言將來必歸唐也。○結語陗勁。

起寫武氏之罪不容誅、次寫起兵之事不可緩、末則示之以大義、動之以刑賞。雄文勁采、足以壯軍聲、而作義勇、宜則天見檄而歎其才也。

滕王閣序

王勃

南昌故郡、洪都新府。江西、南昌府、號爲洪都。星分翼軫、翼軫、二星、在楚之分野。地接衡廬。衡山峙立于西南、廬山近聯于北境。襟三江而帶五湖、三江、荊江在荊州、淞江在蘇州、浙江在杭州。此據其上、如衣之襟焉。五湖、太湖在蘇州、鄱陽湖在饒州、青草湖在岳州、丹陽湖在潤州、洞庭湖在鄂州。此據其中、如帶之束焉。控蠻荊而引甌越。荊楚本南蠻之區、此則控扼之。閩越連東甌之境、此則接引之。○首敘地形之雄。物華天寶、物之光華、乃天之寶。龍光射牛斗之墟。豐城有二劍、曰干將、曰莫邪。其龍文光彩、直上射牛斗。人傑地靈、人之英傑、由地之靈。徐孺下陳蕃之榻。徐穉、字孺子、洪州高士也。陳蕃爲豫章太守、特設一榻以待之。○次序人物之異。雄州霧列、雄州、謂大郡。如霧之浮列于上。○承星分四句。俊彩星馳。俊彩、謂人物、如星之奔馳于前。○承物華四句。臺隍枕去聲、夷夏之交、臺、亭臺。隍、城下。以首据物曰枕。夷、謂正南荊楚之地。夏、謂東南揚州之域。○再承星分四句。賓主盡東南之美。時宴于此閣之賓主、盡東南人物之美。○再承物華四句、隨起下文。都督閻公之雅望、棨戟遙臨。時閻伯嶼爲洪州牧、即都督也。棨戟、有衣之戟。遙遠而臨于洪州。○主。宇文新州之懿範、襜詔平聲帷暫駐。宇文鈞、新除澧州牧、道經于此。襜帷、蓋坐車馬者。蔽前曰襜、在旁曰帷。○賓。十旬休暇、勝友如雲。以賓主交歡日久言。千里逢迎、高朋滿座。以賓朋來自遠方言。騰蛟起鳳、孟學士之詞宗。紫電清霜、王將軍之武庫。蛟氣之騰、光焰奪目。鳳毛之起、文彩耀空。喻才華也。詞宗、謂詞章之宗。光輝之發閃、如紫電。浩氣之凝凜、若清霜。喻節操也。武庫、言無所不有。孟學士、王將軍、是會中顯客。家君作宰、路出名區。童子何知、躬逢勝餞。勃父名福、時爲交阯令。勃往省焉、道經洪州。童子、勃自稱。○此段述賓主之美。時維九月、序屬三秋。潦水盡而寒潭清、煙光凝而暮山紫。只二句、已寫盡九月之景。儼驂騑於上路、儼、望也。驂騑、馬行不止也。行馬于道路之上、謂賓客所來之途也。訪風景於崇阿。崇阿、高陵也。采訪風景于高陵、謂沿途攬勝也。臨帝子之長洲、帝子、謂滕王也。建閣長洲之上。臨、謂至其所也。得仙人之舊館。仙人舊館、稱滕王閣也。得、謂登其上也。○此段敘到閣之由。層巒聳翠、上出重霄。閣之當山、但見層疊峯巒、聳其翠色、上出于重重霄漢之上。飛閣流丹、下臨無地。閣之映水、飛舞莫定、影若流丹、下臨于江上無地之處。鶴汀廳、鳧渚、窮島嶼序、之縈迴。汀、水際平地。渚、小洲也。海中山曰島。山在水曰嶼。鶴聚于汀、鳧宿于渚、已窮盡水中島嶼縈曲迴環之處。桂殿蘭宮、列岡巒之體勢。江神祠宇、以桂爲殿庭、以蘭爲宮闕。前後分列、如岡巒之體勢。○此段言閣在山水之間、乃近景也。披繡闥、俯雕甍。萌、○披、開也。門屏曰闥、屋棟曰甍。山原曠其盈視、山原之深曠者、足以極吾之所視。川澤盱吁、其駭矚。竹、○盱、張目也。矚、視之甚也。川澤如目之張、而有以駭吾之所矚。閭閻撲地、鐘鳴鼎食之家。閭閻、里中門也。撲地、謂排列于地也。鳴鐘列鼎而食、盡大家也。舸歌、艦咸上聲、迷津①、青雀黃龍之軸。舸、大船。艦、戰船。迷塞水津、皆彩畫青雀黃龍于船軸之上。虹銷雨霽、彩徹雲衢。虹氣已銷、雨開新霽、而光彩映徹于雲衢之間。落霞與孤鶩務、齊飛、秋水共長天一色。落霞自天而下、孤鶩自下而上、故曰齊飛。秋水碧而連天、長天空而映水、故曰一色。○警句。自使伯嶼心服。漁舟唱晚、響窮彭蠡之濱。雁陣驚寒、聲斷衡陽之浦。彭蠡、鄱陽湖也。衡陽、衡山之南有回雁峯、雁不過此。漁唱不到、彭蠡不窮、雁聲不到、衡陽不斷、總言其極多耳。○此段言閣極山水之外、乃遠景也。遙吟俯暢、逸興遄飛。遄、速也。爽籟賴、發而清風生、凡孔竅機括皆曰籟、秋晚之爽氣、發于萬籟之鳴、故清風颯颯而生。纖歌凝而白雲遏。纖、細也。女樂之細歌。凝止于侍宴之側、

校勘記：

①“迷”，《王子安集》作“彌”。

而白雲爲之過留。睢園綠竹、氣凌彭澤之樽。意其用淇澳綠竹事、以嘉有德。陶淵明爲彭澤令、嘗置酒召客。此美座中之有德而善飲者。鄴水朱華、光照臨川之筆。鄴、曹魏所與之地。曹植詩、朱華冒綠池。臨川、今撫州。王羲之善書、嘗爲臨川內史。此美座中之有文而善書者。四美具、良辰、美景、賞心、樂事。二難并。賢主、嘉賓。○此段敘宴會之人、歌飲文詞、無所不妙。窮睇第、眄勉、於中天、睇、小視。眄、邪視。窮、極觀覽于中天之際。○起天高地迥句。極娛遊於暇日。極盡娛樂嬉遊于閒暇之日。○起興盡悲來句。天高地迥、覺宇宙之無窮。迥、寥遠也。○二句收拾上文勝景。興盡悲來、識盈虛之有數。二句引起下文命運。望長安於日下、指吳會於雲間。望天子長安之處于日下、指蘇州吳會之在于雲間。地勢極而南溟深、天柱高而北辰遠。地缺東南、勢極于南、而南溟最深。天傾西北、柱高于北、而北辰亦遠。○四句起關山四句。關山難越、誰悲失路之人。萍水相逢、盡是他鄉之客。失路、踰不得志也。萍、浮生水上、隨風漂流。故人稱邂逅相遇、曰萍水相逢。○四句言在會者、多屬他鄉失志之人、能不感慨係之。下乃承此意細寫之。懷帝閽而不見、奉宣室以何年。懷思君門、而不可得見。欲如賈誼奉宣室之問、不知又在何年。嗚呼、時運不齊、命途多舛。馮唐易老、馮唐、漢人、白首爲郎。文帝輦過郎署、與論將帥、拜爲車騎都尉。李廣難封、漢李廣、武帝時爲右北平太守、匈奴號爲飛虎將軍。以數奇、不得封侯。屈賈誼於長沙、非無聖主。絳灌屈賈誼、讒爲長沙王太傅。非無漢文帝之聖主。竄梁鴻於海曲、豈乏明時。佞臣毀梁鴻、逐之于北海。豈無魏武帝之明時。〇此段言懷才而際時者、皆失志如此。後之悲失志者、亦可因之以自慰。所賴君子安貧、達人知命。老當益壯、寧知白首之心②。窮且益堅、不墜青雲之志。酌貪泉而覺爽、處涸轍以猶懽。廣州一水、謂之貪泉。飲此水者、廉士亦貪。吳隱之詩、試使夷齊飲、終當不易心。身當困窮、如魚處涸轍之內、而猶懽悅。北海雖賒、奢、扶搖可接。賒、遠也。扶搖、風勢也。莊子、北海有魚、其名爲鯤。化而爲鵬、摶扶搖而上者九萬里。東隅已逝、桑榆非晚。東隅、日出處。桑榆、謂晚也。漢光武勞馮異詔、始雖垂翅回溪、終能奮翼澠池。可謂失之東隅、收之桑榆。孟嘗高潔、空懷報國之心。孟嘗、字伯周、漢順帝時、爲合浦太守。性行高潔、不見陞擢、故云空懷。阮籍猖狂、豈效窮途之哭。晉、阮籍、率意獨駕、車迹所窮、輒痛哭而返。是猖狂也、吾輩豈可效之。〇此段言士雖遭時命之窮、正當因之以自勵。

勃、三尺微命、一介書生。方說到自己。無路請纓、等終軍之弱冠。去聲、〇曲禮二十日弱冠。南越與漢和親、終軍年二十餘、自願受長纓、必羈南越王而致之闕下。勃謂無路請纓于朝、比終軍弱冠之年。有懷投筆、慕宗慤之長風。漢班超、嘗爲人書記、意不屑、投筆有封侯萬里之志。宋宗慤、叔父問所志、慤曰、願乘長風破萬里浪。後果爲將軍。勃謂有志于投筆、景慕宗慤破浪之長風。〇自負不凡。舍簪笏於百齡、奉晨昏於萬里。舍去簪笏、于百年富貴之途。奉父晨昏定省之禮、于萬里之外、言往交阯省父。非謝家之寶樹、

②"知"，《王子安集》作"移"。

謝玄爲叔父安所器。曰、子弟亦何預人事、而欲使其佳。玄曰、如芝蘭玉樹、欲使生于庭階耳。接孟氏之芳鄰。孟母三遷、爲子擇鄰。言己幸與諸賢相接。他日趨庭、叨陪鯉對。異日到交阯侍受父教、叨陪孔鯉趨庭之對。今晨捧袂、喜托龍門。漢李膺以聲名自高、士有被其容接者、名爲登龍門。勃謂今日捧袂而進、喜托姓名于閻公之門、亦若龍門也。楊意不逢、撫凌雲而自惜。楊得意曾薦司馬相如、後相如遂顯。勃言不逢楊得意之薦、但誦相如凌雲之賦、而自惜其不遇耳。鍾期既遇、奏流水以何慚。伯牙鼓琴、志在流水。鍾子期曰、洋洋若江河。勃謂既遇閻公之知音、即呈所爲文、又何愧焉。○此段自敘以省父過此、得與宴會、不敢辭作序之意。嗚呼、勝地不常、盛筵難再。蘭亭已矣、蘭亭、王羲之宴集之地、今已往矣。梓澤坵墟。梓澤、石崇金谷園。今已荒廢而爲坵墟。臨別贈言、幸承恩於偉餞。序係勃作、故曰臨別贈言。既承閻公之恩于偉餞矣。登高作賦、是所望於羣公。登高閣而作賦、勃誠不能、是有望于在會之羣公也。○勃居末座、而僭作序、故以遜詞作結。得體。敢竭鄙誠、恭疏短引。結作序。一言均賦、四韻俱成③。勃先申一言、以均此意而賦之。而八句四韻俱成矣。○起作詩。

滕王高閣臨江渚、閣聳而依江。佩玉鳴鸞罷歌舞。宴罷而佩玉鳴鸞之歌舞亦罷。畫棟朝飛南浦雲、朝看畫棟、儼若飛南浦之雲。朱簾暮捲西山雨。暮收朱簾、宛若捲西山之雨。閒雲潭影日悠悠、雲映深潭、日悠悠而自在。物換星移幾度秋④。物象之改換、星宿之推移。此閣至今、凡幾度秋。閣中帝子

③《王子安集》於"四韻俱成"下有"請洒潘江各傾陸海云爾"十字。

④"幾度秋"，《王子安集》作"度幾秋"。

今何在、傷今思古。檻外長江空自流。傷其物是而人非也。○序詞藻麗、詩意淡遠、非是詩不能稱是序。

唐高祖子元嬰、爲洪州刺史、建此閣。後封滕王、故曰滕王閣。咸淳二年、閻伯嶼爲洪州牧、重修。九月九日、宴賓僚于閣。欲誇其婿吳子章才、令宿構序。時王勃省父、去南昌七百里。夢水神告曰、助風一帆。達旦、遂抵南昌與宴。閻請衆賓序、至勃、不辭。閻恚甚、密令吏、得句卽報。至落霞二句、歎曰、此天才也。

想其當日對客揮毫、珍詞繡句、層見疊出、洵是奇才。

與韓荊州書　　李白

白聞天下談士相聚而言曰、生不用封萬戶侯、但願一識韓荊州。何令人之景慕一至於此。韓朝宗當玄宗時、爲荊州刺史、人皆景慕之。故太白上書以自薦。○欲贊韓荊州、却借天下談士之言、排宕而出之、使與諛美者異。豈不以周公之風、躬吐握之事。周公一沐三握髮、一飯三吐哺、起以待士。使海內豪俊、奔走而歸之。一登龍門、則聲價十倍。漢李膺以聲名自高、士有被其容接者、謂之登龍門。所以龍蟠鳳逸之士、皆欲收名定價於君侯。龍蟠鳳逸、謂士之俊秀者。皆欲奉謁荊州、收美名、定聲價也。○此段敍荊州平日能得士。君侯不以富貴而驕之、寒賤而忽之。則三千之中有毛遂、使白得穎脫而出、卽其人焉。

平原君食客三千。毛遂、平原君客也。穎、錐柄。平原君謂毛遂曰、夫士之處世、譬若錐處囊中、其末立見。毛遂曰、臣乃今日請處囊中耳。使遂早得處囊中、乃穎脫而出、非特其末見而已。○借毛遂落到自己。言己在羣士中、爲尤異者。起下自敘。白、隴西布衣、流落楚漢。十五好劍術、徧干諸侯。三十成文章、歷抵卿相。干、犯也。抵、觸也。雖長不滿七尺、而心雄萬夫。身雖小而志實大。皆王公大人許與氣義。氣義見許于王公大人。此疇曩心跡、安敢不盡於君侯哉。此平昔所懷、安敢不盡告于荊州。○此段敘自己平日能見重于諸侯卿相。起下願識荊州。

君侯制作侔神明、德行動天地。筆參造化、學究天人。頌荊州四句。幸願開張心顏、不以長揖見拒。凡士人見公卿、長揖不拜。必若接之以高宴、縱之以清談。請日試萬言、倚馬可待。桓溫北征鮮卑、命袁宏倚馬作露布文、手不輟筆、俄成七紙。絕妙。今天下以君侯爲文章之司命、人物之權衡。司文章之命脈、察人物之重輕。一經品題、便作佳士。應上一登龍門二句。而今君侯何惜階前盈尺之地、不使白揚眉吐氣、激昂青雲耶。言使己得見所長于荊州之前、猶致身于青雲之上。故曰激昂青雲。○此段正寫己願識荊州、卻絕不作一分寒乞態、殊覺豪氣逼人。

昔王子師東漢人。爲豫州、未下車、卽辟闢荀慈明、卽荀爽。既下車、又辟孔文舉。卽孔融。山濤晉人。作冀州、甄真、拔三十餘人、或爲侍中尙書、先代所美。子師、山濤、皆能接引後進。爲先代人之所稱美。○前人已有其事。而君侯亦一薦嚴協律、入爲祕書郎。中間崔宗之房習祖黎昕欣、許瑩之徒、或以才名見知、或以清白見賞。白每觀其銜恩撫躬、忠義奮發。荊州能接引後進、爲當時人之所鼓舞。○荊州亦有其事。白以此感激、知君侯推赤心於諸賢之腹中、所以不歸他人、而願委身國士。委、託也。國士、謂荊州。言其才德爲當今第一人、所謂國士無雙也。儻急難有用、敢効微軀。亦當奮發其忠義、以報國士知遇之恩。○此段譽荊州有薦人之美、所以動其薦己之心。且人非堯舜、誰能盡善。白謨猷籌畫、安能自矜。不敢強己所短。至於制作、積成卷軸。則欲塵穢視聽。正欲獻己所長。恐雕蟲小技、不合大人。雕蟲技、謂作詩賦之類。若賜觀芻蕘、請給紙筆、兼之書人、然後退掃閑軒、繕寫呈上。既以文自薦、却又不卽自獻其文。先請給紙筆書人、何等身分。庶青萍結綠、長價於薛卞之門。青萍、劍名。結綠、玉名。薛燭善相劍、卞和善識玉。○仍拈價字作結、關應甚緊。卞幸推下流、大開獎飾、唯君侯圖之。

校勘記：

①"春夜宴桃李園序"，《李太白全集》、《李白集校注》作"春夜宴從弟桃花園序"。

②"李"，《李太白全集》、《李白集校注》作"花"。

③"二"原誤作"四"，今據文富堂本、懷涇堂本、鴻文堂本改。

本是欲以文章求知于荊州、卻先將荊州人品、極力擡高、以見國士之出不偶、知己之遇當急。至于自述處、文氣騷逸、詞調豪雄、到底不作寒酸求乞態。自是青蓮本色。

春夜宴桃李園序①

李白

夫天地者、萬物之逆旅。逆旅、客舍也。光陰者、百代之過客。而浮生若夢、爲懽幾何。古人秉燭夜遊、良有以也。古詩云、晝短苦夜長、何不秉燭遊。○點夜字。況陽春召我以煙景、大塊假我以文章。煙景、春景也。大塊、天地也。春景、皆天地之文章。○點春字。會桃李之芳園②、序天倫之樂事。時園中桃李盛開、太白與諸兄弟、共宴于其中。○是設宴本意。羣季俊秀、皆爲惠連。羣季、謂諸弟也。謝靈運之弟曰惠連。○謝美諸弟之才。吾人詠歌、獨慚康樂。謝靈運封康樂侯。○謙自己之拙。幽賞未已、高談轉清。開瓊筵以坐花、飛羽觴而醉月。二句③、確是春夜宴桃李園。不有佳作、何伸雅懷。如詩不成、罰依金谷酒數。石崇宴客于金谷園、賦詩不成者、罰三觴。○末數語、寫一觴一咏之樂、與世俗浪遊者迥別。

發端數語、已見瀟灑風塵之外。而轉落層次、語無泛設、幽懷逸趣、辭短韻長。讀之增人許多情思。

弔古戰場文

李華

浩浩乎平沙無垠、銀、夐炯、不見人。垠、崖際也。夐、遠也。言邊塞之間、浩浩乎皆平沙無崖、又遠不見人。河水縈帶、羣山糾紛。縈帶、縈繞如帶也。糾紛、雜亂也。言擧目惟有山水也。黯兮慘悴、風悲日曛。黯、深慘色。曛、無光也。蓬斷草枯、凜若霜晨。蓬草盡枯斷、終日如霜落之晨。鳥飛不下、獸鋌挺、亡羣。鋌、疾走貌。○先將空場寫出愁慘氣象。亭長告余曰、此古戰場也、常覆福、三軍。往往鬼哭、天陰則聞。述亭長言、倍加愁慘。常覆三軍四字、是一篇之綱。傷心哉、秦歟漢歟、將近代歟。總弔一筆、只用傷心哉三字、便愁慘無極。吾聞夫齊魏徭戍、荊韓召募。徭、役也。戍、守邊卒也。召募、以財招兵也。萬里奔走、連年暴僕、露。奔走既遙、暴露又久。沙草晨牧、河冰夜渡。晨則牧馬、夜則渡河。地闊天長、不知歸路。寄身鋒刃、腷闢、臆誰訴。腷臆、意不泄也。○此是寫三軍初合未覆時、就秦漢之先說起。秦漢而還、多事四夷。中州耗斁、妒、無世無之。耗、損也。斁、敗也。言秦漢以來、事戰場之苦。○總古稱戎夏、不抗王師。自古天子以文教安天下、外戎中夏、不敢抗拒王者之師、以王師用正也。文教失宣、武臣用奇。不用正而用奇。奇兵有異於仁義、王道迂闊而莫爲。因此多殺傷之慘。嗚呼噫嘻、吾想夫北風振漠、胡兵伺便。漠、沙漠之地。北風振漠之時。伺、偵候邊防也。

易于疎虞、敵兵常伏、而伺察其便。主將驕敵、期門受戰。期門、軍衞之門。主將輕敵、遂臨期門以受戰。野豎旄旗、川迴組練。組、組甲。漆甲成組文。練、練袍。皆戰備也。法重心駭、威尊命賤。八字、尤極酸楚。利鏃穿骨、驚沙入面。主客相搏、山川震眩。主客合圍而相擊、則金鼓互喧、山川亦爲之震眩。聲析江河、勢崩雷電。析、分也。聲之震也、足以分江河。勢之崩也、不異于雷電。○此是寫初戰未覆時。至若窮陰凝閉、凜冽海隅。凜冽、寒氣嚴也。積雪沒脛、形去聲、堅冰在鬚。鷙鳥休巢、征馬踟池、蹰。休巢、休于巢中不出也。踟蹰、行不進貌。言皆畏寒也。繒情、纊曠、無温、墮指裂膚。繒、帛也。纊、綿也。當此苦寒、天假強胡。憑陵殺氣、以相剪屠。加寫苦寒、更自淒慘。徑截輜重、橫攻士卒。輜重、載衣物車。都尉新降、將軍覆沒。屍填巨港講、之岸、血滿長城之窟。坤入聲、窟、孔穴也。○無貴無賤、同爲枯骨、可勝升、言哉。此是寫三軍正覆時。鼓衰兮力盡、矢竭兮絃絶。白刃交兮寶刀折、兩軍蹙兮生死決。蹙、迫也。降矣哉、終身夷狄。戰矣哉、骨暴沙礫。力、○礫、小石。○此重寫三軍欲覆未覆時。鳥無聲兮山寂寂、夜正長兮風淅淅。昔、○淅淅、聲肅也。魂魄結兮天沉沉、沉沉、昏暗也。

鬼神聚兮雲冪冪。密、○冪冪、陰慘也。日光寒兮草短、月色苦兮霜白。傷心慘目、有如是耶。此則寫三軍已覆之後也。吾聞之、牧用趙卒、大破林胡。開地千里、遁逃匈奴。李牧、趙良將。○歎趙。漢傾天下、財殫力痡、敷、任人而已、其在多乎。痡、病也。漢雖傾動天下、而財盡力病、因思守邊之將、在得人、不在多也。○怨漢。周逐玁險、狁、尤、北至太原。既城朔方、全師而還。旋、飲至策勳、和樂且閑。穆穆棣棣、君臣之間。玁狁、北狄也。朔方、北荒之地。飲至、歸而告至于廟而飲也。穆穆、幽深和敬之貌。棣棣、威儀閑習之貌。○歎周。秦起長城、竟海爲關。荼毒生靈、萬里朱殷。煙、○殷、赤黑色。血色久則殷。○朱、血色。○怨秦。漢擊匈奴、雖得陰山。枕骸徧野、功不補患。怨漢。○看他疊疊只怨秦漢、卽近代不言可知。蒼蒼蒸民、蒼蒼、天也。蒸、衆也。言天生衆民。誰無父母、提攜捧負、畏其不壽。誰無兄弟、如足如手。誰無夫婦、如賓如友。生也何恩、殺之何咎。死于戰者、有何罪。其存其沒、家莫聞知。父母兄弟妻子、不得而知。人或有言、將信將疑。悁悁淵、心目、寢寐見之。悁悁、憂悶也。布奠傾觴、哭望天涯。夷、○布奠而哭望、不知其死所也。天地爲愁、草木淒悲。弔祭不至、精魂何依。又從家中寫出酸楚。必有凶年、人其流離。老子云、大軍之後、必有凶年。不但死者可傷、生者亦可慮也。嗚呼噫嘻、時耶命耶、從古如斯。總結秦漢近代。爲之奈何、守狩、在四夷。雖有宣文教、施仁義以行王道、使戎夏爲一、而四夷各爲天子守土、則無事于戰矣。○結出一篇主意。

通篇只是極寫亭長口中、常覆三軍一語。所以常覆三軍、因多事四夷故也。遂將秦漢至近代、上下數千百年、反反覆覆、寫得愁慘悲哀、不堪再誦。

陋室銘

劉禹錫

山不在高、有仙則名。水不在深、有龍則靈。以山水引起陋室。斯是陋室、惟吾德馨。有吾德之馨香、可以忘室之陋。苔痕上階綠、草色入簾青。室中景。談笑有鴻儒、往來無白丁。室中人。可以調素琴、閱金經。無絲竹之亂耳、無案牘之勞形。室中事。南陽諸葛廬、西蜀子雲亭、孔明居南陽草廬。子雲居西蜀、有玄亭。○引證陋室。孔子云、何陋之有。應德馨結。

陋室之可銘、在德之馨、不在室之陋也。惟有德者居之、則陋室之中、觸目皆成佳趣。末以何陋結之、饒有逸韻。

阿房宮賦

杜牧

六王畢、四海一。蜀山兀、阿房出。燕、趙、韓、魏、齊、楚滅而海內一統。蜀山木盡、而阿房始成。○起四語、只十二字。便
將始皇混一已後、縱心盜志寫盡。真突兀可喜。覆壓三百餘里、廣。隔離天日。儘與天日相隔離。○高。驪山北構而
西折、直走咸陽。驪山在北、咸陽在西。自驪山北結屋、曲折而至西、直赴咸陽殿爲大宮。二川溶溶、流入宮牆。二川、渭川、
樊川也。溶溶、安流也。○此段總寫其大、下乃細寫之。五步一樓、十步一閣。廊腰縵迴、簷牙高啄。廊腰曲折、如
繒縵之迴環。簷牙尖聳、如禽鳥之高啄①。各抱地勢、鉤心鬬角。或樓或閣、各因地勢而環抱其間。屋心聚處如鉤、屋角相湊若鬬。盤盤焉、
囷囷屈平聲、焉、蜂房水渦、窩、矗觸、不知其幾千萬落。盤盤、周迴也。囷囷、屈曲也。遠望天井、如蜂之房。水溜天井
中爲渦②、即瓦溝也。矗、高起貌。落、簷滴也。○此段寫宮中樓閣之多。長橋臥波、未雲何龍。自阿房渡渭、屬之咸陽、以象天極。有長橋臥水波上、
疑是爲龍。然龍必有雲、今無雲、知非龍。複道行空、不霽何虹。自殿下直抵南山之巔、架木爲複道、若空中行。朱碧相照、疑是爲虹、然虹必待霽、今
不霽知非虹。高低冥迷、不知西東。言長橋複道、無從辨高低西東也。○此段寫橋梁道路之遠。歌臺暖響、春光融融。
臨臺而歌、則響爲之暖、如春光之融和。舞殿冷袖、風雨淒淒。舞罷閑散、則袖爲之冷、如風雨之淒涼。一日之內、一宮
之間、而氣候不齊。言非一日暖、一日冷、或一宮暖、一宮冷也、只一日一宮、其氣候之變如此。○此段寫宮殿歌舞之盛。妃嬪貧、媵孕、

校勘記：

①"鳥"原誤作"獸"，今據文富堂本、懷涇堂本、鴻文堂本改。

②"渦"原誤作"窩"，今據文富堂本、懷涇堂本改。

嬙、戕、○自皇后而下、爲妃爲嬪。其次、則爲媵爲嬙。○六國宮妃。又王子皇孫、六國公族。辭樓下殿、辭六王之樓、下六王之殿。輦
連上聲、來於秦。駕人以行日輦③。朝歌夜絃、爲秦宮人。早以聲歌、夜以絲絃、轉而爲秦皇之宮人。○六句承上寫歌舞、接下寫美人。
明星熒熒、開妝鏡也。疑其星、言鏡之多。綠雲擾擾、梳曉鬟還、也。疑其雲、言鬟之多。渭流
漲膩、棄脂水也。言脂之多。烟斜霧橫、焚椒蘭也。言香之多。雷霆乍驚、宮車過
也。轆轆遠聽、杳不知其所之也。轆轆、車聲。言車之多、比上增一句、參差。一肌一容、盡態極
妍。縵立遠視、而望幸焉。縵、寬心也。天子車駕所至日幸。有不得見者、三十六年。始皇在位三十
六年。言終其身、而不得一見也。○此段寫宮中美人之多。燕趙之收藏、韓魏之經營、齊楚之精英、收藏、經營、精英、指下金
玉等言。○橫寫六國珍奇。幾世幾年、取掠其人、倚疊如山。六國歷久取掠于人、故多積如山。○豎寫六國珍奇。一旦
不能有、輸來其閒。六國一旦不能自保其所有、盡輸于秦。鼎鐺撐、玉石、金塊珠礫。力、○鐺、釜屬。礫、小石。
謂視鼎如鐺、玉如石、金如塊、珠如礫也。棄擲邐里、迤、以、○棄擲、言其多、不能盡庋閣于几席也。邐迤、連接也、言棄擲不止一處也。秦人視之、
亦不甚惜。言不惟秦皇、即秦民亦侈甚也。○此段寫宮中珍奇之多。嗟乎、一人之心、千萬人之心也。秦愛

③"行"原誤作"待"，今據文富堂本改。

紛奢、人亦念其家。(人情不甚相遠。)奈何取之盡錙銖、用之如泥沙。使負棟之柱、多於南畝之農夫。架梁之椽、多於機上之工女。釘頭磷磷、(鄰)多於在庾之粟粒。瓦縫(鳳)參差、多於周身之帛縷。直欄橫檻、多於九土之城郭。管絃嘔(謳)啞、(鴉)多於市人之言語。(總上極寫。)使天下之人、不敢言而敢怒。獨夫之心、日益驕固。(獨夫、指秦皇。○寫秦止此。)戍卒叫、(陳涉乃戍卒、一呼而人響應。)函谷舉、(漢高入函谷關。)楚人一炬、(項羽燒秦宮室。)可憐焦土。(一篇無數壯麗、只以四字了之。)嗚呼、滅六國者、六國也、非秦也。(斷六國。)族秦者、秦也、非天下也。(斷秦。)嗟夫、使六國各愛其人、則足以拒秦。(痛惜六國。)秦復愛六國之人、則遞三世、可至萬世而爲君、誰得而族滅也。(秦止二世而亡。○痛惜秦。)秦人不暇自哀、而後人哀之。後人哀之而不鑑之、亦使後人而復哀後人也。(言盡而意無窮。)

前幅極寫阿房之瑰麗、不是羨慕其奢華、正以見驕橫斂怨之至、而民不堪命也、便伏有不愛六國之人意在。所以一炬之後、迴視向來瑰麗、亦復何有。以下因盡情痛悼之、爲隋廣叔寶等人炯戒、尤有關治體。不若上林子虛、徒逢君之過也。

原道

韓愈

博愛之謂仁、行而宜之之謂義、由是而之焉之謂道、足乎己無待於外之謂德。下二句、俱指仁義說。○起四語、具四法。仁與義爲定名、道與德爲虛位。所謂道德云者、仁義而已。故以仁義爲定名、道德爲虛位。道德之實非虛、而道德之位則虛也。故道有君子小人、如易言、君子道長、小人道消之類。而德有凶有吉。如易言、恆其德、貞。婦人吉、夫子凶之類。此所以謂之虛位也。老子之小仁義、老子、大道廢、有仁義。非毀之也、其見者小也。見小、是老子病源。坐井而觀天、曰天小者、非天小也。忙中著此數語、如落葉驚湍、大有致趣。彼以煦煦爲仁、孑孑爲義、其小之也則宜。煦煦、小惠貌。孑孑、孤立貌。老子錯認仁義、故以爲小。其所謂道、道其所道、非吾所謂道也。其所謂德、德其所德、非吾所謂德也。老子、道可道、非常道。又、上德不德、是以有德。老子不知有仁義、并錯認道德。凡吾所謂道德云者、合仁與義言之也、天下之公言也。老子之所謂道德云者、去仁與義言之也、一人之私言也。老子平日談道德、乃欲離却仁義、一味自虛無上去①曾不知道德自仁義中出、故據此闢之、已括盡全篇之意。周道衰、孔子沒、火于秦、秦李斯、請吏官非秦記、皆燒之②非博士官所職而天下敢有收藏詩書百家語者③悉詣守尉雜燒之。黃老于漢、黃老、黃帝、老子也。漢曹參始薦蓋公能言黃老、文帝宗之。自是相傳學道衆矣。佛于晉魏梁隋之間。後漢明帝夜夢金人飛行殿庭。以問于朝、而傳毅以佛對。帝遣使往天竺、得佛經及釋迦像。自後佛法徧中夏焉。此特南舉晉梁、北舉魏隋也。其言道德仁義者、不入於楊、則入于墨。不入于老、則入于佛。楊、墨、佛、老雖並黜、只重佛老一邊。入于彼、必出于此。入者主之、出者奴之。入者附之、出者汙之。入于楊、墨、佛、老者、必出于聖人之學。主異端者、必以聖人爲奴。附異端者、必以聖人爲汙也。○此處說人從異端。衍此六句、方頓挫。噫、後之人其欲聞仁義道德之說、孰從而聽之。冷語收上。下又翻出佛老兩段作波瀾。老者曰、孔子、吾師之弟子也。佛者曰、孔子、吾師之弟子也。老者、佛者、謂治老佛之道者。如孟子所謂墨者是也。爲孔子者、習聞其說、樂其誕而自小也、亦曰吾師亦嘗師之云爾。爲、治也。言治孔子之道者、喜佛老之怪誕、而自以儒道爲小、而願附之。不惟擧之於其口、而又筆之於其書。筆之于書、如莊子天運篇、孔子見老子而語仁義。老子曰、仁義憯然乃憤吾心、亂莫大焉、孔子歸、三日不談之類也。噫、後之人雖欲聞仁義道德之說、其孰從而求之。

校勘記：

①”自“原作”是“，今據文富堂本、懷涇堂本改。

②”吏“文富堂本、懷涇堂本作”史“。

③”而“原脫，今據文富堂本補。

重上一段作小束、宕甚。甚矣、人之好怪也、不求其端、不訊其末、惟怪之欲聞。端、始也。末、終也。佛老之說甚怪、而人好之。故反足以勝吾道。〇數語是文章之要領。古之爲民者四、今之爲民者六。古之教者處其一、今之教者處其三。添了佛老二種。農之家一、而食粟之家六。工之家一、而用器之家六。賈之家一、而資焉之家六。農、工、賈三句、緊頂上古今四句、總言佛老之害。奈之何民不窮且盜也。有此句、下面許多功用、便少不得。古之時、人之害多矣。害、指下文蟲、蛇、禽、獸、飢、寒、顛、病等語。有聖人者立、然後教之以相生相養之道。見得天地間不可無聖人之道、有功于人、非佛老可及。爲之君、爲之師。書、天降下民、作之君、作之師。驅其蟲蛇禽獸而處之中土。寒然後爲之衣、飢然後爲之食。木處而顛、土處而病也、然後爲之宮室。爲之工以贍其器用、爲之賈以通其有無、爲之醫藥以濟其夭死、爲之葬埋祭祀以長其恩愛、爲之禮以次其先後、爲之樂以宣其湮（因）鬱、爲之政以率其怠倦、爲之刑以鋤其強梗。相欺也、爲之符璽斗斛權衡以信之。相奪也、爲之城郭甲兵以守之。害至而爲之備、患生而爲之防。連用十七箇爲之字、起伏頓挫、如層峯疊嵐、如驚波巨浪。自不覺其重複。蓋句法善轉換也。○說出聖人許多實功、正見佛老之謬、全在下清淨寂滅四字。今其言曰、聖人不死、大盜不止。剖斗折衡、而民不爭。其言指老氏之書。嗚呼、其亦不思而已矣。如古之無聖人、人之類滅久矣。用反語束上文聖人治天下。許多條理、一句可以喚醒。何也、無羽毛鱗介以居寒熱也、無爪牙以爭食也。言人不若禽獸之有羽毛鱗介爪牙、必待聖人衣食之。若無聖人、豈能至今有人類乎。是故君者、出令者也。臣者、行君之令而致之民者也。民者、出粟米麻絲、作器皿、通貨財、以事其上者也。君不出令、則失其所以爲君。臣不行君之令而致之民、則失其所以爲臣④。民不出粟米麻絲、作器皿、通貨財、以事其上、則誅。提出君臣民三項、一正一反、以形佛老之無父無君。今其法曰、必棄而君臣、去而父子、禁而相生相養之道、其法、指佛老之教。而、汝也。以求其所謂清淨寂滅者。老言清淨、佛言寂滅、此佛老之反于聖人處。嗚呼、其亦幸而出於三代之後、不見黜於禹、湯、文、武、周公、孔子也。其亦不幸而

④《韓昌黎文集校注》無"則失其所以爲臣"七字。

不出於三代之前、不見正於禹、湯、文、武、周公、孔子也。（著此感慨一段、味便深長、文便鼓宕。）帝之與王、其號雖殊、其所以爲聖一也。夏葛而冬裘、渴飲而饑食、其事雖殊、其所以爲智一也。今其言曰、曷不爲太古之無事。（此老莊之語。）是亦責冬之裘者曰、曷不爲葛之之易也。責饑之食者曰、曷不爲飲之之易也。（突入譬喻、破其清淨、無爲之說。）傳曰、古之欲明明德於天下者、先治其國。欲治其國者、先齊其家。欲齊其家者、先修其身。欲修其身者、先正其心。欲正其心者、先誠其意。然則古之所謂正心而誠意者、將以有爲也。（佛老托于無爲、大學功在有爲。二字盡折其謬。）今也欲治其心、（佛老亦治心之學。）而外天下國家、滅其天常。子焉而不父其父、臣焉而不君其君、民焉而不事其事。（此佛老之無爲。）孔子之作春秋也、諸侯用夷禮、則夷之、進於中國、則中國之。經曰、夷狄之有君、不如諸夏之亡。詩曰、戎狄是膺、荊舒是懲。今也、舉夷狄之法、而加之先王之教之上、幾何其不胥而爲夷也。（極言佛老之禍天下、所以深惡而痛絕之。）夫所謂先王之教者、何也。（緊接。）博愛之謂仁、行而宜之之謂義、由是而之焉之謂道、足乎己無待於外之謂德。其文詩書易春秋。其法禮樂刑政。其民士農工賈。其位君臣父子、師友賓主、昆弟夫婦。其服麻絲。其居宮室。其食粟米果蔬魚肉。其爲道易明、而其爲教易行也。（夫所謂至此一段、收拾前文、生發後文、絕妙章法。）是故以之爲己、則順而祥。以之爲人、則愛而公。以之爲心、則和而平。以之爲天下國家、無所處而不當。是故生則得其情、死則盡其常。郊焉而天神假、（格、）廟焉而人鬼饗。曰、斯道也、何道也。（問語作態。）曰、斯吾所謂道也、非向所謂老與佛之道也。（應并吾所謂道一段。是原道結穴。）堯以是傳之舜、舜以是傳之禹、禹以是傳之湯、湯以是傳之文武周公、文武周公傳之孔子、孔子傳之孟軻、軻之死、不得其傳焉。（軻之死一句、承上極有力。一篇精神在此。）荀與楊也、擇焉而不精、語焉而不詳。（荀卿、名況。趙人。嘗推儒墨道德之行事興壞、序列著數萬言而卒。漢、揚雄、字子雲、所撰有法言十三卷。○故云孟子之後不得其傳。由周公而上、上而爲君、故其事行。由周公而下、下而爲臣、故其說長。事行、謂得位以行道。說長、謂立言以明道也。○重下二句、是原道本意。然則如之何而可也、完矣、一轉。曰、不塞不流、不止不行。佛老之道、不塞不止。聖人之道、不流不行。人其人、僧道俱令還俗。火其書、絕其惑人之說。廬其居、寺觀改作民房。明先王之道以道之、道同導。鰥寡孤獨廢疾者有養也。以無佛老之害、故窮民皆得其所養。其亦庶乎其可也。兩可字呼應作結、言有盡而意無窮。

孔孟沒、大道廢、異端熾。千有餘年、而後得原道之書辭而闢之、理則布帛菽粟、氣則山走海飛、發先儒所未發、爲後學之階梯、是大有功名教之文。

原毀

韓愈

古之君子、其責己也重以周、其待人也輕以約。此孔子所謂、躬自厚而薄責于人之意。○二語是一篇之柱。重以周、故不怠。輕以約、故人樂爲善。申上文作兩對、是雙關起法。聞古之人有舜者、其爲人也、仁義人也。求其所以爲舜者、責於己曰、彼人也、予人也、彼能是、而我乃不能是。早夜以思、去其不如舜者、就其如舜者。聞古之人有周公者、其爲人也、多才與藝人也。求其所以爲周公者、責於己曰、彼人也、予人也、彼能是、而我乃不能是。早夜以思、去其不如周公者、就其如周公者。此三段語意、俱本孟子舜何人、予何人一段來。舜、大聖人也、後世無及焉。周公、大聖人也、後世無及焉。是人也、乃曰、不如舜、不如周公、吾之病也。只轉說。一說便見波瀾。是不亦責於身者、重以周乎。應一句。其於人也、曰、彼人也、能有是、是足爲良人矣。能善是、是足爲藝人矣。從上段能字、生出善字。取其一、不責其二。卽其新、不究其舊。恐恐然惟懼其人之不得爲善之利。順勢衍足上意。一善、易修也。一藝、易能也。其於人也、乃曰、能有是、是亦足矣。曰、能善是、是亦足矣。亦轉說。一說又作波瀾。不亦待於人者、輕以約乎。應一句。○已上寫古之君子作兩扇、是賓。今之君子則不然。一句折入。其責人也詳、其待己也廉。詳、故人難於爲善。廉、故自取也少。亦作雙關起法。己未有善、曰、我善是、是亦足矣。己未有能、曰、我能是、是亦足矣。外以欺於人、內以欺於心、未少有得而止矣。不亦待其身者已廉乎。（應一句。）其於人也、曰、彼雖能是、其人不足稱也。彼雖善是、其用不足稱也。舉其一、不計其十。究其舊、不圖其新。恐恐然惟懼其人之有聞也。是不亦責于人者已詳乎。（應一句。○已上寫今之君子、作兩扇、是主。亦只就能善二字、翻弄成文、妙。）夫是之謂不以衆人待其身、而以聖人望於人、吾未見其尊己也。（文極滔滔莽莽、有一瀉千里之勢。不意從此閒忽作一小束、何等便捷。是文章中深于開合之法者。）雖然、（急轉。）爲是者、有本有原、怠與忌之謂也。怠者不能修、而忌者畏人修。（怠忌二字、切中今人病痛。下文只說忌者、而怠者自可知、惟怠故忌也。○方說到本題、此爲毀之根也。）吾嘗試之矣。（又作一颺、生下二比。）嘗試語於衆曰、某良士、某良士。其應者必其人之與也。不然、則其所疏遠、不與同其利者也。不然、則其畏也。不若是、（總撇上三句。）強者必怒於言、懦者必怒於色矣。（良士一段、是主中之賓。）又嘗語於衆曰、某非良士、某非良士。其不應者、必其人之與也。不然、則其所疏遠、不與同其利者也。不然、則其畏也。不若是、（總撮上三句。）強者必說（悅）於言、懦者必說於色矣。（非良士一段、是主中之主。○兩意形出忌字、以原毀者之情、委婉曲折、詞采若畫。）是故事修而謗興、德高而毀來。嗚呼、士之處此世、而望名譽之光、道德之行、難已。（原毀篇、到末纔露出毀字。大都詳與廉、毀之枝葉。怠與忌、毀之本根。不必說毀、而毀意自見。）將有作於上者、得吾說而存之、其國家可幾而理歟。（慨然有餘思。）

（全用重周、輕約、詳廉、怠忌八字立說。然其中只以一忌字、原出毀者之情。局法亦奇。若他人作此、則不免露爪張牙、多作讎憤語矣。）

獲麟解　韓愈

麟之爲靈昭昭也。（麟、麕身、牛尾、馬蹄、一角、毛蟲之長、王者之瑞也。○先立一句、靈字伏德字。）詠於詩、書於春秋、雜出於傳記百家之書、雖婦人小子、皆知其爲祥也。（詩、麟之趾。春秋、魯哀公十三年、西狩獲麟。傳記百家、謂史傳所記、及諸子百家也。小子皆知其爲祥瑞、正見其昭昭處。○雖婦人一轉。）然麟之爲物、不畜於家、不恆有於天下、其爲形也不類、非若馬牛犬豕豺狼麋鹿然。然則雖有麟、不可知其爲麟也。〔知其爲祥、不可知其爲麟、所以爲靈。○二轉。〕角者吾知其爲牛、鬣〔獵〕者吾知其爲馬、犬豕豺狼麋鹿、吾知其爲犬豕豺狼麋鹿、惟麟也不可知。不可知、則其謂之不祥也亦宜。〔既不可知其爲麟、則謂麟爲不祥之物、亦無足怪。○三轉、起下聖人必知麟。〕雖然、麟之出、必有聖人在乎位、麟爲聖人出也。〔帝王之世、麟在郊藪。〕聖人者、必知麟。麟之果不爲不祥也。〔麟必待有知麟之聖人而後出、麟固無有謂其不祥者。○四轉。〕又曰、麟之所以爲麟者、以德不以形。〔以德句、正與爲靈昭昭句相應。德字、即靈字之意。惟德故靈也。〕若麟之出、不待聖人、則謂之不祥也亦宜。〔若出非其時、則失其所以爲麟矣、何祥之有。○五轉。○上不祥、是天下不知麟也、非麟之咎也。此不祥、真麟之罪也、非天下之咎也。〕

〔此解與論龍論馬、皆退之自喻。有爲之言、非有所指實也。文僅一百八十餘字、凡五轉、如游龍、如轆轤、變化不窮、真奇文也。〕

雜說一　　韓愈

龍噓氣成雲、雲固弗靈於龍也。〔噓氣、虛口出氣也。雲爲龍之所自有、故弗能靈于龍。○一節、言龍之靈輕。下急轉。〕然龍乘是氣、茫洋窮乎玄閒、薄〔博〕日月、伏光景〔影〕、感震電、神變化、水下土、汩（骨）、陵谷、雲亦靈怪矣哉。（茫洋、雲水之氣、極乎穹蒼、日月爲之掩蔽、光影爲之伏藏、雷電爲之震動、其變化風雨、則水徧乎下土、陵谷爲之汩沒、雲亦靈怪極矣。○二節、言雲之靈重。）雲、龍之所能使爲靈也。若龍之靈、則非雲之所能使爲靈也。（三節、申言龍之靈輕、下急轉。）然龍弗得雲、無以神其靈矣。失其所憑依、信不可歟。（四節、申言雲之靈重。）異哉、其所憑依、乃其所自爲也。（雲爲龍之噓氣、故曰自爲。○五節、言龍能爲雲、若無龍、則亦無雲矣。輕。）易曰、雲從龍。（易、雲從龍、風從虎、聖人作而萬物覩。）既曰龍、雲從之矣。（六節、言龍必有雲。若無雲、則亦非龍矣。重。）

（此篇以龍喻聖君、雲喻賢臣。言賢臣固不可無聖君、而聖君尤不可無賢臣。寫得婉委曲折、作六節轉換。一句一轉、一轉一意。若無而又有、若絕而又生、變變奇奇、可謂筆端有神。）

雜說四

韓愈

世有伯樂、（洛、）然後有千里馬。（伯樂、秦穆公時人、姓孫、名陽、善相馬。此以伯樂喻知己、以千里馬喻賢士。○一歎。）千里馬常有、而伯樂不常有。（二歎。）故雖有名馬、祇辱於奴隸人之手①、駢（辦平聲。）死於槽櫪之閒、不以千里稱也。（駢、並也。○三歎。）馬之千里者、一食或盡粟一石、食（嗣、）

校勘記：

①"祇"原誤作"秪"，今據《韓昌黎文集校注》改。

馬者、不知其能千里而食也。是馬也、雖有千里之能、食不飽、力不足、才美不外見、且欲與常馬等不可得、拗一筆。安求其能千里也。四歎。○千里二字、凡七見、感慨悲惋。策之不以其道、食之不能盡其材、鳴之而不能通其意、執策而臨之曰、天下無馬。嗚呼、其真無馬邪、其真不知馬也。五歎、總結。

此篇以馬取喻、謂英雄豪傑、必遇知己者、尊之以高爵、養之以厚祿、任之以重權、斯可展布其材。否則英雄豪傑、亦已埋沒多矣。而但謂之天下無才、然耶否耶、甚矣、知遇之難其人也。

古文觀止卷之八

師說　　韓愈

古之學者必有師。師者、所以傳道受業解惑也。說得師道如此鄭重。一篇大綱領、具見于此。人非生而知之者、孰能無惑。惑而不從師、其爲惑也、終不解矣。緊承解惑說、下承傳道說。生乎吾前、其聞道也、固先乎吾、吾從而師之。生乎吾後、其聞道也、亦先乎吾、吾從而師之。吾師道也、夫庸知其年之先後生於吾乎。是故無貴無賤、無長無少、道之所存、師之所存也。道在卽師在、是絕世議論。嗟乎、師道之不傳也久矣、欲人之無惑也難矣。忽作慨歎、若承若起、佳甚。古之聖人、其出人也遠矣、猶且從師而問焉。今之衆人、其下聖人也亦遠矣、而恥學於師。是故聖益聖、古人。愚益愚。今人。聖人之所以爲聖、愚人之所以爲愚、其皆出於此乎。

此是高一等說話、翻前面人非生知之說。愛其子、擇師而教之。於其身也、則恥師焉、惑矣。彼童子之師、授之書、而習其句讀豆、者也。非吾所謂傳其道、解其惑者也。句讀之不知、惑之不解、或師焉、或不否、焉。小學而大遺、吾未見其明也。童子句讀之不知、則爲之擇師。其身惑之不解、則不擇師。是學其小、而遺忘其大者、可謂不明也。○此就尋常話頭、從容體出至情、其理明、其辭切。巫醫樂師百工之人、不恥相師。士大夫之族、曰師曰弟子云者、則羣聚而笑之。問之、則曰彼與彼年相若也、道相似也、有長有少矣。位卑則足羞、官盛則近諛。有貴有賤矣。嗚呼、師道之不復可知矣。可爲長太息。巫醫樂師百工之人、君子不齒。齒、列也。今其智乃反不能及、其可怪也歟。此與前論聖人且從師同意。前以至貴者形今人之不從師、此以至賤者形今人之不從師。反覆刺論、意甚切至。聖人無常師、孔子師郯談、子、萇長、宏、師襄、老聃。耽、郯子之徒、省句。其賢不及孔子。孔子詢官名于郯子、訪樂于萇宏、學琴于師襄、問禮于老聃。孔子曰、三人行、則必有我師。借孔子作證、取前聖人從師意。是故弟子不必不如師、師不必賢於弟子。聞道有先後、術業有專攻、如是而已。收前吾師道意、完足。李氏子蟠、年十七、蟠、貞元十九年進士。好古文、六藝經傳、皆通習之。不拘於時、學於余。異于今人。余嘉其能行古道、不異于古人。作師說以貽之。通篇只是吾師道也一句。言觸處皆師、無論長幼貴賤、惟人自擇。因借時人不肯從師、歷引童子、巫醫、孔子喻之。總是欲李氏子能自得師、不必謂公慨然以師道自任、而作此以倡後學也。

進學解

韓愈

國子先生、元和七年、公復爲國子博士。晨入太學。招諸生立館下、誨之曰、業精於勤、荒於嬉。行去聲、成於思、毁於隨。隨、因循也。〇睉然四句、起下不明不公意。方今聖賢相逢、聖君賢臣。治具畢張。需才分任。拔去兇邪、登崇俊良。占去聲、小善者率以錄、名一藝者無不庸。庸、用也。爬杷、羅剔抉、淵入聲、〇謂搜取人才。刮垢磨光。謂造就人才。蓋有幸而獲選、孰云多而不揚。幸字、最有含蓄。諸生業患不能精、無患有司之不明。行患不能成、無患有司之不公。此四句、是一篇議論張本。言未既、有笑於列者曰、先生欺余哉。弟子事先生、于茲有年矣。頭。先生口不絕吟於六藝之文、手不停披於百家之編。紀事者必提其要、舉綱挈領。纂言者必鉤其玄。極深研幾。貪多務得、細大不捐。悉備。焚膏油以繼晷、軌。恆兀兀以窮年。晷、日景也。兀兀、勞苦也。○恆久。先生之業、可謂勤矣。一段、言勤于己業。觝底、排異端、攘斥佛老。觝、觸也。○闢邪說。補苴疽、罅罅去聲、漏、張皇幽眇。苴所以藉履。呂覽、衣弊不補、履決不苴。言儒術缺漏處、則補苴之。罅、孔隙也。皇、大也。聖道隱微處、則張大之。○翼聖學。尋墜緒之茫茫、獨旁搜而遠紹。承補苴張皇說。障百川而東之、迴狂瀾於既倒。承觝排攘斥說。先生之於儒、可謂勞矣。二段、言勞于衞道。沈浸醲濃、郁、含英咀華。讀書而涵泳其味。作爲文章、其書滿家。作文而悉本于古。上規姚姒、渾渾無涯。姚、虞姓。姒、夏姓也。揚子、虞夏之書渾渾爾。周誥殷盤、佶吉、屈聱遨、牙。周誥、大誥、康誥、酒誥、召誥、洛誥是也。殷盤、盤庚上、中、下三篇是也。佶屈聱牙、皆艱澁難讀貌。春秋謹嚴、一字褒貶、謹而嚴毅。左氏浮誇。左傳釋經、浮虛誇大。易奇而法、易之變易甚奇、而正當之理可法。詩正而葩。帕平聲、○詩之義理甚正、而藻麗之詞實華。下逮莊騷、莊子、離騷。太史所錄。史記、漢書。子雲相如、揚雄、字子雲。司馬長卿、名相如。同工異曲。猶樂之同工、而異其曲調。○文章不本六經、雖生剝子雲之篇、行剽相如之籍、辭非不美、總屬無根之學。故公必上規姚姒、而始下逮百家也。先生之於文、可謂閎其中而肆其外矣。三段、言文章之著見。少始知學、勇於敢爲。長通於方、左右具宜。先生之於爲人、可謂成矣。四段、言爲人之成立。○上三段論業精、此一段論行成、共爲一腹。然而公不見信於人、私不見助於友、跋撥、前疐至、後、動輒得咎。詩、豳風、狼跋其胡、載疐其尾。跋、躐也。胡、老狼頷下縣肉也。疐、跲也。狼進而躐其胡、則退而跲其尾、言進退不得自由也。暫爲御史、遂竄南夷。貞元十九年、公爲監察御史。謫陽山令。三年博士、冗宂、不見治。公元和元年、六月、爲博士。四年、六月、遷都官史。宂、散也。處閒散之地、而無以自見其治才。命與仇謀、取敗幾時。命與仇敵爲謀、數遭敗壞。冬煖而兒號平聲、寒、年豐而妻啼飢。頭童齒豁、竟死何裨。悲、○山無草木曰童。豁、落也。裨、益也。不知慮此、反教人爲。尾、○勸業四段、從能精能成二語發來、然而一轉、正破不公不明也。先生曰、吁、子來前、夫大木爲杗、萌、細木爲桷、角、○杗、梁也。桷、椽也。欂薄、櫨盧、侏儒、欂櫨、短柱。侏儒、短椽。椳威、闑居簞、楔、屑、○椳、門樞也。闑、門中橛也。居、戶牡也。楔、門棖也。

各得其宜、施以成室者、匠氏之工也。匠用木無論小大。○一喻。玉札丹砂、赤箭青芝、玉屑、一名玉札、生藍田山谷。丹砂、硃砂也。赤箭、生陳倉、及太山少室。青芝、出太山。四者、皆貴藥。牛溲馬勃、敗鼓之皮、牛溲、牛溺也。馬勃、馬屁菌也。敗鼓皮、主蠱毒。三者、皆賤藥。俱收並蓄、待用無遺者、醫師之良也。醫用藥、無論貴賤。○二喻。登明選公、雜進巧拙、紆餘爲妍、作緩態者。卓犖落、爲傑、行直道者。校短量長、惟器是適者、宰相之方也。宰相用人、無論智之巧拙、才之長短。○三結。昔者孟軻好辯、孔道以明。轍環天下、卒老於行。一引。荀卿守正、大論是宏。逃讒於楚、廢死蘭陵。荀卿、趙人。齊襄王時、爲稷下祭酒。避讒適楚、春申君以爲蘭陵令。春申君死、而荀卿廢。著書數萬言而卒、因葬蘭陵。○二引。是二儒者、吐辭爲經、舉足爲法。絕類離倫、優入聖域。其遇於世何如也。冷語不盡。○三結。下轉正文。今先生學雖勤而不由其統、言雖多而不要平聲其中、文雖奇而不濟於用、行雖修而不顯於衆。四句、解前四段意。○再轉。猶且月費俸錢、歲糜廩粟。子不知耕、婦不知織。有以養家。乘馬從去聲徒、安坐而食。有以自養。踵常途之役役、窺陳編以盜竊。

役役、隨俗而無異能。盜竊舊章、而無創解。○再轉。然而聖主不加誅、誅、責也。宰臣不見斥、非其幸歟。幸其遇世、愈于二儒。○再轉。動而得謗、名亦隨之。投閑置散、乃分之宜。此段解前公不見信一段意。言有司未有不公不明處。若夫商財賄之有亡、計班資之崇庳。卑、忘己量之所稱、去聲、指前人之瑕疵。財賄、謂祿也。班資、品秩也。庳、下也。前人、暗指執政。瑕疵、謂不公不明也。是所謂詰匠氏之不以杙亦、爲楹、杙、橛也。楹、柱也。杙小楹大。而訾紫、醫師以昌陽引年、欲進其豨苓也。昌陽、即昌蒲、久服可以延年。豨苓、即猪苓、主滲泄。○掉尾抱前、最耐尋味。

公自貞元十八年至元和七年、屢爲國子博士、官久不遷、乃作進學解以自喻。主意全在宰相、蓋大才小用、不能無憾。而以怨懟無聊之詞托之人、自咎自責之詞托之己。最得體。

圬者王承福傳

韓愈

圬同杇、之爲技、賤且勞者也。一抑。有業之、其色若自得者。聽其言、約而盡。一揚。○陡然立論、領起一篇精神。問之、王其姓、承福其名。世爲京兆長安農夫。天寶之亂、發人爲兵。（天寶十四年、冬十一月、安祿山反、帝以郭子儀爲朔方節度使討之。出內府錢帛、于京師募兵十一萬、旬日而集、皆市井子弟也。）持弓矢十三年、有官勳、棄之來歸、喪其土田、手鏝（滿平聲、）衣食。（鏝、圬具也。○棄官勳而就傭工、使人不可測。）餘三十年、舍於市之主人、而歸其屋食之當（去聲、）焉。（屋食、謂屋租也。當、謂所當之值。）視時屋食之貴賤、而上下其圬之傭以償之。（視屋租之貴賤、而增減其圬之工價。償、還也。）有餘、則以與道路之廢疾餓者焉。（此段寫承福去官歸鄉、手鏝衣食來由、畫出高士風味。）又曰、粟、稼而生者也。若布與帛、必蠶績而後成者也。其他所以養生之具、皆待人力而後完也、吾皆賴之。然人不可徧爲、宜乎各致其能以相生也。（此言彼此各致其能。）故君者、理我所以生者也。而百官者、承君之化者也。任有大小、惟其所能、若器皿焉。食焉而怠其事、必有天殃、（一篇主意、特爲提出。）故吾不敢一日捨鏝以嬉。（此言小大不怠其事。）夫鏝易能、可力焉。又誠有功、取其直、（值同、）雖勞無愧、吾心安焉。夫力易強（羌上聲、）而有功也、心難強而有智也。用力者使於人、用心者使人、亦其宜也。吾特擇其易爲而無愧者取焉。此言難易自擇其宜。嘻、吾操鏝以入富貴之家有年矣、忽生感慨、無限烟波。有一至者焉、又往過之、則爲墟矣。有再至三至者焉、而往過之、則爲墟矣。問之其鄰、或曰、噫、刑戮也。或曰、身既死而其子孫不能有也。或曰、死而歸之官也。此是王承福所自省驗得力處、故言極痛快。吾以是觀之、非所謂食焉怠其事而得天殃者邪、非強心以智而不足、不擇其才之稱去聲、否而冒之者邪、非多行可愧、知其不可而強爲之者邪、三層、就前所自見處翻案。將富貴難守、薄功而厚饗之者邪、抑豐悴有時、一去一來而不可常者邪。二層、又開一步感慨。吾之心憫焉、是故擇其力之可能者行焉。言己志。樂富貴而悲貧賤、我豈異於人哉。反一句、束得有力。○此段寫所以棄官業圬之故、是絕大議論。又曰、功大者、其所以自奉也博、妻與子、皆養于我者也、吾能薄而功小、不有之可也。又吾所謂勞力者、若立吾家而力不足、則心又勞也。一身而二任焉、雖聖者不可爲也。此段寫自

（業自食有餘之意、是絕大見識。○此又日以下、又轉一步、爲自己折衷張本。）愈始聞而惑之、又從而思之、蓋賢者也。蓋所謂獨善其身者也。（一揚。）然吾有譏焉、謂其自爲（去聲）也過多、其爲人也過少、其學楊朱之道者邪。（一抑。）楊之道、不肯拔我一毛而利天下。而夫人以有家爲勞心、不肯一動其心以畜其妻子、其肯勞其心以爲人乎哉。（似抑而實揚之。）雖然、其賢於世之患不得之而患失之者、以濟其生之欲、貪邪而亡道、以喪其身者、其亦遠矣。（昌黎作傳、全在此數語上。○愈始聞一轉。忽贊忽譏。波瀾曲折。）又其言有可以警余者、故余爲之傳、而自鑒焉。（以自鑒結、意極含蓄。）

（前略敘一段、後略斷數語、中間都是借他自家說話。點成無限烟波、機局絕高、而規世之意、已極切至。）

諱辯　　韓愈

愈與李賀書、勸賀舉進士。賀舉進士有名、與賀爭名者毀之。曰、賀父名晉肅、賀不舉進士爲是、勸之舉者爲非。（欲奪賀名、毀之如此。）故聽者不察也、和（去聲）、而倡之、同然一辭。（一時俗人爲其所惑。）皇甫湜（寔）曰、若不明白、子與賀且得罪。（言公若不辨明、必見咎于賀也。○此段敘公作辨之由。）愈曰、然。（先用一然字接住。下方起。）律曰、二名不偏諱。釋之者曰、謂若言徵不稱在、言在不稱徵是也。（孔子母名徵在、言在不稱徵、言徵不稱在。）律曰、不諱嫌名。釋之者曰、謂若禹與雨、邱與蓲（丘）之類是也。（謂其聲音相近。）今賀父名晉肅、賀舉進士、（上引律文、此入敘事。）爲犯二名律乎、爲犯嫌名律乎。（賀父名進肅①、律尚不偏諱。今賀父名晉肅、律豈諱嫌者乎。○此三句設疑問之、不直說破不犯諱。妙。）父名晉肅、子不得舉進士。若父名仁、子不得爲人乎。（嫌名獨生一脚作波瀾。奇極。）夫諱始於何時、作法制以教天下者、非周公孔子歟。周公作詩不諱、（謂文王名昌、武王名發。若曰克昌厥後、又曰駿發爾私。）孔子不偏諱二名、（若曰宋不足徵、又曰某在斯。）春秋不譏不諱嫌名。（若衞桓公名完。）康王釗（昭）之孫、實爲昭王。（康王名釗。）曾參之父名晳、曾子不諱昔。（若曰昔者吾友。孔子却是四句。○此言周公孔子皆作諱禮之人、亦有所不諱者。然周公只是一句、蓋春秋爲孔子之書、曾子爲孔子之徒也。康王釗句、又只在春秋句中、所謂文章虛實繁省之法也。）周之時有騏期、漢之時有杜度、此其子宜如何諱、將諱其

校勘記：

①"進"原誤作"晉"，今據文富堂本、懷涇堂本改。

嫌、遂諱其姓乎、將不諱其嫌者乎。此又設疑問之、不說破。妙。漢諱武帝名徹爲通、謂徹侯爲通侯、蒯徹爲蒯通之類。不聞又諱車轍之轍爲某字也。諱呂后名雉爲野雞、呂后、漢高帝后。不聞又諱治天下之治爲某字也。今上章及詔、不聞諱滸虎、勢、秉、機也②。滸勢秉機、爲近太祖太宗世祖玄宗廟諱也。蓋太祖名虎、太宗名世民、世祖名昞、玄宗名隆基。惟宦官宮妾、乃不敢言諭及機、以爲觸犯。以諭爲近代宗廟諱、以機爲近玄宗廟諱、代宗諱豫、玄宗諱見上。○此段全是不諱嫌名事、乃用宦官宮妾諱嫌名承上、極有勢。士君子立言行事、宜何所法守也。將要收歸周孔曾參事、且問起何所法守句、已含周孔曾參意。今考之於經、指上文詩與春秋。質之於律、指上文二律。稽之以國家之典、指上文漢諱武帝三段。賀舉進士爲可邪、爲不可邪。倒底是一疑案、不直說破。

凡事父母、得如曾參、可以無譏矣。作人得如周公孔子、亦可以止矣。一轉、忽作餘文。以文爲戲、以文爲樂。以今世之士、指倡和人。不務行曾參周公孔子之行、而諱親之名、則務勝於曾參周公孔子、亦見其惑也。二轉。夫周公孔子曾參、卒不可勝。勝周公孔子曾參、乃比於宦官宮妾。三轉。則是宦官宮妾之孝於其親、賢於

②"機"《韓昌黎文集校注》作"饑"。句下注中"機"字同。

周公孔子曾參者邪。四轉。○一齊收捲上文。不用辨折、愈轉愈緊、愈不窮。

前分律經典三段、後尾抱前、婉轉顯快。反反覆覆、如大海回風、一波未平、一波復起。盡是設疑兩可之辭、待智者自擇、此別是一種文法。

爭臣論

韓愈

或問諫議大夫陽城於愈、可以爲有道之士乎哉。乎哉二字、連下作疑詞。○立此句爲一篇綱領、下段段關應。學廣而聞多、不求聞於人也。行古人之道、居於晉之鄙。鄙、邊境也。晉之鄙人、薰其德而善良者幾千人。城好學、貧不能得書。乃求爲集賢寫書吏、竊官書讀之。晝夜不出。六年巳無所不通。及進士第、乃去隱中條山。遠近慕其德行、從之學。多大臣聞而薦之、天子以爲諫議大夫。城徙居陝州夏縣。李泌爲陝虢觀察使、聞城名、泌入相、薦爲著作郎。後德宗令長安尉楊甯、齎束帛、召爲諫議大夫。人皆以爲華、陽子不色喜。公力去陳言、如榮字變爲華字。無喜色變爲不色喜、可見。居於位五年矣、視其德如在野。彼豈以富貴移易其心哉。不以富貴易其貧賤之心、所以爲有道之士也。愈應之曰、是易所謂恆其德貞、而夫子凶者也。易、恒卦、六五、恒其德貞、婦人吉、夫子凶。言以柔順從人、而常久不易其德、可謂正矣。然乃婦人之道、非丈夫之宜也。惡得爲有道之士乎哉。接口一句斷住。在易蠱古、之上九云、不事王侯、高尚其事。（易、蠱卦、上九、剛陽居上、在事之外、不臣事乎王侯、惟高尚吾之事而已。）蹇之六二則曰、王臣蹇蹇、匪躬之故。（蹇、難也。蹇卦六二、柔順中正、正應在上、而在險中。是君在難中也。故不避艱險以求濟之、是蹇而又蹇、非以其身之故也。）夫亦以所居之時不一、而所蹈之德不同也。（正解二句。）若蠱之上九、居無用之地、而致匪躬之節、以蹇之六二、在王臣之位、而高不事之心、則冒進之患生、（無用而匪躬者。）曠官之刺興。（王臣而不事者。）志不可則、而尤不終無也。（蠱上九象曰、不事王侯、志可則也。蹇六二象曰、王臣蹇蹇、終無尤也。○反振一段。○上接口一句、用經斷住、此又再引經反覆。○）今陽子在位、不為不久矣。聞天下之得失、不為不熟矣。天子待之、不為不加矣。（在王臣之位。）而未嘗一言及於政。視政之得失、若越人視秦人之肥瘠、忽焉不加喜戚於其心。（高不事之心。○百忙中、忽著一譬喻、與原道坐井而觀天、同法。）問其官、則曰諫議也。問其祿、則曰下大夫之秩也。問其政、則曰我不知也。（又作三疊、申前意。）有道之士、固如是乎哉。（第一斷。）且吾聞之、（更端再起。）有官守者、不得其職則去。有言責者、不得其言則去。今陽子以爲得其言乎哉。得其言而不言、與不得其言而不去、無一可者也。(有言責則當言、言不行則當去。不言與不去、無一可者也。)陽子將爲祿仕乎。(不消多語、只看陽子將爲祿仕乎一轉、當令陽子俛頸吐舌、不敢伸氣。)古之人有云、仕不爲貧、而有時乎爲貧、謂祿仕者也。宜乎辭尊而居卑、辭富而居貧、若抱關擊柝者可也。蓋孔子嘗爲委吏矣、嘗爲乘田矣、亦不敢曠其職。必曰會計當而已矣、必曰牛羊遂而已矣。(看他添減孟子文字、成自己文字。)若陽子之秩祿、不爲卑且貧、章章明矣、而如此其可乎哉。(第二斷。)或曰否、非若此也。夫陽子惡訕上者、惡爲人臣招(橋)其君之過、而以爲名者。(招、舉也。)故雖諫且議、使人不得而知焉。書曰、(周書、君陳篇。)爾有嘉謨嘉猷、則入告爾后于內、爾乃順之於外。曰、斯謨斯猷、惟我后之德。夫陽子之用心、亦若此者。(前面意思已說盡了、主意只在再設問處斡旋、一節深于一節。)愈應之曰、若陽子之用心如此、滋所謂惑者矣。(接口一句斷住。)入則諫其君、出不使人知者、大臣宰相者之事、非陽子之所宜行也。夫陽子、段段提起陽子說、不犯重、亦不冷淡。如千斛泉隨地而出、有許多情趣在。本以布衣、隱於蓬蒿之下。主上嘉其行誼、擢在此位。官以諫爲名、誠宜有以奉其職。使四方後代、知朝廷有直言骨鯁之臣、天子有不僭賞從諫如流之美。不僭賞、指擢居諫位言。庶巖穴之士、聞而慕之。束帶結髮、願進于闕下而伸其辭說。致吾君於堯舜、熙鴻號於無窮也。熙、明也。鴻號、大名也。若書所謂則大臣宰相之事、非陽子之所宜行也。復句、愈見醒透。且陽子之心、將使君人者、惡聞其過乎、是啓之也。是開君文過之端也。○又翻一筆作波瀾、就繳上意。○第三斷。或曰、陽子之不求聞而人聞之、不求用而君用之、不得已而起、守其道而不變、何子過之深也。議端全在守其道而不變處。愈曰、自古聖人賢士、皆非有求於聞用也。接口一句斷住。閔其時之不平、人之不乂、乂、治。得其道、不敢獨善其身、而必以兼濟天下也。孜孜矻矻、坤入聲、死而後已。孜孜、勤也。矻矻、勞也。故禹過家門不入、孔席不暇暖、而墨突不得黔。孔子坐席不及溫、又遊他國。墨翟竈突不及黑、即又他適。突、竈額。

黔、黑也。彼二聖一賢者、豈不知自安佚之爲樂哉、誠畏天命而悲人窮也。畏時之不平、悲人之不乂。○以聖賢皆無心求聞用、折不求聞用句。以得其道不敢獨善、折守道不變句。仍引禹孔墨作證、行文步驟秩然。夫天授人以賢聖才能、豈使自有餘而已、誠欲以補其不足者也。再作頓跌、逼出妙理。耳目之於身也、耳司聞而目司見。聽其是非、視其險易、然後身得安焉。聖賢者、時人之耳目也。時人者、聖賢之身也。更端生一議論、尤見入情。當看聖賢時人一語、真名世之見、名世之言。且陽子之不賢、則將役於賢以奉其上矣。若果賢、則固畏天命而閔人窮也。惡得以自暇逸乎哉。兩路夾攻、愈擊愈緊。○第四斷。每段皆用一且字、故爲進步作波瀾。○或曰、吾聞君子不欲加諸人、而惡訐以爲直者。若吾子之論、直則直矣、無乃傷於德而費於辭乎。好盡言以招人過、國武子之所以見殺於齊也、吾子其亦聞乎。國語、柯陵之會、單襄公見國武子、其言盡。襄公曰、立于淫亂之間①而好盡言以招人過、怨之本也。魯成公十八年、齊人殺武子。○前段攻擊陽子、直是說得他無逃避處。此段假或人之辭以攻己、其言亦甚峻、文法最高。愈曰、君子居其位、則思死其官。未得位、則思修其辭以明其道。我將以

校勘記：

①"間"，今本《國語》作"國"，《韓昌黎文集校注》引《國語》作"間"。

明道也、非以爲直而加人也。（接口斷住。）且國武子不能得善人、而好盡言於亂國、是以見殺。傳曰、惟善人能受盡言。謂其聞而能改之也。（有此一句分疏、纔有收拾。）子告我曰、陽子可以爲有道之士也。（一照有道之士一篇關鍵。）今雖不能及已、陽子將不得爲善人乎哉。（以善人能受盡言與陽子、回互得好。令陽子聞之、亦心平氣和、引過自責矣。○第五斷。）

陽城拜諫議大夫、聞得失熟、猶未肯言、故公作此論譏切之。是箴規攻擊體、文亦擅世之奇、截然四問四答、而首尾關應如一線。時城居位五年矣。後二年、而能排擊裴延齡、或謂城蓋有待、抑公有以激之歟。

後十九日復上宰相書

韓愈

二月十六日、前鄉貢進士韓愈、謹再拜言相公閤（蛤）下。向上書及所著文、後待命凡十有九日、不得命。恐懼不敢逃遁、不知所爲。乃復敢自納於不測之誅、以求畢其說、而請命於左右。（從前書敍起。）愈聞之、蹈水火者之求免於人也、不惟其父兄子弟之慈愛、然後呼而望之也。將有介於其側者、雖其所憎怨、苟不至乎欲其死者、則將大其聲、疾呼而望其仁之也。設喻一段、却作兩層寫。彼介於其側者、聞其聲而見其事、不惟其父兄子弟之慈愛、然後往而全之也、雖有所憎怨、苟不至乎欲其死者、則將狂奔盡氣、濡手足、焦毛髮、救之而不辭也。看他複寫上文、不換一字。若是者何哉、其勢誠急而其情誠可悲也。總上兩段、勢急是總前一段、情悲是總次一段。愈之彊學力行有年矣、愚不惟道之險夷、行且不息、以蹈於窮餓之水火、其既危且亟矣、大其聲而疾呼矣、閣下其亦聞而見之矣。四句四矣字生姿。其將往而全之歟、抑將安而不救歟。有來言於閣下者曰、有觀溺於水而爇說、於火者、有可救之道而終莫之救也、閣下且以爲仁人乎哉。不然、若愈者、亦君子之所宜動心者也。兩將歟字、一乎哉字、跌出此句、最見精神。或謂愈、子言則然矣、宰相則知子矣、如時不可何。時字正與上勢字對看。言勢雖急、而時不可也。下文三轉、深闢其時不可之說。愈竊謂之不知言者、誠其材能不足當吾賢相之舉耳。若所謂時者、固在上位者之爲耳、非天之所爲也。前五六年時、宰相薦聞、尙有自布衣蒙抽擢者、與今豈異時哉。布衣蒙抽擢、自是公自開後門。且今節度觀察使、及防禦營田諸小使等、尙得自舉判官、無間於已仕未仕者、況在宰相、吾君所尊敬者、而曰不可乎。一段卽今比擬。古之進人者、或取於盜、或舉於管庫、禮記、管仲遇盜、取二人焉、上以爲公臣。趙文子所舉於晉國管庫之士、七十有餘家。今布衣雖賤、猶足以方於此。一段援古自况。情隘辭蹙①、不知所裁、亦惟少垂憐焉。愈再拜。

前幅設喻、中幅入正文。後幅再起一議。總以勢字時字作主。到底曲折、無一直筆。所見似悲戚、而文則宕逸可誦。

後廿九日復上宰相書

韓愈

三月十六日、前鄉貢進士韓愈、謹再拜言相公閤蛤下。愈聞周公之爲輔相、其急於見賢也、方一食、三吐其哺。步方一沐、三握其髮。周公戒伯禽曰、我文王之子、武王之弟、今王之叔、我于天下亦不賤矣。然我一沐三握髮、一飯三吐哺、起以待士、猶恐失天下之賢人。○述周公急于見賢、是一篇主意。當是時、將當時劈空振

校勘記：

①"蹙"，《韓昌黎文集校注》作"慼"。

起、為下設使其時一段作勢、為後豈盡一段伏案。天下之賢才、皆已舉用。姦邪讒佞欺負之徒、皆已除去。四海皆已無虞。九夷八蠻之在荒服之外者、皆已賓貢。荒服去王畿益遠、以其荒野、故謂之荒服。要服外四面又各五百里也。禹貢、五百里荒服。天災時變、昆蟲草木之妖、皆已銷息。天下之所謂禮樂刑政教化之具、皆已修理。風俗皆已敦厚。動植之物、風雨霜露之所霑被者、皆已得宜。休徵嘉瑞、麟鳳龜龍之屬、皆已備至。禮運、麟鳳龜龍、謂之四靈。○此段連用九箇皆已字、化作七樣句法。字有多少、句有長短、文有反順、起伏頓挫、如驚濤怒波。讀者但見其精神、不覺其重疊、此章法句法也。而周公以聖人之才、憑叔父之親、其所輔理承化之功、又盡章章如是。一段就周公振勢。其所求進見之士、豈復有賢於周公者哉。不惟不賢於周公而已、豈復有賢於時百執事者哉。豈復有所計議、能補於周公之化者哉。一段就賢士振勢。○前下九皆已字、此下三豈復字、專為下文打照。然而周公求之如此其急、惟恐耳目有所不聞見、思慮有所未及、以負成王託周公之意、不得於天下之心。此一轉最有力、以上論周公之待士、反覆委曲。如周公之心、設使其時輔理承化之功、未盡章章如是、而非聖人之才、而無叔父之親、則將不暇食與沐矣、豈特吐哺握髮爲勤而止哉。又推周公之心、反寫一筆。妙在虛字斡旋、將無作有、一生烟波。維其如是、故於今頌成王之德、而稱周公之功不衰。句已可住、而添不衰二字、奇陗。○正寫一筆、收完前一幅文字。凡作無數轉折、寫周公方畢。今閣下爲輔相亦近耳。方入正文、竟作兩對、運局甚奇。天下之賢才、豈盡舉用。姦邪讒佞欺負之徒、豈盡除去。四海豈盡無虞。九夷八蠻之在荒服之外者、豈盡賓貢。天災時變、昆蟲草木之妖、豈盡銷息。天下之所謂禮樂刑政教化之具、豈盡修理。風俗豈盡敦厚。動植之物、風雨霜露之所霑被者、豈盡得宜。休徵嘉瑞、麟鳳龜龍之屬、豈盡備至。此段連用九豈盡字、對上九皆已字、亦就當時振勢一段。其所求進見之士、雖不足以希望盛德、至比於百執事、豈盡出其下哉。其所稱說、豈盡無所補哉。又添兩豈盡字、卽上三豈復有哉變文耳、亦就賢士振勢一段。今雖不能如周公吐哺握髮、亦宜引而進之、察其所以而去就之、不宜默默而已也。至此方盡言攻擊。○說閣下畢、下始入自復上書意。愈之待命、四十餘日矣。書再上、而志不得通。足三及門、而閽昏人辭焉。閽人、守門隸。惟其昏愚、不知逃遁、故復有周公之說焉。挽周公一句。閣下其亦察之。以前是論相之道、以後是論士之情。古之士、三月不仕則相弔。故出疆必載質、然所以重於自進者、以其於周不可、則去之魯。於魯不可、則去之齊。於齊不可、則去之宋、之鄭、之秦、之楚也。猶言故不必復上書也。今天下一君、四海一國、舍乎此則夷狄矣。去父母之邦矣。書安得不復上。故士之行道者、不得於朝、則山林而已矣。山林者、士之所獨善自養、而不憂天下者之所能安也。如有憂天下之心、則不能矣。書安得不復上。○此段以古道自處、節節占地步、文章絕妙。故愈每自進而不知愧焉、書亟器上、足數朔及門、而不知止焉。上用四矣字、其勢急。此用二焉字、其勢緩。如擺布陣勢、操縱如法。文章家所謂虛字上斡旋也。其兩不知字、歸結自身上、與上不知逃遁相應。最妙。寧獨如此而已、惴惴焉惟不得出大賢之門下是懼、又一轉生姿、以大賢之門、打照周公。亦惟少垂察焉。瀆冒威尊、惶恐無已。愈再拜。

通篇將周公與時相、兩兩作對照。只用一二虛字、斡旋成文。直言無諱、而不犯嫌忌。末述再三上書之故、曲曲回護自己。氣傑神旺、骨勁格高、足稱絕唱。

與于襄陽書

韓愈

七月三日、將仕郎守國子四門博士韓愈、謹奉書尚書閣蛤、下。貞元十四年九月、以工部尚書于頔爲山南東道節度使。公書稱守國子四門博士、則當在十六年秋也。士之能享大名、顯當世者、莫不有先達之士、負天下之望者、爲之前焉。言下之人必如此、一扇。士之能垂休光、照後世者、亦莫不有後進之士、負天下之望者、爲之後焉。言上之人必如此、一扇。莫爲之前、雖美而不彰。翻前扇。莫爲之後、雖盛而不傳。翻後扇。是二人者、未始不相須也。後先有待。然而千百載乃一相遇焉。上下難逢。豈上之人無可援、下之人無可推歟。推、退平聲。援、猶干也。推、求而進之也。何其相須之殷、而相遇之疎也。上下之閒、是必有故。其故在下之人、負其能不肯諂其上。下不肯援。上之人、負其位不肯顧其下。上不肯推。故高材多戚戚之窮、不能享大名、顯當世。盛位無赫赫之光。不能垂休光、照後世。是二人者之所爲皆過也。負能負位、各有其咎。○一句斷定。未嘗干之、不可謂上無其人。非無可援。未嘗求之、不可謂下無其人。非無可推。○自起至此、只是相須殷而相遇疎、一句話、却作許多曲折。愈之誦此言久矣、未嘗敢以聞於人。言己平日誦此言已熟、終未嘗輕以告人。○承上起下。側聞閣下方入襃揚。抱不世之才、特立而獨行、道方而事實。卷舒不隨乎時、文武唯其所用。豈愈所謂其人哉。上有其人。抑未聞後進之士、有遇知於左右、獲禮於門下者。莫爲之後。豈求之而未得邪。將志存乎立功、而事專乎報主、雖遇其人、未暇禮邪。何其宜聞而久不聞也。問得委婉、疑得風刺。愈雖不材、方入自己。其自處不敢後於恆人。以其人自處。閣下將求之而未得歟。古人有言、請自隗韋、始。國策、燕昭王收破燕後即位、卑身厚幣以招賢者、將欲報讎、往見郭隗先生。對曰、今王欲致士、先從隗始、隗且見事、況賢于隗者乎。豈遠千里哉。○橫插一句、有情更有力。愈今者惟朝夕芻米僕賃任、之資是急、不過費閣下一朝之享而足也。應求之未得。如曰吾志存乎立功、而事專乎報主。雖遇其人、未暇禮焉。則非愈之所敢知也。（應吾志未暇。○後半截議論、皆是設爲疑詞以自道達、首尾回顧、聯絡精神。）世之齷齪錯、者、既不足以語聲去之。（齷齪、急促局狹貌。）磊落奇偉之人、又不能聽焉。則信乎命之窮也。（一結悲涼慷慨、淋漓盡致。）謹獻舊所爲文一十八首、如賜覽觀、亦足知其志之所存。（可即文以見志。）愈恐懼再拜。

（前半幅只是泛論、下半幅方入正文。前半凡作六轉、筆如弄丸、無一字一意板實。後半又作九轉、極其悽愴、堪爲動色。通篇措詞立意、不亢不卑、文情絕妙。）

與陳給事書

韓　愈

愈再拜。愈之獲見於閣蛤下有年矣。始者亦嘗辱一言之譽。（敍相見。）貧賤也、衣食於奔走、（倒句法。）不得朝夕繼見。（敍不相見。）其後閣下位益尊、伺候於門牆者日益進。夫位益尊、則賤者日隔。伺候於門牆者日益進、則愛博而情不專。（忽開二扇、一扇陳給事。○陳給事、名京、字慶復。大歷元年中進士第、貞元十九年、將禘、京奏禘祭必尊太祖、正昭穆、帝嘉之。自考功員外、遷給事中。）愈也道不加修、而文日益有名。夫道不加修、則賢者不與。文日益有名、則同進者忌。（一扇自己。）始之以日隔之疏、加之以不專之望、以不與者之心、而聽忌者之說。（總上兩扇、敍所以不相見之故。）由是閣下之庭、無愈之跡矣。去年春、亦嘗一進謁於左右矣。温乎其容、若加其新也。屬（祝）、乎其言、若閔其窮也。（屬、連續也。）退而喜也、以告於人。（重起二扇、一扇再敍相見。）其後如東京取妻子、（東京、洛陽也。）又不得朝夕繼見。及其還也、亦嘗一進謁於左右矣。邈乎其容、若不察其愚也。悄乎其言、若不接其情也。（悄、靜也。）退而懼也、不敢復進。（一扇、再敍不相見。）今則釋然悟、翻然悔曰、其邈也、乃所以怒其來之不繼也。其悄也、乃所以示其意也。（單就不相見中、翻出陳給事意思來、奇絶妙絶。）不敏之誅、（誅、責也。）無所逃避。不敢遂進、輒自疏其所以、并獻近所爲復志賦以下十首爲一卷、卷有標軸。送孟郊序一首、生紙寫、不加裝飾、皆有揩（邱皆）切字注字處、急於自解而謝、不能竢（俟）、更寫。（唐人有生紙熟紙、生紙非有喪故不用。公用生紙、急于自解、不暇擇耳。揩、塗抹也。）閣下取其意、而略其禮可也。愈恐懼再拜。（通篇以見字作主、上半篇從見說到不見。下半篇從不見說到要見。一路頓挫跌宕、波瀾層疊、姿態橫生、筆筆入妙也。）

應科目時與人書

韓愈

月日、愈再拜。（一云應博學宏詞前進士韓愈謹再拜上書舍人閣下。）天池之濱、大江之濆、（焚、海也。○天池、謂南冥。莊子、南冥者、天池也。濱、水際。濆、水涯。）曰有怪物焉。（怪物、龍之別名。）蓋非常鱗凡介之品彙匹儔也。（彙、類也。○總領一句。下一連六轉。）其得水、變化風雨、上下於天不難也。（得水、一轉。）其不及水、蓋尋常尺寸之間耳。無高山大陵曠途絕險爲之關隔也。（頓宕。）然其窮涸、不能自致乎水。爲獱（賓、）獺之笑者、蓋十八九矣。（獱、小獺也。○不及水、二轉。）如有力者、哀其窮而運轉之、蓋一舉手一投足之勞也。（頓宕。）然是物也、負其異於衆也。且曰爛死於沙泥、吾寧樂之。若俛（同俯、）首帖耳、搖尾而乞憐者、非我之志也。（氣骨矯矯、明明托物自喻。○不肯乞憐、三轉。）是以有力者遇之、熟視之若無覩也。其死其生、固不可知也。

有力者不知、四轉。今又有有力者當其前矣、聊試仰首一鳴號焉。庸詎知有力者不哀其窮而忘一舉手一投足之勞、而轉之清波乎。仰首鳴號、五轉。句句抱前、句句刺心。其哀之、命也。其不哀之、命也。知其在命、而且鳴號之者、亦命也。作三疊、六轉。總結。愈今者、實有類於是。一篇皆是譬喻、只一句歸結自己、甚妙。是以忘其疏愚之罪、而有是說焉。閣下其亦憐察之。

此貞元九年、宏詞試也。無端突起譬喻、不必有其事、不必有其理、卻作無數曲折、無數峯巒、奇極妙極。

送孟東野序

韓愈

大凡物不得其平則鳴。起句、是一篇大旨。草木之無聲、風撓之鳴。草木、一。水之無聲、風蕩之鳴。水、二。其躍也或激之、其趨也或梗之、梗、塞也。其沸也或炙之。水獨加三句。錯綜入妙。金石之無聲、或擊之鳴。金石、三。人之於言也亦然。說到人。有不得已者而後言。其謌同歌、也有思、其哭也有懷。凡出乎口而為聲者、其皆有弗平者乎。

一鎖、應起句、筆宕甚。○人言、四。樂也者、鬱於中而泄於外者也。突然說樂。擇其善鳴者而假之鳴。生出善字與假字、爲下面議論張本。金、石、絲、竹、匏、土、革、木、金、鐘。石、磬。絲、琴、瑟。竹、簫、管。匏、笙。土、塤。革、鼓。木、柷敔也。八者物之善鳴者也。樂、五。維天之於時也亦然、突然說天時。擇其善鳴者而假之鳴。是故以鳥鳴春、以雷鳴夏、以蟲鳴秋、以風鳴冬、四時之相推敓、同奪、其必有不得其平者乎。天時、六。○樂與天時兩段、俱是陪客。其於人也亦然。收轉人、上下暢發之。人聲之精者爲言。文辭之於言、又其精也、尤擇其善鳴者而假之鳴。上文已再言擇其善鳴者而假之鳴矣。則此又言人聲之精者爲言、而文辭又其精者、故尤擇其善鳴者而假之鳴。又字尤字、正是關鍵血脈、首尾相應處。其在唐虞、咎皐、陶、禹其善鳴者也、而假以鳴。咎陶、禹、一。夔弗能以文辭鳴、又自假於韶以鳴。后夔作韶樂、以鳴唐、虞之治。○夔二。夏之時、五子以其歌鳴。太康盤遊無度、厥弟五人咸怨、述大禹之戒以作歌。○五子、三。伊尹鳴殷。伊尹、四。周公鳴周。周公、五。凡載於詩書六藝、皆鳴之善者也。略結。周之衰、孔子之徒鳴之、其聲大而遠。傳曰、天將以夫子爲木鐸。其弗信矣乎。孔子之徒、六。其末也、莊周以其荒唐之辭鳴。莊周、楚人、著書名莊子。荒、大。唐、空也。○莊周、七。楚大國也、其亡也、以屈原鳴。屈原、楚之同姓、憂愁幽思而作離騷。○屈原、八。臧孫辰、卽魯大夫、臧文仲。孟軻、荀卿、以道鳴者也。臧孫辰、孟軻、荀卿、九。楊朱、墨翟、管夷吾、晏嬰、老聃、姓李、名耳、字伯陽。著書名老子。申不害、以黃老刑名之學、相韓昭侯。著書二篇、名申子。韓非、韓諸公子、與李斯俱師荀卿。善刑名法律之學、著書五十六篇、名韓非子。昚到、韓大夫、申韓稱之。有書四十六篇。田駢、齊人、好談論、時稱談天口。鄒衍、臨淄人、著書十萬餘言、名重列國。燕昭師事之。尸佼、攪、○魯人、衛商鞅師之。著書二十篇、號尸子。孫武、齊人、著兵法十三篇。張儀、蘇秦之屬、皆以其術鳴。楊朱十四人、十。○此十人、或邪說、或功利、或清淨寂滅、或刑名慘刻、或尚殺伐之計、或專縱橫之謀、皆非吾道。故公稱一術字、大有分曉。秦之興、李斯鳴之。李斯秦相、專言威令。○李斯、十一。漢之時、司馬遷、卽太史公、作史記。相如、姓司馬、蜀人。有賦、檄、封禪等文。揚雄、字子雲、有諸賦與太元、法言等書。最其善鳴者也。二司馬、揚雄、十二。其下魏晉氏、鳴者不及於古、然亦未嘗絕也。就其善者、其聲清以浮、其節數同速、以急、其辭淫以哀、其志弛以肆、其爲言也、亂雜而無章。卽其所謂善鳴者、亦且如此、所以爲不及于古。將天醜其德莫之顧邪、何爲乎不鳴其善鳴者也。（魏晉、十三。○將入題、又頓此一段、先寫出感慨之致。）唐之有天下、（以下始說唐人。）陳子昂、（字伯玉、號海內文宗。○一。）蘇源明、（京兆武功人、工文辭。有名。○二。）元結、（字次山、所著有元子十篇。○三。）李白、（四。）杜甫、（五。）李觀、（字元賓、公之友。○六。）皆以其所能鳴。（此六子、皆當時先達之人。）其存而在下者、孟郊東野始以其詩鳴。（七。○從許多物、許多人、奇奇怪怪、繁繁雜雜說來、無非要顯出孟郊以詩鳴。文之變幻至此。）其高出魏晉、不懈而及於古、（若無懈筆、可追唐虞三代文辭。）其他浸淫乎漢氏矣。（其他美處純乎其爲漢氏。○三句、總收前文。）從吾遊者、李翺、張籍其尤也。（李翺有集、張籍善樂府。○李翺八。張籍九。又添二人于後、妙絕。）三子者之鳴信善矣。（結出善鳴二字。）抑不知天將和其聲而使鳴國家之盛邪、抑將窮餓其身、思愁其心腸、而使自鳴其不幸邪。（兩句歎咏有味。括盡前面聖賢君子之鳴。）三子者之命、則懸乎天矣。其在上也、（鳴國家之盛。）奚以喜。其在下也、（自鳴其不幸。）奚以悲。（二語甚占地步。）東野之役於江南也、（時東野爲溧陽尉。○單結東野。）有若不釋然者、（結出不平。）故吾道其命於天者以解之。（應前四天字收。）

校勘記：

①"絕"原脫，今據文富堂本、懷涇堂本、鴻文堂本補。

此文得之悲歌慷慨者爲多。謂凡形之聲者、皆不得已。于不得已中、又有善不善。所謂善者、又有幸不幸之分。只是從一鳴中、發出許多議論。句法變換、凡二十九樣。如龍之變化、屈伸於天、更不能逐鱗逐爪觀之。

送李愿歸盤谷序

韓愈

太行（杭、）之陽有盤谷。（太行、山名。○起得奇崛。）盤谷之間、泉甘而土肥。草木藂（同叢、）茂、居民鮮少。或曰、謂其環兩山之間、故曰盤。或曰、是谷也、宅幽而勢阻、隱者之所盤旋。（兩或曰、跌宕起盤字義。雖似閒情、只呼出隱者一句爲主。）友人李愿居之。（李愿、西平忠武王晟之子。歸隱盤谷、號盤谷子。○只六字、題已盡了。下全憑愿之言行文。）

愿之言曰、人之稱大丈夫者、我知之矣。（此句是提綱、直縮到我則行之。）利澤施於人、名聲昭於時。（敍功名。）坐於廟朝、進退百官、而佐天子出令。其在外、則樹旗旄、羅弓矢、（樹、立也。羅、列也。）武夫前呵、從者塞途、供給之人、各執其物、夾道而疾馳。喜有賞、怒有刑。（敍威令。）才畯（同俊、）滿前、道古今而譽盛德、入耳而不煩。（敍門客。）曲眉豐頰、清聲而便（平聲、）體、秀外而惠中。

（外貌秀美、中心聰敏。）飄輕裾、翳長袖。（裾、衣後。翳、曳也。○敘近侍。）粉白黛（代）綠者、（黛、畫眉墨。）列屋而閒居、妒寵而負恃、爭妍而取憐。（敘姬妾。）大丈夫之遇知於天子、用力於當世者之所爲也。（極寫世上有此一輩大丈夫。）吾非惡此而逃之、是有命焉、不可幸而致也。（著此句、逗起下段。）窮居而野處、升高而望遠、坐茂樹以終日、濯清泉以自潔。（敘居處之幽。）採於山、美可茹。（汝、○茹、食也。）釣於水、鮮可食。（敘飲食之便。）起居無時、惟適之安。（敘晨昏之逸。）與其有譽於前、孰若無毀於其後。與其有樂於身、孰若無憂於其心。（橫插隱士自得語。妙。）車服不維、刀鋸不加。（刑賞不相及。）理亂不知、黜陟不聞。（朝政不相關。）大丈夫不遇於時者之所爲也、（極寫世上又有此一輩大丈夫。）我則行之。（結出本意。與上不可幸致句、緊照。）伺候於公卿之門、奔走於形勢之途。足將進而趦（咨）趄、（疽、○趦趄、欲行不行之貌。）口將言而囁（念入聲）嚅。（如、○囁嚅、欲言不言之貌。）處汙穢而不羞、觸刑辟（闢）而誅戮。僥倖於萬一、老死而後止者、（此是不安于隱、求進不得者之所爲。）其於爲人賢不肖何如也。（此其人、視前兩樣人物、孰賢孰不肖、其等第當何如。○只以一句收盡一篇意、最有含蓄。）

昌黎韓愈、聞其言而壯之。斷其爲高隱一輩大丈夫。與之酒、而爲之歌曰、盤之中、維子之宮。盤之土、可以稼。叶故、盤之泉、可濯可沿。沿、循行也。盤之阻、誰爭子所。阻、曲折也。窈而深、廓其有容。叶營、繚而曲、如往而復。四句承盤之阻來、窈深繚曲、極力形容、其妙可想。嗟盤之樂兮、樂且無央。央、盡也。○樂字、承上起下。虎豹遠跡兮、蛟龍遁藏。鬼神守護兮、呵禁不祥。飲且食兮壽而康、無不足兮奚所望。平聲、膏去聲、吾車兮秣吾馬、以脂塗轄曰膏。以粟飯馬曰秣①從子於盤兮、終吾生以徜常、徉。羊、○徜徉、自得之貌。送李却說到自亦欲往、何等與會。

一節是形容得意人、一節是形容閒居人、一節是形容奔走伺候人。都結在人賢不肖何如也一句上。全舉李愿自己說話、自說只前數語寫盤谷、後一歌詠盤谷、別是一格。

送董邵南序

韓愈

燕趙古稱多感慨悲歌之士。燕、今北京。趙、今真定、俱當時河北地。感慨悲歌、乃豪傑之士也。○兀然而起、以士風立論、奇。董生舉進士、連不得志於有司。懷抱利器、鬱鬱適茲土。邵南舉進士、屢次不得志、去遊河北。時河北諸鎮、不

校勘記：

①"飯"原誤作"飲"，今據文富堂本、懷涇堂本改。

稟命朝廷、每自辟士、故邵南欲往。茲士、指河北。吾知其必有合也。董生亦豪傑、自與燕趙之士、意氣相投合。○吾知其、妙。董生勉乎哉。此段勉董生行、是正寫。賓。夫以子之不遇時、苟慕義彊仁者、皆愛惜焉。皆愛惜董生、而顧引薦焉。○慕字、彊字、對下性字。矧燕趙之士、出乎其性者哉。況燕趙之士、仁義性成、故吾知其必有合。○將上文再作一曲折掉轉、應篇首燕趙多感慨意。然吾嘗聞風俗與化移易、吾惡知其今不異於古所云邪。憐才出乎天性、風俗因然。然當時河北藩鎮、多習亂不臣。其風俗或與治化相移易、而今日之燕趙、未必不異于昔日之所稱也。○吾惡知其、妙。聊以吾子之行卜之也。風俗之異與不異、我不敢懸斷、聊以董生之合與不合卜之也。董生勉乎哉。此段勉董生行、是反寫。主。吾因之有所感矣①。上一正一反、俱送董生、此爲去聲、下特論燕趙。我弔望諸君之墓、樂毅去燕之趙、趙封于觀津、號望諸君。此燕趙之古人也。而觀於其市、復有昔時屠狗者乎。荊軻至燕、愛燕之屠狗者高漸離、日飲燕市。酒酣、歌于市中。乃感慨不得志之士也。爲我謝曰、明天子在上、可以出而仕矣。送董生、卻勸燕趙之士來仕。則董生之不當往、已在言外。

董生憤己不得志、將往河北、求用于諸藩鎮、故公作此送之。始言董生之往必有合、中言恐未必合、終諷諸鎮之歸順、及董生不必往。文僅百十餘字、而有無限開闔、無限變化、無限含蓄、短章聖手。

校勘記：

①"之"，《韓昌黎文集校注》作"子"。

送楊少尹序

韓愈

昔疏廣、受二子、以年老、一朝辭位而去。漢疏廣、東海蘭陵人。仕至太子太傅。兄子受、仕至太子少傅。在位五年、廣謂受曰、知足不辱、知止不殆、宦成名立、如此不去、懼有後悔。乃上疏乞骸骨、上許之。於時公卿設供張、祖道都門外、車數百兩。去聲。○供張、謂供具張設也。祭道神曰祖。祖道、謂餞行也。兩、一車也。一車兩輪、故謂之兩。道路觀者、多歎息泣下、共言其賢。漢史既傳其事、而後世工畫者、又圖其迹。至今照人耳目、赫赫若前日事。敘二疏事引起。國子司業楊君巨源、入題。方以能詩訓後進、此句補楊君在官時事。一旦以年滿七十、亦白丞相去歸其鄉。敘楊君事畢、以下發議論。世常說古今人不相及、今楊與二疏、其意豈異也。隨手先作一總。予忝在公卿後、時公爲吏部侍郎。遇病不能出。一篇情景、全在托病上寫出。不知楊侯去時、城門外送者幾人、車幾兩、馬幾匹、道邊觀者、亦有歎息知其爲賢與否。而太史氏又能張大其事、爲傳繼二疏蹤跡否、不落莫否。司業去位、國史亦書。但不張大其事、雖書亦落莫也。見今世無工畫者、而畫與不畫、固不論也。上文圖迹、原屬後世事、所以付之不論。○此段從二疏合到楊侯。然吾聞楊侯之去、丞相有愛而惜之者、白以爲其都少尹、不絕其祿。白之于朝命、爲其邑少尹、不絕其俸祿。又爲歌詩以勸之、京師之長於詩者、亦屬祝而和之。又不知當時二疏之去、有是事否。此段從楊侯合到二疏。古今人同不同未可知也。隨手再作一總、應前古今人不相及。中世士大夫、以官爲家、罷則無所於歸。反襯楊侯。楊侯始冠、去聲、舉於其鄉、歌鹿鳴而來也。賓句。今之歸、主句。指其樹曰、某樹吾先人之所種也。某水某丘、吾童子時所釣遊也。點出歸鄉風趣。鄉人莫不加敬、誡子孫以楊侯不去其鄉爲法。法其不以官爲家、罷後有所歸。古之所謂鄉先生、沒而可祭於社者、古人臨文不諱。其在斯人歟、其在斯人歟。感歎不盡。

巨源之去、未必可方二疏。公欲張大之、將來形容、又不可確言。特前說二疏所有、或少尹所無。後說少尹所有、或二疏所無。則巨源之美不可掩、而已亦不至失言。末托慨世之詞、寫出楊侯歸鄉、可敬可愛、情景宛然。

送石處士序

韓愈

河陽軍節度御史大夫烏公、爲節度之三月、元和五年、四月、詔用烏公重胤、爲河陽軍節度使御史大夫。治孟州。其日節度之三月、是歲六七月閒也。則求士於從事之賢者。有薦石先生者。石先生、名洪、字濬川、洛陽人。罷黃州錄事參軍。退居於洛、十年不仕。公曰、先生何如。因此一問、下便借從事之薦詞、以代己之頌美。所謂避實行虛、文之生路也。曰、先生居嵩邙茫、瀍蟬、穀之閒。嵩邙、山名。瀍穀、水名。皆在洛陽之境。冬一裘、夏一葛。食朝夕、飯一盂、蔬一盤。人與之錢、則辭。請與出遊、未嘗以事免。勸之仕、不應。坐一室、左右圖書。一路短句錯落。與之語道理、辨古今事當否、論人高下、事後當成敗、若河決下流而東注、若駟馬駕輕車就熟路、而王良造父爲之先後也、王良、造父、皆古善御者。若燭照、數計而龜卜也。與之語道理、管到龜卜也。止中間用三個若字、有三意、文法變化不同。大夫曰、先生有以自老、無求於人、其肯爲某來邪。因此再問、下又借從事之言、安頓石處士。從事曰、大夫文武忠孝、求士爲國、不私於家。方今寇聚於恆、師環其疆。元和四年、三月、成德軍節度王士真卒、其子承宗叛。十二月、詔吐突承璀、率諸道兵討之。地理志、鎭州恆山郡、本恆州。天寶元年、更名鎭、成德軍所治也。農不耕收、財粟殫亡。吾所處地、歸輸之塗。（糧運輻輳之區。）治法征謀、宜有所出。（急需賢才以濟。）先生仁且勇、（仁則易于感動、勇則敢於有爲。）若以義請而彊委重焉、其何說之辭。（此段句句爲石生占地步。）於是譔書詞、具馬幣、卜日以受使者、求先生之廬而請焉。（寫大夫求士鄭重。）先生不告於妻子、不謀於朋友、冠帶出見客、拜受書禮於門內。（此與勸之仕不應相反、然其出處之意、已見于從事之言、以不告不謀。較有意味。）所宵則沐浴、戒行李、載書冊、問道所由。告行於常所來往、晨則畢至張上東門外、（張、供張也。如今筵會鋪張設席之類。○只此一句、又生出下半篇文字。）酒三行且起、（酒三行後、且將起別。得此一句、落下便有勢。）○有執爵而言者曰、大夫真能以義取人、先生真能以道自任、決去就、爲先生別。（第一祝、並贊二人。）又酌而祝曰、（上只執爵而言。此乃酌而祝也。）凡去就出處何常、惟義之歸、（照上勸之仕不應。）遂以爲先生壽。（第二祝、獨壽處士。）又酌而祝曰、使大夫恆無變其初、無務富其家而飢其師、無甘受佞人而外敬正士、無昧於諂言、惟先生是聽、以能有成功、保天子之寵命。（第三祝、規大夫。）又祝曰、（不再酌也。）

使先生無圖利於大夫、而私便其身圖。第四祝、規先生。○四祝詞。一段緊一段。先生起拜祝辭曰、敢不敬蚤夜以求從祝規。須有此一答、上四祝便有收拾。於是東都之人士、咸知大夫與先生果能相與以有成也。一篇之意、歸結此一句上。何等筆力。遂各爲歌詩六韻、遣愈爲之序云。

純以議論行序事、序之變也。看前面大夫從事、四轉反覆。又看後面四轉祝詞、有無限曲折變態、愈轉愈佳。

送溫處士赴河陽軍序　韓愈

伯樂一過冀北之野、而馬羣遂空。伯樂、姓孫、名陽、古之善相馬者。○憑空作奇語起、下一難一解。夫冀北馬多天下、伯樂雖善知馬、安能空其羣邪。解之者曰、吾所謂空、非無馬也、無良馬也。伯樂知馬、遇其良、輒取之、羣無留良焉。苟無良、雖謂無馬、不爲虛語矣。已上以譬喻起。不獨爲送溫、并送石亦連及、伯樂譬烏公、冀北譬東都、馬譬處士、良馬譬溫石、凡四段。東都、固士大夫之冀北也。一語、即從喻處渡下。恃才能深藏而不市者、洛之北涯、曰石生。連石。其南涯、曰温生。出温。大夫烏公、以鈇鉞鎮河陽之三月、以石生爲才、以禮爲羅、羅而致之幕莫、下。幕、帷幕也。在旁曰帷、在上曰幕。軍旅無常居、曰幕府。○連石。未數月也、以温生爲才、於是以石生爲媒、以禮爲羅、又羅而致之幕下。出温生、自見所以連石之故。○爲羅、爲媒、字法新奇。東都雖信多才士、朝取一人焉、拔其尤。暮取一人焉、拔其尤。所謂遇其良輒取之。自居守河南尹、以及百司之執事、與吾輩二縣之大夫。居守、謂東都留守。縣、謂東都、郭下。二邑、洛陽、河南也。政有所不通、事有所可疑、奚所諮而處焉。寫空羣、一。士大夫之去位而巷處者、誰與嬉遊。寫空羣、二。小子後生、於何考德而問業焉。寫空羣、三。縉紳之東西行過是都者、無所禮於其廬。寫空羣、四。○美處士在去後感慨中見之。妙。若是而稱曰、大夫烏公、一鎮河陽、而東都處士之廬無人焉、豈不可也。以烏公爲士之伯樂、應首句意。

夫南面而聽平聲、天下、其所託重而恃力者、惟相與將耳。陪一相。相爲天子得人於朝廷、陪。將爲天子得文武士於幕下、正。求內外無治、不可得也。此段推開。

一步、以歸美烏公、文氣始足。愈縻於茲、縻、繫也。時公爲河南令。不能自引去、資二生以待老。今皆爲有力者奪之、其何能無介然於懷邪。本以致頌、反更生怨、絕妙文情。生既至、拜公於軍門、其爲吾以前所稱、爲天下賀、應求內外無治句。以後所稱、爲吾致私怨於盡取也。應何能無介然句。留守相公、首爲四韻詩歌其事、愈因推其意而序之。

全篇無一語實譽溫生之賢、而溫生已處處躍露。若是而稱曰數語、是結前半篇。其爲吾以前所稱、是結後半篇。然致私怨于盡取句、直挽到篇首空字、收盡通章。

祭十二郎文

韓　愈

年月日、或作貞元十九年、五月、二十六日。季父愈、聞汝喪之七日、乃能銜哀致誠、使建中遠具時羞之奠、告汝十二郎之靈。七日乃能者、以所報月日不同、欲審其實、故遲遲若此。建中、人名。十二郎、名老成、公兄韓介之子、韓會之繼子也。嗚呼、吾少孤。大歷五年、公時三歲。公父仲卿卒、○從自說起。及長、不省所怙、小雅、無父何怙。惟兄嫂是依。兄韓會、嫂鄭夫人、即十二郎父母。公于郎、雖叔姪、猶兄弟。其情誼盡在此。中年、兄歿南方、吾與汝俱幼。大歷十二年、五月、起居舍人韓會、坐宰相元載黨與、貶爲韶州刺史、尋卒于官。公時年十一、從至貶所。○始入十二郎、只俱幼二字、已不勝酸楚。從嫂歸葬河陽。既又與汝就食江南。建中二年、中原多故、公避地江左、家于宣州。零丁孤苦、未嘗一日相離也。一段敘幼時相依。吾上有三兄、皆不幸早世。承先人後者、在孫惟汝、在子惟吾。兩世一身、形單影隻。寫盡零丁孤苦。嫂嘗撫汝指吾而言曰、韓氏兩世、惟此而已。引嫂言、尤悲慘不堪。汝時尤小、當不復記憶。上說俱幼、此又略分。吾時雖能記憶、亦未知其言之悲也。雖略分、又不甚分、妙妙。○一段、敘叔姪二人、關係韓氏甚重。吾年十九、始來京城。貞元二年、公自宣州遊京師。與郎別。○其後四年、而歸視汝。與郎會。又四年、吾往河陽省墳墓、與郎別。遇汝從嫂喪來葬。與郎會。又二年、吾佐董丞相於汴州、貞元十二年、董晉帥汴州。○與郎別。汝來省吾。與郎會。止一歲、請歸取其孥。孥、妻子也。○與郎別。明年、丞相薨、吾去汴州、汝不果來。與郎不復會。是年、吾佐戎徐州。是歲張建封辟公爲徐州節度推官。○與郎別。使取汝者始行、吾又罷去、汝又不果來。十六年五月、張建封卒、公西歸洛陽。○與郎不復會。吾念汝從於東、東亦客也、不可以久。圖久遠者、莫如西歸。將成家而致汝。圖與郎長會。嗚呼、孰謂汝遽去吾而歿乎。

與郎永別不會。○自吾年十九以下、追憶其離合之不常、卒不可合而遽死。意只是平平、讀之自不覺酸楚。吾與汝俱少年、以爲雖暫相別、終當久相與處。故捨汝而旅食京師、以求斗斛之祿。承寫相離之故。誠知其如此、雖萬乘之公相、吾不以一日輟汝而就也。真言腸斷。去年、孟東野往、吾書與汝曰、吾年未四十、而視茫茫、而髮蒼蒼、而齒牙動搖。念諸父與諸兄、皆康彊而早世、如吾之衰者、其能久存乎。吾不可去、汝不肯來、恐旦暮死、而汝抱無涯之戚也。倒跌起下。孰謂少者歿而長者存、彊者夭而病者全乎。嗚呼、其信然邪、其夢邪、其傳之非其真邪。承上發出一段疑信。惝怳光景、下分承一段疑、一段信。信也、吾兄之盛德而夭其嗣乎。汝之純明而不克蒙其澤乎。少者彊者而夭歿、長者衰者而存全乎。未可以爲信也。一段從信轉到疑。夢也、傳之非其真也、東野之書、耿蘭名。家人之報、何爲而在吾側也。嗚呼、其信然矣、吾兄之盛德而夭其嗣矣。汝之純明宜業其家者、不克蒙其澤矣。一段從疑轉到信。所謂天者誠難測、而神者誠難明矣。所謂理者不可推、而壽者不可知矣。言其不應死而死、卒歸咎于天、與神、與埒、哀傷之至也。雖然、吾自今年來、蒼蒼者、或化而爲白矣。動搖者、或脫而落矣。毛血日益衰、志氣日益微、幾何不從汝而死也。此言己亦不可必、回顧前寄孟東野書上意。死而有知、其幾何離。其無知、悲不幾時、而不悲者無窮期矣。言有知、不久與郎復會。若無知、悲日無多。而不悲者、終古無盡時。蓋以生知悲、死不知悲也。○達生之言。可括蒙莊一部。汝之子始十歲。謂湘也。吾之子始五歲。謂昶也。少而彊者不可保、如此孩提者、又可冀其成立邪。嗚呼哀哉、嗚呼哀哉。忽然于郎前寫自家不保、忽然又于郎後寫二子不保、文情絕妙。汝去年書云、比得軟脚病、往往而劇。極也、○劇、甚也。吾曰是疾也、江南之人、常常有之、未始以爲憂也。嗚呼、其竟以此而殞其生乎、抑別有疾而致斯乎。此段伏下汝病吾不知時句。汝之書、六月十七日也。上言病。下言歿。一句接、無痕。東野云、汝歿以六月二日、耿蘭之報無月日、蓋東野之使者、不知問家人以月日。如耿蘭之報、不知當言月日。言耿蘭之報、所以無月日者、由其不知報告之體、當其月日以報也。東野與吾書、乃問使者、使者妄稱以應之耳、其然乎、其不然乎。此段伏下汝歿吾不知日句。今吾使建中祭汝、弔汝之孤、與汝之乳母。彼有食可守、以待終喪、則待終喪而取以來。如不能守以終喪、則遂取以來。其餘奴婢、並令守汝喪。吾力能改葬、終葬汝於先人之兆、然後惟其所願。此告之欲處置其身後、以慰死者之心。意到筆隨、不覺其詞之剌剌也。嗚呼、自此以下、一往慟哭而盡。汝病吾不知時、汝歿吾不知日、生不能相養以共居、歿不能撫汝以盡哀、斂不憑其棺、窆去聲不臨其穴。窆、下棺也。吾行負神明、而使汝夭。不孝不慈、而不得與汝相養以生、相守以死。一在天之涯、一在地之角。生而影不與吾形相依、死而魂不與吾夢相接。吾實爲之、其又何尤。彼蒼者天、曷其有極。更不能分句、分段、分字。何況直是一慟而盡。自今以往、吾其無意於人世矣。宕一句、起下。當求數頃之田於伊潁之上、伊、潁、二水名。以待餘年。教吾子與汝子、幸其成長、吾女與汝女、待其嫁、如此而已。教子嫁女、又慰死者之心、自是天理人情中體貼出來。嗚呼、言有窮而情不可終、汝其知也邪、其不知也邪。總結、更復惝怳。嗚呼哀哉。尚饗。

情之至者、自然流爲至文。讀此等文、須想其一面哭一面寫、字字是血、字字是淚。未嘗有意爲文、而文無不工、祭文中千年絕調。

祭鱷魚文①

韓　愈

維年月日、潮州刺史韓愈、使軍事衙推秦濟、以羊一、豬一、投惡谿之潭水、以與鱷諤魚食、而告之初、公至潮、問民疾苦、皆曰惡谿有鱷魚、食民產且盡。數日、公令其屬秦濟、以一羊一豚、投谿水而祝之。曰、昔先王既有天下、列山澤、罔同網繩擉錯刃、以除蟲蛇惡物爲民害者、驅而出之四海之外。列、遮道也。擉、刺也。○正議發端、使不可犯。及後王德薄、不能遠有、則江漢之間、尚皆棄之、以與蠻夷楚越、況潮、嶺海之閒、去京師萬里哉。鱷魚之涵淹卵育於此、亦固其所。潮在嶺外海內、較江漢更遠、毋怪爲鱷魚所據。涵淹、潛伏也。卵育、生息也。○先歸咎後王、故意放寬一步。妙。今天子嗣唐位、神聖慈武、四海之外、六合之內、皆撫而有之。

校勘記：

①《韓昌黎文集校注》無"祭"字。

能遠有矣。況禹跡所揜、揚州之近地、刺史縣令之所治、出貢賦以供天地宗廟百神之祀之壤者哉。揜、止也。潮于古爲揚州之境、以四海六合言之、則潮地又甚近也。○二十四字作一句讀。鱷魚其不可與刺史雜處此土也。此句是一篇綱領。前將天子立大議論、此下專在與刺史爭土上發議。刺史受天子命、守此土、治此民、而鱷魚睅音緩、然不安谿潭、據處食民畜休去聲、熊豕鹿麞、以肥其身、以種其子孫、與刺史亢拒、爭爲長掌、雄。睅、目出貌。據處、謂據其地而處之也。食民畜、謂食人與六畜也。刺史欲安民、而鱷魚爲害若此、是與亢拒爭雄矣。刺史雖駑弱、亦安肯爲鱷魚低首下心、伈伈心上聲、睍睍、賢上聲、爲民吏羞、以偷活於此邪。伈伈、恐懼貌。睍睍、小目貌。且承天子命以來爲吏、固其勢不得不與鱷魚辨。稟以天子、稟以天子命吏、詞嚴義正、是一篇討賊檄文。鱷魚有知、其聽刺史言。總喝一句、起下文。潮之州、大海在其南。鯨鵬之大、蝦蟹之細、無不容歸。以生以食、鱷魚朝發而夕至也。爲鱷魚尋去路。今與鱷魚約、盡三日、其率醜類南徙於海、以避天子之命吏。三日不能、至五日。五日不能、至七日。爲鱷魚限日期。七日不能、是終不肯徙也、是不有刺史聽從其言也。不然、則是鱷魚冥頑不靈、刺史雖有言、不聞不知也。（層疊而下、犀利無前。）夫傲天子之命吏、不聽其言、不徙以避之、與冥頑不靈而爲民物害者、皆可殺。（一閃電轟雷、一齊俱發。）刺史則選材技吏民、操強弓毒矢、以與鱷魚從事、必盡殺乃止。其無悔。（是夕有暴風震雷、起湫水中、數日、水盡涸。西徙六十里、自是潮州無鱷魚患。）

（全篇只是不許鱷魚雜處此土、處處提出天子二字、刺史二字壓服他。如問罪之師、正正堂堂之陣、能令反側子心寒膽慄。）

柳子厚墓誌銘　韓愈

子厚諱宗元。七世祖慶、爲拓跋魏（北魏姓拓跋。）侍中、封濟陰公。曾伯祖奭、爲唐宰相、與褚遂良、韓瑗、（願）俱得罪武后、死高宗朝。皇考（父。）諱鎮、以事母棄太常博士、求爲縣令江南、其後以不能媚權貴、失御史、權貴人死、乃復拜侍御史。號爲剛直、所與游、皆當世名人。（敘其前人節慨、所以形子厚之附叔文、是公微意。）

子厚少精敏、無不通達、逮其父時、雖少年、已自成人。能取進士第、嶄（讒）、然見頭角、衆謂柳氏有子矣。（嶄、尖銳貌。）其後以博學宏詞、授集賢殿正字。儁傑廉悍、（四字、爲柳文寫照。）議論證據今古、出入經史百子、踔（卓同）厲風發、率常屈其座人、名聲大振、一時皆慕與之交。諸公要人、爭欲令出我門下、交口薦譽之。（子厚爲諸公要人所爭致、初非求附之也。全爲附王叔文一節出脫。）貞元十九年、由藍田尉、拜監察御史。順宗卽位、拜禮部員外郎。遇用事者得罪、例出爲刺史。未至、又例貶州司馬。（王叔文、韋執誼用事、拜宗元禮部員外郎、且將大用。憲宗卽位、貶叔文渝州司戶參軍、宗元坐王叔文黨、貶邵州刺史、未至、道貶永州司馬。○誌其被貶、不露叔文輩姓名、甚婉曲。）居閒益自刻苦、務記覽爲詞章、汎濫停蓄、爲深博無涯涘、（詞上聲。）而自肆於山水間。（宗元既竄斥、地又荒癘、因自放山澤間。其堙厄感鬱、一寓諸文、放離騷數十篇、讀者咸悲惻。）元和中、嘗例召至京師、又偕出爲刺史、而子厚得柳州。（伏爲劉禹錫請播州一節。）既至、歎曰、是豈不足爲政邪。因其土俗、爲設教禁、州人順賴。其俗以男女質（至、）

錢、約不時贖、子本相侔、則沒爲奴婢。子厚與設方計、悉令贖歸。其尤貧力不能者、令書其傭、足相當、則使歸其質。觀察使下其法於他州、比一歲、免而歸者且千人。柳州之政、詳見羅池廟碑。獨書贖子一節、撮其有德于民之大者。衡湘以南、爲進士者、皆以子厚爲師。其經承子厚口講指畫爲文詞者、悉有法度可觀。前敘其自爲詞章、此敘其教人爲文詞。公推重子厚、特在文章。其召至京師而復爲刺史也、遙接。中山劉夢得禹錫、亦在遣中、當詣播州。子厚泣曰、播州、非人所居、而夢得親在堂、吾不忍夢得之窮、無辭以白其大人、且萬無母子俱往理、請於朝、將拜疏、願以柳易播、雖重得罪、死不恨。遇有以夢得事白上者、夢得於是改刺連州。子厚所至、皆有樹立。其處中山、尤其行之卓異者。嗚呼、士窮乃見節義。今夫平居里巷相慕悅、酒食游戲相徵逐、詡詡許、強笑語以相取下、握手出肺肝相示、指天日涕泣、誓生死不相背負、真若可信。一旦臨小利害、僅如毛髮比、反眼若不相識、落陷穽、不一引手救、反擠之又下石焉者、皆是也。此宜禽獸夷狄所不忍爲、而其人自視以爲得計、聞子厚之風、亦可以少媿矣。（此段因事發議、全學伯夷屈原傳。）子厚前時少年、勇於爲人、不自貴重（說出子厚病根。）顧藉、謂功業可立就、故坐廢退。既退、又無相知有氣力得位者推挽、故卒死於窮裔。（畀、）材不爲世用、道不行於時也。（只數語總敘子厚生平、且悲且惜。）使子厚在臺省時、自持其身、已能如司馬刺史時、亦自不斥。斥時有人力能擧之、且必復用不窮。（反振起下意。）然子厚斥不久、窮不極、雖有出於人、其文學辭章、必不能自力以致必傳於後如今無疑也。（就斥窮二字、一轉。極爲子厚喜幸。）雖使子厚得所願、爲將相於一時。以彼易此、孰得孰失、必有能辨之者。（又一轉、語帶規諷、意亟含蓄。）子厚以元和十四年十一月八日卒、年四十七。以十五年七月十日、歸葬萬年先人墓側。子厚有子男二人。長曰周六、始四歲。季曰周七、子厚卒、乃生。女子二人、皆幼。其得歸葬也、費皆出觀察使河東裴君行立。行立有節概、重然諾、與子厚結交、子厚亦爲之盡、竟賴其力。葬子厚於萬年之墓者、舅弟盧遵。遵、涿人、性謹慎、學問不厭、自子厚之斥、遵從而家焉、逮其死不去、既往葬子厚、又將經紀其家、庶幾有始終者。附書裴、盧二人、與前士窮見節義一段對照。銘曰、是惟子厚之室、既固既安、以利其嗣人。子厚不克持身處、公亦不能爲之諱、故措詞隱躍、使人自領。只就文章一節、斷其必傳、下筆自有輕重。

古文觀止卷之九

駁復讎議

柳宗元

臣伏見天后唐武后。時、有同州下邽圭、人徐元慶者。父爽、爲縣尉趙師韞所殺。卒能手刃父讎、束身歸罪。後師韞爲御史、元慶變姓名、於驛家傭力。久之、師韞以御史舍亭下。元慶手刃之、自囚詣官。當時諫臣陳子昂建議、誅之而旌其閭。且請編之於令、永爲國典。時議者以元慶孝烈、欲捨其罪。子昂建議、以爲國法專殺者死、元慶宜正國法、然旌其閭墓、以褒其孝義可也。議者以子昂爲是。○敍述其事作案。臣竊獨過之。總駁一句。臣聞禮之大本、以防亂也。若曰無爲賊虐、凡爲子者殺無赦。子不當讎而讎者、死。刑之大本、亦以防亂也。若曰無爲賊虐、凡爲治者殺無赦。吏不當殺而殺者、死。○以禮刑大本上說起、是議論大根原處。其本則合、其用則異。旌與誅莫得而並焉。一句點醒、破其首鼠兩端之說。誅其可旌、茲謂濫、黷刑甚矣。旌其可誅茲謂僭、壞禮甚矣。左傳、善爲國者、賞不僭、刑亦不濫。○互發以足上句意。

果以是示於天下、傳於後代、趨義者不知所向、違害者不知所立。以是爲典、可乎。以上泛言旌誅並用之非。蓋聖人之制、窮理以定賞罰、本情以正褒貶、統於一而已矣。此言聖人旌誅不並用、窮理本情四字、甚細。嚮使刺讞年上聲、其誠僞、考正其曲直、原始而求其端、則刑禮之用、判然離矣。刺、訊也①。議罪曰讞。誠僞、以情言。曲直、以理言。○承上正轉一筆、起下二段議論。何者、若元慶之父、不陷於公罪。師韞之誅、獨以其私怨。奮其吏氣、虐於非辜。州牧不知罪、刑官不知問。上下蒙冒、籲豫、號豪、不聞。籲、呼也。而元慶能以戴天爲大恥、枕戈爲得禮。禮記、父之讎、不與共戴天。又曰居父母之讎、寢苫枕戈、不仕、弗與共天下也。處心積慮、以衝讎人之胸。介然自克、卽死無憾、是守禮而行義也。執事者宜有慚色。將謝之不暇、而又何誅焉。一段寫旌之不宜誅。其或元慶之父、不免於罪。師韞之誅、不愆於法。是非死於吏也、是死於法也。法其可讎乎。讎天子之法、而戕奉法之吏、是悖驁傲、而凌上也。執而誅之、所以正邦

校勘記：

①"訊"原誤作"詆"，今據懷涇堂本、鴻文堂本改。

典、而又何旌焉。一段寫誅之不宜旌。○二段、透發旌與誅、莫得而並之意。且其議曰、人必有子、子必有親。親親相讎、其亂誰救。述子昂原議。是惑於禮也甚矣。禮之所謂讎者、蓋其寃抑沉痛、而號無告也。非謂抵罪觸法、陷於大戮。而曰彼殺之、我乃殺之。不議曲直、暴寡脅弱而已。其非經背聖、不亦甚哉。此段申明讎字之義、正駁子昂言讎之失。周禮調人、調人、官名。掌司萬人之讎、凡殺人而義者、令勿讎、讎之則死。有反殺者、邦國交讎之。見周禮、地官。又安得親親相讎也。春秋公羊傳曰、父不受誅、子復讎可也。父受誅、子復讎、此推刃之道、復讎不除害。公羊傳、見定公四年。不受誅、謂罪不當誅也。一來一往曰推刃。不除害、謂取讎身而已、不得兼其子也。今若取此以斷兩下相殺、則合於禮矣。兩下相殺、謂師韞殺元慶之父、元慶又殺師韞。○引周禮公羊、以明殺人不義、與不受誅者、皆可復讎。論有根據、一篇主意、具見于此。且夫不忘讎、孝也。不愛死、義也。元慶能不越于禮、服孝死義、是必達理而聞道者也。夫達理聞道之人、豈其以王法爲敵讎者哉。議者反以爲戮、黷刑壞禮、其不可以爲典明矣。（收段就元慶立論、所以重與之。而深抑當時之議誅者、是通篇結案。）請下臣議附於令、有斷斯獄者、不宜以前議從事、謹議。

（看敍起手刃父讎、束身歸罪八字、便見得宜旌不宜誅。中段是論理、故作兩平之言。後段是論事、故作側重之語②。引經據典、無一字游移、乃成鐵案。）

桐葉封弟辨

柳宗元

古之傳者有言、成王以桐葉與小弱弟戲、曰、以封汝。周公入賀。王曰、戲也。周公曰、天子不可戲。乃封小弱弟於唐。（史記、晉世家、成王與叔虞戲、削桐葉爲珪、以與叔虞曰、以此封若。史佚因請擇日立之。成王曰、吾與之戲耳。史佚曰、天子無戲言。于是遂封叔虞于唐。若曰、周公入賀、史不之見。特于劉向說苑云云。）吾意不然。（一句抹倒。）王之弟當封邪、周公宜以時言於王、不待其戲而賀以成之也。（一層。）不當封邪、周公乃成其不中（去聲）之戲、以地以人、與小弱弟者爲之主①、其得爲聖乎。（二層。）且周公以王之言、不可苟焉而已、必從而成之邪。設有不幸、王以桐葉戲婦寺、亦將舉而從之乎。（三層。）凡王者之德、在行之何若。設未得

②"之"下原衍一"之"字，今據文富堂本、懷涇堂本刪。

校勘記

①《柳宗元集》無"弟"字。

其當、去聲、雖十易之不爲病、要去聲、於其當、不可使易也、而況以其戲乎。若戲而必行之、是周公教王遂過也。此段方是正斷。下乃就周公身上另起、再作斷。嚴切不留餘漏、吾意周公輔成王、宜以道從容優樂、要歸之大中而已、應要于其當句。必不逢其失而爲之辭。一層。又不當束縛之、馳驟之、使若牛馬然、急則敗矣。言不能從容優樂、若制牛馬然。束縛之使不得行、馳驟之使之必行、迫之太甚、則敗壞矣。○二層。且家人父子、尚不能以此自克、況號爲君臣者邪。言父子之間、尚不能以束縛馳驟之事相勝、何況君臣。○三層。是直小丈夫缺缺缺、者之事、非周公所宜用、故不可信。老子、其政察察、其民缺缺。缺缺、小智貌。○正結一段。或曰、封唐叔、史佚成之。史佚、周武王時太史尹佚也。○結束有不盡意、不指定史佚、妙。

前幅連設數層翻駁、後幅連下數層斷案、俱以理勝、非尚口舌便便也。讀之反覆重疊、愈不厭、如眺層巒、但見蒼翠。

箕子碑　柳宗元

凡大人之道有三、一曰正蒙難、去聲、二曰法授聖、三曰化及民。蒙、犯也。正蒙難者、以正犯難也。○總提三柱立論。殷有仁人曰箕子、實具茲道以立于世。故孔子述六經之旨、尤殷勤焉。謂下易書詩所載是也。○出箕子。當紂之時、大道悖亂、天威之動不能戒、聖人之言無所用。書、今天動威。○總起。進死以併命、誠仁矣。無益吾祀、故不爲。閣過比干。委身以存祀、誠仁矣。與預、亡吾國、故不忍。閣過微子。具是二道、有行之者矣。將正寫箕子、先入此段、斡旋多少。是用保其明哲、與之俯仰。晦是謨範、辱於囚奴。昏而無邪、隤頹、而不息。故在易曰、箕子之明夷、正蒙難也。詩、既明且哲、以保其身。書、囚奴正士。正士、謂箕子也。易、明夷卦、六五、箕子之明夷。夷、傷也。言六五以宗臣居暗地、近暗君、而能正其志、箕子之象也。○應前一日。及天命既改、生人以正。乃出大法、用爲聖師。周人得以序彝倫、而立大典。故在書曰、以箕子歸作洪範。法授聖也。大法、謂洪範。洪、大也。範、法也。書、天乃錫禹洪範九疇、彝倫攸敘。漢志曰、禹治洪水、錫洛書、法而陳之、洪範是也。史記、武王克殷、訪問箕子以天道、箕子以洪範陳之。蓋洪範發之于禹、箕子推衍增益、以成篇歟。○應前二日。及封朝鮮、推道訓俗、惟德無陋、惟人無遠、用廣殷祀、俾夷爲華、化及民也。朝鮮、東夷地。漢書地理志、箕子去之朝鮮、教其民以禮義田蠶、民犯禁八條、其民終不相盜、無門戶之閉。婦人貞信不淫僻、其教民飲食、以籩豆爲可貴。此仁賢之化也。○應前三曰。率是大道、藂同叢、於厥躬、天地變化、我得其正、其大人歟。應前大人第一句。○首提作柱、以次分應、似正意、卻是客也。下一段寫出箕子意中事、是作者大旨。於虖、同嗚呼、當其周時未至、殷祀未殄。比干已死、微子已去、向使紂惡未稔飪、而自斃、武庚念亂以圖存、國無其人、誰與興理、是固人事之或然者也。然則先生隱忍而爲此、其有志於斯乎。忽然別起波瀾、語極淋漓感慨、使人失聲長慟。唐某年、作廟汲郡、歲時致祀。汲郡、紂故都、爲河南衞輝府。今嘉先生獨列於易象、作是頌云。頌不載。

前立三柱、真如天外三峯、卓然峭峙。於虖以下、忽然換筆、一往更有深情。

捕蛇者說

柳宗元

永州之野產異蛇、黑質而白章、黑體白文。觸草木盡死。以齧人、無禦之者。異蛇最毒。然得而腊昔、之以爲餌、可以已大風、攣戀、踠淵上聲、瘻漏、癘、賴、去死肌、殺三蟲。腊、乾肉也。餌、藥餌也。已、止也。攣踠、曲脚不能伸也。瘻、頸腫。癘、惡創。死肌、如癰疽之腐爛者。三蟲、三尸之蟲也。○毒蛇、偏爲要藥。其始太醫以王命聚之、歲賦其二、兩次。募有能捕之者、當其租入、永之人爭奔走焉。敘捕蛇事。有蔣氏者、專其利三世矣。入題。問之、則曰、吾祖死於是、吾父死於是、今吾嗣爲之十二年、幾死者數朔、矣。言之貌若甚戚者。摹泰山婦、伏結處。余悲之。且曰、若毒之乎。余將告於蒞事者、更若役、復若賦、則何如。蔣氏大戚、汪然出涕曰、君將哀而生之乎、則吾斯役之不幸、未若復吾賦不幸之甚也。若、汝也。言改汝捕蛇之役、復汝輸租之賦、以免其死。犯死捕蛇、乃以爲幸。更役復賦、反以爲不幸。此豈人之情哉、必有甚不得已者耳。嚮吾不爲斯役、則久已病矣。提一句、起下文。直貫至捕蛇獨存句。自吾氏三世居是鄉、積於今六十歲矣。而鄉鄰之生日蹙、殫其地之出、竭其廬之入、賦斂之苦。號呼而轉徙、飢渴而頓踣。同仆。○迫于賦斂而徙。觸風雨、犯寒暑、呼噓毒癘、利、往往而死者、相藉謝、也。癘、疫氣。藉、枕藉也。○勞于遷徙而死。○寫得慘毒。是一幅流民圖。曩與吾祖居者、今其室十無一焉。與吾父居者、今其室、十無二三焉。與吾居十二年者、今其室、十無四五焉。應前三世。非死則徙爾、而吾以捕蛇獨存。二句收上轉下、有力。悍吏之來吾鄉、叫囂乎東西、隳灰、突乎南北、譁然而駭者、雖雞狗不得寧焉。進呼之擾、所不忍言。吾恂恂而起、視其缶、而吾蛇尚存、則弛始、然而臥、蛇存放心。謹食嗣、之、時而獻焉。小心養食、俟其時之所需、而獻上焉。退而甘食其土之有、以盡吾齒。退而甘食其土地之所產、以盡其天年。○摹擬自得光景、真情真語、大有筆趣。蓋一歲之犯死者二焉。其餘則熙熙而樂、豈若吾鄉鄰之旦旦有是哉。言吾犯蛇毒而死者、一歲只有兩次。若吾鄉鄰遭悍吏之毒、無日不犯死也。非今雖死乎此、比吾鄉鄰之死、則已後矣、又安敢毒邪。今吾雖終死于斯役、比吾鄉鄰被重賦而死者、已在後矣。安敢怨其為毒、而不為此。○此段正明斯役之不幸、未若復吾賦不幸之甚二句①情態曲盡、而一段無聊之意、溢于言表。余聞而愈悲。孔子曰、苛政猛於虎也、吾嘗疑乎是。今以蔣氏觀之、猶信。檀弓、孔子過泰山側、有婦人哭于墓而哀。夫子式而聽之、使子路問之曰②子之哭也、一似重有憂者。而曰然、昔者吾舅死于虎、吾夫又死焉、今吾子又死焉。夫子曰、何為不去也。曰、無苛政。夫子曰、小子識之、苛政猛于虎也。嗚呼、孰知賦斂之毒、有甚是蛇者乎。

校勘記：

①"未若復吾賦不幸之甚"中"吾"字原脫，今據正文補。

②"子路"原誤作"子貢"，今據阮刻《十三經注疏·禮記·檀弓下》及懷涇堂本改。

一句結出。故爲之說、以俟夫觀人風者得焉。此小文耳、卻有許大議論。必先得孔子苛政猛于虎一句、然後有一篇之意。前後起伏抑揚、含無限悲傷悽惋之態。若轉以上聞、所謂言之者無罪、聞之者足以爲戒、真有用之文。

種樹郭橐駝傳　柳宗元

郭橐駝不知始何名、病僂、樓、隆然伏行、有類橐駝者、故鄉人號之駝。駝聞之曰、甚善、名我固當。因捨其名、亦自謂橐駝云。僂、傴疾也。隆然、高起貌。橐駝、即駱駝。〇以上先將橐駝命名、寫作一笑。其鄉曰豐樂鄉、在長安西。何爲書其鄉、只爲欲寫其在長安、長安人爭迎也。駝業種樹、凡長安豪家富人爲觀遊、種樹行樂。及賣果者、種樹謀生。皆爭迎取養。去聲、〇爭相迎取駝于家而養之。視駝所種樹、或遷徙、無不活。無不活、雙承種與遷。且碩茂、蚤實以蕃。其樹大而盛、其實蚤而多。〇活外又添寫此一句。他植者、雖窺伺傚慕、莫能如也。又反襯一句、伏後文。有問之、對曰、橐駝橐駝自謂橐駝。非能使木壽且孳也。折一筆。能順木之天、以致其性焉爾。

一篇之意、已盡于此。凡植木之性、承其性字。其本欲舒、其培欲平、其土欲故、其築欲密。此四欲字、本性欲也。既然已、勿動勿慮、去不復顧。其蒔侍、也若子、其置也若棄。則其天者全、而其性得矣。蒔、種也。○此段是暢講無不活三字理。故吾不害其長而已、非有能碩茂之也。不抑耗其實而已、非有能蚤而蕃之也。耗、損也。○此段又反覆碩茂蚤蕃四字理。○以上只淺淺就植木上說道理、從孟子養氣工夫體貼出來。他植者則不然。一句提轉、上言無心之得、下言有心之失。根拳而土易、拳、曲也。易、更也。其培之也、若不過焉則不及。苟有能反是者、則又愛之太殷、憂之太勤、旦視而暮撫、已去而復顧。甚者爪其膚以驗其生枯、搖其本以觀其疎密、而木之性日以離矣。雖曰愛之、其實害之。雖曰憂之、其實讎之。故不我若也、吾又何能爲哉。此段明他植者莫能如一句理。○以上論種樹畢。以下入正意、發出議論。問者曰、以子之道、移之官理可乎。駝曰、我知種樹而已、官理非吾業也。然吾居鄉、見長人者、好煩其令、若甚憐焉、而卒以禍。總提一句、下就他植者則不然一段摹出。旦暮吏來而呼曰、官命促爾耕、勗爾植、督爾穫、（鑊、）蚤繅（騷、）而緒、蚤織而縷、（繅、繹繭爲絲也。縷、布縷也。）字而幼孩、遂而雞豚、（字、養也。遂、長也。）鳴鼓而聚之、擊木而召之。吾小人輟飧饔以勞（去聲、）吏者、且不得暇、又何以蕃吾生而安吾性耶。故病且怠若是。則與吾業者、其亦有類乎。（寫出俗吏情弊、民間疾苦、讀之令人悽然。）問者嘻曰①、不亦善夫。吾問養樹得養人術、傳其事以爲官戒也。（一篇精神命脈、直注末句結出。語極冷雋。）

（前寫橐駝種樹之法、瑣瑣述來、涉筆成趣。純是上聖至理、不得看爲山家種樹方。末入官理一段、發出絕大議論、以規諷世道。守官者當深體此文。）

梓人傳

柳宗元

裴封叔之第、在光德里。（裴封叔、名瑾①、子厚之妹夫。）有梓人款其門、願傭隟（隙同、）宇而處焉。（梓人、即木匠。款、叩也。隟宇、空屋也。傭、役于主人以代租也。）所職尋引規矩繩墨、家不居礱斲之器。（尋、八尺。引、十丈。）（尋引、所以度長短。礱、礪石。斲、刀鋸斧斤之屬。○出語便作意凝注。）問其能、曰、吾善度（鐸、）材。視棟宇之制、高

校勘記：

①"嘻曰"《柳宗元集》作"曰嘻"。

校勘記：

①"瑾"原誤作"瑋"，今據文富堂本、懷涇堂本、鴻文堂本及《柳宗元集》孫汝听注改。

②"愕"原誤作"視"，今據文富堂本、懷涇堂本、鴻文堂本改。

深圓方短長之宜、吾指使而羣工役焉。捨我、衆莫能就一宇。故食(嗣、)於官府、吾受祿三倍。作於私家、吾收其直大半焉。(此以言語代敍事。)他日、入其室、其牀闕足而不能理、曰、將求他工。余甚笑之、謂其無能而貪祿嗜貨者。(故作一折。)其後京兆尹將飾官署、余往過焉。委(積、)羣材、會衆工。(委、蓄也。寫梓人一。)○或執斧斤、或執刀鋸、皆環立嚮之。梓人左持引、右執杖、而中處焉。(寫梓人二。)量棟宇之任、視木之能舉。揮其杖曰斧、彼執斧者奔而右。顧而指曰鋸、彼執鋸者趨而左。(寫梓人三。)俄而斤者斲、刀者削、皆視其色、俟其言、莫敢自斷者。(寫梓人四。)其不勝(升、)任者、怒而退之、亦莫敢慍焉。(寫梓人五。)畫宮於堵、盈尺而曲盡其制。計其毫釐而構大廈、無進退焉。(寫梓人六。)既成、書於上棟(上棟、下宇。)曰、某年某月某日某建、則其姓字也。凡執用之工不在列。(寫梓人七。)余圜(圓、)視大駭、然後知其術之工大矣。(圜、驚愕也②○句句包含下意、基寫甚工緻、既成數句、尤極含蓄、爲下)

文張本。繼而歎曰、轉筆。彼將捨其手藝、照不居礱斲之器。專其心智、照所職尋引規矩繩墨。而能知體要者歟。體要二字、是一篇之綱。吾聞勞心者役人、勞力者役於人、彼其勞心者歟。能者用而智者謀、彼其智者歟。又就專其心智句、寫作二層。是足為佐天子、相天下法矣、物莫近乎此也。物、事也。〇連下二者歟字贊美、方轉入正意、如黃河之流、九折而入海、何等委曲。以下將梓人一一翻案。彼為天下者本於人。其執役者、為徒隸、為鄉師里胥、其上為下士、又其上為中士、為上士、又其上為大夫、為卿、為公。離而為六職、判而為百役。此以王都內言。外薄博、四海、薄、迫也。有方伯連率。同帥、〇禮、王制、千里之外、設方伯。又十國以為連、連有帥。郡有守、邑有宰、皆有佐政。其下有胥吏、又其下皆有嗇夫版尹、以就役焉。漢制、鄉小者、置嗇夫一人。③版尹、掌戶版者。此以王都外言。〇猶眾工之各有執技以食力也。猶眾工一。彼佐天子相天下者、舉而加焉、指而使焉、條其綱紀而盈縮焉、齊其法制而整頓焉、猶梓人之有規矩繩墨以定制也。猶梓人二。擇天下之士、使稱其職。居天下之人、使安

③"置"原誤作"制"，《柳宗元集》孫汝听注作"置"，蓋二吳抄孫注誤作"制"，今據改。

其業。視都知野、視野知國、視國知天下、其遠邇細大、可手據其圖而究焉。猶梓人畫宮於堵而績於成也。猶梓人三。能者進而由之、使無所德。不能者退而休之、亦莫敢慍。不衒眩能、不矜名、不親小勞、不侵衆官。日與天下之英才、討論其大經。猶梓人之善運衆工而不伐藝也。猶梓人四。夫然後相道得而萬國理矣。單承一句、側出第五段、句法變化。相道既得、萬國既理、天下舉首而望曰、吾相之功也。後之人循跡而慕曰、彼相之才也。士或談殷周之理者、曰伊傅周召、其百執事之勤勞、而不得紀焉。猶梓人自名其功、而執用者不列也。猶梓人五。○以上闡相道之合梓人處、凡五段。文勢層疊、措詞有法。大哉相乎、通是道者、所謂相而已矣。一贊作總結、即宕起不知體要一段。其不知體要者反此。以恪勤爲公、以簿書爲尊。衒能矜名、親小勞、侵衆官、竊取六職百役之事、听听銀、於府庭、而遺其大者遠者焉。所謂不通是道者也。听听、猶斷斷、辨爭貌。猶梓人而不知繩墨之

④"宜"原誤作"實"，今據文富堂本、懷涇堂本、鴻文堂本改。

曲直、規矩之方圓、尋引之短長、姑奪衆工之斧斤刀鋸、以佐其藝。又不能備其工、以至敗績、用而無所成也。不亦謬歟。此就上五猶梓人意、反寫一段。文字已畢、下另發議。或曰、彼主爲室者、儻或發其私智。牽制梓人之慮、奪其世守、而道謀是用。雖不能成功、豈其罪邪、亦在任之而已。詩、如彼築室于道謀、是用不潰于成。言築室而與行道之人謀之、人人得爲異論、不能有成也。○此以主爲室者、喻人君之任相當專一意。余曰不然。夫繩墨誠陳、規矩誠設、高者不可抑而下也、狹者不可張而廣也。由我則固、不由我則圮。痞、彼將樂去固而就圮也、則卷其術、默其智、悠爾而去、不屈吾道、是誠良梓人耳。其或嗜其貨利、忍而不能捨也。喪其制量、屈而不能守也。棟橈鬧、屋壞、則曰、非我罪也。可乎哉、可乎哉。此又從梓人上喻爲相者、以合則留、不合則去、不可毀道、亦不可嗜利意。余謂梓人之道類於相、故書而藏之。喻意正意、總結一句。梓人蓋古之審曲面勢者、今謂之都料匠云。審曲面勢、出考工記。言審察五材曲直方面形勢之宜也④。余所遇者楊氏潛其名。佳法亦奇。

前細寫梓人、句句暗伏相道。後細寫相道、句句回抱梓人。末又補出人主任相、爲相自處兩意。次序摹寫、意思滿暢。

愚溪詩序

柳宗元

灌水之陽有溪焉、東流入於瀟水。（灌、瀟二水、在永州府城外。）或曰、冉氏嘗居也、故姓是溪爲冉溪。或曰、可以染也、名之以其能、故謂之染溪。（題前先借影二層。）余以愚觸罪、謫瀟水上。愛是溪、入二三里、得其尤絕者、家焉。（憲宗朝、宗元坐王叔文黨、貶永州司馬。提愚字作主。）○古有愚公谷、（齊桓公出獵、入山谷中、見一老。問曰、是爲何谷。對曰、爲愚公之谷。桓公曰、何故。對曰、以臣名之。○引古作陪。）今余家是溪、而名莫能定、土之居者、猶齗齗（銀）然、（齗齗、辨爭貌。應上兩或曰。）不可以不更（平聲）也、故更之爲愚溪。（敍出名溪之故。）愚溪之上、買小丘、爲愚丘。（又就愚字生發。○二愚。）自愚丘東北行六十步、得泉焉、又買居之、爲愚泉。（三愚。）愚泉凡六穴、皆出山下平地、蓋上出也。合流屈曲而南、爲愚溝。（四愚。）遂負土累石、塞其隘、爲愚池。（五愚。）愚池之東、爲愚堂。（六愚。）其南、爲愚亭。（七愚。）池之中、爲愚鳥。八愚。嘉木異石錯置、皆山水之奇者、以余故、咸以愚辱焉。總結愚字一筆。○敍出八愚、亦極錯落、點如畫。指夫水、智者樂效也、今是溪獨見辱於愚、何哉、蓋其流甚下、不可以灌溉、槪、一。○又峻急多坻池、石、大舟不可入也。小渚曰坻。○二。幽邃、淺狹、蛟龍不屑、不能興雲雨、三。無以利世、而適類於余、然則雖辱而愚之可也。此段明溪之所以爲愚。甯武子邦無道則愚、智而爲愚者也。顏子終日不違如愚、睿胃、而爲愚者也。皆不得爲真愚。今余遭有道而違於理、悖於事、故凡爲愚者、莫我若也。是爲真愚。夫然、則天下莫能爭是溪、余得專而名焉。此段明己之所以名溪。溪雖莫利於世、而善鑒萬類。清瑩秀澈、鏘鳴金石。能使愚者喜笑眷慕、樂而不能去也。與上其流甚下一段、抑揚對照。余雖不合於俗、亦頗以文墨自慰。漱瘦、滌萬物、牢籠百態、而無所避之。與上違理悖事一段、抑揚對照。以愚辭歌愚溪、則茫然而不違、昏然而同歸。超鴻上聲、蒙、混希夷、寂寥而莫我知也。鴻濛、一元氣也。

云海上氣。老子、聽之不聞、名曰希、視之不見、名曰夷。○將己之愚、溪之愚、寫作一團、無從分別、奇絕妙絕。於是作八愚詩、記於溪石上。（仍收轉八愚、作結。）

（通篇就一愚字、點次成文。借愚溪自寫照、愚溪之風景宛然、自己之行事亦宛然。前後關合照應、異趣沓來、描寫最爲出色。）

永州韋使君新堂記　柳宗元

將爲穹谷嵁（謙、）巖淵池於郊邑之中、則必輦（連上聲、）山石、溝澗壑、陵絕險阻、疲極人力、乃可以有爲也。（劈空翻起。）然而求天作地生之狀、咸無得焉。（翻。）逸其人、因其地、全其天、昔之所難、今於是乎在。（落入。○發端忽作數折、全用虛字襯成、筆法奇幻。）

永州實惟九疑之麓。（六、○九疑、山名、有九谿、皆相似、故名。麓、山足也。）其始度（鐸、）土者、環山爲城。（書、惟荒度土功。○此句、追原城中、所以有自然泉石之故。）有石焉、翳於奧草。有泉焉、伏於土塗。蛇虺（毀、）之所蟠、狸鼠之所游。茂樹惡木、嘉葩（帕平聲、）毒卉。（毀、）亂雜而爭植、號爲穢墟。（翳、蔽也。奧、深也。虺、蛇屬。葩、花貌。卉、草之總名。○寫得荒蕪不堪、以起下開闢之功。）韋公（永州刺史。）之來、既逾月。理甚無事。欲寫韋公之開闢新堂、先著理甚無事四字、妙。望其地、且異之。六字、寫出理甚無事人、閒心妙眼。始命芟衫、其蕪、無、行其塗、積之丘如、蠲涓、之瀏流、如、既焚既釃、詩、奇勢迭出。除草曰芟。積、聚其草也。丘如、草高貌。蠲、除其穢也。瀏如、水清貌。焚、燒其所積之草也。釃、疏其已清之流也。○此記始事。清濁辨質、美惡異位。非穢墟矣。視其植、則清秀敷舒。茂樹嘉葩。視其蓄、則溶漾紆餘。蓄、水聚處。溶、安流也。漾、水搖動貌。紆、曲也。餘、繞也。○有泉。怪石森然、周於四隅。或列或跪、或立或仆。竅穴逶威、邃、歲、堆阜突怒。逶、曲也。邃、深也。○有石。○此記畢工。乃作棟宇、以爲觀游。凡其物類、無不合形輔勢、效伎於堂廡武、之下。此記新堂。外之連山高原、林麓之崖、閒廁隱顯。邇延野綠、遠混天碧、咸會於譙樵、門之內。譙門、城門上樓、以望敵者。新堂在郊邑中、故云譙門之內。○此記堂外。○敘荒蕪處、便是個荒蕪境界。敘修潔處、便似個修潔場所。可謂文中有畫。已乃延客入觀、繼以宴娛。魚、或贊且賀曰、見公之作、知公之志。推進一步。公之因土而得勝、豈不欲因俗以成化。公之擇惡而取美、豈不欲除殘而佑仁。公之蠲濁而流清、豈不欲廢

校勘記

①"總"原作"一"，今據文富堂本、懷涇堂本改。

貪而立廉。公之居高以望遠、豈不欲家撫而戶曉。（贊賀語、說出新堂關係政教、所見者大。）夫然、則是堂也、（以宕開一筆、以作總①束。）豈獨草木土石水泉之適歟、山原林麓之觀歟、將使繼公之理者、視其細、知其大也。（結出斯堂之不朽。）宗元請志諸石、措諸壁、編以爲二千石楷法。（刺史稱二千石。楷、式也。儒行、今世行之、後世以爲楷。）

（只要表章韋使君開闢新堂之功、先說一段名勝之難得。又說一段舊址之荒穢。以起韋公于政理之暇新之、所以爲有功。末特開一議、見新堂繫甚關係、是記中所不可少。）

鈷鉧潭西小丘記

柳宗元

得西山後八日、尋山口西北道二百步、又得鈷（古）鉧（母）潭。西二十五步①、當湍而浚者爲魚梁。（西山、在永州城西瀟江之滸。鈷鉧潭、在西山之西。湍、波流瀠回之貌。浚、深也。魚梁、堰石障水而空其中、以通魚之往來者。）梁之上有丘焉。（點丘字。）生竹樹。（含下嘉木美竹。）其石之突怒偃蹇、負土而出、爭爲奇狀者、殆不可數。（上聲。○含下奇石。）其嶔（欽）然相累而下者、若牛馬之飲於溪。其衝然角列而上者、若熊羆之登於山。（嶔、高聳也。衝、向也、突也。○單承石之奇狀、描寫一筆。）丘之小不能一

校勘記

①《柳宗元集》于"西"前有一"潭"字。

畝、可以籠而有之。（籠、包舉也。○又點小字。）問其主。曰、唐氏之棄地、貨而不售。（○酬、以物售與人曰貨。）問其價。曰、止四百。余憐而售之。李深源、元克己、時同遊、皆大喜、出自意外。（敘買丘。）即更取器用、剷（產）刈穢草、伐去惡木、烈火而焚之。嘉木立、美竹露、奇石顯。（敘開闢。）由其中以望、則山之高、雲之浮、溪之流、鳥獸之遨遊、舉熙熙然迴巧獻技、以效茲丘之下。（敘玩賞。）枕席而臥、則清泠之狀與目謀、瀯瀯（縈）之聲與耳謀、（瀯瀯、水回貌。）悠然而虛者與神謀、淵然而靜者與心謀。（敘玩賞中、生出靜機。）不匝（簪入聲）旬而得異地者二、（匝、周也。十日曰旬。此句、應起八日又得字。）○雖古好事之士、或未能至焉。（收住、下忽從小丘、出感慨、寄意更遠。）（發）噫、以茲丘之勝、致之灃鎬鄠（戶）杜、（灃、鎬、鄠、杜、俱屬右扶風、漢上林苑地。）則貴游之士爭買者、日增千金而愈不可得。今棄是州也、農夫漁父、過而陋之。價四百、連歲不能售。而我與深源克己、獨喜得之、是其果有遭乎。書於石、所以賀茲丘之遭也。（感慨不盡。）

前幅平平寫來、意只尋常。而立名造語、自有別趣。至末從小丘上發出一段感慨、爲茲丘致賀、賀茲丘、所以自弔也。

小石城山記

柳宗元

自西山道口徑北、踰黃茅嶺而下、有二道。故寫一道。其一西出、尋之無所得。闇起一道。其一少北而東、不過四十丈。土斷而川分、有積石橫當其垠。銀、其上爲睥譬、睨詣、梁欐例、之形。垠、崖也。睥睨、城上女垣也。梁欐、屋棟也。山以小石城名者以此。其旁出堡保、塢、烏上聲、有若門焉。窺之正黑。堡、小城也。塢、水障也。投以小石、洞然有水聲。其響之激越、良久乃已。此不是寫水。只極寫窺之正黑四字。環之可上、望甚遠。其旁可以窺深、其上可以望遠。無土壤而生嘉樹美箭、益奇而堅。其疏數促、偃仰、類智者所施設也。無土壤三字、妙。類智者所施設一句、生下有無一段。噫、吾疑造物者之有無久矣。宕筆。及是愈以爲誠有。疑其有。又怪其不爲之於中州、而列是夷狄。更千百年不得一售其伎、是固勞而無用。神者儻不宜如是、則其果無乎。疑其無。或曰、以慰夫賢而辱於此者。或曰其氣之靈、不爲偉人、而獨爲是物。故楚之南、少人而多石。借兩或曰、錯落自說胸中憤懣、隨筆蓬勃。是二者、余未信之。不說煞、妙。

借石之瑰瑋、以吐胸中之氣。柳州諸記、奇趣逸情、引人以深。而此篇議論、尤爲崛出。

賀進士王參元失火書

柳宗元

得楊八書、知足下遇火災、家無餘儲。儲、積蓄也。僕始聞而駭、中而疑、終乃大喜。蓋將弔而更耕以賀也。因駭疑而將弔、大喜而更以賀。因道遠言略、猶未能究知其狀。若果蕩焉泯焉而悉無有、乃吾所以尤賀者也。再足一句。○以上總提作柱、下文分疏。足下勤奉養、樂朝夕、惟恬安無事是望也。今乃有焚煬樣、赫烈之虞、以震駭左右、而脂膏滫脩上聲、瀡雖上聲、之具、或以不給。滫瀡、米滋也。禮、內則、滫瀡以滑之、脂膏以膏之、謂調和飲食也。吾是以始而駭也。承寫一段駭。凡人之言皆曰、盈虛倚伏、去來之不可常。老子、禍兮福所倚、福兮禍所伏。或將大有爲也、乃始厄困震悸、於是有水火之孽、有羣小之慍。詩、憂心悄悄、慍于羣小。勞苦變動、而後能光明、古之人皆然。斯道遼闊誕漫、雖聖人不能以是必信、是故中而疑也。承寫一段疑。以足下讀古人書、爲文章、善小學、其爲多能若是。而進不能出羣士之上、以取顯貴者、蓋無他焉。無有他故。京城人多言足下家有積貨、士之好廉名者、皆畏忌不敢道足下之善。獨自得之心、蓄之銜忍、而不出諸口。以公道之難明、而世之多嫌也。好廉名者、所以不敢道。一出口、則嗤嗤鴟、者以爲得重賂。嗤嗤、笑貌。○雖道亦必見笑于人。僕自貞元十五年、見足下之文章、蓄之者蓋六七年未嘗言。是僕私一身而負公道久矣、非特負足下也。己亦避忌世嫌、有負公道。及爲御史尚書郎、自以幸爲天子近臣、得奮其舌、思以發明足下之鬱塞、然時稱道於行杭、列、猶有顧視而竊笑者。即欲一明公道、究不免于嗤嗤者之竊笑。僕良恨修己之不亮、素譽之不立、而爲世嫌之所加、常與孟幾道言而痛之。孟簡、字幾道。○公道難明、古今重歎。借以抒發、不勝世變之感。乃今幸爲天火之所滌盪、凡衆之疑慮、舉爲灰埃。哀、黔其廬、赭者、其垣、黔、黑也。赭、赤也。以示其無有。而足下之才能、乃可以顯白而不汚。其實出矣、是祝融回祿之相吾子也。祝融、回祿、皆火神。相、助也。○奇語快語。則僕與幾道十年之相知、不若茲火一夕之爲足下譽也。奇極快極。宥而彰之、人皆寬宥、而可以彰明其美。使夫蓄於心者、咸得開其喙。誨、發策決科者、授子而不慄。喙、口也。發策決科、謂明經取士、必爲問難疑義書之于策、以試諸士、定爲甲乙之科。慄、懼也。雖欲如嚮之蓄縮受侮、其可得乎。蓄縮、謂畏忌世嫌。受侮、謂被人竊笑。於茲吾有望於子、庶幾能出羣士之上。以取顯貴。是以終乃大喜也。承寫一段喜、大喜是主、故此段獨詳。古者列國有災、同位者皆相弔。許不弔災、君子惡之。左傳、昭公十八年、宋、衛、陳、鄭災、陳不救火、許不弔災、君子是以知陳許之亡也。今吾之所陳若是、指第三段。有以異乎古、原不是災。故將弔而更以賀也。承寫一段弔且賀。顏曾之養、其爲樂也大矣、又何闕焉。想參元親在、故前云勤奉養、樂朝夕、末慰之言、正照上養字樂字。

聞失火而賀、大是奇事。然所以賀之之故、自創一段議論、自闢一番實理、絕非泛泛也。取徑幽奇險仄、快語驚人、可以破涕爲笑。

待漏院記

王禹偁

天道不言、而品物亨、歲功成者、何謂也。四時之吏、五行之佐、宣其氣矣。聖人不言、而百姓親、萬邦寧者、何謂也。三公論道、六卿分職、張其教矣。天道聖人對起、立論闊大。是知君逸於上、臣勞於下、法乎天也。三句收上二段。古之善相天下者、自咎臯、夔至房魏、可數上聲也。咎陶、后夔、舜臣。房玄齡、魏徵、唐相。是不獨有其德、亦皆務於勤耳。先提一勤字、引起待漏意。況夙興夜寐、以事一人。卿大夫猶然、況宰相乎。側重宰相當勤。朝廷自國初、因舊制、設宰相待漏院於丹鳳門之右、丹鳳門、即朱雀門。凡宰相來朝、至此待玉漏、及晨而後趨朝。○點待漏院。示勤政也。緊接上勤字。乃若北闕向曙、樹東方未明、相君啓行、煌煌火城。相君至止、噦噦誨、鑾聲。金門未闢、玉漏猶滴。撤徹、蓋下車、於焉以息。忽作韻語、描寫宰相入院之景、妙甚。待漏之際、相君其有思乎。輕輕帶出一思字、生出下文二大段文字。其或兆民未安、思所泰之。四夷未附、思所來之。兵革未息、何以弭米、之。田疇多蕪、何以闢之。賢人在野、我將進之。佞人立朝、我將斥之。六氣不和、六氣、陰、陽、風、雨、晦、明。災眚生上聲、薦至、願避位以禳之。五刑未措、欺詐日生、請脩德以釐離、之。釐、理也。憂心忡忡、待旦而入。九門既啓、四聰甚邇。四聰、四方之聽也。虞書、達四聰。言廣四方之聽、以決天下之壅蔽也。相君言焉、時君納焉。皇風於是乎清夷、蒼生以之而富庶。若然、則總百官、食萬錢、非幸也、宜也。此段寫賢相勤政之思。先用兩個思字、又轉用兩個何以字、我將字、何等可師可法。其或私讎未復、思所逐之。舊恩未報、思所榮之。子女玉帛、何以致之。車馬玩器、何以取之。姦人附勢、我將陟之。直士抗言、我將黜之。三時告災、上有憂色、構巧詞以悅之。羣吏弄法、君聞怨言、進諂容以媚之。私心慆慆、滔、○慆、慢也。假寐而坐。不脫衣冠而寐、曰假寐。九門既開、重瞳屢回。相君言焉、時君惑焉。政柄於是乎隳灰、哉、帝位以之而危矣。若然、則死下獄、投遠方、非不幸也、亦宜也。（此段寫奸相亂政之思、與上賢相一樣大費經營、可鄙可恨。）是知一國之政、萬人之命、懸於宰相、可不慎歟。（總收上二段。）復有無毀無譽、旅進旅退、（旅、衆也。與衆進退。）言竊位而苟祿、備員而全身者、亦無所取焉。（賢相不世出、奸相亦不恒有、此等庸相却多、點出尤足示戒。）棘寺小吏王禹偁（稱、）爲文、請誌院壁、（棘寺、周官所謂外朝之左棘、卿大夫之位也。）用規於執政者。（是作記本意。）

（將千古賢相奸相心事、曲曲描出。辭氣嚴正、可法可鑒。尤妙在先借勤字立說、後將慎字作收。蓋爲相者、一出于勤慎、則所思自有善而無惡。末又說出一種苟祿全身之庸相、其害正與奸相等。尤足以爲後世戒。雖名爲記、極似箴體。）

黃岡竹樓記

王禹偁

黃岡之地多竹、（黃岡、縣名、今屬湖廣黃州府。）大者如椽、竹工破之、刳（枯、）去其節、用代陶瓦、比屋皆然、以其價廉而工省也。（從竹說起。）子城西北隅①、雉堞圮（痞、）毀、蓁莽荒穢。（雉堞、城上女垣也。）因作小樓二閒、與月波樓通。（月波樓、在府城上、亦王禹偁建。○次說因竹作樓。）遠吞山光、平挹江瀨。（賴、）幽閴（頃入聲、）遼敻、（同迥、）不可具狀。（瀨、水流沙上也。閴、寂靜也。敻、遠也。○寫山川之景。）

校勘記

①"子"原誤作"予"，今據《小畜集》改。

夏宜急雨、有瀑（僕、）布聲。（飛泉懸水日瀑布。）冬宜密雪、有碎玉聲。宜鼓琴、琴調和暢。宜詠詩、詩韻清絕。宜圍棊、子聲丁丁（爭、）然。宜投壺、矢聲錚錚（撐、）然。皆竹樓之所助也。（以上二句、寫天時之景。下四句、寫人事之景。又下一助字、正見有聲韻者、與竹相應而倍佳。連下六宜字、文致雋絕。）公退之暇、被（批、）鶴氅（敞、）衣、（羽衣。）戴華陽巾、（道冠。）手執周易一卷、焚香默坐、消遣世慮。江山之外、第見風帆沙鳥、煙雲竹樹而已。待其酒力醒、茶煙歇、送夕陽、迎素月、亦謫居之勝概也。（時禹偁謫貶黃州郡。○上寫竹樓之景、令讀者心開目朗。此寫登樓之勝、則遙情獨往、翩翩欲仙矣。）彼齊雲落星、高則高矣。（齊雲、樓名、五代韓浦建。落星、亦樓名。）井幹（寒、）麗譙、華則華矣。（漢武帝立井幹樓、高二十丈。麗譙樓、曹韓建。）止於貯妓女、藏歌舞、非騷人之事、吾所不取。（騷、憂也。屈原作離騷、言遭憂也。令謂詩人爲騷人。○又借四樓反照竹樓、以我幽冷、傲彼繁華。襟懷何等洒落。）吾聞竹工云、竹之爲瓦、僅十稔。（飪、）若重覆之、得二十稔。（穀熟曰稔。古人謂一年爲一稔、取穀一熟也。○應前竹工一段、起下明年何處之意。）噫、吾以至道（宋太宗年號。）乙未歲、自翰林出滁（除、）上、（貶滁州。）丙申、移廣陵、（遷揚州。）丁酉、又入西掖、中書省日西掖。戊戌歲除日、有齊安之命、黃州郡名齊安。己亥閏三月到郡。四年之間、奔走不暇、未知明年又在何處、豈懼竹樓之易朽乎。細敘數年履歷、如閒雲野鶴、去留無定。讀之可為愴然。後之人與我同志、嗣而葺之、庶斯樓之不朽也。以修葺望之後人、極繫戀、又極曠達。

冷淡蕭疎、無意于安排措置、而自得之于景象之外。可以上追柳州得意諸記。起結搖曳生情、更覺蘊藉。

書洛陽名園記後

李格非

洛陽處天下之中、挾殽黽萌、之阻、當秦隴之襟喉、而趙魏之走集、蓋四方必爭之地也。點洛陽。天下當無事則已、有事則洛陽必先受兵。予故嘗曰、洛陽之盛衰、天下治亂之候也。盛衰不過洛陽、而治亂關于天下。唐貞觀太宗年號。開元明皇年號。之間、公卿貴戚、開館列第於東都者、號千有餘邸。底、○點名園。及其亂離、繼以五季五代。之酷。其池塘竹樹、兵車蹂蹴、廢而為丘墟。高亭大榭、謝、煙火焚燎、化而為灰燼。與唐共滅而俱亡、無餘處矣。予故嘗曰、園囿之與廢、洛陽盛衰之候也。（與廢不過園圃、盛衰關于洛陽。）而且天下之治亂、候於洛陽之盛衰而知。洛陽之盛衰、候於園囿之興廢而得。（將候字倒用、甚生活。）則名園記之作、予豈徒然哉。（將上二段一總、寫出作記意。）嗚呼、公卿大夫方進於朝、放乎一己之私、自爲之而忘天下之治忽、欲退享此得乎。唐之末路是已。（感歎歔欷以收之。）

（名園特遊觀之末耳。今張大其事①、恢廣其意、其興廢可以占盛衰、可以占治亂、至小之物②、關係至大。有學有識、方有此文。）

嚴先生祠堂記

范仲淹

先生、光武之故人也。（先生光武並點出。）相尚以道。（總贊一句、就平日言。）及帝握赤符、（光武至鄗、儒生彊華奉赤伏符奏上、遂卽帝位。）乘六龍、（易曰、時乘六龍以御天。）得聖人之時。臣妾億兆、天下孰加焉。惟先生以節高之。（從光武側到先生。）既而動星象、（帝與光共臥、光以足加帝腹。明日太史奏客星犯帝座甚急。帝笑曰、朕與故人嚴子陵共臥耳。）歸江湖、（帝除光爲諫議大夫、不屈。去耕釣于富春山中。）得聖人之清。泥塗軒冕、天下孰加焉。惟光武以禮下之。（從先生打轉光武。○以節高之、以禮下之、正見先生與光武、始終相尚以道處。）在蠱之上九、衆方有爲、而

校勘記：

①"張大"文富堂本作"詳敘"。

②"至小"文富堂本作"名園"。

獨不事王侯、高尙其事、易、蠱卦、上九爻曰、不事王侯、高尚其事。蠱、壞極而有事也。處蠱之世、衆皆有爲、而上九獨在事外、惟高尚其事而已。先生以之。引經證先生。在屯之初九、陽德方亨、而能以貴下賤、大得民也、易、屯卦、初九象曰、以貴下賤、大得民也。屯、難也。屯難之初、德足亨屯、而乃能以貴下賤、民心無不歸之也。光武以之。引經證光武。蓋先生之心、出乎日月之上。高。光武之量、包乎天地之外。大。微先生不能成光武之大、微光武豈能遂先生之高哉。互言之以終相尚之意。而使貪夫廉、懦夫立、是大有功於名教也。只用而使二字、過文獨歸到先生、見當立祠意妙。仲淹來守是邦、始構堂而奠焉。祠堂在嚴州、桐廬縣。乃復爲其後者四家、以奉祠事。復者、免其賦役也。又從而歌曰、雲山蒼蒼、江水泱泱。先生之風、山高水長。風、猶孟子故聞伯夷之風者之風。正與上貪夫廉、懦夫立六字相關應。山高水長、言與山水並垂千古。○以歌結、有餘韻。

題嚴先生、卻將光武兩兩相形、竟作一篇對偶文字。至末乃歸到先生、最有體格。且以歌作結、能使通篇生動、不失之板。妙甚。

岳陽樓記

范仲淹

慶歷仁宗年號。四年春、滕子京名宗諒。謫守巴陵郡。巴陵、即岳州。宋曰岳陽。越明年、政通人和、百廢具興。提句、最不可少。乃重修岳陽樓、增其舊制、刻唐賢今人詩賦於其上、屬祝、予作文以記之。述作記之由。予觀夫巴陵勝狀、在洞庭一湖。洞庭湖、在府城西南。銜遠山、吞長江、浩浩湯湯、商、橫無際涯。朝暉夕陰、氣象萬千。○先總點一句。此則岳陽樓之大觀也、四字、包許多景致。前人之述備矣。述、指上詩賦言。○只用虛筆、輕輕提過。然則北通巫峽、南極瀟湘。巫峽、山名、在四川夔州。瀟、湘、二水名、在九江之閒。遷客騷人、多會於此。遷客、遷謫之客也。騷人、即詩人。覽物之情、得無異乎。覽物之情一句、起下二段文字。若夫霪雨霏霏、連月不開。陰風怒號、濁浪排空。日星隱曜、山岳潛形。商旅不行、檣傾檝同楫摧。薄博、暮冥冥、虎嘯猿啼。登斯樓也、則有去國懷鄉、憂讒畏譏、滿目蕭然、感極而悲者矣。一段寫遷客騷人之悲、是覽物之情而憂者。至若春和景明、波瀾不驚。上下天光、一碧萬頃。沙鷗翔集、錦鱗游泳。岸芷紙、汀蘭、郁郁青青。精、而或長煙一空、皓月千里。浮光耀金、靜影沉璧、漁歌互答、此樂何極。登斯樓也、則有心曠神怡、寵辱皆忘、把酒臨風、其喜洋洋者矣。一段寫遷客騷人之喜、是覽物之情而樂者。嗟夫、予嘗求古仁人之心、或異二者之爲、何哉。上寫悲喜二段、只是欲起古仁人一段正意。不以物喜、不以己悲。居廟堂之高、進。則憂其民。處江湖之遠、退。則憂其君。是進亦憂、退亦憂。然則何時而樂耶。從悲喜引出憂樂、明古之仁人憂多樂少。與人情之隨感而憂樂頓殊者不同。其必曰、先天下之憂而憂、後天下之樂而樂歟。先生少有大志、嘗自誦曰、士當先天下之憂而憂、後天下之樂而樂、此其志也、今于此發之。○憂樂俱在天下、正見其不以物喜、不以己悲意。噫、微斯人、吾誰與歸。斯人、指古仁人。結句一往情深。

岳陽樓大觀、已被前人寫盡。先生更不贅述、止將登樓者覽物之情、寫出悲喜二意。只是翻出後文、憂樂一段正論。以聖賢憂國憂民心地、發而爲文章、非先生其孰能之。

諫院題名記

司馬光

古者諫無官。自公卿大夫至於工商、無不得諫者。突然而起、高題一層。漢興以來、始置官。夫以天下之政、四海之衆、得失利病、萃於一官使言之、其爲任亦重矣。非古之無不得諫者、此諫官何等關係。居是官者、當志其大①、舍其細。先其急、後其緩。專利國家而不爲身謀。彼汲汲於名者、猶汲汲於利也。其閒相去何遠哉。諫官本無利、然最易犯名。必須名利並戒、方是不爲身謀、二語極精細。天禧真宗年號。初、真宗詔置諫官六員、責其職事。先記諫院。慶曆仁宗年號。中、錢君始書其名於版。次記題名。光恐久而漫滅、嘉祐仁宗年號。八年、刻著於石。次記易版爲石。後之人將歷指其名而議之曰、某也忠、某也詐、某也直、某也曲。嗚呼、可不愳同懼、哉。結出題名之意、言下凜然。

文僅百餘字、而曲折萬狀、包括無遺。尤妙在末後一結。後世以題名爲榮、此獨以題名爲懼。立論不磨、文之有關世道者。

義田記

錢公輔

范文正公、名仲淹、字希文。蘇人也。平生好施與、擇其親而貧、疏而賢者、咸施之。三句、是一篇之總。方貴顯時、置負郭常稔飪、之田千畝、號曰義田、以養濟羣族之人。點義田。日有食、歲有衣、嫁娶凶葬皆有贍。擇族之長而賢者主其計、

校勘記：

①"當"，原誤作"常"，今據《溫國文正司馬公文集》、文富堂本、懷涇堂本改。

而時共出納焉。此中大有經濟。日食、人一升。歲衣、人一縑。嫁女者五十千、再嫁者三十千。娶婦者三十千、再娶者十五千。葬者如再嫁之數、葬幼者十千。族之聚者九十口、歲入給稻八百斛、以其所入、給其所聚、沛然有餘而無窮。此敘分給之法。屏丙、而家居俟代者與焉、仕而居官者罷莫給。又加一語、分給之法始備。此其大較也。一句頓住。初、公之未貴顯也、嘗有志於是矣、而力未逮者二十年。言公早有此志。既而爲西帥、及參大政、於是始有祿賜之入、而終其志。慶曆二年、公出爲陝西路安撫經略招討使。三年、入爲參知政事。○言公得遂其志。公既歿、後世子孫修其業、承其志、如公之存也。其子純祐、純仁、純禮、純粹、皆賢。祐、仁、尤行仁義。○言子孫能繼公之志。公雖位充祿厚、而貧終其身。歿之日、身無以爲斂、子無以爲喪。惟以施貧活族之義、遺其子而已。收完前文。下一段引古、一段斷今、總是借客形主之法。昔晏平仲敝車羸馬。桓子曰、是隱君之賜也。晏子曰、自臣之貴、父之族、無不乘車者。母之族、無不足於衣食者。妻之族、無凍餒者。齊國之士、待臣而舉火者三百餘人。如此、而爲隱君之賜乎、彰君之賜乎。於是齊侯以晏子之觴、而觴桓子。（罰以酒。〇引古。）子嘗愛晏子好仁、齊侯知賢、而桓子服義也。（受觴不辭、是服義。〇並美三人。）又愛晏子之仁有等級、而言有次第也。先父族、次母族、次妻族、而後及其疏遠之賢。孟子曰、親親而仁民、仁民而愛物。晏子爲近之。（事美晏子。）今觀文正公之義田、賢於平仲。其規模遠舉、又疑過之。（結到文正公。）嗚呼、世之都三公位、享萬鍾祿、其邸第之雄、車輿之飾、聲色之多、妻孥之富、止乎一己而已。而族之人不得其門者、豈少也哉、況於施賢乎。其下爲卿、爲大夫、爲士、廩稍（去聲）、之充、（祿廩曰稍。）奉養之厚、止乎一己而已。而族之人、操壺（同葫）、瓢爲溝中瘠者、又豈少哉、況於它（同他）、人乎。（歎今。）是皆公之罪人也。（罵世人之不義、正以贊公之義。）公之忠義滿朝廷、事業滿邊隅、功名滿天下、後世必有史官書之者、予可無錄也。他人作記、必以此于起手處張大之、今只于結尾略帶、高絕。獨高其義、因以遺其世云。常見世之貴顯者、徒自肥而已、視親族不異路人。如公之義、不獨難以望之晚近、即求之千古以上、亦不可多得。作是記者、非特以之高公之義、亦以望後世之相感而效公也。

袁州州學記

李覯

皇帝訢。二十有三年、制詔州縣立學。惟時守令、有哲有愚、有屈偃、力殫慮、祗順德意。屈、盡也。祗、敬也。○此等或亦閒有。有假官借師、苟具文書。官、以治民言。師、以教士言。假借云者、謂徒有官師之名、而無其實、惟苟且具奉詔文書、以上聞而已。○此等比比皆是。或連數城、亡誦弦聲。倡而不和、教尼曬、不行。尼、沮也。○一段先敘祖君未來以前。三十有二年、范陽祖君無澤、知袁州。始至、進諸生、知學宮闕狀。闕、廢壞也。大懼人材放失、儒效闊疎、亡以稱去聲、上意旨。通判潁川陳君侁、莘、聞而是之、議以克合。先書祖君、次書陳君。相舊夫子廟、陿隘不足改爲、提過。乃營治之東①、厥土燥剛、厥位面陽、厥材孔良。記地之吉、與

校勘記：

①《李覯集》于"東"字下有"北隅"二字。

材之美。殿堂門廡、（武。）黝（憂上聲。）、堊（惡。）、丹漆、舉以法。（黝、微青黑色。堊、白土也。○記制作之佳。）故生師有舍、庖廩有次②。百爾器備、並手偕作。（記學中次第與理。）工善吏勤、晨夜展力、越明年成。（記用力勤而成工速。○詳記立學畢。）舍（同釋。）、菜且有日。（釋、陳設也。菜、蘋蘩之屬。立學之初、釋菜以告先聖先師也。）盱（吁。）、江李覯諗（深去聲。）於衆曰、（諗、告也。）惟四代之學、考諸經可見已。（作學記、自當從虞夏商周說起。今只以一句道破、高絕。）秦以山西鏖（奥平聲。）六國、（盡死殺人曰鏖。）欲帝萬世、劉氏（漢高。）一呼、而關門不守。武夫健將、賣降恐後、何耶。詩書之道廢、人惟見利而不聞義焉耳。（引古廢學之禍。）孝武（漢武。）乘豐富、世祖（光武。）出戎行、（杭。）皆孳孳學術。俗化之厚、延於靈獻。（靈帝、獻帝。）草茅危言者、折首而不悔。（謂竇武、陳蕃、李膺、杜密、郭泰、范滂、張儉、王章等。）功烈震主者、聞命而釋兵。羣雄相視、不敢去臣位、尚數十年。（謂曹操等。）教道之結人心如此。（引古興學之效。）今代遭聖神、爾袁得聖君、俾爾由庠序、踐古人之迹。（謂建學。）天下治、則譚禮樂以陶吾民。（教之于無事之先。）一有不幸、尤當仗大節、爲臣死忠、爲

②"殿堂門廡黝堊丹漆舉以法故生師有舍庖廩有次"，《李覯集》作"瓦甓黝堊丹漆舉以法故殿堂室房廡門各得其度"。

子死孝。使人有所賴、且有所法。（報之吁有事之日。）是惟朝家教學之意。（應前辨上意旨句作收。）若其弄筆墨以徼（驕）利達而已、豈徒二三子之羞、抑亦爲國者之憂。（又反收一筆、爲之慨然。）

（作學記、如塡入先王教化話頭、便落俗套。是作開口將四代之學、輕輕點過。只舉秦漢衰亡故事、學校之有關于國家、立論最爲警切。至末不幸一轉、不顧時忌、尤見膽識。讀竟、令人忠孝之心、油然而生。眞關係世教之文。）

朋黨論

歐陽修

臣聞朋黨之說、自古有之、惟幸人君辨其君子小人而已。（歸重人君、一篇主意。）大凡君子與君子、以同道爲朋。小人與小人、以同利爲朋。此自然之理也。（君子小人先平寫一筆。）然臣謂小人無朋、惟君子則有之。其故何哉。（側注君子立論。）小人所好者、利祿也。所貪者、貨財也。當其同利之時、暫相黨引以爲朋者、僞也。及其見利而爭先、或利盡而交疏、則反相賊害。雖其兄弟親戚、不能相保。故臣謂小人無朋、其暫爲朋者、僞也。承寫小人無朋。君子則不然。所守者道義、所行者忠信、所惜者名節。以之修身、則同道而相益。以之事國、則同心而共濟。終始如一、此君子之朋也。承寫君子有朋。故爲人君者、但當退小人之僞朋、用君子之真朋、則天下治矣。應轉人君辨其君子小人句、作一束。以起下六段意。堯之時、小人共工驩兜等四人爲一朋、君子八元、伯奮、仲堪、叔獻、季仲、伯虎、仲熊、叔豹、季貍。八愷、蒼舒、隤敳、檮戭、大臨、尨降、庭堅、仲容、叔達。十六人爲一朋。舜佐堯、退四凶小人之朋、而進元愷君子之朋、堯之天下大治。君子一證。及舜自爲天子、而皋夔稷契等二十二人、四岳、九官、十二牧。並列於朝①、更相稱美、更相推讓、凡二十二人爲一朋。而舜皆用之、天下亦大治。君子又一證。書曰、紂有臣億萬、惟億萬心。周有臣三千、惟一心。紂之時、億萬人各異心、可謂不爲朋矣、然紂以亡國。小人一證。周武王之臣三千人爲一大朋、而周用以興。君子又一證。後漢獻帝時、盡取天下名

校勘記：

①"列"，原誤作"立"，今據《歐陽文忠公文集》、文富堂本、懷涇堂本改。

士囚禁之、目爲黨人。（時以竇武、陳蕃、李膺、郭泰、范滂、張儉等爲黨人。）及黃巾賊起、漢室大亂、後方悔悟、盡解黨人而釋之、然已無救矣。（鉅鹿張角、聚衆數萬、皆著黃巾、以爲標幟、時人謂之黃巾賊。帝召羣臣會議、皇甫嵩以爲宜解黨禁、帝懼而從之。○小人又一證。）唐之晚年、漸起朋黨之論。（李德裕之黨多君子、牛僧孺之黨多小人、號牛李黨。）及昭宗時、盡殺朝之名士、或投之黃河、曰、此輩清流、可投濁流。而唐遂亡矣。（天祐二年、朱全忠聚朝士、貶官者三十餘人、於白馬驛盡殺之。時李振屢舉進士不中第、深疾縉紳之士、言於全忠曰、此輩嘗自謂清流、宜投之黃河、使爲濁流。全忠笑而從之。○小人又一證。）夫前世之主、能使人人異心不爲朋、莫如紂。能禁絕善人爲朋、莫如漢獻帝。能誅戮清流之朋、莫如唐昭宗之世。然皆亂亡其國。（繳上紂漢唐三段、是不能辨君子小人者。）更相稱美推讓而不自疑、莫如舜之二十二臣。舜亦不疑而皆用之。然而後世不誚舜爲二十二人朋黨所欺、而稱舜爲聰明之聖者、以能辨君子與小人也。周武之世、舉其國之臣三千人共爲一朋、自古爲朋之多且大莫如周、然周用此以興者、善人雖多而不厭也。（繳前舜武二段、是能辨君子小人者。）

〇看他一一用倒捲之法、五莫如字、尤錯落可誦。嗟呼、治亂與亡之迹、爲人君者、可以鑒矣。總繳治亂與亡四字。歸到人君身上、直與篇首惟幸人君句相應。

公此論爲杜、范、韓、富諸人發也。時王拱辰、章得象輩欲傾之。公既疏救、復上此論。蓋破藍元震朋黨之說、意在釋君之疑。援古事以證辨、反覆曲暢、婉切近人。宜乎仁宗爲之感悟也。

縱囚論

歐陽修

信義行於君子、而刑戮施於小人。兩句立柱。刑入於死者、乃罪大惡極、此又小人之尤甚者也。縱指所縱之囚。寧以義死、不苟幸生、而視死如歸、此又君子之尤難者也。縱指囚之自歸。〇兩尤字、最見精神。方唐太宗之六年、錄大辟闢、囚三百餘人。縱使還家、約其自歸以就死。是以君子之難能、期小人之尤者以必能也。一斷。其囚及期、而卒自歸無後者、是君子之所難、而小人之所易也。一斷。此豈近於人情哉。一句收緊、伏後必本人情句。或曰、罪大惡極、誠小人矣。及施恩德以臨之、可使變而爲君子。蓋恩德入人之深、而移人之速、有如是者矣。（設一難、起下本旨。）曰、太宗之爲此、所以求此名也。（言太宗爲此、正求恩德入人之名。○劈手一接、喝破太宗一生病根、刺心刻髓。）然安知夫縱之去也、不意其必來以冀免、所以縱之乎。又安知夫被縱而去也、不意其自歸而必獲免、所以復來乎。（將太宗與囚之心事、一一寫出、深文曲筆。）夫意其必來而縱之、是上賊下之情也。意其必免而復來、是下賊上之心也。（賊、猶盜也。）吾見上下交相賊以成此名也。烏有所謂施恩德與夫知信義者哉。（上以賊下、非真施恩德也。下以賊上、非真知信義也。反應上文收住。）○不然、太宗施德於天下、於茲六年矣。不能使小人不爲極惡大罪。而一日之恩、能使視死如歸、而存信義、此又不通之論也。（反覆辨駁、愈駁愈快。）然則何爲而可、曰、縱而來歸、殺之無赦。而又縱之、而又來、則可知爲恩德之致爾。（又起一波。）然此必無之事也。（急轉。）若夫縱而來歸而赦之、可偶一爲之爾。若屢爲之、則殺人者皆不死。是可爲天下之常法乎。不可爲常者、其聖人之法乎。（提出常法二字、縱囚之失、顯然可見。）是以堯舜三王之治、必本於人情。不立異以爲高、不逆情以干譽。（前不說堯舜三王、留在後結、辭盡而意無窮。）

（太宗縱囚、因自來歸、俱爲反常之事。先以不近人情斷定、末以不可爲常法結之、自是千古正論。通篇雄辨深刻、一步緊一步、令無可躲閃處。此等筆力、如刀斫斧截、快利無雙。）

釋祕演詩集序

歐陽修

予少以進士遊京師、因得盡交當世之賢豪。（當世賢豪、指在位及求仕者。）然猶以謂國家臣一四海、休兵革、養息天下以無事者四十年、而智謀雄偉非常之士、無所用其能者、往往伏而不出、山林屠販、必有老死而世莫見者。（伏祕演、曼卿二人。）欲從而求之不可得。（此段言非常之士不易見、先作一折。）其後得吾亡友石曼卿。（先出曼卿作陪引。）曼卿爲人、廓然有大志。時人不能用其材、曼卿亦不屈以求合。無所放其意、則往往從布衣野老、酣嬉淋漓、顛倒而不厭。（伏後隱于酒、與極飲醉歌一段案。）予疑所謂伏

校勘記：

①"字"，原脫，今據文富堂本、懷涇堂本、鴻文堂本補。

而不見者、庶幾狎而得之。故嘗喜從曼卿遊、欲因以陰求天下奇士。從曼卿起祕演。浮屠祕演者、浮屠、僧也。○入題。與曼卿交最久、亦能遺外世俗、以氣節自高。二人懽然無所閡。曼卿隱於酒、祕演隱於浮屠、皆奇男子也。二人合寫。然喜爲歌詩以自娛。魚、○點出詩字①。當其極飲大醉、歌吟笑呼、以適天下之樂、何其壯也。敘其盛。一時賢士、皆願從其遊、予亦時至其室。插入自家。十年之閒、祕演北渡河、東之濟鄆、運、無所合、困而歸。曼卿已死、祕演亦老病。敘其衰。嗟夫、二人者、予乃見其盛衰、則予亦將老矣。插入自家。○寫祕演將曼卿引來陪說。寫二人、將自家插入陪說。文情絶妙。夫曼卿詩辭清絶、尤稱祕演之作、以爲雅健有詩人之意。不脫曼卿。祕演狀貌雄傑、其胸中浩然、應奇男子。既習於佛、無所用。深惜祕演。獨其詩可行於世。而懶不自惜。已老、胠區、其橐、胠、發也。尚得三四百篇、皆可喜者。此段方敘其集詩、是正文。曼卿死、祕演漠然無所向。到底不脫曼卿。聞東南多山水、其巔崖崛倔、峍、論入聲、江濤洶涌、甚可壯也。應前壯字。遂欲往遊焉。足以知其老而志在也。年雖老而志猶壯。結老字。○於其將行、爲敘其詩。因道其盛時以悲其衰。仍以盛衰二字結、妙。

寫祕演絕不似釋氏行藏、序祕演詩、亦絕不作詩序套格。只就生平始終盛衰敘次、而以曼卿夾入寫照、幷插入自己。結處詠曼卿死、祕演無所向。祕演行、歐公悲其衰、寫出三人真知己。

古文観止卷之十

梅聖俞詩集序

歐陽修

予聞世謂詩人少達而多窮、劈頭引一語、拈窮字起。夫豈然哉。蓋世所傳詩者、多出於古窮人之辭也。一句駁倒詩人多窮、下詳寫詩非能窮人。凡士之蘊其所有、而不得施於世者、多喜自放於山巔水涯之外。見蟲魚草木、風雲鳥獸之狀類、往往探其奇怪。內有憂思感憤之鬱積、其興於怨刺、以道羈難、臣寡婦之所歎、而寫人情之難言、蓋愈窮則愈工。述古今詩人、作意摹寫。然則非詩之能窮人、殆窮者而後工也。惟窮而後工、故世所傳詩者、多出于古窮人之辭。○一語點正、引出聖俞。予友梅聖俞、點出人。少以蔭補爲吏。累舉進士、輒抑於有司。困於州縣、凡十餘年。年今五十、猶從辟闢、書、爲人之佐。鬱其所蓄、不得奮見於事業。辟書、聘書也。爲人佐、如作幕賓之類。○點出遭遇、正寫其窮。其家宛陵、幼習於詩。自爲童子、出語已驚其長老。既長、學乎六經仁義之說。其爲文章、簡古純粹、不求苟說於世、世之人徒知其詩而已。點出文章、爲詩作陪引。然時無賢愚、語詩者必求之聖俞。聖俞亦自以其不得志者、樂於詩而發之。故其平生所作、於詩尤多。方正點出詩。世既知之矣、而未有薦於上者。昔王文康公嘗見而歎曰、二百年無此作矣。雖知之深、亦不果薦也。若使其幸得用於朝廷、作爲雅頌以歌詠大宋之功德、薦之清廟、而追商周魯頌之作者、豈不偉歟。奈何使其老不得志而爲窮者之詩、乃徒發於蟲魚物類、羇愁感歎之言。世徒喜其工、不知其窮之久而將老也、可不惜哉。此段正寫聖俞之詩、窮而後工。如敘事、如發論、開合照應。盡態極妍、亦復感慨無限。聖俞詩既多、不自收拾。其妻之兄子謝景初、懼其多而易失也、取其自洛陽至於吳興以來所作、次爲十卷。予嘗嗜聖俞詩、而患不能盡得之。遽喜謝氏之能類次也、輒序而藏之。結出作序意。

其後十五年、聖俞以疾卒於京師。余既哭而銘之、因索於其家、得其遺稿千餘篇、幷舊所藏、掇（端入聲）其尤者、六百七十七篇、爲一十五卷。記所集篇數。嗚呼、吾於聖俞詩、論之詳矣。故不復云。言于聖俞詩中、已論之詳。故于序中、不復言其所以工也。○惘然不盡。

窮而後工四字、是歐公獨創之言、實爲千古不易之論。通篇寫來、低昂頓折、一往情深。若使其幸得用于朝廷一段、尤突兀爭奇。

送楊寘序

歐陽修

予嘗有幽憂之疾。退而閒居、不能治也。既而學琴於友人孫道滋、受宮聲數引、久而樂之、不知其疾之在體也。先自記往事、提出學琴、送楊子意在此。夫琴之爲技小矣。頓折。及其至也、大者爲宮、細者爲羽。該商角徵。操絃驟作、忽然變之。聲以情遷。急者悽然以促、緩者舒然以和。如崩崖裂石、高山出泉、而風雨夜至也。如怨夫寡婦之歎息、雌雄雍雍之相鳴也。其憂深思遠、則舜與文王孔子之遺音也。悲愁感憤、則伯奇孤子屈原忠臣之所歎也。伯奇、尹吉甫子。吉甫聽後妻之言、疑而逐之。伯奇事後母孝、自傷無罪、投河死。屈原、楚懷王臣、被放作離騷。○借景形容、連作三四疊、乃韓歐得意之筆。喜怒哀樂、動人必深。二句爲下轉筆。而純古淡泊、與夫堯舜三代之言語、孔子之文章、易之憂患、詩之怨刺無以異。必知此寫、方不是琵琶與箏。其能聽之以耳、應之以手。取其和者、道其湮鬱、寫其幽思。則感人之際、亦有至者焉。寫琴至此極盡。予友楊君、入楊子。好學有文。累以進士舉、不得志。及從廕調、爲尉於劍浦。區區在東南數千里外、是其心固有不平者。且少又多疾、而南方少醫藥、風俗飲食異宜。以多疾之體、有不平之心、居異宜之俗、其能鬱鬱以久乎。三句、總攝幽憂意、情至而語深。然欲平其心以養其疾、於琴亦將有得焉。讀至此、則知通篇之說琴、意不在琴也。止借琴以釋其幽憂耳。故予作琴說以贈其行。且邀道滋酌酒、進琴以爲別。一結泠然。

送友序、竟作一篇琴說、若與送友絕不相關者。及讀至末段、始知前幅極力寫琴處、正欲爲楊子解其鬱鬱耳。文能移情、此爲得之。

五代史伶官傳序

歐陽修

嗚呼、盛衰之理、雖曰天命、豈非人事哉。原莊宗之所以得天下、與其所以失之者、可以知之矣。（莊宗、姓朱耶、名存勗。先世事唐、賜姓李。父克用、以平黃巢功、封晉王。至存勗、滅梁自立、號後唐。○先作總挈。盛衰得失四字、是一篇關鍵。）世言晉王之將終也、以三矢賜莊宗、而告之曰、梁、吾仇也、（朱溫從黃巢爲盜、既而降唐、拜爲宣武軍節度使、賜名全忠、未幾、進封梁王。竟移唐祚。）燕王、吾所立、（燕王姓劉、名守光、晉王嘗推爲尚父。守光曰、我作河北天子、誰能禁我。遂稱帝。）契丹、與吾約爲兄弟、而皆背晉以歸梁①。（契丹、耶律阿保機。帥衆入寇、晉王與之連和、約爲兄弟。既歸而背盟、更附于梁。）此三者、吾遺恨也。與爾三矢、爾其無忘乃父之志。莊宗受而藏之於廟。其後用兵、則遣從事以一少牢告廟、（羊曰少牢。）請其矢、盛（平聲）、以錦囊、負而前驅、及凱旋而納之。（凱、軍勝之樂。○以上敍事。）方其係燕父子以組、（守光父仁恭、周德威伐燕、守光曰、俟晉王至聽命、晉王至而擒之。）函梁君臣之首、（晉兵入梁、梁主友貞、謂皇甫麟曰、李氏吾世仇、理難降之、卿可斷吾首。麟遂泣弑梁主、因自殺。函、以木匣盛其首也。）入於太廟、還矢先王、而告以成功。其意氣之盛、可謂壯

校勘記：

①"皆"，原脫，今據《新五代史·伶官傳》、懷涇堂本補。

哉。一段揚。及仇讎已滅、天下已定、一夫夜呼、亂者四應、倉皇東出、未見賊而士卒離散、君臣相顧、不知所歸。至於誓天斷髮、泣下沾襟、何其衰也。一段抑。豈得之難而失之易歟。抑本其成敗之迹、而皆自於人歟。復作虛神、宕出正意、應繳人事。書曰、滿招損、謙得益。憂勞可以興國、逸豫可以忘身、自然之理也。引書作斷、應篇首理字。故方其盛也、舉天下之豪傑、莫能與之爭。又一段揚、仍用方其字、妙。及其衰也、數十伶人困之、而身死國滅、爲天下笑。伶人、樂工也。莊宗善音律、或時自傅粉墨、與優人共戲于庭。後爲伶人郭從謙所弒。○又一段抑、仍用及其字、妙。夫禍患常積於忽微、而智勇多困於所溺、豈獨伶人也哉。結出正意、慨想獨遠。

起手一提、已括全篇之意。次一段敘事、中後只是兩揚兩抑。低昂反覆、感慨淋漓、直可與史遷相爲頡頏。

五代史宦者傳論

歐陽修

自古宦者亂人之國、其源深於女禍。女色而已、宦者之害、非一端也。自來婦與寺只是並提、此特與極力分出。蓋其用事也近而習、其爲心也專而忍。先總挈二句、是宦者爲害之根、下文俱從此轉出。能以小善中人之意、小信固人之心、使人主必信而親之。宦者之害、一轉。待其已信、然後懼以禍福而把持之。雖有忠臣碩士列于朝廷、而人主以爲去己疎遠、不若起居飲食、前後左右之親爲可恃也。宦者之害、二轉。故前後左右者日益親、則忠臣碩士日益疎、而人主之勢日益孤。勢孤、則懼禍之心日益切、而把持者日益牢。安危出其喜怒、禍患伏於帷闥。則嚮之所謂可恃者、乃所以爲患也。宦者之害、三轉。患已深而覺之、欲與疎遠之臣、圖左右之親近。緩之則養禍而益深、急之則挾人主以爲質。至、雖有聖智、不能與謀。宦者之害、四轉。謀之而不可爲、爲之而不可成、至其甚、則俱傷而兩敗。故其大者亡國、其次亡身、而使姦豪得借以爲資而起。至抉淵入聲、其種類、盡殺以快天下之心而後已。董卓因而亡漢、朱溫因而篡唐、千古同轍。○宦者之害、五轉。此前史所載宦者之禍常如此者、非一世也。應前自古二字、總兜一句。夫爲人主者、非欲養禍於內、而疏忠臣碩士於外、蓋其漸積而勢使之然也。放寬一步、正是打緊一步、履霜之戒、可不慎歟。夫女色之惑、不幸而不悟、則禍斯及矣。使其一悟、捽卒而去之可也。持頭髮曰捽。宦者之爲禍、雖欲悔悟、而勢有不得而去也。唐昭宗之事是已。昭宗與崔胤謀誅宦官、宦官懼。劉季述等乃以銀撾畫地、數上罪數十、幽上于少陽院、而立太子裕。故曰深於女禍者、謂此也、可不戒哉。結段申前深于女禍一句、最深切著明、可爲痛戒。

宦官之禍、至漢唐而極。篇中詳悉寫盡。凡作無數層次、轉折不窮、只是深于女禍一句意。名論卓然、可爲千古龜鑑。

相州晝錦堂記

歐陽修

仕宦而至將相、富貴而歸故鄉、此人情之所榮、而今昔之所同也。富貴歸故鄉、猶當晝而錦、何榮如之。史記、富貴不歸故鄉、如衣繡夜行、誰知之者。晝錦之說本此。○四句、乃一篇大意。蓋士方窮時、困阨閭里、庸人孺子、皆得易而侮之。若季子不禮於其嫂。蘇秦、字季子、說秦、大困而歸、嫂不爲炊。買臣見棄於其妻、朱買臣、家貧、採薪自給。妻羞之、求去。買臣笑曰、待吾富貴當報汝。妻怒曰、從君終餓死。買臣不能留、即去。一旦高車駟馬、旗旄導前、而騎卒擁後、夾道之人、相與駢肩累迹、瞻望咨嗟、而所謂庸夫愚婦者、奔走駭汗、羞愧俯伏、以自悔罪於車塵馬足之間。歷數世態炎涼、何等痛切。此一介之士、得志於當時、而意氣之盛、昔人比之衣錦之榮者也。數句收拾前文、振起下意。惟大丞相魏國公則不然。韓琦、字稚圭、封魏國公。○一句撇過上文。公、相去聲人也。相州、今河南彰德府、安陽縣。伏句。○世有令德、爲時名卿。自公少時、已擢高科、登顯士。海內之士、聞下風而望餘光者、蓋亦有年矣。所謂將相而富貴、皆公所宜素有。應起二句。非如窮阨之人、僥倖得志於一時、出於庸夫愚婦之不意、以驚駭而誇耀之也。翻季子、買臣一段。然則高牙大纛、不足爲公榮。桓圭衮裳、不足爲公貴。高牙、車輪之牙。桓圭、三公所執。大纛、車上羽葆幢。衮裳、三公所服。惟德被生民、而功施社稷。勒之金石、播之聲詩。以耀後世而垂無窮、此公之志、而士亦以此望於公也。豈止誇一時而榮一鄉哉。（此又道公平生之志、見異于季子、買臣處。）以公在至和中、（至和、仁宗年號。）嘗以武康之節、來治於相、（以武康節度來知相州、是富貴而歸故鄉也。）乃作晝錦之堂於後圃。（點題。）既又刻詩於石、以遺相人。其言以快恩讎矜名譽爲可薄、蓋不以昔人所誇者爲榮、而以爲戒。於此見公之視富貴爲何如、而其志豈易量哉。（就詩中之言、見其輕富貴、而不以晝錦爲榮、爲韓公解釋最透。）故能出入將相、（公先經略西夏、後同平章事。）勤勞王家、而夷險一節。（夷、平時。險、處難。一節、謂一致也。）至於臨大事、決大議、垂紳正笏、不動聲色、而措天下於泰山之安、可謂社稷之臣矣。（公在諫垣、前後凡七十餘疏。及爲相、勸上早定皇嗣、以安天下。故曰臨大事云云。○此段所稱皆是實事。初無溢美。）其豐功盛烈、所以銘彝鼎而被絃歌者、（應前勒金石、播聲詩二句。）乃邦家之光、非閭里之榮也。（一篇結穴只二語。筆力千鈞。）余雖不獲登公之堂、幸嘗竊誦公之詩、樂公之志有成、而喜爲天下道也。於是乎書。（拈出作記意。）

魏公永叔、豈皆以晝錦爲榮者。起手便一筆撇開、以後俱從第一層立議、此古人高占地步處。按魏公爲相、永叔在翰林、人曰、天下文章、莫大于是、即晝錦堂記。

以永叔之藻采、著魏公之光烈、正所謂天下莫大之文章。

豐樂亭記

歐陽修

修既治滁除、之明年、滁、滁州、在淮東。時公守是州。夏始飲滁水而甘。始飲而甘、明初至滁、未暇知水甘也。只此句、意極含蓄。問諸滁人、得於州南百步之近。出其處。其上則豐山、聳然而特立。陪一上。下則幽谷、窈然而深藏。陪一下。中有清泉、滃然而仰出。滃、翁上聲。出泉。俯仰左右、顧而樂之。再陪左右。於是疏泉鑿石、闢地以爲亭、而與滁人往遊其間。出亭。○以上敍亭之景、當滁之勝。末帶與滁人句、爲下文發論張本。滁於五代干戈之際、用武之地也。五代、梁、唐、晉、漢、周也。○議論忽開、一篇結構。昔太祖皇帝、趙匡胤。嘗以周師破李景南唐。兵十五萬於清流山下、生擒其將皇甫暉、姚鳳於滁東門之外、遂以平滁。周主柴世宗征淮南、唐人恐、皇甫暉、姚鳳、退保清流關、關在滁州西南。世宗命匡胤突陣而入、暉等走入滁、生擒之。○此滁所爲用武之地、不能豐樂、以起下文。修嘗考其山川、按其圖記。升高以望清流之關、欲求暉鳳就擒之所。而故老皆無在者、蓋天下之平久矣。就平滁想出天下之平、一往深情、是龍門得意之筆。自唐失其政、海內分裂、豪傑並起而爭。所在爲敵國者、何可勝升、數。上聲、○宕開一筆、不獨說滁也。及宋受天命、聖人出而四海一。嚮之憑恃險阻、剗產、削消磨。百年之間、漠然徒見山高而水清。欲問其事、而遺老盡矣。再疊一筆、虛神不盡。今滁單接今滁。介江淮之間、舟車商賈、四方賓客之所不至。民生不見外事、而安於畎畝衣食、以樂生送死。而孰知上之功德、休養生息、涵煦許、於百年之深也。歸重上之功德、是爲豐樂之所由來。凡作數層跌宕、方落到此句。文致生動不迫。修之來此、樂其地僻而事簡、又愛其俗之安閒。應舟車商賈數句。既得斯泉於山谷之間、乃日與滁人仰而望山、俯而聽泉。掇幽芳春。而蔭喬木、夏。風霜冰雪、刻露清秀。峭刻呈露、清爽秀出。○秋冬。四時之景、無不可愛。又幸其民樂其歲物之豐成、而喜與予遊也。點出題面、應轉與滁人往遊句。因爲本其山川、道其風俗之美。使民知所以安此豐年之樂者、幸生無事之時也。結出作記意、應轉休養生息句。夫宣上恩德、以與民共樂、刺史之事也。遂書以名其亭焉。收極端莊鄭重。妙絕。

作記遊文、卻歸到大宋功德休養生息所致、立言何等闊大。其俯仰今昔、感慨係之、又增無數烟波。較之柳州諸記、是爲過之。

醉翁亭記

歐陽修

環滁滁、皆山也。滁、州名、在淮東。○一也字、領起下文許多也字。其西南諸峯、林壑尤美。從山單出西南諸峯。望之蔚畏、然而深秀者、瑯琊也。從諸峯單出瑯琊。山行六七里、漸聞水聲潺潺、殘、而瀉出於兩峯之間者、釀孃去聲、泉也。從山出泉。峯回路轉、有亭翼然、臨於泉上者、醉翁亭也。從泉出亭。作亭者誰、山之僧智仙也。出作亭之人。名之者誰、太守自謂也。出名亭之人、又加自謂二字、法只應云太守也、因有下注故耳。太守與客來飲於此、飲少輒醉、而年又最高、故自號曰醉翁也。接手自注名亭之意、注醉一句、注翁一句、妙。醉翁之意不在酒、在乎山水之間也。山水之樂、得之心而寓之酒也。接手又自破名亭之意。一句不在酒、一句亦在酒、妙。若夫日出而林霏開、明。雲歸而巖穴暝、暝。晦明變化者、山間之朝暮也。記亭之朝暮。野芳發而幽香、春。

佳木秀而繁陰、夏。風霜高潔、秋。水落而石出者、冬。山閒之四時也。記亭之四時。朝而往、暮而歸。四時之景不同、而樂亦無窮也。又總收朝暮四時、申出樂字、起下文數樂字。至於二字、貫下段。負者歌於塗、行者休於樹、前者呼、後者應、傴於上聲、僂樓、提攜、傴僂、不伸也。往來而不絕者、滁人遊也。臨溪而漁、溪深而魚肥。釀泉爲酒、泉香而酒洌。洌、清潔也。山肴野蔌、蔌、速、○菜謂之蔌。雜然而前陳者、太守宴也。先記滁人遊、次記太守宴、妙。宴酣之樂、非絲非竹。二句、貫下段。射者中、投壺。弈者勝、圍棋。觥肱、籌交錯、觥、謂爵。籌、所以記罰。起坐而諠譁者①、衆賓懽也。蒼顏白髮、頹乎其中者、太守醉也。記衆賓自懽、太守自醉、妙。已而二字、貫下段。夕陽在山、人影散亂、太守歸而賓客從也。歸時景。樹林陰翳、鳴聲上下、遊人去而禽鳥樂也。歸後景。○記太守去、賓客亦去、滁人亦去。忽又添出禽鳥之樂來、下便借勢一路捲轉去、設想甚奇。然而禽鳥知山林之樂、而不知人之樂。人知從太守遊而樂、而不知太守之樂其樂也。刻劃四語、從前許多鋪張、俱有歸束。醉能同其樂、醒能述以文者、

校勘記：

①"起坐"，原誤倒爲"坐起"，今據《歐陽文忠公文集》正。

太守也。結出作記。太守謂誰、廬陵歐陽修也。結出作記姓名。

通篇共用二十個也字、逐層脫卸、逐步頓跌、句句是記山水、卻句句是記亭、句句是記太守。似散非散、似排非排、文家之創調也。

秋聲賦

歐陽修

歐陽子方夜讀書、聞有聲自西南來者、先出聲字。悚然而聽之。聽字、領起下文。曰、異哉、初淅瀝以瀟颯、摻入聲、含風雨句。○忽奔騰而砰烹、湃。派、○含波濤句。如波濤夜驚、一喻。風雨驟至。二喻。其觸於物也、鏦鏦聰、錚錚撐、金鐵皆鳴。含赴敵數句。又如赴敵之兵、銜枚疾走、不聞號令、但聞人馬之行聲。銜枚、所以止諠譁也。枚、形似箸、兩端有小繩、銜于口而繫于頸後、則不能言。○三喻、連下三喻、長短參差、虛狀秋聲、極意描寫。予謂童子、此何聲也、汝出視之。借視陪聞、作波。童子曰、星月皎潔、明河在天。是方夜。四無人聲、聲在樹間。是視不是聞、妙。予曰、噫嘻、悲哉、此秋聲也、胡爲乎來哉。借童子語、翻出秋聲二字。先吝嗟、次怪歎、領起全篇。蓋夫秋之爲狀也、其色慘淡、烟霏雲歛。其色、賓。其容清明、天高日晶。精、○晶、光也。○其容、賓。其氣慄冽、砭（邊）人肌骨。（其氣、實。）其意蕭條、山川寂寥。（其意、實。）故其爲聲也、淒淒切切、呼號奮發。（從其色、其容、其氣、其意、喚出其聲。）豐草綠縟（肉）而爭茂、佳木葱蘢而可悅。（二句未秋。）草拂之而色變、木遭之而葉脫。其所以摧敗零落者、乃一氣之餘烈。（實寫秋聲已畢。）夫秋、刑官也、（司寇爲秋官、掌刑。）於時爲陰。（以二氣言。）又兵象也、（主肅殺。）於行爲金。（以五行言。）是謂天地之義氣、常以肅殺而爲心。（鄉飲酒禮云、天地肅殺、此天地之義氣也。）天之於物、春生秋實。（實字、含既老盛意。）故其在樂也、商聲主西方之音。（商聲、屬金、主西方之音。）夷則爲七月之律。（夷則、七月律名。月令、孟秋之月、律中夷則。）商、傷也。物既老而悲傷。夷、戮也。物過盛而當殺。（注四句。○此段又細寫秋之爲義、洗剔無餘。下乃從秋聲發悲哉意。）嗟夫、草木無情、有時飄零。人爲動物、惟物之靈。（草木無情、而人有情。無情者、尚有時而飄零、況有情者乎。○四句起下數層、是作賦本意。）百憂感其心、萬事勞其形。有動乎中、必搖其精。（人之秋、非一時也。）而況思其力之所不及、憂其智之所不能。（人或有時非秋、而又欲故自尋秋也。）宜其渥然丹者爲槁木、黟（衣）然黑者爲星星①。（朱顏忽而變枯、黑髮忽而變白、猶草

校勘記：

①"黟"，《歐陽文忠公文集》作"黝"。

（木之蒼鬱而色變、葱蘢而葉脫也。）奈何非金石之質、欲與草木而爭榮。（若欲任其憂思、必此身爲金石而後可也。奈何非金非石、而欲與草木爭一日之榮乎。）念誰爲之戕賊、亦何恨乎秋聲。（念此槁木星星、乃憂思所致、是自爲戕賊耳。亦何恨乎天地自有之秋聲哉。○結出悲秋正旨。）童子莫對、垂頭而睡。但聞四壁蟲聲唧唧、如助予之歎息。（又于秋聲中添出一聲、作餘波。）

（秋聲、無形者也。卻寫得形色宛然、變態百出。末歸于人之憂勞、自少至老、猶物之受變、自春而秋、凜乎悲秋之意、溢于言表。結尾蟲聲唧唧、亦是從聲上發揮、絕妙點綴。）

祭石曼卿文

歐陽修

維治平（英宗年號。）四年、七月日、具官歐陽修、謹遣尚書都省令史李敭、（異、）至於太清。以清酌庶羞之奠、致祭於亡友曼卿之墓下、而弔之以文曰、嗚呼曼卿、（一呼。）生而爲英、死而爲靈。（生死並點。）其同乎萬物生死、而復歸於無物者、暫聚之形。不與萬物共盡、而卓然其不朽者、後世之名。（許其名傳後世、單就死一邊說。）

此自古聖賢、莫不皆然。而著在簡冊者、昭如日星。引古聖賢一證、言其名之必傳。十九字、一句讀。嗚呼曼卿、二呼。吾不見子久矣、猶能髣髴子之平生。喚起下文。其軒昂磊落、突兀崢撑、嶸、宏、而埋藏於地下者、十六字、一句讀。意其不化爲朽壤、而爲金玉之精。不然、生長松之千尺、產靈芝而九莖。恆、○此從生前、想其死後、必當化爲金玉、爲長松、爲靈芝、必不與萬物同爲朽壤也。○中間用不然一折、更快。奈何荒煙野蔓、荊棘縱宗、橫。風淒露下、走燐鄰、飛螢。燐、鬼火。但見牧童樵叟、歌吟而上下、與夫驚禽駭獸、悲鳴躑擲、躅逐、而咿伊、嚶。悲其今日之墓。今固如此、更千秋而萬歲兮、安知其不穴藏狐貉與鼯鼪。悲其後日之墓。此自古聖賢、亦皆然兮、獨不見夫纍纍乎曠野與荒城。又牽自古聖賢皆然、呼應有情。嗚呼曼卿、三呼。盛衰之理、吾固知其如此。臨了又一折。而感念疇昔、悲涼悽愴、不覺臨風而隕涕者、有愧夫太上之忘情。自述傷感、欷歔欲絕。尚饗。

篇中三提曼卿、一歎其聲名、卓然不朽。一悲其墳墓、滿目淒涼。一敘己交情、傷感不置。文亦軒昂磊落、突兀崢嶸之甚。

瀧岡阡表

歐陽修

嗚呼、惟我皇考崇公、卜吉於瀧岡之六十年、其子修、始克表於其阡。瀧岡、在江西吉安府永豐縣。阡、壟也。非敢緩也、蓋有待也。提出緩表之故、包下種種恩榮。修不幸、生四歲而孤。太夫人守節自誓、居窮自力於衣食、以長以教、俾至於成人。爲下告之發端。太夫人告之曰、汝父爲吏廉、而好施與、喜賓客、其俸祿雖薄、常不使有餘、曰、毋以是爲我累。故其亡也、無一瓦之覆、一壠之植、以庇而爲生、十四字、一句讀。吾何恃而能自守耶。反跌一句。吾於汝父、知其一二、以有待於汝也。起下能養有後。自吾爲汝家婦、不及事吾姑、然知汝父之能養去聲、也。汝孤而幼、吾不能知汝之必有立、然知汝父之必將有後也。一段、敘父之孝親裕後。吾之始歸也、汝父免於母喪方逾年。歲時祭祀、則必涕泣曰、祭而豐、不如養之薄也。閒御酒食、則又涕泣曰、昔常不足、而今有餘、其何及也。淺語、更覺入情。吾始一二見之、以爲新免於喪適然耳。頓宕。既而其後常然、至其終身未嘗不然。吾雖不及事姑、而以此知汝父之能養也。一段、承寫孝親。汝父爲吏、嘗夜燭治官書、屢廢而歎。吾問之、則曰、此死獄也、我求其生不得爾。吾曰、生可求乎。曰、求其生而不得、則死者與我皆無恨也、矧求而有得耶、以其有得、則知不求而死者有恨也。夫常求其生、猶失之死、而世常求其死也。仁人之言、纏綿愷惻。回顧乳者、抱汝而立於旁①。生波。因指而歎曰、術者謂我歲行在戌將死、使其言然、吾不及見兒之立也、後當以我語告之。謂死獄求生之語。○述至此、不勝酸楚。其平居教他子弟、常用此語。吾耳熟焉、故能詳也。描情真切。其施於外事、吾不能知。補筆。其居於家、無所矜飾、而所爲如此、是真發於中者耶。嗚呼、其心厚於仁者耶、此吾知汝父之必將有後也。一段、承寫裕後。汝其勉之。夫養不必豐、要平聲、於孝。利雖不得博於物、要其心之厚於仁。吾不能教

校勘記：

①"抱"，《歐陽文忠公文集》作"劍"。

汝、此汝父之志也。（總束數語、有收拾。以上並太夫人之言。）○修泣而志之不敢忘。（結受母教。）先公少孤力學、咸平（真宗年號。）三年、進士及第、爲道州判官、泗綿二州推官、又爲泰州判官、享年五十有九、葬沙溪之瀧岡。（一段、詳崇公仕宦年葬。）太夫人姓鄭氏、考諱德儀、世爲江南名族。太夫人恭儉仁愛而有禮、初封福昌縣太君、進封樂安、安康、彭城三郡太君。（一段、詳太夫人氏族德爵。）自其家少微時、治其家以儉約、其後常不使過之、曰、吾兒不能苟合於世、儉薄所以居患難也。（逆知後來遷謫之事、有先見。）其後修貶夷陵、太夫人言笑自若、曰、汝家故貧賤也、吾處之有素矣、汝能安之、吾亦安矣。（一段、又表太夫人安于儉薄。）自先公之亡二十年、修始得祿而養。又十有二年、列官於朝、始得贈封其親。又十年、修爲龍圖閣直學士、尚書吏部郎中、留守南京、太夫人以疾終於官舍、享年七十有二。（帶點太夫人年壽。）又八年、修以非才、入副樞密、遂參政事、又七年而罷。（詳記年數、應起手六十年句。）自登二府、天子推恩、褒其三世。蓋自嘉祐（仁宗年號。）以來、逢國大慶、必加寵錫。皇曾祖府君、累贈金紫光祿大夫、太師中書令。曾祖妣、累封楚國太夫人。皇祖府君、累贈金紫光祿大夫、太師中書令、兼尙書令。祖妣、累封吳國太夫人。皇考崇公、累贈金紫光祿大夫、太師中書令、兼尙書令。皇妣、累封越國太夫人。今上初郊、皇考賜爵爲崇國公、太夫人進號魏國。（一段、敘出自己出處及歷朝寵錫。）於是小子修泣而言曰、（此段歸美祖先、方入己意。）嗚呼、爲善無不報、而遲速有時、此理之常也。（名言至理、足以訓世。）惟我祖考、積善成德、宜享其隆、雖不克有於其躬、而賜爵受封、顯榮褒大、實有三朝之錫命。是足以表見於後世、而庇賴其子孫矣。（總贊前人。）乃列其世譜、具刻於碑。既又載我皇考崇公之遺訓、太夫人之所以教而有待於修者、並揭於阡。（總收父誨教訓。約而盡。）俾知夫小子修之德薄能鮮、遭時竊位、而幸全大節、不辱其先者、

②"祀"原作"祖"，今據富本改。

校勘記：

①"夷"《嘉祐集》作"戎"。

其來有自。（結出己之立身、本于先澤、最得體要。）熙甯（神宗年號。）三年、歲次庚戌、四月辛酉朔、十有五日、乙亥、男推誠保德崇仁翊戴功臣觀文殿學士、特進行兵部尙書、知青州軍州事、兼管內勸農使、充京東路安撫使、上柱國、樂安郡開國公、食邑四千三百戶、食實封一千二百戶、修表。

（善必歸親、褒崇先祀②。仁人孝子之心、率意寫出、不事藻飾、而語語入情。祇覺動人悲感、增人涕淚。此歐公用意合作也。）

管仲論

蘇洵

管仲相威公、（威公、卽桓公。因避宋欽宗諱、故改桓爲威。）霸諸侯、攘夷狄①、終其身齊國富強、諸侯不敢叛。（功案。）管仲死、豎刁易牙開方用、威公薨於亂、五公子爭立、（公子武孟、公子元、公子潘、公子商人、公子雍、公子昭。昭立、是爲孝公、故曰五公子。）其禍蔓（萬）延、訖簡公、齊無甯歲。（禍案。）夫功之成、非成於成之日、蓋必有所由起。禍之作、不作於作之日、亦必有所由兆。（接上生下。）故齊之治也、吾不曰管仲、而曰鮑叔。（鮑叔薦管仲、桓公用之。○承功所由起、是客。）

及其亂也、吾不曰豎刁易牙開方、而曰管仲。承禍所由兆、是主。何則、豎刁易牙開方三子、彼固亂人國者、顧其用之者、威公也。責威公、是客。夫有舜而後知放四凶、有仲尼而後知去少正卯。彼威公何人也、句含蓄。顧其使威公得用三子者、管仲也。責管仲、是主。事見下文。仲之疾也、公問之相。當是時也、吾意以仲且舉天下之賢者以對。而其言乃不過曰、豎刁易牙開方三子非人情不可近而已。管仲病、桓公問曰、羣臣誰可相者。管仲曰、知臣莫如君。公曰、易牙如何。對曰、殺子以適君、非人情、不可。開方如何。對曰、倍親以適君、非人情、難近。豎刁如何。對曰、自宮以適君、非人情、難親。管仲死、而桓公不用其言。近用三子、三子專權。○入管仲罪處、全在此段、以下反覆暢發此意。嗚呼、仲以爲威公果能不用三子矣乎。仲與威公處幾年矣、亦知威公之爲人矣乎。威公聲不絕於耳、色不絕於目、而非三子者、則無以遂其欲。彼其初之所以不用者、徒以有仲焉耳。一日無仲、則三子者、可以彈冠而相慶矣。須看有無二字意。仲以爲將死之言、可以縶威公之手足耶。夫齊國不患有三子、而患無仲。有仲、則三子者、三匹夫耳。轉換警策。不然、天下豈少三子之徒哉。雖威公幸而聽仲、誅此三人。而其餘者、仲能悉數而去之耶。此轉更透。嗚呼、仲可謂不知本者矣。斷句有關鎖。因威公之問、舉天下之賢者以自代、則仲雖死、而齊國未爲無仲也。夫何患三子者、不言可也。此段設身置地、代仲爲謀、論有把握。五伯莫盛於威文。文公之才、不過威公、其臣狐偃、趙衰、魏犨、陽處父。先又皆不及仲、靈公文公子。之虐、不如孝公桓公子。之寬厚、文公死、諸侯不敢叛晉、晉襲文公之餘威、猶得爲諸侯之盟主百餘年。何者、其君雖不肖、而尚有老成人焉。晉以有賢而強。威公之薨也、一敗塗地②、無惑也、彼獨恃一管仲、而仲則死矣。齊以無賢而敗。此把晉文來照齊桓、方知管仲無所逃責。夫天下未嘗無賢者、蓋有有臣而無君者矣。未有有君而無臣者也。威公在焉、而曰天下不復有管仲者、吾不信也。見非天下無賢、正罪仲不能薦。仲之書、管子。有記其將死、論鮑叔、賓胥無之爲人、且各疏其短。管子寢疾、對桓公曰、鮑叔之爲人也、好直而不能以國強。賓胥

②"敗"《嘉祐集》作"亂"。

無之爲人也、好善而不能以國詘。是其心以爲數子者、皆不足以託國。而又逆知其將死、則其書誕謾不足信也。據仲之書、竟以爲無賢、故不足信。吾觀史鰌、秋、史魚。○即以不能進蘧伯玉、而退彌子瑕、故有身後之諫。家語、史魚病、將卒。命其子曰、吾仕衛不能進蘧伯玉、退彌子瑕。是吾生不能正君、死無以成禮、我死、汝置尸牖下、于我畢矣。其子從之。靈公弔焉、怪而問之。其子以告。公愕然失容。于是命殯之客位。進蘧伯玉、而退彌子瑕。蕭何且死、舉曹參以自代。大臣之用心、固宜如此也。引二人、俱臨歿時進賢切證。夫國以一人興、以一人亡。賢者不悲其身之死、而憂其國之衰。故必復有賢者、而後可以死。彼管仲者、何以死哉。結語冷絶。

通篇總是責管仲不能臨沒薦賢。起伏照應、開闔抑揚。立論一層深一層、引證一段緊一段。似此卓識雄文、方能令古人心服。

辨姦論　蘇洵

事有必至、理有固然。引成語起。惟天下之靜者、乃能見微而知著。惟靜故能知幾、此先生自負之言也。○開端三句、言安石必亂天下、但靜以觀之自見、虛虛冒起全篇。月暈運、而風、礎楚、潤而雨、礎、柱下石也。月旁昏氣曰暈、柱礎生汗日潤。人人知之。天地陰陽之事、人無不知。人事之推移、理勢之相因、其疏闊而難知、變化而不可測者、孰與天地陰陽之事、人事理勢、較天地陰陽、則爲易知。而賢者有不知。歐陽公亦勸先生與荊公遊。其故何也、好惡亂其中、而利害奪其外也。常人尚能知天地陰陽之事、而賢者反不能知人事之推移、理勢之相因、蓋其心汩於好惡利害、而不能靜也。○此段申明起手三句意。昔者、引證。山巨源見王衍曰、誤天下蒼生者、必此人也。晉惠帝時、王衍爲尚書令、樂廣爲河南令、皆善清談。衍少時、山濤見之、歎曰、何物老嫗、生甯馨兒。然誤天下蒼生者、必此人也。郭汾焚、陽見盧杞曰、此人得志、吾子孫無遺類矣。唐德宗以楊炎、盧杞同平章事。杞貌醜、有才辯、悅之。時郭子儀每見賓客、姬妾不離側。惟杞至、子儀悉屏侍妾。或問其故、對曰、杞貌醜而心險、婦人見之必笑。他日杞得志、吾族無遺類矣。自今而言之、其理固有可見者。理有固然。以吾觀之、王衍之爲人、容貌言語、固有以欺世而盜名者。然不忮至、不求、與物浮沉。無盧杞之陰險。使晉無惠帝、僅得中主。雖衍百千、何從而亂天下乎。反照神宗、伏下願治之主。盧杞之姦、固足以敗國。然而不學無文、容貌不足以動人、言語不足以眩世。無王衍之虛名。非德宗之鄙暗、亦何從而用之。

反照神宗、伏下願治之主。由是言之、二公之料二子、亦容有未必然也。雖理有固然、非事所必至。○此段言衍杞之姦、未甚。特其遇惠帝德宗而爲亂耳、正形安石爲極姦。今有人、暗指安石。口誦孔老之言、身履夷齊之行、收召好名之士、不得志之人、相與造作言語、私立名字、以爲顏淵孟軻復出、有王衍之虛名。而陰賊險狠、與人異趣。有盧杞之陰險。是王衍、盧杞合而爲一人也、其禍豈可勝升、言哉。厥後卒生靖康之禍、是目見、非爲懸斷。直夫面垢不忘洗、衣垢不忘澣、緩、此人之至情也。今也不然、衣臣虜之衣、食犬彘之食、囚首喪面、而談詩書、囚、不櫛首。居喪者、不洗面。○明指安石。此豈其情也哉。從恆情勘出至姦、所謂見微知著者以此。凡事之不近人情者、鮮不爲大姦慝、豎刁、易牙、開方是也。注見管仲論中。○拓開一步。以蓋世之名、而濟其未形之患。緊入本人。雖有願治之主、好賢之相、猶將舉而用之。規諷仁宗①。則其爲天下患、必然而無疑者、非特二子之比也。應上二子容有未然意。孫子曰、善用兵者、無赫赫之功。不欲有功、致傷人也。恐使斯人而不用也、則吾言爲過、而斯人

校勘記：

①"仁宗"，文富堂本、懷溼堂本作"神宗"。

有不遇之歎、孰知禍之至於此哉。不然、天下將被其禍、而吾獲知言之名、悲夫。嚮願安石不見用、使天下以吾言爲過。毋願安石用、使天下被其禍、而吾獲知言之名也。○結得淋漓感慨。

介甫名始盛時、老蘇作辨姦論、譏其不近人情。厥後新法煩苛、流毒寰宇。見微知著、可爲千古觀人之法。

心術

蘇洵

爲將之道、當先治心。泰山崩於前而色不變、麋鹿興於左而目不瞬、舜、然後可以制利害、可以待敵。第一段、言爲將當先治心。○此篇每段自爲節奏、而以治心爲主。凡兵上義不義、雖利勿動。非一動之爲利害①、而他日將有所不可措手足也。夫惟義可以怒士、士以義怒、可與百戰。第二段、言舉兵當知尚義。凡戰之道、未戰養其財、將戰養其力、既戰養其氣、既勝養其心。謹烽燧、嚴斥堠、後、○烽燧所以警寇。晝則燔燧、夜則舉燧。斥、度也。堠、望也。望烽火也。以使耕者無所顧忌、所以養其財。豐犒而優游之、所以養其力。小勝益急、小挫益厲、所以養其氣。用人不盡其所欲爲、所以養其心。

校勘記：

①《嘉祐集》無"利"字。

（雖平敘、歸重養心。）自故士常蓄其怒、懷其欲而不盡。怒不盡則有餘勇、欲不盡則有餘貪。故雖幷天下、而士不厭兵。此黃帝之所以七十戰而兵不殆也。不養其心、一戰而勝、不可用矣。（第三段、言議戰當知所養。）凡將欲智而嚴、凡士欲愚。智則不可測、嚴則不可犯、故士皆委己而聽命、夫安得不愚。夫惟士愚、而後可與之皆死。（第四段、言將與士當得智愚。）凡兵之動、知敵之主、知敵之將、而後可以動於險。鄧艾縋墜、兵於蜀中、非劉禪之庸、則百萬之師可以坐縛、彼固有所侮而動也。（後漢、炎興元年、魏將鄧艾入蜀、自陰平行無人之地七百餘里、鑿山通道、造作橋閣、山高谷深、至爲艱險。艾以氈自裹、推轉而下。將士皆攀木緣崖、魚貫而進。先登至江油、遂至成都。後主禪出降、漢亡。）故古之賢將、能以兵嘗敵、而又以敵自嘗、故去就可以決。（此段、就上段分出、申說智字。）凡主將之道、知理而後可以舉兵、知勢而後可以加兵、知節而後可以用兵。知理則不屈、知勢則不沮、知節則不窮。見小利不動、見小患不避。小利小患、不足以辱吾技也。夫然後有以支大利大患。夫惟養技而自愛者、無敵於天下。故一忍可以支百勇、一靜可以制百動。第五段、言主將當知理、勢、節三者。兵有長短、敵我一也。敢問吾之所長、吾出而用之、彼將不與吾校。吾之所短、吾蔽而置之、彼將強與吾角、奈何。曰、吾之所短、吾抗而暴（僕）之、使之疑而卻。吾之所長、吾陰而養之、使之狎而墮其中。此用長短之術也。第六段、言主將當善用長短之術。善用兵者、使之無所顧、有所恃。無所顧、則知死之不足惜。有所恃、則知不至於必敗。尺箠當猛虎、奮呼而操擊。喻有所恃。徒手遇蜥（昔）蜴、亦變色而卻步、喻無所恃。人之情也。知此者、可以將矣。袒裼而案劍、則烏獲不敢逼。冠冑衣甲、據兵而寢、則童子彎弓殺之矣。此喻不可徒恃、比前喻更深一層。故善用兵者以形固。夫能以形固、則力有餘矣。第七段、論有備無患之道。而以善用兵者、以形固終焉。

此篇逐節自爲段落、非一片起伏首尾議論也。然先後不紊。由治心而養士、由養士而審勢、由審勢而出奇、由出奇而守備、段落鮮明、井井有序。文之善變化也。

張益州畫像記

蘇洵

至和（仁宗年號。）元年①、秋、蜀人傳言、有寇至邊。邊軍夜呼、野無居人。（四語寫出將亂光景。）妖言流聞、京師震驚。方命擇帥、天子曰、毋養亂、毋助變。衆言朋興、朕志自定、外亂不作②、變且中起、既不可以文令、又不可以武競、惟朕一二大吏、孰爲能處茲文武之間、其命往撫朕師。（代天子言、便是天子氣象。且語語爲下伏根。）乃推曰、（衆推也。）張公方平其人。天子曰、然。公以親辭、不可、遂行。冬、十一月、至蜀。至之日、歸屯軍、撤守備。（伏根。）使謂郡縣、寇來在吾、無爾勞苦。明年、正月、朔旦、蜀人相慶如他日、遂以無事。又明年、正月、相告留公像於淨衆寺、公不能禁。（敘事簡嚴、質而不俚。）眉陽蘇洵言於衆曰、未亂易治也、既亂易治也。有亂之萌、無亂之形、是謂將亂。將亂難治、不可以有亂急、亦不可以無亂弛。（有亂急、無亂弛、即上不可以武競、不可以文令意。）惟是元年之秋、如器

校勘記

①《嘉祐集》無"至和"二字。

②"作"，原誤作"足"，今據《嘉祐集》、文富堂本、懷涇堂本改。

③"民"字原誤作"名"，今據文富堂本、懷涇堂本改。

之敧、（溪、）未墜於地。（敧、不正也。）惟爾張公、安坐於其旁、顏色不變、徐起而正之。既正、油然而退、無矜容。（得坐鎮之體、即上歸屯撤守意。）爲天子牧小民不倦、惟爾張公。爾繁以生、惟爾父母。（以下至不忍爲也、皆述張公之言、發揮本意。）且公嘗爲我言、民無常性、惟上所待、人皆曰、蜀人多變、於是待之以待盜賊之意、而繩之以繩盜賊之法。重足屏（丙、）息之民、而以碪（斟、）斧令、於是民始忍以其父母妻子之所仰賴之身、而棄之於盜賊、故每每大亂。夫約之以禮、驅之以法、惟蜀人爲易。至於急之而生變、雖齊魯亦然。吾以齊魯待蜀人、而蜀人亦自以齊魯之人待其身。若夫肆意於法律之外、以威劫齊民、（齊等之民③。）吾不忍爲也。（此段議論、皆從上敘事中發出、雖稱道張公、實回護蜀人、蓋先生本蜀人、不得不回護也。）嗚呼、愛蜀人之深、待蜀人之厚、自公而前、吾未始見也。皆再拜稽首曰然。（收拾前文、下乃拈出畫像意。）蘇洵又曰、公之恩在爾心、爾死、在爾子孫、其功業在史官、（疊下三在字。錯落有致。）無以像爲也。

且公意不欲、如何。先作一折。皆曰、公則何事於斯、雖然、於我心有不釋焉。今夫平居聞一善、必問其人之姓名、與其鄰里之所在、以至於其長短小大美惡之狀。甚者、或詰其平生所嗜好、以想見其爲人。而史官亦書之於其傳。意使天下之人、思之於心、則存之於目。存之於目、故其思之於心也固。由此觀之、像亦不爲無助。此段就人之至情上、曲曲寫出留像意、文勢激昂、筆墨精采。蘇洵無以詰、遂爲之記。公南京人、爲人慷慨有大節、以度量雄天下。天下有大事、公可屬。祝、○數語應篇首、以起揚頌意。系條、之以詩曰、天子在祚、歲在甲午。西人傳言、有寇在垣。庭有武臣、謀夫如雲。天子曰嘻、命我張公。捨武臣謀夫不用、而特用張公。公來自東、旗纛舒舒。西人聚觀、于巷于塗。謂公暨暨、公來于于。暨暨、果毅貌。于于、自足貌。公謂西人、安爾室家、無敢或訛。訛言不祥、往卽爾常。春爾條挑、桑、秋爾滌場。條、枝落也。○此乃是常。是歸屯撤守實際。西人稽首、公我父兄。公在西囿、草木駢駢。公宴其僚、伐鼓淵淵。駢駢、並茂也。淵淵、鼓聲平和不暴怒也。○就歸屯撤守描寫。西人來觀、祝公萬年。有女娟娟、閨闥閑閑。有童哇哇、蛙、亦既能言。娟娟、美好貌。閑閑、自得貌。哇哇、小兒啼也。昔公未來、期汝棄捐。倒轉二句、妙。禾麻芃芃、蓬、倉庾崇崇。芃芃、美盛貌。嗟我婦子、樂此歲豐。是歸屯撤守後效。公在朝廷、天子股肱。天子曰歸、公敢不承。轉到公歸留像。作堂嚴嚴、有廡有庭。公象在中、朝服冠纓。西人相告、無敢逸荒。公歸京師、公像在堂。結有餘韻。

前敘事、後議論。敘事古勁、而議論許多斡旋回護、尤高。末一段、寫像處說不必有像、而亦不可無像。三四轉折、殊爲深妙。系詩一結、更見風雅遺音。

刑賞忠厚之至論　蘇軾

堯舜禹湯文武成康之際、何其愛民之深、憂民之切、而待天下以君子長者之道也。正是忠厚處、一篇主意、在此一句。○總冒以咏歎起、另是一種起法。有一善、從而賞之、又從而咏歌嗟歎之、所以樂其始而勉其終。有一不善、從而罰之、又從而哀矜懲創之、所以棄其舊而開其新。一意翻作兩層。故其吁俞之聲、歡休慘戚①、見於虞夏商周之書。吁、歎其不然之辭。俞、應許之辭也。此言盛時之忠厚。○應上堯舜禹湯文武成康、成康既沒、穆王立而周道始衰。然猶命其臣呂侯、而告之以祥刑。呂刑、告爾祥刑。刑、凶器。而謂之祥者、刑期無刑、民協于中、其祥莫大焉。其言憂而不傷、威而不怒、慈愛而能斷、惻然有哀憐無辜之心、故孔子猶有取焉。此言至衰世而忠厚猶存。傳曰、賞疑從與、所以廣恩也。罰疑從去、所以慎刑也。當賞而疑、則甯與之。當罰而疑、則甯不致罰。○就疑處見出忠厚來、篇中不出此意。當堯之時、皐陶爲士。將殺人、皐陶曰殺之三、堯曰宥之三。皐陶曰二句、諸主文不知其出處②、及入謝、歐陽公問其出處、東坡笑曰、想當然耳。數公大笑。故天下畏皐陶執法之堅、而樂堯用刑之寬。四岳曰、鯀可用、堯曰、不可、鯀方命圮痞、族、既而曰試之。四岳、官名。一人而總四岳諸侯之事也。方命、逆命而不行也。圮族、猶言敗類也。何堯之不聽皐陶之殺人、而從四岳之用鯀也。然則聖人之意、蓋亦可見矣。獨舉堯以爲舜禹湯文武之例、刑賞忠厚、意便躍然。書曰、罪疑惟輕、功疑惟重。與其殺不辜、甯失不經。罪可疑者、則

校勘記：

①"休"，《經進東坡文集事略》作"忻"。

②"主"，原誤作"生"，今據文富堂本、懷涇堂本及鴻文堂本改。

從輕以罰之。功可疑者、則從重以賞之。法可以殺可以無殺者、與其殺之、而害彼之生。寧姑生之、而自受失刑之責。嗚呼盡之矣。引經頓住。下乃暢發題旨、得意疾書、如長江大河、一瀉千里。可以賞、可以無賞、賞之過乎仁。可以罰、可以無罰、罰之過乎義。過乎仁、不失爲君子。過乎義、則流而入於忍人。故仁可過也、義不可過也。至理快論。古者賞不以爵祿、刑不以刀鋸。又振起。賞之以爵祿、是賞之道行於爵祿之所加、而不行於爵祿之所不加也。刑以刀鋸、是刑之威施於刀鋸之所及、而不施於刀鋸之所不及也。又將刑賞振宕一番、下便一轉而入、快利無前。先王知天下之善不勝升、賞、而爵祿不足以勸也、知天下之惡不勝刑、而刀鋸不足以裁也。是故疑則舉而歸之於仁、到底不脫疑字。以君子長者之道待天下、使天下相率而歸於君子長者之道、應前。故曰、忠厚之至也。一句點出。文氣已完。下作餘波。詩曰、君子如祉、恥、亂庶遄已。君子如怒、亂庶遄沮。祉、喜也。遄、速也。夫君子之已亂、豈有異術哉。制其喜怒③、而無失乎仁而已矣。春秋之義、立法貴嚴、

③"制"，原誤作"時"，今據《經進東坡文集事略》改。

而責人貴寬、因其褒貶之義以制賞罰、亦忠厚之至也。引詩、引春秋、亦見同歸于忠厚、深著夫子作春秋之意、有得于堯舜禹湯文武成康之心。

此長公應試文也。只就本旨、從疑上全寫其忠厚之至。每段述事、而斷以婉言警語。天才燦然、自不可及。

范增論

蘇軾

漢用陳平計、間疏楚君臣。項羽疑范增與漢有私、稍奪其權。增大怒曰、天下事大定矣、君王自爲之、願賜骸骨歸卒伍。歸未至彭城、疽發背死。

蘇子曰、增之去善矣。不去、羽必殺增。略一揚。獨恨其不早耳。劈下一斷、作冒。然則當以何事去。故作問。增勸羽殺沛公、羽不聽、終以此失天下、當於是去耶。故作問。曰否、增之欲殺沛公、人臣之分也。羽之不殺、猶有君人之度也。增曷爲以此去哉。故作答。○故作問答、以起下正意。易曰、知幾其神乎。詩曰、相彼雨雪、先集維霰。線、○霰、雪之始凝者也。將大雨雪、必先微温。雪自上下、遇温氣而摶、謂之霰。久而寒勝、則大雪矣。○先引詩易語、文勢不迫。增之去、

校勘記

①《經進東坡文集事略》無"扶蘇"二字。

當於羽殺卿子冠軍時也。義帝命宋義爲上將、號曰卿子冠軍、後爲項羽所殺。○通篇只一句斷盡。陳涉之得民也、以項燕扶蘇①。陳涉初起兵、假楚將項燕、秦太子扶蘇爲名。二人已死、陳涉詐稱、以感動人心。○借陳涉引起項氏。項氏之興也、以立楚懷王孫心。而諸侯叛之也、以弑義帝。楚懷王入秦、無罪而亡、楚人憐之。南公曰、楚雖三戶、亡秦必楚。范增勸項梁求楚懷王孫名心者、立以爲楚懷王。項羽陽尊懷王爲義帝、陰使人弑之。○此言楚之盛衰、係于義帝之存亡。且義帝之立、增爲謀主矣。義帝之存亡、豈獨爲楚之盛衰、亦增之所與同禍福也。未有義帝亡、而增獨能久存者也。此言義帝之存亡、關乎范增之禍福。羽之殺卿子冠軍也、是弑義帝之兆也。其弑義帝、則疑增之本也。豈必待陳平哉。三人生死去就、最相關涉。推原出來、正見增之去、當于殺卿子冠軍時也。物必先腐也、而後蟲生之。人必先疑也、而後讒入之。陳平雖智、安能閒無疑之主哉。反振二句、結過增不待陳平意。吾嘗論義帝、天下之賢主也。獨遣沛公入關、不遣項羽。借遣沛公引起識卿子冠軍。識卿子冠軍於稠人之中、而擢以爲上將、不賢而能如是乎。歎義帝之賢、以起羽與義帝、勢不兩立。羽既矯殺卿子冠軍、義帝必不能堪。非羽弑帝、則帝殺羽。不待智者而後知也。中上羽殺卿子冠軍、是弑義帝之兆句。增始勸項梁立義帝、諸侯以此服從。中道而弑之、非增之意也。夫豈獨非其意、將必力爭而不聽也。空中著想、妙。不用其言而殺其所立、羽之疑增、必自是始矣。申上弑義帝、則方疑增之本句。羽殺卿子冠軍、增與羽比肩而事義帝、救趙時、項羽爲次將、范增爲末將。故曰比肩事義帝。君臣之分未定也。爲增計者、力能誅羽則誅之、不能則去之、豈不毅然大丈夫也哉。代增處置一番。增年已七十、合則留、不合則去。不以此時明去就之分、而欲依羽以成功名、陋矣。責增之不能知幾、由于不明去就之分、最有關鎖。雖然、增、高帝之所畏也。增不去、項羽不亡。嗚呼、增亦人傑也哉。結尾作贊歎語、盡抑揚之致。

前半多從實處發議、後半多從虛處設想。只就增去不能早處、層層駁入、段段迴環。變幻無端、不可測識。

留侯論

蘇軾

古之所謂豪傑之士、必有過人之節。伏能忍。人情有所不能忍者、匹夫見辱、拔劍而起、挺身而鬬、此不足爲勇也。（不能忍者。）天下有大勇者、卒（猝）然臨之而不驚、無故加之而不怒。此其所挾持者甚大、而其志甚遠也。（能忍者。○能忍不能忍、是一篇主意。）夫子房受書於圯（夷）上之老人也、其事甚怪。（楚人謂橋爲圯。史記、張良嘗遊下邳、圯上有一老父、衣褐至良所、直墮其履圯下、顧謂良曰、孺子下取履。良愕然、欲毆之。爲其老、彊忍下取履。父曰、履我、良業爲取履、因長跪履之。父以足受、笑而去。去里所、復還曰、孺子可教矣。約後五日、平明、會圯上。怒良後至者再。最後出一篇書曰、讀此則爲王者師矣。後十年興、十三年、孺子見我濟北穀城山下、黃石即我矣。遂去、不復見。○入事。）然亦安知其非秦之世、有隱君子者、出而試之。觀其所以微見其意者、皆聖賢相與警戒之義。而世不察、以爲鬼物、亦已過矣。（看老人事、非渺茫鬼怪、特作翻案、妙。）且其意不在書。（深入一層發議、此句乃一篇之頭也。）當韓之亡、秦之方盛也、以刀鋸鼎鑊待天下之士、其平居無罪夷滅者①、不可勝（升）數。（上聲。）雖有賁（孟賁。）育、（夏育。）無所獲施②。夫持法太急者、其鋒不可犯、而其勢未可乘③。（有大勇者、當此時自能忍之。）當此子房不忍忿忿之心、以匹夫之力、而逞於一擊之間。當此之時、子房之不死者、其間不能容

校勘記：

①"罪"原誤作"事"，今據《經進東坡文集事略》改。

②"獲"，《經進東坡文集事略》作"復"。

③《經進東坡文集事略》無"勢"字，"未"作"末"。

④"者"，原誤作"哉"，今據《經進東坡文集事略》、文富堂本、懷涇堂本改。

髮、蓋亦危矣。（良、韓人、其先五世相韓。秦滅韓、良欲爲韓報仇。求得力士、爲鐵椎重百二十斤、狙擊秦皇帝博浪沙中、誤中副車、秦皇帝大怒、大索天下十日、弗獲。○此正不能忍之故。先抑一筆。）千金之子、不死於盜賊。何者④、其身可愛、而盜賊之不足以死也。子房以蓋世之才、不爲伊尹太公之謀、而特出於荊軻聶政（兩刺客。）之計、以僥倖於不死、（再抑一筆。）此圯上老人所爲深惜者也。（惜其不能忍。）是故倨傲鮮（上聲、）腆（忝、）而深折之、（鮮腆、言不爲禮也。）彼其能有所忍也、然後可以就大事、故曰孺子可教也。（此段見老人以一忍字、造就子房。是解上文、意不在書一句。）楚莊王伐鄭、鄭伯肉袒牽羊以迎、莊王曰、其主能下人、必能信用其民矣、遂舍之。（鄭伯能忍。）句踐之困於會稽、而歸臣妾於吳者、三年而不倦。（句踐能忍。）且夫有報人之志、而不能下人者、是匹夫之剛也。（此下又提前語申論之、前只虛括、此乃實發。）夫老人者、以爲子房才有餘而憂其度量之不足、故深折其少年剛銳之氣、使之忍小忿而就大謀。何則、非有平生之素、卒然相遇於草野之間、而命以僕妾之役、油然而不怪者、此固秦

⑤《經進東坡文集事略》無"嗚呼"二字，而有"而愚以爲"四字。

皇之所不能驚、而項籍之所不能怒也。子房之於老人、可謂卒然臨之而不驚、無故加之而不怒矣。雖有秦皇項籍、亦不能驚而怒之也。○此段極寫子房之能忍、以見其爲天下之大勇。觀夫高祖之所以勝、項籍之所以敗者、在能忍與不能忍之閒而已矣。忽推論到高祖項籍、正欲說歸子房。項籍唯不能忍、是以百戰百勝、而輕用其鋒。高祖忍之、養其全鋒而待其斃、此子房教之也。高祖能忍、由子房教之、所謂忍小忿而就大謀者以此。當淮陰破齊、而欲自王、高祖發怒、見於詞色。由是觀之、猶有剛強不能忍之氣、非子房其誰全之。淮陰侯韓信、請爲假王、漢王大怒、張良躡漢王足、因附耳語、漢王悟、立信爲齊王。○舉一事、以明子房教高祖能忍。太史公疑子房以爲魁梧奇偉、而其狀貌乃如婦人女子、不稱去聲其志氣。史記、留侯世家贊、余以爲其人、計魁梧奇偉、至見其圖、狀貌如婦人好女。嗚呼⑤、此其所以爲子房歟。淡語作收、含蓄多少。

人皆以受書爲奇事、此文得意在且其意不在書、一句撇開、拏定忍字發議。滔滔如長江大河、而渾浩流轉、變化曲折之妙、則純以神行乎其閒。

賈誼論

蘇軾

非才之難、所以自用者實難。惜乎賈生王者之佐、而不能自用其才也。

賈誼、雒陽人。年二十餘、文帝召以爲博士、一歲中至大中大夫。天子議以爲賈生任公卿之位、絳灌之屬盡害之、乃短賈生、帝于是疏之。出爲長沙王太傅。後召對宣室、拜爲梁王太傅。因上疏曰、臣竊惟今之事勢、可爲痛哭者一、可爲流涕者二、可爲長太息者六。帝雖納其言、而終不見用。卒以自傷哭泣而死、年三十三。○一起斷盡、立一篇主意。夫君子之所取者遠、則必有所待。所就者大、則必有所忍。古之賢人、皆負可致之才、而卒不能行其萬一者、未必皆其時君之罪、或者其自取也。以其不能待且忍、故云自取。○申不能自用其才句。愚觀賈生之論、如其所言、雖三代何以遠過。得君如漢文、猶且以不用死。然則是天下無堯舜、終不可有所爲耶。冷語破的。仲尼聖人、歷試於天下。苟非大無道之國、皆欲勉強扶持、庶幾一日得行其道。將之荆、先之以冉有、申之以子夏。荆、楚本號。將適楚、而先使二子繼往者、蓋欲觀楚之可仕與否、而謀其可處之位歟。君子之欲得其君、如此其勤也。得君勤、一引。孟子去齊、三宿而後出晝、猶曰王其庶幾召我。君子之不忍棄其君、如此其厚也。愛君厚、一引。公孫丑問曰、夫子何爲不豫。孟子曰、方今天下、舍我其誰哉、而吾何爲不豫。君子

校勘記：

①"縈紆鬱悶"，《經進東坡文集事略》作"紆鬱憤悶"。

之愛其身、如此其至也。〔愛身至、一引。〕夫如此而不用、然後知天下果不足與有爲、而可以無憾矣。〔得此一鎖、方可接到賈生。〕若賈生者、非漢文之不能用生、生之不能用漢文也。〔此段說出得君勤、愛君厚、愛身至、必如是始可以無憾。摹寫古聖賢用世之不苟、以責賈生。見得賈生欲得君甚勤、但愛君不厚、愛身不至耳。故曰生之不能用漢文也、甚有意味。〕夫絳侯親握天子璽而授之文帝、〔帝初封代王、孝惠無嗣、大臣迎立之。始至渭橋、大尉勃跪上天子璽符。〕灌嬰連兵數十萬、以決劉呂之雌雄、〔高后時、諸呂欲危劉氏。大將軍灌嬰、與齊王襄連和、以待呂氏之變、共誅之。〕又皆高帝之舊將。此其君臣相得之分、豈特父子骨肉手足哉。賈生洛陽之少年、欲使其一朝之間、盡棄其舊而謀其新、亦已難矣。〔此言其上疏中之意。○此段發明賈生不善用才之故。〕爲賈生者、上得其君、下得其大臣、如絳灌之屬、優游浸漬、〔恣。〕而深交之、使天子不疑、大臣不忌、然後舉天下而唯吾之所欲爲、不過十年、可以得志。〔代爲賈生畫策。〕安有立談之閒、而遽爲人痛哭哉。〔責倒賈生、覺治安等篇、俱屬無謂。〕觀其過湘、爲賦以弔屈原、〔有造託湘流兮、敬弔先生句。〕縈紆鬱悶①、趯〔同躍〕然有遠舉之志。〔有子獨抑鬱其誰語、鳳縹縹其高逝兮、夫固自引而遠去句。其後以自傷哭泣、至於夭絕。梁王騎墮馬而死、賈生自傷爲傅無狀、哭泣歲餘、亦死。是亦不善處窮者也。不善處窮、即不能自用意。夫謀之一不見用、則安知終不復用也。不知默默以待其變、而自殘至此。文情開宕。嗚呼、賈生志大而量小、才有餘而識不足也。總斷二句、是不能用漢文之本、一字一惜。古之人、有高世之才、必有遺俗之累。是故非聰明睿胃智不惑之主、則不能全其用。古今稱苻扶堅得王猛於草茅之中、一朝盡斥去其舊臣、而與之謀。彼其匹夫略有天下之半、其以此哉。秦王苻堅、因呂婆樓以招王猛。一見大悅、自謂如劉玄德之遇諸葛孔明也、乃以國事任之。○借苻堅能用王猛、正歸過漢文不能用賈生、此一轉尤妙。愚深悲生之志、故備論之。亦使人君得如賈生之臣、則知其有狷介之操、一不見用、則憂傷病沮、不能復振。二十一字爲一句。補出人主當憐才意。○而爲賈生者、亦謹其所發哉。仍歸結到本身上去。雙關作收、深情遠想、無限低徊。

賈生有用世之才、卒廢死于好賢之主。其病原欲疏閒絳灌舊臣、而爲之痛哭。故自取疏廢如此。所謂不能謹其所發也。末以苻堅用王猛、責人君以全賈生之才、更有不盡之意。

鼂錯論

蘇軾

天下之患、最不可爲者、名爲治平無事、而其實有不測之憂。（暗說景帝時、諸侯強大。）坐觀其變、而不爲之所、則恐至於不可救。（開。）起而強爲之、則天下狃（鈕、）於治平之安、而不吾信。（狃、習也。○闔。暗說鼂錯建言削諸侯。）惟仁人君子豪傑之士、爲能出身爲天下犯大難、以求成大功。（三句爲一篇關鍵。）此固非勉強朞月之間、而苟以求名之所能也。（暗說鼂錯非其倫。○一段是冒。）天下治平、（暗說景帝時。）無故而發大難之端。（暗說削七國。）吾發之、吾能收之、然後有辭於天下。（所謂出身犯難。）事至而循循焉欲去之、（暗說錯居守。）使他人任其責。（暗說使天子將。）則天下之禍、必集於我。（暗說誅錯。○一段是承。以上兩段、攝盡通篇大意。○）昔者鼂（潮、）錯盡忠爲漢、謀弱山東之諸侯。山東諸侯並起、以誅錯爲名。而天子不之察、以錯爲之說。（景帝三年、鼂錯患七國強大、請削諸侯郡縣。吳王濞、膠西王卬、膠東王雄、渠菑川王賢、濟南王辟光、楚王戊、趙王遂、合兵反。罪狀鼂錯、欲共誅之。帝與錯議出軍事、錯欲令上自將、而身居守。袁盎素與錯有隙。因言唯斬錯可以謝諸侯、帝遂斬錯東市。○入事。天下悲錯之以忠而受禍、不知錯有以取之也。一句斷定、全篇俱發此句。古之立大事者、不惟有超世之才、亦必有堅忍不拔之志。惟堅忍不拔、故能從容收功。伏下徐字、反照下驟字。昔禹之治水、鑿龍門、決大河、而放之海。方其功之未成也、蓋亦有潰會、冒衝突可畏之患。惟能前知其當然、事至不懼、而徐爲之圖、是以得至於成功。借禹作證、爲立論之根。夫以七國之強、而驟削之、不能徐爲之圖。其爲變豈足怪哉。不能前知其當然。錯不於此時捐其身、爲天下當大難之衝、而制吳楚之命。乃爲自全之計、欲使天子自將而己居守。一句指出鼂錯破綻、通篇從此發議。且夫發七國之難者誰乎。緊喝一句。己欲求其名、應前求名。安所逃其患。應前禍字。以自將之至危、與居守之至安、己爲難首、擇其至安、而遺天子以其至危、此忠臣義士所以憤怨而不平者也。斷盡鼂錯、與袁盎何與耶。當此之時、雖無袁盎、亦未免於禍。承上遞下。何者、己欲居守、而使人主自將。以情而言、天子固已難之矣。而重違其議、是以袁盎之說、得行於其閒。正見受禍皆錯自取。使吳楚反、錯以身任其危、日夜淬翠、礪、火入水爲淬。礪、磨也。東向而待之。使不至於累其君、則天子將恃之以爲無恐。雖有百盎、可得而閒哉。此段是代爲錯計、作正意收住。嗟夫、世之君子、欲求非常之功、則無務爲自全之計。又喚醒。使錯自將而討吳楚、未必無功。到底只責其不自將、收足出身犯難意。惟其欲自固其身、而天子不悅、奸臣得以乘其隙。錯之所以自全者、乃其所以自禍歟。收上錯有以取之句。

此篇先立冒頭、然後入事、又是一格。鼂錯之死、人多歎息、然未有說出被殺之由者。東坡之論、發前人所未發、有寫錯罪狀處、有代錯畫策處、有爲錯致惜處、英雄失足、千古興嗟。任大事者、尚其思堅忍不拔之義哉。

古文觀止卷之十一

上梅直講書

蘇軾

軾每讀詩至鴟鴞、讀書至君奭、常竊悲周公之不遇。（鴟鴞、國風篇名。周公相成王、管蔡流言于國曰、公將不利于孺子。故周公東征二年、而成王猶未知周公之意、公乃作鴟鴞之詩以貽王。君奭、周書篇名。君者、尊之之稱。奭、召公名也。成王幼、周公攝政、當國踐祚。召公疑之、乃作君奭。〇劈頭歎周公起、奇絕。）及觀史、（史記。）見孔子厄於陳蔡之間、而弦歌之聲不絕、顏淵仲由之徒、相與問答。夫子曰、匪兕匪虎、率彼曠野、吾道非耶、吾何爲於此。顏淵曰、夫子之道至大、故天下莫能容、雖然、不容何病、不容然後見君子。夫子油然而笑曰、回、使爾多財、吾爲爾宰。夫天下雖不能容、而其徒自足以相樂如此。（接手又羡孔子、更奇。〇通篇以樂字爲主。）乃今知周公之富貴、有不如夫子之貧賤。夫以召公之賢、以管蔡之親、而不知其心、則周公誰與樂其富貴。而夫子之所與共貧賤者、皆天下之賢才、則亦足以樂乎此矣。（富貴而不樂、貧賤而足樂、此周公所以不如夫子也。○雙收周公孔子、暗以孔子比歐梅、以其徒自比、意最高、而自處亦高。）軾七八歲時、始知讀書、聞今天下有歐陽公者、其爲人如古孟軻韓愈之徒。（先出歐陽公。）而又有梅公者、從之遊、而與之上下其議論。（次出梅公。）其後益壯、始能讀其文詞、想見其爲人。意其飄然脫去世俗之樂、而自樂其樂也。（歐梅之樂只虛寫、妙。）方學爲對偶聲律之文、（卽作詩及詞賦之類。）求升斗之祿、自度無以進見於諸公之間。來京師逾年、未嘗窺其門。（欲寫其得見、先寫其不得見。文勢開拓。）今年春、天下之士羣至於禮部、執事與歐陽公實親試之、軾不自意獲在第二。既而聞之、執事愛其文、以爲有孟軻之風、而歐陽公亦以其能不爲世俗之文也而取、是以在此。（嘉祐二年、歐陽文忠公考試禮部進士、疾時文之詭異、思有以救之。梅聖俞時與其事、得公論刑賞以示文忠、文忠驚喜、以爲異人。欲以冠多士、疑曾子固所爲、子固、文忠門下士也、乃寘公第二。○不爲世俗之文、應上脫去世俗之樂、正見知己處。）非左右爲之先容、非親舊爲之請屬、（祝。）而嚮之十餘年閒、聞其名而不得見者、一朝爲知己。以上敍歐梅之識拔、自己之遭遇、極爲淋漓酣暢。退而思之、人不可以苟富貴、亦不可以徒貧賤。應在富貴貧賤。有大賢焉而爲其徒、則亦足恃矣。占地步多少。苟其僥一時之幸、從車騎數十人、使閭巷小民、聚觀而贊歎之、亦何以易此樂也。自東坡說出自己之真樂、乃一篇之關鍵。傳曰、不怨天、不尤人、蓋優哉游哉、可以卒歲。引成語四句收住。執事名滿天下、而位不過五品、其容色温然而不怒、其文章寬厚敦朴而無怨言。此必有所樂乎斯道也、軾願與聞焉。末復以樂乎斯道、專頌梅公、是樂字結穴。

此書敍士遇知己之樂。遂首援周公有管蔡之流言、召公之不悅以形起、而自比于聖門之徒。長公之推尊梅公、與陰自負意、亦極高矣。細看此文、是何等氣象、何等采色。其議論真足破千古來俗腸、絕妙。

喜雨亭記

蘇軾

亭以雨名、志喜也。起筆便將喜雨亭三字、拆開倒點出。已盡一篇之意。古者有喜、則以名物、示不忘也。釋所以志喜之意。周公得禾、以名其書。唐叔得禾、異母同穎、獻之成王。成王命唐叔以餽周公於東土。周公嘉天子之命、作嘉禾。漢武得鼎、以名其年。漢武帝元狩六年夏、得寶鼎汾水上。改元為元鼎元年。叔孫勝敵①、以名其子。魯文公十一年、叔孫得臣獲長狄僑如。乃名其子曰僑如。其喜之大小不齊、其示不忘一也。引古為證。予至扶風之明年、始治官舍。為亭於堂之北、而鑿池其南。引流種樹、以為休息之所。先記作亭。是歲之春、雨麥於岐山之陽、其占為有年。綴一筆、下便可用既而字轉、文始曲折。既而彌月不雨、民方以為憂。跌一句、借憂字形出喜字。越三月、乙卯、乃雨。甲子又雨、民以為未足。又跌一句。丁卯大雨、三日乃止。次記雨。官吏相與慶於庭、商賈相與歌於市、農夫相與忭於野。慶歌忭三字、易法。憂者以喜、病者以愈。次記喜。而吾亭適成。緊接此句、妙。雨更不可不喜、喜更不可不志、志喜更不可不以名亭在此。於是舉酒於亭上、以屬祝。客而告之。開出波瀾。曰、五日不雨可乎。更五日也。曰、五日不雨則無麥。十日不雨可乎。更十日也。曰、十日不雨則無禾。無麥無禾、歲且薦同荐。饑、獄訟繁興、而盜賊滋熾、則吾與二三

校勘記：

①"敵"，《經進東坡文集事略》作"狄"。

子、雖欲優游以樂於此亭、其可得耶。以無雨之可憂、形出得雨之可樂。今天不遺斯民、始旱而賜之以雨。使吾與二三子得相與優游而樂於此亭者、皆雨之賜也。其又可忘耶。應前不可忘、結住。既以名亭、又從而歌之曰、使天而雨珠、寒者不得以為襦。如、使天而雨玉、饑者不得以為粟。一雨三日、伊誰之力。一眼注著亭、卻不肯一筆便說亭。民曰太守、太守不有、歸之天子。天子曰不然、歸之造物。造物不自以為功、歸之太空。太空冥冥、不可得而名、吾以名吾亭。歌非餘文。蓋喜雨固必志、而志喜雨何故却于亭、此理還未說出、因借歌以發之。

只就喜雨亭三字、分寫、合寫、倒寫、順寫、虛寫、實寫、即小見大、以無化有。意思愈出而不窮、筆態輕舉而蕩漾、可謂極才人之雅致矣。

淩虛臺記

蘇軾

國於南山之下、宜若起居飲食與山接也。筆亦淩虛而起。四方之山、莫高於終南、終南山、在陝西西安府。而都邑之麗山者、莫近於扶風。麗、附也。以至近求最高、其勢必

得、而太守之居、未嘗知有山焉。雖非事之所以損益、而物理有不當然
者、應宜若句。此凌虛之所爲築也。點出臺。方其未築也、太守陳公、杖屨逍遙於其
下。見山之出於林木之上者、纍纍如人之旅行於牆外而見其髻計、也、曰
是必有異。敘未築臺之先。使工鑿其前爲方池、以其土築臺、高出於屋之簷而止。
然後人之至於其上者、怳然不知臺之高、而以爲山之踴躍奮迅而出也。
敘既築臺之後。怳然不知二句、正寫凌虛意。公曰、是宜名凌虛。點出名臺。以告其從事蘇軾、而求文以
爲記。點出作記。軾復於公曰、物之廢與成毀、不可得而知也。提句寄想甚遠。昔者荒
草野田、霜露之所蒙翳、狐虺之所竄伏、方是時、豈知有凌虛臺耶。臺從無而
有、是說興成。廢與成毀、相尋於無窮、則臺之復爲荒草野田、皆不可知也。臺自有而
無、是說廢毀。嘗試與公登臺而望、其東則秦穆之祈年、橐泉也、祈年、橐泉、皆宮名。其南則漢
武之長楊五柞、昨、○長楊、較獵之所。五柞、祀神宮。而其北則隋之仁壽、唐之九成也。仁壽、隋文宮名。

九成、唐太宗所建宮以避暑。計其一時之盛、宏傑詭麗、堅固而不可動者、豈特百倍於臺而已哉。倒與成。然而數世之後、欲求其髣髴、而破瓦頹垣、無復存者。既已化爲禾黍荊棘丘墟隴畝矣、而況於此臺歟。倒廢毀。○憑弔今古、唏噓感慨、欲歌欲泣。夫臺猶不足恃以長久、而況於人事之得喪、忽往而忽來者歟。而或者欲以夸世而自足、則過矣。推進一層說。蓋世有足恃者、而不在乎臺之存亡也。託意有在、而不說出、妙。既以言於公、退而爲之記。

通篇只是與成廢毀二段。一寫再寫、悲歌慷慨、使人不樂。然在我有足恃者、何不樂之有。蓋其胸中實有曠觀達識、故以至理出爲高文。若認作一篇譏太守文字、恐非當日作記本旨。

超然臺記

蘇軾

凡物皆有可觀、苟有可觀、皆有可樂。樂字、是一篇主意。非必怪奇偉麗者也、餔糟啜醨、醨、薄酒。皆可以醉。果蔬草木、皆可以飽。推此類也、吾安往而不樂。此即蔬食飲水、樂在其中、簞食瓢飲、不改其樂意。○一起便見超然。夫所爲求福而辭禍者、以福可喜而禍可悲也。人之所欲無窮、而物之可以足吾欲者有盡、指富貴利達。美惡之辨戰於中、而去取之擇交乎前、則可樂者常少、而可悲者常多。不超然則不樂。是謂求禍而辭福。福可喜、禍可悲、今以求福辭禍之故、而多悲少樂。是求禍辭福也。夫求禍而辭福、豈人之情也哉、物有以蓋之矣。蓋、蔽也。承上起下。○彼遊於物之內、而不遊於物之外。反超然說。物非有大小也、自其內而觀之、未有不高且大者也。彼挾其高大以臨我、則我常眩亂反覆、即孟子勿視其巍巍之意。如隙中之觀鬭、又烏知勝負之所在①。喻眼界之小。是以美惡橫生、而憂樂出焉、可不大哀乎。此段言遊於物之內、則因其美惡而生憂樂。遊於物之外、則無所往而不樂。予自錢塘移守膠西、錢塘、屬浙江杭州。膠西、即膠州、屬山東萊州。○入題。釋舟楫之安、而服車馬之勞、去雕牆之美、而庇采椽之居、采椽不斲。背湖山之觀、而行桑麻之野。安得超然。始至之日、歲比不登、盜賊滿野、獄訟充斥、而齋廚索然、日食杞菊、春食苗、夏食葉、

校勘記：

①"烏"，《經進東坡文集事略》作"焉"。

秋食花、冬食根。○安得超然。人固疑予之不樂也。反跌一句、起下文。處之期年、而貌加豐、髮之白者、日以反黑。予既樂其風俗之淳、而其吏民亦安予之拙也。正寫己之安往而不樂。於是治其園圃、潔其庭宇、伐安邱高密之木、安邱、高密、二縣名。以修補破敗、爲苟完之計。而園之北、因城以爲臺者舊矣、稍葺而新之。時相與登覽、放意肆志焉。敍完作臺事。○上寫因樂而有臺、下寫因臺而得樂。放意肆志四字、正爲樂字寫照。上下關鎖。南望馬耳常山、二山名。秦漢間、高人多隱於此。出沒隱見、若近若遠、庶幾有隱君子乎。南。而其東則盧山、即秦始皇遣盧生入海、求羨門子高者。秦人盧敖秦博士。之所從遁也。東。西望穆陵、關名。左傳、齊桓公曰、賜我先君履、南至于穆陵、即此。隱然如城郭、師尚父太公。齊威公即桓公。之遺烈、猶有存者。西。北俯濰水、韓信與龍且戰、夾濰水而陣、即此。慨然大息、思淮陰韓信封淮陰侯。之功、而弔其不終。北。○憑今弔古、感慨淋漓、超然山水之外。臺高而安、深而明、夏涼而冬溫、寫臺。雨雪之朝、風月之夕、予未嘗不在、客未嘗不從。寫人。擷賢入聲。園蔬、取池魚、釀孃去聲。秫術。酒、瀹脫粟而食之、曰、樂哉遊乎。擷、捋取也。醪、酒爲醸。秫、稷之黏者、即糯也。淪、粗熟而出之也。脫粟、纔脫殼而已、言不精鑿也。○寫人與臺之日用平常。○樂字一振。方是時②予弟子由、適在濟南、聞而賦之、且名其臺曰超然。點臺名字。以見予之無所往而不樂者、蓋遊於物之外也。應前安往而不樂、及遊於物之外句。超然之意、得此一結、更暢。

是記先發超然之意、然後入事。其敍事處、忽及四方之形勝、忽入四時之佳景、俯仰情深、而總歸之一樂。真能超然物外者矣。

放鶴亭記　蘇軾

熙寧神宗年號。十年秋、彭城彭城、今徐州是。大水。雲龍山人張君之草堂、水及其半扉。雲龍山、在州城南、張天驥隱此。明年春、水落、遷於故居之東、東山之麓。六、○麓、山足。升高而望、得異境焉、作亭於其上。先點作亭。彭城之山、岡嶺四合、隱然如大環、獨缺其西一面、而山人之亭、適當其缺。承寫因異境作亭。春夏之交、草木際天、秋冬雪月、千里一色、風雨晦明之閒、俯仰百變。又從異境上摹寫一番。山人有二鶴、甚馴旬、而善飛、馴、順習也。旦則望西山之缺而放焉、縱其所如、或立於陂卑、

②"方是時"三字原脫，今據《經進東坡文集事略》補。

田、澤障曰陂。或翔於雲表、暮則傃素、東山而歸、傃、向也。故名之曰放鶴亭。次點名亭。〇藏飲酒二
二段敘事、錯落多致。郡守蘇軾、時從賓佐僚吏、往見山人、飲酒於斯亭而樂之。
字、作後案。挹山人而告之曰、挹、酌也。子知隱居之樂乎、雖南面之君、未可與易
也。三句、是一篇綱領。易曰、鳴鶴在陰、其子和之。易、中孚、九二爻辭。言九二中孚之實、而九五亦以中孚之實應之、如鶴鳴于幽隱
之處、而其子自和之也。詩曰、鶴鳴于九皋、聲聞于天。詩、小雅、鶴鳴之篇。皋、澤中水溢出所爲坎、從外數至九、喻深遠也。言鶴
之鳴在于九皋、至深遠矣、而聲則聞于天。猶德至幽、而有至著者焉。蓋其爲物清遠閑放、超然於塵埃之外、故易
詩人以比賢人君子。隱德之士、狎而玩之、宜若有益而無損者、然衛懿公
好鶴則亡其國。衛懿公好鶴、出則鶴乘軒而行。一日敵患欲禦之、皆曰、公有鶴、何不以禦敵、乃煩吾爲。遂亡國。周公作酒誥、酒誥、周書篇
名。商受酗酒、天下化之、妹土、商之都邑、其染惡尤甚、武王以其地封康叔、故周公作酒誥以教之。衛武公作抑戒、抑戒、即詩大雅抑之篇。衛武公行年九十
有五、作抑戒以自儆。其三章云、顛覆厥德、荒湛于酒。以爲荒惑敗亂、無若酒者、而劉伶阮籍之徒、以
此全其真而名後世。晉劉伶、阮籍、崇尚虛無、輕蔑禮法、縱酒昏酣、遺落世事。與阮咸、山濤、向秀、王戎、嵇康、爲竹林七賢。〇引鶴、從上名亭來。引酒、

從上飲酒來。嗟夫、南面之君、雖清遠閑放如鶴者、猶不得好、好之則亡其國。而山林遯世之士、雖荒惑敗亂如酒者、猶不能爲害、而況於鶴乎。由此觀之、其爲樂未可以同日而語也。應上隱居之樂三句。想遠韻、筆勢瀾翻。山人欣然而笑曰、有是哉。仍就山人作收。乃作放鶴招鶴之歌曰、鶴飛去兮西山之缺、高翔而下覽兮擇所適。翻然斂翼、宛將集兮、忽何所見、矯然而復擊。獨終日於澗谷之間兮、啄蒼苔而履白石。歌放鶴。鶴歸來兮、東山之陰。其下有人兮、黃冠草履、葛衣而鼓琴。躬耕而食兮、其餘以汝飽、歸來歸來兮、西山不可以久留。歌招鶴。

記放鶴亭、卻不實寫隱士之好鶴。乃於題外尋出酒字、與鶴字作對。兩兩相較、真見得南面之樂、無以易隱居之樂。其得心應手處、讀之最能發人文機。

石鐘山記

蘇軾

水經云、彭蠡里、之口、有石鐘山焉。彭蠡、卽鄱陽湖。引本經起、更典實。○酈力、元酈道元、注水經。以爲

下臨深潭、微風鼓浪、水石相搏、聲如洪鐘。一說、是說也、人常疑之。人疑、

今以鐘磬置水中、雖大風浪不能鳴也、而況石乎。一駁、伏下簡字案。至唐李渤、少室山人、唐順宗徵爲左拾遺、稱疾不至。始訪其遺蹤、得雙石於潭上。扣而聆之、南聲函胡、宮音。北音清越、商音。枹浮、止響騰、餘韻徐歇。枹、鼓槌也。自以爲得之矣。一說。然是說也、余尤疑之。余疑。石之鏗然有聲者、所在皆是也、而此獨以鐘名、何哉。一駁、伏下陋字案。

元豐神宗年號。七年、六月丁丑、余自齊安舟行、適臨汝。齊安、臨汝、皆邑名。而長子邁、將赴饒之德興尉、時公之長君蘇邁、爲饒州府德興縣尉。送之至湖口、因得觀所謂石鐘者。寺僧使小童持斧於亂石閒、擇其一二、扣之硿硿空、然、此即李渤之故智。余固笑而不信也。仍然是疑、轉下有勢。至其夜月明、獨與邁乘小舟、至絕壁下。大石側立千尺、如猛獸奇鬼、森然欲搏人。而山上棲鶻、兀、聞人聲亦驚起、磔磔窄、雲霄閒。又有若老人欬慨、且笑於山谷中者、或曰、此鸛鶴也。一段點綴奇景、慘淡淒其、使人毛髮。

（伏下士大夫不肯以小舟夜泊絕壁句。）余方心動欲還、（折筆妙。）而大聲發於水上、噌（增）、吰（宏）、如鐘鼓不絕。（噌吰、鐘聲。）舟人大恐、徐而察之、則山下皆石穴罅、（鍜去聲、）不知其淺深、微波入焉、涵澹（談）、澎（烹）、湃、（派、）而爲此也。（一處見聞得其實。）舟迴至兩山閒、將入港（講）、口、有大石當中流、可坐百人、空中而多竅、與風水相吞吐、有窾（款）、坎鏜（湯）、鞳（榻）、之聲、（窾坎鏜鞳、鐘鼓聲。）與向之噌吰者相應、如樂作焉。（兩處見聞得其實。）因笑謂邁曰、汝識之乎、噌吰者、周景王之無射（亦）也、（無射、周景王所鑄鐘名。）窾坎鏜鞳者、魏庄子之歌鐘也①。（魏庄子、晉大夫。○兩處石聲、與古鐘聲無異。）古之人不余欺也。（始知古人以鐘名石爲不謬。）事不目見耳聞、而臆斷其有無、可乎。（人謂石置水中不能鳴、蓋臆斷耳。）酈元之所見聞、殆與余同、而言之不詳。（簡。）士大夫終不肯以小舟夜泊絕壁之下、故莫能知。而漁工水師、雖知而不能言。此世所以不傳也。（破人常疑之句。）而陋者乃以斧斤考擊而求之、自以爲得其實。（破余尤疑之句。）余是以記之、蓋歎酈元之簡、而笑李渤之陋也。（結出。）

校勘記：

①"庄"，原誤作"獻"。《經進東坡文集事略》作"庄"，注云"庄子即魏絳。諸本多作'魏獻子之歌鐘'，以傳考之，獻子乃庄子之子魏舒，非魏絳也，疑傳寫之誤。"今據《經進東坡文集事略》改。注中"庄"字同。

②"晰"原作"詳"，今據文富堂本改。
③"明"原作"盡"，今據文富堂本改。
④"悅"原作"爽"，今據文富堂本改。

世人不曉石鐘命名之故、始失于舊註之不詳、繼失于淺人之俗見。千古奇勝、埋沒多少。坡公身歷其境、聞之真、察之晰②、從前無數疑案、一一破明③、悅心快目④。

潮州韓文公廟碑

蘇軾

匹夫而爲百世師、一言而爲天下法。東坡作此碑、忽得此兩句。不能得一起頭、起行數十遭、是從古來聖賢、遠遠想入。是皆有以參天地之化、關盛衰之運。用是皆二字接、包括古今聖賢多少。其生也有自來、生不苟生。其逝也有所爲。死不苟逝。故申呂自嶽降、大雅、維嶽降神、生甫及申。甫、即呂也、書呂刑、禮記作甫刑、而孔氏以爲呂侯、後爲甫侯是也。申、申伯也。○生有自來。傅說爲列星、莊子、傅說乘東維、騎箕尾、而比于列星。○逝有所爲。古今所傳、不可誣也。略證頓住。孟子曰、我善養吾浩然之氣。忽然提出氣字來。是氣也、寓於尋常之中、而塞乎天地之閒。卒猝、然遇之、則王公失其貴、晉楚失其富、良平張良、陳平。失其智、賁育孟賁、夏育。失其勇、儀秦張儀、蘇秦。失其辨。一遇是氣、則貴富智勇辨、皆無所用、纔見浩然。是孰使之然哉。頓上起下、有力。其必有不依形而立、不恃力而行、不待生而存、不隨死而亡者矣。疊四語、刻畫氣字。故在天爲星辰、在地爲河嶽、幽則爲鬼神、而明則復爲人、此理之常、無足怪者。以上言古今聖賢歿後必爲神。是一篇之冒。自東漢以來、道喪文弊、異端並起、歷唐貞觀、太宗年號。開元明皇年號。之盛、輔以房、玄齡。杜、如晦。姚、崇。宋璟。而不能救。折入。獨韓文公起布衣、談笑而麾之、天下靡然從公、復歸於正。文公排異端、明天道、正人心、布衣而挽回世教、其功尤烈。蓋三百年於此矣。宕句得神。文起八代之衰。八代、東漢、魏、晉、宋、齊、梁、陳、隋。而道濟天下之溺、公原道等篇、奧衍宏深、障百川、迴狂瀾、所以救濟人心之溺。忠犯人主之怒、憲宗迎佛骨入禁中、公上表極諫、帝怒、貶潮州。而勇奪三軍之帥、鎮州亂、殺帥洪正、而立王廷湊、詔公宣撫、衆皆危之。公至、對廷湊力折其黨。○四句、說盡韓公一生。此豈非參天地、關盛衰、浩然而獨存者乎。應前結住。下提筆再起。蓋嘗論天人之辨、以謂人無所不至、可以智力勝。惟天不容僞。必以精誠感。○總二句。智可以欺王公、人。不可以欺豚魚。易、中孚彖曰、信及豚魚。○天。力可以得天下、人。不可以得匹夫匹婦之心。天。○四句、承上生下。故公之精誠、能開衡山之雲、公有謁衡山南嶽廟詩云、我來正逢秋雨節、陰氣晦昧無清風。潛心默禱若有應、豈非正直能感通。須臾盡掃衆峯出、仰天突兀撐晴空。是誠能開衡山之雲也。○天。而不能回憲宗之惑。謂貶潮州。○人。能馴鱷魚之暴、潮州鱷魚爲患、公爲文投水中、是夕暴風震電起溪中、數日水盡涸、西徙六十里①。○天。而不能弭米、皇甫鎛博、李逢吉之謗。憲宗得公潮州謝表、頗感悔、欲復用之、鎛忌公、奏改袁州。李逢吉因臺參之事、使公與李紳交鬭、遂罷公爲兵部侍郎。是不能止謗也。○人。能信於南海之民、廟食百世、謂潮州立廟祀公。橫插一筆。○天。○而不能使其身一日安於朝廷之上。公自觀察推官入仕、貶山陽、貶潮州、移袁州、行軍蔡州、宣撫鎭州、是不能一日在朝也。○人。蓋公之所能者天也、其所不能者人也。一點便醒。應上人無所不至二句、收住。

始潮人未知學、公命進士趙德爲之師、自是潮之士、皆篤於文行、延及齊民、齊等之民。至於今、號稱易治。信乎孔子之言、君子學道則愛人、小人學道則易使也。記公于潮。潮人之事公也、飮食必祭、水旱疾疫、凡有求必禱焉。記潮于公。而廟在刺史公堂之後、民以出入爲艱、前太守欲請諸朝作新廟、不果。元祐哲宗年號。五年、朝散郎王君滌來守是邦、凡所以養士治民者、一以公爲師。民既悅服、則出令曰、願新公廟者聽。凡作記、最要補出此一筆。民懽趨聽其所令。之。卜地於州城之南七里、期年而廟成。記新廟。下忽作辨難、文情湧起。或曰、公去國萬

校勘記：

①"六十里"之十字，原誤作"百"，今據《經進東坡文集事略》改。

里、而謫於潮、不能一歲而歸、不及一年而去。沒而有知、其不眷戀於潮也審矣。
軾曰、不然、公之神在天下者、如水之在地中、無所往而不在也。何嘗不在潮。
而潮人獨信之深、思之至、焄熏、蒿悽愴、鬼神精氣蒸上處、是焄蒿。使人精神悚然、是悽愴。若或見之、
譬如鑿井得泉、而曰水專在是、豈理也哉。何嘗專在潮。○現前點撥、妙解妙喻。元豐神宗年號。元
年、詔封公昌黎伯、昌黎、郡名。故榜曰昌黎伯韓文公之廟。點出廟門上額。潮人請書其
事於石、點出碑。因作詩以遺之、使歌以祀公。其辭曰、公昔騎龍白雲鄉、
莊子、乘彼白雲、遊于帝鄉。謂公昔日騎龍作馬、乘白雲于帝鄉。手抉淵入擘、雲漢分天章、詩曰、倬彼雲漢。爲章于天。謂公以手抉開雲漢、分爲之天章。
天孫爲織雲錦裳。天孫、織女也。言若織女爲公織就雲錦之裳。○此言公之文章。自天而成。飄然乘風來帝旁、飄飄然乘言屈而降
自上帝之側。下與濁世掃粃糠。濁世粃糠、喻世俗文章之陋。○此言公從天而降、爲一代詞章之宗。西遊咸池略扶桑、淮南子、
日出陽谷、浴于咸池、拂于扶桑。謂公西遊咸池日浴之地、而略過于扶桑日拂之方。草木衣被昭回光。公光輝發越、被及草木、猶日月之昭回于天而光明
也。○此言公光被四表、而爲民物之所瞻仰。追逐李杜參翱翔、李白、杜甫、唐之詩士。公與之追逐、參列翱翔于其間。汗流籍湜殖、走

②"粲"，原誤作"餐"，今據《經進東坡文集事略》改。

且僵、張籍、皇甫湜、同名于時、而不及公遠甚。言其愧汗如流也。走且僵、謂其退避奔走而僵仆也。滅沒倒影不能望。日光沖激、謂之滅沒。反從下照、謂之倒影。喻公之道德光輝、炫燿奪目、不能擬而望之也。○此言公之文章道德、大莫能及。作書詆佛譏君王、謂佛骨表。要觀南海窺衡湘、公被謫潮州、跋涉嶺海、謂要觀南海、窺衡山湘水。是歷舜九嶷疑、弔英皇。九嶷、山名。在蒼梧零陵之間、舜所葬處。英皇、堯女娥皇、女英也。從舜南狩、道死衡湘之間。公歷行舜所巡之地、弔娥皇、女英之靈。○此言公謫潮、及所經歷之處。祝融先驅海若藏、南海之神曰祝融。海若、亦海神。公涉嶺外海道、祝融爲之先驅于前、而海若亦率怪物以斂藏。約束蛟鱷如驅羊。謂驅鱷魚之暴。德足以感神、威足以服物。○此言公之鈞天無人帝悲傷、九天、中天曰鈞天。言大鈞之天無人、而上帝爲之悲傷。謳吟下招遣巫陽。特遣巫陽謳吟、以下招文公。○此言公沒仍歸帝旁。犦牲雞卜羞我觴、犦牲、即犎牛。雞卜、嶺表凡小事必卜、名雞卜鼠卜。羞、進也。言祭以犦牲雞卜之薄、而進我之觴、所以表誠也。於粲荔丹與蕉黃②。公羅池廟碑、荔枝黑兮蕉葉黃、爲迎送柳子厚之歌。東坡引用其語、以見潮人祭公、亦如公之祭子厚也。○此言廟中陳祭之品。公不少留我涕滂、傷公之殁。翩然被髮下大荒。韓公詩云、翩然下大荒、被髮騎麒麟。東坡用此語、蓋祝其來享也。○歌詞踔厲發越、直追雅頌。

韓公貶于潮、而潮祀公爲神。蓋公之生也、參天地、關盛衰、故公之沒也、是氣猶浩然獨存。東坡極力推尊文公、豐詞瓌調、氣燄光采。非東坡不能爲此、非韓公不足當此。千古奇觀也。

乞校正陸贄奏議進御劄子

蘇軾

臣等猥（委）、以空疎、備員講讀。（時任翰林、與呂希哲、范祖禹同進。）聖明天縱、學問日新。臣等才有限而道無窮、心欲言而口不逮、以此自愧、莫知所爲。（自謙引起。）竊謂人臣之納忠、譬如醫者之用藥。藥雖進於醫手、方多傳於古人。若已經效於世間、不必皆從於己出。（設一確喻、便可轉入宣公奏議。）伏見唐宰相陸贄、才本王佐、學爲帝師。論深切於事情、言不離於道德。智如子房而文則過、辨如賈誼而術不疏。上以格君心之非、下以通天下之志。（極贊宣公。）但其不幸、仕不遇時。（便發感慨。）德宗以苛刻爲能、而贄諫之以忠厚。德宗以猜忌爲術、而贄勸之以推誠。德宗好用兵、而贄以消兵爲先。德宗好聚財、而贄以散財爲急。至於用人聽言之法、治邊御將之方、罪己以收人心、改過以應天道、去小人以除民患、惜名器以待有功、如此之流、未易悉數。（舉奏議中大要言。）可謂進苦口之藥石、鍼害身之膏肓。（荒、○肓、膈也。心下爲膏。左傳、晉景公疾病、秦伯使醫緩治之。未至、公夢疾爲二豎子曰、彼良醫也、懼傷我、焉逃之。其一曰、居肓之上膏之下、若我何。醫至、曰、疾不可爲也、在肓之上膏之下。攻之不可、達之不及、藥不至焉。）使德宗盡用其言、則貞觀（太宗年號。）可得而復。（反振作頓、起下仁宗當用宣公之言。）臣等每退自西閤、（蛤、）即私相告、以陛下聖明、必喜贄議論。但使聖賢之相契、即如臣主之同時。（取善不必以時代拘。）昔馮唐論頗牧之賢、則漢文爲之太息。（漢文帝謂馮唐曰、昔有爲我言趙將李齊之賢、戰于鉅鹿下、吾每飯未嘗不在鉅鹿。唐對曰、尚不如廉頗、李牧之爲將也。帝拊髀曰、我獨不得頗牧爲將、何憂匈奴哉。）魏相條鼂（潮、）董之對、則孝宣以致中興。（魏相好觀漢故事、數條漢興以來、國家便宜行事、及鼂錯仲舒等所言、請施行之。上任用焉。）若陛下能自得師、則莫若近取諸贄。（此段勸勉仁宗聽信之意、最爲婉切。）夫六經三史、（史記、及兩漢書爲三史。）諸子百家、非無可觀、皆足爲治。但聖言（六經。）幽遠、末學（子史。）支離、譬如山海之崇深、難以一二而推擇。如贄之論、開卷了然。聚古今之精英、實治亂之龜鑑。（以經史諸子形出奏議、深明宣公之論、便于觀覽推行。）臣等欲取其奏議、稍加校正、繕寫進呈。願陛下置之坐隅、如見贄面、反覆熟讀、如與贄言。必能發聖性之高明、成治功於歲月。直寫乞校正進御之意。臣等不勝區區之意、取進止。

東坡說宣公、便學宣公文章。諷勸鼓舞、激揚動人。宣公當時不見知于德宗、庶幾今日受知于陛下、與其觀六經諸子之崇深、不如讀宣公奏議之切當、尤使人主有欣然嚮往、恨不同時之想。

前赤壁賦

蘇軾

壬戌元豐四年。之秋、七月既望、蘇子與客泛舟、遊於赤壁之下。建安十三年、曹操自江陵追劉備、備求救于孫權、權遣周瑜請兵三萬拒之。瑜部將黃蓋、建議以鬭艦載荻柴、先以書詐降。時東南風急、蓋以十艦著前、餘船繼進、去二里許、同時火發。火烈風猛、燒盡北船、操軍大敗、石壁皆赤。赤壁有二、惟蒲圻縣西北烏林、與赤壁相對、乃周瑜破曹操處。東坡所遊、則黃州之赤壁、誤也。清風徐來、水波不興。先賦風。舉酒屬祝、客、誦明月之詩、歌窈窕之章。謂明月詩中窈窕一章。少焉、月出於東山之上、徘徊於斗牛之間。斗牛、二星。○次賦月。○風月是一篇張本。白露橫江、水光接天。寫秋景二句。縱一葦之所如、淩萬頃之茫然。一葦、謂小舟也。葦、蒹葭之屬。衛風、誰謂河廣、一葦杭之。浩浩乎如馮平、虛御風、而不知其所止、列子御風而行、泠然善也。飄飄乎如遺世獨立、羽化而登仙。道家飛昇遐舉、謂之羽化。○賦一領受此風此月者、一路都寫樂景。於是飲酒樂甚、點出樂字。扣舷賢、而歌之。舷、船邊。歌曰、桂棹兮蘭槳、舟中前推曰槳、後推曰棹。擊空明兮泝素、流光。搖槳曰擊。月在水中、謂之空明。逆水而上曰泝。月光與波俱動、謂之流光。渺渺兮予懷、望美人兮天一方。美人、謂同朝君子。此先生眷眷不忘朝廷之意也。客有吹洞簫者、無底者謂洞簫。依歌而和之、其聲嗚嗚然、如怨如慕、如泣如訴、餘音嫋嫋、鳥、不絕如縷。舞幽壑之潛蛟、泣孤舟之嫠離、婦。嫠婦、寡婦也。○忽因吹洞簫發出一段悲歌感慨、起下愀然意。蘇子愀悄、然、正襟危坐、而問客曰、何爲其然也。生出後半篇文字。客曰、月明星稀、烏鵲南飛、此非曹孟德之詩乎。文選、魏武帝短歌曰、月明星稀、烏鵲南飛、遶樹三匝、無枝可依。孟德、曹操字也、是爲魏武帝。○先引昔所誦詩。西望夏口、東望武昌、武昌、卽鄂州。夏口、在鄂州江夏縣西。山川相繆、同繚、鬱乎蒼蒼、此非孟德之困於周郎者乎。繆、繞也。周瑜、字公瑾、曹操呼爲周郎。此謂曹操爲周瑜敗于赤壁。○現指今所遭境。方其破荊州、劉琮降。下江陵、自江陵至赤壁。順流而東也、舳逐、艫盧、千里、旌旗蔽空、釃詩、酒臨江、橫槊朔、賦詩、釃、酌酒也。槊、矛屬。曹氏父子、鞍馬間爲文、往往橫槊賦詩。固一世之雄也、而今安在哉。一段借曹公發端、其傷心卻在下一段。

況吾與子漁樵於江渚之上、侶魚蝦而友麋鹿、駕一葉之扁篇、舟、小舟曰扁舟。舉

匏樽以相屬。祝、○匏樽、酒器之質者。寄蜉蝣於天地、渺滄海之一粟。蜉蝣、小蟲、一名渠略、朝生暮死。○無

有曹公舳艫千里、旌旗蔽空也。哀吾生之須臾、羨長江之無窮。承上而今安在。挾飛仙以遨遊、抱

明月而長終。遐想此事。知不可乎驟得、託遺響於悲風。終無可奈何也、故借此意于悲聲之中。○以上擬客發議、以

抒下文。蘇子曰、客亦知夫水與月乎。現前指點。逝者如斯、客所知。而未嘗往也。客所未知。○

此句說水。盈虛者如彼、客所知。而卒莫消長也。客所未知。此句說月。○蓋將自其變者而觀之、

則天地曾不能以一瞬。舜、○瞬、目搖也。○客所知、自其不變者而觀之、則物與我皆無盡

也、而又何羨乎。客所未知。羨字應上。○即水月天地以自解、見得天地盈虛消息之理、本無終窮。況眼前境界、自有風月可樂、何事悲感。且夫天

地之間、物各有主。苟非吾之所有、雖一毫而莫取。推開一步。惟江上之清風、

與山間之明月、應前風月。耳得之而爲聲、風。目遇之而成色、月。取之無禁、用

之不竭、是造物者之無盡藏也、而吾與子之所共適。客曰況吾與子、此曰而吾與子。一酬一對之閒、差卻境界多少。客喜而笑、客轉悲而喜。洗盞更酌。肴核既盡、杯盤狼藉。籍、相與枕藉謝、乎舟中、不知東方之既白。結出人自在。

欲寫受用現前無邊風月、卻借吹洞簫者發出一段悲感、然後痛陳其胸前一片空闊。了悟風月不死、先生不亡也。

後赤壁賦

蘇軾

是歲承上篇。十月之望、步自雪堂、將歸於臨皐。公年四十七、在黃州寓居臨皐亭。就東坡築雪堂、自號東坡居士。堂以大雪中爲之、故名。○寫不必定遊赤壁。二客從予、過黃泥之坂。黃泥坂、雪堂至臨皐之道也。○寫不必定約某客。霜露既降、木葉盡脫。賦十月。人影在地、仰見明月。賦望。顧而樂之、行歌相答。賦自本欲歸、客亦偶從。已而歎曰、有客無酒、有酒無肴、月白風清、如此良夜何。仍用風月二字、乃長公一生襟懷。客曰、今者薄博、暮、薄、迫也。迫晚曰薄暮。迫舉網得魚、巨口細鱗、狀如松江之鱸、顧安所得酒乎。客創逸興。歸而謀諸婦、婦曰、我有斗酒、藏之久矣。以待子不時之需。（婦更湊趣。）於是攜酒與魚、復遊於赤壁之下。（泛舟復遊。○敘出復遊之端、最有頭緒。）江流有聲、斷岸千尺、山高月小、水落石出。（狀景寫情、字字若畫。）曾日月之幾何、而江山不可復識矣。（感慨多少。）予乃攝衣而上、（舍舟登岸。）履巉巖、（巉巖、高危也。）披蒙茸、（戎。○披、開也。蒙茸、草卉叢生也。）踞虎豹、（石類虎豹之狀者、踞而坐之。）登虬（求、）龍、（草木有類虬龍者、登而援之。）攀栖鶻之危巢、（鶻、鷹屬、夜則宿于危巢、吾仰而欲攀之。）俯馮（平、）夷之幽宮、（馮夷、水神。息于深淵之幽宮、吾俯而欲窺之。）蓋二客不能從焉。（上六句、添此一句、又寫盡崎嶇險仄。）劃然長嘯、（嘯、蹙口出聲、以舒憤懣之氣。）草木震動、山鳴谷應、風起水湧。（寫出蕭瑟景況。）予亦悄然而悲、肅然而恐、凜乎其不可留也。（先生至此、亦不能不知難而退也。）反而登舟、（舍岸登舟。）放乎中流、聽其所止而休焉。（賦出人自在。）時夜將半、四顧寂寥。適有孤鶴、橫江東來。翅如車輪、玄裳縞衣、戞（甲、）然長鳴、掠予舟而西也。（空中奇想①。）須臾客去、予亦就睡。（舍舟登岸。）夢一道士、羽衣蹁躚、過臨皋之下。揖予而言曰、赤壁之遊樂乎。（應樂字。）問其姓名、俛（俯同、）而不答。嗚呼噫嘻、我知之

校勘記：

①"奇"字原誤作"著"，今據文富堂本改。

校勘記：

①《經進東坡文集事略》無"貴仁者不必"五字。

②"定"，《經進東坡文集事略》作"衆"。

③"德"，《經進東坡文集事略》作"祿"。

矣。疇昔之夜、飛鳴而過我者、非子也耶。道士顧笑、予亦驚寤。借鶴與道士、寄寓曠達胸次。開戶視之、不見其處。豈惟無鶴無道士、并無魚、并無酒、并無客、并無赤壁、只有一片光明空闊。

前篇寫實情實景、從樂字領出歌來。此篇作幻境幻想、從樂字領出歎來。一路奇情逸致、相逼而出。與前賦同一機軸、而無一筆相似。讀此兩賦、勝讀南華一部。

三槐堂銘

蘇軾

天可必乎、賢者不必貴、仁者不必壽①。天不可必乎、仁者必有後。二者將安取衷哉。入手便作疑詞、文勢曲折。吾聞之申包胥楚人。曰、人定者勝天②、天定亦能勝人。引證。世之論天者、皆不待其定而求之、故以天爲茫茫。善者以怠、惡者以肆。盜跖之壽、孔顏之厄、此皆天之未定者也。判斷極得。松柏生於山林、其始也、困於蓬蒿、厄於牛羊、而其終也、貫四時、閱千歲而不改者、其天定也。即物以驗之。善惡之報、至於子孫、則其定也久矣。不必待其已報而後定。吾以所見所聞考之、而其可必也審矣。此句便是入題筆勢。國之將興、暗指宋。必有世德之臣③、厚施而不食其報、暗指晉國。然後其子孫能與守文太平之主共天下之福。暗指魏國。先虛虛說起。○故兵部侍郎晉國王公、王祜。顯於漢周之際、歷事太祖太宗、文武忠孝、厚施。天下望以爲相、而公卒以直道不容於時。不食其報。蓋嘗手植三槐於庭、曰、吾子孫必有爲三公者。未定之天。已而其子魏國文正公、王旦。相真宗皇帝於景德祥符俱年號。之閒、既定之天。朝廷清明、天下無事之時、享其福祿榮名者十有八年。與守文太平之主共天下之福。今夫寓物於人、明日而取之、有得有否。跌宕。而晉公修德於身、責報於天、取必於數十年之後、如持左契、交手相付、吾是以知天之果可必也。前言其可必也審矣、此言天之果可必也、是決詞、以應天可必乎之說。轉盼有情。正吾不及見魏公、而見其子懿敏公、王素。○寫世德子孫、故又添出一世。以直諫事仁宗皇帝、出入侍從將帥三十餘年、位不滿其德。天將復興王氏也歟、何其子孫之多賢也。此言王氏之得天未已。意思唱歎不盡。世有以晉公比李栖筠云、唐人。○者、請李栖筠作陪。其雄才直氣、真不相上下。且說同。而栖筠

④"銘"，原誤作"錄"，"以是"原作"是以"今據《經進東坡文集事略》改。

之子吉甫、其孫德裕、功名富貴、略與王氏等。且說同。而忠恕仁厚、不及魏公父子。請李栖筠、乃只爲此句也。由此觀之、王氏之福、蓋未艾也。此又借一相近人出色一番。懿敏公之子鞏拱、與吾遊、又添出一世。好德而文、以世其家、吾是以銘之④。收結勁健。銘曰、

嗚呼休哉。魏公之業、與槐俱萌、封植之勤、必世乃成。既相真宗、四方砥平、歸視其家、槐陰滿庭。吾儕小人、朝不及夕、相時射利、皇卹厥德。庶幾僥倖、不種而穫、不有君子、其何能國。王城之東、晉公所廬、鬱鬱三槐、惟德之符。嗚呼休哉。銘意言種槐即是種德。

起手以可必不可必兩設疑局、作詰問體。次乃說出有未定之天、有一定之天、歷世數來、乃見人事既盡、然後可以取必於天心。此長公作銘微意。王氏勳業、與槐俱萌、實與此文而俱永。

方山子傳

蘇軾

方山子、光黃間隱人也。一句伏案。少時慕朱家郭解俱漢時游俠。爲人、閭里之俠皆

宗之。好俠是一篇之綱。稍壯、折節讀書、欲以此馳騁當世、仍是俠。然終不遇。總是豪俠氣概、伏下使酒好劍輕財一段。晚乃遯於光黃間曰岐亭。伏岐亭相見。菴居蔬食、不與世相聞。棄車馬、毀冠服、徒步往來、山中人莫識也。伏山中人。見其所著帽方聳而高、曰此豈古方山冠之遺像乎、因謂之方山子。後漢書、方山冠似進賢冠、以五采縠爲之。○方山子、是想像得名。余謫居於黃、謫黃州監稅。過岐亭、適見焉。曰、嗚呼、此吾故人陳慥季常也、姓名字、並點出。何爲而在此。驚怪之詞。方山子亦矍覺、然問余所以至此者、緊接妙、真似一時適見光景。余告之故。告以謫居之故。俯而不答、仰而笑。逼真隱士行徑。呼余宿其家、環堵蕭然、而妻子奴婢、皆有自得之意。描寫隱居之樂、刻畫入情。余既聳然異之。一頓、便作波瀾。獨念方山子少時使酒好劍、用財如糞土。追敘其俠。前十九年、余在岐山、見方山子從兩騎挾二矢遊西山、鵲起於前、使騎逐而射之、不獲、方山子怒馬獨出、一發得之。游俠之態如畫。因與余馬上論用兵、及古今成敗、自謂一時豪士。得此一轉、更見悲壯。今幾日耳、精悍之色、猶見於眉閒、而豈山中之人哉。（應前山中之人喚起有得意。）然方山子世有勳閥、（伐、）當得官、使從事於其閒、今已顯聞。（一跌。）而其家在洛陽、園宅壯麗、與公侯等。河北有田、歲得帛千匹、亦足以富樂。（二跌。）皆棄不取、獨來窮山中、此豈無得而然哉。（掉轉自得意句。有聲響。）余聞光黃閒多異人、往往佯狂垢汙、不可得而見、方山子儻見之歟。（作不凡語、餘波宕漾。）

前幅自其少而壯而晚、一一順敘出來。中閒獨念方山子一轉、由後追前、寫得十分豪縱、並不見與前重複、筆墨高絕。末言舍富貴而甘隱遁、爲有得而然、乃可稱爲真隱人。

六國論

蘇轍

嘗讀六國世家、（史記、六國俱有世家。）竊怪天下之諸侯、以五倍之地、十倍之衆、發憤西向、以攻山西千里之秦、而不免於滅亡。（先怪六國滅亡。）常爲之深思遠慮、以爲必有可以自安之計。（次爲六國代計。）蓋未嘗不咎其當時之士、慮患之疎、而見利之淺、且不知天下之勢也。（次咎當時策士、不知天下之勢。下乃發議。）夫秦之所與諸侯爭天下者、不在齊楚燕趙也、而在韓魏之郊。諸侯之所與秦爭天下者、不在齊楚燕趙也、而在韓魏之野。秦之有韓魏、譬如人之有腹心之疾也。韓魏塞秦之衝、而蔽山東之諸侯、故夫天下之所重者、莫如韓魏也。此言韓魏爲六國蔽障、爲秦咽喉、深明天下大勢。昔者范雎用於秦而收韓、商鞅用於秦而收魏、收者、使之附秦也。昭王未得韓魏之心、而出兵以攻秦之剛壽、而范雎以爲憂、一反更醒。然則秦之所忌者可見矣。引證以明己說之有據。秦之用兵於燕趙、秦之危事也。越韓過魏、而攻人之國都、燕趙拒之於前、而韓魏乘之於後、此危道也。而秦之攻燕趙、未嘗有韓魏之憂、八句、只是一句。則韓魏之附秦故也。夫韓魏諸侯之障、而使秦人得出入於其閒、此豈知天下之勢耶。此切責韓魏。委區區之韓魏、以當強虎狼之秦、彼安得不折而入於秦哉。韓魏折而入於秦、然後秦人得通其兵於東諸侯、而使天下偏受其禍。此切責東諸侯。夫韓魏不能獨當秦、而天下之諸侯、藉之以蔽其西、故莫如厚韓親魏以擯秦。通篇結穴。下只一意、轉折而盡。秦人不敢逾韓魏以窺齊楚燕趙之國、一轉。而齊楚燕趙之國、因得以自完於其閒矣。二轉。以四無事之國、佐當寇之韓魏、三轉。使韓魏無東顧之憂、而爲天下出身以當秦兵。四轉。以二國委秦、而四國休息於內、以陰助其急、五轉。若此可以應夫無窮、彼秦者將何爲哉。此段深著自安之計在知天下之勢。不知出此、而乃貪疆埸尺寸之利、背盟敗約、以自相屠滅。秦兵未出、而天下諸侯已自困矣。至於秦人得伺其隙、以取其國、可不悲哉。感歎作結、遺恨千古。

是論只在不知天下之勢一句。蘇秦之說六國、意正如此。當時六國之策、萬萬無出于親韓魏者。計不出此、而自相屠滅。六國之愚、何至于斯。讀之可發一笑。

上樞密韓太尉書　蘇轍

太尉執事、轍生好爲文、思之至深。以爲文者、氣之所形、然文不可以學而能、氣可以養而致。以養氣冒起一篇大意。孟子曰、我善養吾浩然之氣。今觀其文章、寬厚宏博、充乎天地之間、稱其氣之小大。一證。太史公司馬遷。行天下、周覽四海名山大川、與燕趙間豪俊交遊、故其文疎蕩、頗有奇氣。二證。此二子者、豈嘗執筆學爲如此之文哉。跌蕩。其氣充乎其中、而溢乎其貌、動乎其言、而見乎其文、而不自知也。申明文爲氣之所形。非親嘗者不能道此。轍生十有九年矣、開宕。其居家所與遊者、不過其鄰里鄉黨之人、一。所見不過數百里之間、無高山大野、可登覽以自廣、二。百氏之書、雖無所不讀、然皆古人之陳迹、不足以激發其志氣。三。恐遂汩骨沒、故決然捨去、求天下奇聞壯觀、以知天地之廣大。虛提以起下四段。過秦漢之故都、恣觀終南嵩華之高、一。北顧黃河之奔流、慨然想見古之豪傑。二。至京師仰觀天子宮闕之壯、與倉廩府庫城池苑囿之富且大也、而後知天下之巨麗。三。○本欲說見太尉、卻自嵩華、黃河、京師、許多奇聞壯觀說來、文勢浩瀚。見翰林歐陽公、歐陽修。聽其議論之宏辨、觀其容貌之秀偉、與其門人賢士大夫遊、而後知天下之文章聚乎此也。四。○又引一歐陽公、陪起太尉、妙。太尉以才略冠天下、轉接無痕。天下之所恃以無憂、四夷之所憚以不敢發、入則周公召公、出則方叔召虎、皆周宣時人。而轍也未之見焉。一句挽上起下。且夫人之學也、不志其大、雖多而何爲。開宕。轍之來也、於山見終南、嵩華之高、於水見黃河之大且深、於人見歐陽公、而猶以爲未見太尉也。一齊收攏、勢如破竹。故願得觀賢人之光耀、聞一言以自壯、然後可以盡天下之大觀、而無憾者矣。應奇聞壯觀結束、筆力千鈞。轍年少、未能通習吏事。嚮之來、非有取於斗升之祿、偶然得之、非其所樂。又自明志氣。然幸得賜歸待選、使得優游數年之間、將以益治其文、且學爲政。太尉苟以爲可教而辱教之、又幸矣。任意灑然。

意只是欲求見太尉、以盡天下之大觀、以激發其志氣、卻以得見歐陽公、引起求見太尉。以歷見名山大川京華人物、引起得見歐陽公。以作文養氣、引起歷見名山大川京華人物、注意在此、而立言在彼、絕妙奇文。

黃州快哉亭記

蘇轍

江出西陵、（西陵、卽黃州地。）始得平地。其流奔放肆大、南合湘沅、（原、）北合漢沔、（勉、○湘、沅、二水名。漢水出爲漾、東南流爲沔、至漢中東行爲漢沔。）其勢益張、至於赤壁之下、波流浸灌、與海相若。（以亭覽觀江流、故從江敘起。）清河張君夢得、謫居齊安、（齊安、卽黃州。）卽其廬之西南爲亭、以覽觀江流之勝、（點亭字。）而余兄子瞻名之曰快哉。（倒出快哉。）蓋亭之所見、南北百里、東西一舍①、濤瀾洶湧、風雲開闔。晝則舟楫出沒於其前、夜則魚龍悲嘯於其下、變化倏（叔、）忽、動心駭目、不可久視。今乃得玩之几席之上、舉目而足。西望武昌諸山、岡陵起伏、草木行（杭、）列、烟消日出、漁夫樵父之舍、皆可指數、（上聲、）此其所以爲快哉者也。（一段寫當日所見以爲快。）至於長洲之濱、故城之墟、曹孟德孫仲謀之所睥（譬、）睨、（詣、）周瑜陸遜之所馳騖、其流風遺跡②、亦足以稱快世俗。（曹操、字孟德。孫權、字仲謀。睥睨、衺視貌。周瑜、權將、嘗破曹操赤壁下。陸遜、亦權將、嘗破曹休、振旅過武昌、權以御

校勘記：

①"舍"，原誤作"合"，今據《欒城集》、懷涇堂本正。

②"流風"，原誤倒作"風流"，今據《欒城集》文富堂本、懷涇堂本正。

③"收會稽之餘"，《欒城集》、懷涇堂本作"竊會計之餘功"。
④"哉"字原脫，今據《欒城集》補。

蓋覆遊。出入直騁曰馳、亂馳曰鶩。○一段弔往古之事以爲快。昔楚襄王從宋玉景差瑳、於蘭臺之宮、有風颯慘入聲、然至者、王披襟當之、曰、快哉此風、寡人所與庶人共者耶。宋玉曰、此獨大王之雄風耳、庶人安得共之。玉之言、蓋有諷焉。夫風無雄雌之異、而人有遇不遇之變。楚王之所以爲樂、與庶人之所以爲憂、此則人之變也、而風何與焉。因快哉二字、發此一段論端、尋說到張夢得身上、若斷若續、無限烟波。士生於世、使其中不自得、將何往而非病。使其中坦然不以物傷性、將何適而非快。快字從其中看出、纔起得張君謫居之快來。今張君不以謫爲患、收會膾、稽計、之餘③、會計、指簿書錢穀言。而自放山水之間、此其中宜有以過人者。與上兩其中應、將蓬戶甕牖、無所不快、蓬戶、編蓬爲戶也。甕牖、以破甕口爲牖也。○翻跌。而況乎濯長江之清流、挹西山之白雲、窮耳目之勝以自適也哉。緊收、正寫快哉。何等酣暢。不然、連山絕壑、長林古木、振之以清風、照之以明月、此皆騷人思士之所以悲傷憔悴而不能勝升、者、烏睹其爲快也哉④。反結、更有餘味。

前幅握定快哉二字洗發、後幅俱從謫居中生意、文勢汪洋、筆力雄壯。讀之令人心胸曠達、寵辱都忘。

寄歐陽舍人書

曾鞏

去秋人還、蒙賜書、及所撰先大父墓碑銘、反覆觀誦、感與慚幷。夫銘誌之著於世、義近於史、而亦有與史異者。（三句、是一篇綱領。）蓋史之於善惡無所不書、而銘者、蓋古之人有功德材行志義之美者、懼後世之不知、則必銘而見之。或納於廟、或存於墓、一也。（古之銘誌必勒之石。或留于家廟、或置之墓前、其義一也。）苟其人之惡、則於銘乎何有、此其所以與史異也。（史兼載善惡、銘獨記善、所以異也。○此段申明與史異句。）其辭之作、所以使死者無有所憾、生者得致其嚴。（嚴、敬也。）而善人喜於見傳、則勇於自立、惡人無有所紀、則以媿而懼。至於通材達識、義烈節士、嘉言善狀、皆見於篇、則足爲後法。警勸之道、非近乎史、其將安近。（此段申明義近史句。）及世之衰、人之子孫者、一欲褒揚其親、而不本乎理。故雖惡人、皆務勒銘以誇後世。立言者、既莫之拒而不爲、又以其子孫之請也、書其惡焉、則人情之所不得、於是乎銘始不實。此段言衰世銘不得實、起下段當觀其人意。後之作銘者、當觀其人。銘以人重、此句爲通篇關鎖。苟託之非人、則書之非公與是、徇私則不公。惑理則失是。則不足以行世而傳後。故千百年來、公卿大夫、至於里巷之士、莫不有銘、而傳者蓋少、其故非他、託之非人、書之非公與是故也。又從觀其人翻出公與是一語。見今世之銘、併其義之近于史者、亦失之矣。然則孰爲其人、而能盡公與是歟、非畜道德而能文章者、無以爲也。此一轉、徐徐引入歐公身上來。蓋有道德者之於惡人、則不受而銘之、公。於衆人、則能辨焉。是。而人之行、有情善而迹非、有意奸而外淑、有善惡相懸而不可以實指、有實大於名、有名侈於實、辨之甚難。猶之用人、非畜道德者、惡能辨之不惑、而是。議之不徇。而公。○此以見必畜道德者、而後可以爲。不惑不徇、則公且是矣。從道德側到文章。而其辭之不工、則世猶不傳、於是又在其文章兼勝焉。此以見必畜道德而能文章者、而後可以為。故曰非畜道德而能文章者、無以為也、豈非然哉。此段申明能盡公與是、必待畜道德而能文章者、便可直入歐公。下然畜道德而能文章者、雖或並世而有、亦或數十年、或一二百年而有之、其傳之難如此、其遇之難又如此。可直入歐公矣、偏又作此一頓、文更曲折。若先生之道德文章、固所謂數百年而有者也。千里來龍、至此結穴。先祖之言行卓卓、幸遇而得銘其公與是、其傳世行後無疑也。挽上略頓。而世之學者、每觀傳記所書古人之事、至於所可感、則往往衋與入聲、然不知涕之流落也、衋、傷痛也。○波蕩。況其子孫也哉、況鞏也哉。收轉、感慨嗚咽。其追睎希、祖德、睎、明不明之際也。而思所以傳之之由、則知先生推一賜於鞏、而及其三世、其感與報、宜若何而圖之。即感恩圖報意頓住、下乃發出絕大議論。正是銘與史異用而同功。抑又思若鞏之淺薄滯拙、而先生進之、先祖之屯蹶否塞以死、而先生顯之、則世之魁閎豪傑不世出之士、其誰不願進於門、潛遁幽抑之士、其誰不有望於世。善誰不為、而惡誰不媿以懼。

校勘記：

①"論"，《南豐先生元豐類稿》作"諭"。

遙應前段警勸之道。爲人之父祖者、孰不欲教其子孫、爲人之子孫者、孰不欲寵榮其父祖。此數美者、一歸於先生。銘一人而天下之爲父祖子孫者、皆知所警勸、其爲美更多于作史者。數美歸于先生一語、極爲推重歐公。若徒爲己之祖父作感激、是猶一人之私耳。既拜賜之辱、且敢進其所以然。所以感歐公者。所論世族之次①、敢不承教而加詳焉。承歐公來書之教而加詳。愧甚不宣。并結出自慚意。

予固感歐公銘其祖父、寄書致謝、多推重歐公之辭。然因銘祖父而推重歐公、則推重歐公、正是歸美祖父。至其文紆徐百折、轉入幽深、在南豐集中、應推爲第一。

贈黎安二生序

曾鞏

趙郡蘇軾、予之同年友也。提蘇軾說入。自蜀以書至京師遺予、稱蜀之士曰黎生安生者。點出二生。既而黎生攜其文數十萬言、安生攜其文亦數千言、辱以顧予。讀其文、誠閎壯雋偉、善反覆馳騁、窮盡事理、而其材力之放縱、若不可極者也。敘出二生之文。二生固可謂魁奇特起之士、而蘇君固可謂善知人者也。一總頓住。頃之、黎生補江陵府司法參軍、將行、請予言以爲贈。予曰、予之知生、既得之於心矣、乃將以言相求於外邪。通篇意在勉二生以行道、不當但求爲文詞。黎生曰、生與安生之學於斯文、插入安生、妙。里之人皆笑以爲迂闊、今求子之言、蓋將解惑於里人。因迂闊解惑二句、生出下兩段文字。子聞之、自顧而笑。夫世之迂闊、孰有甚於予乎。自負不少。知信乎古、而不知合乎世、知志乎道、而不知同乎俗、此予所以困於今而不自知也。迂闊至此。世之迂闊、孰有甚於予乎。疊一句、妙。今生之迂、特以文不近俗、迂之小者耳、患爲笑於里之人。若予之迂大矣、使生持吾言而歸、且重得罪、庸詎止於笑乎。一段答他笑以爲迂闊句。然則若予之於生、將何言哉。謂予之迂爲善、則其患若此。謂爲不善、則有以合乎世、必違乎古、有以同乎俗、必離乎道矣。應前錯落有致。生其無急於解里人之惑、則於是焉必能擇而取之。一段答他解惑于里人句。遂書以贈二生、幷示蘇君以爲何如也。照起作結。

文之近俗者、必非文也。故里人皆笑、則其文必佳。子固借迂闊二字、曲曲引二生入道。讀之覺文章聲氣、去聖賢名教不遠。

讀孟嘗君傳　王安石

世皆稱孟嘗君能得士、士以故歸之、而卒賴其力、以脫於虎豹之秦。秦昭王囚孟嘗君、欲殺之。孟嘗君使人抵昭王幸姬求解。幸姬曰、妾願得君狐白裘。此時孟嘗君有一狐白裘、入秦、獻之昭王。客有能爲狗盜者、乃夜爲狗、以入秦宮藏中、取所獻狐白裘、以獻幸姬。幸姬爲言昭王、釋孟嘗君。孟嘗君得出、即馳去。夜半、至函谷關。昭王後悔出孟嘗君、求之、已去、即使人馳傳逐之。孟嘗君至關、關法雞鳴而出客、孟嘗君恐追至。客有能爲雞鳴、而雞盡鳴、遂得出。○立案。嗟乎、孟嘗君特雞鳴狗盜之雄耳、豈足以言得士。陡然一轉。不然、擅齊之強、得一士焉、宜可以南面而制秦、尚何取雞鳴狗盜之力哉①。駁得倒。雞鳴狗盜之出其門、此士之所以不至也。斷得盡。○疾轉疾收、字字警策。

文不滿百字、而抑揚吞吐、曲盡其妙。

同學一首別子固　王安石

江之南有賢人焉、字子固、非今所謂賢人者、予慕而友之。淮之南有賢

校勘記：

①"何"字原脫，今據《臨川先生文集》補。

人焉、字正之、非今所謂賢人者、予慕而友之。兩非今所謂賢人者、見其假以古處自期也。○分提。二賢人者、足未嘗相過也、口未嘗相語也、辭幣未嘗相接也、其師若友、豈盡同哉。先翻同字。予考其言行、其不相似者何其少也、曰學聖人而已矣。文點學字。學聖人、則其師若友、必學聖人者、聖人之言行、豈有二哉、其相似也適然。接上相似總點同學。○合寫。予在淮南、爲正之道子固、正之不予疑也。還江南、爲子固道正之、子固亦以爲然。空中立說、句法變換、自成雋永。予又知所謂賢人者、既相似又相信不疑也。醒發同學二字、先後綴映、百倍精神。子固作懷友一首遺予、其大略欲相扳以至乎中庸而後已。正之蓋亦嘗云爾。此處微分主客、是文家點題法。夫安驅徐行、轥吝、中庸之庭、而造於其室①、轥、車踐也。舍二賢人者而誰哉。寫出兩人階級。到底只用合發。予昔非敢自必其有至也、亦願從事於左右焉爾、輔而進之其可也。插入自己。噫、官有守、私有繫、會合不可以常也。結出別意。同學兄弟、每每若此、言之慨然。作同學一首別子固、以

校勘記：

①"室"，《臨川先生文集》作"堂"。

相警、且相慰云。（正文只此二語。）

（別子固而以正之陪說、交互映發、錯落參差。王其筆情高寄、淡而彌遠、自令人尋味無窮。）

遊褒禪山記

王安石

褒（褒）禪山亦謂之華山、唐浮圖慧褒（浮圖、僧也。）始舍於其址、而卒葬之、以故其後名之曰褒禪。今所謂慧空禪院者、褒之廬冢也。（敘出所由名。）距其院東五里、所謂華山洞者、以其乃華山之陽名之也。（通篇借遊華山洞發揮、故先點出洞名。）距洞百餘步、有碑仆道、（伏篇末案。）其文漫滅、獨其爲文猶可識曰花山、今言華如華實之華者、蓋音謬也。（閒文生趣。）其下平曠、有泉側出、而記遊者甚衆、所謂前洞也。（點前洞、是賓。）由山以上五六里、有穴窈然、入之甚寒、問其深、則其好遊者不能窮也、謂之後洞。（點出後洞、是主。）予與四人擁火以入、入之愈深、其進愈難、而其見愈奇。（隱下正旨在內。）有怠而欲出者、曰、不出火且盡、遂與之俱出。（已上敘遊事、筆筆伏後議論。）

蓋予所至、比好遊者尚不能十一、然視其左右、來而記之者已少、蓋其又深、則其至又加少矣。借此以喻學之深造。方是時、予之力尚足以入、火尚足以明也。頓宕。既其出、則或咎其欲出者、而予亦悔其隨之、而不得極乎遊之樂也。歸結在此一句。於是予有歎焉。古人之觀於天地山川、草木蟲魚鳥獸、往往有得。以其求思之深、而無不在也。文情開拓。夫夷以近、則遊者衆。應前洞。險以遠、則至者少。應後洞。而世之奇偉瑰怪非常之觀、常在於險遠、而人之所罕至焉、故非有志者不能至也。接入主意。有志矣、不隨以止也、然力不足者、亦不能至也。翻跌盡致、以曲折遞下。亦有志與力、而又不隨以怠、至於幽暗昏惑、而無物以相之、亦不能至也。挽上推火句。然力足以至焉、於人爲可譏、應咎其欲出句。而在己爲有悔。應悔其隨之句。盡吾志也、而不能至者、可以無悔矣、其孰能譏之乎、此予之所得也。無悔與譏、便是有得、真論學名言。○一路俱是論遊、按之卻俱是論學。古人詣力到時、頭頭是道。川上山梁、同一趣也。予於仆碑、（應篇首。）又有悲夫古書之不存、後世之謬其傳而莫能名者、何可勝道也哉。（無限感慨。）此所以學者不可以不深思而愼取之也。（直至此、方點明學者。記意寓體、收拾已盡。）四人者、廬陵蕭君圭君玉、長樂王回深父、予弟安國平父、安上純父。（點四人結。）

（借游華山洞、發揮學道。或敍事、或詮解、或摹寫、或道故、意之所至、筆亦隨之。逸興滿眼、餘音不絕。可謂極文章之樂。）

泰州海陵縣主簿許君墓誌銘

王安石

君諱平、字秉之、姓許氏、余嘗譜其世家、所謂今泰州海陵縣主簿者也。（點得有致。）君既與兄元相友愛稱天下、而自少卓犖不羈、善辯說、與其兄俱以智略爲當世大人所器。（略頓。）寶元（仁宗年號。）時、朝廷開方略之選、以招天下異能之士、而陝西大帥范文正公鄭文肅公爭以君所爲書以薦、於是得召試、爲太廟齋郎、已而選泰州海陵縣主簿。（長才屈于下位者、不堪展讀。）貴人多薦君有大才、可試以事、不宜棄之州縣。君亦嘗慨然自許、欲有所爲。然終不得一用其智能以卒。噫、其可哀也已。（一句斷。下發議。）士固有離世異俗、獨行其意、罵譏笑侮、困辱而不悔、彼皆無衆人之求、而有所待於後世者也、其齟（阻、）齬（語、）固宜。（齟齬、謂不遇也。○此是另一種人、提過一邊。）若夫智謀功名之士、窺時俯仰、以赴勢物之會、而輒不遇者、乃亦不可勝數。（似說許、似不說許。）又辯足以移萬物、而窮於用說（稅、）之時、謀足以奪三軍、而辱於右武之國、此又何說哉。（韓非工說而發憤于韓王、李廣善戰而終詘于漢武、千古恨事不少。）嗟乎、彼有所待而不悔者、其知之矣。（收上、不說盡。妙）君年五十九、以嘉祐（仁宗年號。）某年某月某甲子、葬真州之楊子縣甘露鄉某所之原。夫人李氏。子男瓌、（規、）不仕。璋、真州司戶參軍。琦、太廟齋郎。琳、進士。女子五人、已嫁二人、進士周奉先、泰州泰興令陶舜元。銘曰。有拔而起之、莫擠而止之。（指范鄭諸公。）嗚呼許君、而已於斯。誰或使之。（感慨不盡。）

（起手敘事、以後痛寫淋漓、無限悲涼。總是說許君才當大用、不宜以泰州海陵縣主簿終、此作銘之旨也。文情若疑若信、若近若遠、令人莫測。）

校勘記：

①"則"，《宋學士文集》作"篁"。

古文觀止卷之十二

送天台陳庭學序

宋濂

西南山水、惟川蜀最奇。（提一句、作一篇之冒。）然去中州萬里、陸有劍閣棧（殘上聲）道之險、（一難。）水有瞿唐灩（衍、）澦（預、）之虞。（二難。）跨馬行、則竹間山高者①、累旬日不見其巔際、臨上而俯視、絶壑萬仞、杳莫測其所窮、肝膽爲之掉（超上聲）栗。（陸行之難。）水行則江石悍利、波惡渦（窩、）詭、舟一失勢尺寸、輒糜碎土沉、下飽魚鼈。（水行之難。）其難至如此。（總鎖一筆。）故非仕有力者、不可以遊、非材有文者、縱遊無所得、非壯彊者、多老死於其地、（極言遊歷之難、句句伏下案。）嗜奇之士恨焉。（應奇字、頓住。）天台陳君庭學、能爲詩、（材有文。）由中書左司掾、（硯、○掾、官屬。）屢從大將北征、有勞、擢四川都指揮司照磨、（仕有力。）由水道至成都。成都、川蜀之要地、揚子雲司馬相如諸葛武侯(皆成都人。)之所居、英雄俊傑戰攻駐守之迹、詩人文士、遊眺飲射、賦詠歌呼之所、(述成都人物形勝、思致勃勃。)庭學無不歷覽。(無處不遊。)既覽必發爲詩、以紀其景物時世之變、(遊有所得。)於是其詩益工。(挽能爲詩一筆、遒緊。)越三年、以例自免歸。(非壯彊不老死。)會予於京師、其氣愈充、其語愈壯、其志意愈高、蓋得於山水之助者侈矣。(山水一應。)予甚自愧、方予少時、嘗有志於出遊天下、顧以學未成而不暇。(非材有文。)及年壯可出、而四方兵起、無所投足。(非仕有力。)逮今聖主興而宇內定、極海之際、合爲一家、而予齒益加耄矣。(非壯彊。)欲如庭學之遊、尚可得乎。(收轉庭學一句、下又推開。)然吾聞古之賢士、若顏回、原憲、皆坐守陋室、蓬蒿沒戶、而志意常充然、有若囊括於天地者、此其故何也、得無有出於山水之外者乎。(勘進一層、山水再應。)庭學其試歸而求焉、苟有所得、則以告予、予將不一愧而已也。(應愧字結。)

校勘記：

①"天"，《宋學士文集》作"道"。

②"可"，《宋學士文集》作"思"。

先敘遊蜀之難、引起庭學之能遊、是正文。繼敘己之不能遊、與前作反襯。末更推進一步。起伏應合、如峯迴路轉、真神明變化之筆。

閱江樓記

宋濂

金陵爲帝王之州、金陵即江南江甯府。自六朝迄於南唐、類皆偏據一方、無以應山川之王氣。六朝、謂東晉宋齊梁陳也。五代時、徐知誥號爲南唐。逮我皇帝、定鼎於茲、始足以當之。由是聲教所暨、暨、及也。罔間朔南、朔南、朔北與極南之地也。禹貢、朔南暨聲教、訖于四海。存神穆清、與天同體①、雖一豫一遊、亦可爲天下後世法②。二句是立言本旨。京城之西北、有獅子山、自盧龍蜿蜒而來、長江如虹貫、蟠遶其下。盧龍、山名。蜿蜒、龍屈伸貌。虹、蝃蝀也。上以其地雄勝、詔建樓於巓。先點作樓。與民同遊觀之樂、遂錫嘉名爲閱江云。次點樓名。○已上敘事、下發論。登覽之頃、萬象森列、千載之祕、一旦軒露、豈非天造地設、以俟大一統之君、而開千萬世之偉觀者歟。登高一呼、氣勢雄闊。當風日清美、法駕幸臨、升其崇椒、凭平、闌遙矚、竹、矚、視之甚也。○山巓曰椒。必悠然而動遐思。一思字、生下許多思字。見江漢之朝宗、諸侯之述職、城池之高深、關阨之嚴固、諸侯春見天子曰朝、夏見曰宗。小雅、沔彼流水、朝宗于海。言流水亦知所向也。必曰、此朕櫛風沐雨、戰勝攻取之所致也、中夏之廣、益思有以保之。一段思有以懷諸侯。見波濤之浩蕩、風帆之上下、番舶白、接跡而來庭、蠻琛丑森切。聯肩而入貢、舶、海中大船。琛、寶也。必曰、此朕德綏威服、覃及內外之所及也、四陲之遠、益思有以柔之。一段思有以柔遠人。見兩岸之間、四郊之上、耕人有炙膚皸均、足之煩、農女有捋鸞入聲桑行饁葉之勤、皸、足坼凍裂。捋、取也。饁、饋也。必曰、此朕拔諸水火、而登於衽席者也、萬方之民、益思有以安之。一段思有以子庶民。○從閱字注一思字。發出三大段議論、體裁宏遠。觸類而思③、不一而足。臣知斯樓之建、皇上所以發舒精神、因物興感、無不寓其致治之思、奚止閱夫長江而已哉。一總、文勢開宕。彼臨春結綺、起。非不華矣。齊雲落星、非不高矣。臨春、結綺、齊雲、落星、皆古樓名。不過樂管絃之淫響、藏燕趙之豔姬、一旋踵閒而感慨係之④、臣不知其爲何說也。

③"思"，《宋學士文集》作"推"。

④"一"，原作"不"，今據《宋學士文集》改。

（又歎前代所建之樓、以寓箴規意。）雖然、長江發源岷（民）山、（岷山、在蜀。）委蛇（移）、七千餘里而入海、白涌碧翻、六朝之時、往往倚之爲天塹。（塹去聲、應篇首。）○今則南北一家、視爲安流、無所事乎戰爭矣、（前從閱字上注想、此又從江字上點綴、筆無滲漏。）然則果誰之力歟。（呼一句、承上起下。）逢掖之士、（逢掖、大衣也。儒行、丘少居魯、衣逢掖之衣。）有登斯樓而閱斯江者、當思聖德如天、蕩蕩難名、與神禹疏鑿之功、同一罔極、（可謂贊揚之至。）忠君報上之心、其有不油然而興耶。（既頌君、又諷臣、意極周匝得體。）臣不敏、奉旨撰記。欲上推宵旰（幹）、圖治之功者、勒諸貞珉。（民。○珉、石之美者。）他若留連光景之辭、皆略而不陳、懼褻也。（結又補出此意、何等鄭重。）

（奉旨撰記、故篇中多規頌之言、而爲莊重之體、眞臺閣應制文字。明初朝廷大制作、皆出先生之手、洵堪稱爲一代文宗⑤。）

司馬季主論卜

劉基

東陵侯既廢、過司馬季主而卜焉。（邵平爲秦東陵侯、秦破、爲布衣、種瓜長安城東。司馬季主、漢時善卜者。）季主曰、

⑤"文"，原作"詞"，今據文富堂本改。

君侯何卜也。東陵侯曰、久臥者思起、久蟄者思啓、久懣者思嚏。帝、蟄、伏藏也。懣、煩悶也。嚏、鼻塞噴嚏。○三句、喻廢久則思用。吾聞之、蓄極則洩、悶極則達、熱極則風、壅極則通。一冬一春、靡屈不伸。一起一伏、無往不復。六句、喻廢極則必用。僕竊有疑、願受教焉。當復用而終不用、故疑而欲卜。季主曰、若是、則君侯已喻之矣、又何卜爲。卜以決疑、既已喻之、何待于卜。東陵侯曰、僕未究其奧也、願先生卒教之。不知之深、雖喻猶疑、何可不卜。季主乃言曰、嗚呼、天道何親、惟德之親。鬼神何靈、因人而靈。夫蓍、枯草也。龜、枯骨也、物也。人靈於物者也、何不自聽、而聽於物乎。泛言不必卜之理。下乃轉入正旨。且君侯何不思昔者也、有昔者必有今日。昔者、謂見用之日。今日、謂處廢之時。○思字、與上三思字應。東陵知既廢之當用、而不知既用之當廢也。季主點醒他、全在此二句。是故碎瓦頹垣、昔日之歌樓舞館也。荒榛斷梗、昔日之瓊蕤誰、玉樹也。露蠶風蟬、昔日之鳳笙龍笛也。鬼燐鄰、螢火、昔日之金釭華燭也。秋荼春薺、昔日之象白駝峯也。丹楓白荻、昔日之蜀錦齊紈也。燐、鬼火。象白、駝峯、皆美味。○六段、由今思昔、現前指點、何等醒快。昔日之所無、今日有之不爲過、暗指昔廢今用者。昔日之所有、今日無之不爲不足。暗指昔用今廢者。是故一晝一夜、華開者謝。一秋一春①、物故者新。激湍之下、必有深潭。高丘之下、必有浚谷。句句與東陵之言相對。君侯亦知之矣、何以卜爲。應前作收。緊陗。

通篇只說得一個循環道理。喚緊喚醒東陵處、全在何不思昔者一句。以下纔發明此意。世之人、類多時命之感、讀此可以曉然矣。

賣柑者言

劉基

杭有賣果者、善藏柑、涉寒暑不潰。會、出之燁葉、然、玉質而金色、剖其中①、乾若敗絮。需去聲、○金玉其外、敗絮其中、映衒外意。予怪而問之曰、若所市於人者、將以實籩豆、奉祭祀、供賓客乎、將衒外以惑愚瞽乎、甚矣哉爲欺也。提出欺字作主。通篇俱從此發論。賣者笑曰、吾業是有年矣、吾②賴是以食寺、吾軀。吾售之、人取之、未聞有言、而獨不足子所乎。世之爲欺者不寡矣、而獨我也乎、吾

校勘記：

①"一秋一春"，原作"一春一秋"。《誠意伯文集》作"一秋一春"。依上下文義與文氣，當作"一秋一春"，今據改。

校勘記：

①《誠意伯文集》無"剖"字，並于"其中"二字上有"置于市賈十倍人爭鬻之予貿得其一剖之如有煙撲口鼻視"二十四字

子未之思也。（歎世盜名、舉天下皆是。下歷說居官之爲欺者以實之。）今夫佩虎符、坐皋比（皮）、者、（皋比、虎皮也。）洸洸乎干城之具也③、果能授孫（臏）。吳（起）。之略耶。（武將欺。）峨大冠、拖長紳者、昂昂乎廟堂之器也、果能建伊（尹）。皋（陶）。之業耶。（文臣欺。○忽發兩段大議論、文臣武將、何處可置面目。）盜起而不知御、民困而不知救、吏奸而不知禁、法斁而不知理、坐糜廩粟而不知恥、觀其坐高堂、騎大馬、醉醇醴④、而飫（於去聲）肥鮮者、孰不巍巍乎可畏、赫赫乎可象也、又何往而不金玉其外、敗絮其中也哉。（承上二段細寫之。借題罵世之文、得此遂爲酣暢。）今子是之不察、而以察吾柑。（作反詰語。極冷雋。）予默默無以應⑤。退而思其言、類東方生滑（骨）、稽之流。（滑稽、詼諧也。東方朔善詼諧、號滑稽。）豈其忿世嫉邪者耶、而託於柑以諷耶。（結出立言之旨。）

青田此言、爲世人盜名者發、而借賣柑影喻。滿腔憤世之心、而以痛哭流涕出之。士之金玉其外、而敗絮其中者、聞賣柑之言、亦可以少愧矣。

深慮論　方孝孺

。映雪堂原刻本及文富堂本、鴻文堂本、懷涇堂本均脫，似是二吳有意刪改。

②"吾"下原衍一"業"字，今據《誠意伯文集》刪。

③"洸洸"，原作"恍恍"，今據《誠意伯文集》改。

④"醴"，《誠意伯文集》作"醲"。

⑤"默默"，《誠意伯文集》作"默然"。

慮天下者、常圖其所難、而忽其所易、備其所可畏、而遺其所不疑。然而禍常發於所忽之中、而亂常起於不足疑之事。豈其慮之未周與。蓋慮之所能及者、人事之宜然。而出於智力之所不及者、天道也。（從人事側到天道、爲一篇議論張本。）當秦之世、而滅諸侯、一天下、而其心以爲周之亡、在乎諸侯之彊耳。變封建而爲郡縣、方以爲兵革可不復用、天子之位、可以世守、（人事。）而不知漢帝起隴畝之中、而卒亡秦之社稷。（天道。秦事一證。○引）漢懲秦之孤立、於是大建庶孽、而爲諸侯、以爲同姓之親、可以相繼而無變、（人事。）而七國萌簒弑之謀。（景帝三年、鼂錯患七國強大、請削諸侯郡縣。吳王濞、膠西王卬、膠東王雄渠、菑川王賢、濟南王辟光、楚王戊、趙王遂同舉兵反。○天道。）武宣以後、稍剖析之、而分其勢、以爲無事矣、（人事。）而王莽卒移漢祚。（天道。漢事一證。○引）光武之懲哀平、魏之懲漢、晉之懲魏、各懲其所由亡而爲之備。（人事。）而其亡也、皆出於所備之外①。（天道。○引東漢、魏、晉一證。）唐太宗聞武氏之殺其子孫、求人於疑似之

校勘記：

①"皆"，原作"蓋"，今據《遜志齋集》、文富堂本、懷涇堂本改。

際而除之、（貞觀二十二年、有傳祕記云、唐三世之後、女主武氏、代有天下。上密問太史令李淳風、秘記所云、信有之乎。對曰、臣仰觀天象、俯察歷數、其人已在陛下宮中。自今不過三十年、當王天下、殺唐子孫殆盡、其兆既成矣。上曰、疑似者盡殺之、何如。○人事。）其而武氏（則天。）日侍其左右而不悟。（天道。○引唐事一證。）宋太祖見五代方鎮之足以制其君、盡釋其兵權、使力弱而易制、（人事。）而不知子孫卒困於敵國②（天道。○引宋事一證。）此其人（總承。）皆有出人之智、蓋世之才、其於治亂存亡之幾、思之詳而備之審矣。慮切於此而禍興於彼、終至亂亡者何哉。（跌宕。）蓋智可以謀人、而不可以謀天。（總斷一筆。應上天人二意。關鎖甚緊。）良醫之子、多死於病、良巫之子、多死於鬼、彼豈工於活人而拙於活己之子哉③（跌宕。）乃工於謀人而拙於謀天也。（又引醫巫以爲不能深慮之喻、尤見醒快。）古之聖人、知天下後世之變、非智慮之所能周、非法術之所能制、不敢肆其私謀詭計、而唯積至誠用大德以結乎天心、使天眷其德、若慈母之保赤子而不忍釋。故其子孫、雖有至愚不肖者足以亡國、而天卒不忍遽亡之、此慮之遠者也。（此段纔說出工于謀

②"敵國"，《遜志齋集》作"夷狄"。

③"活己之子"，原誤作"謀子也"，今據《遜志齋集》改。"彼"字原脫，今亦據《遜志齋集》補。

④"也"字原脫，今據《遜志齋集》補。

天而能爲深慮者。一篇主意、結穴在此。一夫苟不能自結於天、而欲以區區之智、籠絡當世之務、而必後世之無危亡、此理之所必無者也④、而豈天道哉。反掉作結、尤見老法。

天道爲智力之所不及。然盡人事以合天心、卽天亦有可謀處。此文歸到積至誠用大德、正是祈天永命工夫。古今之論天道人事者多、得此乃見透快。

豫讓論

方孝孺

士君子立身事主、既名知己、則當竭盡智謀、忠告善道、銷患於未形、保治於未然、俾身全而主安。生爲名臣、死爲上鬼、垂光百世、照耀簡策、斯爲美也。就正意泛論起。苟遇知己、不能扶危於未亂之先、而乃捐軀殞命於既敗之後、釣名沽譽、眩世炫俗、由君子觀之、皆所不取也。暗貶豫讓一流人。作一篇之冒。蓋嘗因而論之。豫讓臣事智伯、及趙襄子殺智伯、讓爲之報讎、趙襄子、約韓魏大敗智伯軍、遂殺之、盡滅智氏之族。智伯之臣豫讓、欲爲之報讎。聲名烈烈、雖愚夫愚婦、莫不知其爲忠臣義士也。寬一筆。嗚呼、讓之死固忠矣、惜乎處死之道有未忠者存焉。二句一篇篇綱領。何也、觀其漆身吞炭、謂其友曰、凡吾所爲者極難、將以愧天下後世之爲人臣而懷二心者也、謂非忠可乎。初、豫讓入襄子宮中、欲刺襄子、被獲、襄子義而舍之。讓又漆身爲癩、吞炭爲啞、行乞于市。其友曰、以子之才、臣事趙孟、必得近幸、子乃爲所欲爲、顧不易耶。讓曰、既已委質爲臣、而又求殺之、是二心也。凡吾所爲者、極難耳、然所以爲此者、將以愧天下後世之爲人臣懷二心者也。申讓之死固忠句。○及觀斬衣三躍、襄子責以不死於中行杭、氏、而獨死於智伯、讓應曰、中行氏以衆人待我、我故以衆人報之、智伯以國士待我、我故以國士報之。卽此而論、讓有餘憾矣。襄子出、豫讓伏于橋下、獲之。襄子曰、子不嘗仕范中行氏乎、智伯滅范中行氏、而子不爲報讎、反委質仕智伯。智伯已死、子獨何爲報讎之深也。讓曰、范中行氏以衆人遇臣、臣故衆人報之。智伯以國士遇臣、臣故國士報之。襄子使兵環之。讓曰、今日之事、臣固伏誅、然願請君之衣而擊之、雖死不恨。襄子義之、持衣與讓。讓拔劍三躍、呼天擊之、遂伏劍死。○申處死之道有未忠句。段規之事韓康、任章之事魏獻、未聞以國士待之也、而規也章也、力勸其主從智伯之請、與之地以驕其志、而速其亡也。智伯請地于韓康子、康子欲弗與、段規曰、不如與之。彼狃于得地、必請于他人、他人不與、必向之以兵、然則我得免于患、而待事之變矣。康子乃與之。智伯悅、又求地于魏桓子、桓子以無故欲弗與、任章曰、無故索地、諸大夫必懼。吾與之地、智伯必驕。彼驕而輕敵、此懼而相親、智氏之命、必不長矣。

桓子亦與之。請規章作陪客。○郄（隙）疵之事智伯、亦未嘗以國士待之也、而疵能察韓魏之情以諫智伯、雖不用其言以至滅亡、而疵之智謀忠告、已無愧於心也。智伯帥韓魏之兵、圍趙城而灌之。郄疵謂智伯曰、夫從韓魏而攻趙、趙亡、難必及韓魏、韓魏必反矣。智伯不聽。襄子陰與韓魏約、夜使人殺守隄之吏、而決水灌智伯軍、遂滅智氏。○又請郄疵作陪客。○兩段先就他人翻駁國士二字、而豫讓可見。讓既自謂智伯待以國士矣、國士、濟國之士也、注一句、起下正論。當伯請地無厭之日、縱欲荒暴之時、爲讓者、正宜陳力就列、諄諄然而告之曰、諸侯大夫、各安分地、無相侵奪、古之制也、今無故而取地於人、人不與、而吾之忿心必生、與之、則吾之驕心以起、忿必爭、爭必敗、驕必傲、傲必亡。諄切懇告、諫不從、再諫之、再諫不從、三諫之、三諫不從、移其伏劍之死、死於是日。伯雖頑冥不靈、感其至誠、庶幾復悟。和韓魏、釋趙圍、保全智宗、守其祭祀、若然、則讓雖死猶生也、豈不勝於斬衣而死乎。一段代爲豫讓畫策、信手拈來、都成妙理。所謂扶危于未亂之先、而申國士之報者如此。讓於此時、曾無一語開悟主心、視伯之危亡、猶越人視秦人之肥瘠也。袖手旁觀、坐待成敗、國士之報、曾若是乎。智伯既死、而乃不勝升、血氣之悻悻、甘自附於刺客之流、何足道哉、何足道哉。安有既命爲國士、而旁觀其主縱欲荒暴、不救其亡者乎。如此辨駁、足令九泉心服。雖然、以國士而論、豫讓固不足以當矣。轉開生面。彼朝爲讎敵、暮爲君臣、靦天上聲、然而自得者、又讓之罪人也。噫。靦、面目貌。○結處忽與豫讓、無限感慨。

此論責豫讓不能扶危于智氏未亂之先、而徒欲伏劍于智氏既敗之後、獨闢見解、從來未經人道破。通篇主意、只在讓之死固忠矣二句上。先揚後抑、深得春秋褒貶之法。

親政篇

王　鏊

易之泰曰、上下交而其志同。其否曰、上下不交而天下無邦。分提。蓋上之情達於下、下之情達於上、上下一體、所以爲泰。下之情壅閼遏、而不得上聞、上下閒隔、雖有國而無國矣、所以爲否也。分疏。交則泰、不交則否、自古皆然、而不交之弊、未有如近世之甚者。雙承、側入時弊。君臣相見、止於視朝數刻。上下之閡、章奏批答相關接、刑名法度相維持而已。虛文何補。非獨沿襲故事、亦其地勢使然。二句、推出弊源。何也、國家常朝於奉天門、未嘗一日廢、可謂勤矣。然堂陛懸絶、威儀赫奕、御史糾儀、鴻臚舉不如法、通政司引奏、上特視之、謝恩見辭、惴惴而退、上何嘗治一事、下何嘗進一言哉。上下不交如此。此無他、地勢懸絶、所謂堂上遠於萬里、雖欲言無由言也。與明目達聰之治異。愚以爲欲上下之交、莫若復古內朝之法。此句爲一篇之綱。蓋周之時有三朝、庫門之外爲正朝、詢謀大臣在焉。路門之外爲治朝、日視朝在焉。路門之內曰內朝、亦曰燕朝。玉藻云、君日出而視朝、退適路寢聽政。玉藻、禮記篇名。蓋視朝而見羣臣、所以正上下之分、聽政而適路寢、所以通遠近之情。注玉藻四句。一段言周制。○漢制大司馬、左右前後將軍、侍中散騎諸吏、爲中朝。丞相以下至六百石爲外朝。一段言漢制。唐皇城之北南三門曰承天、元正冬至、受萬國之朝貢、則御焉、蓋古之外朝也。其北曰太極門、其西曰太極殿、朔望則坐而視朝、蓋古之正朝也。又北曰兩儀殿、常日聽朝而視事、蓋古之內朝也。一段言唐制。宋時常朝則文德殿、五日一起居則垂拱殿、正旦冬至聖節稱賀則大慶殿、賜宴則紫宸殿或集英殿、試進士則崇政殿、侍從以下、五日一員上殿、謂之輪對、則必入陳時政利害、內殿引見、亦或賜坐、或免穿靴、蓋亦有三朝之遺意焉。挽一句、法變。○一段言宋制。蓋天有三垣、天子象之。正朝、象太極也。外朝、象天市也。內朝、象紫微也。自古然矣。再提三朝之象、關鎖作渡。國朝聖節、正旦、冬至、大朝會則奉天殿、卽古之正朝也。常日則奉天門、卽古之外朝也。而內朝獨缺。然非缺也、立言本旨、專注內朝、故特筆提清。華蓋、謹身、武英等殿、豈非內朝之遺制乎。明初之制、有正朝外朝、而內朝獨缺。乃以臨御武英等殿、證合內朝。識議俱見精確。洪武太祖年號。中如宋濂、劉基、永樂成祖年號。以來如楊士奇、楊榮等、日侍左右、大臣蹇義夏元吉等、常奏對便殿。於斯時也、豈有壅隔之患哉。（一段言明制。）今內朝未復、臨御常朝之後、人臣無復進見、三殿高閟、鮮或窺焉。故上下之情、壅而不通、天下之弊、由是而積。（上下不交、弊日益甚。）孝宗（年號弘治。）晚年、深有慨於斯、屢召大臣於便殿、講論天下事、方將有爲、而民之無祿、不及覩至治之美、天下至今以爲恨矣。（無限感慨。）惟陛下遠法聖祖、近法孝宗、盡剗（產）近世壅隔之弊。常朝之外、即文華、武英二殿、倣古內朝之意。（著緊在此。）大臣三日或五日一次起居、侍從臺諫各一員上殿輪對、諸司有事咨決、上據所見決之、有難決者、與大臣面議之。不時引見羣臣、凡謝恩辭見之類、皆得上殿陳奏。虛心而問之、和顏色而道之、如此、人人得以自盡。陛下雖深居九重、而天下之事、燦然畢陳於前。（交泰之象、固自如是。）外朝所以正上下之分、內朝所以通遠近之情。（外朝內朝雙結。）如此、豈有近時壅隔之弊哉。收盡通章。唐虞之時、明目達聰、嘉言罔伏、野無遺賢、亦不過是而已。稽核朝典、融貫古今、而于興復內朝之制、深致意焉。人主親賢士大夫之日多、親宦官宮妾之日少、則上下之情通、而奸僞不得壅蔽矣。誰謂唐虞之治、不可見于今哉。

尊經閣記

王守仁

經、常道也。劈手便疏經字。冒下三段。其在於天謂之命、其賦於人謂之性、其主於身謂之心。心性命三字、爲一篇之綱領。心字又爲三句之綱領。心也、性也、命也、一也。通人物、達四海、塞天地、亘古今、無有乎弗具、無有乎弗同、無有乎或變者也、是常道也。一段提出心性命。其應乎感也、則爲惻隱、爲羞惡、爲辭讓、爲是非。其見於事也、則爲父子之親、爲君臣之義、爲夫婦之別、爲長幼之序、爲朋友之信。是惻隱也、羞惡也、辭讓也、是非也、是親也、義也①、序也、別也、信也、一也②、皆所謂心也、性也、命也。通人物、達四海、塞天地、亘古今、無

校勘記：

①"義也"二字原脫，今據《陽明先生集要》補。

②"一也"二字原脫，今據《陽明先生集要》補。

③"息"，原誤作"長"，《陽明先生集要》作"息"。下文多作"息"，此處亦當爲"息"，今據改。

④"息"，原誤作"長"，今據《陽明先生集要》改。

有乎弗具、無有乎弗同、無有乎或變者也、是常道也。二段推出四端五倫。以言其陰陽消息之行③、則謂之易。以言其紀綱政事之施、則謂之書。以言其歌咏性情之發、則謂之詩。以言其條理節文之著、則謂之禮。以言其欣喜和平之生、則謂之樂。以言其誠僞邪正之辨、則謂之春秋。是陰陽消息之行也④、以至於誠僞邪正之辨也、一也、皆所謂心也、性也、命也。通人物、達四海、塞天地、亘古今、無有乎弗具、無有乎弗同、無有乎或變者也、夫是之謂六經。六經者非他、吾心之常道也。三段疏出六經。○心性命之論、了然洞達、凡三見而不易一字。斬盡理學葛藤、下乃歸到尊經之意、雲淨水空、絕無凝滯。是故易也者、志吾心之陰陽消息者也。書也者、志吾心之紀綱政事者也。詩也者、志吾心之歌咏性情者也。禮也者、志吾心之條理節文者也。樂也者、志吾心之欣喜和平者也。春秋也者、志吾心之誠僞邪正者也。說六經而歸之于心、纔是實學。君子之於六經也、求之吾心之陰陽消息而時行焉、所以尊易也。求之吾心之紀綱政事而時施焉、所以尊書也。求之吾心之歌咏性情而時發焉、所以尊詩也。求之吾心之條理節文而時著焉、所以尊禮也。求之吾心之欣喜和平而時生焉、所以尊樂也。求之吾心之誠僞邪正而時辨焉、所以尊春秋也。一言志吾心、卽所以爲經。一言求之吾心、卽所以尊經。分作兩層、說得至平至易。獨探聖賢真種子。蓋昔聖人之扶人極、憂後世、而述六經也、猶之富家者之父祖、慮其產業庫藏之積、其子孫者、或至於遺亡散失、卒困窮而無以自全也、而記籍其家之所有以貽之、使之世守其產業庫藏之積、而享用焉、以免於困窮之患。一喻。故六經者、吾心之記籍也、而六經之實、則具於吾心。處處不脫吾心二字、兩語爲一篇關鎖。猶之產業庫藏之實積、種種色色、具存於其家⑤、其記籍者、特名狀數目而已。卽前喻再喻。而世之學者、不知求六經之實於吾心、而徒考索於影響之間、牽制於文義之末、硜硜然以爲是六經矣、

⑤"具"，原誤作"其"，今據《陽明先生集要》、文富堂本、懷涇堂本改。

是猶富家之子孫、不務守視享用其產業庫藏之實積、日遺亡散失、至爲窶人丐夫、而猶囂囂然指其記籍曰、斯吾產業庫藏之積也、何以異於是。卽前喻再喻。○只是一喻翻剝、愈折愈醒、可爲不知尊經者戒。嗚呼、六經之學、其不明於世、非一朝一夕之故矣。感歎不盡。尚功利、崇邪說、是謂亂經。習訓詁、傳記誦、沒溺於淺聞小見、以塗天下之耳目、是謂侮經。侈淫詞、競詭辯、飾奸心盜行、逐世壟斷、而猶自以爲通經、是謂賊經。舉亂經、侮經、賊經三項、正與尊經相反。惡似而非、不可不深辨也。若是者、是幷其所謂記籍者、而割裂棄毀之矣、寧復知所以爲尊經也乎。仍點前喻、掉轉尊經、勁其快甚。越城舊有稽山書院、在臥龍西岡、臥龍山、在越城內。荒廢久矣。郡守渭南南君大吉⑥、既敷政於民、則慨然悼末學之支離、將進之以聖賢之道、於是使山陰令吳君瀛、拓書院而一新之。又爲尊經之閣於其後、總點出尊經閣。曰、經正則庶民興、庶民興斯無邪慝矣⑦。閣成、請予一言以諗多士。予既不獲

⑥"君"字原脫，今據《陽明先生集要》補。

⑦"庶民興"三字原脫，今據《陽明先生集要》補。

辭、則爲記之若是。入題只此數語。嗚呼、世之學者、得吾說而求諸其心焉、則亦庶乎知所以爲尊經也已。仍歸心上作結。

六經不外吾心、吾心自有六經。學道者何事遠求。返之于心、而六經之要、取之當前而已足。陽明先生一生訓人、一以良知良能、根究心性。于此記略。已備具矣。

象祠記

王守仁

靈博之山、有象祠焉。其下諸苗夷之居者、咸神而祠之。宣尉安君、因諸苗夷之請、新其祠屋、而請記於予。予曰、毀之乎、其新之也。提出毀字發義。曰新之。新之也何居乎。波折。曰、斯祠之肇也、蓋莫知其原、然吾諸蠻夷之居是者、自吾父吾祖遡曾高而上、皆尊奉而禋因祀焉、舉而不敢廢也。予曰、胡然乎、有鼻庳之祀、唐之人蓋嘗毀之。應毀之句。象之道、以爲子則不孝、以爲弟則傲、斥於唐、而猶存於今、壞於有鼻、而猶盛於茲土也、胡然乎。故爲疑詞。跌起自己一段議論。我知之矣、君子之愛若人也、推及於其屋之烏、劉向說苑、愛其人者、兼愛屋上之烏。而況於聖人之弟乎哉。然則祠者爲舜、非爲象也。推出祠象之由、奇確。意象之死、其在干羽既格之後乎。舜命禹征有苗、三旬、苗民逆命、禹班師、帝乃誕敷文德、舞干羽于兩階、七旬有苗格。○承爲舜句推出此意、獨闢見解、名論不磨。不然、古之驁桀者豈少哉、而象之祠獨延於世、吾於是蓋有以見舜德之至、入人之深、而流澤之遠且久也。以上從舜德看出當祠。以下從象化看出當祠。象之不仁、蓋其始焉耳、又烏知其終之不見化於舜也。始終二字、伏後斷案。化字是立論本旨。書不云乎、克諧以孝、烝烝乂、不格姦、瞽瞍亦允若。諧、和也。烝、進也。乂、善也。格、至也。言舜遭人倫之變、而能和以孝。使之進進以善自治。而不至于大爲姦惡也。允、信也。若、順也。則已化而爲慈父。象猶不弟、不可以爲諧。奇思創解。進治於善、則不至於惡、不底於姦、則必入於善、信乎象蓋已化於舜矣。一證。孟子曰、天子使吏治其國、象不得以有爲也。斯蓋舜愛象之深而慮之詳、所以扶持輔導之者之周也。不然、周公之聖、而管蔡不免焉。斯可以見象之見化於舜①、再證。故能任賢使能、而安於其位、澤加於其民、

校勘記：

①"見化"之"見"字，《陽明先生集要》作"既"。

既死而人懷之也。（落到象祠上。）諸侯之卿、命於天子、蓋周官之制、其殆倣於舜之封象歟。吾於是蓋有以信人性之善、天下無不可化之人也。（推開一筆、下急收住。）然則唐人之毀之也、據象之始也。今之諸苗之奉之也、承象之終也。（一篇議論、只二語結盡。）斯義也、吾將以表於世。使知人之不善、雖若象焉、猶可以改。而君子之修德、及其至也、雖若象之不仁、而猶可以化之也。（結出勉人正意。）

（傲弟見化於舜、從象祠想出、從來未經人道破。嘗與柳子厚毀鼻亭神記參看、各闢一解。俱有關名教之文。）

瘞旅文　王守仁

維正德四年秋月三日、有吏目云自京來者、不知其名氏、攜一子一僕將之任、過龍場、（正德二年、先生以兵部主事疏救戴銑、下獄廷杖、謫貴州龍場驛丞。）投宿土苗家。予從籬落閒望見之、陰雨昏黑、欲就問訊北來事、不果。（安頓一筆、有情。）明早、遣人覘（詔平聲）之、已行矣。薄（博）午、有人自蜈蚣坡來云、一老人死坡下、傍兩人哭之哀。

校勘記：

①"哭"，《陽明先生集要》作"嘆"。

②"日"，《陽明先生集要》、懷涇堂本作"早"。

③"噫"，《陽明先生集要》文富堂本、懷涇堂本均作"嘻"。

予曰、此必吏目死矣、傷哉。吏目死、獨作摹揣、妙。薄暮、復有人來云、坡下死者二人、傍一人坐哭①。詢其狀、則其子又死矣。明日②、復有人來云、見坡下積尸三焉。則其僕又死矣、嗚呼傷哉。敍三人之死、作一樣寫法。念其暴僕、骨無主、將二童子持畚本、鍤插、往瘞意、之。瘞、埋也。二童子有難色然。亦懼死耶。予曰、噫③、吾與爾猶彼也。傷情處只在此一語。二童閔然涕下、請往。自然感動。就其傍山麓爲三坎、埋之。又以隻雞、飯三盂、于、〇盂、飯器。嗟吁涕洟而告之曰、嗚呼傷哉、繄衣、何人、繄何人、不識彼之姓名。吾龍場驛丞餘姚王守仁也。告以己之姓名。吾與爾皆中土之產。吾不知爾郡邑、爾烏乎來爲茲山之鬼乎。先作疑訝。古者重去其鄉、遊宦不踰千里、吾以竄逐而來此、宜也、爾亦何辜乎。再作悲憫。聞爾官吏目耳、俸不能五斗、爾率妻子、躬耕可有也、胡爲乎以五斗而易爾七尺之軀。又不足、而益以爾子與僕乎。嗚呼傷哉。爲五斗喪身、又益以爾子與僕、言至此爲之悽絕。爾誠戀茲五斗而來、則宜欣然就道、胡爲乎吾昨望見爾容、蹙然蓋不勝（升）、其憂者。夫衝冒霜露、扳（班）、援崖壁、行萬峯之頂、飢渴勞頓、筋骨疲憊、而又瘴癘侵其外、憂鬱攻其中、其能以無死乎。（瘴癘固能死人、憂鬱之死人更甚。）吾固知爾之必死、然不謂若是其速、又不謂爾子爾僕亦遽然奄忽也。（前云蓋以子與僕、此云不謂子與僕、婉轉情深。）皆爾自取、謂之何哉。（戀玆五斗而來、又不勝其憂、非自取而何。）吾念爾三骨之無依而來瘞耳、乃使吾有無窮之愴也。嗚呼傷哉。縱不爾瘞、幽崖之狐成羣、陰壑之虺（毀）、如車輪、亦必能葬爾於腹、不致久暴爾。爾既已無知、然吾何能爲心乎。（一反一轉、有非常苦心。）自吾去父母鄉國而來此三年矣、歷瘴毒而苟能自全、以吾未嘗一日之戚戚也。今悲傷若此、是吾爲爾者重、而自爲者輕也、吾不宜復爲爾悲矣。（有情歸之無情、深於學問之言。）吾爲爾歌、爾聽之。歌曰、連峯際天兮飛鳥不通、遊子懷鄉兮莫知西東。莫知西東兮維天則同、異域殊方兮環海之中。達

④"莫"，《陽明先生集要》作"奚"。
⑤"無以無侶悲兮"六字原脫，今據《陽明先生集要》補。

觀隨寓兮莫必予宮④、魂兮魂兮無悲以恫。通、○言雖身處異鄉、總同在天之中、不必悲也。又歌以慰之曰、與爾皆鄉土之離兮、蠻之人言語不相知兮。性命不可期、吾苟死於茲兮、率爾子僕、來從予兮。吾與爾遨以嬉兮、驂紫彪而乘文螭兮、登望故鄉而噓唏兮。洒洒落落、足以慰死。吾苟獲生歸兮、爾子爾僕、尚爾隨兮、無以無侶悲兮⑤。道傍之冢累累兮、多中土之流離兮、相與呼嘯而徘徊兮。餐風飲露、無爾飢兮。朝友麋鹿、暮猿與栖兮、爾安爾居兮、無爲厲於茲墟兮。精誠可以格幽冥。

先生罪謫龍場、自分一死、而幸免于死。忽覩三人之死、傷心慘目、悲不自勝。作之者固爲多情、讀之者能無淚下。

信陵君救趙論

唐順之

論者以竊符爲信陵君之罪、信陵君、魏公子無忌也。秦圍趙邯鄲、公子姊爲平原君夫人、平原君遺書公子、請救于魏。魏王使將軍晉鄙救趙、畏秦留軍壁鄴。平原君使讓公子曰、勝所以自附爲婚姻者、以公子之高義、爲能急人之困也。公子約車騎百餘乘、欲赴秦軍與趙俱死。夷門監者侯生、教公子請如姬竊兵符于王之臥內。公子嘗爲如姬報其父讎、果盜兵符與公子、奪晉鄙軍、救邯鄲、存趙。余以爲此未足以罪信陵也。一句立案。夫彊秦之暴亟矣、今悉兵以臨趙、趙必亡、趙、魏之障也、趙亡、則魏且爲之後、趙魏、又楚燕齊諸國之障也、趙魏亡、則楚燕齊諸國爲之後。天下之勢、未有岌岌於此者也。故救趙者、亦以救魏、救一國者、亦以救六國也。竊魏之符以紓魏之患、借一國之師以分六國之災、夫奚不可者。先論六國大勢、明信陵救趙之功。欲擒先縱、此寬一步法。然則信陵果無罪乎、曰、又不然也、余所誅者、信陵君之心也。一語扼定主意。信陵一公子耳、魏固有王也。提清。趙不請救於王、而諄諄焉請救於信陵、是趙知有信陵、不知有王也。平原君以婚姻激信陵、而信陵亦自以婚姻之故、欲急救趙、是信陵知有婚姻、不知有王也。其竊符也、非爲魏也、非爲六國也、爲趙焉耳。非爲趙也、爲一平原君耳。層層駁入。使禍不在趙、而在他國、則雖撤魏之障、撤六國之障、信陵亦必不救。使趙無平原、或平原而非信陵之姻戚、雖趙亡、信陵亦必不救。又反證二層、更醒。則是趙王與社稷之輕重、不能當一平原公子、而魏之兵甲所恃以固其社稷者、祇以供信陵君一姻戚之用。議論刺入心髓。幸而戰勝、可也、不幸戰不勝、爲虜於秦、是傾魏國數百年社稷以殉姻戚、吾不知信陵何以謝魏王也。又設一難以詰之、信陵真難置喙。夫竊符之計、蓋出於侯生、而如姬成之也。侯生教公子以竊符、如姬爲公子竊符於王之臥內、是二人亦知有信陵、不知有王也。又生一枝節、以爲後半篇議論張本。余以爲信陵之自爲計、曷若以脣齒之勢、激諫於王、不聽、則以其欲死秦師者、而死於魏王之前、王必悟矣。侯生爲信陵計、曷若見魏王而說之救趙、不聽、則以其欲死信陵君者、而死於魏王之前、王亦必悟矣。如姬有意於報信陵、曷若乘王之隙、而日夜勸之救、不聽、則以其欲爲公子死者、而死於魏王之前、王亦必悟矣。一段代爲區處、反筆敲擊、愈讀愈快。如此、則信陵君不負魏、亦不負趙、二人不負王、亦不負信陵君。何爲計不出此、信陵知有婚姻之趙、不知有王。內則幸姬、外則鄰國、賤則夷門野人、又皆知有公子、不知有王。則是魏僅有一孤王耳。作一總收、深明信陵之非、使之無地逃隱。

嗚呼、自世之衰、人皆習於背公死黨之行、而忘守節奉公之道、有重相而無威君、有私讎而無義憤、如秦人知有穰侯、不知有秦王、虞卿知有布衣之交、不知有趙王、蓋君若贅旒同瘤、久矣。穰侯、秦昭王相魏冉。虞卿、趙孝成王相、解其相印、與魏齊亡。○引戰國時事作陪襯。見列國無王。習已成風。波瀾絶妙。由此言之、信陵之罪、固不專係乎符之竊不竊也。深一層說。其爲魏也、爲六國也、縱竊符猶可。深文。其爲趙也、爲一親戚也、縱求符於王、而公然得之、亦罪也。深文。雖然、魏王亦不得爲無罪也。上罪信陵。而並罪侯生如姬。此處又以罪魏王作波瀾、滾洄映帶、議論不窮。兵符藏於臥內、信陵亦安得竊之。信陵不忌魏王、而徑請之如姬、其素窺魏王之疎也。如姬不忌魏王、而敢於竊符、其素恃魏王之寵也。木朽而蛀生之矣。插喻巧妙。古者人君持權於上、而內外莫敢不肅、立此二語、收拾前文。漸則信陵安得樹私交於趙、趙安得私請救於信陵、如姬安得銜信陵之恩、信陵安得賣恩於如姬、履霜之漸、豈一朝一夕也哉。易曰、履霜堅冰至。又曰、其所由來者漸矣、非一朝一夕之故也。由此言之、不特衆人不知有王、王亦自爲贅旒也。如此立論、方是根究到底。故信陵君可以爲人臣植黨之戒、魏王可以爲人君失權之戒。兩語雙結、全局俱振。春秋書葬原仲、翬揮、帥師、嗟夫、聖人之爲慮深矣。莊公二十有七年秋、公子友如陳、葬原仲。公子友、即季子也。如陳、私行也。原仲、陳大夫。隱公四年秋、翬帥師。翬、魯卿羽父也。宋公乞師、翬以不義強其君。固請而行、無君之心兆矣。書葬原仲、以戒人臣之植黨。書翬帥師、以戒人君之失權。此聖人之深慮也。○結意凜然。

誅信陵之心、暴信陵之罪、一層深一層、一節深一節、愈駁愈醒、愈轉愈刻。詞嚴義正、直使千載揚詡之案、一筆抹殺。

報劉一丈書　　宗臣

數千里外、得長者時賜一書、以慰長想、即亦甚幸矣。何至更辱饋遺、則不才益將何以報焉。謝饋遺。書中情意甚殷、即長者之不忘老父、知老父之念長者深也。(謝念及其父。)至以上下相孚才德稱(去聲)、位語(去聲)、不才、(相愛情深、方有此語。)則不才有深感焉。夫才德不稱、固自知之矣。(提過。)至於不孚之病、則尤不才爲甚。(二句伏後案。)且今之所謂孚者何哉。(借孚字一轉、出無數議論。)生日夕策馬候權者之門、門者故不入、則甘言媚詞作婦人狀、袖金以私之。卽門者持刺入、而主人又不卽出見、(尊嚴若神。)立廐中僕馬之間、惡氣襲衣袖、卽饑寒毒熱不可忍、不去也。抵暮、則前所受贈金者出、報客曰、相公倦、謝客矣、客請明日來。卽明日又不敢不來。(曲筆一接、刻畫盡致。)夜披衣坐、聞雞鳴卽起盥(貫)、櫛(職)、(盥、洗手。櫛、梳髮。)走馬推門、門者怒曰、爲誰、則曰、昨日之客來、(可發一笑。)則又怒曰、何客之勤也、豈有相公此時出見客乎。(厲聲不堪。)客心恥之、(至此亦覺難受。)強忍而與言曰、亡奈何矣、姑容我入。門者又得所贈金、則起而入之、又立向所立廐中。(故意描摹。)幸主者出、南面召見、則驚走匍匐階下、主者曰進、則再拜、故遲不起、起則上所上壽金、主者故不受、則固請、主者故固不受、則又固請、疊句妙。然後命吏納之、則又再拜、又故遲不起、起則五六揖始出。歷敘醜態如畫。出揖門者曰、官人幸顧我、他日來、幸無阻我也。門者答揖、大喜奔出。馬上遇所交識、卽揚鞭語曰、適自相公家來、相公厚我厚我。且虛言狀。寫馬上兩厚我急語、神情逼肖。卽所交識、亦心畏相公厚之矣。相公又稍稍語人曰、某也賢、某也賢。聞者亦心計交贊之。此世所謂上下相孚也、以冷語結前案。長者謂僕能之乎。以下乃言不孚之病。前所謂權門者、自歲時伏臘一刺之外、卽經年不往也。閒去聲、道經其門、則亦掩耳閉目、躍馬疾走過之、若有所追逐者。斯則僕之褊衷、以此長不見悅於長吏、僕則愈益不顧也。每大言曰、人生有命、吾惟守分而已。長者聞之、得無厭其爲迂乎。一段道出自己氣節。以少勝多、筆力陗勁。

是時嚴介溪攬權、俱是乞哀昏暮驕人白日一輩人、摹寫其醜形惡態、可爲盡情。末說出自己之氣骨、兩兩相較、薰蕕不同、清濁異質。有關世教之文。

吳山圖記

歸有光

吳、長洲、二縣、在郡治所、分境而治。而郡西諸山、皆在吳縣。（先提清吳山。）其最高者、穹窿、陽山、鄧尉、西脊、銅井、而靈巖、吳之故宮在焉、尚有西子之遺跡。（靈巖獨另寫、妙。）若虎邱、劍池、及天平、尚方、支硎（刑）、皆勝地也。而太湖汪洋三萬六千頃、七十二峯沈浸其間、則海內之奇觀矣。（太湖又另寫、妙。○以上敘次山水、作兩番寫、錯落多致。）余同年友魏君用晦爲吳縣、未及三年、以高第召入爲給事中。君之爲縣有惠愛、百姓扳（班）留之不能得、而君亦不忍於其民、由是好事者繪吳山圖以爲贈。（敘出圖山之由。）夫令之於民誠重矣。令誠賢也、其地之山川草木、亦被其澤而有榮也。令誠不賢也、其地之山川草木、亦被其殃而有辱也。（忽起一峯、文情排宕。）君於吳之山川、蓋增重矣。異時吾民將擇勝於巖巒之間、尸祝於浮屠老子之宮也、固宜。（一頓。）而君則亦既去矣、何復惓惓於此山哉。

又拓開一筆。昔蘇子瞻稱韓魏公去黃州四十餘年、而思之不忘、至以爲思黃州詩、子瞻爲黃人刻之於石。然後知賢者於其所至、不獨使其人之不忍忘而已、亦不能自忘於其人也。借魏公美用晦、絕妙引證。君今去縣已三年矣、一日與余同在內庭、出示此圖、展玩太息、因命余記之。點作記。噫、君之於吾吳、有情如此、如之何而使吾民能忘之也。結有餘韻。

因令贈圖、因圖作記、因贈圖而知令之不能忘情于民、因記圖而知民之不能忘情于令。婉轉情深、筆墨在山水之外。

滄浪亭記

歸有光

浮圖文瑛、浮圖、釋氏之稱。文瑛、僧之號也。居大雲庵、環水、即蘇子美名舜欽。滄浪亭之地也①。提明來歷。亟求余作滄浪亭記、曰、昔子美之記、記亭之勝也、請子記吾所以爲亭者。余曰、昔吳越有國時、吳越王錢鏐、臨安人、唐末據杭州、梁封爲吳越王、謚武肅。傳國四世、至宋太祖時入朝、國亡。○落想甚遠。廣陵王鎮吳中、治南園於子城之西南②、其外戚孫承佑、亦治園於其偏、迨

校勘記：

①"之"字原脫，今據《震川先生集》補。

②"南園"之"南"字原脫，今據《震川先生集》補。

③"海"，原誤作"南"，今據《震川先生集》改。

淮海納土③、入趙宋。此園不廢。蘇子美始建滄浪亭、遺跡在蘇州府學東南。最後禪者居之、此滄浪亭爲大雲庵也。亭變爲庵。有庵以來二百年、文瑛尋古遺事、復子美之構於荒殘滅沒之餘、此大雲庵爲滄浪亭也。庵復爲亭、下發感慨。夫古今之變、朝市改易。嘗登姑蘇之臺、望五湖之渺茫、羣山之蒼翠、太伯虞仲之所建、闔閭夫差之所爭、子胥種蠡之所經營、今皆無有矣、庵與亭何爲者哉。合挽庵與亭一筆、寫得淡然。雖然、錢鏐流、因亂攘竊、保有吳越、國富兵強、垂及四世、諸子姻戚、乘時奢僭、宮館苑囿、極一時之盛、頓宕。而子美之亭、乃爲釋子所欽重如此。繳轉。可以見士之欲垂名於千載、不與澌斯、然而俱盡者、則有在矣。澌、冰索也。○一篇曲折文字、主意只在此一句。文瑛讀書喜詩、與吾徒遊、呼之爲滄浪僧云。點睛。

忽爲大雲庵、忽爲滄浪亭、時時變易、已足喚醒世人。中間一段點綴、憑弔之感、黯然動色。至末一轉、言士之垂名不朽者、固自有在、而不在乎亭之猶存也。此意開人智識不淺。

青霞先生文集序

茅坤

青霞沈君、名鍊、字純甫、會稽人。由錦衣經歷上書詆宰執、宰執深疾之、方力構其罪、賴天子仁聖、特薄其譴、徙之塞上。先生抗疏言嚴嵩父子悞國、請戮之以謝天下。詔榜之數十、謫出塞外。當是時、君之直諫之名滿天下。橫插一句、妙。已而君纍然攜妻子、出家塞上。會北敵數內犯、而帥府以下、束手閉壘、以恣敵之出沒、不及飛一鏃以相抗。甚且及敵之退、則割中土之戰沒者、與野行者之馘、國、以爲功。而父之哭其子、妻之哭其夫、兄之哭其弟者、往往而是、無所控籲。預、○曠職冒功、毒害生民、今古一轍。君既上憤疆場之日弛、而又下痛諸將士日菅姦、刈我人民以蒙國家也。指上一段言。數嗚咽欷歔、而以其所憂鬱發之於詩歌文章、以泄其懷、卽集中所載諸什是也。出詩文之有集、多少曲折。君故以直諫爲重於時、而其所著爲詩歌文章、又多所譏刺、稍稍傳播、上下震恐、始出死力相煽構、而君之禍作矣。宰執帥府恨先生切骨、竄名白蓮教中、戮于邊。○先生垂名千載、全從此禍得來、未足爲恨。君既沒、而一時閫寄所相與讒君者、尋且坐罪罷去。又未幾、故宰執之仇君者亦報罷。而君之門人給諫俞君、於是裒輯其生平所著若干卷、刻而傳之、而其子以敬、來請予序之首簡。出作序意。茅子受讀而題之曰、若君者、非古之志士之遺乎哉。喝一句。孔子刪詩、自小弁之怨親、巷伯之刺讒以下、其忠臣寡婦幽人懟士之什、並列之爲風、疏之爲雅、不可勝升、數。上聲、豈皆古之中聲也哉。然孔子不遽遺之者、特憫其人、矜其志、猶曰發乎情、止乎禮義、言之者無罪、聞之者足以爲戒焉耳。刪詩不必皆中聲、獨見其大。予嘗按次春秋以來、屈原之騷疑於怨、伍胥之諫疑於脅、賈誼之疏疑於激、叔夜之詩疑於憤、劉蕡之對疑於亢、然推孔子刪詩之旨而裒次之、當亦未必無錄之者。上引小弁巷伯、此引屈原伍胥諸人、俱以孔子夾寫、正極力推尊處。君既沒、而海內之薦紳大夫、至今言及君、無不酸鼻而流涕。嗚呼、集中所載鳴劍籌邊諸什、試令後之人讀之、其足以寒賊臣之膽、而躍塞垣戰士之馬、而作之愾也固矣。二十三字、作一氣讀。他日國家采風者之使出而覽觀焉、其能遺之也乎。予謹識之。應遺字收。至於文詞之工不工、及當古作者之旨與否、非所以論君之大者也、予故不著。結有餘波。

先生生平大節、不必待文集始傳。特後之人、誦其詩歌文章、益足以發其忠孝之志、不必其有當于中聲也。此序深得此旨、文亦浩落蒼涼、讀之凜凜有生氣。

藺相如完璧歸趙論

王世貞

藺吝、相如之完璧、人皆稱之、予未敢以爲信也。趙惠文王時、得楚和氏璧、秦昭王欲以十五城易之、趙王使藺相如奉璧西入秦。相如視秦王無意償趙城、使其從者懷璧從徑道亡、完璧歸趙。○劈手一斷。夫秦以十五城之空名、詐趙而脅其璧、是時言取璧者情也、非欲以窺趙也。情、謂詐趙之情也。秦非欲謀趙、其情止欲取趙之璧。趙得其情則弗予、不得其情則予、得其情而畏之則予、得其情而弗畏之則弗予。此兩言決耳、奈之何既畏而復挑其怒也。予璧、畏也。復懷以歸、挑其怒也。○此段言止有予與弗予兩說、不當既予而復懷歸。

且夫秦欲璧、趙弗予璧、兩無所曲直也。入璧而秦弗予城、曲在秦。秦出城而璧歸、曲在趙。欲使曲在秦、則莫如棄璧、畏棄璧、則莫如弗予。相如謂趙王曰、秦以城求璧、而趙不許、曲在趙。趙予璧、而秦不予趙城、曲在秦。此言趙弗予璧、亦無所曲。以辨其趙不許曲在趙之說。夫秦王既按圖以予城、又設九賓、齋而受璧、其勢不得不予城。秦王從相如之言、齋戒五日、設九賓禮于庭、引相如受璧、勢不得不予趙城也。○作一颺。璧入而城弗予、相如則前請曰、臣固知大王之弗予城也。夫璧非趙璧乎、而十五城秦寶也、今使大王以璧故、而亡其十五城、十五城之子弟、皆厚怨大王以棄我如草芥也。既不可以城易璧。大王弗予城、而紿臺上聲、趙璧、以一璧故、而失信於天下、臣請就死於國、以明大王之失信。又不可以璧易信。秦王未必不返璧也。此段代爲相如畫策、璧可以還趙、而直亦不在秦。今奈何使舍人懷而逃之、而歸直於秦。是時秦意未欲與趙絶耳、令秦王怒、而僇相如於市、武安君秦將白起。十萬衆壓邯寒、鄲、而責璧與信、邯鄲、趙都。一勝而相如族、再勝而璧終入秦矣。

吾故曰、藺相如之獲全於璧也、天也。言相如歸璧、而獲全無害者、乃一時之幸、非人力也。若其勁澠池、趙王與秦王會澠池、秦王請趙王鼓瑟、相如亦請秦王擊筑、是勁澠池也。柔廉頗、相如一旦位在廉頗之右、廉頗羞爲之下、欲辱相如、相如嘗畏避之。廉頗負荊謝罪、卒相與驩、柔廉頗也。是則愈出而愈妙於用、所以能完趙者、天固曲全之哉。餘波作結。

相如完璧歸趙一節、至今凜凜有生氣、固無待後人之訾議也。然懷璧歸趙之後、相如得以無恙、趙國得以免禍者、直一時之僥倖耳。故中間特設出一段中正之論、以爲千古人臣保國保身萬全之策、勿得視爲迂談、而忽之也。

徐文長傳

袁宏道

徐渭、字文長、爲山陰諸生、聲名籍甚。薛公蕙校越時、奇其才、有國士之目。然數奇、難屢試輒蹶。通篇從數奇二字著眼。中丞胡公宗憲聞之、客諸幕。文長每見、則葛衣烏巾、縱談天下事、胡公大喜。是時公督數邊兵、威鎭東南、介冑之士、膝語蛇行、不敢舉頭、而文長以部下一諸生傲之、議者方之劉真長、杜少陵云。其才其品、固足增重。會得白鹿、屬祝、文長作表、表上、永陵喜、公以是益奇之、一切疏計、皆出其手。文長自負才略、好奇計、談兵多中、視一世士無可當意者①、然竟不偶。應數奇。一結。文長既已不得志於有司、接屢試輒蹶。遂乃放浪麴糵、恣情山水、走齊魯、燕趙之地、窮覽朔漠、其所見山奔海立、沙起雲行②、雨鳴樹偃、幽谷大都、人物魚鳥、一切可驚可愕之狀、一一皆達之於詩。其所見至此作一氣讀。其胸中又有勃然不可磨滅之氣、英雄失路托足無門之悲、故其爲詩、如嗔如笑、如水鳴峽、如種出土、如寡婦之夜哭、羈人之寒起。詩評新確。雖其體格、時有卑者、然匠心獨出、有王者氣、非彼巾幗國。而事人者、所敢望也。巾幗、婦人冠。○極抑揚之致。○此段論其詩、是袁石公之文、即是徐天池之文、悲壯淋漓、睥睨一世。文有卓識、氣沉而法嚴、不以摸擬損才、不以議論傷格、韓曾之流亞也。并論其文。文長既雅不與時調合、當時所謂騷壇主盟者、文長皆叱而奴之③、故其名不出於越、悲夫。總承詩文一結、正見數奇不偶。喜作書、筆意奔放如

校勘記：

①"士"字原誤作"事"，今據《袁宏道集箋校》改。

②"雲"字原誤作"雷"，今據《袁宏道集箋校》改。

③"奴"字原誤作"怒"，今據《袁宏道集箋校》改。

其詩、挽詩一筆、妙。蒼勁中姿媚躍出、歐陽公所謂妖韶女老自有餘態者也。并論其書。間以其餘、旁溢爲花鳥、皆超逸有致。并論其畫。○文長詩文字畫、皆自性中流出、不假人工雕琢者也。卒以疑殺其繼室、下獄論死、張太史元汴力解、乃得出。晚年憤益深、佯狂益甚、顯者至門、或拒不納。時攜錢至酒肆、呼下隸與飲。極寫不可一世之狀。或自持斧擊破其頭、血流被面、頭骨皆折、揉之有聲、或以利錐錐其兩耳、深入寸餘、竟不得死。甯爲玉碎、無爲瓦全、可傷可痛。周望言晚歲詩文益奇、又挽詩文妙。無刻本、集藏於家、余同年有官越者、托以鈔錄、今未至。余所見者、徐文長集、闕編二種而已。然文長竟以不得志於時、抱憤而卒。數奇不偶、一語收住。石公曰、先生數奇不已、遂爲狂疾。狂疾不已、遂爲囹圄。古今文人牢騷困苦、未有若先生者也。雖然、胡公間世豪傑、永陵英主、幕中禮數異等、是胡公知有先生矣。表上人主悅、是人主知有先生矣、獨身未貴耳。先生詩文崛起、一掃近代蕪穢之習、百世而下、自有定論、胡爲不遇哉。生則見知于君臣、沒則見重于後世、雖不貴、未爲不遇也。身梅客生嘗寄予書曰、文長吾老友、病奇於人、人奇於詩。余謂文長無之而不奇者也、無之而不奇、斯無之而不奇（難）也、悲夫。贊語亦極一咏嘆之致。

文長固數奇不偶、然而致身幕府、爲天子嘉歎、不可謂不遇矣。而竟抱憤而卒、何其不善全乎。非石公識之殘編斷簡中、幾埋沒千古矣。

五人墓碑記

張溥

五人者、蓋當蓼（了）洲周公之被逮、激於義而死焉者也。入手便提出五人來歷。至於今、郡之賢士大夫、請於當道、卽除魏閹廢祠之址以葬之、且立石於其墓之門、以旌其所爲。點墓碑。嗚呼、亦盛矣哉。夫五人之死、去今之墓而葬焉、其爲時止十有一月耳。夫十有一月之中、凡富貴之子、慷慨得志之徒、其疾病而死、死而湮（因）、沒不足道者、亦已衆矣、況草野之無聞者歟。獨五人之噭噭、何也。史公云、死或重于泰山、或輕于鴻毛、良然。予猶記周公之被逮、在丁卯三月之望、吾社之行爲士先者、爲之聲義、斂貲財以送其行、哭聲震動天地、吳民好義如此。緹騎按劍而前、問誰爲哀者、衆不能堪、抶(叱)而仆之。抶、擊也。是時以大中丞撫吳者、毛一鷺。爲魏之私人、周公之逮所由使也。吳之民方痛心焉、於是乘其厲聲以呵、則譟而相逐、中丞匿於溷藩以免。一時義勇如見。既而以吳民之亂請於朝、按誅五人、曰顏佩韋、楊念如、馬杰、沈揚、周文元、點五人姓名。即今之傫(壘)然在墓者也。句宕甚。然五人之當刑也、意氣揚揚、呼中丞之名而詈之、談笑以死。斷頭置城上、顏色不少變。有賢士大夫發五十金、買五人之脰(豆)而函之、卒與屍合。故今之墓中、全乎爲五人也。寫五人凜凜若生。嗟夫、大閹之亂、縉紳而能不易其志者、四海之大、有幾人歟。文情開拓。而五人生於編伍之間、素不聞詩書之訓、激昂大義、蹈死不顧、亦曷故哉。此言五人之死義爲尤難。且矯詔紛出、鉤黨之捕、徧於天下、卒以吾郡之發憤一擊、不敢復有株治、大閹亦逡巡畏義、非常之謀、難於猝發、待聖人之出、而投繯鉉、道路、不可謂非五人之力也。懷宗卽位、謫魏忠賢鳳陽看皇陵、忠賢行至阜城、知不免誅殛、因自經死。○此言五人之死、關係甚重。由是觀之、則今之高爵顯位、暗指魏黨。一旦抵罪、或脫身以逃、不能容於遠近、而又有剪髮杜門、佯狂不知所之者、其辱人賤行、視五人之死、輕重固何如哉。將此輩、與五人兩兩相較、尤妙在不說煞。是以蓼洲周公、忠義暴僕、於朝廷、贈諡美顯、榮於身後。而五人亦得以加其土封、列其姓名於大堤之上、凡四方之士、無有不過而拜且泣者、斯固百世之遇也。五人至今猶生、誰不謂五人之不幸哉。不然、令五人者保其首領、以老於戶牖之下、則盡其天年、人皆得以隸使之、安能屈豪傑之流、扼腕墓道、發其志士之悲哉。反掉一段、文勢振宕。故予與同社諸君子、哀斯墓之徒有其石也、而爲之記。亦以明死生之大、匹夫之有重於社稷也。點出作記意。賢士大夫者、冏卿因之吳公、太史文起文公、孟長姚公也。點出賢士大夫應起作結。

議論隨敘事而入、感慨淋漓、激昂盡致。當與史公伯夷、屈原二傳、並垂不朽。

附錄

本書校勘所用書目

《春秋左傳集解》 上海人民出版社一九七七年排印本。

《春秋左傳注》 楊伯峻編著 中華書局一九八一年排印本。

《春秋公羊傳》 宋本十三經注疏本 光緒丁亥脈望仙館石印。

《春秋穀梁傳》 同上。

《禮　記》 同上。

《國　語》 上海古籍出版社一九七八年排印本。

《戰國策》 上海古籍出版社一九七八年排印本。

《史　記》 中華書局一九五九年點校本。

《漢　書》中華書局一九六二年點校本。
《後漢書》中華書局一九六五年點校本。
《三國志》中華書局一九五九年點校本。
《晉　書》中華書局一九七四年點校本。
《舊唐書》中華書局一九七五年點校本。
《新五代史》中華書局　一九七四年點校本。
《貞觀政要》《四部叢刊》影明本。
《楚辭集注》朱熹集注　上海古籍出版社一九七九年排印本。
《文　選》李善注　中華書局一九七七年影印本。
《全唐文》清嘉慶十九年刊本。
《賈誼集》上海人民出版社一九七六年排印本。

《諸葛亮集》　中華書局一九六〇年排印本。

《王右軍集》　《漢魏百三家集》清初刊本。

《陶淵明集》　逯欽立校注　中華書局一九七九年排印本。

《孔詹事集》　《漢魏百三家集》清初刊本。

《駱臨海集箋注》　清陳熙晉箋注　中華書局上海編輯所一九六一年排印本。

《王子安集》　《四部叢刊》影明本。

《李白集校注》　瞿蜕園　朱金城校注　上海古籍出版社一九八〇年排印本。

《樊川文集》　上海古籍出版社　一九七八年排印本

《韓昌黎文集校注》　馬通伯校注　古典文學出版社一九五七年排印

本。

《柳宗元集》　中華書局　一九七九年排印本。

《小畜集》　《四部叢刋》影宋本。

《范文正公集》　《四部叢刋》影明本。

《溫國文正司馬公文集》　《四部叢刋》影宋本。

《李覯集》　中華書局　一九八二年排印本。

《歐陽文忠公文集》　《四部叢刋》影元本。

《嘉祐集》　《四部叢刋》影宋本。

《經進東坡文集事略》　羅振常蟫隱廬刋本。

《欒城集》　《四部叢刋》影明本。

《南豐先生元豐類稿》　《四部叢刋》影元本。

《臨川先生文集》《四部叢刊》影明本。

《王文公文集》上海人民出版社一九七四年排印本。

《宋學士文集》《四部叢刊》影明本。

《誠意伯文集》《四部叢刊》影明本。

《遜志齋集》《四部叢刊》影明本。

《陽明先生集要》《四部叢刊》影明本。

《震川先生集》《四部叢刊》影清本。

《震川先生集》上海古籍出版社一九八一年排印本。

《袁宏道集箋校》錢伯城箋校　上海古籍出版社一九八一年排印本。

國家圖書館出版品預行編目資料

古文觀止

吳楚材選注、王文濡評校. – 初版. – 臺北市：臺灣學生，2016.09
面；公分：

ISBN 978-957-15-1711-7 (平裝)

835　　105016395

古文觀止

選注者：吳楚材
評校者：王文濡
出版者：臺灣學生書局有限公司
發行人：楊雲龍
發行所：臺灣學生書局有限公司
臺北市和平東路一段七五巷一一號
郵政劃撥戶：〇〇〇二四六六八號
電話：（〇二）二三九二八一八五
傳真：（〇二）二三九二八一〇五
E-mail : student.book@msa.hinet.net
http : //www.studentbooks.com.tw
本書局登記證字號：行政院新聞局局版北市業字第玖捌壹號
印刷所：長欣印刷企業社
中和市永和路三六三巷四二號
電話：（〇二）二二二六八八五三

定價：新臺幣六五〇元

二〇一六年九月初版

83502

ISBN 978-957-15-1711-7 (平裝)